2016
中国高校文学作品排行榜

小说卷（上）

中国高校文学作品征集评审委员会/选编　冰峰/主编

中国出版集团　现代出版社

图书在版编目（CIP）数据

2016 中国高校文学作品排行榜．小说卷：全 2 册 / 中国高校文学作品征集评审委员会选编；冰峰主编．—北京：现代出版社，2018.12

ISBN 978-7-5143-6908-3

Ⅰ.①2…　Ⅱ.①中…　②冰…　Ⅲ.①中国文学—当代文学—作品综合集　②小说集—中国—当代　Ⅳ.①I217.1

中国版本图书馆 CIP 数据核字（2018）第 099975 号

2016 中国高校文学作品排行榜·小说卷

主　　编　冰　峰
选　　编　中国高校文学作品征集评审委员会
策划编辑　庞俭克
责任编辑　申　晶
出版发行　现代出版社
地　　址　北京市安定门外安华里 504 号
邮政编码　100011
电　　话　010-64267325　010-64245264（兼传真）
网　　址　www.1980xd.com
电子邮箱　xiandai@cnpitc.com.cn
印　　刷　三河市宏盛印务有限公司
开　　本　710 mm × 1000 mm　1/16
印　　张　34.75
字　　数　642 千字
版　　次　2018 年 12 月第 1 版　2018 年 12 月第 1 次印刷
书　　号　ISBN 978-7-5143-6908-3
定　　价　59.80 元

第七届“包商银行杯”全国高校文学作品征集、评奖、出版活动

总策划 赵　智　李镇西

策　划 金　岩　庞俭克　张清华　谭五昌

组织委员会

主　任 赵　智　李镇西

副主任 李献平　金　岩　王慧萍　魏占元　庞俭克

成　员 陈亚美　谭五昌　臧　棣　陆　健　蒋守法　刘　鑫

魏丽峰　张大群　彭　莎　刘　颖　安　琪　梁　翔

赵俊义　赵文轩　刘不伟　陈　龙

评审委员会

小说评委

梁鸿鹰　《文艺报》总编辑
王　山　《中国作家》主编
邱华栋　鲁迅文学院常务副院长
郑　子　中央新影集团微电影发展中心主任
付秀莹　《长篇小说》选刊主编
安　琪　作家网总编室主任
刘不伟　作家网媒体部主任

散文评委

张清华　北京师范大学文学院副院长
梁海春　中国现代文学馆副馆长
杨晓升　《北京文学》社长兼执行主编
刘玉龙　《亚洲微电影》杂志常务副主编
方　文　《中国作家》编辑部主任
陈亚美　作家网副总编
张大群　作家网图书出版部主任

诗歌评委

高洪波　全国政协委员、中国作家协会副主席
叶延滨　中国作家协会诗歌委员会主任
吴思敬　《诗探索》主编、原首都师范大学文学院院长
姜念光　《解放军文艺》主编
谷　禾　《十月》诗歌编辑
臧　棣　北京大学教授
霍俊明　中国作家协会创研部研究员

目 录

上

下

在第六届全国高校征文颁奖会议上的讲话（代序）

冰 峰

首先，感谢今天到会的各位领导、老师、同学和文学界的朋友们，感谢你们在百忙之中抽出时间来参加我们的会议，支持我们的高校文学活动。

中国高校文学作品征集、评奖、出版活动于2010年9月18日启动以来，累计收到来稿50多万篇，活动受到了各方面的关注，活动成果被数百家媒体大篇幅报道，大家可以在网上看到这些消息。

高校征文活动编辑的《中国高校文学作品排行榜》已经出版24卷，门口就有这套书的展示，大家可以看到。这套书除了在各大书店、网店销售，我们还分别向国家图书馆和全国各高校图书室、文学社团进行了捐赠。

可以说，在大学校园里，我们的活动是最具影响力的文学活动。有几点感受我很想在这里谈谈。

一、对于大学生来说，我们的奖是雪中送炭的奖。

纵观当今之文坛，可谓奖项林立，旗号纷争，但仔细看去，这些文学奖项，关注的大多是已经成名或即将成名的作家。至于躲在校园里萌发文学青梦的学生，则与这些奖项毫无关系。

其实，人生的第一次是珍贵的，第一次恋爱，第一次写作，第一次投稿，第一次发表……第一次获奖，这是一个人生命中最闪光的东西。而我们却忽视了这种美好，现在看到的，文学界和政府部门所设立的奖项，所举办的文学活动，都是为那些已经成名的作家设立和举办的。我们喊了多少年“文学走进校园，培养文学新人”的口号，实现了吗？文学新人培养出来了吗？

今天我敢这样说，“包商银行杯”全国高校征文这个奖就是为那些刚刚萌动写作热情的同学设立的，我们要让他们发表作品，拿到奖金，走上文学舞台。我们的奖金虽然不高，但对学生来说，也是一笔可观的收入。

所以说，我们所举办的高校文学活动，不是为作家们锦上添花，而是为那些刚刚起步的、还不能独立行走的文学孩子们，以扶持的方式送去一份力量，一份关怀，一份鼓励。

二、我们的奖是纯洁、干净的奖。

这些年，我们不断听到诟病评奖的消息。什么“跑奖”呀，“评委徇私”呀，等等。我觉得这些都很正常，因为评奖捆绑了太多利益。一次获奖，省里接着奖，市里接着奖，县里还要奖，获一次国家级奖，除了名誉、名望的收获，光奖金就可以拿到几十万元，甚至几百万元。在利益的捆绑之下，评奖能不变形吗？

我们再看看评奖程序，有些文学奖项的参评作品，都是署名的、发表过的，作者名字无法隐藏或遮盖。评委又是文学圈子里的人，对每位作家又很“熟悉”。即使没有行贿重礼，但平时的交情和对作者或友善或憎恶的评价不可能不放在评委的天平上，这些额外的“分量”能不让公正的天平失衡吗？

其次，我们评价一个人，总是“全面的”看，一方面的成功，往往会被误读为“这个人做什么都行”。官当得好，钱挣得多，文章也应该写得好……小说写得好，散文也应该写得好。反之亦然。如此推断，或如此戴着有色眼镜看作品，有失偏颇就成为必然。翻阅历届国家级文学奖的获奖名单，可见多数获奖者在作家群中身份显赫，这说明了什么？

如此看来，有些文学奖项的评奖与其说是在评作品，还不如说是在评作者。

我们的高校征文则不然，学生相对单纯而干净，所写作品几乎都是处女作，是人生第一次交出的文学答卷。可以想见，作者的心情是激动的，情绪是忐忑不安和诚惶诚恐的，谈何跑奖之不齿念头？再者，学生仅仅是校园里的书生，还未走入社会，也很难与评委老师搭上关系。至于跑奖的经费，那就更无从谈起了。

再就评奖程序而言，高校征文评选程序是：作品由中文系学生筛选，文学编辑初选后，隐去姓名、学校名、编号，最后经终审评委投票评出奖次。从评奖程序来看，终审评委看到的仅仅是作品文本，根本看不到文本之外的任何信息，加之学生的作品大多未曾发表，评委根本无法获知作者任何有效信息，为人情而投票之事是绝对不可能发生的。

另外，为了让参赛学生对自己的作品有一个客观的认识，我们又将评奖过程制作成视频专题，通过作家网公开播发。这样，每位参赛入围同学不仅得到了一流作家、编辑家对自己作品的把脉和指导，同时也找到了自己作品的病灶和不足，看清了自己作品的优缺点，其受益是多方面的。

当然，视频专题同样也展示了评委严谨的评审态度。看了评奖视频就会知道，评委是如何各抒己见、唇枪舌剑来评审作品的。因为评委们不知道作者是谁，只对文本说话，只说自己想说的话，没有任何顾忌。可以说，整个评奖过程，就是评委们文学观点的论辩过程。

因此说，“包商银行杯”全国高校征文的奖，是一个公正、有分量的奖。没有水分，没有任何掺杂使假之处。

所以说，高校征文的奖是纯洁、干净的奖。

三、我们的奖倡导了一种社会风气。

现在的家长普遍认为，只有学习音乐、美术、影视、传媒等热门专业才能够获得社会的认可，才有可能成为明星、大腕，才有可能挣到大钱。文学是一条艰苦的、没有前途的路。我们举办高校征文活动，就是要改变社会的这种看法，倡导一种新的风气。那就是大学生写文学作品，也可以发表，也可以拿奖金，也可以出名。

莫言获奖了，曹文轩也获奖了，这让文学找到了应有的光荣。莫言、曹文轩的获奖给文学界带来了一股暖风，带来了一个文学春天，这是我们中国人期盼已久的收获。它让中国人的文学梦清晰了许多，也绚烂了许多。

既然文学界都发生了如此大的震荡，大学校园的文学热升温也就是自然而然的。莫言在北师大演讲的时候，连走廊里都坐满了学生。这样的场景，令人兴奋又鼓舞。

我们的高校征文已经成功举办六届，第七届也已经开始。我相信，有了莫言诺贝尔文学奖、曹文轩国际安徒生奖的影响和激励，有了我们高校文学征文活动的推动，我们的大学生一定会热情高涨，投身文学事业。也许，我们今天在座的某一位，就是未来国际大奖的获得者。

四、心灵的雾霾需要文学清洗。

《心灵的雾霾需要文学清洗》，这是我曾在《中国高校文学作品排行榜》中所写序言的标题，里面我也写了这样一段话：放眼当下，各种各样的污染汹涌而来，我们的精神被围困！娱乐节目，网络生活，虚拟空间……冷冰冰的科技、机械像洪水猛兽般淹没了人类的生活，浪漫、情趣、自然、人性……这些美好的词汇在逐渐僵化，成为僵尸。我不知道，我们的生存环境已经被雾霾笼罩，如果我们的情感空间和精神空间也被雾霾笼罩，我们的出路将在何方？

前几天我和朋友们一起吃饭，也谈到了电子商务和微信对人性的伤害。现在我们天天抱着手机说话，对着电脑购物，人性中最美好的东西在逐渐消失，情感在钝化，生命中带有体温的人性、情感体验在消失，“清明上河图”中描绘的生活情景几乎没有了，“煮酒论英雄”的场景似乎一去不复返，我们几乎像计算机一样思考问题，像机器一样活着。

于是我想，面对这样的恐怖局面，我们的出路在何方？这个时候，我想到了“文学”。

“文学”不仅是一个美好的词汇，她更是我们心灵的家园和治愈精神疾病的良药。有她在，我们的精神就不会寂寞，不会被饿死、冻死。只要这个词汇还活着，我们人类就有希望，我们的人性就会有体温，我们的心灵家园就不会被雾霾完全吞噬。大学生是国家和社会的未来，他们灵魂深处的文学情结等待我们去发现、挖掘、引导，这是我们的责任。

文学与人生是紧密联系的，像血缘关系，她可以在我们受伤的时候疗伤，疼痛的时候镇痛，忧郁的时候打开情感的天窗。文学是心灵最有营养的食品之一，文学对人的改造和心理疾病的治疗是潜移默化、不露痕迹的……社会需要正能量，需要温暖，需要文学来唤醒我们人性的善良与正义。

总之，文学是思想、情感的载体，也是一种能力强大的程序、菌群或病毒，她会入侵人的灵魂，改造一个人，重塑一个人。一部好的文学作品，便是有益的菌群和营养;一部坏的作品，便是伤害人体的病毒。好的作品会帮助人获得健康、快乐、积极向上的心态，从而让社会和谐，人类进步。坏的作品会熏染人颓废、堕落、伤感、自暴自弃，甚至犯罪。因此，我们需要文学来救赎我们，让我们重新像人一样活着，有情感，有体温，有爽朗的笑声，有人性表达。

今天我之所以请了许多朋友、嘉宾来参加活动，主要有一个目的，就是希望大家能够关注高校征文的活动，共同为推动高校的文学事业做一些事情。我一个人的力量有限，但我相信，有在座的各位领导、老师、朋友们的共同推动，文学一定能够走进大学校园，走进大学生的情感深处。

大学生是国家的未来，是社会的未来，也是文学的未来！所以，只有大学生热爱文学，我们的国家才会有璀璨的未来，我们的明天才会晴空万里，阳光灿烂。

最后，引用习近平总书记的一段话让我们共勉。“未来中国，是一群正知，正念，正能量人的天下。真正的危机，不是金融危机，而是道德与信仰的危机。谁的福报越多，谁的能量越大。与智者为伍，与良善者同行，心怀苍生，大爱无疆。”

金 刚

北京师范大学 / 崔 君

夜 风

我不知道自己是什么时候开始回想这些事情的，当我成年后回头去看鱼水村，耳朵里一阵又一阵的风声呼呼地传出来，风携带着石头、鳞片和落叶吹过贯穿村子南北的土路，暴雨骤降，土路才停止扬尘。

土路一直通到我家门口，我家东面就是鱼水水库。水库的拦水坝有半米宽，我二姐告诉我，祖父就是从那二十多米高的大坝上掉下去摔死的。我听了以后无比震惊，村里的老人都是躺在床上死的，而我的祖父是坠落着死的。我站在大坝上的时候经常想起我的祖父，我耳朵里呼呼的风声仿佛就要把我吹向大坝的底端。我的父亲告诉我金刚石是世界上最坚硬的物质，比生死还硬，但我坚信我们村的水库大坝才是最坚硬的，我祖父头撞到大坝下的水泥板就死去了，而大坝也是水泥造的。后来的那场特大暴雨证实，大坝从来没有我想象的那么坚不可摧，一切都没有我想象的坚不可摧。后来，大坝被矿坑里挖出来的一车车岩石和土砾填平，鱼水村的人在上面种桃树，桃花开的时候铺天盖地，花粉在呼啦呼啦的风里愉快地飘摇。一棵桃树供养不起太多的桃子，小桃刚成形的时候，人们就要摘除多余的果实。桃子变红，就像我父亲养的肥硕锦鲤挂在枝头。

土路到达我家后，拐向西延伸到鱼水村公共墓地。我父亲得梦游症时，一个有月亮的夜晚，他借着月光把公墓的碑文密密麻麻地抄写在他的笔记本上，回来表情木讷地把本子交给我的母亲，然后睡下，醒来后一无所知。风吹拂坟头压着的火纸，哧啦声在黄昏将近的寂寥中显得更加清晰而辽远。我父亲没养鱼之前，我的胃总强烈渴望着肉食。我在七岁那年的清明节发现了一个重大的秘密：每当有扫墓的人从我家门前的土路上走回鱼水村，我沿着土路走向公墓就会找到芹菜肉馅儿的饺子。各家的饺子不同，有的白白胖胖，有的干瘪小巧，有的一口咬下去只有芹菜。有时候我懒了不想绕过坟包，就直接走上去，一步跨过压在坟头的火纸。公墓很大，如果走得慢了，水饺就会进了野狗的肚子。那些脏兮兮的野狗伸长脖子在乍暖还寒的春风里寻觅美食，竖立的狗毛被风吹出瑟瑟的声响。

从我家出去，走上土路，走过大坝，再走一段土路就到达七〇一矿。矿坑像一个巨大的鱼眼睛，永久地睁着。七〇一矿底下能挖出松绿色的金伯利岩石，岩石里就有我父亲说过的最坚硬的石头——金刚石。我父亲说他曾经拥有过一块鸟蛋大小的透明原生金刚石，足有一百多克拉，摸上去能感觉到纯正的滞涩感。我父亲还说，没有那块金刚石，就不会有我。

1992年麦子成熟时，我姑姑沿着鱼水村那条尘土飞扬的路把刚出生的我抱回她的家里。我的性别从一出生就辜负了所有人的期望，神婆说我身上有浓烈的戾气，外户的糠菜才能将它磨掉。一年以后，我姑姑又沿着那条土路把我抱了回来。

我长到七岁，开始了对未知世界的想象，任何解释不通的事情都在暴雨的夜晚被湿淋淋地拎出来，一遍一遍在我二姐挂起的花布上演绎。麦子成熟后，经常会有几天几夜的暴雨。暴雨来的时候，听不见人的声音，只有雨点与雨点碰撞、风吹树枝与瓦片、闪电轰鸣的交响。那时我大姐已经嫁给邻村的小石匠，暴雨前风和日丽的一天，我父亲搬出一张小铁床放在东屋里，告诉我我以后要跟我二姐睡在一个屋里。晚上我二姐脱光衣服，在我面前赤条条地晃来晃去，她的身体白得发亮、线条柔美，我产生强烈的羞愧和自卑。她在两张床之间挂起来一块花布，通风窗里刮进来的风吹得花布飘飘摇摇，闪电一次又一次地驱赶屋内的黑暗。我二姐每个夜晚都在花布那边磨牙，雷声越响，她磨得越欢快。

乡村的夜晚宁静安详，灯灭以后，有月亮的时候是月光，没月亮的时候是纯粹的黑暗，那为我漫无边际的想象和说不明白的恐惧提供了最理想的环境。我记忆里的夜晚总是来临得很早，我先睡着，然后我二姐睡着，我二姐磨牙，我再醒来，我意识到这个家里就只有我一个人是醒着的时候无比恐惧。我一动不动地缩在毛毯下面，想我的床底下会出现什么，直到热出一身汗。我越想睡着越不能入睡，我想起冯家哥死去的祖母，她的肚子鼓胀，像一个朝天的鱼肚子。我二姐告诉我地球是圆的，从我家南边的土路一直向南跑，就会从我家北边的栗子林里回来，我那时琢磨过七〇一矿什么时候会钻到地球那边。

鱼水村的西侧是冯家哥的家，那六幢结实的小楼外侧攀满严严实实的爬山虎。我那时经常无比羡慕地跟着冯家哥攀登台阶到达501他们家。冯家哥住在顶层，他家有间小阁楼，冯家哥的妈妈长期待在阁楼里，我不常见到她。

阁楼旁边的楼梯口有一个大窗户，那个狭小的空间占据俯视鱼水村的制高点：初升的朝阳包裹鱼水村，村子北边的鱼水水库里盛满刚刚融化的翠玉，拦河坝在婆娑的杨树叶子中隐没；水从坝上俯冲而下，汇聚到鱼水河，鱼水河从村子西北边绕到六幢小楼前面，再从村子东南方流去；村子东面的七〇一矿在冰凉的太阳里留下一个黑影。

我母亲白桂枝不止一次提到，我家也曾在那幢漂亮的楼上住。贫穷的日子里，我千百次做梦携带大坝边上我家破院子的家具，走上九十九级台阶，打开一个发光的门，那就是我的新家，我们就住在冯家哥对门。我父亲养锦鲤以后，我们家能经常吃到肉了，我觉得我父亲有钱了。我问我父亲金良生：

“我们为什么不到楼房上去住？”

金良生叼着烟卷，他正皱着眉头杀鸡，他一皱眉头就一个眉毛高，一个眉毛低。我大姐、姐夫还有他们的儿子李响到我家来了，上次李响来我家，我父亲杀了一条鲤鱼。

这次金良生拔了拔鸡脖子上的毛，横着锯了两下就割开鸡脖子上的血管。鸡拖着脖子在我家院子里扑腾翅膀转圈。金良生端着一碗鸡血说：

“滚一边去！”

我想告诉他他脸上有一个鸡血泡泡，我没有说，我听话地滚一边去了。

我问我母亲白桂枝：

“我们住过楼房吗？”

我母亲白桂枝对我父亲说：

“你给她讲讲我们住过的楼房！”

我父亲叼着我姐夫给他点的烟，他正在往盆里的鸡身上浇沸水，热气把他和我姐夫包在里面。我父亲嘴里呜呜说着什么，没有理她。我母亲指着墙角那个破旧的马桶说：

“看见了吗？我以前就坐在上面拉屎。”

我还是不太明白。我问我大姐金柳：

“我们为什么不能住小楼房？”

我大姐的儿子李响抢在前面说：

“我妈说了，是因为姥爷超生了二姨和你！是你和二姨不让我们住楼房！”

我二姐金桃放下水瓢，提着李响的耳朵说：

“你再胡说我就拆下你的耳朵喂鱼！”

我的小石匠姐夫用胳膊肘捣了捣我大姐，我大姐金柳推开金桃，说：

“有个姨样儿没有？”

我们家有钱了最终也没有住上楼房，楼房是七〇一矿的工人们住的，我父亲不再是七〇一的工人了，所以我们不能住楼房。

十二年后我重回鱼水村，七〇一矿挖空了也没有挖到地球的另一面。矿坑被圈起来建起钻石公园旅游景区，博物馆玻璃闪闪发光。钻石公园里游客三三两两，一个婚纱影棚杵在人工种植的花卉丛里，新人们在钻石模型前牵着白马拍照，一切看起来都很美好，只有巨大的矿坑像一个尴尬的伤疤嵌在地表上，夜晚的风吹过像大鱼的呜咽。前几年，巷道里安装彩色灯泡铺线路时挖出三个骷髅，那些白花花的骨头提示着凶猛死亡的存在。

回　归

20世纪70年代，我母亲的美艳打败了村里所有的姑娘。我母亲白桂枝是鱼水村白中医最小的女儿，她身上的体香混着草药味儿，迷倒了鱼水村的男青年。

我母亲白桂枝在二十一岁的时候做了一件大事，轰动整个村子：她还没有结婚就和一个男人睡了一回觉。她和卫生所的于文爱吵架，吵着吵着，白桂枝就说：

“你别跟我抢他了，我已经和他睡过觉了！”

于文爱一愣，捂住脸哭着就跑了。于文爱走了，和白桂枝睡觉的那个男人也要走了。那个男人是七〇一矿的勘探队员，白桂枝高高兴兴地去找他要跟他一起走，勘探队员说我有老婆了，有孩子了，你不能跟我一起走。白桂枝说那你为啥要和我睡觉，勘探队员说你要是不愿意我也和你睡不成觉。白桂枝看了看勘探队员摔折又接好的胳膊，她扬起铁锹又给他砸折了。

从那以后，鱼水村的人都知道白桂枝和一个男人睡过觉了。鱼水村的人说，下次斗破鞋不愁找不到人了。

我父亲金良生从部队退伍回来后的一个下午，天气燥热。他走出鱼水水库边上我祖父留给他的屋子，夏天大太阳的脾气还在，他沿着小路走到水库大坝。

几个青年在浮水，和金良生一起退伍的冯虎站在坝上朝金良生喊：

“下来吧，水开始凉了，爽得很！”

冯虎钻进了水里。

金良生一边走一边脱掉汗衫，把衣服堆在杨树叶子的阴凉里。他拔出嘴里叼着的那枝石竹花，扔在他的军装裤子上，一个猛子扎进水里。他在水里扑腾够了，就坐在大坝上晾身上的水。水库边传来姑娘的说笑声，岸边开始忽闪着两个影子，一红一白。金良生纵身像鱼一样滑下了水。

王皮吹一声呼哨说：

“快去捡漏啊金良生，地都耕好了，直接就能下种！”

两个影子逐渐走出灌木丛，白褂子匆匆地走了，红褂子停住。金良生看见红褂子走上大坝，青年们怪里怪气憋着笑，像憋着一个屁。这个女人没有避开洗澡的男人们，反而走上大坝。

红褂子就是白桂枝，她穿着黑色的提篮鞋，迈着小碎步走上大坝，一边走一边卷起袖子，露出白皙的胳膊。她走到青年们放衣服的地方，盯住王皮的衣服。这时，她瞥见旁边一堆衣服上放着一枝山竹花，她迈了一步跨过王皮的衣服，抬起她小巧的脚尖轻轻往右一挑，那小堆衣服和一枝石竹花纷纷扬扬地落到大坝底下，白桂枝的脚尖又轻轻往左一挑，把王皮的衣服挑进水库里。

她干完这两样活儿拍拍手就走了，其实她根本就没有用手。

我的父亲金良生在那个下午赤条条走下大坝捡衣服，他提上裤子，用褂子抽着芦苇骂了一句“臭娘们儿”。

夜晚微凉的风吹拂着他，空气里都是尘土的味儿。

一个月后，我父亲金良生在水库北边的栗林里重逢白桂枝。他有晚饭后散步的习惯，他散步的时候有时向南，有时向北。

这天，金良生的蚊子草用光了，他走出小屋，向北走去，那里的山坡上长着丛生的蚊子草。蚊子草开着淡紫色的小花，隐藏在艾蒿丛里。他要把这些草连根拔起，晒干，再把它们一缕缕编成粗辫子，晚上点着蓄烟熏蚊子。他走到金银花的秧底下，一拔还带出几个灰色的土元，它们闷头闷脑地爬进稀松的土壤。天渐渐黑下去。

金良生抱着一大捆蚊子草，他看到了白桂枝。白桂枝站在小溪边上的杨树林子里，换上了一件崭新的的确良白褂子。林子里，蝉吱吱地叫上两声，风热乎乎地吹。

白桂枝转头看见金良生，她挂着满脸眼泪。白桂枝招手让金良生过去，金良生皱皱眉头，一个眉毛高，一个眉毛低。金良生迈了一大步，走上土坡，站在一棵树边。白桂枝说：

“你娶我吧。”

金良生说：

“我为啥要娶你？又不是我睡的你。”

他说完就抱着蚊子草要走，白桂枝用袖子擦了擦眼泪说：

“你站住！他们说我是破鞋，可我才不是破鞋。穿了一次就破的鞋不是好鞋，只穿过一次的鞋不是破鞋。你也觉得我是破鞋吗？”

“我没穿过，我咋知道？”

“那你脚上的是啥？”

金良生扭头就走。白桂枝叫住他：

“你看看我的辫子好看吗？”

白桂枝梳的头发不是往常的样式，一条稀松的发辫从左前额攀爬到右耳后，油光水滑。金良生说：

“中看不中用。”

“我能把你的蚊子草也编得这么好看。”

白桂枝抢过金良生怀里的蚊子草，就往水库边上金良生的屋子走。白桂枝一边走一边掉，金良生一边走一边捡。

白桂枝给金良生编了一条长长的蚊子草辫子，她编完说：

“这下行了，你得娶我了。”

金良生脱下他的鞋，磕了磕上面的泥说：

“你这个女人可真新鲜，我又没让你编。”

白桂枝啪的一声拍在自己脸上，捏下一只死蚊子。她拿起那条蚊子草说：

“你娶了我我就一心一意地跟你。”

金良生没有吱声，白桂枝又说：

“你别皱眉头，你一皱眉头就一个眉毛高，一个眉毛低，真丑。”

金良生去了我外祖父白中医家里。

“我决定娶白桂枝。我是退伍军人，我能到七〇一矿工作，我不少挣钱。我的新房就在西边的楼上。我爹金二没了不用养老。”金良生自顾自地说起来。

“将来我有了儿子，我让他来看你，他一溜小跑着就来了。”金良生嘟噜嘟噜说完了一大串话。说完他看见白桂枝倚在门框上，边嗑着瓜子边朝他笑。白中医和金良生喝完酒去喂鸡，他晒着太阳嘿嘿一笑，倚在鸡窝旁边睡着了。

金良生和白桂枝结婚的那天晚上，金良生问白桂枝：

“你怎么就让他占了便宜呢？”

白桂枝回答说：

“他摔折了胳膊，找我爹给他接骨。”

“找你爹没找你啊。”

“他接了骨头又让我给他熬骨头汤，他说他们勘探队那里熬骨头汤不方便。”

“熬了几次骨头汤？”

“三次。”

金良生伸着三根手指头说：

“三次！你给他熬了三次骨头汤！熬了骨头汤呢？”

“熬了骨头汤，他说他胳膊太疼了，叫我给他揉揉。”

“他让你揉你就揉了？”

“我喝了他三碗骨头汤，吃人家的嘴短。”

金良生打了白桂枝的头，把她的辫子都给打散了，他大声问：

“揉了揉，接着呢？”

白桂枝不耐烦了，梗着脖子说：

“你还有完没完？揉了揉他就抓住了我的手，又摸了摸我的肘，他的手一步一步靠上走。”

“他摸你你怎么不喊？”

“我喊了一声，我爹给人看病去了，我娘去赶集了，我喊谁听得见？我刚想再喊一声，他站起来就用舌头堵住了我的嘴，还把我挤到灶台上，脱我的裤子，还说我要是不让他脱，他就去找卫生所的于文爱，我怎么能让他去脱于文爱的裤子……”白桂枝还没说完，金良生又一巴掌打在白桂枝头上：

“你这个愣子！”

他生气地别过头去，又突然想到什么似的，瞪着白桂枝的大腿着急地问：

“你给他熬了三次骨头汤！你说实话！你这破鞋让他穿过几次？”

白桂枝一把推开金良生：

“你说谁是破鞋！”

金良生嗷嗷大叫：

“我问他你穿了几次！”

“一次！就穿了一次！”

我父亲金良生入伍后，家里只剩下我姑姑金凤生和痴呆祖父金二。

金凤生吃够了发霉的地瓜和粗糙的煎饼，家里连个劳力也没有，她要结婚，她要嫁给镇上那个做白面馒头的男人张宪普。

张宪普身材高大，他的妻子难产死掉了。金凤生觉得那个男人有本事，能做馒头，她给自己找好媒人就去提亲了。她去找那个男人的时候拿了一只银碗。金凤生早就打算好了的，她要拿一个容器吃一辈子白面馒头。

她拿着她母亲留下的所有银货嫁妆来到了鱼水村银匠的摊子边，那堆银货里有一个完整的花头、两个宽戒指、三副半耳坠，这些装饰的东西是别的女人的宝贝，金凤生不美，她不需要，她只想要一只碗。她指着她左手里的那个暖壶盖儿，对银匠说：

“给我造一个碗，瓷实一点，要和这个盖子盛一样多的麦粒子，外边给我雕上花。”

一暖壶盖儿的麦子平沿儿齐正好可以换一个白面馒头。金凤生并没有对银匠说报酬。

银匠只会雕花，他从来没有练习过铸造，金凤生指导性的话语给银匠巨大的灵感，他要成为长马镇最好的银匠就必须学会铸造。银匠钻在冯家哥祖父冯三带家里整整半个月没有出来。

半个月后，他给我姑姑金凤生一只碗，那只雕花的银碗和一个暖壶盖儿可以盛一样多的麦子，他告诉金凤生，银子正好用上，一点也没剩。说完他背着手转身就走，走出金二家，走出鱼水村。

银匠熔铸七遍，终于做到正好用完金凤生的银子，铸成一只瓷实的银碗。

金凤生揣着那只碗雄赳赳地去了做馒头的张宪普家里，她一定给那个木讷的男人演示：你以后再也不要用那个破旧的暖壶盖儿量麦子卖馒头，让我来和你一块儿卖馒头吧，这样你就可以用雕花银碗量麦子卖馒头了。后来，金凤生的儿子就姓张，叫张国栋。

金凤生很矮，一点也不如白桂枝好看，吃馒头的她白白胖胖，像个发酵很好的白馒头。她的眼睛被挤在肥肉里，显得有点多余，她的手掌一摊开，像五条蚕在吞食一块叶饼。金凤生用她蚕一样的手指头指着我的头说：

“你大姐听话，你二姐勤快，只有你是个讨债鬼！一讨讨两家！”

她把大的话梅都给她的儿子张国栋，我的手掌里只有小小的几颗；有一次她和张宪普吵架，我在她家吃完饺子，她让我必须把我碗里剩余的蒜泥吃光，还得把碗舔干净，张国栋则不用吃剩蒜泥、舔碗。

我的表哥张国栋偷偷拿出那个银碗给我看，那是一只小巧的碗，模样好看有样子，内里光滑，外面果真雕满了花，什么花呢？是桃花，一朵压一朵的桃花，清晰的枝干伸展其中，缝隙里的灰垢增强了花纹的立体感。还有两行字：桃之夭夭，什么什么其华。我穷尽一年级学到的所有知识读出来。

很多年后，我才明白，我们村那个银匠早就洞悉我姑姑的心思，所以他刻上桃花和八个字来祝福我的姑姑。

金凤生在我认真观看银碗的时候一把抢过去她的碗，她指着那只碗说：

“看见了吧，我就是用这个东西给你喂馒头糊糊，把你喂到一岁还给白桂枝。”

我问白桂枝：

“是我姑姑把我喂到一岁还回来的吗？”

白桂枝一瞪眼：

“胡说！差一个月才一年呢！”

水　鬼

冯家哥是我最好的朋友。他从抽屉里拿出他父亲的墨镜，我们轮流趴在他家玻璃上俯视鱼水村。从高处向下看，村子变得陌生而又令人敬畏。

冯家哥说戴着墨镜这个鬼东西好像听不见我说话。我摘下他的墨镜，戴上，我看见玻璃上印出一个女人，她披散着长头发，嘴唇发黑。我摘下墨镜回过头看她，她通红的嘴唇在苍白的脸上像精致的伤口。冯家哥对她大叫：

“快去戴上口罩！冯虎马上就回来！”

冯虎是冯家哥的父亲，他和我父亲金良生一起退伍回到鱼水村，一起到了七〇一矿工作。大队书记冯三带为儿子冯虎娶到了长马镇镇长的女儿，那个热爱口红的女人在我母亲生我那一年才生下她的第一个孩子——冯家哥。

冯三带只有冯虎一个儿子，只有冯家哥一个孙子，冯家哥在全鱼水村的鸡都不下蛋的时候还是一天吃两个鸡蛋。

茶碗里有一个圆圆的煎鸡蛋和五块红烧肉，冯家哥端坐在板凳上，拿起筷子舔一下说：

“爷，我想喝水。”

冯三带瞪他一眼：

“就着水吃蛋，蛋味儿都给冲没了！”

冯三带站起来给冯家哥在另一个茶碗里倒水，冯家哥又拿起筷子舔一下，说：

“爷，水里能给我加点糖吗？”

冯三带吓唬他：

“吃多了糖，牙生虫，肠子生虫，屁眼儿也生虫，你又忘了痒了？”冯家哥的屁眼儿里经常生虫，人们老是看见冯三带坐在他家门前的槐树下，拿着火柴棒对着冯家哥的屁眼儿找来找去，冯家哥有时候嘶哑着喉咙喊：“有没有在褶儿里？”

这时候，冯家哥翻眼珠想了想：

“爷，你家没糖啊？我在家喝水我妈都给我放糖，我在我姥爷家喝水我姥爷也给我放糖，你家没糖，那我就不在这儿吃蛋了。”

“怎么没有糖，多着呢，蛋都煎好了你去哪里吃！”

冯三带马上站起来，去里屋找糖袋子。冯三带挑出砂糖里的蚂蚁，捏一撮加在茶碗里，试一口，水都凉了，就一口气喝光重新倒一碗热水，加一撮糖端到冯家哥面前，茶碗里已经空了。冯家哥舔着油光光的嘴唇，说：

"爷，你煎的蛋比我妈煎的好吃！你炒的肉比我姥爷炒得香！"

冯三带眯着眼睛给冯家哥端上加糖的水。

冯家哥打开那个油汪汪的塑料袋子，里面有个圆圆的鸡蛋和五块红烧肉，我吃的时候它还是热乎乎的。在我父亲养锦鲤之前，冯家哥满足了我贫穷的味蕾对美味的想象。

冯家哥来找我的时候站在大坝上，他拿一串杨树叶子遮阳，眯缝起眼睛在水面搜寻我的踪迹。他冲我沉下的水面有气无力地喊：

"出来吧……杏……金杏……"

我在水底听他的声音，怪里怪气，像病弱水鬼的喘息。我从水面钻出来，朝坝上那个白烟一样的身影喊：

"你要是不下来，咱俩就不要一块儿玩了。"

他坐下来，小心翼翼把右脚伸进水里，又把左脚伸进水里，然后停住，央求似的看着我。他正要张开嘴对我说点什么，冯三带在远处叫骂起来：

"孽障！我打断你的狗腿！"

冯家哥立刻把脚拿出去，乖乖地跟祖父冯三带回家了。

我们鱼水村管游泳叫作会水。我是鱼水村第一个会水的女孩子，冯家哥是鱼水村第一个不会水的男孩子。我问冯家哥：

"你爷为啥不让你下水？"

冯家哥抽了一下鼻涕：

"我爷说好多年前我们村来过一个银匠，他告诉我爷，不能让我们家的小孩儿下水，小孩子下水就容易被水淹死。"

"胡咧咧！"

冯家哥最终也没有学会游泳。我抹了一把脸上的水珠，坐在大坝上，冯家哥留下的那串杨树叶子奄奄一息地趴在滚烫的水泥上。

后来，我能留下的唯一一样关于冯家哥的东西便是一颗牙齿，它又小又轻，躺在我的手心里，像一只死去的小鸟，像一颗冰凉的米粒。

在那个晚霞喷薄的黄昏，他头顶白麻布奔跑到我家门口，他邀请我一起去看他的祖母。那个老女人躺在暗黄的席子上，脸上盖着火纸，她的肚子由于内脏发酵严重鼓胀起来，旁边有个破风扇有气无力地扇风降温。她头戴一顶金黄色的帽子，臭气从她花花绿绿的衣服下钻出来，弥散在屋里。火纸被揭开的时候她闭着眼睛，平静而又骄傲，耳郭里、睫毛上有几只细细的蛆虫在兴奋地蠕动。

冯虎被剃了孝头，冯家哥的妈妈戴着口罩坐在麦秸杂乱的地上，冯三带躺在麦秸里喝着别人舀到他嘴边的白糖水。

冯家哥和我看见周围的人夸张地哭喊，他自己也哇的一声哭起来。我们是跑到灵屋的，他一边哭一边大口喘气，模样很滑稽，我不想哭，反倒想笑。这场神奇的仪式带给冯家哥长久的沉默，他带着忧戚的神情，向我转述他祖母的离去。

他告诉我他的另一颗牙齿也出现松动，并张开嘴让我看。随后他把手伸进嘴里，把那颗就要脱落的乳牙拔了出来，有一小股血从牙床上汩汩地流出。那粒带着一点血丝的牙齿是犬齿，有贝壳一样的光泽，它被庄重地交到我的手上。

冯家哥没有告诉我应该怎么处理它，我也没有询问，就像他已经告诉我应该怎么做而我也很明晰一样。他拔完牙齿，往地上啐一口血，粘连的口水贴在他的下巴上。他站起来就走了，沿着那条尘土飞扬的土路朝村子西面的六幢楼房走去。

我没有想到，我们村的银匠比我更早地预知了冯家哥的命运，就像冯家哥说的，银匠早就对他的祖父冯三带发出了不能让小孩儿近水的警告。我不明白那时的冯家哥为何做出那样的举动，但那颗牙齿仿佛像一个极其珍重的礼物，我不敢轻易把它扔掉，或者用石头砸碎。我决定好好保存它。也许那时我也靠着小孩子的预知能力提前知道了冯家哥的死亡、幻灭、销声匿迹，唯有这颗坚硬的东西能比他的肉身存留的时间更长久。

破　裂

我和冯家哥七岁的时候上了一年级。冯家哥有了更多的朋友，而我还是只有他一个朋友。我不习惯交谈，在别人向我走来的时候我就开始紧张，他们说完一句话等待我回应，我搜肠刮肚想找到合适的简短话语填补空白的时间，这对我来说是困难的。并且，我也不会和别人主动交流。

冯家哥旁边的位子上坐上一个长头发女孩龙娟，他们在上课的时候嬉笑打闹被女数学老师撞见了。

我坐在靠窗的位置上，花圃里的月季花疯长高过屋檐，花丛里有成堆的蜜蜂。冯家哥和龙娟被罚站，透过月季花叶子，我看见他们在小声地说话，冯家哥捂住嘴笑了，他捂着嘴是因为他的门牙也脱落了。

我感觉难过极了。我举起手来，女老师问我：

“金杏，你有什么事儿？”

我说：

“老师，我想尿尿。”

这个年轻的女老师使劲眨一下眼睛，她频繁地眨眼睛，而且每次都很使劲。她说：

“你已经是这节课第二个了。你背一遍乘法口诀就让你去。”

乘法口诀在二年级的书上才有，这个女老师一年级就让我们学。她让我们背的时候是竖着背，但我很流利地横着背了一遍，一边背一边看冯家哥和龙娟。听我背完，女老师微微一笑说：

“金杏你现在还想方便吗？”

我不太懂方便是什么意思，我说：

“我不想方便，我只想尿尿。”

她连眨三下眼睛，摆摆手说：

“你去吧。”

我快速走出教室。冯家哥和龙娟还在花圃边说话，我走过他们身边的时候故意放慢脚步，把凉鞋的后跟拖得吱吱响，他们俩谁都没有看我。

我尿了几滴尿，回到教室门口，打了一个报告，女老师说：

“进来！”

我慢慢地回到我的座位。

“外面两个同学还站在那里吗？”

我说在，她又问我：

“他们在干吗？”

我说：

“在站着……说……说话。”

一只蜜蜂飞到我喝水的杯子里，我拿起盖子扣住了它。

女老师把冯家哥和龙娟叫到教室里，大声训斥他们说：

“在屋里说！在屋子外面还说！我让你们说个够！”

龙娟的大眼睛里立刻有眼泪滚落下去。

女老师处罚冯家哥和龙娟背对背，冯家哥要连续说一分钟对不起，他要一边说一边数说出的个数，龙娟也要数但嘴巴不能出声，时间到后分别把个数写在两个小纸条上，数字不一致就要再从头数。

冯家哥在下课后来到我的书桌面前，他面无表情地问我：

“你为什么向老师告我？”

我说：

"我没告。"

冯家哥身边的几个男同学指着我说：

"就是她告的！就是她！"

我一点也不想辩解，但我心里充斥着巨大的失落。放学之后，我快速地收拾完书包逃离教室。冯家哥放学不和我一起走了。

我想和冯家哥和好，有一次我莫名其妙地走进那幢小楼，我停在501的门口。501的房门紧闭，我听不到里面任何的动静。我站了十几分钟，502的门突然咔的一声开了，我吓了一跳，出来的是那个很胖的大男孩儿，他站在那里像门一样俯视我。我看见他家门边上有个假的大狼狗很威风，我没挪动步子盯着多看了几眼。这时他后退一步，把门哐的一声关上。我觉得我受到了耻辱，而这耻辱是冯家哥带来的。我快速地跑下了楼。

班主任安排给我的值日任务是倒垃圾，每周五下午我都会提着我们班的那个红色铁桶走出教室，穿过操场，打开那个通往围墙外面的铁门，将垃圾倾倒在小河边的垃圾堆上。

有一个周五，我倒完垃圾站在小河旁边的时候，看见两个毫不相干的人纠缠在一起。那个住在冯家哥对门502的胖男孩在拉扯一个瘦弱的姑娘，姑娘极力挣脱，但是她太瘦了，胖男孩的每一次拉扯都像要把她折断一样，她披散着头发，哇哇乱叫。我看见了瘦姑娘好看的凉鞋，那是我女数学老师的凉鞋，那条绿裙子也是我数学老师的裙子。我的心扑通扑通乱跳，胖男孩能把门摔得震天响，那我肯定打不过他。趁他们没有发现，我提着垃圾桶踉踉跄跄地往学校里跑去，我不太清楚当时是单纯地逃跑，还是跑去寻人救我的数学老师。

我遇到的第一个人是冯家哥，他和一群男孩子在操场上疯跑，我看了看他们都太瘦了，没有理他。接着我就遇上了陈校长，他抱着大肚子从我身边走过去。我张开嘴叫住了他。

我跟着陈校长穿过小铁门，来到了河边的小树林里，陈校长突然停住了，我差一点撞到他的屁股上。我看见令人惊奇的一幕：刚刚还在撕扯的两个人这时抱在一起，嘴对着嘴，像是吹气，又像是吸气，胖男孩像抱着一根绿色的火柴棒在啃食上面的黑磷，看得出他太过用力，像要把整个女老师都吸进嘴里。陈校长转过头抢走我手里的红色铁桶扔在墙上，当的一声，我被吓了一大跳，抱在一起的两个人立即弹开了。陈校长走出小铁门，他扶了扶眼镜，厉声对我说道：

"去把桶捡回来！"

我从此以后过着心惊胆战的日子，害怕遇见陈校长，害怕碰上胖男孩，最害怕的是女老师，我总觉得女老师会随时惩罚我一顿。她每次叫我的名字，我都能觉察出一丝咬牙切齿，但是她也对我笑，我看见她笑感觉更害怕。这件事情我谁都没有告诉，我把那个场景想象了无数次，他们两个人在金桃挂起来的花布上拉扯，合在一起，又拉扯，又合在一起。

没有多长时间，冯家哥起了水痘，他在家挂吊瓶不能上学。一个周五，我倒完垃圾从学校回家的时候看见了在土路上站着的冯家哥。他说：

“杏，你怎么不理我了？”

他说这句话让我觉得我应该不理他，于是我径直往前走。一辆拖拉机轰鸣着行驶过去，我看见他的嘴巴张合在飞扬的尘土里，但没有听见他说了什么。最后他说：

“我知道了，是师太问你你才说的，对不起。”

我们语文老师说“师太”是恶魔的意思，后来我们说到女数学老师就叫师太。他见我停住了，朝我跑过来，他说：

“杏，我好了，我已经不传染人了，明天早上去我家看朝阳吧。”

我渐渐理解到，被我自己无限放大的忧虑其实只是我的虚构，一个站在高处四望的邀请瞬间就可以让坚固的执念土崩瓦解。后来，我接受了那个邀请，再后来，我也生了一场水痘。

我时常感到孤独，我常常自己从操场西面走到操场东面，再从操场东面走到西面。有一次我从操场回来，看见同学们都围在我的桌子议论着，我的桌子上放了一盒转转糖。转转糖是装在果冻盒的一种糖，糖液只占三分之一，用搅拌棒转圈搅拌，糖液会越来越多，但是无论怎么转都不会转满整个果冻盒。我的桌子上放着一盒满满的转转糖，同学们看见我回来，都在问我：“金杏，你是在哪个小卖部买的转转糖？”“金杏，你是怎么把它转满的？”

在大家都用贴纸贴铅笔盒的时候，我也觉得我的铅笔盒很丑，我也想要用贴纸把它贴起来。冯家哥的祖父冯三带开着小卖部，冯家哥能不花钱轻而易举得到贴纸，于是我问冯家哥：

“冯家哥，你说你对我好，那你能送我一板好看的贴纸吗？”

冯家哥把书包挂在头上，像个傻子，他正在学于小海他们吹口哨，但是他的牙脱落得严重，满嘴漏风吹不响，只发出咻咻的声响：

“能！我送你十板！咻……咻……”

我说我不要十板，我只要一板。

第二天，冯家哥拿着十板贴纸，分给别的同学九张，最好看的一张被明目张胆地贴在了龙娟的铅笔盒上。

他把我遗漏了。龙娟可以和班上所有的男生要好看的贴纸，我只能和冯家哥要，但是冯家哥没有给我。

我也没有想到，有一天，我和冯家哥真的不怎么说话了。

那时，我的头发每次一长长都要被白桂枝剪掉，龙娟则留着长长的头发。她很漂亮，我不愿意承认。

我的同桌红玲整天脏兮兮的。有一天她突然把头发给剪掉了，同学们跑到她面前问：

“红玲你为什么把长头发剪掉了？”

这个不引人注目的小女生一下子受到大家的关注特别骄傲，她开心地向问她的每一个人解释：

“我头发上长了小虱子，我妈就把我的头发剪掉了。”

“你们要是也想剪掉头发，就得先长小虱子！”红玲说。

同学们都吓跑了。我的头皮也开始瘙痒起来，白桂枝把我刚长出来的头发也剪掉了。班上有了两个长虱子的小女孩，一个开心，一个伤心。

有一天，长头发的龙娟戴了一个帽子来上学，一个调皮的男同学把她的帽子揭了下来，大家看见龙娟也剪掉了长头发，龙娟仅有三四寸的头发暴露在大家眼前，她呜呜地哭起来。漂亮的龙娟一哭，大家都会很伤心。

班长站在我桌子跟前，他指着我和红玲说：

“你们俩是谁把虱子传染给了龙娟？”

红玲也呜呜地哭起来，红玲哭了大家也觉得很可怜。最后我没哭，大家就认定了罪魁祸首是我，因为我上次告老师，这次肯定又是我干了坏事。冯家哥静静地站在他的座位上看我，一点都没有要帮我的打算。

上美术课的时候，美术老师问我们最想要一件什么东西，一个女同学说，她想要一条小鱼。这提醒了我，我家有一水库的鱼。

我脱掉衣服跳进水库里，我能一口气憋三分钟再浮上去。这一次我在水下模模糊糊看到了网箱之外的一大群锦鲤，它们比我父亲养在网箱里的鱼要大很多。我打算告诉我父亲，但是我立刻想到我那是在偷鱼。

我网了四十六条我觉得最好看的小锦鲤准备送给同学们。

到了学校，一条小锦鲤已经死了，给每个同学分发完，我把我水杯里的小锦鲤给了冯家哥。

冯家哥的同桌是王大强，他的鼻涕无论春夏秋冬都挂在嘴唇上。他每一次吸鼻涕都会特别使劲，有的时候吸累了，他就直接擦在棉袄袖子上。王大强夏天流透明的鼻涕，秋天和春天流黄色的鼻涕，每当看见他的鼻涕变绿，我就知道冬天来了。他的花棉袄袖子一敲梆梆响，上面盖了一层又一层的鼻涕。

下午下课的时候小锦鲤的尸体已经躺在了垃圾箱里。我问王大强为什么把我的小锦鲤捏死，王大强满不在乎地说死了就是死了。冯家哥站起来，他指着王大强的大脑袋说：

“你为什么把金杏送你的小鱼捏死？”

王大强大声喊起来：

“送给我就是我的了，我就是想把它捏死，怎么样？”

“我也要把你捏死！你个浑蛋！”

冯家哥紧紧掐着王大强的脖子，王大强揪着冯家哥的耳朵和头发说：

“我早就看出来了，你喜欢金杏！”

这句话像命令一样，冯家哥立即松开手，他愣了一会儿，小声地说了一句：

“你才喜欢金杏呢！”

声音虽小，但是我听得清清楚楚，我感觉自己受到最彻底的背叛，冯家哥把喜欢我当成一件令人羞耻的事情。那个下午，每个人的水杯里都有一条小锦鲤，除了我，既没有锦鲤，也没有水杯。我独自下了一个很大的结论：冯家哥，不再是我的朋友了。

三年级时，冯虎让冯家哥转学去了县城的学校，他每次都穿着好看的校服出现在鱼水村村口，只是他变得沉默寡言。五月的时候，冯家哥拿着做好的工具叫我去折槐花。那是他转学以后第一次主动找我玩。

槐花很香，冯家哥说闻到槐花香气他就不想说话了。冯家哥很厉害，他总能一句话就把我想了很久的感受说出来。冯家哥一边折槐花一边说龙娟偷了他的贴纸贴在了自己的铅笔盒上，还非得说是自己买的。冯家哥说，那盒满满的转转糖是他把两盒倒在一起才转满的，他想送给我一盒满满的转转糖。冯家哥还说，是他跟我父亲金良生说我偷了鱼送给同学们，我父亲才打了我那一顿，他说你告我一次，我告你一次，咱俩扯平了。关于他和王大强的那次打架，他一句话都没有说。

他三两下就爬到树枝开杈的地方，坐在枝干上用冯三带给他做的钩子一下一下地把槐花串带着叶子折下来，我在树下捡拾槐花，把槐花撸在塑料袋里，白桂枝给我们做了好吃的槐花面饼，槐花面饼很腻，吃两块就饱了，和吃面饼比起来，我们更喜欢折槐花。

白桂枝问冯家哥：“你妈妈好些了吗？”

冯家哥擦擦嘴上的油说：“她不会做槐花面饼，她只会待在小阁楼里擦口红。”

我听到白桂枝对金良生说，冯家哥的母亲把一把削苹果的小刀扎在冯虎的肚子上，她蓝色的口罩上都溅上了血。

冯家哥在四年级的时候开始快速生长，从他转学以后我就再也没有去过他的家里，但是我见到他的时候很想和他说话。我每次都是第一个看见冯家哥出现在鱼水村村口的，他穿着蓝白相间的干净校服，背着很大的书包松松垮垮地出现，每隔十四天后的星期五黄昏，我放学后都会在土路的尽头等着他。我坐在那里等他的时候，内心是战栗的。鱼水村的人问我：

"五万，你在这里等谁啊？"

我如临大敌，我暴露了我等待的焦灼，我命令我自己掩藏起来。我对人说：

"我走累了，我在这里歇一会儿。"

冯家哥从公共汽车上下来的时候，我浑身像要颤抖起来，就像我在得知他的死讯时一样。

有一次，冯家哥下了公共汽车，对我说：

"我要送你一件礼物：一颗漂亮的石头。我知道你每次都在这里等我。"

我羞愧得像小时候在他面前脱光衣服跳进鱼水水库一样，然而他说话的时候我没有水库可跳。接下来，我就沦陷到漫长的等待里，等他的礼物，等到了我们就和好了，一直好下去。最后，我迟迟没有等到那份礼物。

锦　鲤

我心惊胆战的那段时间里，我们班级要选拔两名同学去县城参加数学知识竞赛，女数学老师从我们班选了两个：我和另一个男生。我彻底放心了，女老师没有记恨我，我说不出的高兴。

当我把这个消息告诉金良生和白桂枝的时候，他们很高兴地说：

"去！去拿个大奖回来。"

当我把还需要交两百块钱参赛费的事告诉他们的时候，白桂枝看了看金良生，金良生喝了一口白开水：

"应该不是一个档次高的比赛，档次高的比赛都不收钱。"

我站在金良生和白桂枝面前不走，我的手掏在裤兜里，紧紧捏着一个五分的硬币，我在大坝上和冯家哥下棋的时候捡到了它。硬币在我的裤兜里待了太久，已经潮湿起来。我想告诉他们，你们不用给我两百块钱，你们只要给我一百九十九块九毛五分钱就好了。白桂枝坐了一会儿就去剪手指甲了，金良生又拿起茶缸喝了一口白开水。

金良生虽然那么说，但是他下午还是去借钱了。我下午放学回家的时候，桌子上放着三张钞票，一张崭新的一百，两张破旧的五十。

我拿起那三张钱，把它们叠得整整齐齐，走到金良生面前。金良生正在砌我们家的鸡笼，一根铁丝把他的手指划破了，他看着我把钱递给他，皱起了眉头，我学着我妈说：

“你别皱眉头，你皱起眉头来一个眉毛高，一个眉毛低，真丑。”

我告诉他我把名额让给了我们班的龙娟，所以不用交两百块钱了。放学的路上，我回想起龙娟兴高采烈地告诉同学们老师改主意了，要让她代表我们班去参加数学知识竞赛，而且，她立马从口袋里像掏卫生纸一样掏出来两张一百的钱，我走在通往我家的土路上，闻到了谁家煎鱼的香味。

我本以为我会受到表扬，但我父亲听我说完，用他还在滴血的手拍了我的脑袋一下，虽然不疼，但我的眼泪咕噜咕噜地掉出来了，我不敢看他的眼睛，我再也不说他的眉毛了。金良生摸了摸我的头说：

“你哭啥？”

我说：

“我想吃鱼。”

金良生承包了我们家东面的鱼水水库，水库里养了鲤鱼。渐渐地，我能吃到芹菜肉馅儿的饺子了。那些鱼让我父亲赚了钱，他把生我处罚的五万块钱都还清了，还买回来一辆二手的小货车去省城送鱼、卖鱼。

我下水游泳的时候，一群群红色的小鱼游来游去，它们叮在我皮肤上蚊虫叮咬过的地方，很是舒服。

我父亲去省城卖鱼的时候要么自己去，要么带我二姐去，他从来不带我。我二姐金桃每次回来都会拿回大把红红绿绿的扎头绳，可是我的头发一直连一个小鬏鬏都扎不起来，还长了虱子。

有一个暑假的早晨，我起得很早，自己穿好了衣服坐在大坝上，看我父亲从网箱里把鱼装上小货车。他走到哪里我就跟到哪里，我也不说自己想去，我只是一刻不离地跟在他的身后，在心里默念：菩萨保佑菩萨保佑。我看见金桃跳上了小货车，我父亲踩开了油门。突然，他打开车门说：

“上来！”

我坐在货车上一个半小时以后开始呕吐，我闭着眼睛一遍又一遍地问我父亲什么时候到省城。胃要不断地受折磨是我对外面世界的第一印象。

不断增高的楼房上玻璃闪闪发亮，这里的楼房比六幢楼要高大多了。到了市场，我父亲把小货车开进去，我二姐金桃轻车熟路地带我去了动物园。我看见大家都从一个门里进去，我也跟在他们后面，我二姐金桃一把把我拽出来，她说从正门进去是要花钱的。我们从围栏上钢筋破损的地方钻进去，我见到金桃经常说起的那只白孔雀、一群红屁股的猴子和一个巨大的飞机模型。

我二姐带我来到小摊前，羊肉串五毛一串，金桃自信满满和卖羊肉串的大妈讨价还价，最后花了一块钱买了两串。羊肉串硬邦邦的一点也不好吃，但是我吐空的肚子需要它们。我吃完以后，金桃让我看她张开的大嘴，问我她牙齿上有没有东西，我给她剔出来一片辣椒皮和一粒孜然，这样我们的父亲就不会发现我们吃了羊肉串。

一个小摊主向我展示夜光手链的神奇，他让我拢起手来，在不太纯正的黑暗里我果真看见萤火虫一样的绿色光亮，我二姐手里还有一块六毛钱，这就意味着买了她喜欢的扎头绳就不能买我喜欢的夜光手链。我二姐最后慷慨地为我买下了夜光手链。走过一条街以后，她把那条她看中的扎头绳从袖子里面掏出来向我炫耀，还问我：

“大姐好还是二姐好？”

我说：

“二姐好。”

我觉得那是伟大的一天，夜晚我躺在鱼水水库边我家的床上，仿佛听见水库的波浪声。我觉得自己干了一件大事。夜光手链在我的手腕上散发微光，绿色光亮那不清晰的边缘让我联想到金刚石、星星和宇宙，我又在心里默念：菩萨你真好。

与村里的娘们儿比起来，白桂枝虽然多生了两个孩子一点都不显老，这一点让金良生很骄傲。每次我父亲卖鱼回来，他都会躺在我母亲大腿上笑嘻嘻地数钱，有一次我放学回家看见了，我父亲立刻坐起来说：

“滚一边去！”

我偷水库里的锦鲤送同学的那天，我父亲丢失了大量的锦鲤，水库里被人下了药，剩余的鱼翻了白肚子漂在水上，那些鱼再长些日子就可以卖了，卖了鱼我父亲就可以笑嘻嘻地躺在我母亲大腿上数钱了。

金良生在水库边上捞死鱼，冯家哥已经把我偷鱼送同学的事告诉了他。金良生看见我放学回来，拔出嘴里的烟卷，一脚把我踹到水库边上：

“你给我滚！”

我的裤子浸湿了，一只小鱼在我裤管里扑腾了一阵，我站起来，哭着说：“爸，你让我滚到哪里去？”

金良生又踢了一脚水。

“滚！谁愿意养你谁养你！”

他吐了一口痰，回家去了。那口痰随着水漂漂摇摇，它就要粘在我裤子上了，我赶忙走出水去。

我从水库里出来，揉了揉被我父亲踹疼的屁股。我倒出鞋里的水，裤脚里还有一条小红鱼，我把它放进水里，它白肚朝天翕动着腮。我的手里残留了几片红色的鱼鳞，闪闪发光。我沿着土路往村子里走。

王皮的儿媳妇王晓玉问我：

“五万，你走错路了？你的家在北边啊。五万，都快黑天了你去哪里？”

我擤了一把鼻涕说：

“我爸不要我了，他让我滚。我饿了，你能给我点吃的吗？我吃得不多。”

王晓玉把我领回家，她拿了三块威化饼干，给我两块又放回去了一块。我吃了就偷偷走了，走出鱼水村，一直往东走，走了一会儿我又决定往西走。书包里的课本都泡了水，它们死沉死沉的，把我压哭了。我走着走着就来到镇上，天黑下来，我看见我的姑姑金凤生，她的围裙上沾满面粉。

我说：

“姑，我又回来了，你还要我吗？我现在不用吃馒头糊糊了，我自己能吃馒头了，你养我吧。”

我姑姑金凤生给我煎了馒头片，馒头片外面还裹了鸡蛋，张国栋坐在边上看着我，我姑姑说我吃剩下了他才能吃。

我姑姑骑着她送馒头的三轮车载着我，我问姑姑：

“你要把我送到哪里？”

我姑姑说：

“把你送回家，你妈得急坏了。”

我说我不回家，他们不要我了，金良生还要把我扔进水库里淹死。

我姑姑说：

“扔进去你也淹不死呀，你不是会水吗？”

我摇着沉重的头：

“他要把我扔进去，我就不蹬水，等着淹死。”

我姑姑哈哈大笑起来。

半路上我睡了一觉，醒来发现有个人背着我，我闻到了浓重的烟草味儿，我问他：

“你是谁？你是金良生吗？”

我哭得眼睛都睁不开了，我闭着眼睛问他，他嗯了一声。

“你又要我了？你还让我滚吗？”

背着我的男人说：

“不让你滚了。”

我感到很困，我说：

“爸，我们这是回家吗？”

他说：

“是，我们回家。”

水库的水经过一季的换养之后，我父亲又开始养鱼了。这次他在水库源头的那棵粗壮的栗子树下挖了两个大池子，请了工匠用瓷砖砌好，养了几天水，我父亲的小货车运来了两种颜色的锦鲤。东边的池子养红色的火鲤，西边的池子养白色的雪鲤。一块石碑立在两个池子中间，上边写着“鲤鱼泉”，是我外祖父的字，石碑的底座上雕刻着两尾肥硕的鲤鱼，落碑的那天我的小石匠姐夫送给我父亲的，我父亲亲手撕掉了蒙在石鲤鱼眼睛上的红纸。

王皮的儿媳妇王晓玉生了孩子，我父亲在北边的池塘里捞了一条体高背宽、色艳肉厚的火鲤给王皮家送去了，说是给王晓玉补气养血；冯家哥祖母出丧的那天，我父亲捞了一条雄性雪鲤去了冯三带家里。

从那以后，鱼水村的人谁家有了孩子就去找我父亲捞火鲤，谁家有人死去，就去找我父亲捞雪鲤。我和冯家哥有次去栗林摘酸枣，他趴在雪鲤池边看得入神，他说：“这是世界上最好看的鱼。”

石　头

我父亲修鲤鱼泉的时候，矿藏基本被采空，七〇一矿宣告停止开采，原矿坑址上要建立钻石公园旅游区。职工们全部下岗。我同学王大强的父亲也下岗了，他跟着我父亲养鱼，给我父亲打下手。

“完了，真的要完了。”我父亲絮叨着。宣布停产的那天他穿上工作服去了矿场，回来的时候他从口袋里掏出两块松绿的金伯利岩石放在写字台上。

“1972 年春，长马镇鱼水村东侧被发现蕴藏大量的金刚石矿藏，勘探队勘探后建成了七〇一金刚石矿，金伯利岩开采矿坑占地 113 亩，深 117 米，是全国规模最大的金刚石原生矿，直接隶属于国家建筑材料工业部，有 504 名职工。1983 年产鱼水一号金刚石，重 119.01 克拉，1991 年产鱼水二号金刚石，重 67.03 克拉。”后来，我回望矿坑的时候，在父亲金良生破烂的笔记本上发现了这段精准的记载，当年我父亲拥有这本笔记本的时候，他也是504名职工中的一员。

我拿出冯家哥的那颗牙齿，我说：

“爸，这是冯家哥送给我的牙，你给我打个孔行吗？我想戴着它。”

金良生问我：

“你为啥要戴他的牙？”

我觉得这不是一个问题，因为我找不到合适的答案，我说：

“我觉得好。”

我父亲敲了我的头皮一下，说：

“牙好还是人好？”

我觉得这也不是一个问题，我就没说话。他拿出在矿场工作时用的微型钻机，先把上面的铁锈用砂纸擦干净，然后在那颗牙齿上钻了一个圆圆的孔，他小心翼翼地问我：

“这样行吗？”

我使劲儿点点头，很感激他。

我父亲要儿子的梦想在他最贫穷的时候就已经形成。

年初二，本家兄弟要在一起吃年饭，众兄弟坐一桌，众妯娌坐一桌，孩子们男孩儿坐一桌，女孩儿坐一桌。金良生看着男孩儿的那一桌，他十五个兄弟都有儿子坐在那里吃饭，那里面没有他的儿子。

二哥家的胖儿子跑来二哥的位子边上：

“爸，你吃口肉！”

三弟家的瘦儿子跑来三弟的位子边上：

“爸，你吃个蛋！”

金桃跑来金良生的位子边上：

“爸，你喝口汤。”

金良生张嘴喝了。金桃又跑过来，说：

“爸，你再尝个枣。”

金良生没有张嘴吃，他又皱眉头了。

我祖父金二是个痴呆，我母亲嫁给我父亲金良生之前，他就终日在鱼水村游荡了。金二的头发长时间不修剪，他穿着破破烂烂的军大衣，和他的大黑狗一起游荡在街道上、田地里，隔得远了，人们分不清哪个是人，哪个是狗。

金二一个人住在大坝边上的五间屋里，一觉醒来，头发上沾着几根残断的麦秸，黑狗在院子里打盹儿。金二虽然脑子不清醒，但他会计算我姑姑在哪一天来给他送饭。他算好了，早晨坐在门槛上等，等着从他大门里进来的那个女人和她挎着的红包袱。

我姑姑金凤生一次送来的饭越多，她来的次数就可以减少。金凤生嫁到了镇上，每次她从镇上回来，黑狗就一骨碌爬起来，深深地低下头去，围着她残存面粉味道的裤脚打转。金凤生每次出门都会挎着她新婚的龙凤包袱，金二从包袱里找到两个馒头狼吞虎咽地吃起来，吃完了就在金凤生的包袱里屙了屎。金凤生发起疯来，一边追打金二,一边大骂：

“老不死！你个老不死！”

金凤生在金二把屎屙在她的包袱里以后，就不给金二拿馒头吃了。她故意多隔了三天才去给金二和他的狗送饭。

那个早晨，金凤生骂骂咧咧地推开柴门，狗死了，侧躺在院子里，门槛上没有金二，金凤生站了一秒钟定了定神，她跑进屋里，看见金二睁着眼睛躺在床上一动不动，一只手垂下床来，她胳膊上的包袱重重摔在了地上，金凤生大叫一声，啊啊地哭起来了：

“爹啊，你这是咋了！我饿着你了，你可不能就这么没了！”

金二眼珠子一转，嘿嘿一笑，朝着包袱扑过去。金凤生一巴掌打在金二背上：

“你个老不死！”

她破涕为笑，忙去给金二解包袱，又给金二烧水，还给金二炒了两个小菜。

金凤生第三天来的时候喜气洋洋，她又给金二带馒头了，还给金二斟了一盅酒，然后她好奇地问：

“爹啊……爹啊，你先等会儿吃，你的石头呢？”

金二举起来手里的馒头：

“馍馍……馍……”他嘿嘿笑着，又吃起来。金凤生终究没有找到那块石头。

金凤生扛着铁锹，拖着老狗，准备把它埋掉。她铲了七下土，只挖出一个小坑，狗太大了，她得挖一个大坑。金凤生掀开废弃老井的盖子，把狗的尸体头朝下扔了进去。

又过了三天，金二真的死了。金二从二十多米的水库拦河大坝上掉下去摔死了。

我祖父金二还活着的时候，他把玩了好几年的那块透明石头突然在矿场建设之初受到了大家的关注。金刚石渐渐成为鱼水村人谈论的话题，矿上运下来废弃的小块儿金伯利岩铺在田地边上，小孩子和大人拿着小锤子叮叮当当地敲打。大家都想在那些松绿的石块里找到米粒大小的结晶，黄的、红的都行，白的那就更好了。

王皮突然扔掉锤头，他拍打着自己的脑壳：

“哎！哎哎！金二那里的那块石头！那块石头会不会是……”

突然之间石头也能卖钱，鱼水村的人多少有些惊悸。

王皮的心血来潮激起大家浓厚的探索兴趣。金二对周围突然到来的热情询问时刻保持警惕。

王皮神秘兮兮地对村里人说：

“前天晚上我去找牛，你们都知道我家牛的脾气，就是那头半大公牛，日他娘的跑到栗林死活不出来。后来。我牵着牛往回走，走到大坝边上，你们猜怎么着？”

“咋着，看见鬼了?！”

王皮受到鼓舞，一拍大腿：

“蓝光！我看见金二的屋子散着蓝幽幽的光，我拴好牛，贴近了门缝看，金二床头上那块石头发光呢，金二还翻了个身子，抓了抓腚。我再把门缝开大点！我的娘！一条红花子蛇吊在门框上朝我吐芯子！老狗这时候也叫起来，吓得我呢！”

大家将信将疑地看着王皮，王皮又一拍大腿：

“骗你我是你孙子！”

勘探队员们还没来到鱼水村的时候，痴呆金二不知道从哪里找到了块好看的石头。他把石头当宝，村里人都知道金二有块石头，大家见了金二就逗他说：

“呦，金二又揣着你媳妇呢！”

“金二，把你的石头给我瞧瞧！”

金二就裹一裹破大衣，骂人一句：

“咦！宝贝也是你们能看的！”

矿场开始动工了，金二的石头引起了大家的猜想。

“金二啊，矿上要派人来鉴别你的宝贝呢！你这宝贝是捡的，就得还给国家嘞！”

鱼水村大队书记冯三带蹲在鱼水村的大坝上抽旱烟，他远远地看见金凤生挎着红包袱来了。他甩甩烟锅示意金凤生过去，咳嗽一声说：

“你爹金二的那块石头我要他不给，你得做做贡献，是不是金刚石都得交到矿上去鉴定。”

我姑姑听完，甩下一句话：

“你算老几啊！我爹不光有石头，他脚指头缝儿里还有泥巴呢，要不要鉴定?！”

金二的狗死了，过了几天，金二也死了。金二的脑袋摔得扁扁的，像一个竖立的巴掌。

派出所调查了一番，没有什么线索，以痴呆症老人失足摔下致死结案。

金良生退伍回来了，他顶着白帽子为金二泼送魂汤。金良生晚上睡觉的时候，琢磨了好多事情。白天他还发现，金二的屋子周围被翻起一大圈新的土壤。

十六年后我父亲又重新住到了祖父金二的房子。一天早晨，我二姐金桃被我父亲金良生叫醒，她随手把一个宽松的棉衫罩在身上。

“新苗刚出，必须赶在大太阳烧热前把菜溜过三遍，菜苗才能活下去。”

金良生说。

金良生在菜地里种了白菜和萝卜，白菜是包心大白菜，萝卜是瓷实老白根，去年的品种。新苗钻出头，像刚挨过打的孩子老老实实地坐在饭桌上。菜园在自家桃园里，桃园有一口井，金良生和金桃来到井边，金桃脱了鞋踩在凉凉的土上，金良生用扁担钩钩住铁桶放到井下汲水，铁桶叮叮当当地敲打井壁的石块。

菜苗基本都出齐了，浇过两遍，金良生坐在扁担上抽起烟来。金良生透过飘散的烟雾看着自己的二女儿，她吃不好，肋骨像搓衣板一样，黝黑细长的胳膊和腿，头发乱蓬蓬的。

待水浸得差不多了，金良生抓起扁担，把桶放下井，使劲一甩，扁担变轻了，桶落在井里了。这井别人不用，自己偶尔用一次竟然吞了桶。他把烟头扔在地上，伸头一看井底黑乎乎一片，金良生试图用扁担钩钩起桶的提手来，然而只听见金属碰撞的声音，他转头对金桃说：

“回家拿手电筒来。”

金桃穿上鞋就跑了，不一会儿就回来了。

金良生咬着手电筒一级级踩着井壁的石头下到井底，石头上长着毛茸茸的苔藓。井底凉沁沁的，水刚没过小腿，金良生提起铁桶，拍打了一下，挂在金桃提着的扁担钩上，水滴滴答答地落在水面和他的头皮上。

金桃缓缓地往上提，快到井口的时候大叫一声，她把铁桶猛地往下放了一截收住，金良生吓得忙用手捂住头，手电筒掉在了井水里。金桃在井沿儿上笑得前仰后合，井底传来瓮声瓮气的叫骂声：

“狗崽子！要吓死你老爹！”

手电筒在清冷的水里发着惨淡的光，金良生慌忙去捡，他一辈子也忘不了自己看到了的：手电筒照向另一侧井壁底部，一颗鸟蛋般大小的透明石头正吞吐着柔和的光，几根肋骨从薄薄的污泥里支棱出来隔空护住它，一尾白条鱼一闪而过。他双手托着那颗金刚石，一屁股坐进井水里。金桃朝着井口大喊：

“爸！你咋了？爸……”

我的祖父金二把他的石头作为礼物送给他死去的伙伴，金刚石被藏在了黑狗的肚子里，狗被金凤生扔到了井下。

金刚石让我的父亲产生了许多美丽的幻想，他的心不安地躁动起来。最后他决定要用他的金刚石做一件大事情：和白桂枝生一个儿子。

性　别

我姑姑金凤生和我母亲白桂枝经常吵架，金凤生嘲讽白桂枝：

“二手货瓶子装过酒，有味儿熏人！”

白桂枝笑话金凤生又矮又胖：

“一把攥住找不着两头，二手货瓶子不乐意装你！”

白桂枝曾要求我父亲娶她，金凤生也曾要求我姑父娶她，这是她们达成的第一次一致。我还在白桂枝肚子里的时候，她们对我性别的鉴定达成了第二次一致。

我母亲告诉我，我姑姑那时与她做了一个占卜游戏。规则是我姑姑设定的：

“你和我一起数数，一个人一次说一个数的话……太简单了，那咱每人一次最多说两个数，谁先数到三十谁就赢。连数三局，你赢就打掉他，我赢就留下他。第一局谁先数？”

白桂枝：“这是从哪个神婆子那里学来的？我先！一，二。”

金凤生：“三。”

白桂枝：“四。”

金凤生：“五，六。”

…………

白桂枝：“二十二……我想想……二十二，二十三。”

金凤生：“二十四。”

白桂枝：“二十五。”

金凤生：“二十六，二十七。”

白桂枝：“二十八。”

金凤生：“二十九，三十！我赢了一局。”

白桂枝：“咦，什么鬼伎俩！这次你先数。”

金凤生：“好，一。”

白桂枝：“二。”

金凤生：“三。”

白桂枝：“四，五。”

金凤生：“六。”

…………

白桂枝：“二十二，二十三。”

金凤生：“二十四。”

白桂枝：“等等，二十五……二十五，二十六。”

金凤生：“二十七。”

白桂枝：“二十八，二十九……三……”

金凤生：“三十！你看，我又赢了，第三局不用数了。孩子留下，这是老天爷的意思。”

白桂枝和金良生结婚后就没有编过蚊子草，他们住进了六幢楼里。

白桂枝嫁给金良生的第二年生下了大女儿金柳，她愈发白嫩起来。金良生从矿上下班回到家里，就端着脸盆到河边去洗尿布。其实家里可以洗，但他非端着盆子到河里洗，哪里人多他往哪里去。

鱼水河汛期的时候把河道冲刷得干干净净，金良生端起洗脸盆，盆里装了半盆尿布。金良生稳稳地端着脸盆。

他来到鱼水河旁边，找块干干净净的石板，挽起裤脚蹲下去。他从盆里一块块拿出尿布，尿布上有尿，还有青黄色的便，闻起来腥腥的，又分明带着些甜味儿。

一只小黄狗吧嗒吧嗒走过来，想要去舔尿布上的便，金良生捡起一块小石头吓唬它：

“小崽子，吃得倒新鲜。”

金柳八岁那年的夏天，白桂枝怀上了金桃。

金良生问白桂枝：

“你那个来了没有？”

白桂枝一丢手里的锅铲，白桂枝有个毛病，她只要一不高兴就会随手扔掉手里的东西，她说：

“没！”

金良生一屁股坐在沙发里说：

“怎么还不来，我打准了？”

金柳钻到金良生的怀里问：

“爸，你打准啥了，你去哪里打弹弓了？”

白桂枝用手指头点了一下金良生的太阳穴，说：

“放屁！”

金良生背着白桂枝下楼了，他们要去医院做人流。白桂枝说你必须把我背下去，一直背到马路边上，做完了你还得把我背回来，我就去。

她舒服地趴在金良生背上，他每下一级台阶白桂枝就对他说一句话：“你们男人只管快活……金良生你个王八蛋……你比勘探队员好不到哪里去……你不愿意戴着帽子洗头……你个浑蛋……窝囊废……要工作就不能要孩子……人家的节育环没问题……为啥咱的有问题……”金良生热了一脑门的汗。

金良生把白桂枝背到了鱼水河边，鱼水村的人看见他俩都问：

“你要背着你媳妇去干吗？”

金良生气喘吁吁地走上了桥。

鱼水河河水哗啦啦地流淌，金良生看见王皮在河边洗东西，脸盆里放的是什么？金良生看清楚了，河水里漂着的花花绿绿的是尿布，尿布上有王皮儿子黄绿色的屎，还有腥腥的甜味。他看着一个小男孩背着书包走过来，走过他们身边时，还吸了一下鼻涕。

白桂枝怀孕的事被举报，金良生把她藏了起来。他不再是一号岩管组长，他背上的皮带印皮鞋印密密麻麻，他还被做了结扎手术。最后，金桃还是出生了，金良生被处罚成了穷光蛋。

这年秋天，金良生抱着金桃，金凤生领着金柳，白桂枝抱着一个半旧的马桶，这一队人行走在向北的土路上，路边开满黄色的野菊花。他们不能住楼房了，他们要去往大坝边上金二的五间屋老房子。

一直到我出生以后，我母亲抱着的那个半旧马桶再也没有发挥它的作用。

我父亲用井里的那块金刚石去追逐他的梦：他想要端着脸盆第三次去河边洗尿布，洗他儿子的尿布。

金良生躺在县医院厕所的排椅上，兽医于海在给我父亲缝合手术刀口。金良生看着天花板说：

“于海，你姐夫可真行啊，一个突击检查就被吓跑了，给病人豁开了，自己倒跑了。”

于海极其认真地干着活儿，他慢悠悠地说：

“给千八百头猪做过手术，给人做手术还是头一回。这回不阉，是让你下崽儿。可是看见这玩意儿，只想给你割了去。”

金良生吓得一哆嗦，于海又说：

“我姐夫给你疏通了输精管，你不再是结扎的男人了，你得感谢他，这可是掉饭碗进局子的事儿。”

“得亏有你啊！我那块石头送你算是给对了。用那么好的石头换个儿子也很值了？”

“于海你也把你那管子捣开吧。”

金良生接着说。

于海嘿嘿一笑：

“泉眼他娘的都没水了还捣个鸟。我就盼着我儿子能有点出息就行了。好了，缝好了，不好使我就不管了。猪爷爷们别怪罪我了，这下我也算做了好事了。”

我父亲金良生从手术台转移到厕所排椅的手术很成功，他吃了几服汤药，那堵塞多年的输精管重新开始工作，泉水旺盛。

多年以后，我从北京回到家里，母亲带我去栗林里采摘酸枣，酸枣要用酒泡起来冬天食用。我母亲指着栗林里鲤鱼泉边那棵粗壮的栗树说：

“看见了吗？树下面还有石头呢。当年有一个小石屋，我就是在这里怀上的你。”

那里的石头确实够老旧了，上面长满了一种叫作石头花的苔藓，栗树高大的树冠遮挡得严严实实。我想象那是一个天气多变的夏天，我父亲和我母亲在花生地里锄草，那些长势汹涌的害草像勇猛的士兵一样夺走庄稼的养料。雷声从高坡上滚下来，雨来了，害草又有活下去的好机会了。

我父亲母亲冒着被雷劈死的危险奔到石屋里避雨。大雨倾盆而下，沟地里的水裹挟着泥土汇入鱼水水库。暴雨没有很快过去。

那样的傍晚总是令人有莫名的恐惧感。我父亲在大雨里抱住我母亲，开始他们抵抗恐惧打发无聊的旅途。我的母亲白桂枝解散她的头发，脱掉她的红褂子、大青布裤子铺在地上，她的提篮鞋整齐地放在一个干蘑菇的旁边。草丛里的蛐蛐叫得欢快，闪电光透过郁郁葱葱的栗子树照下来。我的母亲赤裸地躺在她的衣服上，我的父亲攀爬上我母亲光滑白嫩的身体。屋外雷声大作，疯狂摇晃的栗树遮挡了一切。

当我父亲向于海炫耀我母亲怀上我的时候，于海又嘿嘿一笑说：

“好家伙！”

有一天，我母亲提一只大母鸡去了我外祖父家里。我母亲跪在地上，哀求我的外祖父：

“爹啊，我拿来一只养了七年的母鸡孝敬你。你给我号号脉，看看是男是女，女孩就不要了。我娘在天上也要感谢你了。你百年后还有一个外孙给你顶孝布，我们娘儿俩一块儿来求你了。”

我外祖父听了我母亲的话，头也不抬地说：

“你起来吧。”他指了指床边的拐杖，让我母亲给他递过去。

我外祖父拄着拐杖颤颤巍巍地走到院子里，从鸡笼里提出那只笨重的母鸡，用尽一个老人全身的力气扔到墙外面，我八十五岁的外祖父断然拒绝了我母亲的请求。

我父亲躲在门外，他看见没过多久我母亲提去的母鸡被隔墙扔到街上，胖母鸡被绑了腿，咯咯惊叫着扑打翅膀钻进柴垛。

我外祖父一屁股坐在地上大叫起来：

“你回去告诉金良生，我是不中用了，可是谁也不能坏了我的功德！”

这可吓坏了我母亲，她忙把她年老的父亲拉起来扶到床上。

我母亲从外祖父家里出来，看见我父亲钻在柴垛里逮我家那只受惊的母鸡，我父亲只露了屁股在外面扭动，我母亲走过去又倒回来，在我父亲的腚上狠狠踹了一脚。

我父亲又带着他的大母鸡去了于海家，重申他那块金刚石的不可多得。于海又带着金良生和我母亲去找自己的姐姐于文爱了。

当时在鱼水村，于文爱是卫生所的大龄女青年，她走到哪里都会高昂着头，她看村子里的男青年都像看狗屎一样。

我母亲白桂枝从来都厌恶极了于文爱这个女人，于文爱这个要奶没奶要腚没腚的女人竟然和她争抢高个子勘探队员。于文爱对去卫生所看病的每一个人说：勘探队员发烧吃了白中医家中药半个月都没好，她给勘探队员打了一小针，又在他肥肥的屁股上拍了一巴掌，勘探队员一点事儿都没有了。

我母亲白桂枝用自己的身体打败了于文爱，她是胜利者，也是失败者。

坐在沙发上的于文爱很年轻，我母亲低下她胜利者的头颅，奉承于文爱：

“你脸上竟然一点褶子都没有呀！”

“是啊，还是和年轻时一样好看。”我父亲说。

于文爱假笑一声：

“哪里啊！你们……不容易吧。”

于文爱终于答应给我母亲做B超，她有一个条件：我母亲生孩子以后胎盘要送给她。我母亲从医院里出来，她扶着柱子开始哇哇呕吐，她对我父亲说，没想到于文爱那么恶心，竟然想吃她的肉美容养颜啊。

末了，我母亲甩开我父亲的手，说：

“她只是年轻，一点都不好看！从来就没有好看过！”

我父亲悻悻地跟在我母亲身后。

于文爱那天一共鉴定了两个胎儿的性别。其中一个就是我。

我母亲坐在板凳上，看着桌子对面的于文爱在看 B 超单。我的父母因为紧张全身僵直，像两个等待判决的犯人。于文爱终于说话了：

“现在还看不明确，女孩的可能性大一些。”

我父亲放了一个屁，我母亲叹了一口气，他俩随着气体的排出一起松垮下去，像两个被扎漏的气球。于文爱又说话了：

“男孩也有可能，你过半月再来做一次。”

我父亲母亲一起走出医院。

于文爱是在三天后被警察带走的，我母亲倒抽一口凉气。她开始和我姑姑金凤生平心静气地说话了。女人就是这样，只要她们有共同的事业就会联合起来团结一致。

我姑姑在纸上列出远近村里十二个神婆，她和我母亲排除掉九个。在接下来的三个月里三个神婆无一例外都预言我会是一个男孩。

在我母亲最后决定时，我姑姑和她做了那个早就设计好的数数游戏。我没有告诉我母亲，我精于算计的姑姑耍了诡计：如果每次说出的数字最末一个是三的倍数就一定会赢。而我的母亲把那看成了上天的旨意。

我出生后，我母亲特意带回了胎盘，吩咐我父亲要把胎盘给于文爱留着。

我母亲曾猜想于海可能把那块鸟蛋金刚石给了于文爱，但我父亲说于海忙活半天怎么能一点好处都不给自己留，于海从不做亏本的买卖。

出　生

我是在下午出生的，我的父亲那时正在田里割麦子。听说是第三个女儿而不是儿子已经来到人世，他在麦田里从最北头走向最南头，一头扎进黄色的麦浪里。

金良生在我出生后得了奇怪的梦游症，有的时候一觉醒来泡在水库里，有的时候一觉醒在矿坑边上。

我的母亲白桂枝对她的女儿们说：

“不能再让你们的爸爸梦游了，今天晚上就得捆住他。”

当天晚上，金良生对白桂枝说：

“我要睡觉了，你快捆住我吧。”

白桂枝用捆麦子的绳子把金良生捆在床头的木栏杆上。他晚上睡着后大喊大叫，白桂枝叫他叫不醒，我二姐在他脸上泼了一瓢凉水。金良生不叫了，他倒头就睡。第二天开始他迷迷糊糊地说起痴话来。他在迷糊之中被拉去做了永久的节育手术。

我母亲担忧起她的人生，她觉得我的父亲马上就痴呆了，和我死去的祖父金二一样了。

我姑姑去找名单上最先被划掉的神婆给我的父亲看病，她回来指着那个包裹我的小褥子，对我母亲说：

“这小东西冲撞了金良生，我抱去养一年，一年后戾气磨掉了，再还给你。”

我姑姑走到大门口，回头对我母亲说：

“还没有名字呢，你起一个吧。”

我母亲摘掉头上的毛巾说：

“罚了五万块钱，就叫五万吧。”

五万是我的小名，我是三个孩子中唯一一个有小名的。大名是我木讷的姑父张宪普起的，叫金杏。

所以，那个下午我被我姑姑抱走了，她用馒头糊糊把我喂到一岁。

我外祖父说我父亲得了个小病，不是我冲撞了我父亲，外祖父叫我母亲把我抱回去，我母亲不信。金良生在我被抱走后一个月就好了起来，是我母亲把他给医好了。十一个月后，我重新被抱回，姐姐们眼睁睁地看着一个奇怪的孩子再次和她们分享一个家。

我父亲在我被抱走以后又梦游了一次，他一觉醒来躺在了王香美的床上。

王香美是七〇一矿的食堂工人，她成天乐呵呵的，很爱干净，她的窗口的馒头卖得最快。她洗衣服的时候从来不在河里洗，而是要跑到水库边上洗，她洗衣服的时候还带个棒槌，把衣服砸得砰砰响。

王香美的丈夫唐守在外面说王香美生不出孩子，唐守喝醉了就要打老婆，一打人们就听见王香美家里发出砰砰声，像她在洗衣服一样。

人们听见唐守说：

“你哭！你快哭！你哭不哭！”

人们听不见王香美的哭声。

有一回，王香美乐呵呵地蹲在水库边洗衣服，一边洗一边唱，突然她就不唱了。她洗得太过兴奋，一搓就把自己沿着搓板搓到了水库里。金良生站在家门口挑秸秆，突然听见王香美的叫声，他跑到水库边，看见一盆衣服，水里漂着搓衣板，王香美露着半个头，睁着圆圆的眼睛站在水里吐泡泡。

金良生把王香美从水库里捞出来，王香美笑嘻嘻地拧着头发说：

“你家白桂枝好福气啊，摊上你这么好的男人。”

“白桂枝不如你好，不如你干净，馒头不如你蒸的好吃。我要打她一下，她就不给我饭吃。”

王香美哈哈笑起来，她笑起来像刚下完蛋的母鸡：

“唐守倒顿顿都吃热乎的，打起人来一点也不像人。”

王香美不仅卖馒头，她还种西瓜，在鱼水河河边上有大片的西瓜地，西瓜地是唐守家的。唐守是个酒鬼，喝醉了就不去瓜地看西瓜了。唐守不去看瓜的时候，王香美就睡在瓜棚里。

我父亲金良生那一次梦游就进了王香美瓜棚里，躺在了王香美的床上。

我母亲白桂枝让我大姐金柳、我二姐金桃站成一排，她自己拿了一把水果刀，刀尖顶在金良生的额头上，金良生皱起了眉头。白桂枝说：

“看见你皱眉头我就恶心！孩子们都在，你说说你都干了啥！”

金良生赶紧说：

“孩子们都在，才不能说呢。”

白桂枝啊地大叫了一声，刀尖就扎破了金良生的头皮，金良生说：

“我还能干啥？我一觉醒来，看见床上的不是你，我就知道我又梦游了，王香美一觉醒来看见床上有个人，哇哇地大叫了起来。”

“叫起来了接着呢？”

“我说你别叫别叫！她还是叫，我着急啊，我就想起了勘探队员。”

白桂枝看了一眼我大姐和二姐，让她们把耳朵堵上，我大姐、二姐就把手放在耳朵上，但是没有堵上。白桂枝问：

“你想起他干吗？”

“你叫的时候勘探队员不让你叫就用舌头堵住了你的嘴，我用手捂住王香美的嘴她还是叫，我就用……”

白桂枝打着金良生的头说：

“你这个挨千刀的，你好料不学！”

我的大姐和二姐呆呆地看着白桂枝和金良生。白桂枝让我大姐和二姐出去喂羊，我大姐、二姐出了屋子，大姐让二姐去喂羊，二姐就去喂羊了，大姐趴在屋外偷听。白桂枝接着问：

“还有呢？还有没有？”白桂枝的刀子一下扔到了门框上，我大姐吓得也去喂羊了。金良生说：

“王香美不叫了，她抱住了我的脖子，贴在我身上，我就摸了她热乎乎的奶……”

“你这个王八蛋！我要去死！”

白桂枝坐在地上呜呜地哭了一下午，话也不说，晚饭也不做。她对金良生说：

“你以后不准和王香美说一句话！今天我哭累了，你把尿布洗了，洗完尿布去喂鱼，喂完鱼去做饭，今晚上我要吃肉，今晚上没有肉我以后就不吃饭了。你去吧，我得躺着养神儿。”金良生乖乖地照做了。整个夏天我的大姐和二姐都没有吃到一块西瓜。

当天晚上，白桂枝买了十包针，均匀地插在三个条状泡沫上，针尖向上，她告诉我父亲：

“今晚我不会捆你了，你自己起来的时候看着针点，一脚下去可就残废了。”扎着针的泡沫被放在地上半个月，我父亲奇迹般地好起来，再也没有梦游过。

我上四年级时，五月槐树开花，王香美死了。

鱼水村的人说，王香美穿了雪白的衣服挂在雪白的布上，像一大串雪白的槐花。白桂枝对金良生说：

“可怜的女人哟！你没去看看王香美，你还跟她睡过一晚上觉呢！”

萌　动

我有很多名字。我妈和金良生对我说：“滚一边去。”我大姐、二姐对我说：“喂，是你偷吃了李响的饼干吗？”“喂，你再拿我的头花我就掐断你的爪子！”

我姑姑对我说：“三个馒头，你吃到哪里去了！”冯家哥和同学们对我说：“金杏，你的数学考了一百分。”我的外祖父对我说：“小东西，你又来了？”鱼水村的人对我说：“五万，你爸又去卖鱼了？”

他们叫我什么我都不在乎，他们叫我的时候，我就迟疑地走过去，他们说完，我再迟疑地走回来。我讨厌上学，那些花花绿绿的小人儿没有一刻不在说话、尖叫。冯家哥转学后基本没有小伙伴和我说话了，我经常坐在大坝上看我祖父被青草覆盖的坟包。我不太清楚是从什么时候开始，我看祖父金二的坟头不再只是一堆土。因为我和冯家哥一起看见他祖母的棺材被埋进土里，地上就多了一堆土。

有时候我深切地怀想我的祖父，我还把我听到的祖父的传闻编成故事讲给浅水的鱼听，我的祖父在哪里捡到鸟蛋金刚石，金刚石在夜晚会不会发出蓝光，会不会有蛇护卫它，祖父怎么把石头喂到黑狗的肚子里，他为什么突然从大坝上摔下去……有的故事我连接不起来，就胡编乱造，总之我说服了自己，而且我觉得我也说服了鱼，它们在水边的草丛里翕动着腮，没有游走。

我不想和人们说太多的话，我需要时间来思考一些若有若无的东西。比如，我闭着眼睛想象从二十多米的大坝坠落是怎样的感觉，屁股和头哪个先落地，在落地的一瞬间会不会很疼，人是活着还是死去了。我在作业本上勾画那块金刚石的形状，那块姑姑经常对父亲说起的石头，村里人已经遗忘的石头。

我二姐在厕所拉屎，她扯着嗓子让我给她送手纸，我家没有卫生纸了，我把作业本递给她。我在作业本第一面画了一个人坠落到地上流了很多血，她指着画问：

“这是一颗掉在地上的鸡蛋吗？变质了？”

我说不是。她翻到第二页，看见了那颗丑陋的金刚石，又看见后边几页上鬼魂在张大嘴吃蝙蝠、冯家哥死去的祖母和我的老得不成样子的祖父一起倒挂在树上划火柴、一只刚被剥掉壳的蚌在石头上蠕动……我二姐蹲在茅坑上翻到最后一页，突然抬起头来对我说：

“不准在作业本上乱画！再浪费纸我就告诉金良生！”

她又翻到第一页，撕下了那个跌落的人，抬起头对我说：

“好了，你走吧，我要擦屁股了。”

矿坑像一个巨大的陀螺砸进地里又被拔出留下的空间，苍苍杳杳。站在矿坑边上往下看，一圈一圈的路盘旋到最底部，第四圈的土壁上能看见巷道的出口，后来，矿坑第五圈的土层也坍塌了。冬天的时候，地下水会渗出地层，白色的冰像巨大的幕布挂在矿坑南侧的土壁上。天气一转暖，冰层开始松动，吸引很多的小孩儿去玩。

我坐在一块石头上，远远地看着我二姐金桃和哑巴小男孩于光辉互相丢冰块玩耍，我的二姐金桃的尖叫声很响亮，他们好像玩得很开心。

过了一会儿，于光辉抱着一块很大的冰块兴冲冲地来到我的面前，他沙哑着嗓子朝我喊：

“啊……啊……”他想让我一起加入他们，但是我一点都不想动。

我依旧坐在那块石头上，于光辉呼哧呼哧喘着气，然后他把那块大冰块渐渐举过头顶，有一滴冰块融化的水滴到我的额头上凉沁沁的，我抬头看见了冰块里的太阳。我听见冰块碎了，它们散落在我的周围，像一群白色的小鸡。我看见我二姐扭动着身子跑过来，她惊讶地盯着我看。接着我就觉得我头上在往下滴水，水滴到我的袖子上，是红色的。

我从石头上站起来，于光辉如临大敌，他跑了几步摔倒在地上，手抠进土里，眼睛看着我。我迅速地找到地上最大的一块冰，朝于光辉的头砸过去。

我回到家的时候李响正倚着墙剥花生吃，他看见我脸上衣服上的血大叫了一声。我没有理他，白桂枝在撅着屁股铲碳石没有看见我。我看见金良生正在捣烟囱里的灰，我朝着他走过去，他头也不回地说：

“过来吃灰啊？”

我绕到他的面前，我看见他扔了烟囱张大了嘴巴走过来查看我的伤口。

我二姐吃桃子一次吃两个，左一口，右一口。我二姐吃泡泡糖一次吃两块，左一块，右一块。我不知道的是，我走了以后我二姐朝于光辉的嘴里塞了满满两把土，还吐出嘴里的两个泡泡糖均匀地缠在了于光辉的头发上。

于光辉哇哇地跑回家。我回家没多大一会儿，于光辉的妈妈就领着他的儿子走上坡来。她指着我就开始骂了：

“欺负我们儿子哑吗？欺负我们儿子小呀……有爹娘生没爹娘养！这样厉害！幸亏不是个儿子！是个儿子能把我孩子给吃喽啊！呜呜……”

于光辉的妈妈走近了，她突然不骂了，她看见我头上干结的血迹比她儿子头上的要多，她高挑的眉毛里暗暗有些骄傲，她认为在我和他儿子的这场打斗中我吃了亏。

我母亲把铁铲子当的一声扔进铁桶，她站在了马桶上，显得很高大：

“我闺女能找到男人跟她生儿子，哑巴能找到女人跟他生儿子还没准儿！”

于光辉的妈妈要扑上去撕我母亲的嘴，我父亲哎哟哎哟地大叫着把烟囱一横，那女人打了一个趔趄，烟囱里的灰呼啦一下倾倒在女人的头上脸上。

女人哭得更凶了，她坐在地上，哭她的命运，从她的公公到她的丈夫再到她的儿子，于光辉则坐在我家的小板凳上认真揪他头发上的泡泡糖。于光辉的母亲眼睛里流下的泪水在黢黑的脸颊上冲出两道白印。

我默默地站在门框边看着，我母亲摘下套袖清洗了我的伤口，又用食指戳了一下我的脑门说：

“没出息！”

于光辉和李响坐在台阶上剥起了花生，他们吃够了花生手拉手一起出去玩了。后来，于光辉的母亲哭累了，拍拍屁股站起来，在我家的脸盆里洗了脸，在炉灰里走远了。

这时候，金桃回来了，她若无其事地走进地窖，拿出了一小块地瓜，在热炉渣里挖了一个洞，把地瓜埋了进去。

那个疤在我头上逗留了很长时间。到最后，我看见它已经完全好了，但我还是让那个保护伤口的纱布粘在头上，我把它当成了一种与众不同的装饰，最重要的是，只要纱布还在，我会得到更多的关注。

我还没有出生的时候，金桃从金柳的枕头底下找到了一个石头小人儿，小人儿是邻村的小石匠送给金柳的。小石匠心灵手巧，照着我大姐的模样雕了一个石头人。

我二姐把石头人拿给我父亲金良生看，我父亲金良生一把把石头人扔到院子里，金柳哭着去捡，金良生大声喊：

“不准拾。我跟你妈生出你弟你才能谈婚论嫁。要不你抱回孩子来，人家不知道你生的还是你妈生的。”

我大姐的儿子李响比我小四岁，却比我多吃两包大米花。

我记得我二姐对阉割小猪很有兴趣。兽医于海去给我们家阉小猪，我二姐金桃蹲在门槛上看，于海说：

“你个小姑娘在这里看啥？”

我二姐没有回答，她问于海：

“你的小刀快吗？”

于海一听很不服气地说：

“等会你自己看，这叫月牙刀。”

白桂枝提过一只小母猪，于海就在小母猪的肚子上打一针，金良生提过一只小公猪，于海拿起月牙刀划开阴囊，小公猪的睾丸被挤出来，像滴巨大的紫红色眼泪，眼泪被于海的手一揩就落进了碗里。小猪疼得嗷嗷叫，于海用同样的方法割掉另一个睾丸，接着给小猪打一针。

小碗里一共有十颗睾丸，白桂枝学着我外祖父的样子用开水烫了烫，剥掉皮去去腥，放在油里炸了，我不敢吃，金桃卷着煎饼吃掉了小猪的十颗睾丸。

于小海是兽医于海的儿子，他是鱼水村第一个染头发的人。他顶着一头黄发回到鱼水村的那个下午，于海拿着剪刀追着于小海跑。

我二姐金桃正在和别的小孩儿跳皮筋，她看见了于小海就停下来了，她站在他的面前说：

“于小海，你的头发在哪里弄的？”

“于小海，你染黄头发真好看。”

于小海瞥了金桃一眼说了一句：

“你懂个屁！”

他急急地跑开了。

金桃有天生的领导能力，她组织那群小姑娘用皮筋绊倒了追上来的于海。于小海站在街道那头笑得抬不起头。

我二姐说得没错，于小海长得好看极了。有的时候，我也很想靠近于小海。

有一个星期一的午后，我从大坝上走下坡去上学。于小海顶着一个黑色的帽子，帽子边上露出黄头发。他还穿了一条很肥的牛仔裤，我远远地看他骑着车子迎面过来，他的裤腿鼓满了风像两个水桶一样摇荡在车子两边。我停下来站着，他胡乱按着铃铛骑过我的身边，随后他猛一刹车，用一条腿支在地上，吹了一声口哨，叫我过去。他问我：

“金桃呢？”

我没说话，他又问了一句：

“金桃在家吗？”

我出来的时候，金桃在屋门口的台阶上吃桃子，她一下吃下了五个黄金桃。我犹豫了一下，说：

“不在。”

于小海哦了一声，他提起车子掉转车头，理了理遮眼的头发，问我：

“你干吗去？”

我指了指学校的方向，说：

“上学。”

他把车子骑到我的跟前指着车座说：

“上来！我送你去学校。”

我看了一下他的车后座，它和我的胸膛齐平，我没有自信像我二姐一样，一抬屁股看都不看直接侧坐在上面。于小海一下就明白了我的想法，他的胳膊箍着我把我提上后座，不过我不是侧坐着，而是分开腿骑在上面。

于小海把他的黑帽子扣在我头上，我的整个脸都被遮在了帽子里，于小海哈哈大笑。

帽子里浓重的头油味和洗发水的香味一下灌进我的鼻子里、胃里，原来于小海是这个味道。我没有把帽子拿起来，我想让它扣在我的脸上。于小海又吹起口哨，下午变得天昏地暗。

于小海说，到了，他又箍着我把我夹下来。他嘿嘿笑着把我脸上的帽子揭下来，于小海还在笑，他笑起来很好玩，他把头埋在手臂里，一点声音都没有，只看见他浑身都在颤抖。为了缓解尴尬我也笑了笑，没想到我一笑，于小海笑得更厉害了，他的头差不多都塞进了裤裆里。

这个时候我才看了看周围，这儿不是我的学校，我朝学校的方向看去，它只是一个小点瑟缩在田野里。

于小海说：

“今天下午停课！户外劳动！哈哈哈！”

我七岁的时候，于小海已经是七〇一矿的工人了，他的头发更黄了。他在大坝下边一打呼哨，我二姐扔下煎饼就跑。有一天夜里，我蒙蒙眬眬地听见有人敲窗户，我二姐窸窸窣窣地起来，从窗户爬出去了。第二天一醒来，我二姐四仰八叉地睡在花布那边。于小海骑着永久牌的大梁自行车，载着我二姐到处游荡。

金良生曾试探地对金桃说：

“于小海有没有对你说过他家有颗金刚石，就是咱们在井里发现的那颗？”

金桃说：

“你不是说它被人偷走了吗？不就是块破石头！于小海家才没有金刚石，他家有鸡屎，满院子的鸡屎，脚都插不下。”

金良生又对金桃说：

“你再坐于小海的车子我就揍死你！”

“于小海昨天载了一个小妮儿，小妮儿还搂着他的腰。”

白桂枝也对金桃说：

“于小海从十几岁就开始抽烟，他早晚有一天得吸毒进监狱。”

金桃的辫子捆在头顶上，像白桂枝烙饼平锅松动的锅把儿，她一颠一颠走出屋门说她去上学了。金桃跟我大姐金柳说，金良生不让她坐别人的车子，那他给她买一辆车啊。金桃还说，她要找个外国对象，住在省城那样的大城市里，她只是跟于小海玩一玩，她才看不上于小海呢。

有一次，我和金良生坐在水库里的筏子上喂鱼，于小海吹着口哨把自行车停在水库边进了桃园摘桃子。金良生悄悄地把自行车提起来扔进了水库里。

于小海过了一会儿用衬衫兜着桃子出来了，他一看自行车不见了，扔掉桃子就骂：

“是谁偷了我的马？真鸡巴不要脸！”

“不想活了吗？我让我爹阉了你！”

于小海骂够了，站在大坝上面朝水库拉开裤子拉链：

“我要尿了，我的尿里可有毒哈。”

于小海尿完就回家了。

过了几天，于小海骑了一辆崭新的125黑色摩托车驶过鱼水村的街道，车上坐着二姐，我二姐朝天的辫子在尘土中坚挺。

于小海死的那天下午，我和冯家哥在东岭下岩缝里抠黏土，我们要赶在来年二月二之前把黏土攒够，好让冯三带给我们捏咸豆罐。

我们先是看见于海骂骂咧咧地奔向了矿场，于海家的由人搀着哭哭啼啼地奔向矿场。不一会儿，我二姐金桃从矿场下来，走一段路就要停下来捂着胸口呕吐。

七〇一矿已经从国家管辖转到市管辖，于小海进矿场的时候，七〇一矿被转到了矿工业公司。于小海喝了半斤白酒去值班，操作卷扬机时出了事故。冯家哥的父亲冯虎是公司的一把手，于海就抄着他阉割小猪崽的月牙刀找到了冯虎。

淹　没

我的小石匠姐夫有一把金刚石刻刀，那是他的师傅传给他的。我大姐的儿子李响曾经牛气哄哄地告诉我：鱼水村的墓碑上的字都是他爸爸用金刚石刻刀刻出来的。

于小海的墓碑是从我姐夫家里运到公墓的。全鱼水村的墓碑中于小海的最好看，他的碑上边盖着小巧的屋檐。

于小海是真的死了。

那个夏日的黄昏，金良生切开一个井水里冰镇好的西瓜。我一口气吃到第六块西瓜的时候，冯虎出现在我家大门的门框里，于海家的在他脸上留下了新鲜的血痕。

冯虎提着一瓶茅台酒来到我家。我父亲从蹲着的台阶上站起来，扔掉一块硕大的西瓜皮，西瓜皮掉在地上，噗的一声，像放了一个屁。金良生对我说：

“给你冯叔拿凳子！”

我马上就去做了。我喜欢金良生让我干活，这让我觉得很幸福，尤其是在发生很大事情的时候。

冯虎睁了睁眼睛，坐在了凳子上，他放下酒瓶，一句话都没说，蹲下就开始吃我们案板上的西瓜。夜色开始降下来，冯虎问我：

“五万你会炒花生米吗？”

我看了看父亲，朝冯虎点了点头。

我父亲和冯虎一起出去了，他们一前一后走下坡去，坐在了大坝上那丛杨树叶子里，像两条蜷缩的狗。

我不知道我在为谁难过着，我难过的时候就想把一切事情都做得无可挑剔，但是最后我还是把花生米给炒煳了，我更难过了，我看见黑黑的花生米躺在洁白的盘子里，我父亲在大坝上和别人聊天，我母亲在给母猪接生，我大姐肯定在她家里给石匠的第二个儿子喂奶，我二姐在屋里剃汗毛，她们都不来帮我，我竟然哭起来了。

我坐在灶台上哭了一会儿，然后跳下灶台去重新抓了一盘生的花生米，把那一大盘煳了的花生米当作燃料一点点倒进炉子里，最后我炒了一盘满意的花生米，它们在灯光下发着闪闪的油光，紫红紫红的，像我二姐吃的小公猪的睾丸。

我把那盘花生米端到大坝上冯虎和金良生的面前。冯虎在呜呜地哭着，金良生眼泪汪汪，我也被烟熏得眼泪汪汪了。我试着坐下来，他们并没有撵我走。风从水面吹过来，大坝下杨树叶子翻卷的声音升腾上来。

最后一个游泳的人是王皮的儿子，他从水库里出来打了个哆嗦，跟冯虎要了一瓶盖酒就走了。

冯虎把眼睛擦红了说：

“哥啊，举报嫂子生金桃的是我。你都生了两次了，我还在砸石头。你都当两次爹了，我媳妇的肚子还是瘪的。”

金良生喝了一瓶盖茅台，咂了一下嘴说：

“我早就知道是你个王八蛋。”

冯虎又说：

“哥啊，我相中了矿场给我们蒸馒头的王香美，她的馒头又香又美，她的奶子又香又美。有一天晚上我钻进了她看瓜的棚子。她怀孕了，她对唐守说：‘唐守你以后再也不要在外面说我生不出孩子了，是你生不出孩子’，‘唐守你以后不能再打我了，你再打我我就去死’。王香美又挨了打，唐守打聋了她的一只耳朵。是我害王香美上了吊。我觉得浑身疼，我媳妇用小刀扎进我肚子我都没觉得那么疼。”

金良生又喝了一瓶盖：

“啊哈，王香美是个好女人啊！”

冯虎把我炒的花生米咬得咯吱咯吱响，他说：

“哥啊，你那块金刚石，于海狗眼不识好货，拿来孝顺我了，让我把二流子于小海弄进矿场。那石头好好地躺在我的匣子里，有一天它就长腿跑了，不见了。”金良生那时八年没见过那块石头了，他转过头来看着我，虽然没有光，但我在那个冰凉的夜晚感受到我父亲复杂的眼神。

“白中医是个好大夫，治好了我媳妇儿，我媳妇儿生了冯家哥。可是冯家哥不是个好儿子，肯定是他把我的石头弄丢了。我爹冯三带也不是个好爹，他当年做大队书记贪图邀功，追着金二要金刚石，金二跑过大坝的时候摔了下去。”

“哥，我也不是个好人，我扣了公款买了便宜的卷扬机，便宜的卷扬机就把于小海给砸死了。”

凶　猛

于小海死掉以后，我二姐金桃开始了每天呕吐的日子。我母亲白桂枝问她为什么吐，她说她想起了于小海被砸烂的脑袋。

我十六岁的二姐金桃早晨起来就蹲在门口的台阶上吃桃子，她叫我给她拿卫生纸，我家又没有卫生纸了，白桂枝总会遗忘买纸，买酱油，买盐。我给金桃递上我的作业本，金桃看着第一页的画，她哇地吐了出来，她问我：

“你这画的是于小海被砸烂的脑袋吗？”

我很惊奇，我以为她永远不会看懂我的画，我点点头说：

“是。”

金桃撕下了一页干净的纸擦了擦嘴，她说：

“你画得很好，你接着画吧。”

金桃是在一个燥热的秋天停止呕吐的。

她从一堆桃子里挑出一个桃子对我说：

“你吃这个吧，这个是这些桃子里面最甜的。”

我接过来，看见那个桃子上有个小小的虫眼，我对她的捉弄提高了警惕，我递给她说：

“我不吃，你自己吃吧。”

金桃指着那个桃子说：

“这个桃子颜色均匀，是长在向阳的高枝上的。它捏起来还是硬的，虫子只吃了它的一小点。虫子比人会挑食物，你不相信我，总该相信虫子吧。”

她把桃子洗干净了，又递给我说：

“吃吧。”

她等我吃完，又说：

“你帮我个忙行吗？”

金桃钻进矿坑废弃的巷道里，让我在门口等着她，她对我说要是她两个小时还没有出来，我就得进去找她。

于小海生前养的一大群鸽子在秋日的高空里来回飞了十八遍了，我拔出的三墩花生也吃得也只剩下壳子了，我还把一条蚯蚓截成了五段，四段围成一桌打牌，一段端茶倒水，后来我又把那些蚯蚓掏空了以后嵌套成小型望远镜，看矿坑，看六幢楼，看水库，最后我把所有的蚯蚓埋在土里，学着我姐夫的样子给它立了一块碑。

金桃还是没有出来，黢黑的巷道里只钻出了一只黄鼬。我对她让我等在外面两个小时有点生气。我进去的时候金桃侧躺在我的花床单上，像在睡午觉。她侵占惯了别人的东西，她偷吃李响的饼干，把冯家哥送我的贴纸贴在她的床头上，现在她莫名其妙地躺在这里，铺的却是我的床单，我只想掐死她。

我掰过她的身子，看见她满脸的泪水，一大股血迟疑地顺着她的腿流到我的床单上。她红色的双手紧紧握住我的胳膊。我看见那么多的血，头像被人打了一棒嗡嗡响，我的耳朵也吱吱叫，我觉得我身上的血都挤到了我的头里，我的血也像从身体的某个缝隙里往外凶猛地流淌。后退了一步，我一下坐在地上，呕吐了出来。金桃哭着说：

“好五万，去给我拿床被子吧，我快冷死了。”

我跑出巷道，把王皮家晒在地里的棉花分三次抱到了里面，我给金桃铺在身下，盖在身上，我二姐看上去毛茸茸的，快要飞起来了。雪白的棉花沾上了我二姐红色的血。

我还跑到大坝上，把我正在喂鱼的母亲叫了去。

我的二姐没有死，她还奇迹般地停止了呕吐。事后没有一个人向我解释发生了什么。

王皮家的去向我母亲讨要棉花，我母亲说我们家没有种棉花，我们家只有锦鲤，我们还你鱼怎么样。王皮家的说我们的鱼是看的，要吃还真瘆得慌，她说你给我钱吧，我母亲就给了她钱。

王皮家的走的时候提着两条大锦鲤，她回头看了看我，对我说：

“真是什么娘什么崽！你可别学她们，流血会死人的！”我牢牢记住了她恶狠狠的忠告。

我考上大学去北京的时候，金桃嫁给了邻村一个种桃子的青年，她抱着她的儿子对我说：

“你画得很好，你去了以后好好画吧。”

我上五年级时，我大姐金柳赶集回来，给李响买了一个肉火烧，给金桃买了一个头花，给我买了一个胸罩。她把那个东西递给我说：

“你把这个穿上。”

我说：

“为什么要穿这个，我们班小孩儿都不穿。”

金柳说：

“咱妈穿，我穿，金桃也穿，你也得穿了。你不觉得胸脯前面软乎乎的了吗？”

我自己用手摸了摸，果真软乎乎的，那里不像是我自己的肉，但是掐一下会很疼。金柳一把打开我的手：

“你看看，妈，哪有人自己摸起来没完的。妈，你看她。”

白桂枝拿过去胸罩，说：

“得洗洗再穿，我给五万洗洗。”

白桂枝一边洗着，一边对金柳说：

“我们以前管这个叫奶罩子。”

金柳哈哈大笑说：

“李响他爸管这个叫奶兜子。”

白桂枝和金柳一块哈哈大笑起来。

那个被叫作胸罩的、带子很长的东西，在我家的晾衣杆上飘飘摇摇。

有一次上体育课，体育老师让同学们躺在棉垫上做仰卧起坐。轮到我的时候我躺下，用手臂抱住头，王大强小声地对几个男同学说：

“快看金杏，她的奶好大。”

同学们哄的一声笑了，我的脸上像是浇了一层辣椒水。从那以后，我再也不去水库里游泳了，我觉得我的身体暴露在阳光下是一种羞耻。后来，我佝偻着背走路，我要掩藏住让我被嘲笑的东西。一种恐惧在我心里滋生，每当黑夜来临，我躺在我的小床上，想象身体上多余出来的部分，它们像我姑姑的馒头一样，越蒸越大，气势汹汹，冒着热气把我压倒进水里，我拼命地蹬水，也摆脱不掉，惊醒之后全身是汗。

鱼　水

我十三岁的夏天，大旱，老天爷三个月不下雨，鱼水水库的水位下降了五六米。

鱼水村的人开始放鞭炮了，大家知道在街道上一定摆起了求雨的红木桌子。我母亲白桂枝说，王皮家的一会儿就要到咱家了。

王皮家的推开了门来到我家，她长得很瘦，眼眶深陷，眼睛像被往外拨了一下似的。她说话声音很小，笑起来声音很大。她把头发往耳朵后边一捋，张口说道：

“白桂枝，你听见放鞭炮了吗？早就该求雨了。还缺一条鱼，集市上的不新鲜，就来你们家了，抓一条丹顶的，献了鱼你家就不用放火纸了。”

我家那条丹顶锦鲤趴在供桌上，尾巴卷起来，嘴巴张着，像是在唱歌。

几天后的鱼水村依旧在燥热的空气里残喘。

有一天中午我们一家正围着桌子喝疙瘩汤，拖拉机的声音在水库边上响起来，没有变化的突突声显然不是车辆在行驶，而是在带动水泵抽水浇地。我父亲才喝完了一碗疙瘩汤就擦了擦嘴，平时他要喝三碗才会擦嘴。我跟着父亲走出家门，看见了水库东面的拖拉机。毒辣辣的太阳光照射着轰鸣的机器，它像一头口渴的小兽一样在颤抖。

我父亲走上大坝，走到机器旁边，他张开手臂跟于光辉的哑巴父亲比画着水库里还有我家的鲤鱼，这样抽它们会缺氧致死的。于光辉的哑巴父亲用手指了指远处他家要被烤焦的玉米苗，他的手臂张开的幅度更大。我在大坝上拱手遮在眼睛上看，他们像两个就要拥抱的人。

我父亲那天开着他的小货车去省城卖了两趟锦鲤。水库的水不断在减少，裸露出来的河岸像刚刚剃掉胡须。水越来越混浊，不时有鱼翘着嘴呼吸，站在我家的屋顶上就闻到铺天盖地的腥味。我父亲卖鱼回来没有笑嘻嘻，也没有数钱，而是坐在大坝上抽烟，在四台抽水机的轰鸣里抽烟。

为了鱼能够在更大的水域活动，我父亲把网箱打开了。没有烟了的父亲就在水库边上转悠，我母亲白桂枝做了饭给他送到大坝上。

我母亲从大坝上下来，冯三带晃晃悠悠走上大坝，他蹲在我父亲身边，抽起了旱烟。他在坝上磕磕烟锅，对我父亲说：

“下边井里早干了，水库放点水吧，玉米都死了一大片了。”

金良生说：

“天气预报说了会下雨。”

“天气预报只能预报，奶奶的这个月都预报多少回下雨了，一滴也没有！再过两天别说减产了，苗都他娘的烤焦了。”

“我的鱼怎么办！你赔我的鱼！你去求我爹吧，他要答应我就放水。”

冯三带站起身来腾挪一会儿，又蹲下去，说：

“我儿子判了刑，儿媳妇有病，我也遭了报应了。”

金良生站起来说：

“你的报应还在后头呢。”

月亮像颗含化的糖粘在淡蓝的天上，屋外屋里亮堂堂。蟋蟀在我的窗台上叫得欢腾。半夜里拖拉机泵水的声音一直在响，空寂的夜晚把声音放大，好像全世界只有一种声音。

我梦见我和一群小孩子在一个一眼望不到边的树林里放鹅，于光辉、王大强、龙娟、红玲他们都在放鹅。我的鹅群庞大而壮观，每一只鹅都洁白纯粹。我想让我的鹅吃到最新鲜的青草，于是我把鹅群赶往更远的树林。我见到了冯家哥，我问他你要送我的礼物什么时候给我？你拿了你爸爸的金刚石吗？冯家哥一直往前走，像没听见我的话一样，他穿过我的鹅群走向远方。我站在四处无人的荒野上，天上滚滚的雷声，雨下起来，砸在我的头皮上啪啪响，我的鹅群四散逃窜，我完全失去了管辖它们的能力。闪电在我头顶的天空劈下来，我听见我母亲白桂枝大喊：“快起来！快起来！”我迅速朝着一个方向奔跑起来，脚下软绵绵的，我扔掉身上所有有重量的东西，赶鹅群的竹竿，一串钥匙，鞋子，最后我脱掉了我大姐金柳给我买的胸罩。我回头看了一眼，胸罩没有落到地上，而是被风吹舞着，带子飘扬，像一个发狂的巨大手掌。我又听见我母亲的声音："起来！起来！"窗户被什么东西砸了一下，我惊醒，拖拉机还在慢吞吞地抽水。

我穿好衣服起来走出屋门，天空有一层淡淡的云。

凌晨三点多钟，水库的放水闸门被打开，鱼水河里被打起了五个土堰，六个水泵插进鱼水河，腾腾腾地抽水浇地了。水从水库里流出去了，我家的锦鲤也流出去了。

我看见父亲在往小推车上搬运水泥。放水闸门由于年久失修，打开关不住，我的父亲正想用我家的水泥堵住出水口。我的小石匠姐夫扛着两袋水泥晃晃悠悠慢慢腾腾出了家门，我父亲一把推开小石匠，自己扛着水泥迅速跑向大坝底下，他还重重地摔倒了一次。水流夹杂着鲤鱼把几袋水泥冲了出去。

在拖拉机不紧不慢的喘息中，王皮拿着渔网和他的两个儿子下了水，他们在水里招呼人们下水逮鱼。人们仔细一看，确实看见了河里越来越多、越来越大的锦鲤。鱼水村的人说："这鱼应该不是金良生养的吧，他的鱼在网箱里不是？"又有人说："管他是谁的鱼，到了这河里，谁逮到就是谁的。""是啊是啊，这么好的鱼顺着河游走了多可惜。""锦鲤能吃吗？煮了瘆人啊。""咋不能吃，鲤鱼泉里的鱼不也是锦鲤吗？"鱼水村的人看见我着急得发狂的父亲，他们心生内疚了。但是鱼就在他们打起的土堰里游来游去，他们犹豫着脱掉鞋子，挽起裤腿，下到河里去捕鱼。没睡着的人们来了，睡着了的人被吵起来来了，村子边的人来了，六幢楼上的人也来了。有人还回家现造了捕鱼工具，准备在河里大展身手。黎明时分，邻村的人也来了，整个鱼水河塞满了人。

我站在河岸上，握紧拳头，眼睛里滚满热泪，一种从未有过的拥有感在我身体里涌动。我大声地呼喊：

"不许逮我们家的鱼！强盗！不许逮！"

我发现除了我自己，并没有人听见我的声音。

王皮家的站在水里放声大笑，因为她的丈夫和儿子们用渔网网住了三条大锦鲤；于海站在土堰上，组织人们拉网；我看见一个小个子满脸都是泥巴，只露出眼睛，他啊啊地大叫我才知道那是于光辉；于光辉的妈妈被人摸了屁股站在河中间大声叫骂；我看见我父亲把滚在泥水中的人们往岸上拽，他一把拽住冯三带，大声问他是谁开的闸门，冯三带在他怀里抱着的那条红白锦鲤头上猛击了一拳头，鱼一打挺把冯三带和我父亲都拍进了泥水里。我母亲只穿了一只鞋子拿着竹竿坐在地上哇哇大叫。我二姐提了一只大桶，她在抢人逮住的鱼往桶里扔。土堰里的水流到低洼的玉米地里，小孩子们滚在玉米地里用脚踩小锦鲤，一边踩一边尖叫。河中间还有一只筏子，筏子上横七竖八躺着我家的鱼，一条狗趴着筏子的边沿想要爬上去，弄的筏子在水里打转转。

天大亮以后，响起了几声闷雷，鱼水村的人们忙着逮鱼都忘了停掉水泵。雨点很大，像梦里一样砸得我头皮啪啪响，砸在泥水上留下一个个小坑。有人大喊下雨了，鱼水村的人们高兴坏了，他们期待已久的雨终于要下了。

大雨下起来，空气清新，走不多远就可以闻见鲜美的鱼汤味道。只有少数几个人还在大雨里奔忙着逮鱼。

特大暴雨来了，水从四面八方汇聚到鱼水水库，没有一会儿水库里水量剧增。我们一家站在门口看着大雨，像在等待一个神圣的仪式。我二姐饿了在啃桃子吃，我看着大雨昏昏欲睡，我父亲、我母亲呆坐在板凳上，计算着他们损失的钱。

我听见咔咔的断裂声，接着轰的一声巨大的声响，我脚下的地剧烈地摇晃了一下。我看见我父亲、我母亲、我二姐她们冒着大雨奔了出去，我也弹起来钻进雨里，是的，水库大坝已经崩裂开，巨大的水流涌出水库，大坝下的杨树倒在水里只露出一些叶子，大水哗哗地冲刷河道，灌满鱼水河，涌向鱼水村。水流的轰鸣让我听不见雨的喧嚣。雨中的金良生、白桂枝和金桃看起来很不真切，大雨从他们脸上浇下去，冲得他们睁不开眼睛，他们全都张开了大嘴呼吸，像供桌上我们家那条丹顶锦鲤。

大坝崩塌后的大水卷走了冯家哥。大雨降下的前一天是星期五，我没有在土路边等到冯家哥。冯家哥都是星期五下午回到鱼水村，唯有那次他在周六的早晨——暴雨来临时从他的镇长姥爷家回到鱼水村。和冯家哥一起下公共汽车的那个女人对村里人说，冯家哥下车和她一起走到被水淹没的鱼水河水泥桥边，他指着桥上说那里有一条发光的白鱼，鱼嘴里肯定有他的石头。他扔掉雨伞走上水泥桥，大水淹没了他的大腿，女人喊他他也不理。冯家哥一脚踏空被水裹挟着冲走了。冯家的人冒着大雨在鱼水河下游七里多的草丛里找到了他的尸体，他穿着那身好看的校服，手里紧紧抓着一条白色的锦鲤，但是锦鲤不会像金刚石一样发光。

再没有人让我老实诚恳地坐在土路边等待了。冯家哥不只一次出现在我的梦境里，他拿着杨树叶子挡着太阳在土路上等我，他看上去很委屈。他质问我，你为什么坐在于小海的车后座上？为什么我叫你你也不答应？我有一个绿色的鸭蛋你不吃吗？你不吃蛋清，我吃掉了蛋清只有蛋黄了你不吃吗？

有一次我梦里的冯家哥长得很高，套在他的校服里，他嘴里含着一块透明的糖，糖块叮叮当当地碰撞他残缺不全的牙齿，一条口水顺着嘴角流到他的下巴上，冯虎追打着冯家哥，冯家哥被石头绊了一下，他不小心把糖果咽了下去，他的食道被划伤吐了好几口血。我又看见他从粪便里找到糖果清洗干净，这下我看清楚了，那是一块好看的透明石头。冯家哥哭着说，五万对不起，我要送你的那件礼物丢了。它太贵重，我换了十八个地方来掩藏它。最后我也忘了埋在哪里了。五万，我最后还是把那块我爸的石头弄丢了。

我梦见冯家哥在暴雨的早晨，看见了一条发光的白鱼，它衔着冯家哥的金刚石顺着鱼水河大摇大摆地游，冯家哥想抓住它，他不顾一切下到河里，他那时一定后悔自己不会游泳了，一口咸腥浑黄的水最终呛死了他。我还梦见冯家哥曾在夏天太阳最高的时候，把金刚石丢在矿坑的最底部。金刚石把阳光吃了又吐出来，巨大矿坑里的每一个角落都被照亮，这时候，不知道从哪里吹来一阵风，一小撮沙土打着圈轻盈地盖住了金刚石，光亮瞬间全部消失。

鱼水村被泡在水里，祈雨的供桌漂出来了，死黄鼠狼漂出来了，啤酒瓶子冲出来了……鲤鱼泉的鱼顺着河沟的水游走了，它们逃脱了被村人的生和死左右的宿命。在下雨的这几天里，人们全在喝着鱼汤吃着鱼肉，到最后提到鱼就要呕，看到鱼就要吐。死去的锦鲤漂在混浊的水面上开始腐烂，到处都是臭烘烘的鱼腥味，潮气让人们腹泻不止。人们泡在水里的小腿上生出铜钱般的皮癣，然后蔓延到身上，瘙痒难耐。鱼水村的人都瘦了好几圈，脱胎换骨了一般。鱼水村的人都长癣的时候，我二姐每天早晨起床都要检查家里每个人的小腿，然后得出我们家没有人长癣的结论。

大雨下了四天四夜，第五天天气放晴。

我爬上我家的房顶，脖子上戴着冯家哥的那颗乳牙。放眼望去，一切都被雨水冲得糊涂并且歪斜。北边苍翠的栗子林像喝醉了，泛出点点白色。

到处都是清洗过的绿色，我向南望去，我伸长了脖子，我使劲揉了揉眼睛，我看见一红一绿两个坟包：祖父金二的坟前躺了一条巨大的火鲤！

金良生和我跑到金二的坟前，大锦鲤通身红得像着火了一样，坟上长满了翠翠的玉米草。大水只冲倒了祖父的墓碑，坟包完好无损。火红的大锦鲤肚子无比肥硕，它翕动着腮，嘴里呼呼吹着风声。它的眼睛迟疑地转动着，上面布上了一层沙子，像一口深井无限地延伸到黑暗的未知处。它通体发亮，一片鱼鳞足有巴掌那么大。鱼肚上渗出斑斑点点的血，鱼鳍蒲扇似的舞动，尾巴扫着沙土。大鱼身下的草丛整齐地倒向一边，叶子上残存着鱼身上的黏液。

我跑到河道里，掬起一捧水站在我祖父的坟头上，洒在了大火鲤的眼睛里，它让我想到幽深的矿坑，我从里面看见一个瘦弱的黑影，还有黑影后面燃烧的太阳。我父亲围着火鲤走了两圈半，他伸手摸了摸鱼的嘴巴，火鲤又发出呼呼的风声，像在跟我父亲交谈。这时候，我看见第一只绿豆蝇停在了大火鲤的眼睛上嚣张地搓着手。

火鲤嘴里的风声越来越弱，间隔也越来越久，最后它发出了嘶吼一般的叫声，猛地向空中一跃，然后重重地落地，吐出几颗光彩夺目的石头，石头在祖父金二的墓碑上砸得当啷当啷响，大鱼再也不动了。

我和父亲看着仲夏的阳光又一次毒辣辣照射下来，照在墓碑上、石头上、鱼鳞上，它们散发着妖艳的光。我的父亲鼓鼓嘴，捡起其中一颗透明的石头，意味深长地笑了起来，我也莫名其妙地泪光闪闪。

冯家哥死了，大锦鲤也死了。那个下午，我小便的时候发现了我的内裤上沾了一些血，血和火鲤的鳞片一个颜色。我害怕的事情终于来了，我安静地躺在被子里，小腹撕裂似的疼痛，我感觉到下体有一股热热的东西流出来，我的内裤被鲜血染红了。

这个时刻还是来了，我开始流血了，会像我二姐流那么多的血染红雪白的棉花，我的耳朵里不停地反复着一个女人恶狠狠的忠告。

我难过地走到我母亲白桂枝的面前，她正在给我们家的一群小黄鸡撒米，我十分肯定地对那个女人说：

“我要死了……”

青鸟西去兮

吉林大学／黄临池

一

二十岁的父亲赶在天黑前抵达他要报到的乡村小学。站在略显颓败的校门口，这位青年四下张望，心里难免涌起“发配宁古塔”似的沮丧。我每替他回味这一幕，眼前自觉浮现相册里那张霉点斑斑的单人照——戴着刮花的茶色眼镜，一身灰夹克短了半截，解放鞋在途经棉花地时被泥渍溅得面目全非，头发像刚平息了一场龙卷风，夹杂一层苦涩的尘。

这模样叫负责接待的人很难把他同一个市里调拨下来的年轻后生联系到一块儿。父亲是学中文出身，以前三的成绩结业于本地师范。尽管班上几个属于“领导亲眷”的同窗让不露声色的毕业前夕隐隐有丝异样的预感，父亲还是对能留在市区抱有奢望。怎么也未料到，分配时，等着他的是这样一处归宿。

校长是个临近退休还算和蔼的老头儿，另外几个代课老师，课业不紧时，竟会放下教鞭操起锄头，百余个年龄参差不齐的学生，几间平房外加打谷场改建的操场，几乎是这所学校的全部家当。晚上九点住所断电，最近的集市要步行半个钟头。他学生时代浑浑噩噩的朋友，不少也混到了镇上的教职，住在敞亮的职工楼，周末结伴看场电影、吃碗阳春面……那何尝不是父亲隐秘的私心。

父亲重提这些旧事，当年的失意和怨气，早被光阴冲淡得干干净净。事实上，那天等父亲一屁股坐到宿舍的板床上，便顷刻觉得无所谓了。“无所谓”是无论或好或坏的年代里，一个小人物必须具备的能力。父亲想，大概自己注定就要到这地方教半辈子书，大概注定就要躺在这么一张松动的吱呀叫唤的铁床上面对油腻的天花板思绪万千又困倦不堪。所有都本该如此、理所当然。

在这厨房大小、光线昏暗的寝室，恍惚间父亲忆起，有一日晚上，舍友熄灯后曾偷摸递给他一本外国书。看到封皮他一惊，来不及细问，怀着忐忑又兴奋的冲动，蜷在被窝里借手电读了通宵。书里的故事除了有些艳情的因素以外也无伤大雅，他印象深刻的是，结局那段铅字“赶工期”似的被翻译得颠来倒去，恐怕连译者也仓促未能读透。大意讲，人到了了无所求的时候，命运可能会抖落额外的馈赠。

父亲说，那天夜里，他第一次有了“要写点什么”的念头。这体验很微妙、很滑稽，和突然对某样食物产生迫切的食欲一样难以解释。一个意外掉入水潭的人，起初因茫然或恐慌开始呼救，过了片刻脚尖触到了底，也习惯了水的清凉，倒觉得这水面粼粼的月光和徐徐的野风愈显得可爱。父亲还强调，释然了之后，没有什么“忧愤”要抒发，也没有什么缥缈的希冀要明告，单单是突然觉得“应该写点什么”，如果不写点什么，仿佛对不起此时此地的自己；如果不写点什么，那么在这清冷夜晚，这间屋子里的所有事物包括他本人，都会显得别扭，像穿搭古怪的衣饰那样极不协调。灵感降临得自然而且顺利，父亲竟莫名地愉快起来，似乎他就是属于“应该写点什么”的那类人。他翻出包里的稿纸，摊在桌面上，如同面对大海上空荡的一叶小船，而他手里的钢笔则像一截黑色的铆钉。

读者大约会对这段描写嗤之以鼻。实际上，我听父亲讲到此处，也禁不住皱眉。这种受到某个章句“神启”的经历，颇有心灵鸡汤的嫌疑。而我正是反感心灵鸡汤的，因而摸不清父亲的讲述夹杂了多少感性的成分或主观的虚构。正享受光怪陆离的娱乐大餐的我，缺少途径介入那个年代，无法想象曾经文学与人的关联，难以体会它对无数因孤独、彷徨、贫瘠行将爆炸或萎缩的人们的意义。如果不确认这点，就无从理解我父亲为何要拿起笔，也就无从理解之后的事情。

二

按时间推算，来乡村小学半年多以后，也就是父亲真正开始写作的第一个秋天，市里一家文艺刊物刊载了他的处女作。稿费够到镇上的馆子饱食一餐，外带一条卷烟。相比 20 世纪 80 年代无数怀揣理想、结果投稿每每石沉大海的文学青年，父亲真是十分幸运，初期寥寥的几次退稿，便有一位编辑表明对他文字的青睐。这要归功于他学生时饥渴的阅读（前面提到他连“禁书”也看），不过主要还是父亲天赋使然，加上敏感、细腻的性格。父亲为人寡言，和同事不常交流，沉迷于与稿纸倾谈。这一时期他主要写抒情诗、写散文，从不染指小说，他认定自己看待世界的目光过于柔和，缺少朝现实突围的暴戾和睿智。

他那一时期的作品，发表的、未发表的，统共收存在一个牛皮纸袋里。母亲有次收拾旧物，把家翻了底朝天，才在一个坏掉的樟木箱里找出。父亲若不提起，我是不知道的。

我花去半个下午的精力把一捆霉味刺鼻、咸干菜一样皱巴的稿纸铺平整齐。放在眼前，一刹那奇异的画面闪过，仿佛父亲就站在时光对岸与我互相凝视。他和我一般年纪，所以，没有什么能阻碍我们拥抱。

我往下阅读他的手稿，惊讶于父亲文字的安静。不露声色地，他写村庄的事物、写田野的四季，有种空灵的质地。周围平淡的生活，一丝一毫涟漪般的波动都牵扯他的琴弦。他甚至喋喋不休地用大段笔墨去雕刻一片落叶，去描写清晨走出房间看到院子笼罩上薄薄的积雪。他有一首叫《干柴垛》的诗写道：

平原上，我房子的背影处
一捆干柴垛
不声不响地燃烧
…………

那质感是平和，但暗藏着孤独的痛楚。他用甜蜜的皮鞭不断抽打肉体，于是在纸上开出浮世绘的花朵，那种战栗的、抽搐的，同时又无比淡然、无比冷酷，仿佛是积木上摇摇欲坠的那一块。

我不难想到，作为全校唯一年轻老师的父亲如何生活。白天除了几个叛逆不服约束的学生，工作清闲得令人生厌。我甚至怀疑父亲在讲台上复述“老三篇”时，心思早已飘到别处。这所小学三面都是田地，有一道由南向北的灌溉渠，经过这里时拐了个弯。吃过晚饭，父亲一个人在河边玉米地狭长的小径上漫步。落日很快西沉，黑暗积攒起重量。趁黑暗还没填满瓮罐似的村庄，他回到房间，打开屋里唯一的四十瓦的灯泡，接着把煤油灯里的煤油注满。他坐着，发呆，一点点让夜幕吞没自己，这样他就能变成平原的一部分了。书桌旁边的窗户半掩着，一些温热的风踉跄着进来，窗外是江南四月灿烂的油菜地，近处是一方浮萍安睡的水塘，零星几点虫鸣不成气候。

夜再深些，周遭便全部死寂下来，几个打扫做饭的校工早早睡熟，几间平房唯有这一盏灯还亮着，而且不久将要被掐灭。父亲把煤油灯点燃，摆在书桌前方。屋里老鼠爬动。月光从窗缝溢进来，和昏黄的微火杂糅在一起，让空气变得闷热而黏稠。父亲写下第一个字，突然恐惧得战栗，他感到头顶游移着一块硕大的乌云，负压在房梁上，马上会是一场滂沱大雨，彩色的雨点将会把他淋得湿透……

远处，原野的浪声起起伏伏，父亲觉得自己像一座岛。

三

那天下午我一起找到的，还有几封父亲和某位编辑的通信。那个年代，编辑来信鼓励、提携后辈稀松平常。信首，那位编辑称呼父亲为“舒青同志”。舒青是父亲的笔名。直接以笔名相称，在我看来有点奇怪，特别和“同志”相搭配更显得格格不入。我没让父亲解释笔名的含义，那样太多此一举了。

我以为，文学青年在那个年代，大概就是“佐罗”一样的存在，和谁说自己有笔名，就像掀开袖子让别人看看自己的文身。我就见过不少奇葩的笔名，比现今网上盛传的“贵族”网名还不能免俗。我想“东方先生”恐怕要归到这类。

东方先生是个同我只有一面之缘的陌生人，我却对他的经历充满热忱的想象。几年前，我同父亲在乡间马路散步，迎面走近一个瘦高的中年男人，同父亲打了声招呼。我回头看他，发现他走路有点跛，但看得出是患痛风之类的内症而不是外伤。父亲说他就是“东方先生”，我才去努力回忆刚才的印象：不修边幅，甚至还有点邋遢。我问父亲：“东方先生是复姓东方吗？”父亲答：“不是，东方先生笔名‘东方一白’。”我有点怅然，忽然想起吃过一家快餐店叫“东方既白”什么的，顿觉这笔名很是艳俗。

二十多年前，某个周末，东方一白站在舒青宿舍的房门前，心里思忖着措辞。他为了拜访舒青，心爱的凤凰牌自行车在乡下颠簸的石子路上磕掉了链子，想拿根草茎挑顺当，结果白衬衫和脸上都沾上了油污，待会儿进屋，还要跟这位刚认识的朋友讨瓢清水。同时，屋里的舒青则伏在桌上奋笔疾书，三伏天，他图凉快脱得只剩一条裤衩，上面满是大大小小的破洞，勉强遮羞，远看像晃荡着一块抹布。两人见面了，谁都不愿细细打量对面那位同人。

听父亲回忆，东方先生应该属于那种“抱负远大于才华”的文学青年，属于所谓文学青年的“末流”，但也是最“可爱”的一支。我总爱把东方先生和王安忆《小鲍庄》里的文呆子联系到一起。这类人平日为乡镇府写写宣传稿、广播稿，便能以文学工作者自居。当然，这不妨碍父亲双目放光地听完了东方先生一番前景远大的描绘。

东方先生是来邀请父亲参加本地“文学沙龙”的。所谓本地，也就是本乡而已。方圆几十里的农庄，在能写下一句逻辑明晰的文句都被列为扫盲标准的年代，又有几个搞文学的呢？真正吸引父亲的，是东方先生代表了一个“圈子”，东方先生作为钓钩抓住父亲的同时，也让父亲借力摆脱目前精神寡居的状态。20世纪80年代这样的文学沙龙在各地都如春日麻雀，或大或小，专业或不专业，这些在父亲眼里都不重要，重要的是父亲能遇到一群共谋者，即使他们才华不足，也有真挚的热情可采撷。这半年来，真正令父亲难以忍受的，不是他笔下写作的孤独，而恰是他孤独的写作本身。他就像一个大海上独自行舟的水手，航线上有其他船经过，哪怕只是远远地打出一套旗语，也能令他感到振奋。

我无法领会父亲他们投入群体怀抱这一愿望的迫切。上了大学，我和同学搞过一个文学社团，吸纳了不少成员，结果我发现，大家在意的是怎么显示才华，怎么让别人叹服。谁都那么想，当然无从交流，更别提彼此进益，一阵热闹过去就黄了。如果要反思，我自己何尝没有类似的念头。和父亲他们比，这就是热爱和假惺惺的区别。

四

我母亲差不多和东方先生同一时期走入父亲的生活。

母亲高考落榜后就不愿再复读，靠关系来这所乡下学校实习。外公宠母亲，不让她住宿，托了远方表妹寄居她家，每天要走两里多的地，早晚来回，有时中午还过去吃顿便饭。父亲很少能碰见母亲，可一个年轻姑娘突如其来的光临，给这个单调的地方带来的化学反应，谁都能察觉到。

腼腆的父亲起初不敢和母亲说话，路上碰见，礼貌地笑一笑便走过，谁都远远地不惊扰对方。而天性泼辣的母亲也不肯待在这座城堡做隐士，她早早预备着等实习期满就到县城谋件差事。

父亲作为前辈，会被要求听母亲的课。每次父亲搬了张木凳一声不吭地坐到教室后面，母亲瞅见了都特别紧张。她觉得这位比她大不了几年的师傅总是一副严苛的样子，似乎下一秒就要噌地站起来呵斥一声“这里讲得不对”。她不知道，父亲因为长期在煤油灯下熬夜看书写作，已经高度近视，看黑板上的字要把眼睛眯得如砖缝一般，加上胡子拉楂、不苟言笑，简直就是满脸凶相。母亲更不解的是，她的师傅每次都默默地进来，又在下课铃声中默默地走出，不跟她有任何交流，讲得好还是差，一概不谈。母亲甚至希望，他能走上来严厉地批评自己几句。

母亲忍不住好奇，趁父亲还在挪椅子，抢先一步上前。询问完，母亲觉得有点唐突，倒是先窘迫起来。父亲也愣住，他腼腆的脾性这时显露无遗。母亲的脸离父亲很近，而且略微有些潮红。父亲一面犹豫着怎样回复，一面觉得母亲的脸很模糊，线条很柔和。母亲来这里快一个月，他都没正眼仔细看过这位新同事的长相，他很想眯起眼来好好看个清楚，但又觉得这样看一个女同志非常不合适。气氛僵住无半点松动，母亲几乎是要转身走了。情急下，父亲说出了日后母亲常在饭桌上调侃他的桥段。父亲说："你的普通话很标准。"母亲以为是听错了，但看父亲的神情又好像不是。父亲认为，在家乡这种"南蛮嚼舌"之地，说一个人普通话标准也算是不错的赞誉了。

我翻阅父亲手稿时，在后面看到几首浪漫的情诗，一时不好判定，这是死板严肃的父亲写的，还是摘录的。人似乎都要历经一个灵魂出窍的时期，像工蜂飞离蜂巢，然后玩忽职守偷吃了一口蜜。梳着齐耳短发、叽叽喳喳的母亲，是父亲短暂的"情诗时期"永恒的"你"的意象。替父亲写这篇回忆录前，我还特意重翻了一遍当年父亲为母亲写的诗句，最终因为鸡皮疙瘩抖落太多而中途作罢。母亲身上其实有很多都是父亲"不喜欢"的，例如，母亲经常到父亲宿舍聊天，睁大眼睛，让父亲用男中音念"惠特曼"给她听，走的时候留下一地瓜子壳、几瓣橘子皮，有时还落下一只袜子。这些，都被当作母亲天真的印证被保留。唯一让父亲彷徨的，是母亲不久将离开此地。

五

东方先生的文学沙龙令父亲满意，不是由于其他，只因它高于期待而已，高于期待就会有惊喜。他们的活动主要在一位成员的家里，天热了便转移到后院的弄堂，夏夜的穿堂风里，摆上几张条凳对付一晚。十来个人，大半三十岁左右，父亲在其中最小，其次是东方先生。这些人白天从事的职业还算和笔头有关，不少是来自几里外另一所中学的老师，除此还有乡镇府里办事员，几个高中肄业的村干部，在文化荒芜的乡村也算是能"识文断字"独当一面的人物了。通常这些人只是坐在边上倾听，满脸笑颜，仿佛倾听父亲他们讨论便是莫大的陶醉。父亲虽刚与他们结识，而且写作的时间很短，但发表过一些作品，这令他们非常羡慕。

沙龙的日期不定，靠互相联络聚拢人。通知父亲的通常是东方先生，东方先生为此调侃自己是父亲的御用联络员。他们的交谈没有边际、没有约束，也未规定非谈文学不可。先是扯点近来个人遇见的趣事，哈哈笑过，气氛热了，便开始过渡到主题，这类过渡偶尔突兀，比方某个人突然受惊似的来一句："你们读了最近一期某某杂志上某某作家写的什么了吗？”争论完了，便进入活动的尾声也同是高潮，大家三三两两掏出口袋中昨晚誊好的稿纸，那是他们近期最得意的“创作”，既害羞又兴奋，一面瞅着身边的人，如同试探对方的底牌……

父亲讲到这里，我摇摇头。父亲所形容的场景有点童话气质，浪漫主义到让人无法信服，另外，这一小片地域能否集满这样几位“魏晋名士”也令人存疑。“你所在的是农村，”我提醒父亲，“你没办法在荒漠上收集野水仙。”在我看来，他讲的像是一个遥远的传说，我无法在脑中构出那样一幅场景，甚至我根本不具备这么一个幻想的起点，刚要建构，就自觉荒诞无法进行下去。虽在书里、影像里触摸过关于那个年代的倒影，但突然让我的理想主义情结飙升到这样一个高度，去畅想一场发生在20世纪末中国的“兰亭雅集”，思维还是会因为强大的引力产生恐高的眩晕感。父亲慢条斯理地跟我狡辩，他大意说：“没事还能干什么呢，无非就看看书，或者写点东西自娱自乐，没有人特意想做附庸风雅的事……红楼里的公子、小姐不也这样玩吗，只是他们那是‘闲’的，我们是纯粹寂寞。闲和寂寞有本质差别。”

我重又想了想，表示还是不能全信。

六

母亲靠在父亲肩上，像靠着一架疲惫的犁铧。他们沿着渠边的小路慢慢走，一侧疯长的芦苇不断划过皮肤露出的地方，轻微的痛感，犹如蚊虫叮咬。灼热的秋阳被细密的缝隙筛成碎片，哗啦啦倾倒到他们身上。父亲感到熏醉。

许多个这样的黄昏，父亲都陪着母亲走回她姑姑家。一向活泼的母亲这时也很少讲话，他俩保持着默契的沉默，让时间尽可能慢下来，忧心明天河边的路就会被芦荡完全淹没。

这个季节，父亲看着身旁的母亲，时常感觉一切都不真实。他总是痴想，他是舒青，还是那个在世界边缘无人知晓的黄某某？或者，他谁也不是，他也许是一只长着鳞片般羽毛的鸟，飞累了，寻找一处矮窄的栖枝，他只在月光下闪耀金属的亮泽，像坠落凡间的星辰。他有斑斓而脆弱的眼睛，像空中纷飞的肥皂泡，在明媚的白昼，万物生长之时，会刺痛得无法睁开……

七

1990年，父亲离开了乡村小学。

父亲反复说，自己下决心离开不单单是为了母亲。他的话让人以为，一旦涉及儿女情长，便难以启齿。可毫无疑问，母亲的出现彻底动摇了父亲。走在回学校的路上，在母亲惆怅的眼神里，父亲第一次正视了自己的卑微，母亲甚至就是现实残酷的象征，不断提醒父亲，一次次揭开早被苔藓遮蔽的疤痕，让那些不甘的欲望混杂脓水和血污一起流出来。而我在父母无意的交谈中获知，母亲从未以去城里生活"要挟"父亲，甚至她从未主动提出过这点，我想母亲可能已暗自作了留下的决定。这些心事仿佛窗棂上的尘埃，恐怕连当事人也无法捕捉。但母亲没考虑到，她看似体贴的默然，给父亲所体认的残酷又添上一层。

还有一件事触动了父亲。他极少谈起，作为他短暂创作生涯莫大的褒奖，父亲受邀参加过市里作协的茶会。这着实令父亲意外，以致本该欣喜的他显得思虑重重。在父亲看来，他那些豆腐块似的小文根本不会有人理睬，而且父亲潜意识里总认为比起写小说的，自己身价要低上许多。

饭桌上父亲局促而木讷，认真地保持微笑，模仿着身边人举起酒杯又放下，往肚里搜出几句恭维的套语。有个文化局的局长对席间这个不苟言笑、只顾吃菜的青年人有了一丝好感，问过之后，表示他看过父亲写的东西也很欣赏。那位姓陈的副局长的经历也颇有传奇色彩。我父亲的书柜上，至今还摆着那人的小说集。

陈局长早年比父亲还要寒碜，初中没毕业就去铁厂谋生，闲来还要挑大粪、倒卖农副产品来补贴家用。但他争取一切时间看书自学，求县里高中的老师让他下班间隙去旁听。天赋加上热情，20 世纪 80 年代初的文学大潮里，他接连在省里刊物上发表了几篇描绘海滨渔家生活的小说。上海一个批评家发现了他，为他撰了几篇文章，不久他就小有名气。那陈局长讲完，问父亲现在在哪里工作，父亲告诉他学校的名字，陈局长沉默了片刻。

我想陈局长是从我父亲呆滞的表情以及褪色起毛的夹克，隐隐看到了自己年轻时的模样，进而回忆起当初渴望用笔打破命运枷锁的挣扎，这是他深藏心间的不愿示人的过去，他对父亲产生了实际上是指向他自身的爱惜之情。陈局长告诉父亲，目前市里机关单位缺人，尤其要能耍耍笔杆子的，父亲年纪轻轻有好文采，该替自己的未来好好争取。父亲听着不由得垂下眼，他环顾四周，在座同龄人都比父亲的待遇好太多，他开始憎恨自己是把一副好牌打得稀烂了。陈局长建议父亲参加自学考试，去大学进修，镀镀金，回来后，他愿意替父亲"通融"。

1989 年，父亲在这学校的最后一个年头。每日下班，父亲回到住所将自己关在昏暗呛鼻的小屋。外界纷扰喧哗，父亲的书桌却异常宁静，似乎在那年，世界最波澜不惊的就属父亲的书桌了。他的桌上摆满了考试所需的各种参考书，除了三餐和晚饭后例行的散步，父亲一下课就快步走回屋子，合上门。父亲日日夜夜面对着密密麻麻的蝇头小楷，记不得多久没有去东方先生的沙龙。

我想东方先生一定不止一次去找过父亲。他可能在路上还是满心不悦，预备了一肚子话要说，可一站在父亲房门前，听到里面传来“旁若无人”的朗读英语的声音，顷刻就泄气了，又站了一会儿，父亲背诵的声音没有停下或减弱的意思，他便讪讪地掉头离开。我想象，父亲和东方先生之间曾有过一场严肃的谈话。东方先生暗示父亲是在精神生活和世俗之间做了某种抉择，而父亲则提醒东方先生是小题大做，难道在城市的人就不能写作，或者丧失写作能力了吗？

我对东方先生有种不合时宜的同情，因为他太理想，简直是一个空洞的符号，执拗地活在个人的维度里，他大概永远只能活在那个时代，或者他自己就是那个时代。锻造时代的人和包裹人的时代，在历史的一头，两者无法剥离，宛如蚕和茧。我还认为东方先生对父亲怀有复杂的感情，他欣赏父亲的才华同样也嫉妒他，父亲的出现让他看清了自己的不可能，让他看清自己在宏伟理想前的渺小，而父亲轻巧的中途退出（至少他是这样理解的），加深了他的耻辱感。他爱父亲，也恨着父亲。

而这些，都不是父亲所考虑的。此刻在这杂乱的房间，父亲隐约看见一股绳索缓慢垂下来，在他浮肿的眼睛前停住，像蛇的尾巴那样，诱惑地轻轻摇摆。他需要攀着这股绳，一点点爬到光明的高处，一边用尽力气，忍住手掌刮磨的疼痛，一边祈祷这绳不要断裂。

“1989 年了，”父亲想，“80 年代要过去了。”

八

我总要应付一些无聊的问题，久而久之也形成了一套回答，像新闻发言人那样，怀揣着足够接招辞令。比如他们会问：“你们中文系都学什么呀？”或者比较天真的：“你们中文系的是不是都会写诗啊？”也许刚才我们还聊得不错，这么一来，我就有些不想再深交了。

高二时，我说想选文科，父亲一愣，反问我不是理科也挺好吗。后来我被中文系录取，我觉察他镜片后面闪过一些东西，不过很快就用苦笑掩饰：“有意思，两代人都学一个专业。”我一点也不奇怪，那一丝快速闪过的难以描述的心事，是他用半生蓄谋已久的结果。

父亲不止一次发感慨，人孤独的时候，也是最强大的时候，而且说不定孤独还能给你额外的补偿。我说，我反倒羡慕你，你曾在一个车间工人夹着本《人民文学》牛逼哄哄地走在路上的年代里生活过。我还说，你就是中文系没落的缩影，仓皇地挽留过，也无奈地失去了，心里的坑洼，像潮汐扫过布满脚印的沙滩。他说，你没经历过，怎么认为好？我倒觉得没什么，叫你真去经历一遍，恐怕你还不愿意，断你一日的网，你就得难受得想回到现在。

回老家途中，父亲带我找过他逗留片刻的地方。因为学校合并和城乡扩建，已经被拆得只剩几处土堆，仔细看还有齿龈般的墙根露出地表，让人联想到还不甘深埋土层的岁月，即使荒芜，也总有我们这些人来寻觅。

那天下午，我读完父亲的手稿，把它们悉数塞回牛皮纸袋。母亲的大扫除也差不多结束，她特意叮嘱我不要和父亲提它。但我还是忍不住找了父亲，于是，他便云淡风轻地跟我讲了以上这些，我再添油加醋地把它们写下来。这显然是个不那么扣人心弦甚至是有点乏味的故事。

父亲的写作在断断续续之后停止。

要命的是，现在我也没事爱写点东西。在翻了父亲的牛皮纸袋后，我发现我更加没信心，我想，和我差不多年纪的父亲已经写得那么好，可依然从未“暴得大名”，照我现在的水平，“立言”几乎是没指望了。舍友熟睡时，我倚着窗口望着街道的光亮，遐想一个遥远的阳光灿烂得日子，我觉得自己真是矫情的过分，简直是为失眠找借口。

我和父亲站在那乡村小学的旧址上，我突然发觉，父亲连这学校的名字都没告诉我。又好像是说过那么一嘴，听着叫“树青小学”什么的，姑且就叫它“树青”小学吧。这又和父亲的笔名有关联吗？我一直忍住不问。

1990年的某日下午，父亲从树青小学出发，他准备去几里外东方先生的家跟他道别。一周后，他就要到南京的一所大学报到。他需要穿过一片甘蔗地、一片棉花田再跨过一处残破的石桥。他把打包好的行李放在宿舍门口，轻省地前往。他沿着过去经常陪伴母亲的那条河边小路一直走，他还是头一次走出学校那么远。时令已是盛夏，他听见蝉与蛙的鸣叫，这预示着天将黑了。父亲显然遇到了麻烦，他只记得东方先生提过他家的位置，可从未真正去过。他只身田野里，不知是自己记错了地址还是没有摸清道路。甘蔗林把仅有的余晖都遮挡住，父亲着急起来，因为夜晚就要降临。他不断拨开粗大的叶片，希望下一秒眼前就会出现一条宽敞的马路。他确认自己是迷路了，在这三年多的时间里，他从未想过会在田野里迷路。一个大男人在平原上迷路，这太可笑了！

日头最终全部熄灭。父亲觉得他的眼睛似乎是周围唯一发光的东西，它那样柔和，像即将升起的萤火。他想大喊，让途经晚归的农民发现自己，可张大嘴却发不出一记声响。父亲妥协了，他无奈地告诉自己：那就这样吧。风里有玉米成熟后甘醇的香气，父亲胡乱地祈求，若是此刻有一首民谣就好了。他站在疏朗的甘蔗地，如梦似幻，脑中又浮出那个总是折磨他的问题：他是写文章的舒青，还是将要远行的乡村教师黄某某？或者哪个也不是，他只是一只长着鳞片般羽毛的大鸟，只在月光下闪烁金属的光泽，明媚的白昼会让他脆弱的眼睛刺痛得无法睁开。这只哑巴了的鸟永远在寻找一处栖枝，现在，就要扑棱棱地飞去了……

2016年10月23日

无　我

北京师范大学 / 王　文

一

七月进入梅雨季之后，镜湖水面连日暴涨，一具尚未完全腐烂的女尸冲到岸边的芦苇地上，腥味引得一大片乌鸦从天而降。闻讯而来的警察侦查了好久都没有头绪，最后是一个在押的抢劫金店的犯人供认了罪行。他说，反正都是一死，不怕再背一个死罪。证据确凿无疑，没过多久该犯就被执行枪决了。

这件轰动一时的事过了半年，婺城已经没有多少人记得了。一个晚上婺城大学副教授薛程远从法院朋友那里复印完了案卷笔录，装了足足一书包，心满意足地朝家走去。

薛程远回到家第一眼看到的是，妻子于瑾半蹲在地上寻找着什么，屁股高高撅着。房间里衣橱敞开着，床上放着几摞叠好的衣服，几个早就淘汰不用的行李箱都在地上搁着，像是都被翻过一遍。薛程远轻轻咳嗽了几声，妻子也没回头看他一眼。

"你在找什么呢。"薛程远忍了一会儿说。

"你都没想过你明天参加毕业典礼穿什么衣服吗？"

"又不是开人大会，搞这么严肃干吗，我今天穿的毛衣不挺好的吗？"

于瑾站起来白了他一眼："你怎么现在越来越邋遢了，这毛衣都穿多长时间了，平时上课随便些也就算了，重大场合也不想给人留个好印象。"

"你找吧。"薛程远迅速结束了这个话题。明天的学校毕业典礼他将作为教师代表发言，虽然不是什么光宗耀祖的差事，但说明领导还是记着他的，毕竟全校有一千多名教职工呢。这几天上课的时候他都在酝酿着讲话的内容，其实也就三四分钟的时长，但他准备了很长时间，稿子前后改了四五遍，说他心里不重视是不可能的。

于瑾最后不知道从哪里找出来一套半旧的西服，薛程远盯了半天才想起来这是他十年前跟妻子去日本旅游时买的，当时他什么都不懂，看中的就是款式，其实并不太合身，在婚礼上穿过一回后就锁在箱底了。

薛程远听从妻子的指示试了试这件西服，发现现在的他穿上去竟然非常合适。

“从侧面看上去你有点像福山雅治。”妻子评点说。

“你以前说我长得像个营养不良的猴子。”

“那是我朋友张晓青说的，她当年是咱们班班花，心高气傲的，非要嫁个英国帅哥，这些年已经离过两次婚了，现在听人说在伦敦给一个移民过去的煤老板做二奶。我觉得我的眼光还是不错的，男人是越老越有味道。”

二

鼓掌声尚未散去，薛程远站在体育馆主席台上，旁边坐着清一色的校领导，天顶上几盏聚光灯打在他脸上，他感觉脸部发烫，快要烧起来了。薛程远从西服口袋里掏出那张讲话稿，平铺在讲台上，但他没有照着稿子念，而是面带微笑望着台下密密麻麻的观众，虽然他一个人都看不清，那是如同银河一般寂静的黑暗。莫名地，薛程远突然想到了自己十年前的婚礼。他也不知道在台下观众的眼中，他究竟是哪个形容干瘪的猴子，还是充满魅力的福山雅治。但他激情四射的演讲显然颇具鼓动力，连他自己都要尽量控制自己的语调以免被下面即将蹦出的排比句噎死。

散场的时候，薛程远摆脱了几个要采访他的媒体记者，紧紧跟在校领导的后面，终于在出口处追上了院长，他向前跨了几步，假装漫不经心地跟院长打了招呼。

“今天的发言很精彩啊，小薛，你给我们学院长脸了，听说很多同学都在底下喊你‘男神’。”

“没什么。现在的学生嘴上都甜，面对面叫的可亲热了，可你要是期末考试给他不及格恨不得天天跑到你家门口静坐。”

“嗯，年轻人嘛，思想都不太成熟。小薛啊，你现在教学任务很重，但科研也不能松懈，院里那个课题拖了一两个月了，可不能再拖了。我跟《论衡学刊》的编辑联系了，三月份的刊物已经预留了版面，到时候是马是骡子都要拉出来遛遛。”

“院长，这个我知道，现在已经到收尾部分了，主要是我带的那几个学生到期末一大堆事情，没法集中精力做。"

"实在不行，你那个个人课题可以先停一停，你现在是在做小姐被害现象的研究是吧，我看网上都有报道，这个课题很新，很有社会价值，确实有研究必要，不过小薛你要分得清轻重缓急啊！"

薛程远点了点头。他们走到体育馆门外，院长要坐专车走了，回头看了他一眼说："小薛，你还有什么事吗？"

"没有，院长你先回去休息吧。"其实薛程远是想打听学院究竟推荐谁申请明年的安廷斯基金会项目，薛程远之前旁敲侧击地向院长提过几次，院长心里不可能不清楚，可到现在他都没放出一点风声。妈的，在他眼里只有他主持的那个狗屁不通的国家社科基金项目重要。

薛程远回到办公室，从抽屉里拿出一沓稿纸，上面密密麻麻地写着工楷小字，标题是访谈记录，受访人一栏写的是曹欣，记录人是郑冰清。他一页页翻过去，莫名觉得有点烦躁，过了一会儿，他实在看不下去了，拿出一个奥林巴斯录音笔，插上耳机听了起来。

一开始是沙沙的背景音，隐约能听到人与人间的对话声，突然一个年轻女子开始说话了，你们做这个研究是什么目的，是打算卖给报社吗，还是警察会付给你们钱？你真的是婺城大学的教授吗？怎么这么年轻，这段录音到头了，薛程远进入了下一段。

我跟阿燕都是在云上时光上班的，她长得漂亮，人缘也好，真没想到有人会害他。她根本没有什么钱的，她赚的钱都叫她男朋友拿去了，听说那个变态在她身上只找到了78块钱。阿燕的家好像在山西吕梁山边上，哪个县我不知道，但跟一般北方妹子不一样，她身材娇小，文文静静的，看起来像是在校的大学生，我们老板带她见客人的时候都说她是大学生，出台价格要比普通的贵整整一百呢。阿燕有个男朋友，长得像罗志祥，每次分账都是他去找老板要，然后给阿燕一点零花钱，等于是阿燕挣钱养他。他也是个良心被狗吃的人渣，阿燕出了事以后他也不去找，别人劝他报警他说，那婊子肯定是傍上富二代快活去了，你瞎操什么心，你上过她？

阿燕平时是非常小心的，一般只在包厢里面做，那阵子警察查得紧，没人敢在店里提供服务，小姐都是出台的。她每次出去都跟她男朋友发地址，客人不说的，她到了地方就发，还约好了时间，到了点没有音讯就赶紧去救她。阿燕出事那次，没有发地址，她男朋友在外面赌钱，什么都没做，过了好长时间才知道她失踪了，又过了一个月，公安局的人过来调查，我们才知道她死了。

薛程远靠在电脑椅上，听着录音脑海中浮现出那个叫"曹欣"的女孩，画着浓妆，穿着吊带衫，倚在玻璃门门口，嘴边叼根烟，带着挑衅的目光看着来往的路人。她平胸，身体好像还没发育好，跟他说话时，一直喊他教授。

三

第二天上完课，薛程远给自己带的研究生郑冰清发了条短信，晚上有时间吗？七点钟到我办公室来一趟，商量一下课题的事。

过了大概一个小时，郑冰清发短信过来，不好意思，于老师，我刚看到，今晚研究生会开换届大会，我估计去不了。

薛程远回道，我今晚加班，你可以晚一点过来，只要半个小时左右就行了。对方只回了一句“嗯，我知道了。”

九点钟左右，郑冰清出现在教师办公室门口，轻轻敲了一下门，没得到回应就径直走了进来。薛程远本来想说进来把门带一下吧，但话到嘴边又噎了下去，他隐约感觉到郑冰清并不信任他。

郑冰清穿着件乳白色毛衣和碎花棉布裙子，脸上化了淡妆，进了屋以后，高跟鞋踩在地板上发出铿锵的声音，有种连绵不绝的妩媚感。她搬了个椅子，坐在薛程远对面，那距离不远不近，差不多隔了两块瓷砖。薛程远不得不保持身体往前倾的姿势，像个随时准备扑向蚜虫的青蛙。

说着说着外面突然响起了轰隆隆的雷声，大风把房间没关严的窗户吹得哗啦啦响，薛程远打住话题说：“看样子马上要下雨，你今天也没带雨伞，我等会送你回去吧，被雨淋湿了可不好，这个季节容易感冒。”郑冰清迟疑了一下说：“老师，不用麻烦了，我男朋友在楼下等我呢。”她脸上泛着两片浅浅的红晕，不知道是因为房间里的暖气，还是因为不好意思。

薛程远忽然想到之前一段时间每天睡觉之前，妻子都会把脱得精光的他从被窝里拽出来，嗅他身上的味道。“不要打女学生的主意，现在的小姑娘心机都复杂着呢，你玩不过她们，搞不好就身败名裂。”薛程远回道：“我好歹是接受过高等教育的人，不要把我想得那么龌龊好不好。”妻子说：“这是两码事，每个人都是有欲望的，据美国学者奥本海默研究，知识分子出轨的概率比普通人高得多，因为他们总能给自己出轨找到无比正当的理由。”

薛程远和郑冰清靠得最近一次只隔着一颗苹果。那时，他带着郑冰清和他指导的另一个男生去杭州参加学术研讨会，晚上同住的男生找本地同学出去了，薛程远一个人在房间里看电视，约莫十点钟的光景，有人过来敲门，他问是谁也没人答应，只隐约听见啜泣声，一打开看见是郑冰清哭肿了眼睛站在外面。薛程远莫名觉得心疼，披了件外套就带着郑冰清下楼了。他们到不远处的西湖散步。“我爸判了五年。”薛程远立刻就明白发生了什么，郑冰清的父亲是去年刚落马的L省副省长，在学校里也只有几个人对此知情。“没事，你让他在里面好好表现，应该有减刑的机会。”对于这个判决结果，薛程远认为是在意料之中的，甚至比预计的还好一些，他不知道该怎么安慰她。“我妈天天在家里乱打电话，我感觉她快要疯了。”薛程远说：“你回家一段时间吧，我帮你办病假手续。”郑冰清说：“我不能回去，本来班里就有人猜测，我这一走就坐实了。再说我舅舅他们正商量着要把我妈接到娘家去，我现在是无家可回了。”薛程远沉默了一会儿问：“那你想怎么办。”郑冰清说：“我要出国。”两个人在西湖旁边的长板凳上坐下，对面是大雾缭绕中的雷峰塔，这个场景适合相爱多年的恋人告别。百无聊赖中薛程远从大衣口袋里摸出一个红苹果，用纸巾擦了擦，递给郑冰清，她接过去吃了一口就没有动静了。在月光下郑冰清脸上的眼泪像碎玻璃一样隐隐发光，又有着一种扎人的诱惑。不知为何薛程远俯身去看她，却不小心碰到了苹果上，苹果随即滚落在地。那一刻薛程远真的感觉亲到了她的嘴唇，湿软的，芬芳的，带着早春初次绽放的花朵的气息，但他们之间明明还隔着一段距离。没等薛程远做出理智的思考，他的身体就不由自主地往后撤了，由于用力过猛还差点跌倒，这也许就是他作为假正经的知识分子的“应激反应”吧。而发生了这一切后郑冰清好像什么都没有注意到一样，仍旧在座位上发呆。

为了郑冰清出国的事，薛程远和学校的国际交流处交涉了很久。因为学校和外国高校的联合培养项目是有成绩和科研成果要求的，郑冰清一项都没有达标，薛程远百般周旋才得以通过。最后郑冰清也没出国，临门一脚撤回了申请，原因不为人知，她只是委婉地告诉薛程远她认为自己不太适合走学术道路。

四

不久之后，薛程远去了婺城市中心的一片城中村。走过一条满地垃圾的小巷，尽头是一家名叫“温州缘”的发廊。几个穿着暴露服装的年轻女孩坐在玻璃门旁边，或在玩手机，或在发呆，看到薛程远进来，有人踢了坐最里面抽烟的姑娘一脚说：“阿欣，教授又来找你了。”

“烦死了，天天过来问些有的没的，又不给钱，要不是看胡哥的面子，老娘早不干了。”她抱怨道。

抱怨归抱怨，那个叫阿欣的姑娘很快跟着薛程远去了附近的一家茶馆。

“那个女研究生呢，怎么今天没有来。”

“今天她有课，来不了。”

之前，郑冰清每次都会陪薛程远一起过来，一方面是做笔录，一方面有些男人不方便问的问题都可以让她俩聊。

他们坐在靠窗的位置，突然一阵大风吹过，薛程远压在桌子上的一叠文件被吹落在地，他低头去捡，看到阿欣脱了高跟鞋踮着脚，短裙下面套着白色丝袜的腿交叉在一起，颤悠悠地晃着。薛程远感觉心跳陡然加快，不知道过了多久，十秒钟还是一分钟，他收好了文件回到位子上。

“薛教授，聊了那么多阿燕的事情，你对我就一点不好奇吗？以前每次那事儿完了之后，时间还没到的话，客人都会问我好多问题。”

薛程远没想到阿欣会突然转变话题，他犹豫了一下，按下录音笔的暂停键。“我是做研究的嘛，每次出来都是有任务的。”

“这个我知道，关于阿燕我也没什么好说的了，我就跟你说说我的事吧，估计你也能研究一下，你以后出了书可要记得请我吃饭哦。”

“好。”薛程远心里想他可没工夫听这个失足少女闲扯，今天周五，他五点钟要去试验幼儿园接儿子，晚上有学生的期末论文要改，忙完以后说不定还能跟老婆出去看场电影，但人家帮了他这么大忙就提出这点小要求，他实在不好意思拒绝。

“教授，其实我不叫曹欣，这是我姐的名字。你看我的身份证，这也是我姐的身份证，咱俩是不是长得很像，我用这么多年从来没被人查出过。”阿欣从皮包里掏出一张身份证在薛程远眼前亮了亮，那上面有个瘦削的眉头紧锁的少女，有点像她，又有点不像她。“我出生时是属于超生的，又不是男孩子，没必要去交那个罚款，我爸妈就一直没给我上户口。村里小学老师是我舅，我就凑合着读完了小学，后来没有一个初中肯收我，我在家里帮忙干活。混到十五岁，我姐就是叫曹欣的这个去广东打工，莫名其妙死了，她上班的饭店赔了点钱了事。身份证押在她老板那里，被我爸要了回来给我，‘从现在开始你就叫曹欣了’。我有了身份证就跟我表姑表姑夫出去闯，我啥都不会，就帮他们看大排档，有次姑姑不在，那个浑蛋强奸了我，可疼死我了，就在厨房里面，一股鱼腥味。后来又有了第二次，第三次，第四次，我都没有反抗，因为我欠他们的。我自己在外面耍，渐渐认识了一些朋友，有个叫勇哥的男人对我挺好的，我就跟他出来混了，在云上人间夜总会干过一段时间，一开始就是普通的服务员，后来也接客、出台，我跟阿燕就在那认识的，她客人多得很，我客人少，教授你应该也知道的，男人都喜欢她那股骚劲儿。阿燕被那个变态杀了以后，公安局的人就过来了，夜总会关门了，我们被带走讯问了半天。后面的事你就知道了，朋友介绍我到这里来，还是做这一行。”

薛程远见她把自己和一般男人区分开感觉有点意外，他小心翼翼地问：“你说的都是最近几年的事，那你应该也才十八岁左右啊。”

阿欣拨了拨刘海露出光滑平整的额头，像是听了一件滑稽的事一样笑了会说：“我也不知道我什么时候出生的，问我妈都不一定知道。你就当我二十三吧，身份证上就这样写的。”

五

一连一个月薛程远都在全国各地的高校参加学术会议和报告会，无非是那几个相同的观点，他翻来覆去地去讲了好多遍，很多时候他连稿子都不用改，换个开场白照念就行。他感觉自己就像个过气的歌星，无论到哪都只唱那一首红过的代表作，还要装作仍然对此保持着激情。他甚至想过要把自己最新的论文复印个百来份，发给现场每个参会的代表和领导，并告诉他们，看吧，这就是我全部的见解，除此之外我只能谈谈今天的天气和伙食。当然，他永远不可能做出这样的事，他在所有同事眼里都是一个谦卑的有修养的青年学者。

薛程远回到家，看到客厅的餐桌上摆满了各种精致的菜肴，黄澄澄的大闸蟹，吱吱冒油的锡纸鸡翅，酱汁浓郁的慈姑烧肉，还有什锦拼盘和罗宋汤，妻子于瑾则系着围裙忙里忙外。他惊讶地问：“这些都是你做的吗？”于瑾犹豫了下摇了摇头说：“有的是从楼下餐厅端过来的。”薛程远反而松了一口气，他一直认为，如果烹饪是一门艺术的话，那么于瑾始终是一个拙劣的模仿者，不，更为恶劣，是一个逃学者，她从来都没打算烧出能打动味蕾的可口饭菜。

“今天你怎么了？做这么多好吃的。”薛程远飞快地在脑海中扫过所有可能性，今天不是他或于瑾的生日，不是孩子的生日，不是他们的结婚纪念日，更是和任何一个中华传统节日都沾不上边。

“你不发短信说你今天你回来吗？我就稍微准备了下。”于瑾说。

“儿子呢？”

“送她外婆家了，最近我公司有点忙。”

饭吃到一半，于瑾突然在桌子下踩了薛程远一脚，神秘兮兮地说：“老公，我跟你说个事儿。”

薛程远说：“你是炒股亏了还是怎么了？”

于瑾说：“是我公司的事，我们公司最近在给员工做法律知识培训，老板知道你是知名学者，想请你去讲课，酬劳比照市价翻倍。”

薛程远说：“你那个老板就是个靠钻法律空子起家的暴发户，他爱请谁请谁，我一没时间，二没心情去捧场。”

于瑾说：“这事我已经答应他了，你现在说不去不好收场，你就委屈一下吧，站着把钱赚了有什么不好，你看不起他，但也不能跟钱眼红啊！”

薛程远无可奈何，只得答应了。于瑾说老板张董想先见他一面，就在董事长办公室，他硬着头皮过去了。临行前于瑾带他去高端理发店做了个发型，又反复比较挑选了一套衣服，一件领带，让他感觉自己像是古时候被帝王临幸的妃子。

那个老板看起来大概五十岁左右，头发花白，一身白色长衫，脚上踏着布鞋，如若不是手上戴着一块价值数万的瑞士名表，走在大街上应该会被误认为是得道之人。

“薛教授，您认识宋春和教授吗？就是上过中央台《稷下讲堂》的那个。”张董坐在沙发上缓缓问道。

“我知道他，但不太熟悉，他是我们学校文学院的。”薛程远知道宋春和这些年一直靠着上电视的影响力在社会上办国学辅导班，面向的受众是企业老总、高管和地方党政要人，收费不菲，听说已经在北京买了四套房产。刚进来的时候，于程远在墙上看到一幅装裱的合影，里面就有宋春和，想必他和宋春和关系不浅。

“说实在的，薛教授，我早年出来做生意，没读过多少书，现在跟宋先生后面学到了不少。比如喝茶就有讲究，一个平头百姓喝茶没什么意思，文人喝就是品茗。我这里有宋先生送的现采的福建铁观音，从山里空运过来的，您可以尝尝。”

身着旗袍的女秘书手捧紫砂壶进来给两人各沏了杯茶，她走起路来袅袅婷婷，无声无息，于程远低头一看才发现她穿的是双绣花鞋。

“我之前在报纸上看到关于您的一篇报道，说是您支持卖淫合法化，建议我们学习西方国家在城市里划出专门的红灯区，卖淫嫖娼都不受限制。也许是鄙人学识浅薄就实在想不通这是个什么道理，现在社会上道德风气已经很差了，物欲横流，人心浮躁，你这不是鼓励人们公开淫乱吗？”

薛程远耐心解释道：“那不是我的观点，好像是星河教授提出来的，之前还有人大代表递交了提案。我只是说，当下‘小姐’之所以成为被刑事犯罪侵害的高危人群，是因为公安机关高压的扫黄态势使她们从地上转移到地下，缺乏有效保护，成为犯罪分子下手的优质对象，而卖淫合法化是解决这一问题的有效途径。这当然是从学术的层面上来说的。”

张董说：“我认为现在的犯罪问题这么突出，主要是因为惩罚不力，对罪犯过于放纵，再来几次严打就可以解决了。我年轻那会儿偷一根钉子要坐牢，偷辆自行车被逮住可能就要把牢底坐穿了，猥亵妇女是要被枪毙的，谁还敢去犯罪。”

薛程远道：“刑法最基本的一条原则就是罪刑法定，哪怕是对罪大恶极的人也要按照法律规定处理，不能随意加重刑罚的。”

张董也许是看到薛程远面色一下变了，语气柔和了些，但字句依然咄咄逼人：“薛教授，我是当过兵的说话比较直啊，我觉得法律根本就没什么用，老毛在的时候全中国就一部《婚姻法》在实施，不照样把国家整理得井井有条吗？”

薛程远像是吃饭噎住了一样，一下子说不出话来。两人在房间里安静地对峙了一会儿，最后还是张董打破了沉默，他站起来拍了拍薛程远的肩膀说：“今天请薛教授过来受益不浅，可惜我等会有个重要的会要开，分身乏术，薛教授先回去休息吧，我以后有时间再登门请教。”

从头到尾张董都没有提一句员工法律培训的事，薛程远知道这事一定是黄了，但他只想尽快离开这个鬼地方。在走出这家公司写字楼的时候，薛程远咽了一口痰，嗓子里挤出一句话：“大傻 ×。”那声音有点怪异，连他自己都吓了一跳，像是突然变成了一个嫉世愤俗的年轻人。

六

薛程远突然发现自己开始惦记起阿欣了，那是在和妻子于瑾的一次争吵之后。结婚以后他和于瑾的无数次争吵都是瞬时爆发的，随即转变为漫长的冷战。每次僵持了一段时间后，都是他去祈求原谅，卑躬屈膝地求于瑾跟他说句话，竭尽他关于女人的有限知识去讨好她、哄她，等她像女王一样赦免他的罪过。而随着时间的流逝，薛程远越来越相信婚姻的本质就是惩罚，人类根本不配拥有永恒的爱情，只有像西西福斯一样忍受循环往复而不可终止的痛苦。

岳父岳母来到家里，陪着孙子在客厅里看电视。薛程远在书房里看书，毫无征兆地于瑾走进来跟他说：“我们一家其乐融融地在一起多好，薛教授你非要这样不合群吗？”薛程远说：“我不看电视。”于瑾说：“那你出来跟我们一起坐着。”薛程远说：“等我看完这本书吧，还有几页。”气氛一下变了，于瑾冷笑一声说：“你的书永远看不完，反正人越多的时候你越要装知识分子，这个家你到底尽过什么责任？”薛程远说：“于瑾你能不能不要总是这样上纲上线呢？我们每个人都有自己喜欢做的事情，你花大把时间去做美容的时候我有说过你吗？”于瑾转过身大步走出房间，“啪”的一声把门关上了。

过了一会儿，薛程远走到客厅，看到儿子正在岳父母面前摇头晃脑地唱英文字母歌，他过去摸摸儿子的头说：“呦，我们家越越连英文都会。”站在一边的于瑾用带着讥笑的目光白了一眼薛程远说：“是我帮他报了一个新东方的幼儿英语班，刚刚学会的，你堂堂一个大博士教过他什么？”薛程远说：“孩子才上幼儿园，这么着急学东西干吗，他这个年纪我还在田里玩泥巴呢。”于瑾说：“时代和环境都不一样了，你以为越越以后跟什么人竞争，你去幼儿园问一下，现在这么大的孩子哪个不在学乐器学外语，反正你这个当爹的什么都不关心就是了。”

坐在沙发上的岳父母见两人针锋相对快要吵起来赶紧劝他们，儿子这时候要看动画片因为没人理他也大吵大闹起来，而电视里仍然在播着兵荒马乱的抗日剧。

薛程远觉得有点心烦意乱，就说了句：“我下午还有课。”匆匆出门了。

他没有去学校，也不知道该去哪里，开着车在路上漫无目的地转了会。电台里放着20世纪90年代的老歌，“离开真的残酷吗？或者温柔才是可耻的，或者孤独的人无所谓，无日无夜无条件……”有对情侣在路边忘我地接吻，因为身体不稳一步步往后退，几乎要冲到汽车的挡风玻璃上。他心中突然产生了一个疯狂的念头，他要去找阿欣。

一开始薛程远为这个想法感到无比的惊讶，他现在有什么理由去见阿欣呢？为研究而进行的访问已经结束了，甚至他的课题也要结项了，他们之间没有任何瓜葛，是两个世界的人。难道他对阿欣有不可遏制的欲望吗？她的那身板儿简直就像是偷穿大人衣服的初中生，没胸没屁股的，还不如他带的一个女学生性感，他怎么会饥渴到那个地步。再说，他堂堂正正一个知识分子怎么可能像个民工一样去嫖，还是路边洗头房最不值钱的鸡。这样想着想着薛程远给自己找到了最合理的解释，嫖客还要按时付钱呢，他耽误了人家这么长时间，总要去表示一下感谢吧，不然就连嫖客都不如了。

薛程远把车停到路边，进花店买了一大捧水仙花，这是老板向他推荐的，送女性朋友这个最好，又不容易引起误解。

刚下了一场大雨，那条小巷满是泥泞，稍不留神就会被飞快驶过的自行车溅一身泥浆，薛程远犹豫了一会儿，最后还是决定像那些路人一样把西服裤子卷起来。“接地气”，他莫名地想到了这个流行的网络词汇。

在快到地方的时候，薛程远反而产生了立刻调转回头的冲动。他一步都走不下去了，他望着周围的人，仿佛灵魂出窍般，看到了在人群中行走的自己，一脸严肃的样子，打扮得人模狗样，穿着不合时宜的衣服捧着鲜花，多么滑稽可笑啊。他们会怎么想呢？也许有人上周还在电视上看过他在法治节目上夸夸其谈，或是在网络论坛上看过他被篡改过的“危言耸听”的言论，结果他就是这样心安理得地走向一家按摩房，就像一头骄傲的孔雀拼命向猪窝里拱。

我为什么要关注这些人的看法呢？智者见智。难道你被庸人误解的事还少吗。薛程远就这样努力说服了自己，但他还是决定不能太惹眼。他看到路边两栋房子之间的缝隙中放了一个水桶，就走过去把那捧水仙花放了进去，里面刚好有半桶清水。

薛程远进了按摩房以后发现店里只有一个姑娘，之前从没见过，应该是新来的。他抢先问道："阿欣在吗？"姑娘瞥了他一眼说："她忙着呢，要不我给你介绍一个，保证活儿比她好。"薛程远正准备出去，阿欣拉开玻璃门进来了，脸上有些倦容。"有事不？"她问。薛程远回道："没事，就过来看看。""那你先等会吧。"阿欣转身进了里面的小隔间。

门是敞着的，对着墙上的落地镜，薛程远看到阿欣接了一盘热水在里面洗头，她漆黑如瀑的长发一点点被浸湿，水流从额头上滴落下来，沿着她的眉骨、鼻梁、嘴唇、下巴，滚入她宽松的T恤里，隐没在双乳之间。蒸汽渐渐弥漫开来，他什么都看不到了。

"教授，怎么今天有空来看我啊。"阿欣出来以后一边擦头一边问薛程远。

"有事路过这里，之前多亏你帮忙。对了，我有一样东西想让你看看。"

阿欣跟着薛程远出了店，进了那条房屋之间的逼仄甬道。

"到底什么东西啊，搞得这么神秘。"

"等一下。"

薛程远看到面前的水桶里什么东西都没有，心里顿时凉了半截，一株水仙花都没有了，不知道是哪个浑蛋拿的。那一分钟过得格外漫长，阿欣一步步走过来，抵在他的后背上伸头往里面看。

"啥都没有嘛，教授你把我骗出来干吗？"

薛程远转过身，有点结巴地说："我请你吃饭吧。"这时他们之间隔了不到一步距离，近到薛程远可以看清楚阿欣嘴唇下面淡淡的痣，和脸上没擦净的水珠。他只要往前轻轻一扑，不，只要弯下腰就可以亲到她了。

"我最近没空呢。"

"哦，没事，就是想感谢一下你。"

"真的？"

"骗你干吗。"

"你跟这边派出所的警察熟吗？"

"一个副所长是我的学生。"

"那我以后有事请哥哥你罩着我啊。"

他们沿着快要拆迁的老房子中间走了一会儿，阿欣突然从背包里掏出一张硬纸片说，这是我的名片，"手机号码是假的，你加我微信就行。"

薛程远伸手去接，看到上面写着，XX休闲中心客服专员，可儿，工号471888。旁边有张图片，一个穿着暴露的女孩摆出妖娆的姿势，不认识是谁。他心里想，阿欣是不是把他当作自己的一个顾客了呢？

回到车上，薛程远把卡片撕得粉碎扔到了外面。迎着风，那些花花绿绿的碎片像一场烟花的灰烬一般，纷纷扬扬地落了一地。

七

“我和阿燕曾经都想离开那里，找一件正经事做，但很快就发现外面根本没有什么工作适合我们。我没有学历，连打印店招打字员都不会考虑我，在饭店里洗碗，打扫卫生，当服务员，每个月辛辛苦苦地赚那一两千块钱难道就有身份地位了吗。那次我在外面游荡了很久才回来，勇哥生气了，在我背后烫了一个文身，他说再跑就打断你一条腿，我说哥，你就是打死我都不跑了。我觉得我这辈子翻身唯一的出路就是有个土豪看上我把我包养了，像电视剧里演的那样，可根本没有土豪会来这里。不过我还是蛮幸运的，至少跟阿燕比，我现在还活着。”

薛程远把录音笔带回了家里，以前他喜欢在晚饭之后太阳落山前的一段时间里听会古典音乐，而最近他完全没有这样的心情。

上次和阿欣见了一面后，薛程远加了她微信，但两人再也没有联系过。薛程远看过她的朋友圈，只有几张非主流风格的照片和配文。好几次，他点开了她的聊天界面，但又不知道该说些什么。直到有天晚上他失眠，半夜从床上爬起来玩手机，因为莫名其妙的冲动给阿欣发了个笑脸，他没指望她会回复他，他也没法想象他们之间会如何开展对话，但很快阿欣就发过来一句话，睡不着？

我很烦。薛程远打了一大段文字，最后又删去了。没有人能完全理解另一个人，他也不指望一个十八岁的女孩能理解他。

在上周学院把唯一一个安廷斯基金会项目的名额给了林无为，薛程远几乎是最后一个知道的，他这段时间一直忙着院长主持的课题，没有去上课，也没有人通知他。他一直相信自己是最有竞争力的候选人，而身边的同事也都给了他这样的暗示。他最后落选据说是因为社会上有人写信给学校和教育厅说他鼓吹卖淫嫖娼合法化，更有甚者，在举报信中指责他在课堂上公然宣扬资产阶级自由化，“这样犯有严重思想问题的年轻人即使有点小才华，又怎么能放纵他在神圣的大学讲堂里大放厥词呢？”薛程远真想跑到院长办公室质问这个结果，但他知道最后只能自取其辱，“小薛你以后还是一心做学术吧，我以前就劝你少接受点采访，少在微博上发表些见解，你听不进去。”那个做人四平八稳的院长一定会这样说。

阿欣回薛程远说，我给你唱首歌吧，随后发过来一段四十秒的音频。薛程远犹豫了下跑到外面阳台上放了出来，是邓丽君的《小城故事》，那声音有点沙哑，在夜空下像一阵风拂过树林。

谢谢你。薛程远在手机上敲出文字。

你还欠我一顿饭呢。他仿佛听到了她的声音。

薛程远和于瑾的冷战一直持续着，和以往不一样的是，这次他迟迟没有向于瑾低头，他每天在学校食堂吃完晚饭才回家，两人各自做各自的事情，除了必要的沟通外几乎不说一句多余的话。

有天薛程远在浴室里洗着澡，门突然开了，“谁啊，干吗？”他关了水龙头，听外面的动静。于瑾进来以后把裙子一掀坐在马桶上，说了一句：“没事，你继续洗。”

薛程远躺在积满水的浴缸里闭目养神，隔着一道布帘，妻子的话悠悠地传过来：“程远，你最近有点不对劲。”“只要我做事不对你的胃口就是我不对劲。”“不是的，你好像很紧张，因为我不知道的什么事。”“我觉得我现在状态很放松，你不用乱猜了。”“你那天下午去哪了，你上课迟到了半个小时，学生打你电话没打通，跟辅导员反映，你同事打电话到家里来，我说你可能遇到堵车了，可你明明去得那么早。”“是我在图书馆查了会资料耽误了。”

于瑾话锋一转，一字一顿地说：“程远，你是不是在外面有情人。”

薛程远反问道：“我每天下班后按时回家，从不在外面过夜，难道我还有分身帮我去约会。”

于瑾说：“我知道你们还没到那一步，只是有些小暧昧，其实我能猜到是谁，我早就知道了。”

薛程远吃惊地望着布帘上那片模糊的影子，如同一只猛兽即将从中纵身跃出。

于瑾停顿了一下笃定地说：“是你那个学生郑冰清，对不对？”

听到这个名字，薛程远顿时松了口气。她像所有结过婚的女人一样过于敏感而却缺乏理性的洞察力。

“没有的事，我已经好长时间没见过她了。”

“程远，我从来不指望你像爱情小说里面写的男主人公那样忠诚，对你这个身份的男人而言，诱惑太多了。只是我们一起走了那么久，我不想看到你最后身败名裂的样子。我不会去跟踪你，或者查你通话记录搜你文件包什么的，我相信你，但如果你真的在外面有人的话，你尽量小心一点，不要让我直接撞到就好。”于瑾从马桶上站起来，拉下水阀，湍急的水流声掩盖住了这一刹那的窘迫，似乎也把两人之前所拥有的漫长岁月和其间的欢愉都冲刷干净了。

薛程远正在策划一件疯狂的事，他已经下定了决心，非做不可。他感觉自己就像《月亮与六便士》中的主人公思特里克兰德一样，在循规蹈矩地过完单调乏味的半生后，开始寻求一种与过去截然不同的，却真正遵从自己内心的生活，孤注一掷的，离经叛道的，没什么确定的目的，只是凭着一个念头活下去，而他相信他也将因此获得全新的生命。

八

春节过后，薛程远开车去了一趟婺城远郊的齐云山庄，这里的老板是他大学室友冯伟。

“她到底是你什么人？”刚见面时冯伟见薛程远身边倚着一个年轻女孩，就凑在他耳边问。

“是我远房表妹。”薛程远面不改色地说。

“我懂，我懂。”冯伟露出一个共犯似的微笑，没有深问。

两人住进了山庄顶楼一个向阳的房间，开窗可以看到下面的镜湖。阿欣一进房间就抱住了薛程远，薛程远踉踉跄跄地往后倒，最后扶住墙才得以稳住。他的嘴唇不知不觉间被打开了，一个柔软湿润的物体放了进来，在他的世界里放肆地搅动着。只一会儿，薛程远就回过神来开始反攻了，他像一个熟练的潜水员一般，一点点试探着游向未知海域的深处，直到浪潮把两人完全覆盖。他们站在月光下面缠绕在一起，如同热带雨林中的藤蔓。“你去洗个澡吧。”缠绵片刻后薛程远突然停了下来。

过了五分钟阿欣出来时身上只披了件毛巾，而此时薛程远躺在沙发上闭着双眼，好像有点倦意。阿欣扑过去一把压在他身上说：“你是想在沙发上吗？”薛程远摇了摇头说：“不，今晚我睡这里。”阿欣用似笑非笑的眼神看着薛程远：“你不想要我？”“不是。”“那你到底是什么意思？”阿欣把手伸到薛程远的裤子里摸索。薛程远苦笑着说：“我不行，我本来以为这次一定可以的，但就是不行，刚才接吻的时候也是这样。”“你跟你老婆怎么解决的？”“已经很久没有过了。”“这不可能。”

一晚上阿欣和薛程远反复折腾了许多次，但都没有成功。快天亮的时候，两人都筋疲力尽了，薛程远拦住还要继续尝试的阿欣说：“算了，到此为止吧。”他把阿欣揽入怀里，紧紧抱着。睡意已经完全退去了，他们俩静静看着晨光像涨潮般一点点涌入房间，由浅蓝色慢慢变成湖蓝色，再转变为米黄色。阿欣突然坐起来把薛程远的身体扳平说：“我帮你掏耳朵吧。”她赤着脚下地，从挂在衣架上的皮包里拿出一盒棉签来，“你躺在我腿上，像这样。”薛程远像一个婴儿般完全顺从着，他闭上了眼睛，感受着从耳蜗处传来的阵阵酥麻感，舒服得不可思议，如同有人在亲吻他每一寸肌肤，让他身体里每一个细胞都沉沉睡去，内心深处的欲望也熄了火，随水流飘到不知道什么地方去了。此时世间万物都失去了原有的形状，漫漶为古代画中山长水远的寄托，和时间、空间脱了干系。当薛程远清醒过来时，已经过了很久，他隐约觉得自己刚才做了一个绮丽的春梦。

“阿欣，你以后不要再回那里了好不好？”薛程远几乎是乞求道。他给阿欣找了份正式的工作，齐云山庄的前台接待，三险一金都有，无须学历，也不用懂电脑。更重要的是他们有了一个私会的场所，随时都可以见面。

那个春日上午，薛程远忽然觉得他和阿欣之间可以不是地下情人的关系，更不是世人所鄙薄的偷情男女，他们之间不是由欲望的纽带联结在一起的，相反，是一种长远的纯粹的羁绊，如若人与人之间交往的最高境界是“无我”的话也莫过于此了。过了那么多年，他终于找到了他的玛丽格特。

九

二十年前，正在读大一的薛程远在学校礼堂里观看了一场德国歌剧团的演出，他看到魔鬼靡非斯特在电闪雷鸣之夜降临浮士德的书房，白发苍苍的浮士德在魔鬼面前唯唯诺诺最后匍匐在地的景象，有点阴冷和可怖，他听不懂德文，无从知晓其中含义。后来他去图书馆借了歌德的原著，在学校小树林里吟诵着里面的句子。

在薛程远漫长的求学之路中，他心中一直挥之不去那个身影。从很小的时候他就被告诫，人要控制自己的欲望才能有出息，拼命地读书也是控制欲望的一种方式。他把整个青春都献给无穷无尽的知识世界，而非像周围那些普通人那样为了恋爱为了一时的欢愉消耗掉宝贵的生命。而在这个过程中他逐渐发现他已经失去了追寻欲望的能力，他的内心已满足于自认为充实而具有价值的生活，他安慰自己这就是理想的人生。另一方面薛程远无比害怕当自己垂垂老去时也会像浮士德那样对一切产生怀疑，对没有及时行乐而充满悔恨，更重要的是作为唯物主义者的他相信世界上没有魔鬼会给他重头来过的机会。

在薛程远认识了阿欣之后他渐渐笃定自己还可以拥有不一样的生活。他和大学时代的朋友合开了一家律师事务所，利用他在电视和报刊上经常露面所获取的名声，律所刚开始运作就承接了不少标的额巨大的案件。薛程远还经常出席社会上的各种培训和讲座活动，有的是为了主办方开出的高额出场费，有的是为了进一步扩大影响力。他自信只要自己再活跃一两年完全可以把宋春和比下去，毕竟“国学热”只是老生常谈，而法治社会则是方兴未艾的时髦概念。

薛程远和于瑾之间的关系反而没有之前那么僵了。于瑾在公司里升为法务总监，日常事务和应酬都明显增多，他们现在一天到晚都在外面忙着工作几乎没有共处的时间，深夜回到家里也是分床睡。他们每天唯一的共同话题就是孩子，家里雇了保姆以后连这点谈资也几乎没有了。

整个五月薛程远都在策划着去欧洲旅行的事，经过一段时间的忙碌，新的事业已经有了坚实的基础，他决定给自己放个假。他给阿欣办好了出国签证，这将是他们第一次共同外出旅游。

一个雨夜，薛程远在和客户应酬完之后，开车去了齐云山庄，他没有提前告诉阿欣，想给她一个意外惊喜。

他到了山庄，阿欣不在前台，同事说她临时被经理叫去有事。薛程远在大厅里晃荡，看到阿欣的手机仍然放在位子上，绿色指示灯不停闪烁着，就顺手拿了起来。不一会儿，又有一条通知从屏幕上滑过，他只看到了一句，“把照片拍清楚一点。”是谁发的短信呢？薛程远对此感到好奇，他记得阿欣跟他说过她和过去的人都没有联系了，而她平时根本没有交过朋友。借着酒意，薛程远试图把这件事情弄清楚。他尝试打开手机，密码连输了几次都不正确，在只剩最后一次机会时，他想到之前给阿欣办银行卡她所设置的密码就试着输了进去，没想到竟然成功了。薛程远很快找到了那条奇怪的短信，是一个叫“勇哥”的人发的，他们对话的记录密密麻麻，连翻了几页都没到头。最近的几条是，“你拍的那些照片都看不清正脸，没有用，你最好还是拍视频。”“我害怕他发现，不敢录。”“老男人现在有发觉不正常吗？”“没有吧。”“这次有正脸了，可以吗？”“角度不错，但光线太差。把照片拍清楚一点。”

薛程远死死地盯着屏幕，像是多年前的他一边背诵一条晦涩的词条一边拼命猜测其中的含义。在漫长的时间里，他尝试了所有解读的可能性，最后还是悲哀地发现，结果竟是那么的简单，根本没有仔细推敲的必要。短信中的勇哥应该是之前和阿欣相好的男人，一个穷凶极恶的下三烂的流氓，也许从一开始他们就策划好了这出闹剧，阿欣出卖色相，勇哥躲在暗处遥控，让老男人坠入爱河然后通过拍摄“艳照”讹诈他一笔钱。多么老套的情节，多么庸俗的故事，最后无论他交不交钱，都会深深地厌恶自己。他可以想象这件事情如果流传出去，那些无良的媒体会如何添油加醋地炮制出一篇篇香艳的新闻，光标题就足以令人浮想联翩，某知名大学教授不雅照曝光：情人竟是失足女，或是震惊！学术超男深陷桃色绯闻。和那些在高潮时被破门而入捉奸在床的人相比，他只胜在不被当场羞辱的处境。

薛程远去了为他俩固定保留的房间，打开灯，一股阴凉之气扑面而来，他感觉像是来到了一个幽暗的地穴。据说“婚”字的构形来自于远古时代的男子在黄昏时去另一个部落抢夺女人的传统，原来男女关系的本质就是俘获，是强者对弱者的征服，是源于人类本性的猎取，而谁投入情感越多，谁就注定沦为囚徒。薛程远坐在床上给自己削了一个苹果，过往的事历历在目，他不禁哑然失笑。

过了一会儿，阿欣推开门进来了，她身上的职业装还没有换下，白衬衫和黑裙子衬得她有种与年龄不符的醒目。“我刚才听同事说才知道你来了，你怎么也不说一声。”薛程远说：“没什么，突然想你了。”阿欣给薛程远倒了杯热开水，柔声道：“你看起来有点累，我给你揉揉肩吧。”薛程远突然一把拉住阿欣，像搬运货物一样把她狠狠地撂在了床上。

“你爱我吗？”薛程远一边大口喘息一边说。他很长时间以前就想问她的，可不知道为什么从来没有开过口。

“你说什么，我听不见。”阿欣把头扭到了一旁去。

“你爱过我吗？”薛程远伸手去抚摸阿欣的头，可她仍然不肯转过来跟他对视。他愤怒了，几乎是在潜意识的支配下，用力掐住了阿欣的脖子，居高临下地质问她。

除了呻吟以外，没有任何回音。

窗外突然传过来一阵凄厉的鸟叫，薛程远转过头，从玻璃窗上看到一个面容狰狞的陌生人跪在一摊血泊之上，仿佛阿修罗再世。那一刹那，他想到了一年之前他在公安局勘验笔录里看到的那张照片，躺在芦苇地上的女人，全身赤裸，闭着眼睛，面对一大片围观的人群，嘴角隐隐有讽刺的微笑。算了，到此为止吧，没有谁是真正无辜的。

薛程远慢慢放开手，瘫坐在床上。阿欣连衬衫扣子都没系好就推开薛程远夺路而逃。

后来薛程远精神恍惚了很长时间，上班时差点从写字楼天台上掉下去。可时间一久，就渐渐淡忘这件事了。他一直没有收到那封恐吓信，也再没有听说过阿欣的任何消息。

火山（节选）

延安大学 / 罗　淇

可能在每个人的心中，都有一座火山。

一

如果你要问：这个世界上最残酷的东西是什么？李玉莲可能会回答你：时间。

作为一名70后同时是一名高中生的妈妈，时间从她这里可谓剥夺了太多。可是，剥夺的同时，又不停地给予，反复往来，李玉莲也无法打从心底真正地痛恨它。

李玉莲是L市一家三乙医院泌尿科的一名护士，二十多年前，她从H镇的一个小山村考到了市里的卫校，毕业后就顺利留在了如今工作的这家医院。

L市处于陕鄂渝三地交会的区域，得天独厚的地理条件加上淳朴的民风使得这座山城多次荣获"全国最佳休闲城市"的美称。不仅有大巴山北麓的丰富物产，还有汉水的滋润，加上山地独特的冬暖夏凉的气候，在L市生活，无疑是充满舒适和惬意的。

可李玉莲近来不这样觉得。人近中年，生活中的一切早已步入应走的轨道。既没有年轻时的热血沸腾，也没有大衍之年过后的静待天命，按理来说，生活理应充满各种乐趣才是。这个年纪，在工作上趋于稳定，生活中孝敬照顾好父母，伺候好求学的子女，在假期旅个游，日常搓搓麻将，这大概是最普遍也最受大众喜欢的模式。

她的生活恰恰不是这个模式。在将近一个月的日子里，她几乎每日都徘徊在矛盾的边缘，矛盾又惆怅。为了维持这份情绪，她几乎用尽了这半辈子以来最多的忧郁来为它提供养分。怎么说呢，她烦恼的问题说大不大，说小不小。正是因为这样一个李玉莲视之尴尬的问题，她找不到人诉说，于是只能任之在内心中自我消遣。

六月份刚过，儿子刘宇就升入高三。因为L市上一届考生成绩普遍不太理想，市教育局开了几次会，让每一所高中都要积极做好新一年的备考工作，势必要在2017年高考中讨回一些颜面。

李玉莲老早就跟有过经验的同事取好经，关于如何当好一名高三学生的妈妈。她每天掐着点给儿子做好饭菜，然后用保温饭盒装好，在放学铃声响之前来到学校，钻过一堆黑压压的人挤到门口等着儿子。看着儿子狼吞虎咽吃饭的模样，还得在一旁提醒他吃慢点。也只有在这个时候，李玉莲的内心才会感受到满足。那源于本性的母爱不仅哺育了她的儿子，同时也滋润着她的身心。

就算最近一个月沉浸在忧愁里，她仍然没有忘记要当好一位准高考生的妈妈，该做的事一件没有落下，反而更加细致了。她会变着法地做各种儿子喜欢吃的菜，然后争取把一些补脑但不好吃的食材做出儿子喜欢的味道。就连一个土豆丝，一周之内李玉莲绝对不会做出重样的。

幸好，出于母爱，她的烦恼忧愁得以被分担掉一部分。除此之外，李玉莲不知道谁能帮她分解一部分困扰她的问题。李玉莲的丈夫刘云鹏，比她大五岁，是L市本地人，在L市卷烟厂当会计主管。说起自己的丈夫，李玉莲觉得他天生就是做会计的料。为人比较严肃，做事比较细心，性子慢，做事认真却总是慢个半拍，生活中也比较冷淡，不会幽默，更不要提什么罗曼蒂克。可恰恰因为这些，丈夫从业至今，从厂里一名打杂的员工一路做到了会计主管。这还不是全部，得益于他的理财意识，家里的生活条件也越来越好。说实话，李玉莲目前对自己的家庭十分满足。有着乖巧聪明的儿子，儿子马上就要上大学自己也会更加省心；有着踏实稳重的丈夫，他挺会挣钱，生活也越来越好。丈夫的父母住在乡下，两位老人都是和善的人，自己也没碰到过特别不愉快的婆媳关系。

可是就算是这样，李玉莲还是无法避免地陷入了忧愁的旋涡，在最近一段时间里。那忧愁像一卷麻绳一样死死地缠着她，不给她丝毫挣脱的机会，甚至于在某些时候，李玉莲觉得那捆麻绳突然变作了一条蛇皮花花绿绿的巨蟒，把她从脚底开始一直缠过头顶，而且越缠越紧，使她几乎不能喘气。那么一瞬间，李玉莲似乎发现身上沾满了巨蟒的液体，腥臭黏稠的液体，然而她无论是心理还是身体竟一反常态地没有任何恶心反胃的表现！

李玉莲不禁被自己吓了一跳，她怎么会有这样的想法！果然，最近压力太大了，她试着告诉自己，并且让自己不要想太多。这个问题，谁都要有面对的一天可为何自己会这般的思虑过多甚至到了矫情的地步。不要想就好了，已经这么多天了，不要再想了。就算想下去也只是毫无意义的忧虑罢了，为何还不放手?

无论你性别是男是女，无论你地位高低，无论你富贵贫穷，无论你学识渊博或者目不识丁……

人只要活着，总会活到四十岁。而这一天，李玉莲刚好四十岁，不多不少，的确，现在进行时。为此，李玉莲用尽了全部的忧愁和烦恼。

二

李玉莲在这一天做了一个对她而言不寻常的举动。头一天，她告诉儿子自己今天有事要外出不能给他送饭了，并且给了儿子五十元钱让他在学校附近吃点好的。她没有告诉丈夫她的计划，傍晚丈夫下班回家时，她和往常一样做好了饭菜等着他。初秋季节的小城天气稍微有点冷，李玉莲还专门为他温了半壶酒。

刘云鹏回到家中，还未打开门，就闻到妻子做的饭菜的香味。他打开门进去，在门口换了鞋。看了看餐桌上的饭菜，放下公文包，然后躺在沙发上伸了个懒腰。

李玉莲拿着碗筷从厨房出来，看见丈夫，收起了忧愁的面孔。她把碗筷放到桌子上，催促丈夫道:“快去洗手吃饭。”

刘云鹏把眼镜摘下放到沙发上，便去洗手了。完了他坐到餐桌上，看见桌子上温好的酒。

“哟，还整点酒。”说完他拿起酒壶倒了一杯，抬起酒杯就要喝，李玉莲急忙阻止了他。

“干吗呢，先吃点菜垫垫肚子。”

刘云鹏微微笑了笑，点了点头，夹了些酸辣土豆片开始吃起来。

李玉莲给丈夫盛上米饭，然后自己也夹了些魔芋炒肉。

“这个酸辣土豆片，怎么吃都不腻，小宇最爱吃。”刘云鹏开口说道，“今天又去给儿子送饭了吧。”

“送了，吃得可多呢。”李玉莲边说，边给丈夫夹了些魔芋，“多吃点这个，今天腊肉割多了，我炒得有点多。”

刘云鹏用余光看着妻子，他察觉到妻子最近与平时有些不太一样，他前几日就有这样的感觉，不过他也不知道究竟奇怪在什么地方。为此他也不敢向妻子询问什么。他偷偷打量着妻子，他仍然记得第一次见到她时的模样，清纯可人，温柔似水。那会妻子是医院里的实习护士，而他则是受她照顾的病人。妻子天性善良，就算只在一些细节处也能看出。他在住院的一周里，私下里偷偷关注着这位漂亮的女护士，发现她做事稳重，不慌不忙，与同一批实习护士相比简直像个老手。除此之外，无论遇到难缠的病人或是麻烦的小朋友，这位白衣天使都从未曾在脸上展现过一丝不耐烦的痕迹，当时他就在想，要是能娶到这样一个女人做老婆，真是全天下最幸福的事。后来他如愿成为全天下最幸福的男人，他为此感谢上苍。

如今，岁月已经带他们走过了一段不短的旅程，妻子也不是当年水灵灵的模样。可是在自己心中，她永远都会是当年的模样。

二人边吃边唠话，吃完饭后一起看了看电视，十一点左右便熄灯入睡。夜里丈夫打呼噜的声音徘徊在卧室里，而李玉莲却不似往常那般早早就睡着。她背对着丈夫，借着窗外打进屋里的微弱的光亮，看着攥在手里的一张火车票。

火车票是第二天一早去省城的，李玉莲方才一直纠结到底要不要告诉丈夫，后来心一横，索性谁都不说。

她决定了，这一天，她要做一个任性的女人！

于是在丈夫去上班了之后，她简单收拾了一下东西就打车去了火车站。临走时，纠结再三，她还是留了张字条告诉丈夫她要外出一两日，无须担心。从L市到省城有四个半小时的车程，她在车上跟人换了一个靠窗的座位，打算靠在车窗上睡一觉。

李玉莲的眼睛闭着，实际上却没有睡着。因为她仔细想了一番，貌似这是她在婚后，第一次，一个人出远门。

自从与丈夫结婚后，丈夫一直对自己照顾有加。婚后的一两年大概是她能回忆起来的目前为止这辈子最甜蜜的时光。那会还没生下儿子，丈夫会在节假日带着她出去旅游。西安、云南、北京、宁夏、青海……这些地方都是丈夫带着她去的。后来儿子出生了，二人一起出去的机会几乎没有了，但是丈夫还是带着一家人去东南沿海、四川、山西这些地方旅游。严格来讲，自己的丈夫的确是一位称职的丈夫。

可是就像裂了缝的鸡蛋，无论再怎么包裹，总有一天也会吸引来苍蝇。李玉莲不想欺骗自己，她发现的这个事实——她与丈夫之间，总是欠缺点什么。

一道精心烹调的菜肴少了食盐；一杯舒缓神经的蜜水只兑了几滴蜂蜜；一盆洗衣服的水只放了一小撮洗衣粉。很多事情和水满则溢的原则是相反的。有时候，“不够”往往才是生活最大的问题。

她想着想着，便靠着玻璃睡着了。尽管列车一路上有些颠簸，但是仍然无法阻挡住她的睡意。

睡梦中，李玉莲去到一处她从未去过的地方。依照她的猜测那应该是座火山，虽然她不曾真正见过火山的模样。遍地都是长着千疮百孔的火山石，空气中飘荡着的炽热因子，李玉莲还在半山腰站着就能看到冒着白烟的山顶。

“好热，好热。”李玉莲在心里对自己说。她感觉自己就快要热化了，就连吹起的风都仿佛是带上了来自地心深处灼热的能量。

在这个陌生的地方，李玉莲第一次感受到什么是残忍。她曾试图张开嘴呼救，她想着只要自己努力叫喊，哪怕只有一个人听见也总是好的吧。可是她张开嘴扯动着声带竟发现完全听不到自己的声音。她如同瞬间被剥夺了说话权力的玩偶。更令她震惊的是，她不仅失去了发出声音求救的能力，就连一双脚掌，也深深陷入了脚下滚烫的泥浆里。她彻底沦为一个被命运摆布的玩偶！

可悲的是，残忍，往往没有下线，你永远无法预期到它的底线。整座火山在她的眼前开始剧烈摇晃，她的头发随之上下飘散。她急得哭了，因为炽热的温度，眼泪弥留在她的眼眶中久久不能流淌出去，就算流淌出去亦会刹那间蒸发。她在泪眼蒙眬中，只看到两个身影：聪明懂事的儿子，以及，平时沉默寡言的丈夫。

李玉莲在醒之前唯一清晰的意识便是——火山，快要爆发了！

三

列车进站的鸣笛声响彻整节车厢，过道里乘务员大声地提醒着乘客：“各位乘客，终点站到了！终点站到了！请大家做好下车准备！”

李玉莲是众多被叫醒的乘客中的一员，她醒来时发现自己已经汗流浃背，由于长时间保持同一个姿势，腿也麻了。她起身活动了片刻，便去卫生间冲了把脸。当她看到镜子中疲惫不堪的自己，她暗自下定决心，无论如何，所有的忧愁烦闷必须在这一天从她身体里统统赶出去！

尽管是初秋季节，X城的气温还是那么居高不下，火辣辣的太阳炙烤着这座建立在一望无垠的平原上的城市。李玉莲随着人流涌出火车站，肚子里咕噜咕噜叫唤个不停，也是，从早晨到现在，她几乎没吃什么东西。

她打了辆出租车告诉司机去市中心，一路上司机跟她抱怨着近年来出租车生意如何难做。近年来涌出各种打车软件破坏了出租车市场，油价又隔三岔五不停涨价，尽管跟打车软件这一方的司机闹了许多次但是他们仍然想不出可以彻底解决的对策。李玉莲想着刚才在车厢中的那个梦，况且她对这块也了解得不多，只好附和司机一些安慰鼓励的话语。从火车站到市中心不太远大概半小时的车程，下车后司机原本还要找零两块钱，但是李玉莲大方地告诉他不用了。

李玉莲在市中心以审查者似的身份看了几家餐厅，她透过上菜窗口检查厨房的卫生，细心观察服务员的头发和指甲，扫视饭桌周围是否有人正在打扫。尽管她已经很饿了，但是她还是不能强迫自己吃自认为不干净的食物。就这样绕了大半条街，她选定了一家她满意的餐厅，简单吃了一点东西。

吃完饭后，她来到附近一家比较大的商城。先是逛了逛女装店，然后去运动品商场看了看，买了一些她认为儿子会喜欢的时尚运动服装。路过一家文具店，李玉莲进去给儿子买了些价格不菲的签字笔、记号笔以及一些备考的学生可能会需要的文具，快要出店门时，一本小熊图案的粉色笔记本吸引了她，她犹豫片刻，将它放入购物篮中一起结算。说实话，李玉莲对自己倒没有过多的打扮，因为出身农村，从小吃够了苦头，她对自己还是比较节俭的。但是对于儿子就不同了，她不愿意儿子在物质方面受任何的委屈。

她也不是对那些高端的保养品、化妆品没有心动的感觉，她们科室每年都会招进一批年轻漂亮的小护士，一个个年轻漂亮得简直能在她们脸上掐出一把水来。丈夫公司里的许多领导的夫人虽然都上了年纪，但一个个一经打扮，仍然显得气质出众，平添贵气。

她这么久以来，也就用一些国产的价格低廉的护肤品，对于服装，也是去卖场打折区里抢购的。丈夫经常劝她对自己好一点，还在朋友的建议下送过她高端护肤品，但是被她义正词严地教训了一番。可是最近，李玉莲忽然萌生了些念头："我已经四十岁了，是不是该对自己更好一些呢？"

李玉莲在这种矛盾的驱使下来到一楼的化妆品专柜，恰逢上新，许多品牌都推出了试用活动。这个点正是吃晚饭的点，人不算特别多。她去到一家彩妆柜台，一位肤白貌美大眼睛的女店员接待了她。

女店员先是咨询了她的意见，然后让李玉莲坐在专柜前替她化妆。女店员娴熟的手法在李玉莲的半张脸上稍微施展，不一会儿妆容就画好了。期间李玉莲问了下女店员，是否可以替她整张脸都做，女店员尴尬地对她解释，说是公司要求只能给做一半，除非顾客愿意购买，那么她们可以提供服务。

李玉莲也没有多问就信以为真，当她看到镜子中自己精致的半张脸时，的确有些惊艳的感觉。女店员也在旁边一个劲推销给自己试用过的产品，诸如什么粉底液、口红之类的，效果有多么好，多么衬她的肤色。

李玉莲望着镜子中那半张脸，似乎只隐约在当年自己结婚的时候看见过这般模样。当时的自己水灵灵的模样，不施粉黛都很好看，而如今再看看另外半张脸——松弛的皮肤，暗黄的肤色，下垂的眼袋，时刻提醒她自己已经在时间的冲刷下渐渐衰老。

女店员试图想让李玉莲购买她的产品，一个劲地夸李玉莲五官底子好只要用心保养下好好化妆仍然是一位大美女。但是在李玉莲得知这家店一个小小的粉底液的价格竟然高达几百元，尴尬地表示自己不买之后，女店员显露出了一脸不耐烦的表情。

李玉莲又咨询了其他几款产品的价格，虽然她很想买一套，但是想一想这一套的价格几乎可以给儿子买全套运动装备，她还是忍住了自己购买的欲望。她向女店员道了谢，准备离开，这时另一位男店员回到柜台。

男店员想给李玉莲化完最后一半妆，李玉莲误认为这是一种推销，带着半张脸的彩妆和一身的尴尬匆匆离开了。来往的顾客用好奇的眼光打量着她，这让她在尴尬之余还体会到一些沮丧。她来到卖场的洗手间里，借着清水把那半张脸上涂抹着的化妆品擦洗干净，然后用水冲了冲自己的脸。洗完脸之后，她又回到了之前的那个李玉莲，去打折区买了一些自己还算喜欢的服装，同时给丈夫也买了一套服装。

她算了算时间，最早回 L 城的火车是夜间十一点，是一趟比较旧的车，到站刚好是第二天清晨六点。李玉莲带着大包小包的战利品，挤到售票窗口买了一张卧铺的票。

忙碌了一整天，李玉莲在震动的车厢里整理了自己的思绪。她确信自己已经消化了这么久以来困扰自己的烦恼，当然，就算有一些不甘，有些不情愿，李玉莲还是觉得自己必须去面对，自己，的确已经四十岁了。

第二天李玉莲拖着一身的疲倦回到家中，她蹑手蹑脚地在自己家中走动以保证不会吵醒还在睡觉的丈夫。她走进厨房，准备喝一小杯冰箱里存放的酸奶，当她打开冰箱门的时候，她看见冰箱里放着一个精致的巧克力慕斯蛋糕，蛋糕表面缀着的鲜红的草莓点亮了她的双眼。

李玉莲看不到自己傻傻笑着时勾起的嘴角，她自己问自己："这才应该是生活，不对吗？"

四

李玉莲洗了个澡，将那身残留着火车车厢味道的衣服泡在水里，放了比平时多一倍的洗衣粉。洗完澡她躺回床上，刚要睡下，丈夫的声音在耳边响起。

"回来了？"

丈夫睁开眼，转向她这边。

"嗯，回来了。"

丈夫的大手掌带着暖暖的温度拂过她的脸颊，摸了摸她的头发。

“累了吧，快睡会吧。”

李玉莲在丈夫的怀里睡去，等她醒来的时候，丈夫早已去上班。确切地说，她是被楼道里的吵闹声给吵醒的。

李玉莲家对面的屋子之前住着一对金融公司的年轻情侣，受去年股市的影响，小两口双双失业，之后找了关系去深圳打拼了。那房子的房东年纪很大，几年前失去了老伴，一个人在城里住着不太方便，便搬到乡下老家住了。

小城市的房子不像大城市那般容易租，隔了将近半年多才有人前来问询。这不，今天就搬进来了。李玉莲她们单位是轮休制，这几天也没啥事，洗漱一下便打算出门认识下新邻居。

搬家公司的人在楼梯间来来回回搬着东西，特大号的竹篮里塞满了各种物品，搬家师傅光着膀子，将背带紧紧勒到头顶，一步步踩着楼梯往上爬，一步十滴汗。那模样像极了背着巨壳的乌龟，不过乌龟是不会爬楼梯的吧。累极了，师傅便会吼一嗓子，憋一口气继续往上爬。小腿的肌肉青筋暴起，似乎再用力那么一丁点就会立刻炸裂开来。

李玉莲从窗口往下看了看，新搬来的邻居是对年轻的小情侣。虽然隔得很远，但是李玉莲还是看得出两个年轻人青春靓丽的模样。男孩子个子看起来挺高，不过比较瘦弱些，女孩子长发及腰，穿着糖果颜色的打扮，更显娇嫩。

挺好的。李玉莲在心里这样想。

她打开门准备下楼去和新邻居打个招呼。如果需要的话，她会帮把手。她一向是如此热心肠的人。

李玉莲来到楼下，近距离看到这对年轻情侣。果然是一对璧人，她在内心如此称赞道。女孩不光五官精致，皮肤白皙，就连身材，也是那么的玲珑有致。

而这个小伙，给李玉莲一种奇怪的感觉。皮肤白皙，面庞清秀，留着标准的板寸。身高中等偏高，可不知道是不是由于骨架太小了显得异常的瘦弱。

“大姐，你好！”见到李玉莲向他们走过去，小伙向她问好。不知是否太过瘦弱的原因，李玉莲觉得他的声音也比寻常男人要温柔得多。

“小伙子好！”李玉莲笑着冲他们摆摆手，“你们是搬到502的吧？”

女孩接话道“是的，大姐，您也住这里吗？”

“是啊，我就住你们对面。刚从窗户看到你们，就说下来打个招呼，没打扰到你们吧？”

“没打扰，大姐您客气了。”小伙说完，从地上的箱子里拿出一瓶水递给李玉莲。“大姐，喝点水！”

李玉莲看见连忙摆手。

“哎哟，不用不用，这太客气了。”说完李玉莲瞄了瞄搬家师傅，看见几个师傅都上去了，问道：“楼上还有家人吗？”

小伙摸了摸后脑勺，“没有，就我俩搬过来住。”

李玉莲一听，说道：“那应该有个人在楼上看着点会好一些，毕竟搬家的也不是自个人。”

女孩听了，瞬间醒悟过来，拍了男孩一把。

“是呀，多谢大姐提醒。你还不赶快上去看着。”

小伙得令，嘿嘿笑两声就准备去楼上看看。

李玉莲忙说：“哎哎，别着急啊小伙子。”

“大姐啊，看你们好像没什么经验，才多嘴的，别嫌我话多啊。”

两个年轻人连忙说不会。

“上去啊，看楼上东西的摆放，让师傅给你们挨个放好，不然啊，那么重的家具，你们这身子板的哪里搬得动。”

小伙子听了，害羞的挠了挠头发，便上楼去了。

李玉莲和小姑娘拉了会话，得知这对情侣大学毕业没多久，是省城X市的名牌大学的毕业生。小两口都是南方的孩子，毕业后没有选择立刻回南方，也没有选择留在X市，而是来到了这座小城，这让李玉莲甚是费解。

拉了会话，李玉莲便跟年轻姑娘告别，准备回家做饭。这两日没有下雨，空气比较干燥。搬家师傅来来回回楼梯间，很快就搅起了地上的灰尘。出于职业病，李玉莲心中想着，是要好好清扫下楼梯了，她几乎想屏住自己的呼吸以此来阻止细菌由她的鼻孔侵入。

就在她的脑袋想着这些问题的时候，突然，一个趔趄，李玉莲差点摔倒在楼梯上。

“哎呀妈呀！”

李玉莲赶紧稳住身子，喘两口气，回过神一看，原来是个纸箱子！

“应该是搬家师傅掉了的。”

她弯下腰抱起那箱子，还挺沉，箱子用胶带封着，箱子上标着一个“S”的标识。她轻轻垫了垫箱子，可巧不巧，那箱底的胶带就沾了水似的，一下子脱开了。箱子里的东西倾泄而出，滚了一地。

李玉莲来不及想箱子开了要怎么处理，因为那个瞬间，她的脸就跟猴子的红屁股似的，就跟被夕阳烧红了的云朵似的，唰的一下，红得不得了！

那箱子里装的，居然是一整箱的性用品！

五

箱子裂开的那一瞬间，李玉莲是没有任何察觉的。直到那一箱子性爱用品散满地上了，李玉莲才晃过神来。不看则已，一看，李玉莲的老脸都红了。

地上那些物品，真是她见所未见、闻所未闻的。有橡胶做成的男人的那玩意儿的模型；有塑胶倒膜的男人的下半身；有连着电线的小球。更有甚者，李玉莲还看见了黑亮的皮鞭。她大概能猜出来这些东西的用途，虽然她从未见过。

可是现在的情况容不得她一一去猜测。楼上师傅的脚步声正在一点一点靠近，她必须在有人看见她之前，把这些让她羞红了脸的物什，统统塞回箱子里。

她急忙从地上挨个捡起掉落的性用品，包括一个男性假体。

接触到那个物什的时候，许多年前的那一份颤动的触感似乎在一瞬间穿越时空重新回到她手上……

那时候，她刚从卫生学校毕业出来，是分配到泌尿科的护士。由于表现出色，办事稳重，李玉莲很快就获得了出手术的资格。那一次，是她第一次充当主刀医生的助手，做的手术是男性包皮切除手术。

说实话，就算在今天，李玉莲也不得不承认，那位病人的器官是李玉莲从业至今见过的最大的一位。既便如此，对于当年具备专业素质的李玉莲来说，她很出色地完成了自己的任务。

她帮助病人完成麻醉，清理手术位置，待主刀医生设计好切口后，协助医生剪切多余的部位，随后在医生的指导下进行缝合。

这次手术，将之后发生的一切链接了起来。在那几个月之后，李玉莲便在亲友的安排下参加了她人生中第一次相亲。

亲戚告诉她，对方是一个工厂的财务，老实人，踏实肯干，长得还过得去，户口也是城镇户口，让李玉莲抓住好机会。

李玉莲那时哪懂什么，别人说好的当然是好的了。加上她家庭出身贫困山村，家里父母也希望她能找个好人家。心里对这次相亲也更加期待了几分。于是在相亲之前她拿出工资的一小部分，买了漂亮的连衣裙，学着城里的姑娘化了淡雅漂亮的妆容。正是二十出头的年纪，哪个姑娘不是水灵灵的模样？略施粉黛，就已经很漂亮。

她和相亲对象约了莲花饭店见面，李玉莲怕对方等太久留下不好的印象，早早就去到饭店。莲花饭店是L城唯一一家国营饭店，在那个年代，已经是L城最好的饭店。李玉莲找到预约好座位，便小心翼翼地在座位上等着。腰杆笔挺地直，不敢稍稍松懈。

过了没多久，李玉莲便听到有人向服务员咨询她的名字。那一瞬间，李玉莲的心脏在胸脯里乱跳个不停，这是她人生中，第一次相亲，同时也是她第一次与陌生男子约会。

她从手提袋里翻出一张揉皱了的纸巾，擦了擦额头和鼻翼上冒出的汗珠。

她在心底告诉自己，千万不能乱了套。

不一会儿，服务员将男子引到她的座位便离开了。李玉莲红着脸，把头尽量压低。她等待着对方先跟她说话，对，她心里这样想，女方还是矜持些比较好。

果然，男子开口了。

"请问你是李护士？"

李玉莲听到声音后，略微觉得有点耳熟，她慢慢抬起头，看见站在她面前的男人。

面前的男人，中等个头，戴着副眼镜显得斯文的样子，穿戴整齐干净，手里提着一个红色的袋子。

李玉莲稍微点点头，男子便坐在她面前的座位。

看见对方的那一刻起，李玉莲便有一种似曾相识的感觉。好像在什么地方见过这个人。不过此刻紧张的气氛下，她一时半会实在是想不起这个人。

男子坐下后张口说话："你好，李护士，我叫刘云鹏，之前，我们见过面的。"

李玉莲听了刘云鹏的话，更是脸红。两个之前见过的人，居然在相亲场合碰上了，对方记得你是谁，偏偏自己想不起对方是谁！

"呃，这样的，之前我去你们医院做过手术……"

刘云鹏说完，李玉莲马上就想了起来！

"不好意思啊，刘先生，今天，今天有点紧张，一时没想起来。"

这位与自己相亲的男士，正是之前医院的一位病人。只不过，不是她负责的病人，加上医院每天进出那么多人，所以她一时半会才没想起来。

想到这，李玉莲情不自禁尴尬了一刻。如果她没记错，这位刘先生，便是那日她第一次做手术助理时见过的那位下体雄壮的病人！那日的场景，居然如电影画面一般，重新在她眼前闪烁开来。所有的一切在当时看来都是那么的行云流畅，这样的手术，是他们科室最擅长的。手术后，科室里的老阿姨还跟李玉莲聊了一会儿。羞得李玉莲脸都红透了。而如今，却在自己的身上有了更不一样的感触，她甚至能感觉到，她的指尖的触电般的感觉。

这个不太纯洁的念头就这么从她的大脑缝中蹦了出来。眼前这位男士，似乎徒增了一份魅力。不知怎的，还未怎么接触过，李玉莲就隐隐觉得，这个人，估计就是此生与她相伴的人，那种安全感，她从未如此强烈地体会到。

两个人一人一句慢慢搭着话，都是较为腼腆的性格，李玉莲的第一次也是唯一一次相亲就在这样如同清水一般平淡的氛围下结束。

李玉莲大概也不记得都说了些什么，因为那个时候，她脑子里只有一个念头："这个男人，我一定要抓住他！"

六

楼梯间传来的脚步声迫使李玉莲来不及思考，便将散落在地上的所有成人用品迅速放回箱子中。她收起刚才错愕不惊的表情，假装什么都没有发生一样，进到邻居家，放下箱子，然后回到了自己的家里。

在关上家门以后，这个一百多平方米的房子里就只有她一个人。她深深喘了一口气，靠在房门上久久都不能动弹。说实话，她已经很久没有这样的感觉了，自从十几年前和丈夫相亲的那一次，她无意间回想起对面坐着的人的身体，那种触电般的噼里啪啦的感觉就在她的内心深处埋下一个充满魔力的根。

而如今，她再次触碰到那种感觉，仅仅是因为无意间窥见了他人的秘密，她便像偷吃了三文鱼的小猫咪一般，想撞开冰箱的门来获得更多。

她通过猫眼往外使劲看着楼道里的情况，师傅们来来回回，那个年轻的小伙，不时也会从她的眼皮子底下走过。十几年前，丈夫第一次将李玉莲带进性的领域，而如今，这个二十来岁的小伙再一次给李玉莲带来了性方面的冲击。这个小伙从外面看彬彬有礼，斯文瘦弱。私底下却如此充满激情乐趣，这与自己那个按本行事的丈夫是大大不同的。

想到这，李玉莲不得不垂头丧气地回到房间，将自己扔在床上。从某种程度上来讲，对于性生活，李玉莲已经默认自己步入荒草丛生的坟墓了。尤其是刚刚那般强烈的对比下，她更是有了心如死灰的感觉。

怎么说呢？性生活不满足可以有很多原因。最最可怕的，要数这种人！他们对性保持一定的距离，对性爱怀着厌恶的态度，就是俗称的性冷淡吧。

李玉莲不知道自己的丈夫属不属于这个范畴，不过事实告诉她，自己的丈夫或多或少是有一些性冷淡的。

李玉莲怎么会判断出这个事实，大概是由于女性与生俱来的第六感，李玉莲能从他们的房事中体会到，丈夫这一方面的问题。

也不是没有过春天，可能那个时候李玉莲懂的还不太多，她以为生活给予的那一点点甜蜜就是上天最大的恩赐。往往到后来才发现，只要争取，生活能给你的会更多。

那个时候，自己和丈夫刚结婚。表面上看着严肃冷漠的丈夫，也浪漫了一次，带他去青海湖旅游。

那是一个盛夏时节，李玉莲清楚地记得七月的青海，阳光灼烧着得她的皮肤如此滚烫。那个时候，青海湖还没有步入商业化模式，周边没有一片连着一片的游乐场所。从未见过青海湖的她高兴极了，内心里从未觉醒的那头野兽在那一瞬间被原生态的美景唤醒了。

她一改婚前小心翼翼的状态，在沙滩上光着脚丫奔跑，越过草场，钻进高高的绒花群里。农村长大的她本就是个野姑娘，高原上野蛮的杂草也没有刮破她粗糙的皮肤。

夜晚住在丈夫的朋友家，是刘云鹏在省城学中专时认识的朋友，家就在青海湖边。当地的藏民民风淳朴，都带着最大的善意迎接远道而来的朋友。李玉莲有幸尝到了美味的牦牛肉，辛辣的青稞酒，酿造的酸奶……

夜晚，在青海湖的浪声中，李玉莲和丈夫纠缠在一起。风吹起浪，她也将自己的身躯学着那一片片油菜花一般扭动摇摆。汗水滋养出爱情，让她死心塌地地匍匐在丈夫的身下，情愿做一头忠诚的牦牛。她的眼前晃过白日里所见的一幕幕光景，生命力从她眼睛里蹦跳而出，洒落在两人身上。她能明显地感受到，丈夫与她紧紧黏合在一起，有一颗种子，就在那微小的边缘渐渐焕发生机，渐渐长大，长大，不断长大，最终成为一颗苍天的大树……

一直到现在，李玉莲都固执地认为，儿子绝对就是在蜜月的时候怀上的。因为没有人比她更清楚那个时候的生命力是有多么的旺盛。以至于她如今也时常怀念，离开青海湖的那个傍晚，夕阳的余晖洒满了雪山，金光在雪山上流淌的模样。

而后的日子，又回归了往常。小两口最甜蜜的日子果真就是那一段，不然怎么将之称之为蜜月呢？蜜月一过，丈夫依旧是那个严肃认真的人，有些时刻，简直呆板认真的可怕！丈夫是没什么变化，可是自己却再也不是从前那个小心谨慎的女孩了呀！

七

不知不觉，李玉莲就在回忆中睡了过去。也就睡了半个钟头，醒来后喝了点水，下楼买菜做饭，她清楚地知道，就算对生活再有不满意，也要珍惜当下。

今天刚好是周天，儿子下午要回来吃饭，李玉莲做了好多菜，并把昨日丈夫买的蛋糕拿出来全家一起分享。

儿子贴心的准备了礼物，是一条卡其色的羊绒围巾。这让她在感动之余心里有点心疼儿子。毕竟平日里也没多给他钱，还给自己买了个价格不菲的礼物。

吃完饭，李玉莲把去省城买的东西给爷儿俩分了。丈夫脸上堆满了笑，从来都是这样，不表露，李玉莲也知道他内心里很高兴。

儿子迫不及待地换上新买的衣服，果然很帅气。李玉莲把给儿子买的文具给了他，儿子提着袋子就回房间了。

过了一会儿，儿子拿着一本粉红色的笔记本回到客厅。

“妈，这个粉红色的本子不是给我买的吧！”

李玉莲看了看，笑着对儿子说：“哎哟，这个本子啊，我看着好看就买回来了，不喜欢吗？”

刘宇把本子递给母亲，“哪有男孩子用粉色本子的，妈你自个留着用吧。”

李玉莲“呵呵呵”笑了几声，“臭小子，长大了就嫌弃妈妈啦？”

儿子做了个鬼脸，跟李玉莲坐一块看电视。

一家三口边看电视，边闲聊着。

丈夫语重心长的给儿子说：“宇儿，升入高三了，可不敢再贪玩了，功课重要。”

刘宇点了点头，回答道“爸，我知道。”

李玉莲看着丈夫一本正经的模样，说了两句。

“儿子知道呢，好不容易一个周就能回家一次就别唠叨了。”

“该说的还是要说。”丈夫说完，掏了三百块钱给儿子。“你妈要是没空给你送饭就自个买，别省着，吃好点。”

儿子拿了钱，甜甜的回了句“谢谢爸！”

李玉莲揉了揉儿子柔顺的头发，笑得嘴都合不拢。

“你爸啊，就知道给钱了哈哈。”

儿子一直待到八点多，丈夫才开车送他回学校。李玉莲又给儿子准备了一些牛奶和健康的零食让他一起带着去。左叮咛右嘱咐儿子在宿舍要和同学愉快相处。

李玉莲把父子两人送到楼下，看着车子出去了才上楼。

回去的时候，楼梯里很静，李玉莲能听到上一层楼梯的人的对话。

“老公，刚刚那个电影挺好看的。”

“有么，我看着没感觉噢。”

“怎么会，我就喜欢这种文艺片，特别好看，你看汤唯多漂亮，气质多好！”

“拉倒吧，还没有宝宝漂亮呢，来亲一个。”

“哼，不给亲。”

“你就喜欢看漫威系列噢。”

“好好好，宝宝喜欢什么我就喜欢什么可以了吧。”

“这样还差不多。”

…………

李玉莲把头探上去，正是那天刚搬过来的那对情侣。

李玉莲刚想走快点上去和他们打个招呼，接下来的对话却让她不自觉地放慢了脚步。

“宝宝，晚上想怎么样啊。”

小伙子对女朋友说道。

女孩着急用手拍了他几下。

“你瞎说什么！不怕被人听见噢。”

“没事的，你看着哪有人？”

“那也不行，你还是小心点。”

“哈哈，怕什么，又不是干什么见不得人的事情。”

“咱俩的事还不够见不得人啊。”

“没事，他们不会发现的。”

“好了好了，回去再说吧”

说完，这对情侣也到家门口了。

李玉莲一直等到对方锁了门才走上去。隔着一层楼梯，虽然听的不清不楚的，但是李玉莲还是大概知道他们说了些什么。

她的身体仿佛打了激素一般，仔细算起来，她和丈夫也已经很久没那个了。她突然发现自己挺羡慕那个漂亮的女孩子。有那么样一个男朋友，可以肆无忌惮地对她说出那些挑逗人心的话语。

而她，几乎没听老公说过这样的话。那种初次坦诚相对的触电般的酥麻感觉，早就随着岁月的流逝如同消失的电波一般遗失在时间长河里。可是它早已深深地刻入了她的骨骼，时间带去了爱人的那份激情，却忘了冲刷掉她心里的那份不安分。

想到这，李玉莲回寝室换上了自认为最性感的内衣，喷了点几年前生日的时候丈夫送的香水，在房间坐着等待丈夫回来。

等待的时间，她仿佛又回到了初恋时那般，掰着指头一分一秒地数着时间，直到听到丈夫掏出钥匙开门的声音，她的心跳更加起伏……

八

一切都没有出乎她的意料，跟这十几年间并没有什么区别。丈夫很容易就体会到了她的心思，温柔地爱抚她的全身像照顾一只刚出生的雏鸟一般。整个过程就好像一场精心策划的演奏会，精确到某一个乐器的每个音符都严格按照乐谱的标示进行。

没有任何一场演奏会比此刻更加精准了，李玉莲这样想。当丈夫的唇舌与她结合在一起时，她甚至还在想老头子今天吃的是什么？有没有吃韭菜大蒜之类的呢？

她被自己的想法吓了一跳，这是多么荒唐的事情？

她几乎可以肯定自己对丈夫的“爱”已经很少很少几乎没有了。可是她又想不明白，“爱”怎么会少了呢？如果会，少了的那部分“爱”又都去哪里了呢？难道“爱”也会凭空消失了吗？

刘云鹏显然没有发现自己的妻子此时正在想什么，他似一台机器一般，用灵魂深处与生俱来的生物的本能和妻子展开博弈。如同野兽一般，他完全只是为了完成这件事。

刘云鹏还是很温柔，完事后体贴地将妻子搂入怀中，十数年来如一日，从未改变过。而李玉莲却暗怀心事，几乎整个过程，她都好似一具没有灵魂的躯体一般，因为她的灵魂早就飘到了不知道叫什么的地方。

她在想自己为什么会变了，是的，她需要给自己一个交代，因为她从前不是这样的。她想破脑袋都想不出究竟有什么原因让自己变成这样一个人，剥夺了对丈夫的爱，剥夺了长久以来的安分守己，剥夺了内心的平静……

真的仅仅是因为自己40岁了吗？

她不信，如果非要给自己一个理由，她觉得应该是这样，她也理所应当的这样去认为，难道不应该是这个理由吗？

对面出现了一个年轻的小伙，瘦弱秀气的形象下是一个充满激情活力的淫棍，还会使用各种令人望之羞涩的用品！

对啊，就是因为他——那个刚刚搬到对面的年轻人！

李玉莲抱着这样的想法睡了一个晚上，她从心里导出这个结果的时候，刚刚才冷却的身体又仿佛点了火一般渐渐回暖，好似一窝蚂蚁在她的心底挠个不停。

这不由得让她更加坚信了几分。

从那个想法真正在李玉莲的脑海中浮现开始，她就小心翼翼地将自己的内心包裹得严严实实。她知道这个秘密只能深深埋藏于她的内心，如坟墓般静静地躺在她的内心。

她终于开始回归到正常生活了。工作—持家—给儿子送饭，一切都按照她之前的生活那般进行着。可也和之前完全不同。

怎么说呢？李玉莲从这些方面展现出了不一样的细节。她开始变得更有主见，她不再按照道听途说的补脑菜单给儿子准备食物，会在网上查阅充足的资料给儿子搭配营养餐；她认为丈夫之前的着装太过呆板老气，会试着让他穿一些稍微休闲一些、色彩更加丰富的衣服；她主动参与到同事的娱乐活动中，收起以前严肃的嘴脸，尝试融入年轻人的话题中。

这一切带来的改变是巨大的，如果说前四十年她活的好似一个机器，那么从那天晚上开始，她散发出从未有过的活力。就连二十几岁的青春时期也无法匹敌的活力。

她开始注意到年轻同事的妆容打扮，研究她们的服装搭配、发型设计、妆容。以前她对这块满不在乎，可是自从关注了以后，她简直被吓了一跳！她对以前的自己感觉到不可理喻，简直跟个老太太差不多！

从不化妆的脸、一成不变的服装色系、永远一个发髻装饰在脑后的发型，就连嘴里说的，也永远是儿子丈夫的话题……

跟科室里年轻较小的同事对比，她似一个老大妈，跟那些年轻的小护士对比，她简直就是个老太太！

如此的现状，李玉莲还是从内心里佩服了自己一把。她居然还有勇气去喜欢一个风华正茂的年轻人。她也不是没有恐惧过，那些如花似玉的小姑娘，20来岁的年纪本来就是人生最美好的样子，还要涂脂抹粉打扮一番，这样一来，她这个老太婆如何比得过？

这样的念头笼罩着她，每每在路上碰到那位小伙，这个念头更是如同一匹脱缰的野马一般在她脑海横冲直撞！

“不要脸的女人！”

“人老珠黄！”

“你除了不知廉耻还有什么？”

“人家能看上你？”

…………

她在内心里谴责不已，而表面上却还要装作一派正经的样子。在路上碰到对方，每当小伙用温柔的语气向她问候的时候，她总要淡定自若地回复他。

…………

“阿姐你好！去买菜啊？”小伙向李玉莲打招呼。

“你好，是啊去买菜。”

“带女朋友出去耍呢？”

“是啊，大姐，嘻嘻，我们去看电影。”女孩子接着话。

…………

她故作淡定地和邻居说着话，心口不一。其实她心里那些说不出口的话早就多到堵住了心口。

“对，看过来，我也和你一样有一颗淫荡的心！”

“看看我啊，我和你一样啊。”

李玉莲在心底呢喃着。可是她不敢，也绝对不能将这些话诉之于口。

只好等对方离开了，李玉莲才敢用眼角的余光死命地追踪着他的身影，这样一来，那个年轻人颀长的身姿更是被她烙印在脑海深处。她感受到无尽的悲凉，仿佛一条来自深海的鱼上了岸，从未见过的岸上的五彩缤纷的世界吸引着她，可是那来自生理的本能又告诉她这样很危险。

她在内心里悄悄地问老天爷，为什么要这样对待我？

九

李玉莲做了一个大胆的决定，这个决定让丈夫惊讶不已，丈夫甚至认为自己的妻子嫣然变了一个人。

她趁轮休的时间，又再一次旧事重演，一个人去了趟省城，去购物中心买了套彩妆和护肤品，在发型师的指导下人生第一次烫了头发，去时尚服装店买了款式新颖的时装。

当她在服装店的镜子里看见焕然一新的自己时，简直吓了一跳。

镜子里的人？真的还是自己吗？

自己什么时候变成如此这般充满风情韵味？精致的妆容、优雅的鬈发、利落修身的服饰，这一切的一切，都让她下意识告诉自己：忘掉过去那个李玉莲，如今的你，已经是另一个人了。

她勇敢地顺从自己的内心，活出另一个自己。就连在回家的路上，李玉莲也把腰杆挺得笔直。她故意走得很慢，为了让穿着高跟鞋的自己的步伐显得流畅自然；她用眼角的余光扫视着两侧的路，为了让自己淡定的迎接街坊的赞赏。可是令她感到意外的是，路上居然没有人认出她来，她脸颊上因不安而浮起的两抹红晕也成了点缀妆容的胭脂。既害怕面对质疑的声音，又渴望自己能够得到改变，已经这个年纪了，再不改变，就来不及了。

当她以全新面貌出现在丈夫面前时，那个呆板深沉的老东西果然吓了一跳。

李玉莲来到家门口，掏出钥匙开门。

刘云鹏听见钥匙声转过头看了一眼，看到妻子的身影就转回头。

不过一瞬间又转回头去。眼前的这个女人，真的是自己的妻子？他打量了足足十几秒，才在那一堆五颜六色的堆砌下找到妻子的样子。

李玉莲羞得脸都红了，老夫老妻的，她已经很久没在丈夫面前红过脸了。

“怎么了，认不出我了？”

刘云鹏收回惊诧的眼神，咽了口口水。

“不是从没见你打扮过吗？”

李玉莲转身锁好门，将高跟鞋脱下擦了擦上面的灰，放鞋架上。

“那好看吗？”她顺手把大包小包放沙发上，问丈夫。

“挺好看的，”刘云鹏如实回答道，“感觉年轻了几岁。”

李玉莲听到答案心里挺高兴，丈夫不善言辞，很少赞美自己。

她和丈夫有一搭没一搭地聊着，丈夫表示支持她的这种改变。事实上，丈夫也曾数次向她表示过，女人要对自己好一点。

聊了一会儿，丈夫就去一旁抽烟去了，一边抽烟，一边偷偷看一眼妻子。心里想道，还别说，打扮起来还挺漂亮的。

自从得到丈夫的支持后，李玉莲就把心思放在打扮自己上面了，以至于当她和丈夫回到乡下老家的时候，亲朋好友都没认出她是谁。以为刘云鹏是不是带了个二奶回家。

别说乡下的亲戚们，就连科室里的同事，都对李玉莲的突然的改变不能习惯。

从那以后，她每日都要化好妆，穿上漂亮的衣服，待老公出门以后，悄悄地在门缝里观察着对门的情况。只要听见对面开门的声音，她马上假装要出门的样子出现在门口。还别说，第一次碰到小伙子，对方也愣是没认出她来。

不仅如此，就连那个女孩碰到她也会夸她美，这让李玉莲的自尊心越发的膨胀起来。虽然说自己喜欢上了这个年轻人，但是李玉莲仍然有一颗善良的心，她并没有因此而对喜欢的人的女朋友产生什么不好的妒忌。

那对年轻人，因为李玉莲的热心肠，也很是喜欢，时不时地会带点水果零食什么的去李玉莲家里坐坐，这让李玉莲欢喜得不得了。愣是磨刀霍霍，留下小两口在家里吃饭。熟了以后，李玉莲知道了小伙姓徐，家是福建那边的，而他的女朋友叫小汪，家是重庆的。两个人在X市上完大学，便来到小城工作。李玉莲猜想应该是有亲戚在这边照顾，却得知两人在L市无亲无故。这让李玉莲很是费解，又不是做生意，又不是有亲戚朋友帮忙，为何要来L城这个山沟里的小城市工作呢?

出于礼尚往来，李玉莲也被邀请去过对面小两口的家几次。每次去，她的心里都紧绷绷的，脑袋后跟长了眼睛似的，生怕错过任何一个会令她在意的细节。

不过遗憾的是，李玉莲每次都只在客厅里逗留了会，聊了聊天，吃了些点心咖啡之类的东西就走了。

她也不知道自己期待发现什么，完全是发自本能。内心里有一千只蚂蚁爬来爬去，弄得她痒痒的。在这样的情况下，她练就了一身本领，最突出的，莫过于故作淡定。对啊，那多厉害呀，表面上装作知心大姐的模样，内心里却拼命地盯着那个人不放。小徐的身影早就通过她的眼睛在脑海里刻画了无数回，她恨不能有个打印机，能够连上她的内心，将这个人的每时每刻都打印出来。

尤其是当她一个人的时候，她更是会感到内心无比的荒凉。她渐渐地讨厌起自己这副婊子嘴脸。没日没夜的伪装，却不能跟任何一个人讲出内心的秘密。她多么渴望有个机会，或者渴望小徐会爱上她？

理智马上告诉她，这是不可能的。

认识到这一点，矛盾交加的李玉莲轻轻地自己给自己一个拥抱。她是有老公的人啊？可以向老公寻求温暖呀。可是不知怎的，她失去了这种愿望。也正是这个时刻，她无意间发现，自己的拥抱，居然比老公每晚都抱着她，更加的能温暖自己的心灵。

她不得不承认，虽然渴望着改变，虽然自己也的确努力做出点改变，但是在道德面前，她始终无法做一个被人指头论足的贱妇。

她有家，有男人，更有儿子。

十

时间过得很快，对于无所不能的超人来讲，几个月的时间或许他可以拯救整个宇宙。可是对于李玉莲这样的普通人而言，几个月的时间，除了生活有一点点改变，其他的，都不过是按部就班式的延续罢了。

儿子刘宇过了冬天已经正式升入高三，刘宇的成绩在整个年级还算靠前的。这也正常，像他这样懂事的男孩子，真不算多。不抽烟不喝酒不打架，父母的话都听，还很体贴。李玉莲很多次求神拜佛的时候都会感谢上苍赐予了她这么一个宝贝儿子。

对于李玉莲的转变，儿子也为她高兴。在刘宇的印象中，母亲似乎从来都没有认真的打扮过自己。稚嫩的中学生，大概都会将自己的母亲视为最美的人。刘宇也同样这样想。她希望母亲漂漂亮亮，开开心心。

值得一提的是，这几个月里，当李玉莲被矛盾煎熬的时候，她开始写日记了。她用儿子不要的那本粉红色的小熊笔记本，将她矛盾的心理记录了下来。一开始，她的文笔简直生疏的不行，像一个孩子那般简单。每日里记下当日的天气，丈夫今天穿的什么颜色的衣服，给儿子准备了什么样的营养餐。通篇流水账，只在最后的一两句偷偷地描述下心里藏着的秘密。

“2015年10月15日，天气晴

今天给儿子准备了酸辣魔芋和炖猪蹄，给儿子送到学校，他吃得开心极了。老公穿了我给他买的新外套，整个人挺精神的。

最近科室里比较忙，有两个小护士跳槽了，很多活只能自己干。

下午看见小徐，穿着时尚的皮衣，还挺精神的。”

“2015年11月2日，天气阴

这样挺好的，这件衣服适合你。”

…………

很快，她发现这种躲猫猫的日记不再适合她了。内心有个几百米几千米的空洞，哪是一两颗糖果就能填补的？人的欲望更是一个无底洞，怎么可以一两句自欺欺人的话语，就能够满足？

也正是在日记本的帮助下，李玉莲开始了无穷无尽的幻想的旅程。只有通过幻想，她才能填补内心那个无底洞。

她把这一切，都记录在笔记本上，这样一来，前所未有的负罪感笼罩了她。然而她却享受这样的负罪感。

幻想让李玉莲真正的陷入到恋爱中去。她为自己想到这样一个绝佳的方式而沾沾自喜。她无耻地将小徐占为己有，不请求对方女朋友的同意，将这个心仪的年轻人带入自己的世界中。

当她第一次将这个场景描绘在纸张上的时候，她觉得自己简直像一颗燃烧的火炭。欲火燃烧着她身体里的每一寸地方，激情点燃了她前进的动力。她开始幻想那个有着颀长身影的年轻人，悄悄撬开她家门的锁，闯入这个只有她一个人的屋子。而她，却一无所知，旁若无人地洗澡。小徐突然出现在她的面前，她花容失色，惊讶不已。这个年轻人终于在她面前摘下了伪装的面具，强迫她成为他的奴隶。

她双手颤抖着把这一切写在了本子上，电流篆刻下的文字仿佛自带魔力一般。她每读一次，内心都要掀起一股汹涌澎湃。她的身体也随着这些文字滚烫起来，这个时候，只要她稍稍帮助自己，就能进入美妙的天堂……

欲望像毒品一般让人上瘾，而在欲望中沉迷的人，和染上毒品的人一样可怕。从那以后，李玉莲便将自己的感情，寄托在这个本子里。

慢慢地，日记本里的内容越来越直白，越来越露骨，越来越让她臣服于欲望的统治。她甚至觉得爱是单方面的，在这个本子里，只要自己愿意，她可以用一切方法去实现。

每次写完日记，李玉莲就把小熊笔记本藏在她认为绝对安全的地方。然后将自己从本子的世界里抽身，回到现实生活中。现实生活中她依然是自认为贤惠的妻子，满怀母爱的母亲，热心肠的邻居，尽职的护士长……

十一

往往一个人在干一件坏事的时候，是智商最高的时候。但是百密必有一疏，任何人都无法保证他做的事滴水不漏。

笔记本越写越薄，日子越过越少。一切都很平静，在李玉莲的控制下。

除了日常生活，她还是会偷偷地在门口窥探对面的情况，不过频率越来越少。到了年尾的时候，更是几乎不去偷看了。

小徐的样子在一次又一次的幻想中早已深深地刻画在李玉莲的记忆里。比任何东西还要清晰。他时而是西装革履的商务精英；时而是英姿飒爽的军人；时而是勇敢正义的警察；时而是穿着校服的学生模样……

不仅是小徐的样子在变，藏本子的地点也在变。李玉莲心里的这个秘密，就好像滚雪球一般，越滚越大，越滚越大。为了确保安全，李玉莲不得不隔三岔五换一换藏匿本子的地点。

她曾经把本子藏在洗手间马桶箱后面，但是她又害怕万一本子被水淋湿了；她曾经把本子藏在厨房的米缸里，但是万一老公突然想自己做饭怎么办？她试着把本子压在沙发下面，可是有一次老公找遥控器，差点就发现那本本子！

李玉莲还想过把本子带到医院，她马上就打消了这个念头，医院人来人往，更不是个安全的地方！

就这样，她成日想着该把本子藏到什么地方。有时候甚至在做饭的时候在想这个问题，连锅里的菜煳了都没发现。还是老公闻到了煳味进去看她，她竟然在发呆！

有时候，夫妻在看电视，看到精彩的地方，丈夫和她说话，她半天没有回应，一看，她还是在发呆。

刘云鹏以为妻子是不是遇到了什么麻烦。妻子是个内向的人，会不会娘家遇到什么事了。

夜里睡觉的时候，李玉莲转过身去睡。丈夫问她："媳妇，是不是碰到什么事了？"

李玉莲吓得腰杆都挺直了，连忙回复他："没有啊，怎么会。"

刘云鹏只能安慰她："要是真有事，你就告诉我，看你整天心不在焉的样子。"

“真没事，就是工作上有点小事，你别瞎操心。”

老实人好搪塞，刘云鹏也姑且信了。李玉莲以为只要自己安全的藏好本子，就一切都会太平。

那一日，李玉莲给儿子送完饭，岂料回到家，打开房间门。

眼睛突然一黑，手里的包顺势就掉在地上了。

等她看清楚丈夫的时候，从天堂坠入地狱的感觉瞬间笼罩了她。

梳妆台上的镜子倒在了一边，藏在后面的那本日记本就摊开在老公的手中，看样子，已经看了大半本了。

刘云鹏听见包包掉在地上的声音，抬起头看了一眼。胸腔中的愤怒压根没法抑制！

“啪”合起日记本，对妻子吼道：“你个不要脸的女人，可以呀！背着我搞汉子！”

李玉莲吓得脸色都发白了，颤颤巍巍扶着房门。

“不，不，鹏哥，你听我说，不是你想那样子。”

李玉莲语无伦次地向丈夫解释，又不知道从何说起。

怒火中烧的刘云鹏狠狠地瞪着眼前的女人，这个女人，他曾经无比信任的女人！居然背着他跟其他男人发生关系，更可耻的是，她还有脸记录下来！

“不是我想的样子，是哪样子！！”

不能忍，不能忍，刘云鹏在心底狂吼，说完便要往外冲，李玉莲拦都拦不住。

他来到对面的门口，用力拍打着铁门。

“碰！碰！碰！”

“碰！碰！碰！”

…………

南方侦探

武汉大学/索　耳

田太太的楼宅离我家只有两百米远，孤零零地坐落在一片凤梨地里。楼宅和土地并不是她的，去年年底她过来这里，高价租赁了这块地方安身。地皮的拥有者是许三叔，一个六十多岁的老头子，在我们这一带是有名的财奴。跟田太太的谈判没维持多久就结束了，因为田太太出了令人惊喜的价格。爽快成交。谁都知道这楼宅根本值不了那么多钱，虽然在土坡上面，地势高不容易积水，但四周开阔，一到冬天，寒风就呼呼呼地往屋里灌。严寒在腐蚀着整个房屋，里面的每一件器物都冷得发腻。我们这里没有使用供暖设备的习惯。很难想象田太太一个外地人，怎么能受得住这样的折磨。

二月初我被邀请到田太太家里做客，在她家的沙发上坐了一会儿。我不是第一次到她家里做客，但这屋子仍然处处让我不适。她给我煮了咖啡暖身，多亏了这咖啡我才不至于被冻僵。田太太坐在我面前，点着了一根烟，跟我有一搭没一搭地聊着。我知道她想跟我聊的肯定不是这些，但我依然很认真地回应着，没办法，我就是这么一个认真的人，假如我连这点特质也没有的话，那我几乎就不能跟别人对话了。田太太好像不了解这一点，我们之前没有什么交集，也难怪她会如此执着地相信我会帮她解决问题。最后我们终于谈起了正事（她用力掐灭烟的动作使我想起某种经典的纸牌游戏），她告诉我，三天来她晾晒在阳台的内衣接连着被偷了。一件红色丝绸、一件蓝色的和一件百色无缝式的。小偷每天偷一件，估计是惯犯，什么痕迹也没留下。那晚她把内衣洗好，拿到阳台上晾，然后回客厅打扫下卫生，才过了十分钟，回阳台一看，内衣就没了。因为这件事田太太吃不下饭、睡不着觉，她跟我说，她在意的不是几件内衣，而是自己的隐私和安全受到了威胁（这点她不说我也知道，但她就是一遍遍地给您强调），“我”，她说，“是个外地人，不太懂这里的规矩，也不爱跟人打交道，事实上我不知道该怎么跟你们打交道，麻烦您帮我调查一下这件事，如果是因为我无意中得罪了某些人而招致的，请您把他找出来。”她有些话让我有些莫名其妙。既然她拜托我调查这件事，那我肯定会认真地去完成。可田太太为何要指示我这整件事情有可能是“因为她得罪了人而引起的”？这样一来，这个案子的性质就完全变了。我调查过田太太的来历，我知道得一清二楚，我还知道这个镇上有好些人也听说过她的事。由于她的来历我不想跟她有过多、过密的联系，更不愿当个愚蠢的维护者，在她碰到难题时站出来为她出头。她脸上楚楚可怜的神情反而引起了我的思虑，或许这是一个圈套呢，一个看似复杂但非常简单的把戏。就算我帮她破了案，对我有多大的好处呢？我不相信她没有考虑到这一点。

后来我只是告诉田太太我会尽早处理此事，并没有跟她商量所需的时间，而她也没有提起。一个星期、一个月，甚至是一两年。当然田太太可能过几天就会再次请我到她家里去，至少说点什么，搪塞几句，但那不是我做事的风格。我说过了，不管什么事我都很认真。我回到家里，把望远镜架到顶楼的厕所里去，从小窗户望去可以清楚地观察到田太太楼房的正面（包括她晾衣服的阳台）。田太太喜好花草，她在阳台上摆放的盆栽，除了龙须树和吊兰，其他的我都叫不上名字。跟阳台连通的是一个侧厅，隔开侧厅和阳台的墙体上还有一扇窗，尺寸比一般的窗户小，但常年都用帘子遮着。阳台中间安置着蝙蝠形状的晒衣架，田太太所有换洗的衣物都晾在上面，值得注意的是，她总把内衣悬挂在所有衣物的外侧，当然这不是什么坏习惯也不是什么线索，最多只是稍微降低了犯人作案的难度。这些大概就是我能观察到的全部了。每天我一起床，吃了碗面，就搬一张椅子到十几平方米的厕所里，通过望远镜观察田太太的阳台。第一天的一个小时就像一百年那么漫长。尽管我以前也干过比这个更乏味的事（我总是不自觉把自己陷入这些事情里面），但从没有像这次这么心浮气躁。我不得不中途起身去餐厅里切苹果。吃苹果能缓解我的压力。当晚上床后腰部的酸痛令我难以入睡。于是我胡思乱想，想起我远在北方的故乡，冻死一村黄牛的冰天雪地，还有六岁时父亲带我参观沈阳飞机厂的情形。当时我只穿了一件棉袄，冷得满脸苍白，但是父亲好像没有察觉到，他像往常一样攥着我的手，彼此的手都跟冰块似的，我就想着父亲为什么不知道我很冷呢，我都快冷死了，他也不会心疼一下我，别看我只有六岁，我知道死是什么概念，我见过死人。几乎每隔半年，我都会做一个关于寒冷的梦，梦里的情形肯定会有飞机，有雪，有老人。梦很平淡，但是很让人沮丧，每次醒来我都会因此而低落一整天。不知道为什么。肯定是病。我把它叫作“记忆冻伤症”。如果这世界上有什么是我最害怕的敌人，那无疑是寒冷。因此我独身一人搬来了南方，住了十多年，连乡音也变了。我刻意消融自己过去的痕迹，因为我知道，对抗严寒的最终目的还是对抗自己。

两周过去了，事情并无眉目。在监视田太太阳台的过程中，我找到了一种对抗无聊的方式，那就是读费希特的《自然法权基础》。谢地坤的译文。汉译世界学术丛书里面我最喜欢的就是这本，差不多四百页的样子，我把这本书放在因枯坐而僵硬的大腿上，每读完一句就把眼睛移向旁边的望远镜，确认几百米外并无动静，然后继续读下一个句子。频繁的切换没有令我不适，相反地，这种方式大大提升了我的阅读体验。以前我读费希特，连一篇完整的章节都啃不下，一旦我连续读到第四个句子，我就开始分心、犯困，起身到餐厅里切苹果。为了读完导论，我吃光了一整箱的苹果，而这些苹果是我准备用来过冬的。我没有足够的买苹果的钱来支撑这种消耗，因此我放弃了《自然法权基础》的阅读。一放下就是一年。因为监视过程所带来的焦虑（其间我也不得不去切苹果来吃）让我想起了这段经历。于是我在书架上找到了这本书，带到我工作的现场去，用它来打发乏味和空白。结果出乎意料的惊喜。不但费希特读得下去了，连监视行为的本身也变得有趣了起来。我之前一直都没有察觉到的东西，那就是监视本身的期待和紧张感。当你期待着某样事物，而它没有出现，你继续等下去，继续等，实际上你处于无限的期待之中，这种期待的持续性让目标看起来是如此渺小。我之前感到疲惫不堪，只是因为给负面因素蒙蔽了眼睛。自此以后，我每天都精神振奋，高效率地工作，本来固定的阳台风景似乎也渐渐有了变化。墙壁还是那个墙壁，窗还是那个窗，但视觉上的反馈变了，有时候它们的光影是柔和的，缓慢地动，有时候是尖锐的，扎得眼疼，而更多的时候它们处于一种模糊的状态下，观察者对于它们也是模糊的，甚至说，会不自觉地忽略了观察对象。眼睛是无法认清真正的事物的，我深信这一点。两周里，田太太的阳台并没有发生什么异常，内衣每天按时被挂上去、被取下，经手的都是田太太本人。没人来偷内衣。今天我去田太太家的时候向她确认了这一点，就是自从上次把事情交代给我处理后，偷窃行为就消失了。田太太的证词跟我的监视结果一致。但是这件事情远没有到结束的地步，田太太认为，只要犯人逍遥在外，偷窃还是会发生，而最终的解决方式是抓住犯人。我完全同意她的看法，但是抓住犯人不是那么容易的事，尤其是在犯人不作案的情况下，一点线索也没有。当天晚上我留在田太太家吃晚饭，她给我煮了咖喱饭，饭没煮熟，很糙口，我想她大概不擅长煮饭。也可能是我不懂咖喱饭的做法，我对食物没什么研究，能饱肚子就好，面条是心头最爱。同样地我也用不惯汤匙，但是我看到她用起汤匙来比我更别扭，仿佛抓着汤匙的那只手不是惯用手，她笨拙地把饭粒送进口里的模样令我难受。我停下进食看着她，她也停下来问我怎么了（这时我才意识到在此之前横亘在我们之间的沉默），我这才告诉她我很少吃咖喱，对它的味道有种特别的敏感。田太太说，她也不怎么吃，她老家是湖北恩施一带的，那边有道菜叫“合渣”，黄豆磨成的糨糊，清香溜口，比咖喱好吃得多。一聊起家乡我们就有着无穷的话题，田太太跟我差不多年纪，最多小我五岁，有着类似的童年背景，是这样，我们出生的年代和地方都像极了，不管是锦州还是恩施，都不是那种富裕的都市，我们从小在乡村长大，玩泥巴，放牛，到河边戏水，钓鱼，抓蝌蚪，捅蜂窝，她还有摘下树叶卷成口哨的经历，而我没有，我老家没有这种具有良好韧性的宽大树叶。我们滔滔不绝地谈论自己的家乡，其实彼此对对方的家乡更感兴趣。这让我很开心。与其说我们是想了解对方的家乡，倒不如说是想了解对方本人。算是一个水到渠成的过程吧，我认识田太太也有几个月了，虽然交流不多，但从一开始就很对眼，从第一次见面我就知道我们关系肯定不会差到哪里去，那次我刚从北京参加完同学聚会回来，坐了二十个小时火车，在市区拦了一辆摩的回镇上，距离家门口还有一段距离，莽撞的司机把车开进了三叔的凤梨地里，轧坏了好几个凤梨。我心想这下麻烦大了，以三叔的性格他肯定不会轻易放过我。因此我安顿好行李后就专门跑到三叔家赔罪去。敲开门，出来一个妇人，当时天色已晚，我又马虎，以为是三叔的内人，马上就低下头去，用学得半生不熟的当地方言道歉说，三婶，对你不住。那女人愣了下，接着笑出声来，你认错人了，她说的是标准的普通话。这时我才看清楚眼前这个女人并不是三婶，她身材苗条得多，个子也高些，三十出头的样子，虽然不那么年轻，但五官长得很标致，而且也很会打扮，这点大概是跟乡下女人最大的区别了。她把我请进屋，问清了我的来意，然后告诉我这块地方她已经租下了，她不会对几个凤梨的事情在意的。我很诧异于她竟然能从三叔手里得到这块地盘，三叔这人我是知道的，虽然他是这镇上最大的房地产商，但守财如命，尤其是他自己的楼宅，如果不是出价惊人，他是绝对不可能转手出去的。当时正好也是严冬，为了驱除寒意，她同样地给我煮了咖啡，就是从那时起我知道她的爱好是喝咖啡，而且她是一个很聪明、很有心计的女人。为什么这样说呢？因为她只喝进口的咖啡，是哥伦比亚的一个牌子，她亲口告诉我的，但她在茶几上摆的是国内牌子的咖啡，她永远也不会吃这些咖啡，当然也不会拿来待客，但她就是故意摆着，不止这个，还有其他零食、水果、托盘、刀具、椅子、台灯、风扇、沙发等，客厅里的一切，都是朴素的，都是假的。她是故意摆出来让人看的。她的卧室里面一定大有文章。当然我没有亲眼见识过，但我相信我的猜测不会错。她很机灵，我非常欣赏这样的女性，因为不管怎样，自夸一句，我也算是一个机灵人，特别是在这种陌生又低俗的南方环境里，同类人之间总会有点惺惺相惜。

我欣赏她但并不代表不会提防她，而她也会像提防所有人一样提防着我，比如，她从来不会跟我提起她的过往，我后来知道的那些，都是从别人口里听来的，未必真实，但是我有种感觉，就是她的话比这些传言更不可信。但这是她自我保护的方式，我不会对此有任何意见，不管怎么说，她都是一个悲惨的女人，一个寡居、被遗弃的女人，或多或少会刺激你同情的腺体吧。当然，我答应帮她解决事情，却也不尽然是因为这点廉价的情感。那天晚上我们在饭桌上聊了很多，异乎平常，也许平常的我们才应该是这个样子，我们过多地虚化了真实的自身，我们说了太多话以至于忘了自己说过什么了，或者说，大多是套话，拼命地拐弯抹角，越觉得谈话无意义越要继续下去。我们没有喝酒，田太太本来提议要喝的，可是我阻止了，我就是要让自己意识清醒地去面对眼前的事情。当晚九点钟的样子我就回去了，田太太把我送到门口，两人有礼貌地告别。读者所期待的艳事并没有发生。

我回到家洗完澡就躺下睡了，当晚睡得很香，凌晨一阵车轱辘碾过路面的声响把我吵醒了。我从床上爬起来，衣服也没穿，冲到阳台边朝路边望去，干干净净的，什么也没有。附近的竹林传来枝叶摩擦的沙沙声响。我给冻得一连打了几个喷嚏。我一面跑回屋里，一面怀疑自己是不是听错了，或者是将梦境和现实混淆了——我做了一个 17 世纪的梦，我是一个流浪汉，每天站在古堡的墙脚下，每年都有一位奥地利公主乘车从我面前驶过，但是我从来都不认识其中的任何一位，直到有一天我跑到马车前面，想跟公主打招呼，可是马车没有停下来（它好像永远也不会停下来），因此我被撞倒在车轮下，碾死了。死的时候耳边是车轱辘碾过路面吱吱呀呀的声音。直到我用完早餐，洗碗的时候耳畔还在响着这声音。像一只烦人的蜜蜂绕着你飞。我像往日一样坐在厕所的椅子上，翻开《自然法权基础》，在阅读过程中，幻听渐渐淡却。时间一分一秒地流逝，我完全沉浸在书本的语句里，当我重新记起来身旁的望远镜时，我把眼睛凑近目镜一瞄，一幅从未出现的景象出现了。我看到两个女人在田太太的阳台上，面对面坐着，其中一位是田太太，另一位我却不认识。我几乎认识镇上所有的人，除了这一位，因此我断定她不是这里的人。她是从外头来的，什么时候来的，我头脑里几乎第一时间出现了答案。她一定是今天凌晨来的，车轱辘的声音我没听错。我紧盯着这位身着红色披肩的女人，她五官不是很好看，但皮肤很白，笑起来给人一种很舒服、活泼的感觉。如果说田太太像只孔雀，那红披肩女人大概是画眉，同样的高贵，却更加灵动、讨巧。田太太和红披肩女人之间的互动已经把我的注意力全部吸引过去了，我聚精会神地，通过望远镜观察着她们的动态。她们一开始在聊天，喝着红酒，放肆大笑，玩猫，欣赏着一块由红披肩女人带来的毯布。过了一会儿，她们下起了棋，下到第四盘的中途，红披肩女人起身离开，大概是去上厕所，这时我看到田太太趁她不在，悄悄挪动了一枚棋子。这是我万万没有想到的事情。我感到脊背处冒出一股寒意。接下来，大概过了几秒钟的样子，田太太突然又后悔了，她迅速地把棋子移回了原位。整个过程里只见她涂油的粉红色指甲在阳光下闪闪发亮。过一会儿，红披肩女人回到座位，好像什么也没有发生，事实上确实如此，如果没有像我这样观察着一切，很多微不足道的细节就很容易被忽视掉了。她们继续下了几盘棋，这时候红酒喝完了，猫跳到栏杆上大叫，于是她们收拾棋盘、酒杯和椅子，离开了阳台。离开前，田太太往晾衣架的方向瞥了一眼，然后轻手轻脚地关上了阳台门。这时候已经是午后一刻。我结束上午的监视工作，回到厨房煮面条，在等待面条煮熟的过程里，我不停地猜想着红披肩女人和田太太的关系。田太太很少和外人接触，除开一些必要的程序，比如，去市场买菜，交水电费，等等，她一般都待在家里。因为她极少抛头露面，镇上的有些人还不认识她，即便田太太从他们身旁经过，他们也不知道那就是他们经常谈论的对象。想到这里就有一种更可笑的情形，当你得意扬扬地谈论某人的时候而此人正在你旁边，跟你一同哈哈大笑，最后此人才告诉你，你说的这个人就是他。你会觉得很荒谬吧。荒谬之处在于，其实我们对他人并无仇恨，而只是对故事本身感兴趣而已。我们只是太无聊了，所以很容易被谈资所掌控。田太太知道这一点。她每次上街都不化妆，穿得土里土气，除了皮肤白点，乍一看还真的跟镇上一般的妇女无异。因为她的机灵，她才能过上这么一段安稳的生活（我不知道这样的生活还可以持续多久），我说的不仅仅是她在这块地方定居，还有在此之前，她搬来这里之前所度过的那些，肯定有苦也有甜，想到这里我就意识到她是一个多么有城府和阅历的女人！因为她那位因贪污下狱的高官丈夫，田太太经受过的考验、风险和困境可能比这镇上所有家庭所经受的加起来还要多。镇上的人们关心的，无外乎就是青椒、黄豆的收成，但对田太太来说，了解得越多，她所能做出的反应也就越加周全。我知道，就算足不出户，她也有办法掌控信息的流动。她像一只猫头鹰瞭望着这镇上的夜空。因此当她跟我提起内衣偷窃案，我实在没有办法消除掉心中的疑虑。以田太太的本事不会对此束手无策。我相信。退一步讲，我也没有办法解决她解决不了的问题。那她把这件事情交给我来办是出于什么目的？就如同这件事本身一样，田太太从不会单纯地跟一个人交往，我也是，我跟田太太打交道，答应帮她做事情，有我自己的目的，同样地田太太跟我打交道，把这件事情交给我也有她自己的目的。田太太跟红披肩女人的关系不一般，这不难猜到，假设两人是亲戚、姑侄或者姐妹什么的，这次拜访也不是偶尔路过顺道探望那么简单。不管怎样，红披肩女人无疑是一个信号，她的出现再一次提醒我，田太太有人，在镇上有人，在外头也有人，别被一个可怜寡妇的表象给迷惑了。田太太掌控着一切！

当然，在田太太面前，我会一直保持着忠厚老实的形象。我们是彼此信任的邻居，这点在台面上不可戳破。当天下午四时左右红披肩女人走了，田太太没有送她出门，她一个人走到路口，往集市的方向去了。我快速出门跟上去，毕竟慢了半拍，等我穿过木麻黄树林朝道路中间走过来时，她身影已经不见了。我预料她一定是去集市找车子出镇，于是加快步子往集市走，但一路上都没有碰到她。我在公交车站附近找了个位置坐下等她出现。过了半个小时，她出现了，同时身旁跟着一位穿着条纹衫的男人。三十几岁的样子，比红披肩女人大一点，身材魁梧，手里拿着一只塑料杯。他们边说话边上了车。我也跟着上车，坐到他们后面两排的座位上。我竖起耳朵留神听他们的对话。我听到红披肩女人在抱怨着什么，她说："有些事情你知道就好了，干吗随处乱说，我就怕你这个，每次跟你那些朋友在一起，喝了酒就开始瞎闹。"条纹衫男人申辩说他上次没有喝酒。你能不能别拿酒说事，这件事跟喝酒没有关系，一点关系也没有。红披肩女人说："又不是一次两次了，你平时怎么着我不管你，现在可是要紧的时候，你要是误了事，姨妈可饶不了你。"条纹衫男人不说话了，他把手里的塑料杯捏得喳啦喳啦响。两人沉默了一会儿，男人突然问，你镯子新买的？他说的是红披肩女人手腕上的镯子，金晃晃的，跟她雪白皮肤一衬，说不出的赏心悦目。女人轻声回答："姨妈送的，好看吧。"男人点了点头，说："那是自然。改天我也去她那里，让她赏我件东西。"红披肩女人突然坐直了身子，严肃地说："你可不能上她那里去，我们一开始不就说好了吗，除非有紧急情况，谁也不准靠近那里。条纹衫男人说："我开玩笑呢，我知道。姨妈下的命令，谁敢不听话啊。"红披肩女人瞪了男人一眼，把头扭到窗边不再说话。这时刚好车上满客了，司机准备开车，我便从车上下来，目送着汽车驶离站台。当我站在栏杆前面，看着尾烟扬起尘土，产生了一种奇怪的感觉，我感觉自己在告别一台巨大的古老机器。我不知道为什么会有这种感觉。倘若再联系起我所处的时代来考虑的话。我出车站后在街上要了一碗芝麻粥喝，在熟人的店铺里，老板热情地跟我打招呼，但我实在没什么心情跟他说话了。我一勺一勺地吃着芝麻粥，慢吞吞地，我从来没有这么拖延地吃过芝麻粥，到后来我甚至怀疑面前的瓷碗被施了魔法，里面的东西怎么吃也吃不完。最后总算吃完了，大概是没有给钱，我离开集市走回家去，走到半路天已经全黑了。春天还没到天黑得早。走到田太太的楼宅旁边时，我犹豫着要不要进去。我心里有太多疑问了，即便见了田太太也不可能从她口里问出什么来，但至少往她家里跑一趟能让我安心一些。于是我敲开了田太太家的门。她把我迎进去，让我在客厅沙发上坐下，虽然一切都显得礼貌周到，但我的突然拜访还是令她有些措手不及。她第一次没有给我煮咖啡。当我告诉她，我这次没有什么特别的来意，对案件的侦查也没什么新发现的时候，她更加不自然了，她的眼神里透露出一丝惊慌，她这种反应同样令我难堪了起来。我们各自克制着情绪，没头没脑地搭话。田太太穿了一件蝶纹薄纱连衣裙，头发散落在肩上，发梢还没干，卷在一块，底下没穿鞋，光脚踩在地毯上。我突然意识到，每次来田太太家里见到她，她总会有不同的姿态，有时候是楚楚可怜的普通妇女，有时候抽着烟、盛气凌人，有时候冷漠孤僻，有时候又性感多情，这些画面一一涌上我的脑海，令我头皮发麻，一时间我竟然像台断电的机器僵住了。“你怎么了，”田太太问我，“你看起来脸色不太好。”灯光下她脸蛋活像一只雪梨。我醒觉，摇摇头示意没事。这时候她想起来，给我倒了杯水，然后坐在我旁边的沙发上。她好像有什么想说却又没有开口，同样地我也是，我感到舌头好像粘住了口腔一样，平日里我们都不是这样子的，就算一时间找不到话题，我们也不至于如此的安静。难堪的安静。我默默打算着，要是再过一分钟不说话我就回去了。我心安理得地期待着点什么。终于她开口了：过两天就是灯节了吧？灯节。我愣了下，才想起来这么一回事。没想到她会提起这个。可是我竟然忘了，因为近来心思确实没有放在日历上面。我说：“你也要过吗？”田太太回答：“过，但是人多的地方我就不去了。”她说的大概是把祖宗请出来的那会儿。她问我，你灯还没买吧，我说是，她说，不必去买了，我买好了。我说：“是吗，什么时候买的？”田太太说：“就是今天，我叫我外侄女给我买的。”噢。我没想到她这么轻易就坦白。你外侄女今天来过？我装作什么都不知道。她说，是啊，一大早到的，给我带了很多东西，吃的，还有一些生活用品，在这里买不到的。田太太指了指挂在椅子上的毛毯，对我说：“瞧，那一件就是她送的，伊斯法罕地毯。”我反问，什么地毯？伊斯法罕地毯，田太太重复着，她站起身走过去，把那件地毯拿过来，递到我手里。最名贵的波斯地毯，她跟我解释，这么一块大概有两万块吧，记不太清了，几年前在伊朗买的。我摸了摸地毯，很绵柔的质感，图案是叶子和藤蔓，排列得相当规整。田太太告诉我，地毯是人工一针一线缝出来的，她在伊斯法罕时听说，做地毯非常严格，要八九岁大的女孩子，超过年龄就不行了，因为手会变大，只有特定年纪女孩的小手才能编织出符合标准的地毯。她的话让我有点吃惊，你不能不认为我敏感，因为我联想起她拜托我调查案件时，她也是这么说的，只有我才能胜任这件事情。她那时的口气和神态和现在简直一模一样（严格来说，其实差点意思）。对田太太来说，我是不是“一双八九岁小女孩的手”？假如不是，如果嫌大了，她是不是要用刀子削掉一些来符合她的期望？田太太对整件事情是有一套期望的，我能猜想得出，她一定已经把一切都设想完毕了，不管我表现如何她都有办法处理，她更愿意看到的是我如何表现，看我如何一步步地走进这个圈套里罢了。我是乐意那样去做的，按照自己的意思，当然我起初是不想顺从田太太的安排，但现在我改主意了，我觉得相反的做法更有意思。顺着田太太，往圈套里跳，我想看她的表情，然后再从圈套里跳出来。结果可能一样，但是不同的是，我成了观看者，我才是达到观看目的的那个人。所以当我看到田太太脸上的惊慌的时候，我是有多么的刺激和兴奋。我敢肯定今晚的状况是超出她的预计的，尽管她拼命压制着情绪，不让它们跑到脸上去，但只有我才能看得出来。在我眼里，平日里的她跟现在太不一样了。她看起来像一只刚从窗台摔下来的猫。我第一次占据上风，只有此时我才是占据上风的。她显得温顺、内敛、软弱、可怜和娇小。性感是第二位的。接着我又跟她聊了一会儿，她提起了在伊朗碰到的歹徒。一个有文化的歹徒，读尼采的歹徒，让他们（她和她先生）坐在公园的长椅上一动不动，温柔地搜走了所有财物。他说他不会动粗，更不会伤害他们，即便他们反抗也不会伤害他们，但是最好是不要反抗。歹徒临走前说了一句话："人们必须在心中怀着混乱，为了能够创造一个舞动的新星。"《查拉图斯特拉如是说》的序言里面的话。歹徒为了让他们明白还故意用英语来说而不是德语。聊到这些的时候，田太太的眼神里出现了越来越多的惊慌，明明已经过去了很久，而且也并不是什么灾难性的结果，她的脸不知怎的就白了，我不得不安慰她几句。这时已经夜深，我们开始有些疲惫，我也没有什么理由继续在田太太家待下去了，于是跟她告辞。她再次把我送到门口。我们的状态已经差到连临别的话都不愿多说了。等我回到家时，发现门口躺着一只老鼠的尸体。

自第二天起我就逐渐放松了对田太太阳台的侦查。我再也不会傻逼地在厕所里待上一整天了。那种方式不管是对我还是案件本身都没什么好处。我后悔当初怎么会想出这么一个主意来，简直蠢到家了。有几次，我一整天都没有碰厕所里那台望远镜，那几天感觉都非常好。虽然费希特读不下去（像之前我说的，连着读到四个句子就会分心），但是这个世界又不仅仅是费希特！我突然发现了许多从未发现过的东西，还有之前知道但并不感兴趣的，它们现在通通都从过去的深渊里浮现出来了。我会画画，会唱歌，还会手工。读初中的时候还得过全校航模比赛第一名。五岁时跟外公一块学木工，九岁那年做出了人生第一把折叠椅。我现在就可以试着做些手工，哪怕是最简单的剪纸，也足以打发每天虚度的时光。或许我还应该买一只宠物，一条狗，小巧玲珑的，要买什么品种还没想好，但一定是乖巧的，聪明的和不费事的。我还可以用手机给朋友发信息聊天，我之前很少用手机是因为我很少有朋友的联系方式，可那不代表我没有朋友，相反地，我人脉很广，我交过很多朋友，什么人都交，但从来不留联系方式。想起自己有这么多事情可做就感到很满足。为什么一定只吃苹果呢？我应该上街买点桃子、龙眼、雪梨什么的。想吃凤梨，地里就有。为自己的鼠目寸光而羞耻。我还应该去一下海边，海边离家不远，出门口向东走二十分钟就到。自从来到这里我一次都没有去过海边，为什么不呢，就在岸边走走，吹吹风，又不会溺死在水里。童年溺水的经历一直让我远离海水，也从来不坐船，可是南方的冬天你知道的，有时候一连半个月的阴雨，待在屋子里就像被困在一只发霉的潜水艇里。永远也摆脱不了倒霉的命运。从那天去了田太太家回来，每天都会发现家门口有一只老鼠尸体，四脚朝天的，平软得像块抹布，像给什么东西一下子锤扁了，相当诡异的一件事情，绝大可能是恶作剧。有人开始找上门来了，而且是恶狠狠的信号、直击靶心的飞镖。我之前不是没有收到过威胁和恐吓，但从来没有遇到过比这个更坏的情况，这次是来狠的了。我当然会害怕，我又不是神，可我不会因此而退缩，如果我被这点东西给吓跑了那我就不能在这镇上住了，不能在镇上住就意味着这个世界上再没有我的容身之地。我这辈子只能住在这个穷僻之乡。我已经没有能力在别的地方生存了。

每天我要面临着处理一只鼠尸的难题。屋后竹林里鼠尸的数目在增加。如果我有着某种特殊癖好，也许会把这些干尸缝起来做一件衣服，因为它们的形状太容易被做成布料了。眼前这一堆干瘪的鼠尸让人害怕，不知道什么时候才到达塔尖。每天傍晚，我用铁钳钳着死鼠走向竹林的时候，就会想着铁钳中间夹着的并不是什么啮齿类动物，而是自己的一部分肢体。我每次出门，回家，都会遗落下自己的一部分肢体。然后我把它们捡起来，堆积在竹林里。渐渐地，竹林里的“我”越来越多，现实里的我则越来越少。有时候我走在路上，别人见到都认不出我来了，大概是我只剩下半个躯体的缘故。我在这里生活了十几年，每家每户我都认识，不过都没什么过深的交往，在他们眼里，在每个人的眼里我都是一个闲人，他们厌恶闲人，因为不做工是可耻的，其实是他们自己没有当闲人的本事。我能理解他们，真的，因为连我自己都讨厌自己，我讨厌自己什么都不做，而事实是我什么都做不了。灯节越来越近，我越感到害怕。我害怕上街。有一天我在七条家的五金店门口的木菠萝树下干坐着，那天风特别大，遮阳篷给扭成了向阳花。有个男子就叼着烟坐过来，递烟给我说抽不抽，我说不抽，他就缩回去了，然后说他认识我。可是我不认识他。他说他也住镇上，旧圩那边，靠着党校。他说的那个地点让我有点糊涂。按理说我不会不知道他说的那个地址，这块榛子果大小的地方我每一处都去过，我闭着眼都能在镇上转一圈。可是他所描述的地址让我出现了盲区。或者是我清楚他说的是哪里，但记忆里在那儿住的并不是他。最近经常出现这种情况，总是有人跑到我跟前同我交谈，好像我们之间是挨枪子的交情，可其实我一点儿也不认识他。陌生男子说他知道我，知道我是干什么的，拿钱就能办事，对不对？——很多人都跟我说过类似的话，他们跟我说的第一句就是这个，拿钱办事。当然，我基本上接下了所有的生意，除了这一次，我跟他说不行，我现在干不了。男子着急了，他追问说："为什么不行？如果你不接生意，就不应该坐在这里。""这里？"我反问。"对啊，"他说，"就是这里，这株木菠萝树下，不就是你接生意的地点吗。"好吧，他说对了，我确实一直都在这棵树下谈生意，可是我今天不想谈生意，我也不知道为什么，既然不想谈，还在这棵树下坐着。我跟那陌生男子说："真是对不起，今天我真的不接生意，你改天再来吧。"男子有点失望，他只好把烟头往地上一丢，用脚踩灭，准备离开。等他转过身去，走了几步，我又把他叫回来，我跟他说你把事儿给我讲讲吧。我就是想听听他想跟我说什么，我已经打定主意，在田太太的事情没解决之前是不会再接活儿的了，可是我就是想听这个陌生人讲话，这些委托人到底想让我给他们干些什么，而以前我从来不会考虑这些事情，他们让我做什么我就去做。陌生男子重新掏出一根烟（他好像不抽烟就无法跟我对话），说："我就是想……让你帮我偷一件东西。"我问："什么东西？"他压低了声音："女人的内衣。"我听到这几个字时脑子里嗡的一声响，"你说什么？"他说："你帮我个忙，帮我把刘夏裕的内衣偷出来，什么价格我都给。刘夏裕是刘老校长的女儿，三十岁，离过一次婚，住在中学里边的宿舍里。"我紧紧盯着眼前这个男子的脸，在他脸上依旧找不出任何记忆的痕迹，我开始有些心慌了，我没有想到整件事情已经渐渐脱出了自己的掌控范围。"怎样吧，你开个价嘛，"男子有点不耐烦了。我突然大声地回应他："别说了，快给我滚！"陌生男子压根儿没想到我会有这么激烈的举动，他愣了半会儿，直到确认我是认真地叫他滚蛋，但是气氛太尴尬了以至于他来不及做出反应。我干脆抬脚走了，在他想好该怎么揍我一顿之前赶紧离开，他一定是非常生气，从他脸色都看得出来，如果我再待下去的话我们肯定得打一架不可。我自己也很生气，不仅仅是对这件事情，还有对自己生气。某种可怕的念头诞生在我的脑海里，我拼命要把它抹去，可是没有用，它一遍又一遍地冒出来。我越来越生气。而且生气并不是没有由头的，虽然我自己都觉得生气是怪诞的。一种刑天或者是恺撒——盎格鲁式的狂热。我越来越神经质了。所以我决定再也不上街了。

后来我回想起这天的事情，觉得自己犯了很大的错误，当时就那么糊里糊涂地走了，起码多聊几句，摸清陌生男子的底细，结果我到现在都对其一无所知。他给的是假地址，我查过，住在那里的不是他。我从前从不会打探委托人的消息，我只会打探目标人的消息，如今一切都变了。抽屉原理。当我发现委托人里出现了目标人，接手的委托目标里发现了过去或未来的委托人，那我必须做出改变。田太太的内衣案应该这样调查，很明显，这名陌生男子有重大嫌疑，甚至包括我之前那些委托人，我已经记不起来他们有没有让我去做缺德事，不管有没有我都做了，做最坏的假设，我成了他们的帮凶。委托我做坏事的是主犯。行动只能在私底下进行。我不会傻逼到把自己也搭进去。一个完美的圈套。

一个星期后的灯节，祭典从中午开始持续到傍晚，献烛的时候田太太意外地出现了，她亲手把自己的香烛插在炉子里，跟所有人一块诚恳地行礼。结束后我们各自回家，等待灯童过来给我们送火种。田太太的灯笼形状是一只喜羊羊，而我的灯笼是一只西瓜，都是她外侄女给买的。灯童过来的时候我们都在门外站着，灯童先给田太太点的灯，我站在两百米外远远观望，田太太仿佛又幻化成了一只谄媚的灰鸽。她全身上下都熏散着快乐。她跟着灯童走过来，同样地看着我的西瓜灯被点亮，这过程里不知为什么我感到了一阵羞耻。也许是因为看到她快乐的样子，这股肤浅的快乐，令人失望而羞耻。她说她从来没有过过这样的节日。也是，当年我刚来这里的时候也像她这样，对南方的一切充满了好奇，就连那永不凋落的常绿树木，我也以为是塑料造出来的，还有那些房屋、田野、丘陵，在我眼里千变万化，无论看多少次都不会厌烦。谁都有初来乍到的时候，问题是我为什么会在这方面对田太太这么敏感，她这副模样立即刺痛了我的神经。我已经有差不多半个月没见她了，自从收到死鼠威胁以后，我就再也没见过她，并不是说刻意回避什么的，我们之间不存在这种嫌隙。其实从那一晚以后，我们的内心走得更近了，这点非常有意思，有时候不愉快的对话反而能增进感情，因为我们都在包容对方，起码我是这样做的，从那晚起田太太在我的心目中又上升了一个层次，不仅仅是邻居或者是朋友，还有一层更隐秘的情感，说不清楚具体是什么，不过肯定不是爱恋。想都别想。我不可能爱上她，她也不可能爱我，我们更不会上床。但是我开始渴望了解她，同时也想让她熟悉我。之后田太太约我去散散步，我说去哪儿呢，她说去海边吧，好像她已经早有准备。我确实挺想去海滩上走一走的，十几年都没有去过的海滩。我们都不认识路，只能朝着大致的方向走，沿着虾塘边上的土垄走过去，一路上都是木麻黄林，快到海边的时候潮声越来越响。我跟在田太太的后面，能明显地感觉到她脚步的兴奋。我想要是她跟在我后面，她也会有同样的感觉的。我们两人都太久没有见过大海了。上上次在她家吃晚餐的时候我们聊过这个话题，因为她从小在内陆长大，所以大海对她总是新鲜的。她后来亲自去见识过许多国家的不同的海面。不仅仅是景色，围绕着大海的生活经验更加吸引她。而我对于她所感兴趣的那些一个也答不上来。我以前的家并不靠海，又不以捕鱼为生，即便我跟大海有数面之缘，那我拥有的也只是一面无法与之交流的魔镜。我不会游泳，她会，她还会冲浪，会潜水，她什么都会。我们沿着海滩走，她哼着一段旋律，很熟悉的旋律，披头士的歌，大概是《Lucy in the sky with diamond》吧，好久没听过披头士的旋律了，挺应景的。一开始我们在海边走着，没有跟对方交谈的打算。过了一会儿，我们碰见了一只坏掉的捕鱼器，它安静躺在白色沙面上，竟然没有人把它捡走。田太太走过去，用脚尖轻轻踢着它，说:“好可怜啊！”我摸不透她的意思，因为这片海滩上有太多的垃圾，有破渔网、玻璃瓶、化学泡沫、脏兮兮的帆布、各种鱼和鸟的尸体，她偏偏看中了这台破旧的机器。她说我们挖个洞，把捕鱼器埋了吧。我说这是不可能的，因为埋入地下的捕鱼器会污染环境。最好的方法还是等拾荒者把它捡走。她有点失望地“哦”了一声，没再说什么。我们继续往前走。她故意放慢了脚步，我跟了上来，这次我们两人的肩膀并排在一条直线上。偶尔我们手臂碰在一起，触碰的瞬间有种彼此心知肚明的感觉。我手臂摆动的轨迹，还有她手臂摆动的轨迹，我们知道这些轨迹何时会合。我故意用手背去碰她的手背，她没有退缩，我干脆一下子抓住了她的手。一种奇异的感觉传遍了我的全身。田太太的手又滑又凉，抓着她的手像抓着一条海鱼，准确地说是一条鱼尸，因为它不会挣扎。田太太任我握着她的手，整个过程里我们都沉默无言，不想因为肢体的接触而打破永恒的宁静，在海边我们自始至终都竭力保持着宁静。直到我们走到灯塔附近，她才脱离了我。灯塔是一个契机，让她得以从容地将自己的手从我的手心里抽离出来。她提议一块上去看看。我没法不答应她。于是我们偏离了海面，沿着一条回程的路走到灯塔下面的小山丘上，接着顺楼梯上升，抵达灯塔底层的大平台。平台的四个角落种着盆栽，大概是橘子树，差不多都死掉了，脏兮兮的。几只废弃的轮胎靠着塔根的墙壁，对面栏杆底下还有一捆干柴，两三只易拉罐散落在地上，其中一只被踩瘪了。田太太在这里兜转了一圈。我不觉得这里有啥好看的，除了站在平台边缘你能看到周围木麻黄树的树尖。这时候你的眼睛和它们是同一直线的。凝视着这些树冠的尖顶，它们渐渐地透出了一种浮浅的金色，这跟夕阳没有关系，因为太阳被云层遮盖住了，附近晕染着的是一片被海面反射的冷白光，我能感觉到这抹金色在傍晚的薄雾里发笑。我能听见笑声，夹杂着南方口音的笑声。我认为这笑声是浅薄的所以没有理会。之后，田太太走进了灯塔里面，我跟上去，接着我们沿着里面的楼梯一级一级地往上走。楼梯非常陡峭，一不留神就会滑倒。最后我们总算登上了塔顶，大风险些把我们刮走。我们靠着栏杆站立，欣赏景色。我跟田太太说这是我第一次登上灯塔的塔顶，她说她也是。说起来也是，人一生当中没有几次机会可以登上灯塔塔顶来看风景，除非是守塔员。过了一会儿，天色开始明显变暗，这时候太阳已经掉下了地平线，因为海面微弱的反射，我们依旧能看见对方身体的轮廓。黑暗里田太太的轮廓是沉稳的，像犀牛的腰腹线条。不知为什么我脑海里第一个浮现的是这个。我再一次向她伸出手去，因为黑暗的掩护，我的动作变得坦率而大胆，我碰到了她的腰部，犀牛是错误的比喻，因为她的腰部要更柔软上一万倍。被我触及的瞬间田太太像触电一样躲开了。她转过头来看了我一眼，我从她的眼神里读出了跟上次在她家的时候一模一样的东西，真的没有任何差别，只是这次数量更多、程度更深了。她在害怕，影子在不断颤抖。我特别想知道她在害怕什么，真的，因为她害怕的东西很有可能跟我想象的不太一样，我尽力去想象她的恐惧，但因为某种原因，我根本无法到达她所经受的那一层面。我突然走上前去，把她用力地抱在怀里，我肯定是故意要这样做的，过了几秒钟，她猛地尖叫了一声，用力地把我推开。田太太这一举动差点让我们一块从塔上跌下去。她瞪着我仿佛要把我吃掉，她是真的生气了，如果我再靠近她肯定吃不了兜着走。不过她误会我了，事情不应该这样发生的，我并不是要去侵犯她，我以为她会明白。可是现在的情况跟预料的不一样，或许是因为我们身处黑暗的塔顶，不可避免地产生敏感的误会。等到几分钟后我们调整自己的呼吸，平静下来，开始对先前的冲动而懊悔。我考虑着该如何打破尴尬而让这个事儿翻篇，她应该也是。作为背景音的潮声持续不断地奏响。

因为夜幕降临我们决定离开。两人小心翼翼地下了塔，沿着一条跟来时不一样的小路走回去。好像要变天的缘故，气温突然变得很冷。本来我一开始走在前面，我主动走在前面因为四周黑乎乎的谁也没带手机，她有轻微的夜盲，紧紧跟在我的后面，后来走过一条沙壑的时候她一下子跟上来，她的手臂再一次碰到了我的手臂，这一次她是主动的，还没等我反应过来，她已经挽着我的手了。我转过头去看她，她的脖子向我们的外侧扭弯出一个细微的角度，这表明她已经恢复成为平常的、高傲的田太太了。我们默不作声地往前走着，鞋底踩在沙地里发出不舒服的低鸣。在木麻黄林子里，她突然开口问我调查偷内衣的案子进展怎么样了。她好久没有提起这件事情，我还以为她已经忘记或者放弃追查了，实际上是我不打算再追究下去了。因为上次在木菠萝树下发生的事，我诚实点说，没错，它严重打击甚至摧毁了我侦查案件的信心，就像我之前所说的，这件案子已经超脱了我的控制，当我发现自己犯下重大错误以后，我已经没法像以前那样客观冷静地去对待案子了。因为人总想逃脱罪责，无论是谁。为了这个我对田太太撒谎，我跟她说案子还没有眉目，尽管现今距离她委托的时间已经有一个月了，而我向来办事的平均费时是三个星期，她可能不知道这点。田太太很平淡地回应了一声，不知道是察觉了我在说谎还是已经对此不抱希望。这时我停下了脚步，她问我怎么了，我跟她说我们迷路了，其实是我的肩膀被树枝擦了一下。很痛，估计掉了一块皮。她说："那我们等一下，考虑清楚再走吧。"她其实挺怕待在这片又黑又冷的林子里的，我问她怕不怕，她点头，紧接着又摇头，说："世上比这个可怕的东西多了去了。"我大概能理解她指的是什么，我听过传闻，但是听她亲口讲述无疑更能引起我的兴趣。我故意试探她的口风，没想到，她竟然开始一五一十地讲了出来。她告诉我，丈夫事发当时她在德国，在拜罗伊特，参加瓦格纳的音乐节，一年一度的盛会，她早就想着要来了，她是瓦格纳的狂热信徒，但实际上是她丈夫让她喜欢上瓦格纳的，在她怀孕那段时间，丈夫每天给她放《纽伦堡的名歌手》，不过流产后他连瓦格纳也放弃了。这次他就没陪她一块来。因为很多事情他们已经半年没说过话了。她知道丈夫已经接近末路，从他各种举动就能瞧得出来，喝酒，砸东西，夜不归宿。有一天深夜她起身上厕所，看到他在客厅翻找着什么东西，丈夫看见她就问瓦格纳的碟在哪里。他突然要听瓦格纳，她一下子就明白了。在她面前就像在圣洁的群众面前说的那样，"我愿意当一名鼓手"。那晚放的"尼伯龙根"令田太太失眠。她没有做梦，但仿佛出现了幻觉，她看到齐格弗里德的宝剑裹着莱茵河的河水，刺向一位少女的心脏，这位少女不是恋人希尔德，也不是饰演希尔德的演员，这张脸对所有人都陌生，大家都害怕了，包括真正的希尔德，剧场里混进了一位不速之客，这时不知道是谁恶作剧地点燃了幕布，整个舞台都陷进了火圈里，白色气态的指环在上升。在拜罗伊特的节日剧院里田太太出现了同样的幻觉。当进行到《诸神的黄昏》最后一章时，她感觉天花板上隆隆直响，那些灯头像被击落的战机，穿过了白色的蒸汽环，一只只地往舞台中间掉下去。舞台变成了黄金的泥潭，自从河水消退后，金灿灿的外壳就显露出来，演员们站在球状的岩石上面，他们表情惊恐，一旦失足掉进黄金泥潭里就再也上不来，每个人都很清楚，可是黄金在上升，一点一点地朝他们的脚踝进发，有人被抓住脚踝，掉进去，死了。因为恐惧（强烈的自我代入感）田太太闭上眼睛，没有用，因为幻觉是音乐导致的，她马上意识到错误，用食指封住了耳朵。这样感觉好了些。她的异常举动引起了邻座听众的注意。一个银发老太太，等歌剧结束之后走到她身边，用德语嘟囔了几句。她没听懂。德语永远听起来像是在抱怨。抱怨上下左右的不对称关系，抱怨锤子比核桃又大又硬。老太太后来用英语跟她说："你不爱听瓦格纳的音乐，你厌恶它的直白，你以为封住耳朵就能阻绝这种声音吗？你以为闭上眼睛就什么都看不到吗？"她不知道为什么老太太要用这种口气跟她说话，老太太看起来像是一位第三帝国的军人遗孀，或者是波西米亚或犹太裔的受难者，故事里都是这么写的，大概这类人永远能成为焦点。背负的惨痛反而能成为高贵的名片。老太太怒气冲冲地离开了。她看着这抹瘦削的背影在宽阔的大门边消失，突然产生了一种孤零零的感觉，可她本来就是一个人。她回去的路上再一次经过瓦格纳的墓地，画眉鸟站在墓旁的花圈顶上，见到有人来啾的一声飞回树上去了。四周静阒。前面小径中间好像站着一个人影，头上像是戴着银色的假发套。这时她接了一个电话，市委的熟人打来的，电话告诉她说丈夫已经进了看守所，因为昨天丈夫企图外逃，被线人识破了，然后警察在厦门抓住了他。田太太不敢相信自己的耳朵。为什么丈夫要采取这种方式来逃避罪行？她出国之前，丈夫已经做好了认罪的一切准备。丈夫交给她一封信，里面什么都交代好了。可是他现在又干吗要这样做？田太太挂电话后忍不住地抽泣。前面那个戴发套的男子突然哈哈大笑，他一定是以为田太太哭的是瓦格纳。一个疯子。田太太瞪了疯子一眼，转过身往回走。那男子在背后笑得更大声、更狂妄了。她当时只有一个想法：马上回国。日耳曼的一切，房子、花圃、河流和大理石都堕入了黑暗，她眼里只看到了黑暗，一条推着所有人向前走的黑色传送带。就连一刻也待不下去。再待下去就要发疯。别再提什么瓦格纳，她听不懂音乐，连最简单的音阶都发不全，她只是在故作高雅，所以瓦格纳的魔障别来找她了！全都去死。统统去死。别说瓦格纳了，别说古典了，以后她再也不会听什么音乐了。田太太告诉我说她当时真的是这么想的，她也说不清楚，愤怒和恐惧两者都有，也许愤怒压过了恐惧，或者恐惧压过愤怒，她从未有过这么激烈的情绪，直到现在一回想起来还会做噩梦。田太太说这就是她这辈子最可怕的经历。她接着往下说，我已经有点不忍心让她继续讲下去了，但是阻止她讲下去会使整件事情更加不明智。第二天田太太就飞回了国内，紧接着就到看守所里去看丈夫。丈夫身穿囚服，头发剃光了，像只雨后受冻的松鼠。他甚至不敢看着妻子的眼睛。田太太给他带来他爱吃的煎饼果子，他低下头吃着，谁也不说话，空气好像凝滞了，只剩下嚓嚓嚓的嚼着食物的声音。等他吃完东西，田太太问他为什么要逃。丈夫没有答话，他用手支着额头，好像有什么困扰着他的样子，总之他一直不愿跟她说话，后来也是如此，每次田太太去看他，他也总是只顾着吃东西而不跟她讲话，嚓嚓嚓嚼东西的声音让她非常厌烦，有一次她故意没有给他带煎饼，丈夫面对着她牙齿竟然习惯性地嚼了起来，她一下子被气走了。她真想再也不去看望他了。丈夫的举动仿佛在嘲讽她，他嘲讽她为什么不及时阻止他做坏事，早干吗去了，对啊，要是她早点告诫他就好了，他就不会下手，罪是大家的，她也有罪，而现在他在牢狱里，一堵铁墙隔开两人，她在干净的那头。丈夫真的是这样想的吗？田太太不知道。她那段时间一直翻来覆去地想着这些，丈夫一定在埋怨，不然他怎么会不愿意跟她说话。如果再不说点什么那他们就再也不会交流了。他们也许存在严重的交流障碍。两人的冷战持续到一审前的一个星期，丈夫吃完煎饼后突然开口问她最近怎么样，她起初真的愣住了，竟然不知道该怎么回答才好，想了半天才回复说，自己很好，家里也好，父母都好。丈夫听后点了点头，接着生硬地问了她一些情况，她同样生硬地给予答复，她觉得这个过程相当有趣，他们两人就跟初次见面的幼儿园小朋友一样傻溜溜的。丈夫跟她聊了一些往事，聊的不多，但他专门拣那些印象深刻的来讲，让她感到既高兴又心酸。最后丈夫跟她说，让她去领养一个孩子。孩子永远是他们心头的痛。他让她去完成唯一的心愿。他再没有其他要求了。田太太能明白他的意思，丈夫不仅仅是站在自己的立场做出考虑，他同时也在为她考虑，更准确地说，基于他们两人的共同体之上的要求，不管是孩子还是别的什么，他们一致性地做出决定。她当时答应了丈夫去领养孩子，丈夫显得很欣慰，然后他跟她说以后不要再来看他了。这个大概也是丈夫站在共同体的立场上做出的决定，他百般思虑后不得不痛苦做出的决定，每次在她面前嚼着煎饼的时候他就在想着这个问题。田太太没有办法拒绝他的要求。事已至此。那次她跟丈夫告别，丈夫跟她做了一个手势，一个只有他们两人才懂的手势，这个手势让他们顿时变得年轻了不少，那是一种温柔地告别的意思。丈夫判刑入狱以后田太太真的一次也没有去看过他，就像要刻意把过往从生活里抹去一样，丈夫跟她说的肯定也是这个意思，但是真正要做起来相当困难，在以前的房子里所摆放的每一件器物，一条毛巾、一只花瓶、一支钢笔都会勾起她的记忆，她不可能假装失忆，更何况每天晚上还会做噩梦，梦到齐格弗里德的利剑，梦到莱茵河的黄金，梦到丈夫跷着脚坐在高脚椅上专心地听着黑胶唱片的神态，每次她从梦中惊醒都会出一身冷汗，随之而来的是沮丧和自责的感觉，这种感觉令她恶心，她极度厌恶这种感觉却无法逃离。有一次半夜里田太太起来在厕所里吐了半个钟头，她筋疲力尽地坐在地板上，终于下决心要离开原先的家，走得越远越好，否则就不算新的开始。于是她变卖了房子，一个人跑到这个偏僻的南方小镇来，她从没来过这块地方，连县城的名字也是第一次听闻，除了住在城里的远亲外侄女，她一个人也不认识，一个人也不想认识，她只想安安静静地在镇上住下来，不扯远的，起码能安稳地住上一年，一年的平静生活对她而言已经很满足。田太太有足够的积蓄令她能够在不跟外界接触的前提下不愁花销。在这里住了一段日子后，果然情况变得明显好转，她做噩梦的次数越来越少，睡眠质量非常好，因为干净舒适的环境和天气，多年的肺病也渐渐减轻了，看上去每一样东西都朝着好的方向发展，但是再过了一段时间，她开始感到不对劲，起初还说不出具体的什么来，只是情绪莫名地焦躁，做事情心不在焉，书看不下去，花也种不成，每天浑浑噩噩地过去，好像什么都没干。比以往更深刻的精神危机显露出来了。田太太渐渐地明白，因为孤独，人类这一最大的敌人，正在慢慢地击垮自己。它像一条看不见的寄生虫，一直吸附在你身上，你平日里并不会注意，你像往常那样做事，每天以为自己过得很快乐，却不知道只是自我制造的假象，它利用假象来迷惑你，虚假的快乐滋养它越来越大，而你越来越虚弱，直到有一天被它所吞噬。她不知道该如何去解决这个难题，这个难题，可以说是一种病症，只有重新开始跟他人多接触交流，才能治疗这个顽症，可是同时她又不允许自己跟外界交流，一开始她就是要打算这样做的，否则大老远跑来这里干吗。她陷入两难的境地。尤其是，在田太太如今的状况下，即便有意去跟别人交流，她也首先会像个怕羞的小孩子那样畏缩不前。她不清楚自己还能不能跟别人顺利自然地建立这种联系。有段阴雨连绵的日子里，她成天躺在床上，一动也不想动，肚子饿了就喝点牛奶，身上盖着几层厚厚的大棉被，直把她压得喘不过气来，可还是觉得冷。寒冷如同细菌钻进了骨头缝里面，随之在里面结巢，慢慢腐蚀着肉体。她可从来没有经历过这样的冬天，在她印象里南方的冬天是像春天一样温暖的，可现在她所经历的严冬简直比以前在北方的严冬更加可怕——好像所有事都搞砸了，没有一件是例外。以前那些令人恶心的感觉又来了，除此之外，又增加了一种更让人无可奈何的情绪——后悔——后悔像一座巨大巍峨的冰山，占据着所有意识的海面，她每天躺在床上，每时每刻都在后悔，包括那些做错了和做对了的事，已经不清楚那些自认为做对的事究竟有没有真的做对，一切要重新考证，也许正是那些自以为做对了的事正在导致着现在和将来的恶果。她越来越觉得自己是有罪的，不仅仅是说作为婚姻共同体，她没有及时劝阻丈夫犯下罪行，而是说，她或许才是真正的主犯，只有在此刻的自我审视当中才会看到，过去生活的种种痕迹，或许是她的那些言行勾勒出了罪行的轮廓，换句话说，丈夫的罪行只是她平日里对一件衣服的不满、又或是对某个人的尖酸评论的映射，她才是贪欲的源头，正因为她的贪欲，才导致了今日的后果。她才是罪魁祸首，而监狱里的丈夫不过是替罪羔羊。当田太太说到这里的时候，突然林子里嗖嗖地刮起了一阵寒风，果子像飞蛾那样尽数打到脸上来，连我心里都开始有点发毛了，但她被一股孤愤的精神力牵引着，丝毫没有受到影响，继续说下去，她说最令人难以忍受的是那个引发了贪婪的机制，她认为目前的机制不是促使廉洁而是引发贪婪的机制，当然，不能一旦人犯错，就简单地把问题归咎于机制，可是我们生活在机制里面，却永远也不知道它真正是什么。你真正地了解过它吗？它轻易地勾引起你的欲望，当你因为过分的欲望而犯下错误，它却可以立即把你抹去，没有丝毫的宽恕。它从来不用负任何的责任。永远地免受责任、永远不受到惩罚的只有机制。这难道不是这个世界上最天经地义又最荒诞的事情吗？你想想，我们亲手造出了一台将自己名正言顺地杀死的机器，不是吗？

说到这里，田太太就倒在我怀里呜呜地哭了起来。我轻拍着她的后背，好言安慰使她振作。过了五分钟后，她仔细地擦干眼泪，离开我的怀抱，此时我们身上都有了一种介于极寒和极暖之间的温度。我们接着找路，没花多久就走出了树林，来到了水泥大道上，为了避免再次迷路我们不再去走其他小路，尽管沿着大路走会远一些，但最后还是各自回到了家门口。这时我们已经饥肠辘辘、筋疲力尽了。

当天晚上我想着田太太的话又失眠了，尽管周身疲惫只想躺在床上不再起来，但田太太的那些言辞像轰炸机不断在脑海上空盘旋，不管我同不同意她的观点，也不管同不同情她的遭遇，我根本没有办法逃脱这种控制，一晚上脑袋里都是迷迷糊糊的，接近凌晨的时候又开始断断续续地做梦，就是前面提过的，那个不断重复至今的梦境，这辈子还要继续做下去的寒冷的梦。不过这次有了点变化，飞机化成了一堆残骸，老人坐在残骸面前烤火，一动不动的，仿佛冻僵了一样，而我站得离老人远远的，不敢过去，说不清害怕什么，大概是怕看到老人的脸。我在雪地里冻得瑟瑟发抖。接着我就被冻醒了，此时已经早上九点，头痛得厉害，起床时一连打了好几个喷嚏。我想我是着凉了。从昨天晚上就开始变的天，今天气温更是一下子降了十度左右，又下起了蒙蒙的小雨。新的一轮阴冷天气又要来了。我在餐厅里切苹果吃时直冻得牙疼。这样恶劣的天气又不能出去外面走走，但其实就算天气好的时候我也不经常出去。下午我忍受着鼻炎的痛苦勉强读了一页书，霍布斯的《利维坦》，不是《自然法权基础》，我已经放弃阅读费希特了。之后我还照着蒙德里安的画册临摹了一张素描，并用裁下来的纸片粘成了一个塔状的手工模型。当做完这些，把那些碎纸片收集起来拿到厕所里面用水冲走的时候，我注意到了厕所小窗旁边的望远镜，我都好久没有理会过它了，它上面已经蒙上了一点灰尘。我之前有几次想过把厕所里的望远镜撤掉，但最终都没有，出于某种原因，具体是什么原因我不想说得太明白，就好比你发现了一道可以偷窥女人洗澡的门缝，你永远也不会想去堵死它。我撕了点纸巾把望远镜擦干净，然后把椅子搬过来，像以前那样眼睛凑上去观察，镜筒的方向依旧对准了田太太的阳台。我期待着这次会有什么不同的发现。没想到我真的看到了一个完全跟以往相异的情景：在这样的天气状况下，田太太竟然坐在阳台上，她在干什么，手里好像拿着一件什么东西，是酒瓶。她在喝酒，一个人喝。她不会冷吗，雨都快刮洒到她身上去了，可她就是安安静静坐着，跟一尊雕像似的，好像世界上发生什么事情都跟自己无关。她的视线始终向着前方的某处，前方只是一片空旷的野坡，不过我知道她的焦点并不是野坡也不是别的什么，她本来就没有焦点，只是机械地朝前方望着。我迫切地想看清她脸上的神情，最重要的就是神情，可是不管我如何调焦，所看到的只是模糊不清的轮廓，擦多少次镜头都没用。过了一会儿，她把酒瓶丢到一边，掏出烟开始抽。我看着她一根一根地接着抽下去，搞得我自己也想抽了起来，但是我家里连一根烟也没有，我已经戒了十几年了，自从离婚后就再也没抽过烟。当我看到这些的时候真的为她担心，已经不需要更详细的观察，她的举动已经把一切都说明得清清楚楚，我得阻止她再这么下去，于是我跑到卧室拿到我的手机，打算给她打电话。我从来没有给她打过电话，自我们认识不久就各自交换了号码，但从未通过话，连短信也没发过，因此当我找到田太太的号码时，突然犹豫了，我真的要给她打电话吗，我该怎么跟她说？她如果问起来，我是怎么知道她这些情况的，该如何回答？难道我要跟她说，在家里架了一台望远镜窥视她？她可从不知情。不管是谁要是知道自己被别人窥视了肯定会恼怒万分的吧。所以我不能给她打电话。她是死是活跟我没有关系，我这么安慰着自己，于是我放下了手机，回到厕所里，继续观察田太太的情况。她依旧安静地抽烟喝酒，没有一丝波澜，但这才是最让人害怕的地方，直到把烟抽完，酒也喝完了，她才起身回去。她摇摇晃晃的身影真令人担心会摔倒在地。等她从阳台走回去后我也就结束了侦查，我从厕所出来走到客厅的沙发上坐下，默默地想了一会儿，我以为自己情绪应该会比较激动很难平复下来，结果发现自己并没有那么激动，最多是心里被蜇了一下，很快就当作什么都没发生一样。这大概是因为，在我看来，田太太会出现这种情况是理所当然的事情，她那晚说过那些轰炸机似的话已经让我有了预料，甚至是，因为我们同等的境遇让我觉得这些发生在我们身上都不奇怪。当我想到这些原因的时候，一种若有若无的悲哀从心底弥漫开来，直至填满了整个房间。

接下来的几天里天气越来越冷。我的感冒加重了，没完没了地擦着鼻涕，喉咙又干又痒，一直咳嗽，还出现轻微发热的症状。这几天里我什么都干不了，基本都是躺在床上度过的。但是只有对田太太的监视是一直都在做的。每到下午四点钟左右，我就会强撑着从床上爬起来，努力穿上衣服，慢吞吞地走到厕所里的望远镜旁。此时田太太就在自家的阳台上喝着酒。她一般会在阳台上待两个小时，喝酒一个小时，抽烟一个小时，最后醉醺醺地回屋。抛开身体因素不讲，两个小时监视的工作量对我来说根本不算什么。以前我可是对着空荡荡的阳台盯上一整天的，我早就习惯了这种枯燥无味的工作，应该说，我一直都很擅长去做那些别人看来是枯燥无味的事情，这是四十多年来在自己身上发现的唯一天赋。以前学画画时，我总会耐心地把铅笔头削到最尖，没有人喜欢这个程序，只有我例外，因此只有我把重点放在削铅笔上而非画纸上导致荒废了学业。在我眼里，田太太就像一支正在削着的铅笔头。当然，她是一位迷人的女士，可是再漂亮的女人也不会破坏观察的和谐，假如我要下定决心忠实地记录这一切的话，即便某个时刻她的忧郁打动了我，我也只能离开一会儿稍作调整后继续下去。有些时候我真的忍不住想哭。我根本看不清她的表情，不知道是为什么，然而我连她手指上戒指的钻石都看得一清二楚。或许看不看得清都无关紧要。我很少有机会观察到女人的忧郁，上一次是十几年前，我还记得当时的情景，前妻弯膝坐在地上把头埋到胸前，一头长发露在外边，并没有看到脸。我不知道那时前妻的脸上是什么神情，大概跟田太太现在差不多，反正最终我都看不到。这几天里，有好几次我都想给田太太打电话，不说监视得到的这些情况，就问个好，随便聊几句也是可以的，然而我都克制住了，我害怕跟她说话，不用说，我心里是很愧疚的，我一直在窥视着她，却又什么都帮不了。这种负担好像在令我的病情加重，我甚至连苹果也吃不下去了，果肉在口腔内被嚼碎后是又酸又涩的。有一天晚上，八点半还是九点的样子，我躺在床上，突然电话响了起来，我一看，猜怎么着，她竟然给我打来了电话。她的声音在话筒里变得遥远而梦幻。起初我得拼命控制自己才不显得过分激动。她问我最近怎么样，我说挺好的，然而她马上就听出来了我说话时严重的鼻音，问我是不是感冒了，我说是的，她说那你吃药了吗，我说吃了，其实我根本没有买，可我没有办法说点别的，只能像个傻瓜似的答着话。接着是一段难堪的空白。长达十七八分钟的空白。听筒里没有一点声音，可是她肯定在那头，跟我一样紧紧守着电话。我约莫着再不说点什么那我们就得挂了，这时她突然说了一句："你，你读过什么人的回忆录吗？"我想了一下，回答："不怎么读。"她说："我最近在读一本回忆录。写得很棒。"我问："谁写的？"她没有回答，说："我来给你读一段，好不好？"我说："好啊。"于是过了一分钟，她开始读了起来。她平时说话就不快，念起文字来更慢，声音就像海面漂游的瓶子打开后流淌出来的液体。

"住在山里的第五天了。感觉还是不太好。气温倒不是很热，只是空气相当潮湿。一天到晚都有蚊子，大腿总是给叮上十几个肿包，当地还有一种特别的蠓虫，非常厉害，除虫剂都杀不死。这几天午餐和晚餐都是罗宋汤，吃得我都要吐了。师父晚饭后过来训诫了一番，他说这些人里面就数我最不心诚，做什么事都马马虎虎，他警告我，要是下次还这样就让我收拾东西回家去。我把师父送走，接着洗了个澡，大概七点钟出门。站在大堂的侍应都没注意到我走出去。我沿着山路下去，走二十分钟，就到了酒吧，附近还有足疗店和溜冰场。我第一次来这里的酒吧，虽然里边装修不怎么样，但场地够宽敞，几十号人跳起舞来也绰绰有余。我点了一瓶白兰地，找位置坐下来。我观察着四周。我发现在酒吧里的人们远比在酒吧之外的人们热情。当然，酒吧里多数也是这里的居民，在我眼里，在这里生活的居民都是相当严肃、不苟言笑的。可是好像酒吧有种神奇的魔力，这群严肃拘谨的家伙一旦进了酒吧，就完全变了一个人似的，不但话多了，肢体的动作也丰富了起来，甚至透露出一股浓厚的情欲。过了一会儿，一位二十来岁的小姐走过来，邀请我一起跳舞。我告诉她我不会跳舞。她说，华尔兹也不会吗？我说是的。她说，我可以教你。结果我跟着她去了舞池中央，她教我一些简单的舞步，真的是很简单的舞步，没花多久我就学会了。她告诉我她是酒吧里面舞跳得最差的几个之一。反正我没看出哪里差来，对我这种一辈子都跳不全一支舞的人来说，没有好和差的分别，只有会和不会。我读过一本书，还是读大学那会儿读的了，大概是外国小说，里面讲了一个非常擅长跳舞的民族，他们一生下来就有三米多高，无论什么样的舞蹈，一学就会，婴儿时期跳起舞来，地动山摇，这时期的舞叫作'巨人之舞'。国王最欣赏这时期的舞蹈，经常请他们到宫廷里去跳舞。他们的身高随着年纪增长而递减。到中年以后，他们看上去就跟普通的成年人没什么两样了，尽管这时候他们舞技磨炼得更加精熟，可是贵族们已经失去了兴趣，他们只能在平常的舞厅酒吧里给市民们跳舞，这时期的舞叫作'庸人之舞'。到了垂垂暮年，舞者们变成只有核桃大小了，他们的舞技已经到了登峰造极的地步，然而没有人再去看他们跳舞了，此时的舞叫作'小狗之舞'，因为富人们会把他们买下来送给宠物当玩具。那些凶猛无知的看门犬常常会冷不防地把他们一掌拍死。我把这个故事讲给这位小姐听，她听完后出了一会儿神，说："这是每一个人的写照啊。"她说得对，我们都在不可避免地变得渺小。我们都在最终毁灭掉自己。我和她在舞池里跳了一会儿，后来她让我陪她去厕所，在厕所门口她说她可以给我口交，前提是小费五百元。我说好啊，她就开始解我的裤裆，解到一半的时候我突然后悔了，我跟她说可不可以不做了，她面如死灰地紧盯着我，说："你开什么玩笑？"我说这样吧，给你一半的价钱，三百元，就当是你教我跳舞的酬劳，怎么样。她没有理由拒绝。我把钱递给她，她接过去，低头默默地走了。接下来我回到座位上，继续喝完我的酒，差不多九点钟的时候，我离开酒吧返回住处。门口的侍应看到满身酒气的我，忍不住白了几眼。我没理他，当时我是真的想上前去揍他一顿的。我用钥匙打开房门，一种熟悉的感觉再次袭来，没错，跟昨天还有前天一样的感觉，有人进过我的房间。我确信那绝对不是服务员。房间里的每一寸都被翻查过了。鞋架、桌子、衣橱、台灯、床铺都是被重新安置过的。我甚至还能在这些物品身上感觉到所残留的目光。我大致能猜想到这目光是来自何人的，我对这类人并不陌生。我不会去主动设计圈套引诱他们现身，相反的，我还要努力避开他们，我得躲着他们，因为我怕他们，他们却不怕我。就像今晚这样，我再一次制造了自己不在场、不设防的假象，好让他们乘虚而入，尝点甜头，以为自己已经把控一切。这种心理战术或许能让我赢得一线生机。本来我就已经无计可施了。贝希摩斯把整个陆地吞在了肚子里，动弹不得了。”

田太太大概念了有二十分钟，完了她问我感觉如何。我说读起来不像是回忆录，倒像是小说。她在话筒那头“哦”了一声，不确定她是赞同还是否认。接着跟我说：“我再给你念一段吧。然后你再告诉我有什么感受。”我说：“嗯，好。”其实我挺喜欢她给我念书的，她的声线不能说是出类拔萃的那种，可是听得久了自有一种味道。我迷恋女人的嗓音，尤其是一本正经地朗读起文字来的那种嗓音，平日里没事我还会收听广播，专门找那种动人的女嗓音来听。前妻是唱歌的，声线不错，但是她不愿意给我念书，她说她普通话不标准。她是南方人，确实普通话讲得一般，可是我并没有在意这件事，她对此却非常敏感。有时候甚至因为我纠正她的发音而恼怒。我不知道这是怎么了，我不是要故意使她难堪，而她觉得我总是在故意使她难堪。每当吵架过后，我们会很长一段时间不说话，这种宁静也会让我认为她在向我示威，一种语言上的示威。手段就是消除语言。语言才是一切矛盾隔阂的根源。

“马老师傅说过一句话，做梦不是逃避，而是创造。他蛮有道理的，如果这句话不是说给我听的话。前两个晚上都没有睡好。没有梦。今天却迷迷糊糊地梦见了一头像山那么庞大的怪兽，一步步地朝着海面走去，每走一步就能引起地震。地震很容易解释，因为在船上做的梦，整个思维都是摇摇晃晃的。巨兽大概指的就是自己。而大海指什么，这点我想不明白。最终是什么样的结果，梦境也没有启示。老项送我的《圣经》，来来回回翻了半年了，在里面我用红笔圈了一些句子，今天醒来的时候是差不多五点半的样子，我打开灯，把书翻出来，结果在上面找到了一句话，是这样的：‘河水泛滥，它不发战，就是约旦河的水涨到它口边，也是安然。’是《约伯记》里关于巨兽的描述。真的是这样吗？我不知道自己是否能做到这么镇定自若。我不是巨兽。我只是一个渺小的人类。

一个只能在陆地上生存、否则会溺死的渺小生物。自从上了船以后我越来越察觉到自身的渺小。同时越发地为以前自己的狂妄而羞耻。那时候我真的已经膨胀到无法认清自己了。终究也是个思想泡沫。很快地，“嘭”的一下就没了。后来我搬了一张椅子到甲板上去看日出。马老师傅恰好也在，他站在更高的一层甲板上，拄着一支拐杖，身影看起来真是一位绅士。他也看到我了，打了招呼，但他或者我都没有向对方走过去。不过我们看的是同一个方向。还有其他的方向吗？太阳只有一个。差不多六点十分的时候，地平线发出一道耀目的光线，红日开始上升，直到完全脱离海面，整个过程并没有想象中那么缓慢，甚至可以说，就是一个把手臂抬起来的过程，这是一种肉眼能够观察得到的自然。我深深被这种自然陶醉了。这半年来我一直在试图接近这种自然，不，应该说是恢复这种自然性，每个人都与生俱来的这种性质，我也如此，我只是要重新寻回这个。有那么一瞬间里我仿佛重新接触到了它。红日从海面跃起，而我感觉自身相对来说是下沉的。我不仅仅是坐在椅子上，我还坐在大海上，当我下沉时，整个地球也在凹陷。我能感受到这个星球的脉搏。虽然这种感觉只持续了不到一秒钟，但它是真实的，比我以往任何时候的感觉都真实，而且时间过去越久，就越能感觉到这种真实的可贵。马老师傅一动不动地站在栏杆旁，就像弗里德里希那幅名画《雾海中的流浪者》里的造型一样。他的侧影被漆上了一层介于橘红和赭石的色彩。这样一看，他的身影更单薄了，就快要被朝阳所吞噬了，不知为什么，我越来越觉得他像我老爹，尽管两人长得一点不像。过了一会儿，马老师傅向我走过来，跟我握手，他说：“你好吗。”当时我快忍不住要冲他大叫一声：“我好极了！”——我说真的，我心里不知道有多痛快，我只想大喊大叫，我已经憋了好久了，再没有比此时此刻更好的时候了。这位老人站在我面前的时候，我感觉整个世界都是上升的，是的，我又从地底升上来了，升上来的第一眼就看到了我老爹，他还是原来那个样子，我八岁那年的样子，一点也没有变……”

她突然停止了朗读。我想知道发生了什么。接着听筒里就传来她细微的抽泣声，越来越清晰，就跟那晚在木麻黄树林里一模一样。她悲伤起来的模样每次都是类似的，我想我自己也是如此，每次悲伤的样子在别人眼里并无差别，只是自己永远无法观看自己悲伤，这大概才是最令人悲伤的事情。人总是不能完全地了解自己。所缺失的那一部分总是在别人身上。谈话已经无法继续下去了。我安慰了她几句，她依旧不能自已。也许是为了不令我难堪，随后她说了一句：“晚安。”便挂了电话。

在这之后又过了一周。天气逐渐晴朗回暖，气温一下子上爬了十几度。最热的时候穿一件长袖的卫衣就够了，穿多了一走动就会冒汗。南方的气候就是这样多变无常。我的感冒已经好了，除了鼻子还是不太舒服，但整个人已经变得精神多了。太阳大的时候我就把被子拿到楼顶去晒，楼顶是一个活动筋骨的好地方，视野也好，午后的阳光照在身上暖洋洋的。从楼顶也可以看到田太太的楼房，以及她那栋楼光溜溜的一片雪白色楼顶。田太太没搬来之前，三婶经常在楼顶上面晒虾干花生之类的东西，自从田太太入住以后，那上面就只剩下光溜溜的一片了。好几次我都碰见田太太在自家楼顶上打扫。她是个爱干净的人，哪怕是楼顶也得是一尘不染的。她养花草，同样地一丝不苟地去打理。不用说，在生活上田太太是非常严谨、认真的那一类人，我太了解她这一点了，正因为如此，我才会对她近来在这方面所显露出来的纰漏耿耿于怀，照她的习惯来说，她极少会出现纰漏，一旦出现了，那一定是发生了什么状况。这几天田太太都没有在阳台上出现，那晚跟我打完电话后的第三天起她就消失了，我不知道她怎么了，这到底算是好事还是坏事，也许她熬了过来，摆脱了近日来的困扰和烦恼，也许没有，也许更糟糕。而我为没能像往常那样见到她而失落，好像巴不得欣赏到她那副忧愁万分的模样似的，这很卑鄙，我知道，我对此产生了依赖，究竟是真的为她的状况而担心呢，还是只是迷恋这整个的观赏过程，其实我一直在盘问自己，可是好像这种审讯并无结果，因为总能给自己找出逃免罪责的答案。直到昨天我观察田太太家的阳台时，注意到那些因缺水而萎缩的植物，我这才突然不安起来。她不养宠物，这些植物大概是她唯一的陪伴，再粗心也不会丢开不管不问，更何况她一点儿也不粗心，所以，我觉得她是出什么事了。她很可能已经不在家里。那栋两层高的小楼从头到尾都没有露出一丝人气。假如离开了家，那她会去哪里？除了这个地方，她还有其他的安身之地吗？她又不是我，当然会有其他的地方可以去。只是她并没有告诉我，而我竟然也没有察觉到她的离开——其实这很正常，她可能是在某个凌晨或者深夜悄悄跑掉的，我又没跟她拴在一块，我怎么察觉得到她离开，她也没有义务要告诉我，事实就是，人与人之间的联系没有想象中那么紧密。想到这里我就觉得有一点悲哀。我还有一个更疯狂的想法，那就是：她可能已经死了。不管怎么说，谁都不愿意做最坏的假设，即便假设合情合理，这种事情只有我清楚，对我们这类人而言，死亡总是一团绕不开的云雾，她一时想不开，自杀死了，这没问题。还有，也可能是他杀，她一个寡居女人在这种地方，并不能保证自己的人身安全，不说是偷衣贼，也许是其他人，她所说的那些

“无意中得罪的人”，随便一个人都可以闯进门，把她杀死。再没有比这个更吸引人的结果。观众乐于观看死亡。而我是她唯一的观看者，我自始至终观看了她一步步走向死亡的过程，像之前说的，我想要比田太太掌控得更多，我做到了，不管她是死是逃，在我俩的竞争里我赢下来了，所以，我应该对这种结果满意，我没有什么理由不开心，我已经厌倦了无休止的观看。事到如今，假如还没有一个终止点，我会疯掉的，我会去自杀，那死的那一个就不是她了，我和她之间总得死掉一个，这是不会变的，她的死相当于救活了我。我不知道这么啰唆的自我安慰有没有效果。当晚我做了梦，不是雪地老人的那个，是关于奥地利公主的那个梦，这是我第二次做这个梦，恐怕以后再也没机会做了，我有这种预感。我梦到载着奥地利公主的那辆马车在我面前停了下来，公主从马车上走下，她拉着我的手，亲吻着我的手背，她宝石般深邃动人的眼睛里盈满了泪水，她什么都还没有说，与此同时，我心里却充满了惊惶、羞惭以及懊悔，好像做错了什么事情一样，好像这并不是我希望看到的结果，仿佛在害怕什么，公主的手就在我的手里，我却在不停地发抖。我感觉自己身体越来越冷，原因就是这股寒冷，与生俱来的寒冷，把我的整个世界都罩住了。是啊，我以为从北方来到南方，就可以驱除这股寒意，然而还是没有用，这股寒意从我六岁那年，或许更早就已经种到了骨子里，无能为力啦。半夜我醒来后，光着膀子站在阳台上一遍遍地想。我后悔把家里的所有烟都丢掉了。

第二天，我决定潜入田太太家里一看，不管她离开还是死了，不去看一看总是不安心。说到底，有关她的那些只是我的臆想，她或许从未离开，她还在家里好好的。我走到她家门口，先是尝试敲了几次门，可是没有任何回应，除非她在地下室里，否则不可能听不见。我掏出手机给她打电话，还是打不通，从昨天起我就一直给她打，一样的结果。于是我用开锁器打开了田太太家的大门，轻轻地走进去。里面透着一股潮湿的气味。我走到一楼的客厅中间环目四顾，那些家具器物还在原地，看上去都没有什么变化，只是上面蒙上了一层薄薄的灰尘。四周安静，窗外偶尔传来摩托车滑过路面的响声。我把一楼的所有房间，包括厕所和厨房都检查了一遍，东西都好好的，就是没有人。接着我沿着楼梯上去，来到二楼，二楼是田太太的卧室和书房。我从来没有上来过二楼，二楼完全超乎了我的想象，我以为这里应该会是多么的富丽堂皇，田太太应该把那些值钱的东西都放置在这里才对，可是我错了，二楼这里竟然跟我的住所一样寒酸，甚至可以说，比我家里还要不堪。客厅内除了一张茶几和沙发就没别的了。茶几上有一盆水仙，盆子里已经没有了水，旁边是两本杂志，一本娱乐的、一本时装的，都摊开着。我坐在沙发上发了一会儿神，让自己的情绪镇定下来。从一进门开始心脏就跳得厉害，呼吸也变得困难，很难说清楚我在紧张什么，我又不是第一次私自闯入别人的家里，这事我已经干过无数回了，但现在的情况看上去我就像个菜鸟。我刚进来时，以为房子里没什么变化，实际上是有的，随着时间的推移，我在这里待得越久，就越能感觉到其中的异常。整栋房子里，人的痕迹被抹去了，而且是被故意抹去的。绝大部分的痕迹都消逝无存。这里就像笼罩在一种老胶片时代的颗粒风暴之下。我检查了田太太的卧室和书房，里面稀松平常，值得一提的是卧室里的一个木制的魔方，当我看到这个的时候确实吃了一惊，因为它让我想到了我自己的手工模型，我做过的木制手工里面，也有这么一个类似魔方的东西。田太太的书架上只有几本书，一本《镜花缘》，还有列维坦的画册之类的，但我已经没有心思翻看下去了，我从二楼下去，再次来到一楼，我总觉得我所期待的东西应该在地下室里，虽然这很荒谬，很富有戏剧性，可我觉得自己没有错。地下室的入口就在一楼楼梯的底下。我拉开门，沿着入口处的木梯爬下去。里面黑乎乎一片，空气更加潮湿。我打开手机里的手电筒，借助这点光线找到了室内的电灯开关。地下室里的情况跟预想的一样。除了瓶瓶罐罐的杂物之外，里面还安置了一张床，床前还有桌子，桌上整齐地摆放着书籍和纸张。我走到床前坐下，一股女性气息传来，没错，是她的气息，仿佛她刚从午睡中醒来的气息，她就像没有离开过这里，我得想象自己是田太太本人，否则没法解释她为什么会抛弃舒适的环境，搬到这阴潮的地下室里来住。桌上的书籍，准确来说是一本厚厚的笔记本，里面密密麻麻写满了字，看上去像是男人的字迹。我逐页翻看过去，渐渐意识到这是一本日记，尽管作者好像并没有标注日期的习惯，可是我能感觉得到时间的推移，而这种推移所进行的时间并不长，也许只有半年，或者更短。应该说，作者的文笔还不错，可以看出来是一个有涵养的人，只是情绪比较低沉，充满了忏悔和无奈。后来，我读到其中的一页，上面记载的文字竟然跟田太太在电话里朗诵的一模一样，这时我忍不住惊呼出声。我没有想到原来是这样，我才明白了，田太太给我念的那些根本不是什么人的回忆录，而是她那位贪官丈夫的日记。我早就该想到了，她为什么在电话里哭。这就是她一切悲伤的根源。她一定是每天都翻看着丈夫的日记。这已经成了她生活里必不可少的任务。联系起田太太对我说过的那些话，我心里越发地为她感到悲悯。我翻到日记的最后，发现页间还夹了一封信，我把信纸从信封里抽出来打开，上面是田太太的笔迹，开头没有称呼。我屏住呼吸读下去：

见信好！我不知道这封信你最终能不能看到，我是很想让你读到这封信的，但是我不能亲自把它交到你的手里，假如还有其他途径的话，我相信你总是有办法的，你是多么有能力的一个人，在这场游戏里，我知道，你把我们之间的交往当作是一场游戏，你在这种竞赛里不管怎样也不会输的，因为你跟我不同，像我这种人，一开始就注定了输家的结局，而你还没有到这种程度，你还有挽回的余地，我相信你会有好的未来。在这段时间里，倘若没有我们的这段联系——说是竞争也好，说是协作也好，我恐怕连一天也待不下去。罪行已经毁灭了我，我肯定是有罪的，这点已经不需要再解释了，也没有办法能够拯救我自己，我尝试过很多方法，包括在你身上的尝试，在这里我要说声抱歉，我利用了你来试图拯救自己，当然我们的关系从一开始就不可能是真诚纯洁的，但是在写这封信的时候，我确实感到了相当的愧疚，如果我们起初能够坦诚相处，那结果或许会有很大的不同。人总是不断地犯错。到头来只有无穷的追悔。当初是你自己先找上门来的，就像是给我发邀请帖，你说：'嘿，一个人待着干吗，不如过来一块玩个游戏。'起初我还不觉得什么，但渐渐地被你引起了兴趣，准确说，是一股求生欲望，我的求生欲望被你鼓动了起来。到后来，当我的内衣被盗窃，发生了这样的事情以后，我才下定决心陪你玩这个游戏，当然了，这是属于你的游戏，你始终会赢，但是在这个过程里，你不可能永远占据着主导，有时候是我在主导着，说实话，这时候的我是最快乐的，我重新燃起了强烈的生活的希望，我要好好活下去，都是多亏了你，这么长一段时间里，孤独才减少了拜访的次数。直到那次晚上你来我家，当时你表现得像一个无助的孩子，因为你害怕，我也害怕了起来，我害怕于自己投入游戏后所能做到的程度，我自己真是个怪物，我没有想到竟然也会伤害到你。就在那时起，我就明白这种借助游戏来逃避现实的生活快到尽头了。在灯塔塔顶你抱住我，我把你推开，这不是我的本意，是一种下意识的举动，这说明就连我的下意识也是清醒的，我清醒地认识到，什么是真的，什么是假的，什么是游戏什么不是。当我了解这点后游戏就结束了。那晚跟你倾诉了那么多后，回去我思考了一夜，接着又连续思考了几天，我更加深刻地认识了那些事情，最终我知道了最好的解决方法是什么，不管是对于我，还是对于这些事，我决定要去履行这个最终的方法，所以在你读到这封信的时候，我大概已经完成了这个最后的工作。不要为我伤感。最后衷心地希望你一切都好，我们以后再也不会见面了。

信末是田太太的署名以及日期。读完这封信后，我激动得难以自已。虽然她没有写上收信人，但我知道百分百是写给我的，不然还有谁呢？我明白其中的原因，她不写我的名字或者称呼，是为了降低我卷入刑侦事件的风险，若是她死了，肯定会有警察找上门来的。就在这时，我突然听见了地下室的入口处传来的脚步声，有人正在沿着梯子下来，我朝那个方向望去，看见一双男人的靴子正在逐级下降。真的是警察来了？不，等到这人爬下梯子，走近我身旁的时候，我才看清楚他的相貌，我记得他，上次在车站碰到的那个条纹衫男人。他是红披肩女人的丈夫，田太太提过的，跟她是什么亲戚关系来着。条纹衫男人一见到我，就猛地冲过来，一下子揪住我的衣领，我都还没来得及反应，脸上就中了一拳，这一拳把我的嘴唇打破了，接着斜肋处又中了一拳，他继续揪着我，把我塞到墙角去，又朝我的腰部猛踢了一脚。他边打边骂，王八蛋，我操你奶奶的。我姨妈都是你给害的，叫你偷东西，看我这次不弄死你！我呻吟着，剧烈的疼痛让我说不出话来。过了一会儿，他停住了手脚，大概是怕把我打死了，或者是打得累了，他在床前坐下来，双眼死死地盯着我，像盯着腐烂发臭的食物。真有你的，他开始说话，死老鼠吓不着你是吧？我警告过你的，你全没当回事。你以为自己做事一干二净，我们一点都没有察觉出来吗？我告诉你，我们什么都知道。姨妈一早就清楚，她的内衣是你偷的，是你在暗中捣鬼，她本来只想在镇上安安静静地过下去，是你毁了她，亏她还处处保全你，她以为你会悔改，可惜她不知道最终害死的是自己。要不是她阻拦，我早就应该把你教训一顿的，要是我像今天这样，揍你一顿，说不定事情就不会搞成这样。你别以为这样就算完了，我跟你说，我把你打死了也不解恨，但是你死了就说不了话了，我要你说话，你知道我的意思吗，在警察面前，我要你把一切都老老实实说出来。这辈子恐怕你都停止不了说话了。你自找的。说完他站起身来，冲着我往地上吐了一口唾沫，悻悻地走了。我知道他是去报警。等条纹衫男人走后，我憋足力气，试图翻一下身子，可惜我连一个脚指头也动不了，我只能一动不动地躺在原地，全身的骨骼都在痛，但至少我的意识还是清醒的，谢天谢地，为这点我已经感激万分了，没有比清醒的意识更珍贵的东西了，这辈子我都是模糊地活着，除了这一刻，我才想起来那些被遗忘的片段，我想起来有一天，晒被子时所翻找出来的一件女式内衣，只有这么一件，肯定不是我的，也不是前妻的，我都认得出她的内衣，当时我不知道是谁的内衣，现在我知道了。我什么都知道了。害死田太太的凶手，还有害死我自己的凶手，害死这一切的善良和无辜的凶手。当我明白这些后，我肯定要去报警的，就算条纹衫男人不去我也要去。地下室的入口处又响起了脚步声，是什么人要下来了，没错，是他要来了，他终于来了。我闭上眼睛，让整个世界暗下来，仔细聆听着那一声声鞋后跟敲击地板的声响。咚。咚。咚。我明白这种声音的预兆，它并不是来收拾我的，而是要给予我，一个人所能获得的最大限度的自由。

想　飞

西南大学／鲁　静

一

“这么快就完了？！”

陈一鸣精疲力竭地从老婆身上滑下来，翻了个身，躺在床上，深深地吁了一口气。他听见老婆的语气里分明带着一丝怒气，只好解释道：“今天上班太累了……”

“就你那个破工作还累，说得好像比美国总统还忙一样！”老婆侧过身去，背对着他。

老婆终究是一个典型的中年妇女的体态了，只要在床上稍微动弹一下，沉重的身体都会压得这张有着十几年历史的席梦思床发出沉闷的声响。陈一鸣有时觉得这些年老婆身材走样的过程就和这张床垫变形的过程一样，扭曲的，毫无美感的。只不过一个是膨胀，一个是塌陷罢了。陈一鸣以前审稿的时候读到过这样一句话，作者用来形容一个肥胖的中年妇女：“她圆滚滚的身体活像一只漏了油的芝麻汤圆。”这句话让他印象深刻。

窗外的街灯洒下懒洋洋的橘黄色灯光，透过窗帘，映到屋子里来。陈一鸣睡意全无。他想要伸出手去摸一摸老婆，摸摸她宽厚的肩，圆润的腰，或者干瘪的胸，这样她心里的气或许会消一点。他的手在床单上移动着，一厘米，两厘米，三厘米……就在快要接触到老婆身体的时候，他的手指仿佛遭受点击一般，嗖的一声迅速撤回。他觉得有一丝稀薄的空气横亘在他和老婆中间。

结婚将近二十年，陈一鸣觉得自己和老婆早已合为一体，成了一个人。哪怕没有触摸到她，他似乎都能清晰地感受到老婆身上的纹路，像是干瘪的橘子皮。他不想碰她，因为她衰老而肥胖的身体让他觉得恶心。她的皮肤早已没有弹性，松松垮垮的，像挂在菜市场里的一堆理不直的猪大肠。每当晚上她用笨重的身体紧紧地贴着他，像一条贪婪的蚂蟥一样攫取着他的气息的时候，他几乎有种反胃的感觉。不，不只是晚上，白天亦是如此。每天早上，她都要对着镜子慢悠悠地穿衣服，仿佛对自己美妙的体态极为欣赏和留恋。她从网上买了几套价格不菲的塑身衣，每天早上都要指使他做同样的一件事："陈一鸣你过来帮我扣一下扣子。"对于这件小事，他早已熟能生巧。他看着老婆深吸一口气，努力地把肚子收进去，这时他就紧紧拉着塑身衣，把她肚子上的两排铁扣整整齐齐地扣上。老婆立马如释重负，吐出一口气，肚子像一只正在充气的气球一样，一瞬间鼓了出来，模样真是滑稽。老婆还有几件加厚聚拢的内衣，穿上以后，原本垂到肚子上的胸，一下子就提到了嗓子眼。每当老婆挺胸收腹地在他面前晃荡的时候，他总是不由得想起以前陪儿子看过的一部国产动画片《蓝猫淘气三千问》，老婆像极了里面的鸡大婶。

陈一鸣躺在床上，听见学校广播里的喇叭声。"原来才十一点，"他想，"为什么今天似乎如此漫长。"陈一鸣的老婆是一所高中的化学老师，他们住的是学校集资修建的教职工公寓，价格便宜，但只有居住权，没有房产权。陈一鸣早就想在外面重新买一套房子，但苦于夫妻二人收入微薄，只得作罢。学校的这套房子，小是小了点，但还算温馨，邻里住的都是老师，气氛也和谐。陈一鸣最不满的是环境太吵闹了，这群高中生每天早上六点半就要起床做早操，高三的学生还要晨跑，一边跑一边高呼诸如"分秒必争，我必成功""不拼不搏一生白活，不苦不累高三无味""只要学不死，就往死里学"的口号；晚上十点半下了晚自习，他们又要在操场上打闹一番才回宿舍，直到十一点，提醒他们睡觉的喇叭声响起，这群熊孩子才会渐渐安静下来。陈一鸣年轻的时候并不觉得有什么，然而这几年，似乎是过了四十岁之后，他觉得自己有点神经衰弱，晚上总睡不好，稍有一点动静便会被惊醒。

陈一鸣有时会向老婆抱怨："你们平时是怎么教育这些学生的，一天到晚闹个不停。"

老婆白了他一眼，冷冷地说："自己没钱买别的地方的房子就算了，还怪一群小孩子。"

此刻，不知为何，陈一鸣又失眠了。他轻轻地翻了个身，背对着老婆。老婆似乎已经熟睡，他听见了她平稳的呼吸声。他看着被街灯映成橘黄色的米白色窗帘，说不出来这是冷色调还是暖色调。一场秋雨一场寒，进入九月份以来，这座城市就开始了持续不断的阴雨天，陈一鸣每天早上出门上班前都要提醒自己记得带伞。如今到了夜晚，他更感觉到了一丝凉意，不由得裹紧了被子。

“为什么今天似乎如此漫长？”他又问自己。

今天早上，陈一鸣的老婆六点半就起床去守早自习了。七点半下早自习，她没有回家，在学校食堂随便吃了点早餐，八点钟就去上课了。陈一鸣的老婆如今是高三毕业班的班主任，工作自是繁忙，加上她又想教出点成绩，这样等学生们高考成绩出来后，她能多拿点奖金。学校规定，每考上一个重本，奖励班主任三千元；每考上一个本科，奖励班主任两百元。虽然这所学校的生源和教学质量在全市都处于拖后腿的水平，但陈一鸣的老婆却为了这一点奖金付出了大把大把的时间。陈一鸣有时还嘲笑她：“你那个班，无论怎么费心，到头来还不是没几个学生能考上本科。”

陈一鸣昨晚忘记老婆第二天要早起，所以忘了设个闹钟。等到八点半，他拿起放在床头的手机一看，吓个半死，从床上一跃而起，胡乱地穿好衣服，连头发都来不及梳，脸也忘了洗，就急匆匆地出了门。他在学校门口卖早餐的小摊上买了一杯豆浆和两个肉包子，一边疾走一边狼吞虎咽。好不容易挤上了公交车，没有座位，旁边不知道是谁的身上散发出一股浓烈的狐臭，熏得他快要窒息。半个小时过后，他急急忙忙地跳下车，朝作协大院奔去。这时天却下起了雨，他出门的时候见没下雨，就没带伞，如今却被淋成了落汤鸡。

到了单位，他一进办公室，就对几个同事说：“抱歉，今天路上堵车，我来晚了。”同事都百无聊赖地盯着电脑屏幕，一个女同事在淘宝上看最新款的秋装，另一个女同事在看最新上映的韩剧，还有一个男同事在斗地主。几个人只是漫不经心地抬头瞥了他一眼，什么也没说。陈一鸣觉得自讨没趣，径直走到办公桌前坐下，抽了两张纸巾，擦了擦湿漉漉的头发和外套。

正在逛淘宝的女同事扫视了一眼他那副狼狈不堪的模样，脸上露出鄙夷的神色，说：“已经签过到了。”

“哦，”陈一鸣尴尬地回应道，“今天要被扣工资了。”

陈一鸣泡了一杯茶，茉莉花茶清新的香气氤氲在空气中。他发了一会儿呆，半晌才回过神来，问自己：“今天要做什么？”他想起桌子上还有厚厚一沓未看完的稿子，各种熟人寄过来的稿子，不看不行。如果换成是其他草根作者来稿，他一定连看都不会看一眼。有时连他自己都想不明白，都这个年代了，为什么还有那么多狂热的文学爱好者？他一打开杂志社的征稿邮箱，每天都有数百封邮件，有些作者甚至在一封邮件里添加了十几个附件，全是不同的作品；杂志社的纸质来稿也不少，邮递员每隔两三天就要送一大堆信件过来。这些稿件，杂志社的编辑们是绝没有时间看的。一大堆的信件，每隔一段时间就要用麻袋装起来，让收废品的大姐给拉走。

其实陈一鸣应该很忙才对，有那么多熟人寄过来的稿子要看。这些稿子大多是他们省作协的作家们的作品，有些是省里的各个市作协成员的作品，还有一些是其他地方一些颇有名气的作家的作品，大家都争先恐后地想要在陈一鸣担任编辑的这本杂志上发表作品。有时他们还会给陈一鸣打电话或者发微信，问“陈老师，我的稿子您看了吗”，或者说一大堆奉承的话，弄得陈一鸣很是尴尬，不知如何是好。他每次都敷衍道：“嗯，排稿也要讲先来后到的，你再等等吧，我会通知你的。”

陈一鸣越想越想不通，自己工作的这家杂志，虽是省政协旗下的刊物，但并不算出名，稿费也低，不知为何却有那么多人趋之若鹜。若是换作八九十年代的时候，他尚且可以理解这种“文学热”。然而现在毕竟是21世纪了，人们谈论的话题都是娱乐、政治、经济，阅读的都是微博和网络小说，文学似乎并不流行了。

“算了，还是不要想了，本来人生很多事情都是想不通的。”陈一鸣这样安慰自己。

他想起了年轻时的自己，也曾是一个狂热的文学青年。高中的时候他就担任语文课代表，每天早上带着全班一起读课文，那时的他是那样喜欢鲁迅、巴金、沈从文……每次考试过后，他的作文必然会被作为范文在全年级流传，大家争相背诵、模仿。他还有专门的摘抄本，里面写满了汪国真的诗。“既然选择了远方，便只顾风雨兼程。”他那时觉得这简直是世界上最好的诗。后来他考上了省内一所小城市的师专，学的是梦寐以求的中文系，更加如饥似渴地阅读和疯狂地写作。起初他只是在校报上发表作品，后来鼓起勇气，给省作协的一家刊物，也就是他如今工作的杂志投稿。他原本以为自己的稿子会石沉大海，没想到三个月后却收到了编辑的回信。编辑叫林云生，是一个五十多岁的老头儿。林云生的字写得十分遒劲，信里指出了陈一鸣小说的毛病，居然还夸了他一番，说他有写作的天赋，只要努力，日后必有作为。陈一鸣激动得一晚没睡，通宵改稿，第二天一大早就把修改后的稿子又寄给了林云生。但陈一鸣毕竟稚嫩，后来连续又给林云生寄了几次稿子，都因稿子不够完美而未能发表。林云生大约是真的想扶持他，亲自帮他改了一篇稿子，大到遣词造句，小到标点符号，全部亲力亲为，最后终于发表。

后来陈一鸣又陆陆续续地发表了一些作品，不过都不是什么重量级的刊物。大学毕业的时候，凭借着自己的写作特长，他成了老家县城中学的语文老师，认识了现在的老婆。

陈一鸣起初在外人面前都称自己的妻子为“爱人”，后来觉得文绉绉的，太矫揉造作，便像其他人一样，叫起“老婆”来。

起初陈一鸣是个非常敬业负责的老师，每天都要花好几个小时来备课，课堂上旁征博引，给学生们讲鲁迅、沈从文、张爱玲、莎士比亚、马尔克斯……县城中学的学生，大多来自农村，没有什么阅读积累，对他所讲的内容有些茫然，但却非常喜欢他，将他视为偶像。

那时的陈一鸣还不叫现在这个名字。他本来叫陈明，陈一鸣这个笔名是在一次改稿的时候林云生给他取的。那年林云生他们杂志要做一期青年作家专号，集中推出一批新人作家。许多人找到林云生想要登上这期专号，林云生都未置可否，只是督促陈一鸣尽快交稿给他。半个月后他收到陈一鸣寄来的稿子，是一篇洋洋洒洒三万余字的中篇小说。林云生连夜读完了陈一鸣的小说，第二天一大早打电话到陈一鸣学校，让他尽快来杂志社改稿。陈一鸣向学校请了一周的假，坐火车到省城，去作协找林云生。那是他第一次去省城，一下火车就看到一片广阔而繁华的都市景象，让他一时有些头晕目眩。林云生到火车站接他，带他去住省作协旁边的招待所。安顿好以后，林云生又带他去路边的小馆子吃了两碗牛肉面。

一周里，陈一鸣有时待在阴冷潮湿的招待所里改稿，有时带着稿子去作协找林云生一起讨论。林云生很忙，很多年轻作者带着稿子亲自来拜访他。有时他无暇顾及陈一鸣，就让他坐在办公室角落里随便看看书和报纸，然后下班后两人再留下来继续讨论稿子，有时竟会忘了吃晚饭。一周后，稿子终于改好，陈一鸣长舒了一口气，坚持要请林云生吃饭。晚上两人在作协附近的一家川菜馆吃饭，陈一鸣点了很多菜，还点了两瓶啤酒。三杯酒下肚，林云生有些微醺，摇头晃脑地说：“陈明啊，我觉得你应该取一个笔名，响亮一点，独特一点。”陈一鸣笑了笑，说：“我这个名字确实普通了点，这不，那个唱《等你爱我》的女歌星也叫这个名字呢。”他给林云生杯子里倒满了酒，敬了他一杯，弓着腰，毕恭毕敬地问：“林老师，您说，我该取什么笔名好呢？”

“陈一鸣。”林云生脱口而出。

“一鸣惊人，”陈一鸣激动地拍了拍桌子，“好名字！”

“不不不，”林云生的目光有些深邃，缓缓地说，“宁鸣而死，不默而生。”

“妙哉，妙哉！”陈一鸣竖起了大拇指，又给林云生连敬了三杯酒。两人谈天说地，直到深夜才散去。

陈一鸣原本以为自己的小说在青年作家专号发表后会有巨大的反响，事实却并非如此。小说发表后，他偶尔会收到一些读者的来信，谈自己对小说的看法。信是寄到陈一鸣学校的，起初同事们看到收信人姓名时都摸不着头脑，后来才知道这个如此文艺的名字竟是办公室里这个平庸卑琐的男人，不约而同地哂笑起来。后来陈一鸣的名气就在学校传开了，学校立即安排他担任文学社指导老师，各种晚会的主持稿和领导的讲话稿都甩给他写。同事们看到他都会戏谑道："呦，作家！"

过了几年，林云生退休了，杂志社空了一个岗位出来。林云生打电话给陈一鸣，让他来试试杂志社的招聘考试。陈一鸣犹豫了一下，最终不想辜负林云生的厚望，在家准备了两个月，没想到一考就中。后来，陈一鸣拖家带口搬到省城，老婆也好不容易在省城的一所高中谋到了教职，一家人开始了新生活。

两年前，林云生被查出肺癌晚期。陈一鸣买了一个果篮和几盒营养品去医院看他。骨瘦如柴的林云生气息奄奄地躺在病床上，皮肤泛黄，像一颗干巴巴的黄花菜。林云生戴着氧气罩，闭着眼，说不出一句话。看到这一幕，陈一鸣鼻子酸酸的，他极力忍住眼眶里打转的泪花，在病房里沉默地坐了一会儿，转身告辞。走出病房的那一刻，他的眼泪流得稀里哗啦。

二

陈一鸣一晚上想了很多事情，辗转反侧，直到深夜才睡去。

第二天早上七点半，老婆下了早自习回来，顺便从学校食堂给他带了两个馒头和一杯豆浆。陈一鸣很困，但还是被老婆催促着起了床，刷牙，洗脸，吃早饭，上厕所。陈一鸣有个习惯，就是每天早饭后必然要蹲至少二十分钟的厕所。和大多数人一样，即便是上厕所，他也绝不会闲着。他的家里有很多书。作协的作家们一旦出了书，总要给他们杂志社的编辑们每人送一本。陈一鸣对他们的书毫无兴趣，顶多只在上厕所的时候随便翻几下。

这是一个再也普通不过的早上，陈一鸣觉得自己像一个设定了程序的机器人，从起床开始，便按部就班地进行着一系列的程序。这样的生活已经持续了十年，并且还将无休止地持续下去。陈一鸣几乎可以准确地预见自己十年甚至二十年后的样子，和此刻不会有任何的差别，只不过是更加苍老而已。

早晨的公交车依旧拥挤而嘈杂，狐臭、汗臭和早餐食品的味道交织在一起。人们都在谈论股票、明星、房地产，众声喧哗，而陈一鸣却始终窝在角落里沉默着。他总是觉得自己苦闷而孤独，找不到倾诉的对象。以前林云生在世的时候，他们算是知己；而如今，无论是在家里还是单位，他都已经习惯了保持沉默。有时候他很想找儿子倾诉一番，但是儿子在一所私立贵族学校念初中，平时住在学校，一个月才能回家一次。今天早上老婆也提到了儿子，说他月考成绩不理想，照这个样子明年肯定考不上市里最好的高中，到时候还得想办法找人托关系，交点儿择校费才能进去。“我知道了，我知道了。”他漫不经心地回应着。他不温不火的态度让妻子发了一顿无名火：“你知道个屁！不是官二代、富二代，就算交钱都不晓得人家学校要不要呢！”

到了单位，陈一鸣依旧是先泡一杯茉莉花茶，坐下来发一会儿呆。然后，他从桌子上一沓厚厚的稿件中抽出一沓昨天未看完的，慢悠悠地继续看。看稿看累了，就和同事闲聊两句，或者打开电脑看看新闻。不知不觉间，一天就这么过去了。一到下午五点，所有人都争先恐后地下班，生怕在办公室里多待一分钟。临近下班的时候，作协领导来办公室告诉他们，年底的时候作协要组织几个人去S师大参加一个作品研讨会，陈一鸣名在其中，需要提前准备一下。

一听到S师大，陈一鸣马上想起了一个女生，叫青霞。

算起来，他与青霞认识也有四五年了。那时候杂志要做一期新锐作家专号，面向25岁以下的年轻作者征稿。征稿启事一登出，立马收到了许多稿件。陈一鸣是在夏末秋初的一个下午，在杂志社的收稿邮箱里，看到青霞的来稿的。他向来对邮箱里的来稿不抱太大希望，这些年轻人发来的作品，大多是些无病呻吟的情诗，或是幼稚而烂俗的青春校园小说。而青霞的小说却像是污泥里的一泓清泉，缓缓地流过他的心房。

青霞的文字和思想都有着少有的老练和成熟。她的小说只有六七千字，写一个孤独的母亲如何与儿子、儿媳相处，忙碌而卑琐的一天。陈一鸣觉得她笔下那个母亲的形象，写的简直就是他自己。他一口气读下来，有种水到渠成的舒畅感。青霞的小说写得并不算多好，但不冗不赘，竟让他觉得字字珠玑。他在文档末尾看到了青霞留下的联系方式，只有一个手机号码。他掏出手机，异常激动地给她发了一条短信，说他是杂志编辑，要她加他的QQ。他看到青霞留下的联络地址，H师范学院中文系。原来是学中文的，他想，这倒是自己意料之中的。

青霞很快回复了他的短信，并且加了他的QQ。

青霞的QQ头像是哆啦A梦，这是陈一鸣儿子小时候最喜欢的卡通人物。青霞发过来的第一句话是毕恭毕敬的问候语：“陈老师您好！”陈一鸣随即回复了一个微笑的表情，又开门见山地给青霞的小说提出很多修改意见，就像当年林云生指导他改稿一样。青霞虚心地听着他的意见，一连说了好多次“谢谢”。

三天后，青霞把改好的稿子发给陈一鸣，陈一鸣告诉她，稿子暂时留用，不过最终发表的机会应该是很大的。青霞依旧只是轻描淡写地发过来两个字：“谢谢。”陈一鸣心想，这还真是个惜字如金的女孩子。不知为何，他对这个与自己相距大半个中国的女生充满了好奇，于是问她是哪里人。青霞说是S省的人，他连忙说，那你跑那么远到H师院读书呀。青霞只回复了一句："考研打算考回家去。"他又穷追不舍，问，考哪个学校？青霞说，S师大。对于师范生来说，S师大是一所赫赫有名的重点大学，是殿堂级的学校，陈一鸣当年高中的时候也对那儿充满了向往。陈一鸣给她发了一个"奋斗"的表情，说，好好努力。

陈一鸣在看稿时如果发现一些自己喜欢的小说或诗歌，会发给青霞看。他很想找一个可以和他坐而论道的人。他是那样怀念当年和林云生在一起谈论文学的日子，他们从先秦散文谈到四大名著，从鲁迅谈到先锋小说，从莎士比亚谈到村上春树。夜无限无限地长下去，他们不眠不休。他觉得自己不需要吃饭，因为文学就是他的精神食粮。然而自从林云生过世后，他再也未能找到这样的知己。哪怕是在办公室，倘若他和同事说这些，他们一定会骂他神经病。陈一鸣隐隐感觉到，青霞会是他的下一个知己，红颜知己。

起初青霞看了他发过去的小说和诗歌，还会和他交流一下，谈谈自己的看法。青霞是个很有灵气的女孩子，即便是很晦涩的诗歌，她也总能精准地捕捉到最本质的东西。后来她似乎兴味索然，只随便发些诸如"好诗""好美"的只言片语，或是"点赞"的表情符号。再后来，他再给她发文章，她便再也未回复了。他觉得很失落，心想，我终究还是孤独的。

后来，他便识趣了，不再三天两头地给青霞发消息。青霞的QQ头像一直是灰暗的颜色，蓝色的哆啦A梦像是被拍了遗照。他很多次都忍不住点开她的头像，想和她说点什么，但终究还是忍住了，大约是因为词穷。他安慰自己，算了，她在备战考研，很忙。

到了稿件的终审环节，他极力向主编推荐青霞的小说，却无功而返。主编说，那篇小说确实不错，但我们名额有限呀。他后来才知道，最终被选入新锐作家专号的几个年轻作者，要么是已经小有名气的作家，要么是作协里那些老作家的子女。

陈一鸣心里有些无奈和苦涩，不知该如何向青霞交代。他再次点开那个灰暗的哆啦A梦头像，说："抱歉，这次新锐作家专号的优秀来稿太多，所以你只好等下一次了，明年我们杂志还会做这个栏目。"他本以为青霞会很失落，没想到却异常云淡风轻："好的。"

他又絮絮叨叨地安慰了她一番，虽然明知道她可能并不需要。他说，你要相信自己的才华，你有写小说的天赋。只要坚持下去，日后必有所作为。说完以后，他觉得这番话如此熟悉，思索半晌后才终于想起，似乎以前林云生也对他说过同样的话。他苦笑一下，不知究竟是林云生看走眼了，还是自己不争气——他已经多年不写作了。

“谢谢。”青霞的回复依旧惜字如金。

陈一鸣这时脑海里竟一闪而过一个不纯洁的念头。那一瞬间他觉得自己的意识有些失控，竟鬼使神差地在键盘上打下这样的两句话：“我对你这么好，你为何对我如此冷淡。我会尽力帮你，这样到时候你带着我们的杂志去参加研究生面试，会加分不少。”

“谢谢，顺其自然吧。”

陈一鸣兴味索然地关闭了对话窗口，把身体靠在椅背上，心想，这狡黠的小姑娘。他猜，“青霞”这个名字，一定是因为她父母喜欢林青霞。他年轻的时候也喜欢林青霞，不过相比之下，还是喜欢王祖贤更多一点。他看过王祖贤演的潘金莲，美得不可方物，连他都忍不住想要成为西门庆了。他忽然很想知道她的长相。他想，她不应该像林青霞，而应该像年轻时的王菲，不用很美，但是清冷孤傲，像是遗世独立于冬天的水仙花。

她就这样凭空消失了。

直到一年多以后，她突然在QQ上发来消息：“陈老师，我考上S师大的研究生了。”看到蓝色的哆啦A梦在闪动，他觉得恍如隔世，却又异常欣喜，旋即回复道：“恭喜恭喜！”他又向她约稿，并恭维道：“名校硕士的大作，我可是非常期待的哟。”她却只是说：“顺其自然吧，看我能不能写出来。”

然而她却始终再未写过任何稿子给他。

他后来问过她几次，她只是说，忙于学业和论文，无暇写作。他有些尴尬，觉得自己像一个铁石心肠的讨债人，对一个弱女子穷追猛打。其实她写不写作与他又有什么关系呢？他不知道自己为何如此渴望再次读到她的小说，或许只是出于一个伯乐的热望，或许是纯粹因为喜欢她的小说，又或许……他自己也说不上来。他一时词穷，只好说：“没事，好好读书吧。”

陈一鸣坐在回家的公交车上，回忆着关于青霞的种种。于他而言，她只是一个未曾谋面的陌生人，甚至连照片也没有见过。他们之间仅有这样一点点浅浅的交集。他掏出手机，打开QQ，给青霞发了一条消息：我年底要来你们学校参加一个作品研讨会。

“哦。”她只回复了一个字。

他说，到时候我们见一面吧。

她说，恐怕没有时间。我研三了，正忙着找工作呢。

好吧。

陈一鸣抬头看着车窗外，天色昏暗，阴雨绵绵。街灯已经亮起，马路两旁的餐馆和娱乐场所人满为患，他看见一群人正一边谈笑风生，一边吃着热气腾腾的羊肉汤。但热闹是别人的，他什么也没有。他不知道老婆今晚是否要守晚自习。如果要，那么她会在学校食堂吃饭，他自己回家随便热点冷饭或者煮点面条填饱肚子；如果不，老婆会随便炒一个菜开饭。

反正也无话可说，一个人吃饭和两个人吃饭又有什么区别。他想。

三

十一月的时候，陈一鸣和同事一起，坐了二十多个小时的火车，到S师大开会。

这些年，陈一鸣出去开会和学习的次数也不少，但大都是在省内。早已看惯了北国风光的他，这次好不容易有了一个欣赏南方景色的机会，一路上都喜不自胜。

下了火车，他切身感受到了南方的湿冷，忍不住瑟瑟发抖，一连打了好几个喷嚏。他和同事到了S师大，文学院的几个研究生接待了他们，带他们去报到，又到学校招待所住下。这次的研讨会是要讨论S师大文学院一位姓魏的老教授去年出版的一部长篇小说。这部小说反响热烈，并且在年初得了一个大奖。陈一鸣一问，才知道这几个负责接待的研究生都是魏教授的门生。

他忍不住拉住其中一个男生，问："你认识青霞吗？"

男生皮肤白白的，戴着一副黑框眼镜，斯斯文文的模样，说："认识呀，她是我师姐呢。"

"那你知道她现在在哪里吗？"他连忙追问。

男生摇了摇头，一脸狐疑地望着他，说："不知道，反正她最近很忙。"

好吧，谢谢你。

陈一鸣记得以前问过青霞研究生学的是什么专业，青霞说比较文学。陈一鸣虽也是中文系出身，但竟不知何为比较文学。青霞向他解释："就是comparative literature。"英文术语让陈一鸣更加茫然，只好自嘲才疏学浅。

吃过晚饭，同事们要出去看夜景，陈一鸣借口身体不舒服，一个人窝在招待所的房间里，把空调温度开得很高。他脱去厚厚的外套和毛衣，百无聊赖地坐在床上，拿起床头的电视机遥控器，却并不想看电视。他掏出手机，连上招待所的无线网，点开那个灰暗的哆啦A梦头像，问："在吗？"

消息发出后，迟迟得不到回复。坐了一整天火车的他，觉得十分疲惫，连澡都懒得洗，倚在床头就睡着了。睡得昏昏沉沉之时，他听见手机震动的声音。他把眼睛撑开一条缝，看见手机屏幕在黑暗中发出的光。他把手机从床头拿过来，看到青霞的回复："在。"

他顿时一个激灵，睡意全无，翻身平躺着。

他说："我在你们学校。你在哪儿？"

我在C城。

在那里做什么？

找工作。

什么工作？

一个中学招老师。

面试上了没？

没有。

透过简洁的话语，他可以清楚地感受到她内心的失落。他突然懊悔自己多嘴去问了她的伤心事，连忙说："不好意思，我不该问这么多。"然后又说了一些诸如"不要气馁"之类的鼓励的话。

"我要睡觉了。"她说。

"好的，晚安。"

她蓝色的哆啦A梦头像一下子又变成了灰色。

她睡了，他却一下子睡不着了。

空调温度开得很高，他竟然觉得有些燥热，一把掀开被子，辗转反侧。他后背冒着汗，一连打了好几个喷嚏。虽然觉得热，但却不想调低温度，于是在这燥热的空气中胡思乱想，一夜未眠。

天亮的时候他听见有人敲门。他开了门，是昨天接待他们的那个研究生，青霞的师弟。他匆匆地穿好衣服，胡乱地洗了把脸，跟着他们一起去吃早餐。路上他实在忍不住，拉住青霞的师弟，问："青霞去外地找工作啦？"

"您认识她？"男生问。

"认识，认识。她以前给我们杂志投过稿，我是她的责编。"

男生这才消除了疑虑，告诉他，青霞心气高，之前好几所中学要和她签约，她看不上人家，一心想去C中，那是全省最好的中学之一。为此她准备了很久，几乎都能把高中课本上所有的课文倒背如流。想去C中的人趋之若鹜，青霞从四五百人里一路杀出重围，然而最后还是没被录用。

陈一鸣惊讶不已，问："都已经是名校硕士了，当个中学老师还这么难？"

男生笑道："名校硕士又如何，不过都是小人物罢了。"

是啊，不过都是小人物罢了。陈一鸣回味着男生的这句话，觉得真是一语洞穿人生的本质。他想起当年自己刚在青年作家专号上发表小说时，也曾是那般雄心壮志，以为日后会成为名利双收的大作家。然而二十年过去了，除了脸上的皱纹多了以外，他还是以前的他，一无所有的他。

他终于知道青霞为何这么多年都不写作了。只是他难以想象她居然可以把无聊的高中课文倒背如流！他几乎可以想象，当年的她从H师院这样一所名不见经传的三流学校考到S师大这样的名校，到底下了多少的苦功夫。他想起鲁迅的《伤逝》中说，“人先要活着，爱才有所附丽”，然而他发现，即便是活着，爱也未必有所附丽。

他想起有一次在向青霞约稿的时候说：“你笔下人物的那种在卑琐和绝望生活中展现出来的生命的韧性，让我印象深刻。”

没想到她却说：“如果现在让我重写，我不会再这样写。”

开会的时候陈一鸣一直心不在焉。他的脑袋昏昏沉沉，像是一块石头压在脖子上，后背一直冒着虚汗，不停地打着喷嚏，好不容易才终于熬过了漫长的一上午。

到了下午，主办方又组织他们参观校园。陈一鸣觉得自己像一只提线木偶似的被人牵引着，一会儿到这儿，一会儿去那儿，一路上走马观花。南方的冬天是砭骨的寒冷，雨里仿佛夹杂着冰，他觉得身体早已被寒风穿透，快要风干凝固成一块冰雕。

晚上他没有去参加主办方的聚餐，一个人先回了招待所。他照旧把空调温度开得很高，冲了个热水澡，身体这才慢慢恢复了知觉。他不停地打着喷嚏，昏昏欲睡，关了灯，很快沉入梦乡。

“嗒。”他听见有人开灯，艰难地撑开眼帘，看见床边坐着一个妙龄女郎。大冬天的，她却只穿一条白色亚麻连衣裙，露出洁白如玉的手臂。她披散着一头瀑布般的长发，发间散发着茉莉花的清香。

他问：“你是谁？”

她笑着说：“我是青霞呀。”

听到这个名字，他顿时打了一个激灵，睡意全无，直挺挺地坐了起来。他认真打量着她，很奇怪，他居然看不清她的长相。他闻到她身上茉莉花的清香，那是清晨被露水浸润过的茉莉花才有的气息，沁人心脾。

她忽然关了灯。

黑暗中，他的脑海里油然而生出一个不纯洁的念头。他一把搂过她单薄的身体，把脸贴过去，想要吻她。三毫米，两毫米，一毫米……就在两个人的嘴唇快要贴合的时候，她却突然消失不见了——他明显感觉到自己双臂紧拥着的温热的身体在一瞬间化为了空气。

“青霞！”他大叫一声她的名字。

他睁开眼，房间里一片漆黑，只有窗外的街灯透进来一丝淡淡的光。原来只是个梦，他恍然大悟。他的身体格外滚烫，汗水把衣服都浸湿了。他觉得自己的全身都在燃烧，他多么希望自己能燃烧成一堆灰烬，从此世上再也找不到他的踪影。

长夜漫漫，而他并不希望天亮。他几乎可以预见到自己明天的生活：天一亮，就要收拾东西坐火车回家。回到家，他又变成了一台上了发条的机器，重复着单调的程序：吃饭，睡觉，挤公交，上班，做爱，上厕所……

他想起多年前读过的北岛的诗：

那时我们有梦，
关于文学，关于爱情，
关于穿越世界的旅行。
如今我们深夜饮酒，
杯子碰到一起，
都是梦破碎的声音。

他合上沉重的眼帘，四下里是死一般的寂静。

推轮椅的人

河南大学 / 聂　朦

一

在眼下这个公园，见到一群推轮椅的人实在不是什么好事。这并非因为我对那些面部松弛、牙齿疏落，坐在轮椅上可怜巴巴的老头儿、老太太们毫无怜悯之心，而是这实在有些煞人心情，尤其是在这样一个风景秀丽的公园。这个公园的名字源于我们某个时期的一位领袖的一句话，那位领袖当然是个豪气干云的人物，这句话也恰如其分地体现了这位领袖吞吐日月、无所畏惧的性格。要是这位领袖还在的话，我想他一定会让人在公园外面挂上一个“眼镜与轮椅不得入内”的牌子，因为这实在是和它的名字太格格不入了。

我在这个公园像这样坐着已经有些时日了。一连几天，我都待在这儿，从午后一直到日落。我在附近的一份周报工作，不用说，报纸当然是为政府服务，虽然我们的每期报纸栏头都用小小的黑字印着“×××传媒有限公司”。我们在机关单位的食堂吃十块钱一份的自助午餐，和正式的机关人员唯一的不同是我们要比他们为这份还不错的午餐多支付两块钱。食堂入口放着两个刷卡机，一红一蓝，不用说，我们只够格去刷蓝色的卡。所以，每逢吃饭的时候你最好避开那群家伙，不然你准会被他们那神气的样子弄得气急败坏，吃不下这丰盛的午餐。我猜测，也许是如果跟他们付一样的钱那群家伙该有意见了。

这份工作实在清闲，我每个下午都无新闻可写。这其中倒绝没有什么复杂的政治或者其他原因，只是因为领导们都不喜欢下午出门。我曾问过一个领导的秘书，她说那位身形健硕的先生曾在一次酒后把这个惊人的秘密告诉给了她：因为领导们普遍都有中午睡午觉的习惯，所以如果睡得不尽兴而又得爬起来去出席某个无关紧要的会议实在是令人讨厌的一件事，而且，还得再梳洗头发，换一身应场合的衣服，实在是麻烦。所以，所有的会议和活动都被安排在了上午，如果会议太长或者活动太大一个上午装不下的话，则会被顺延到第二天上午，以此类推。这样当然存在弊处，有时候等到第二天上午再续会的时候，前一天的会议内容大家早已忘了，或者主持人会把出席会议的领导名字记错，这都是常有的事，不过大家的心思都不在会议上，糊弄一下，也就没人追究了。不管怎样，大家都相得益彰，各得其乐。

如前所述，由于领导们在下午并没有什么新闻可生产，这也就导致了我们每个下午的无所事事。我办公室里那几个经验老到的同事每个下午的工作便是四处打听第二天上午会有什么会议召开，当然在其中最重要的内容是会有哪些领导出席，然后提前把新闻写好。他们给这项工作取了一个言简意赅的名字——预闻。这样做的好处是第二天上午他们可以睡个懒觉。基于这种情况，我很是怀疑在将来的社会，人将按照阶级划分规定在不同的时间段睡觉。比如说，知识分子——我管他们叫“眼镜”——在早上睡觉，领导们——我管他们叫“肚子”——在下午睡觉，最高级的领导——权且称作“报纸头版”吧——则是在晚上十一点以后睡觉。

二

作为一个曾经短暂负责过报纸头版的人，我也曾写过预闻。不幸的是，这曾导致了一次新闻事故。当然，这种说法是不准确的，在本国历史上，早就没有了新闻事故，所有的新闻事故都是政治事故。那次新闻事故是这样的：在第二天的校版中，由于编辑的疏忽，我前一天写好的预闻中的日期没有改正过来（你知道，记者的书写习惯总是容易把日期写成当天），这个仅仅差了一天的日期恰好触及到了本国历史上的一次敏感事件，后果自然也不用多说。尽管我辩称这则预闻的内容与那个敏感事件毫无关联，但领导们坚称，这一错误的日期会勾起某些反动眼镜们的记忆，使本国多年以来的信息屏蔽和历史编写工作功亏一篑。这次新闻事故给我们主编带来了一个不小的麻烦，她被剥夺了在机关食堂使用红卡吃饭的特权，而变成和我们一样使用蓝卡。对于这个处罚，表面上看，只是每天两块钱的损失，但其实在深层次上它意味着阶级的变动，放在未来的社会里，我们的主编——那位慈眉善目的老阿姨要从下午睡觉变成早上睡觉，这对她来说可不是件好事。

幸运的是，我们的这位老阿姨没有过分责怪我，不过她也说，未来先生，这位老阿姨宣称我跟他们不一样，他们是记录历史的人，而我是记录未来的人。从今以后，你就不要再写预闻了，下午你就自己出去逛逛吧。对此我当然不能再有什么异议，于是我在周边闲逛了几天，最后发现了眼下的这个公园。

客观上讲，这个公园风光还不赖。在它的南面，是一座仿法式的园林，北面则是北欧风格的布景，有湖泊、喷泉、大片的草地以及高大的乔木。在这样一个公园里，躺在长椅上，吹上一下午的风，还是极惬意的一件事。不过，没过两天，我就发现了一个问题。那便是，在这个公园里，每天都会有许多推着轮椅的人进来。

这些推着轮椅的人各式各样。轮椅里坐着的当然都是头发花白的老头儿、老太太们，一个个眼窝深陷、面部松弛。但推轮椅的人却大有不同，有的像是保姆模样，有的像是女儿，当然也有的是老伴。如果你有兴趣，观察这些推轮椅的人和那坐在轮椅中的人的形态和神情，揣测他们的关系，倒也是一件挺有乐趣的事情。

但我对此并不感兴趣。老实说，虽然我对我那些坐在办公室里撰写预闻的同事们充满鄙夷，但我更羡慕他们能够在第二天早上睡上一个酣畅淋漓的懒觉。所以，对于我来说，尽管此地风光秀丽，我也无事可做，但我依然感到一丝烦闷，而且我也不能睡觉，在未来的社会里，像我这种人，在下午睡觉就是一种严重的僭越。这跟我们的主编，那位慈眉善目的老阿姨在机关食堂刷红色的卡的性质是一样的，在那次新闻事故后，我们这位可怜的老阿姨依然没从刷红卡中扭正过来，结果被那群年纪轻轻的刷红卡的家伙狠狠地瞪了一眼。

相比之下，听着身边的人议论着那群推轮椅的人似乎更有乐趣一点。比如说，在我常坐的一个长椅，位于一个健身步道的岔路口，后面是一棵高大的国槐，就听到过：一个抽着烟斗的老头儿，指着不远处的一个轮椅大放厥词。那个轮椅，据我视力不好的眼睛看来，里面坐的是一位满头白发的老头儿，戴着黑框眼镜，在后面推着轮椅的则是一位中年妇女，状颇雍容，不像是一般的保姆。

他们把轮椅停在了不远处的一块草地上。

“哼，那个女人看面相就不是个好人。”那位含着烟斗的老头儿说，“肯定是冲着陈教授的钱来的。陈教授，哼，陈教授估计也不是什么正经人。”

说到“正经人”的时候，他的嘴角露出了一丝鄙夷的、幸灾乐祸的微笑。这时，一个提着布袋子的男人走过来，冲着他说：“呦，您又抽烟哪。”这位烟斗老头儿却并没有理会他，那男人便循着他的眼光看过去，正落在那个轮椅上，“呦，那不是陈教授吗，听说上礼拜上医院做手术去了，好像还挺严重的，几十年的肾衰竭。不过，这看着还好啊。”

那位烟斗老头儿自然还是没有理会他。那个男人便摇了摇头，走了。烟斗老头儿重重地吐出一溜白烟，把他的整个脸都给盖住了。

三

在这群轮椅中间，有一个格外引起了我的注意。那个轮椅里坐着的，不用说，也是一位垂垂老矣的老头儿，一头白发，浑身上下瘦得像根火柴。但那位推着他走的人，却令人备感惊异，一位和他年纪相仿的、跛脚的男人。他们每日下午都会出现在这个公园里，但你似乎只有在靠近湖边的柳堤下才能见到他们，那个跛脚的男人推着轮椅里那位幸福的老先生，慢慢地沿着湖边走上一圈，然后停在一棵柳树下休息。

我当然也是后来才发现这个轮椅的。不过，让我感到诡异的不但是一位跛脚的老男人推着另外一个老男人这样不人道的事，更是因为在这两个人的脸上总是洋溢着一种神秘、玄远的笑，这在两个人对视着的时候体现得尤为明显。这种神秘、玄远的笑又更加深了我对这两个人关系的好奇和不解。

我在那里一连观察了他们三天，依旧让我百思不得其解。这甚至让我在晚上有点轻微的失眠，在上午工作的时候也有点焦躁和心神不宁。于是我决定，第四天下午，我一定要去问个究竟！

第四天下午，我又去了那个公园。同样是在那个位置，这个轮椅安静地停靠在一棵柳树下。我在原地踱了几圈后，脑子里想好了要怎么上前跟他们搭讪，比如我可以走过去假装很人道地对那个跛脚的男人说“哎呀，您自己的腿脚都不方便怎么还照顾您的兄弟”，这样说的前提是我预设他们是兄弟关系，如果不是，他自然也会纠正过来。或者，我也可以绕到那个坐在轮椅里的男人旁边，议论说“现在的保姆市场可真不景气啊，连这种腿脚不便的都能找到工作”，当然了，这样的说法有些冒犯，所以我还得拿捏好语气和眼神。

但是不管怎样，我都已经决定了要走上前去把这块心病给结了。我理了理我的白色衬衫的领子和袖口，咳嗽了一声，朝那个轮椅走过去。不料，就在这时，不远处，大概是那个轮椅的方向，有一个小女孩大叫了一声：“妈妈妈妈你看，那个跛脚的老爷爷怎么还推轮椅呢？”

这个小女孩的声音实在是够尖厉的，周围的人，至少是方圆那么几十米的人都听到了。大家好像是被引领着发现了某处新奇的地方，几十双眼睛都齐刷刷地朝那个轮椅停靠的地方——那棵柳树——看了过去。很显然，这个小女孩的话提醒了这个公园里的这些常客们，让他们意识到自己在此之前竟然没有注意到这样一对神秘老头儿的存在是多么不值得被原谅的一件事。我听见人群里开始议论纷纷了。

有一个胡子拉碴、满脸油光的男人说，他的声音简直有点义愤填膺了：“对啊，这个跛脚的老大爷怎么还推轮椅呢，他应该坐在轮椅里才对吧，这儿女也太不像话了。”不用说，这个满腹正义感的男人和我之前的诸多猜测里的一个是一样的，他也是把这位跛脚的老头儿当成是保姆了。

还有一个中年女人，盘着一个高高的发髻，大发感慨地说：“好幸福的一对。”她大概是意识到自己用词不当了，停顿了一下，朝四周狐望了两眼，“两位老人家啊，真令人感动。”她倒没有揣测这两位老头儿的关系，所以我想她应该是位“眼镜”，并且是那种有着旧派作风的“眼镜”，这也可以反过来说明我是一个新式的“眼镜”，对旁人的私闻秘事饶有兴趣。

诸如此类的议论当然还有很多，众口不一，大都是一副慷慨激昂的样子，仿佛这两个轮椅里外的老头儿反映了我们当今社会的某种典型现象，或者代表了我们当今社会的某种可贵精神。不过，我倒并没有看见有谁走上前去一探究竟，当然这其中也包括我。老实说，那个小女孩猝不及防的一声喊真的打乱了我所有的计划使我变得手足无措呢！

四

我并没有意识到那位小女孩的一声喊叫能带来如此大的反响。一直到第二天上午，我们主编，那位早上可以睡懒觉的老阿姨行色匆匆地推开办公室的门问我关于此事的来龙去脉。

“未来先生，我听说昨天下午在 ×× 公园发生了一件离奇的事，有一对神秘的……”她这样问我。

“是的。”我说，“有两个老头儿，一个坐在轮椅里，一个推着，那个推轮椅的还是个跛子。”

“噢，还有这种事？”这位老阿姨挑了挑眉毛问。

“怎么了，主编？”我问。

“我刚刚在来的路上听见有好多人说这事，你下午的时候再去看看，以我的经验来看，我猜那些晚报、日报的记者都会来。”她说。

我们这位老阿姨说话的时候喜欢加上一句“以我的经验”，以此来显示她在这个行业里摸爬滚打多年的不幸经历。不过在我看来，她是有些耸人听闻了，这样的一对老头儿好像还不值得我们那些趾高气扬的媒体同人们为此大费周折，用如此高的规格来招待他们。不过，我又想起了我高中时候的一位历史老师说的话，那位短小精悍的先生宣称，历史结论可以造假，但历史现象是造不了假的，从对历史现象的洞悉中可以窥见当时的历史状况。这位先生还举了一个冒险的例子，比如说，在本国当代史上，曾有一段时间是道德模范的黄金时代，各大媒体纷纷报道着他们的道德事迹，各种奖金丰厚的奖项也不断涌现，最感人的道德模范甚至还可以受到我们"报纸头版"的接见。这恰恰可以反映那段时期我们社会道德的沦丧，我的那位先生说。

我想起来我们这位先生的话，便决定对此事持一种谨慎的态度：如若真像我们那位主编阿姨所说，下午会有很多日报、晚报的记者前来，那多少说明我们这个社会某种亲情观的退化，当然，这样推论的前提是预设那两位老头儿真是兄弟关系。

下午，我提前了两个小时去那个公园，甚至还为此戴上了我许久未戴的眼镜，为的是一会儿看清两位老头儿的脸，事后好进行细致的外貌描写，尤其是对脸上那神秘、玄远的笑。当时，太阳毒辣，空气里一丝风也没有。我心里暗自庆幸，这样的天气真是帮了我一个大忙，这样我便可以在一大拨即将赶来围观的群众和记者中间抢占先机。本国国民虽然有严重的围观癖，但应该还不至于顶着一个大太阳出来围观，我这样想。我忽然觉得此事愈发有趣了，这就仿佛是在看某个超级乐团的演唱会，并且据说这个乐团准备在演唱会上宣布一件重磅新闻，而我又颇有幸抢到了一个好位置。

然而，等我到了那个公园，轻车熟路地在一群推轮椅的人中间找到了那两位一夜蹿红的老头儿，却发现周围早就已经围满了人。我看见这群人中有打着伞的老阿姨们，有嘴里叼着冰棍的小孩子，有抽着烟的中年男人，当然还有我的敌人——一群扛着相机、拿着话筒的记者，话筒上都写着诸如"××娱乐""××播报"之类的。

这群人很快自发地在外头围成了一个圈，简直有点水泄不通的意思。那两位老头儿就在圈中心，离人群大概有二三十米的样子，他们就在那棵熟悉的柳树下停靠着。我又看见了他们脸上那种神秘、玄远、让我不寒而栗的笑。这个人圈起初还人声鼎沸的，大家七嘴八舌地议论着。不多一会儿，我看见有几个又干又瘦的男人悄无声息地朝圈里迈了一步。这一步很隐蔽，步幅很小，但还是被旁边的两个女人发现了。那两个女人朝旁边的人耳语了一番，同时效仿着那几个又干又瘦的男人也迈了一步。很快，这一秘密在人群中传开了，大家便整体向圈里迈了一步。这个圈便开始不断地向里面蠕动、蚕食着。

我就这样站在圈外的不远处看着，随着人圈的不断缩小，我的视线也逐渐被人给挡住，几乎只能透过一点缝隙看见那两位老头儿的冰山一角了。从圈外看，这场面可真是滑稽，一群人屏气凝神，把脚抬得高高的，又如履薄冰地放下，像是在过地雷阵一样，那两位老头儿却依旧在那棵柳树下释放出那依旧神秘、玄远的笑，一副置身事外、岿然不动的样子。这样过了一会儿，人群中不知是谁叫了一声“那两位老头儿是不是聋子”。他这一叫，像是结冰的湖面上起了一道缝，迅速地引起剧烈的裂变。所有人都停下了正在进行的动作，有的人脚刚抬到半空中就这样僵住了，有的人张开了嘴巴也闭不上了，大家面面相觑着，然后便开始议论纷纷了。

“会不会还是瞎子？”人群中不知是谁又补充了一句。这下子人群开始沸腾了，声音一下子壮大了许多，站在我的角度，可以很清晰地看到他们脸上那种惊愕而难过的表情，圆圈的队形也开始乱了，有的人向后退了两步，有的人退了好几步。

“那我们不要打扰他们吧！”有一个又高又胖的女人擎着手臂高喊着，她的样子让我想起了德拉克洛瓦的名画《自由引导人民》里的自由女神的形象。这个胖女人说完便跑开了，颇有些愤而离席的意思。剩下的人又七嘴八舌地嘀咕了一番，然后迅速地安静下来了。我看见他们的双脚纷纷向后挪了一步，像不离地的虫蠕似的那种挪，便知道他们开始撤退了。这时，那个推轮椅的跛脚老头儿忽然转过头来，朝人群看了一眼。接下来，我便看见了极其不可思议的一幕，只见这群人像躲避飞来的子弹一般躲避着跛脚老人的目光：有的站在草地上的，便就地趴下，匍匐着；有的离大树不远的，就飞一般地躲到树下去；有的没有什么好遮挡的，只好顺势做一个踢腿或者下腰的动作，以示自己正在锻炼。

我看见我的敌人，那几个扛着摄像机、拿着话筒的记者像抽了筋似的把手上的摄像机和话筒扔在地上。看见他们脸上心疼的表情和地上可能已经摔坏了的摄像机和话筒，我的心里真是解气极了！

这样感人的场面持续了好一会儿，我是真个儿在心里替这些可怜人儿感到手脚酸痛。不，我简直要幸灾乐祸，手之舞之足之蹈之了！下午五点，我特意看了一下表，那两位始作俑者的老头儿终于推着那辆青黑色的轮椅缓缓地离开了那棵同样不能再神秘的柳树，朝公园的北门徐徐驶去。方才想方设法躲避跛脚老头儿的目光的那群可怜人们，这下又只得调整躲藏的姿势了。有一个躲在一棵大国槐后面的男人，把身子侧到树的左边去，弯腰下去，撅着一粒硕大的屁股，从我这个角度看，就像是一只把头埋进沙子里的鸵鸟。那两个老头儿神态自若，静如止水，眼睛盯着路的前方，一步步陷进金色的夕辉里。这伙围观的人的视线便一下子从四面八方赶过来，跟随着他们，一路向北。这两个老头儿倒像是检阅部队的领袖或者凯旋全城巡游的英雄了！

五

我没有预料到此事产生的余波。第二天早上，当我们那位主编阿姨正欲因为我前一天下午的一无所获而大发雷霆时，我告诉她，一无所获的不单是我们这个微不足道的小报，那些晚报、日报的记者同人们同样是一无所获。“他们还赔上了好几个摄像机呢！”我这样满脸笑意地添了一句，我的主编狐疑地看了我一眼，饶过了我。

没过多久，专门负责读者热线的电话响了。我的主编朝我使了个眼色，示意让我去接。这个读者热线的电话一周大概会响三四回，都是些附近的老叔叔、老阿姨们，写了点小诗，无处展览，想借我们报纸传播。他们不求稿费，还常常表示要给我们“平台费”。这些老叔叔、老阿姨们退休前都是属于在下午睡觉的那个阶级的人，生活富足，一无所求。我的主编说，让他们高兴对我们的工作很有用处，所以对于他们刊诗的要求，我们秉持的原则向来是除非诗写得实在不能看，否则尽量满足，就算是实在不能看，也要给他们加工。

“喂，你们这里是 ×× 周报吗？”电话那头一个老阿姨说。

“是的，您有什么事吗？”我说。

“噢，是的，我当然有事。我要向你们反映一件事。”

“您说。”

“×× 公园里有两个老先生，一个坐在轮椅里，一个跛脚，推轮椅，你们知道吗？我想你们报纸应该向我们政府的领导反映，要去看望和慰问他们，当然了，你们报纸也要报道。这是咱们地区难得一见的典型……”

这位老阿姨的语气越来越激动了，我赶紧敷衍几句，把电话挂了。我的主编听完我一五一十的转述后，皱起了她那两叶修长的眉毛，叹了一口气。

“主编。”我有些忐忑地问，“要向领导反映吗？”

“不，还是别理了，不能让领导去慰问。”我的主编抿了一口桌上的热茶。

“为什么？”我问。

“你知道，”我的主编说，“领导们中午是要睡觉的，他们讨厌下午出门。如果最终证明这件事够不上让领导去慰问的资格，你我都……你知道，我们已经犯过一次错了……”

我必须承认，我的主编话说得在理。不过，不一会儿，又陆陆续续有好几个读者热线的电话打来，都是表达和那位老阿姨一样的意思。我的主编无奈之下只好让我把电话线拔了。最后她说，吃过午饭你再去公园一趟，这次一定要有收获。

下午，我又来到这个公园。这一回，没有昨天那样围成一个圈的人了，取而代之的是另外一番景象。有一队小学生在离那两位老头儿三十米外的一处草坪上排成一列，面向着两位老头儿的方向。在他们旁边，是一位年轻的戴眼镜的女老师。这位女老师指着那个轮椅对小学生们说："同学们，那就是我们今天要见的两位老爷爷。不过呢，我们不要去打扰他们。告诉我，我们要学习他们什么？"

"珍重亲情，不离不弃。"一个长辫子的小女生说。

"漫长岁月，平淡是真。"又一个女生说道。

"相濡以沫，同……"一个戴眼镜的男生开口说道，他说话的时候腮帮子一鼓一鼓的，像只憋足了气歌唱的青蛙。

"你说错了，'相濡以沫'不是这么用的，老师，对不对？"他的话音未落，便遭到了旁边一位女生的批评，并且引来了她的同学们的一阵哄笑，这位大眼睛、黑皮肤的女生满脸期待地望着她的老师。

"对，'相濡以沫'是形容夫妻的，不能用在这两位老爷爷身上。"那位老师说。

这就是我在这个下午一进这个公园所看到的画面，真是和昨天太不一样了。我站着不动看了他们一会儿，心里则在盘算着怎么完成我的主编交给我的艰巨任务。不用说，照眼下的情形来看，堂而皇之地走近那两位老头儿的行为无疑像是触犯某种禁忌一样，势必是要遭到整个公园的敌视的。

过了一会儿，又陆陆续续有几批前来"学习"的队伍赶来。比如说，走在最前面的，是一群残疾人，这是我从他们空荡荡的一只衣袖得出来的结论，有两个穿着灰衬衫、四肢健全的男人跟在他们后面，两个穿着旗袍、肩上披着红色条幅的年轻女人则走在队伍两侧。条幅上写着的是"身残志坚，用意志战胜缺陷"，不用说，这应该是一副对联了，但站在我的视角，只能看清其中一联，后面落款跟着的是"××工会"。

这些"学习"的队伍全像遵循着某种约定俗成的规矩一样，到了那群小学生的位置便不再往前走，并且全程保持着肃静。对此，我倒有些诧异了。不过，在看到了旁边一棵树上挂着的一块牌子后，我便恍然大悟了。那块牌子上用醒目的红色粉笔字写着"请勿打扰"四个大字，后面跟着一个触目惊心的箭头，箭头指向的方向不用说当然是那个轮椅的位置。好家伙，我心想，这两个老头儿倒像是我们动物园里被保护起来的某种珍稀动物一样，只许远观，不可亵玩了。

六

关于那两个老头儿的故事，在一批接着一批的"学习团"走后并没有完。那天下午，最后一批“学习团”是在太阳西沉、夜幕降临的时候才离开的，尽管那时两个老头儿早已回家了，但她们还是在她们的某个领导的带领下对着那个轮椅每日停靠的位置，那棵柳树，学习了半个多钟头，这是一群在酒吧上班的服务员。

而我自然是怀揣着一颗惴惴不安的心回到家，因为我的主编交给我的任务又没有完成，不，这简直成了一个不可能完成的任务，就像你不可能打破我们的某件国宝外面的防护玻璃去触摸它一样。我给我一个在日报做编辑的朋友打了一个电话，他告诉我，他们那些派去打探此事的记者也都跟我一样无功而返。本来对他的话我不能全信，因为我实在不能相信我的这些记者同人们什么时候变得这么规规矩矩了，但我的这位朋友一副信誓旦旦的样子，还扬言要跟我赌咒。

第二天，我的主编出人意料地没有对我大发雷霆。我猜她大概也知道了这件事情的难度。她只是说，未来先生，还得再辛苦你继续跟进了，我的主编大多数情况下是个通情达理的人。

关于那个公园里每日下午时的情形就不用再多说了，因为一连几天都是些虔诚的“学习团”。我每日看着他们的言行举止，反倒了解了本地诸多行业的状况。比如说，本地卖猪肉的行业大抵是不景气的，因为他们前来“学习”的队伍中有人打出了“一条腿也要把路走下去”的牌子。再比如说，本地教师队伍似乎有些焦躁，这大概是工资待遇常年没有提高所致，因为他们的“学习”口号是“清心寡欲，宁静致远”。

这些都谈不上收获，我当然也知道，在不同的角落里，有无数的同行跟我一样虎视眈眈着，就等谁先越过禁忌了。不过，过了几天，事情有所变化了。

有一个人物杂志的记者凭借着他在这个行业里多年以来积攒下来的想象力，写了一篇近万字的稿子。当然了，他也没有采访到当事人——那两位老头儿。为了让这篇稿子看起来更像一篇新闻，这位记者认为，他应该采访几位围观群众作为弥补。不过，本国国民素来对记者采访充满排斥，那位记者便自然面临着两个问题：第一，很少有人愿意在杂志上显露名字，当然这个问题可以通过化名来解决；但是还有第二个更加棘手的问题，没有人愿意在杂志显露肖像。这位记者当然清楚，如果没有照片，化名只会更使这篇稿子的真实性大打折扣，因为读者们普遍都已经明白了在新闻报道中出现化名很多时候是在向人说明这很可能是篇小说。

于是，这位记者在附近立了一块牌子，上面写着“新闻报道需要，需采访对象若干名。凡愿出售名字者，奖励 ×× 元；凡愿出售肖像者，奖励 ×× 元。真实可靠，有本人从业证书为据。”旁边当然就放着他的记者证。这样过了两天，中途涨了两次价，这位记者才算解决了这个问题。不过，报道发表后的第二天，本地主管宣传的部门就找上了他所在的杂志社，称这位记者先生犯下了不可饶恕的罪过，责令他们立即追回并销毁所有杂志，尤其在那个公园方圆五公里内不能出现。这一要求难度当然很大，后来杂志社不得不低价雇用了很多儿童，让他们清光方圆五公里内所有的纸片。

还有一位旅居本地的年轻作家。这位作家长期怀才不遇，某一日来到那个公园搜寻写作素材，正好目睹了这一幕。他灵感大发，专门为此写成了一篇小说。在这篇发表在本地一家小报上的小说里，这位作家大胆地触及了本时代的一个敏感话题，这当然是他想象力出色的结果。这篇小说发表后，不用说，自然是引来了广大读者的愤怒和不满。一封接着一封的抗议信寄到主管出版和文艺的部门，要求对这位作家严惩不贷。这位作家临危不惧，辩解称，文艺创作应该是自由的，虚构和想象是作家们的特权。

不过，他的这番辩解似乎并没有用，读者们群情激愤，甚至扬言要让他永远也拿不了笔。好在这个时候，有一个著名的国际文学奖颁给了他，因为这位作家正是仿着外国作家的笔法写成的这篇小说，在翻译成外文的过程中分外顺利，外国读者读起来就跟读本国作家写的东西一样，没有理解上的障碍。因此这篇小说在国外引起了巨大的轰动，有一家专门的社会调查机构甚至想不远万里来到本国，调查这位作家在小说中所描述的本时代的这一敏感话题在本国的情况。总而言之，因为有了这个文学奖，本国读者这才饶过了他。

我看过该作家写的这篇小说。除了惊叹这位作家天才的想象力之外，我还注意到这位作家发现的一个重要的信息：那位坐在轮椅中的老头儿貌似是位外国人，至少是个混血儿。这一信息无疑又给整件事增添了更多可供猜测和讨论的空间。

我将这一重要情报汇报给我的主编，她欣喜若狂地说，趁着大家还没注意到这一点，我们应该顺着这条线索挖出更多的独家新闻。

在那位作家的那篇小说发表后的第七天下午，这时距整个事件发生已有半个多月，公园前方传来一条重要的消息：那两位老头儿说话了。这实在是一条具有转折意义的消息，要知道，在此之前，人们只能看到那两位老头儿脸上那神秘、玄远的笑，从来没有见他们开口说话过。据说，是一个年纪不过七八岁的小孩儿发现的，他也因此成了整个事件中的英雄，他所在的学校为此还专门授予了他一个不小的荣誉称号。

不过，新的问题又产生了。大家只知道他们开口说话了，却并不知道他们说了什么。因为一直以来都是在距他几十米外的地方，而且也没有人敢走上前去仔细地听一听他们到底说了什么。这样又等了一天，第二天上午，有一家本地的科技公司打电话给电视台表示他们愿意提供技术支持。这家科技公司新近发明了一种窃听设备，据说可以听到一百米外的细微声响。这一消息在关心此事的人，也就是本地百分之九十的人口，中间很快便传开了，大家欢呼雀跃，都期待着下午的“窃听”结果。

下午三点，公园里一切都如往常，在北门外面却开始赶来成千上万的围观群众和各个媒体的记者。政府派出上百员警力前来维持秩序，最后决定放一百人进去。这一百人里，包括最早、最忠实的看客，本地日报、晚报和电视台的记者，那家科技公司的技术人员。作为一个小报的记者，我最终以最早、最忠实的看客的身份得以进去。

我们进去时，那两位老头儿像往常一样在湖边的柳堤上乘凉。在五分钟之内，我们迅速地找好各自的位置隐藏起来，科技公司的人也迅速搭好了设备，并给我们每人发放了一个耳机。就这样，所有的人都屏气凝神，静静地等待着两个老头儿开口说话。天气越来越热，树影的形状也在不断地随着太阳的变化而变化，我看了看周围的人，大家的脸上都沁满了汗珠，呼出的气息也带着一股浓浓的汗臭味。时间一分一秒地过去，那两位老头儿却始终没有开口，尤其是坐在轮椅里的那位，好像是睡着了一般。

下午五点，我看见轮椅里的那个老头儿缓缓地抬起了头，接下来所有的人都睁大了眼睛，竖直了耳朵，简直要窒息了。那位坐在轮椅里的老头儿，他那神秘无比的嘴巴终于慢慢张开了，接着，我们在各自的耳机里听到了他对那位跛脚老头儿说的话。这位满头白发、眉清目秀的老头儿用他那柔软的嗓音轻轻说道：

“Honey，我们回家吧。”

巫 陵 王

云南大学 / 程名科

巫山县位于川东南方，长江自西至东，大宁河自北汇南，在县东形成了三角水域。三峡区域自古艰险，绝壁深渊，峡谷众多，弯曲折叠。那水流只峡中一线而过，立在峡底，两面峭壁猿猴也只能望天踌躇。峡中怪石多样，水面下也不知深浅，多是沟壑纵横，极其复杂。

相传明正统年之前，这里其实水患极为严重，那时尚未有这样的纵横峡谷疏导水路，大宁河也未形成。长江以南大部分地区地势较平缓，是巫山县县城所在地。而北方是一片高岭，称巫陵山。巫陵山山高林密，连成一片，东有东岭，西有西岭。巫陵山不但无法疏通江水，山洪还时常暴发，而每遇雨岁，长江上游大水奔腾而至，导致南岸十次洪水九次淹。人畜或被江水溺死，或为江中巨大的鱼鳖所害。乡里自古安土重迁，况且本是富饶之地，鱼米之乡，县民也不舍离去。巫山县公报重庆府下了无数人力财力，在南岸修筑大坝防水防患，不过作用甚微。

一天，县里来了一位白胡子老先生，盘坐于县文庙前，设摊做起算命先生的样子，自称某岁天启顿悟，修身于娘子峰，今日下山，大事小事，只算一卦，是凶是福，必有应验。那娘子峰位于巫陵山东岭以东，山峰耸入云霄，雾气缭绕在半山腰，恰似仙境，是当地人所崇拜的神山。山势较陡，山中岩洞曲折，到处都有绝壁，很少有人能上去。当然，这娘子峰之所以神，也有其传说。相传大禹治水，洪涛泛滥，众神商议帮助其成事。跟随女娲身边修身多年的青峰娘子主动请缨，伫立于江中为众人执灯导航。久而久之，那身躯便化作入云的尖峰，后人便称作娘子峰。众人见老者白髯白发，两稍白眉垂到了颧骨。那眼睛似藏火，灼灼发亮，皆道不是凡人，连忙禀报县公。其他人也不敢轻易前去问卦，只是驻足观望议论。

巫山县自来为水患所累，除了修筑河坝，巫术也用了不少。庙里的和尚，观里的道人，乡野装神弄鬼的神婆都请过。香火钱花了一大把，却没个结果。正是千般送客难，龙王不舍家。市井中又有诗曰："巫陵连山拒水长，大江洪涛胜虎狼；龙王殿前多少魂，鱼鳖肚里思爹娘。"县公也是本地人氏，从小诗书礼仪，一朝科名在举，历来是志存于民，报效国家。县公年年头疼水患，是有药就买，有法就使。忽然听见底下人报了有神仙在此，又自那神秘的娘子山来，如何能不去拜访。旋即整了衣，带上一班随从便出了门。

县公一到文庙案前，便作揖行了大礼，道："鄙人县府封万家，敢问老先生仙号？"那老者适才闭目养神，这才略睁眼，说道："吾自山中来，无名无号，今日下山殷福，只算一卦。"县公也知道这老神仙是卖弄玄虚，不细问也罢，且请教有无解决水患的良方。便问道："老先生只占一卦，那须占顶紧要事不可，不知先生可有治本县这水祸的良方？"

那老者轻捻白须。少刻，从旁边路缝中掐断三片茅草叶子，随手扔出，见那三只叶片齐刷刷落地指向西北。白髯老者又道："三日后酉时，西北三孔桥处，便是生机，切不可错失。"

县公顿时心想那西北三孔桥，便只有巫灵桥一座。欲再问这玄机，却见老者不言，起身收摊，信步离去了。随即指使了两个衙役跟了上去，出了县城，快到江边码头时，只过了个弯路被遮了眼便不见人了，再看江面，也无刚离岸的船只。

封万家也是一心为民，治这水患多病急乱投医。虽说这老者的话太过虚无缥缈，回想起来，此人举足之间，也不类寻常。既然有这方子，一试也无妨。却说那巫灵桥，连接着北方的群岭和隔江的县地。桥所在的位置恰恰是一段河面狭窄，但深不见底之处。北桥头便落在巫陵山群峰脚底下，南边接着大片的庄稼地。

三日后申时四刻，县公便早早带领一班人去往巫灵桥，琢磨不知有什么机遇可寻。待到达巫灵桥不远，便能听见桥下水浪翻涌的声音，水涡盘旋还起了嗡嗡的怪声，好不让人心惊胆战。及走到桥不远，看见一个力士般人物伫立桥头。那人生得非比寻常，高有十尺，健硕无比，皮肤黝黑，两眼似火，远看去好一个精壮汉子。

县公思忖着生机莫不是在此。但别看他三粗五壮，却不像个得道仙人。治水患凭他一人之力怕是不可能的。

封县公走到那人不远处，作揖便要开口。不想那黑壮汉子先开口了："若要我治这水患，只依我两件事。"县公惊讶，稍又道："若能治水患，条件好说，不知有什么条件？""自治水之日起，到吃饭的时刻，在巫陵山后置酒食三鼎，插香火三炷，鸣钟三声，然后速速出山回避。我让这江水穿山而泄，治水之时不得有人。"又道："这第二件事，是待之功成，奏报朝廷，加封官爵，以表彰功德。"县公想那开山导渠该不是一人所为，除非这人有神力，便道：“相公气宇非凡，但开山若只一人，如何做得？”黑壮汉子又道：“这且不用尔等烦恼，只管照做。”说罢，便撒手漫步往北方去了。

县公回想此人神气非同一般，若按他的指引行事，或许能治水患，值得一试。朝廷一直苦于工程浩大，即便出粮出钱，也没有人能够做出移山之举。且当时朝廷看重得道高人，加封之事不难。便连夜命人置钟备鼎。第二天一早抬了酒食过了巫灵桥直奔巫陵山后。山后是一块平整的苞谷地。众人就地搭建香台，焚香拜鼎，祷告一番。然而整个过程黑壮汉子都没有出现。

可等他们离去之后，刚过巫灵桥，那山中便突然暗了下来，黑云翻腾，雷声滚滚，江面这边却完全没有变天。众人甚是惊讶，但有县公嘱咐，也不敢轻易回去查看，只得速去报县公。县公听了这样的怪象，想真是天神助佑！

如是进行了三天，第四天一早，送酒食的一班人刚到山顶，便看见后山远处露出了数条大沟。大沟深数丈，绵延数千尺。见此情景，谁人不震惊，可正事不能耽搁，立即按往常摆酒焚香，便速速离去。县公听闻此事，更加感念这真是上天相助，要开山引水。于是赶紧呈报四川承宣布政使司，通诉此事来由，并请朝廷赐封以表彰大德。

黑壮汉子每日歇于山中，常人也不得见。送去的酒食第二天只剩下空鼎。巫陵山内连续数月都是黑云滚滚，一番惊天动地的景象。久而久之，县民也早已习惯这些。送酒食的人也看到山中沟渠愈广愈深。大概三个月后，那深渠错综复杂，早有无数条，但均未穿山而破。众人见水患将治，无不万分感念。

县中众老便商议为这黑壮汉子献女一名，作为妻子，日常主持飧食烟火。此事禀明县公，县公也觉得妥当。于是在县中挑选了一个李姓女子。第二天送餐的时刻，用轿子抬了李姓女子，县公亲自前往，说明此事。那日一早焚香之后也不离去。在鼎前跪拜多时，黑壮汉子终于从后山出来。两脚生风，一身黑袍，不一会儿就到了众人跟前。那汉子便责问道：“如何不避开？”县公将来意说明，呈上花轿中女子。那厮见果然是个标致人物，也就不推辞了。便说道：“尔等速速回去，设新房，留娘子家中，我每三日子时自去城中会她。”

县公便招呼众人起身回避。抬了娘子到新置的房屋安顿，又是扎花又是铺红，闹了整整两天。屋内酒食果品丰盛成列，红烛罗帐一样不少。话说第三天子时，娘子一身霞衣凤冠，在洞房盖了盖头等待良人。刚过一会儿，便有人开门进来。女子模糊中见那人脱了披风，然后落座床边。来人轻声问了句：“娘子安好？”便揭了盖头。女子隔着盖头，开始根本看不清相貌如何，只觉得魁梧高大，与白天所见相同。等揭去了头盖，不觉心头一喜。原来黑壮汉子也不知在哪里收拾得如此行头，竟一身书生打扮，头发绾得齐齐整整，浓眉黑眼，比潘安有余，更不说县里那些少年后生。此时也没了前日所见的冷酷高傲。他小心地帮着脱去凤冠，突然就搂过来亲上去。那力道使女子完全不能挣扎。男子一边疯狂地在她脸上、胸上舔舐，一边去解她衣服。可是手脚忙乱之下，越解越乱，不等这女子自己动手，他便一把扯断了她胸前的扣子。扯开衣服，胴体便一览无余。一直折腾到鸡鸣时分，黑壮汉子便躺一侧闭目养神了。那女子也是筋疲力尽，不觉昏昏睡去，第二天早上睁眼，旁边也没有了昨晚共度春宵的书生。

李娘子回想竟嫁了这么好一个丈夫，心中不禁十分快活。想起昨夜种种，禁不住暗笑。世人都能猜到这开山的精壮汉并非常人，可那又如何，即便是鬼是魔是妖，都无怨无悔了。开山费时，非短时间能成。此后数月，每日娘子领了一班人送酒、送饭、插香，一切都收拾得妥妥当当。每隔三日，丈夫便来新房中同欢，完事之后在她睡梦中离去。

若问打更的老爷们儿，这通夜里是否见到街上有那壮汉行走，都说从来没看见过。也不知从哪来从哪回。其实，相交久了，俩人之间也是有情愫的。李娘子每日把这壮汉伺候得好，晚上更是越来越让他欲罢不能，回去的时间也越来越迟。而且他有时候还带一把野花，只是话语总是不多。又带了兽皮放在床侧地上给她垫脚。兽皮完全隔绝地上的寒气，好不温暖。

开山又过了三五月。这河道已纵横交错，好像没有规划好，一副杂乱排列的样子。但是观山指迷的风水行家能看出些端倪。那河道看似乱，实则蕴含着先天十六卦的玄机。相传，文王初创先天十六卦时，洞悉天地之变化，鬼哭神泣。黄河突然泛滥，蝗灾横行，民不聊生，是上天之怒。于是毁去八卦，只剩存世中的八卦。八卦虽也能演化无穷，但精到之处也不如这沟壑排列的卦数高深莫测。洞悉这十六卦开山导渠，不知是何方的仙人才能做到。

却说眼见巫陵山河道将成，只等东岭渠道造成，以便破山引水。

一日李娘子在山中见前日的酒食分毫未动，第二天再去又是如此，也不知为何。于是当时决定抬了东西送到东岭，那黑云覆盖之处定是开山之地。走了半日，众人刚到东岭脚下歇息，便听见山另外一侧响声大作，工程浩大的样子。这开山之地此时离众人如此之近。大家老早就想看看这汉子怎么开山，此刻心里像猫抓一样想探探究竟。于是都劝娘子，说偷偷去察看一番无妨。

李娘子也满怀着好奇心，虽然犹犹豫豫怕破了法术，可心里还是十分想看个究竟。况且是自家丈夫，如何不看。于是众人蹑手蹑脚绕到了山侧，猫在树丛后，往山下一瞧，嗬，顿时惊得腿软脚酥！

只见山涧中一头巨大的黑猪在前面翻拱，后面成千上万的骷髅鬼怪在搬山运石。天上则是乌云滚滚，雷鸣电闪，好一个吓死人的阵势！

众人都惊在那里，吓得身体直哆嗦。有个提着瓦罐的差人手抖得厉害，瓦罐竟失手滚下山去。他急忙去抓，脚下湿滑，竟就势和那瓦罐一骨碌滚下山去，摔了个粉身碎骨。这响声虽不大，但生人浓浓的气息使这万千鬼魅顿时察觉了异变，也都僵在那里。前面的山猪也察觉有情况，双眼似火。往这边一望，竟发现娘子窝在山腰，吓得花容失色！它顿时朝天嘶吼一声，黑云顿时涌动起来，遮住了山脚。待到云雾尽散，已不见了鬼魅，也没有了那山猪。

原来，这黑壮汉子，乃是山猪所化。这种山猪，当地人称“乌羊”，与一般山猪不同，乌羊体形更大些，具有灵性，往往能识别猎人陷阱，寻常不能捕捉。不但不易捕捉，反倒凭着聪明设计和一股蛮力，杀死猎户。这只乌羊在巫陵山区域历经了千年的岁月，有几千斤之重。道术高深，变化多端，已与人形相近。同时又统治着山鬼水魅，大妖小妖，乃一山之王。

成仙历来是多少人或妖苦苦修炼的目的，乌羊王千年岁月之后也是一心想羽化。幸好偶遇鹤仙人驾临娘子峰，得其点化帮助，为百姓开山治水，造福之时便阴德圆满。可是如今这原形被识破，乌羊王从此躲在山中不肯出来，也不肯开河了。野兽之属，在原形之时，兽性使之，要么遇敌攻击，要么惊吓逃遁。况且被娘子识破这丑陋真身，如何再有面目相见。虽然功德未满，亦不愿再出山修炼。

此事报知县公后，县公震惊之余也无可奈何。只有请李娘子去请这黑壮汉子出山，继续完成开山大业。李娘子便在飨食之地焚香跪拜，整日不歇，一连三天，诉尽衷肠，祷告无数，求他归来夫妻团圆。然而这都没有任何作用。李娘子自知莽撞坏了法术，该遭天谴。又失去丈夫，万念俱灰。便从那数丈深的峡渠边一跃而下，殉了性命。

却说这乌羊王早就知道娘子祷告其归来、完成功业的誓愿。可想到自己狰狞的面目，犹豫再三不愿再面见娘子。不想转眼间娘子跳崖殒命黄泉，心中甚是恼怒悔恨。

于是决定招来群鬼，继续开山导渠，完成大业。当即朝天嘶吼三声，震彻山林，以原形向那东岭踏去。山鬼水魅腾地里现行，一路跟随。顿时雷声滚滚，天昏地暗。及至开山之地，乌羊王一股前所未有的强劲拱那山体，土石纷飞，其势之猛都是怨念发作。后面群鬼搬运土石，或抬或扛或推，还是毫不懈怠。就是那磨盘大的石头，在它们手里也就如弹丸般扔将出去。

略过两个时辰之后，大功告成，只待破山。乌羊王收了群鬼，后退数百米，蓄势猛冲至山脚，一股洪荒之力破了山。它自己则就势一个跟头在空中翻腾，同时化作人形，稳稳地落在了山顶。只见滔滔江水泻山而出，从东岭缺口向北一直流向万千深沟。

缺口处久而久之就演化成了当今的大宁河。大宁河畔便是娘子峰峰脚。而整个巫陵开山而成的大沟小渠，也成了无数个峡谷。这些峡谷地势凶险无比，蔚为奇观。而且，峡谷纵横究极天地之变，由十六卦演变而成，生机无数。这群峡缓冲江水，涝时防水灾，旱时防旱灾，真正地造福一方。

是夜县民都听见远处东岭江水响声大作，第二天才知开山导水之事已成，无不欢喜。连忙禀报县公，县公闻言大喜。连忙带队人马去东岭察看。只见水泄出河道，造出纵横峡谷，不禁赞叹这奇功伟业。

当即命准备上等酒食各十鼎，巨头香九炷，到那巫陵后山献上。县公亲自带大班人马，抬了酒食，领了鼓乐队，披红挂彩在后山祷告一番。可那乌羊王自始至终不肯露面。第二天，县公派人察看这些酒食，发现早已飨尽。

县公曾向朝廷屡报此人功德。是日朝廷终于下了诏令，赐封此人“巫陵移山王”。县公再次去巫陵山后跪念通告，请乌羊王出山接诏。可无论如何也不见其人。

又过了三天，仍旧杳无音信。县公只道是此人功业即成，隐没山岭，不再出来。又想，当初他自己要求封赐，为何今日又不取。

不想手下人来报，说传言在西岭有人捕获了一头千斤的山猪，指甲似铁。此事在县中已闹得沸沸扬扬，都说那山猪是那乌羊王。县公觉此事蹊跷，莫不是那乌羊王真的绝命了。

巫陵山西岭有个清溪镇，镇里大多是猎户。这清溪镇猎户组织性超强，常常一群人上山打猎，千方百计围捕猎物，然后平分猎物。常年围捕，使得西岭山上活物越来越少。县公赶紧派了公差往西岭清溪镇去察看，又带了几个当时见过乌羊王真身的县民一同前往。

不等公差到达之时，那肉身早已切块，下分到户，都挂上灶壁做了烟熏肉。只有那硕大猪头，尚未处理。公差让跟来的县民察看。果不其然，众人异口同声道：“乌羊王之首！”

带队的班头深知此事严重，当机立断，先差人立即回去禀报并带回县公口谕。又派人到各家各处收集这山猪肉，只要是尸体的一部分，统统缴收堆积起来。同时让那些参与猎捕的猎户，都集中起来，宣告谁逃跑便是畏罪潜逃，定斩不饶。

半日后，县公亲自从县里又带来大队人马到清溪镇。他匆匆下马，看到堆积的肉山，还有那血淋淋的猪头，不禁感伤落泪，几欲眩晕。下令用六乘马车收敛尸体，并押了猎户回县审问。

及至县里，已是深夜。县公恼火不已，连夜提审这班猎户。县里爱看热闹的人刚睡一半，也一骨碌起来去县衙围观。一升堂，那猎户们便大喊冤枉。县公听到这冤枉二字，火气更大，每人先打它三十板子再说！众人哀声连天，县公拍下惊堂木，痛得人都不敢作声了。县公厉声道：“还不速速招来，如何做下天谴之事，杀了这乌羊之王！”

为首的猎户忍着伤痛奏报县公说：“那日领了众人去捕猎，可是一整天也没有猎到任何东西。回去快到村庄时，突然发现一头巨硕的山猪躺在大路边。这山猪酣睡不醒，满身酒味。众猎户见天上掉下好便宜，又生怕这山猪醒来发狂，以它的身躯，三个村子也不够它毁坏。于是当即决定趁其迷醉，赶紧杀了。由于太过沉重，也只能就地剥肉。此后的事，老爷已知晓。小人们一时做下了错事，望老爷开恩！”

县公只觉无比伤感，想那好个开山的乌羊大王，却惨死在这帮无名小子手里。虽然如此，也不知该如何处置这班人。斩了这帮人怕是惹得生灵涂炭，受刑释放又觉处置太轻。于是先下入大牢，退堂再审。

县公退到后庭，突然心力交瘁，往那太师椅上躺着歇息。县公在迷迷糊糊中不知怎的，仿佛来到了娘子峰的绝顶，附身瞟了一眼山下，简直让人眩晕。山下白云缭绕，想逃下山，一点路都没有，只有绝壁。正踌躇之际，只见一个白髯老翁驾鹤飘临峰前，说道：“我便是那太上真君府中的白鹤仙人。不久前在这娘子峰点化了此地千年乌羊之王，指引他为巫县造福，开山治水，以补上他早年残害无数生灵的阴德，早日修成正果。不想这厮，先是暗地里索要朝廷封赐，沽名钓誉。后又动了邪念，擅自与凡女结合。如今李家女子殒命，乌羊王也当再历三世轮回，方可再说得道升天之事。那日开山功成，把那十鼎酒吃尽了，大醉。我引它至清溪古镇，使猎户剥杀。乌羊王是罪有应得，县公切莫怪责众猎户。切记，切记！”说罢飘然而去，那娘子峰山顶也轰然倒塌，县公见此情景，惊了一声，睁眼发现已经东方初白，到第二天了。

封县公拍拍脑袋回想起来，那白髯老者与数月前指引他找到黑壮汉子的算命仙人一模一样。梦中话语又是如此真切，回响于耳边。想来，真是有这么一段乌羊王与鹤仙人之事。连忙去庭中面朝东方三拜，感念神迹。

这日升堂，县公放了众猎户，告诫他们少杀生灵、多开荒种粮才是正道。众人也不解县公为何如此宽恕，但只要放人，什么都好说。纷纷跪拜谢恩，逃也似的跑回去了。

虽说乌羊王自有其恩怨孽债，可是治水之事，确实造福一方。封县公感念其德，于青峰山下开凿墓室，盛敛尸骨葬于其中。塑金身玉首，又置下大批物器，尽全县之力丰厚送葬。墓前竖碑“巫陵移山王”。立愿每年都在墓前飨食祭祀。

而后修县志记录此事，但全文不提乌羊王及白鹤仙人。只说巫陵移山王有天生神力，后得仙人相助，开山治洪。功成之时以命殉江，升天羽化。

年代久了，关于乌羊王的各种说法越传越乱。百年之后，观山太保这门盗墓贼，将那巫陵移山王墓倒了斗，毁了墓穴。不过这都是后话了。

葵镇午夜诗

同济大学 / 张艳庭

诗人张青女儿的婚宴，把一帮诗人聚到了葵镇。李响接到通知后知道张青广发英雄帖，把经常在一起玩的诗人都通知了一遍，而阳城的诗人们大多应邀前往。寒冷的冬天也挡不住诗人们的热情。虽然李响不太想回到葵镇，但因为与诗人们久已未见，也想借此机会聚一下，就答应下班后过去。有人约李响一起乘公交车去。李响在葵镇长大，知道去葵镇更方便快捷的交通方式——拼车，便和他们商定好拼车前往。

张青在这帮诗人里诗写得大概是最差的，但却讲义气，李响早就在当地报纸副刊见过张青的诗，大都是“五一”、国庆等节日写的应景诗歌，写法比较老套。他原以为阳城那几个写得不错的诗人不会太瞧得上眼，但李响参加这帮诗人的聚会时，发现张青竟是常客，诗写得最好的许晨也经常与张青一起讨论阿赫玛托娃等诗人。李响慢慢和这个小圈子混熟之后，发现有活动就叫上张青，是因为张青比较讲义气。张青之前曾邀请诗人们数次来到葵镇。有一次游青苇河，李响也参加了。这是一条野河，本来没有什么风景，但因为长满了芦苇，在秋天很是漂亮。游过青苇河，张青又带他们去参观明月寺。女诗人白苇和里面的一个老和尚交谈后，走出寺庙，当即就发表声明要出家。李响觉得白苇的话有一种热情的虔诚，便信以为真，赶忙去劝。他旁边的诗人徐枫拉住他道：“白苇每到一个寺庙都要说一次出家。”李响才停住。他觉得张青对这个寺庙和方丈的介绍太言过其实了，但又不好打断他。参观结束后，张青请大家喝酒，诗人们一醉方休。这次之后，他也知道了张青的绰号：“菜园子。”这是《水浒传》里的那个张青的绰号。张青有这个绰号不仅因为他的名字与《水浒传》里那位一样，也确实讲义气，还因为《水浒传》里那位就是在阳城下辖的县区孟州开店的，十字坡就在那里。但张青没有《水浒传》里那个心狠手辣。他原来是一名矿工，因为会写东西到了矿上宣传科工作，但从来没被重用，只是打打杂。李响觉得他能坚持写诗，请诗人们大碗喝酒，大口吃肉实属不易。

后来不知是在哪次喝酒时，大家都像给张青起绰号一样，彼此以《水浒传》里的人物起绰号。诗人许晨因为颇有仙风道骨，被叫作“入云龙公孙胜”。龚娜因为具有领袖气质，被称作“女晁盖”。但后来她因为经常批评这帮诗人，结果诗人们把她排挤了出去。这时诗人青衣说自己想当“及时雨宋江”。他是一位健壮的男士，却起了个女气的名字“青衣”，写的诗格局也比较小，大家没有一致通过。但他仍然努力，和大家交好，想做宋江。诗人小鲁因为去过很多地方，叫自己“浪子燕青”。诗人白苇给自己的绰号定成“一丈青”，想做不让须眉的巾帼。但有人说张青对她太崇拜，就私下里叫她“孙二娘”。不过这毕竟是玩笑，偶尔谁兴致到了，才会笑着提起这些绰号。李响刚参加他们的聚会时，对这些绰号印象颇深。他觉得他们与梁山好汉真有相似之处，在一起像兄弟一样，讲义气，大口喝酒，大笔写诗，又都是散落在民间，仍然坚持自己的一份爱好与梦想。那时他想要成为他们的一员，就像一个好汉要上梁山一样。

他们一起拼车的诗人里，除了没有已经被排挤出去的龚娜，也没有“入云龙”许晨。诗人青衣说许晨有车了，他是诗人们最早有车的一个。诗人徐枫说：“老许有车后，更像是入云龙了，来无影去无踪。”诗人小鲁说：“许老师有车后，和大家聚得反而少了。”诗人青衣接话：“希望大家都能早日买车。”小鲁说：“对，大家每个人都有车。”为了不至于沉默，李响就开始以地主的身份给大家介绍葵镇，说这是晋豫交通咽喉，明清时期成为这个地区最重要的商业集镇，繁华一时，跻身河南名镇行列。

车到葵镇后，有人问这里怎么感觉这么冷清。李响解释说这只是葵镇的郊区，还不到镇中心。镇中心里有很多高门大户，老商业街也仍然车水马龙。大家边听边往酒店走。到达张青安排的酒店里，大家都没有提他的绰号。所有人脸上都洋溢着喜庆祥和，向张青恭喜道贺。今天并不是他女儿结婚的正日子，而是提前请客。张青脸上笑意弥漫，把大家请进去，和葵镇本地的几个诗人坐在了一个屋子里。坐定不久，许晨也到了，带着他年轻的妻子。许晨笑着说自己不会开车，就让媳妇开车把他带了过来。诗人们都让许晨赶快学车，诗人青衣补充说他学会了带大家一起去玩。许晨呵呵笑了两声，说好，然后落座。他夫人没在这里坐，说自己不懂诗歌，去了一个都是女士的房间。但这个房间里也有女士，除了白苇，还有一位葵镇的女诗人冷香。她笔名“冷香”，对诗人们却很是热情，看到阳城的诗人到来，就进来和他们坐在了一起。但是一个男士也同她一起进来，坐在了她的旁边。经她介绍，大家知道这是她的丈夫。李响忽然想起有人说，这位叫笔名“冷香”的女诗人因为经常参加诗人们的活动，和丈夫关系紧张，不知道是不是真的。但李响感觉她的丈夫看着这些诗人，脸上挂着的笑容有些冷。冷香只是名字冷，而他是真的冷。因为他在，阳城的诗人也都没有怎么和冷香开玩笑。不过她依然热情，和大家敬酒，说是希望得到指点。几个诗人也都客气地回应。觥筹交错之间，张青说隔壁房间坐着他们矿上宣传部门的领导，希望大家派个代表过去和他们见见。入云龙许晨马上应诺，说知道他的意思，青衣也端起酒，一起过去。不一会儿，两人又一起回来，张青的领导后来也过来，给大家敬酒，敬完酒又坐下来，说着在报纸上经常看到谁的作品，仰慕已久，让他们有空了也到矿上去玩。张青待的宣传科的领导也走马灯似的过来一遍，纷纷和诗人们碰酒。其中一个应该跟他关系不错，因为他来之后，张青开始抱怨自己为宣传科完成了多少宣传任务，最终还是在打杂。然后这个人也为矿上体制感到深深遗憾。

这一拨人走过之后，葵镇的一个本地诗人走了进来。张青对他进行了隆重的介绍，说是当年葵镇上方舟诗社的社长远舟，当年葵镇上响当当的人物。远舟说，那早已是20世纪80年代的事了。那阵诗歌热潮过去之后，方舟诗社也没有幸存下来，已经解散多年了。他说自己的本名叫李幸福，那时在矿上工作，现在也去了阳城一家大型按摩店打工。李响问他在那里干什么，他说当然是按摩。看到李响接话，他说，你们年轻诗人就是不一样，我看过你的诗和文章，写得真不错，还有小鲁。你们用日常生活中的话写出了很有诗意的东西，对我启发很大。李响赶忙向他致谢，说自己的老家就在葵镇。两个人捎带小鲁一起干了杯。远舟接着说，我现在诗歌虽然写得少了，但是我把诗生活的理论贯彻得更彻底，直接用到了生活中。我在开员工大会时，上台演讲，用诗歌的方式演讲，比领导讲话得到的掌声都多得多。大家纷纷问他怎么演讲，他就现场表演起来，第一句话是:“你们想幸福吗？女同志不要害羞，不是想我，而是真正的幸福……你们知道怎么得到幸福吗？……”他将自己的名字与幸福一词的本义相互交叉，制造了句子的歧义，意思的错位产生了幽默的效果，引人发笑。幽默是演讲最重要的一部分，李响想他做到了这一点，而最关键的是，他讲的东西不空洞，对幸福有自己的理解和思考，有。演讲的最后远舟将话题又引到工作上，告诉大家要好好工作才能得到幸福，赢得了领导和员工热烈的掌声。诗人们被他的活学活用所折服，纷纷和他干杯。虽然他并没有因为出色的演讲而更换职位，但他赢得了同事的尊重，也比张青更热爱那个集体。远舟又拿出了一首自己的诗，诗人们看后又纷纷和他碰酒。李响看了，觉得的确不错。远舟因为他的话和诗成了一桌子的焦点。酒喝多了之后，他的情绪更加亢奋，和诗人们大谈诗歌。李响因为不胜酒力，从屋子里走出来，来到大街上。他看着夜幕降临的街景，忽然想起自己上中学时曾在这里试图和一个流浪的疯子交谈。那时他刚迷上诗歌不久，喜欢骑着车到处跑，寻找写诗的灵感。这个流浪的疯子李响就在葵镇的郊外见到过，那时他正在往墙壁上写着什么。李响很奇怪，就在旁边假装休息。那个疯子走了之后，李响跑过去看，看到墙壁上写的是一句话："他们欠了我一百年的钱。谁是幸福。石头烧了。都跑了。月亮从空中落了下来。天上地震……"

李响看到这些句子，很是吃惊。那时他初学写诗，觉得这些句子都是诗。他想：难道他竟然是个诗人？最起码以前是个文化人，他的字虽然潦草，但似乎像是书法的那种潦草，因为他见过一些书法就是写得很潦草，有的甚至是故意写成小孩笔体。李响再去寻找那个人，已经不见了踪影。他想着那个人的破衣烂衫，满头乱发，半年多没洗的样子，觉得他也许真得只是个流浪的疯子。他在那些字迹前待了很久才离开。后来，他骑车跑到小镇教堂旁的麦地里。麦子已经长得很高，他把车子放在旁边，走进麦子中间。在金色的夕阳余晖照耀下，他静静地站在麦地里，脑中满是海子的诗句。他想海子写那些麦子诗的时候，大概也是在这样高的麦子中。那些诗句让他难受，海子的死让他难受，不远处教堂里受难的耶稣也让他难受，那个流浪的疯子也让他难受，似乎只有麦地中齐膝深的麦子，能与他分担这种难受。

那一次回家之后，他写了一首诗，觉得是自己写诗以来写得最好的。所以他再一次骑车在葵镇游荡，看见那个流浪的疯子的时候，就赶紧停了下来。李响来到疯子旁边，看着他斜靠在墙上，仍然穿着那件肮脏的棉袄。这个夏末，他仍然穿着应该在冬天穿的衣服。也许他已经不知道炎热和寒冷的区别，也许是因为他经历过刻骨的寒冷，才会在夏天也不敢脱掉冬装。李响看到他坐在那里靠在墙上，嘴里喃喃有词地说着什么。这时一种巨大的好奇心和一种莫名的慈悲感压过了对一个疯子的恐惧，他上前去和这个疯子说起了话。李响问："你是哪里人？"疯子喃喃说着什么。他以为是回答他的提问，就嗯了一下"什么？"他又听了一下，才知道疯子仍然是在喃喃自语。他不甘心，又接着问："你为什么要流浪？"疯子看他一眼，起身就准备离开。旁边站了几个人，看见他跟疯子说话，都朝这边看过来。他听见有一个中年妇女说："竟然跟疯子说话。"李响听到这句话脚步停在了那里，疯子仍然喃喃自语着走开。他不敢跟上去，不光怕疯子，还怕别人说他是不是也疯了才会跟一个疯子说话。他看着那个流浪的疯子脚步踉跄、身体摇晃着走远。而他的喃喃自语李响一句也没有听懂。就像他没有看懂他写在墙上的话一样。

李响站在街上想起当时的情景，摇摇头，自嘲地笑了，想那时真是年轻啊。

他想起那句“你为什么要流浪”，也真是十足的学生腔。他初到文化局办公室写材料时，老被许主任骂，说他是学生腔。他想要是许主任知道他问的这句话，肯定也会骂他学生腔的。这次，他可以完全接受。正想着，张青走了过来，问他怎么跑出来了，然后递给他一支烟。他接过来点上，说自己酒量不行，出来透透气。张青说：“你是阳城的青年才俊，是咱们葵镇的骄傲。”李响说：“哪里哪里，不给葵镇丢人就不错了。”“真谦虚，我老张写了一辈子没写出好东西，最后还是个打扫卫生的。”李响心想他竟然对自己的诗有这么清醒的认识，但还是说：“哪里，你写得很不错吗，也是葵镇的代表诗人了，你看你一有事，阳城的重要诗人都来捧场。”张青笑了，因醉酒红了的脸更红了，说：“你不要高抬我了，我还是有自知之明的。现在我最值得骄傲的，就是我的闺女和女婿了。”李响看着他，等着他说下去。张青看了他很有兴趣的样子，就说：“我闺女和女婿一年前不是开了个店吗？现在店里生意好了，每个月净利润这个数。”李响看张青比了个三，就说：“三千？”张青笑着摇摇头，“三万。”李响吃了一惊，他每个月的工资才两千多，而他们每个月净利润都三万，还是在葵镇。他按捺住胃里涌起的酸意，马上说：“不错不错。”张青接着凑到他跟前，说：“怎么样？比小鲁强吧？”李响点点头：“比他强多了。”他想到小鲁在阳城诗坛叱咤风云，但在轮胎厂工作，一个月不到两千块钱。张青又接着问他：“比林志强强吧？”李响想到林志强虽然在政府机关工作，一个月工资大概也只有两千多块钱，也点点头。说过了年轻诗人，张青又开始说起老诗人，问比许晨强不。李响想到许晨说自己工资三千多，就说也比他强。张青脸上露出笑容。李响觉得有点不可思议，张青平常对许晨那么尊重，竟然也一直想在某些方面超过许晨，女儿挣的钱多也算了。张青说了一圈，就差李响没有说了。李响都准备好，说比自己也强了。但张青没有说，张青笑着叫他上楼继续喝酒。

李响又回到酒店房间，看到远舟似乎喝多了，在大声地嚷嚷着什么。张青赶紧去劝他，说不能再喝了，诗人们说他喝多了，让把他送回家吧。远舟说：“我没有喝多，还要再喝。”人们都起来，劝他不要再喝。张青让人把他送回去。几个人下楼来，把他送到门口。远舟仍然说：“我不回去，我还要喝。”几个诗人不好意思拦。这时冷香的丈夫说：“我送他回去，你们放心。”冷香无奈地和大家告别，跟着一起走了。李响跟了几步，看见远舟仍然在试图回到酒店，而冷香的丈夫推着他。几个诗人摇了摇头，正准备回去，听见冷香的丈夫说：“你是不是想挨打呀？”几个诗人又站住，看远舟差点被推了一跤，就都跑了过去。大家过去再劝，冷香丈夫说：“没事，我们认识多少年了，我把他送回去，你们放心吧。”说着就又跟远舟纠缠在一起。远舟很瘦，而冷香丈夫很壮，他每推一次，远舟就要往后退。李响看着觉得那个传闻是真的，他把冷香跟诗人交往的火都撒在了远舟身上。他赶紧上去拦，听到冷香丈夫嘴里说着“妈的，我最讨厌就是这种人”。他又冲上去推远舟，但李响感觉那已经不是推，而是近乎用拳头打了。李响赶紧上去抱住他。远舟乘机往酒店方向跑去。李响对冷香丈夫说：“老兄，你先回去吧，我把他送回去。”“我最讨厌这种喝点猫尿就要酒疯的人。”李响看着他眼镜后面有些愤怒的眼睛，似乎觉得有点理解他了。任何一个丈夫看自己的妻子对别的男人那么热情，都会受不了的。虽然远舟并不是冷香热情的对象，但一个丈夫也只能用这种错位的方式来表达了。李响冲他点了一下头，表明自己是理解他的，然后就转身往酒店跑去。

李响跑到酒店门口，问远舟呢？张青说：“跑上去了。你赶紧上去看看。”李响回到房间，阳城的诗人们已经准备走了，但远舟并不在。他问远舟呢，诗人们说没看见啊。李响又走出来，到隔壁房间，看到似乎有人，就把灯打开，看见远舟正在门后贴着墙壁站着。李响望向他的眼睛，而他则把眼睛转向别处。李响没想到那个在他们店里大声演讲和刚才的餐桌上挥斥方遒的远舟竟然会害怕得躲进没人又熄了灯的包间。小鲁也跟了过来，问怎么了。李响说没什么，然后小声跟李幸福说：“他已经走了，咱们下去吧。”远舟又挣了几下，小鲁过来和他一起，把他带下了楼。诗人们都已经下来了。大家都说怎么把远舟送回家。张青说：“还有客人没走，我还得在酒店。”李响说：“我和小鲁去吧。”小鲁说好。许晨说：“那我们先走了，孩子还在家。”李响说：“好的，那我们打个车去。”李响说完，心想：真是入云龙，自己开着车还要先走。白苇对许晨说：“那我坐你们车先走吧。”许晨说好。青衣也说：“让他们先走吧。我在这等你们，一会儿咱们一起走。”李响说：“好的，你放心，一定送到，葵镇我熟。”李响想：青衣想把自己的绰号叫成及时雨，也的确有一点大哥风范，自己下次就投一票赞成。李响转身和小鲁说：“你跟我辛苦一趟。”小鲁说：“说的是什么话，这都是应该的。”李响点点头，觉得他真有燕青风范。张青已经在路边拦好了出租车。上车之后，李响问张青：“他家在哪儿住？”张青说：“应该是在九街，到了之后，让幸福给你带路。”李响点点头，给司机说了“去九街。”

一路沉默。远舟闭着眼睛。李响看着他的样子，不知道他是不是真的醉了，但觉得他似乎没有完全醉，要不也不会躲进那个没人的包间。李响问他：“你家在九街几号？”李幸福不说话。司机说：“九街到了。”李响说：“那就先下车再找吧。”李响把车钱付了，扶着远舟下车。

九街是葵镇以前最为繁华的老街道，临街商铺后面都是家户。上中学时，李响特别喜欢在这里游逛。小鲁问，这里怎么还都是木板门呀？李响说：“这是葵镇明清时期的老街道，都是老商铺，许多清代就有了。”小鲁说：“葵镇还真是商业古镇啊？”李响点点头，问远舟：“你家在哪里？”远舟说：“前面。”两个人就跟着远舟向前走。走着走着，远舟停下来，指着一户人家说：“我家就在这儿。”小鲁听了就上前敲门。李响看着这个大铁门，又看着门旁的两个石狮子，问：“这里是你家？”远舟点点头。小鲁就继续敲。李响说：“小鲁，先别敲。这不是谢驸马院吗？”远舟点点头。“你又不姓谢，你怎么会住在这里？”远舟呵呵笑了。小鲁走过来说：“驸马院？这里出过驸马？”李响看着小鲁不相信的样子，说：“你看那两个石狮子。”小鲁上前去摸门前两个狮子。狮子虽然不大，但却很精致有神，石头表面油光锃亮，不知被人摸了多少回。“这狮子应该就是明代的。”“你说驸马也是明代的？”李响说：“是明朝尚孝宗三女儿永淳公主的驸马，小镇上都叫他谢驸马。那么好的大门都换成铁门了，要不是这对石狮子，我还没有认出来。”说完他又对远舟说：“老兄，你是不是在这里住？”远舟说：“是啊，因为我也是驸马啊。”说完哈哈大笑，在街心摇晃着身体开始大声朗诵：“丁亥离家今始还，遥望楼阁总依然。咫尺田园亲故少，方信人生聚会难。”小鲁说：“他说的是什么呀？”李响说：“这是谢驸马的诗《登明月山述怀》。”“写得还不错啊。”“那当然，一个小镇青年，没有两把刷子能当上驸马？”李响走过去，对远舟说：“老兄，别闹了，我知道这是谢驸马的诗。咱们回家吧。”远舟看了他一眼，说：“这怎么是谢驸马的诗？这是我的诗。”“好好，这是你的诗，你家到底在哪儿？”远舟对李响的话似乎很满意，说：“前面。”

两人又带着他顺着他指的方向走，路过一个飞檐斗拱雕梁画栋的庙门。他们两个继续往前走，远舟却停了下来。小鲁问他怎么不走了。他嘟囔着说，就是这儿。李响走过来说：“这明明是石佛寺，怎么会是你的家？”远舟继续嘟囔着：“你不要看那个，你看看那个旁边的小牌子。”小鲁走过去看庙门一侧挂着的牌子，念了出来：“李商隐纪念馆。”远舟说：“对，就是这里。”小鲁说：“这也不是你家呀！”远舟说：“李商隐的墓就在葵镇西边，这是李商隐的故里，大诗人啊，这李商隐的纪念馆，就是所有葵镇诗人的家！”李响哭笑不得。他对远舟说：“老兄，这我都知道，但是我们要找你住的家。我和小鲁一会儿还得赶回阳城呢。”远舟却坐在地上哭了起来。李响问他怎么哭了。远舟说：“李商隐的故里，却再也出不了一个大诗人，羞愧呀，愧对先祖啊！”李响想起他也姓李，恻隐之心一动，蹲下要把他拉起，他却怎么也不起来。小鲁说：“我看他没有醉，就知道装疯卖傻。干脆咱们丢下他走得了。让他哭完了自己回去。”李响说：“他醉没醉不说，喝得绝对不少。这要是夏天就算了，这大冬天的，他在街边睡着了，第二天他准能冻死。咱们得把他送回去。”小鲁点点头，说：“那现在怎么办？”李响拨了张青的电话，对张青说远舟不肯回家，知不知道他家的门牌号。张青说："我也不知道那么具体呀，我跟他好长时间也没见过了。"李响问："那你知道他家人的电话吗？""他媳妇跟他离婚了，把孩子也带走了，老人也不在了，他现在就是一个人。"李响听了，忽然觉得他不是装疯卖傻，他是真的需要发泄一下。李响看到远舟脸上真的是泪水纵横。最后李响让张青打电话问问他认识的人知不知道远舟在哪儿住，然后挂了电话。他走过来，朝小鲁使了一个眼色，两个人把远舟架起来，把他架离了这个地方。远舟又哭了一会儿，自己停下了。李响对远舟说："老兄，哭够了，就回家吧，天不早了，我们真的要赶回阳城去。"远舟仍然不说话，小鲁急了，问："你家到底在哪儿？"

也许这有些恶狠狠的声调真得起了作用。远舟说："就在前面，86号。"两个人就扶着远舟继续往前走。走了一会儿，小鲁走到前面看着门牌号，在一个破旧的门前停了下来。这个门其实只是个门洞，并没有门板。"就是这儿了。"他们扶着远舟走进去。里面院落很窄，可以说只是一条小路。三人前后而行，远舟走在最前面。小鲁看着那些老房子，不断发出疑问："这院子怎么这么窄？这院子怎么这么长，还没到吗？"李响对小鲁说："这是过路院，应该是葵镇所独有的，这么多家户都是通的，共用一个院子，说是院子，其实也是一条路。"小鲁"噢"了一声，继续走。他们过了一个月亮门，前面仍是院子路，远舟仍然在继续往前走。小鲁说："到了吗？怎么还没到头？"李响没有回答，回头看了一眼那个月亮门，确认了这就是陈芸领自己走过的过路院。那时陈芸说，这个院子里有她的一个小学同学，两个人关系好，放学经常跟她来这个院子玩。

其实不光这个院子，葵镇的过路院都是陈芸告诉他，并带他走的。他才知道葵镇有这么多深深的院落。那时他们正在谈恋爱，陈芸是李响的初恋。李响花了一年的时间才把她追到。那时候他们似乎有着用不完的热情与爱，在不同的大学读书，每两天就写一封信。大学毕业后，两个人分了手，却仍经常联系。陈芸先回到葵镇工作，后来又到深圳打工。李响后来按家里的要求考了阳城的公务员，两个人联系渐少。有一天，李响忽然接到了陈芸从深圳打来的电话，两个人说了很久从前的事情，最后陈芸说她正在写遗书，想到了他，就给他打了这个电话。李响吓呆了，急忙劝她不要做傻事，她却把电话挂了，然后关机。李响当时正被办公室的材料整得头昏脑涨，打了几次电话打不通就赶紧去加班赶材料了。他觉得陈芸也许是开玩笑，因为她以前就说过要自杀，但都没有真的做，就认为这次应该也一样。

后来李响又打过陈芸的电话没有打通，就慢慢把这件事给忘了。那段时间办公室的事情正让他焦头烂额，疲于应付。再后来，他碰见一个高中同学，想到她跟陈芸关系也不错，就问她知道陈芸的近况不知道。同学瞪大眼睛看着他，说：

“你不知道吗？”李响看着她瞪得铜铃一样大的眼睛，有了一种不祥的预感，马上问：“我不知道，什么事？怎么了？”同学说：“陈芸自杀了。”李响的眼泪一下流了出来，问：“什么时候的事，在哪里，为什么会自杀的？”同学说她是在深圳自杀的，而时间正是李响接到那个电话的那段时间。李响问她为什么会自杀，同学摇摇头说不知道。李响无法再控制自己的情绪，坐在地上大哭了起来。同学怎么劝都没有劝住。

那段时间李响陷入了自己情绪的最低潮，开始连夜失眠。每次快睡着的时候陈芸的影子就出现在他眼前。睁开眼睛，他就开始自责。他想自己当时为什么不给她家里打电话，让她家里想方设法联系她。也许他就是她自杀前联系的最后一个人，而他却丢掉了救她的最后机会。他永远也无法原谅自己。想着想着，他就想起更早的事，都让他无法原谅自己。那时她毕业后回到葵镇，两个人已经分了手。家里催她相亲结婚时，她又来找他，说愿不愿意跟她结婚。她比李响大了两岁，在葵镇已经算是不小的年纪。但李响当时没有想到这些，他按照家里的要求，继续读了专升本。他上学年龄本来就偏早，作为一个男孩儿，他的年龄也不足以去考虑这些问题。想到陈芸提出和他分手时的那种决绝和无情，他说自己现在正在读书，还没有能力去考虑这些问题。其实那时他在学校里又渐渐喜欢上了另一个女孩。后来两个人就渐渐不再联系。他又放假回来时，再和陈芸见面，陈芸说她已经相过几次亲了，有一次已经到了谈婚论嫁的地步，但她又坚决给退掉了。她说虽然那家条件不错，男孩也比较优秀，但她无法适应他们之间那种似爱不爱的关系，无法把自己嫁给一个不懂她的人，也无法适应和他家人那种关系。她如果就这样嫁了，在那种关系和气氛中生活，会发疯的。李响沉默着听了一路。后来再放假回来时，她已经辞职去深圳打工了。他觉得她也许就是为了逃避那种婚姻，逃避家人想让她进入的那种婚姻。其实恋爱时她就对李响说过她可能有婚姻恐惧症。因为她父亲的婚外恋，曾让她的家几年里空气冰冷如刀刃，每一天都在割着她。她不想让自己的家庭也这样，不想让自己的孩子也经受这样的痛苦。而这是她没有那么容易答应他的追求的一个原因。当时李响对她说，放心吧，他一定会让她幸福的，他们以后决不会发生这样的事……甚至他还会想到当初是他把海子诗集拿给她看的，然后她也喜欢上了海子。他也为此责怪自己：写诗的人都自杀了，而看诗的人会不受影响吗？她又是那样一个性格决绝，容易走极端的人……

这些自责和愧疚，连同办公室受到的排挤，晚上一起排山倒海地在他脑海中出现。在经过很长一段时间后，李响才从那种状态中摆脱，并逐渐开始新的生活。相亲、见面，也成了他日常生活的关键词。与以往不同的是，他逐渐学会了讨女孩子喜欢的技巧，以前那种为爱不顾一切的心，却似乎不存在了。为了忘记以前的事，他很少再回葵镇。父母也早已搬到阳城，只有哥哥住在以前的老房子里。有时他一年也就回来一趟。

就在李响愣神的时候，他们走出了这个过路院，又来到了一条大街上。这个院子并没有尽头，而是与两侧大街都通的。小鲁感觉受到了愚弄，生气地问他怎么又来到大街上了。远舟不说话。小鲁想再冲他嚷，李响制止了他，说："你到底在不在这个院子里住？"远舟嘟嘟囔囔地说："我以前在这儿住过。"小鲁问："什么时候？"远舟说："小时候。"李响问："你现在还在这里住吗？"远舟摇摇头，说："这是以前我父母住的地方。"李响想起张青说他父母都不在的话，果然看到他眼里有了泪花。李响沉默了。小鲁却生气地问："那你到底在哪儿住？"远舟擦擦眼睛，指指前面。他们就带着远舟继续往前走。这条路有点暗，前面有个店铺亮着灯，他们走过去，发现是一个按摩店。门口坐着一个女的，看他们过来，问："帅哥们，玩吗？"

李响听了，像吓了一跳一样，差点摔倒。那女的笑了笑。李响尴尬地扶着远舟继续往前走。小鲁回头看了一眼。李响想：葵镇竟然也有这个了？而且这么明目张胆，当街叫卖？幸亏自己小时候没有。他转瞬又想道：但也许是另一种开放呢？自己青春期的时候，性还是一种禁忌，自己也为之苦闷过。

忽然小鲁让他等一下，转身朝那个小姐走过去，跟她说起了什么。李响忽然一下子又想到陈芸。那时她对他说过她对性有一种恐惧，因为她小的时候被人侵犯过，所以对男的自始至终都有一种恐惧感，是她成长中最大的一道阴影，内心深处一个黑暗的核。当时在葵镇边上的小溪旁，他听着陈芸的话，看着她哭起来，抱住她安慰她说，以前的事他不在乎，以后他会保护她，决不会让她再受任何人的侵犯……

小鲁又走了回来，面带春色地说："那个小姐挺不错的。我刚才问她见过这个人没有，她说好像见过，可能就在附近住。"李响点点头，扶着远舟继续走。他们走着，忽然发现路断了。前面是一个黑漆漆的施工中的大商场。小鲁问："到了吗？"远舟点了点头。小鲁说："这是个大商场，怎么会是你家？你他妈骗谁呢？"李响感觉小鲁已经急了，不让他再问。他看到这里不仅是商场，还有商业街，成了一个大型的商业街区。原来这里是葵镇老街的一部分，里面有很多明清时期高大的老房子。他小时候还在这片街道中玩耍，骑家户门前的大石狮、大石鼓。但现在这些全部都没了。这时电话忽然响了，是张青打来的。张青说："我问过了，他原来的房子拆迁了，盖成了商贸城，他现在在离商场不远的一个安置小区住。你到那里去问问门卫，看知道不知道他在哪个楼住。"李响说："好的。"李响准备挂电话时，张青说："青衣刚才说有事先走了，让你们把他送过去，你们两个一块回去吧。"李响"噢"了一声。

小鲁问："怎么了？"李响说："青衣先走了。不管他，咱们赶紧把远舟送过去。他住的小区应该就在附近。"

李响看到前面有一个小区，就带着他们走过去，问了门卫，果然是商贸城的拆迁小区。李响问看门人："你认识他吗？"看门的辨认了一下说："见过。"小鲁也面露喜色："那你知道他在哪个楼上住吗？"门卫说："这里住户多了，我哪能都认的？"李响："他的名字叫李幸福，你们能查到他在哪个楼上住吗？"门卫摇了摇头，说："物业那里可能有底，不过都下班了。门都锁了。"门卫又认了一下李幸福，说："可能在六号楼上住，我巡逻的时候，好像见他从六号楼，好像是三单元下来过。"李响谢过门卫带着李幸福往六号楼去。他们拐了几个弯才找到六号楼。小鲁说："这个小区还挺大的。"李响说："知道他在六号楼三单元住，咱们就剩一步之遥了。""不知道他在哪一户怎么办？""挨个敲三单元的门，他的邻居肯定认识他。"他们带着李幸福往三单元走去，李幸福却用劲往外挣脱，边挣脱边喊："我不在这个楼住。"小鲁问："那你在哪个楼住？"李幸福说："八号楼。"小鲁看看李响，李响说："先来六号楼。"他在外面看见六号楼三单元很多房间都熄着灯，不知道是没人住还是已经睡下了。但是这个单元一楼两户都亮着灯。他们走进了楼道。李响先敲东户的门，敲了很久，却没有人回应。他看房间是亮着灯的，怎么会没人听到敲门呢？他又去敲西户，敲了几下，里面一个女声问谁呀？李响说："楼上邻居。"女的把里边门打开，隔着防盗门看着他们。李响赶紧把李幸福拉过来，说："你认识他吗？李幸福，就在你们楼上住。"那女的仔细看了几眼，摇了摇头，说："不认识。"李响说："那你见过他吗？"女的说："没见过。"女的说完没等李响再张口问就关住了门。

李响诧异地回头望向小鲁。李幸福说："我说不在这里吧？在八号楼。"李响说："好，咱们去八号楼。"他们又在不远处找到八号楼，带着李幸福一起过去。李响问他是几单元，李幸福说是三单元。李响问是哪一户，李幸福说忘了。李响在下面看到三单元二楼东户亮着灯，就对小鲁说："你在下面看住他，我去敲门，叫你你就上去。"小鲁点点头。

李响没想到这新楼的楼道里竟然没有灯，是漆黑一片。他用手机照明，走上去，然后开始敲门。敲了两下，里面竟然有了动静，也敲了一下门。李响再敲，发现里面又敲了一下。李响赶紧问："有人吗？"结果里面又敲了一下门。李响的头皮一瞬间像过电一样，他想起电影中把人捆起来，不能说话，只能像这样击门的情节。他不知道门后到底是什么人，是个老人？是个傻子或者疯子？为什么不说话？或者是什么东西？他头朝上又看了一眼漆黑的楼道，发现上面没有什么东西，向下看，他也看不到小鲁。整个楼道里似乎弥漫了一种阴森的气息。他又敲了一下门，里面同样也轻轻敲了一下门。他感觉自己头发快要立起来了，壮着胆子问："有人吗？"说完之后，他感觉自己的声音明显发颤了。里面又传来一声轻轻的击门声。李响整个头像浇上了一盆冷水一样。他壮着胆子又敲了一下，门后又传来同样的敲门声。忽然他感觉楼上似乎有什么东西，他感觉自己浑身像过电了一般，飞快地往楼下跑去。

下楼之后，他大口喘着气，却发现小鲁和李幸福不见了。他大声叫："小鲁！"叫了两声，他看见小鲁从后面跑过来，说："他跑了，我一个人弄不住他，快去。"李响跟着小鲁跑过去，看见李幸福在向另一边跑，赶紧追上去。李幸福一下子变得非常敏捷，跑得很快，李响到他身边拽了几下，都没有拽住。小鲁过来截也没截住。两个人都停下来气喘吁吁的时候，李幸福也停了下来，站在小区广场中间。李响说："幸福，你没有搞错吧，我们又不是警察，你也不是小偷，我们只是要把你送回家。你跑什么呀？"李幸福忽然哈哈大笑，说："谁是幸福？谁是幸福？什么是幸福？"李响听着他的笑，浑身起鸡皮疙瘩，说那是笑，倒不如说是哭更合适。他站在那里继续喊："矿上破产了，欠我的钱也不发了，他们欠了一年的钱，他们欠我两年的钱，他们欠我一百年的钱！"李响听着他向天空说话，忽然像被什么击中了一样，全身僵在了那里。李幸福继续说："老婆也跑了，孩子也走了，谁说我叫幸福？草都烧着了，木头烧了，石头都烧了！谁说我叫幸福就能幸福？"李幸福说完又看着天空，带着哭腔说："爸爸，妈妈，我不幸福！"小鲁也在那里呆呆地看着他。忽然小鲁又被吓了一跳。原来李幸福又指着天空，大声说："看，月亮从空中落下来了。"李响看到一朵黑云遮住了月亮。李幸福继续跳着说："天上地震了，天上地震了……"李响一下像箭一样蹿过去，一把抱住了他。李响问："你是不是曾经流浪过？"李幸福摇了摇头。李响像疯了一样大声朝他吼道："那你为什么会说出那个流浪的疯子在墙上写的话？"李幸福被李响的表情和声音吓住了，瞪大眼睛看着他，摇着头。小鲁赶紧上来，抓住李响的手，问他："李响，怎么了？"李响的手被小鲁捏了几下，才好像回过神来。他说："噢，没什么。"他想起那个疯子比李幸福要高大得多，而李幸福是这么瘦小，容貌似乎也完全不一样。他松开手，对小鲁说："没什么，认错人了。"小鲁说："咱们现在怎么办？""我打电话叫人。"他看了看手机，给张青拨了过去，让张青马上来这个小区。张青在电话里说自己还有事，还得准备女儿明天婚礼的事。李响对着电话吼了起来："你赶紧给我过来，他是赴你女儿婚宴的客人，出了事，也是你的事。我以前根本不认识他，这都是在帮你，你知道不知道？"然后挂了电话。他又对李幸福说:“你家到底在六号楼还是八号楼?”李幸福似乎被他生气的样子吓住了,说:“我不想回家。”李响心一下子软了。他说:“大哥,你不想回家,你在外面睡一夜,就把你冻死了,知道不知道?”小鲁说:“你不想回家,我想回家呀,我们想回家啊。你让我们回家好不好?”李幸福不言语了,低下了头。李响看着他,忽然一下从他身上摘下了钥匙。他对小鲁说:“走,咱们拿着钥匙,六号楼八号楼一家一家试,能打开哪家就是他家。”李响说完拽着李幸福就往六号楼三单元去。小鲁抓着李幸福紧跟着过来。

他们先到了三单元二楼。敲了敲东边的门,里面没有动静,李响就拿着李幸福的钥匙插进锁里。李幸福的钥匙里只有一个是防盗门钥匙,而这里都是防盗门,比较容易确定钥匙。没有打开这个门,李响转过来,看西户开着灯,就又朝楼上走。小鲁说:“这个怎么不开?”李响说:“他家就他一个人,应该是关着灯的。”到了三楼,都没亮灯,李响开了东户开西户,都没有打开。就继续上四楼。东户依然没有打开。开西户时,李响感觉钥匙完全插了进去,他轻轻一扭,竟然扭动了。他心头像是一块千斤重的石头落了地。他轻轻一推,门开了。小鲁眼中闪出了光亮。李响摸了摸墙边,打开开关,看见这是一个大概五十平方米,有点乱的房间。一看就是单身汉的房间。客厅里有一个架子鼓,有一把吉他。最关键的是,桌子上摆着李幸福的照片。小鲁进来关上门。李响和他重重地拥抱了一下。李幸福进了屋,像变了个人,去拿了杯子,说:“你们喝水不喝?”小鲁说:“你放下吧,我来。”李响看到李幸福恢复正常,心想也许他真的是装疯卖傻,他不想回家也许只是因为内心深处害怕孤独,害怕独自面对自己妻离子散的人生。这时李响的电话响了,是张青的,问他们在哪儿。李响说在六号楼三单元四楼西户,让他上来。等张青的时候,他想起阳城那帮诗人们,在酒桌上和李幸福打成一片,笑成一片,却没有一个打电话问是否把人送到家了。李响感觉到一种沉重的失望。

他原本对这些诗人寄予很高的期望。因为他在单位实在受够了气。刚到单位上班时,他就因为写诗被主任不断嘲讽。主任几次都当着他的面跟别人说“写诗的都是神经病”。他一句话也没说,默默忍受着。后来就当没有听见过。他刚参加诗人们的团体活动时,他还有找到组织的感觉,一种温暖的感觉。但后来,他慢慢看到了这些诗人的问题。有人还想靠写诗出名,有人想当个头领,有人想靠诗歌抱团取暖的,得到的却是一次次内伤。诗人们是自私的,大多只关注自己内心里的一片小天地,不去关注别人的。龚娜自比女晁盖,就以为有大权在握,批评这个批评那个,把人都得罪光了。号称入云龙的,也没有在危急时刻伸出援手,而是早就走了。青衣想当宋江,也不拿出个宋江的样,说好了等他们,知道李幸福不好送，就等不及了要提前走。那个进寺就想出家的白苇，在现实生活中反倒是最世俗的一个人。做的事，都俗得透顶。也许正因为觉得写诗能净化心灵，所以觉得现实中做什么都无所谓了，反正诗还要净化一遍。而这个以讲义气闻名的张青，却对许多人都心怀嫉妒，对圈子之外写诗的人又很冷漠。小鲁还是很不错的，但急了不也骂他父辈年龄的李幸福吗？都争着用梁山好汉的名号，他们缺的恰恰是真义气。

想到这里，他忽然想：也许主任是对的，写诗的就是神经病。他想：不光李幸福是神经病，还有更多神经病，我也是神经病。

正想着，传来敲门声。李响打开门，张青笑着走了进来，说："啊，辛苦了，兄弟们。"李响冲他点了点头，把水杯放下，对李幸福说："老兄，你今天不要再想那么多了，好好睡一觉，行吗？"李幸福点点头。李响继续说："我们还会来看你的，回头来听你弹吉他。"李幸福木讷的脸，竟然挤出了一丝笑容。李响继续说："今天你就别出去了。我们一会儿走了把门在外面反锁，我把钥匙交给张青老兄，让他明天早上来给你开门。行吗？"李幸福抬头看他，像是在问为什么。李响说："外面太冷了，怕你再跑出去。明天早上张青就来给你开门。"

张青又劝了李幸福几句，李响说："好了，咱们走吧。"几个人出来，李幸福在门边给他们挥手告别。李响把门带上，然后反锁，把钥匙交给了张青，说："你明天一早就来给他开门，看看他好了没有。"张青说："好，兄弟交代了，我一定办到。"下楼之后，张青仍然在说："这个李幸福，写诗把老婆孩子都写跑了，白叫了幸福这个名字……"李响忽然回头说："别再说了！"张青没想到李响对他厉害，愣了一下。李响又语气缓和地说："别再说了，走吧。"张青说："好。"

张青过来时打的出租车就停在下面。张青问："你们还回阳城吗？"小鲁点了点头，说："明天还得上班呢。"张青说："那就直接坐这个出租车走吧。"小鲁说好，就叫李响一起上车。李响无意中摸了摸口袋，里面装的钱不知道什么时候跑没了。他犹豫了两下，对小鲁说："要不你先走吧。我今天想回老家去看看，我哥哥还住在那里。"张青说："这么晚了，不想走就去我家住。""没事，我哥哥家，什么时候去他都得开门。"小鲁问："你真不走了？""今晚想回去看看，好长时间没回来过了。你先走吧，好兄弟，我回去阳城我单独请你喝酒。"小鲁说好。然后和他们挥手告别。出租车开走后，他问张青："李幸福以前是不是发疯过，做过流浪汉？"张青摇了摇头，说："以前他也在矿上上班，很正常啊，前几年他老婆才跟他离婚，把孩子也带走了，他们矿也破了产，他去阳城打工，但也都好好的。从来没有流浪过。怎么了？"李响说："没事，那我就走了。"张青说："真的要回去？""要回去，好久没回老家了。"张青说："认识路吧？"李响笑了一下，说："当然，我从小在这里长大的。"

张青也笑了一下，跟他挥手告别。李响走到大街上，想起跟哥哥打个电话。把手机拿出来一看，已经没电自动关机了。他想：就直接去吧。刚才在李幸福家里看到刚刚十二点，哥哥也习惯晚睡，应该还不算太晚。他就沿着大街走，走过这个大街，才能到回家的那个小巷。他带着一种落寞、失望和难过，在葵镇无人的大街上走着。

走着走着他却发现自己找不到那条通往老家房子的小巷了。许多地方不是工地就是拆迁。他想：都是给这拆迁整的。好在葵镇不大，走上一圈，总会找到的。他发现有的路上路灯也灭了。他想：那是自己的家，就算是黑灯瞎火，也能找到。他往前走着，忽然发现前面就是一座教堂。他想：走到小镇边上了，得拐回去。他又回头看了看那个教堂，想起自己在教堂边的麦地里长久地站立和静坐的情景，想起曾经和陈芸一起进教堂听传教的情景。他们虽然都不信仰宗教，但内心里很是虔敬。那时候，他们还和一个老信徒交谈。那个信徒对他们说，不要只去想那些生活中的琐事，还要去想：这个世界为什么会存在？它究竟是怎么被创造的，被谁创造的。那次他们出来后，都笑了。现在他忽然又想：这个世界为什么会是这样？到底是谁创造了这些爱恨生死？死了的人到底又去哪儿了？想到这里，他又心痛起来。他倒宁愿有一个天堂，陈芸能够住在上面。

他走着走着，看见了那个书店。他想自己就是在这里开始接触到了文学，接触到了诗歌，与大多数学生的人生轨迹开始偏差，走上了不归路。而陈芸也在这里借过许多书，后来陈芸还在这里买了一套打折的卡夫卡全集，奉若至宝。她看卡夫卡写给菲利斯的信，说很像李响写给她的。他还说李响长得也很像卡夫卡。李响笑着接受了这个说法……

走着走着，他又来到以前就读的中学门口。他就是在这里开始追陈芸的。他被陈芸的才气与美丽，冷傲与不驯，被那种独特的气质所吸引，在高考的前夕，给陈芸写起了情书……

走着走着，他发现葵镇在今夜像变成了一个迷宫一样，他遇见了每个见证他和陈芸往事的地方，却就是找不到自己的家。为什么？这是自己长大的地方呀，自己怎么会找不到自己的家呢？

他感觉到很累了，觉得再也走不动的时候，一抬眼，竟然看见了陈芸的家。他心里一惊，想：自己竟然来到了这里？他走到陈芸家门口，抚摩着她家的墙壁，坐了下来。他觉得自己太累了，走不动了，要休息一下。他觉得也许冥冥之中，他就是要来到陈芸的家。陈芸去世后，他再也没有来过。他一闭上眼睛，陈芸跟他一起散步、交谈、拥抱的场景又出现在他面前。他又想起陈芸最后一晚跟他说的一句话："我觉得我最幸福的时光，是跟你在一起的那些日子。"他闭上眼睛，让这句话久久在他耳边回荡。他后悔自己当时没有说一句"我最幸福的时光，也是跟你在一起的那些日子。"现在到了陈芸的家门口，他觉得是说出这句话的地方了。他对着陈芸家的大门说："我最幸福的时光，也是跟你在一起的日子。"

说完他闭上了眼睛。

不知过了多久，他又醒了过来。他是被冻醒的。他挥了挥手，感觉胳膊已经麻木了，像一块木头一样。他想：要是有那个流浪者那套肮脏的棉袄，自己也愿意穿在身上。但是他不想起来，他想：我太累了，太累了，我要好好休息一下，就在陈芸家门口。闭上眼睛之后，他感觉陈芸似乎又拥抱了他，让他感觉温暖了起来。

他又想睁开眼，但感觉上眼皮像大海一样沉，让他睁不开。他想：我要睡了，我要好好休息一下。他蜷缩起自己的身体。

天空慢慢飘起了小雪花。

一粒细小的雪花落在了他的睫毛上，不一会儿融化了，变成细小的水流，流进了他的眼睛里。

冬日心湖

贵州师范学院 / 苦　岩

时间是在十一月，刚入冬的时节。地点有很多。

贵阳的冬天总是孤独的，像雪山深处的冰壶，躲藏在雾白色的烟岚眼中，清寒淡雅，冷傲如霜。两年前，也是这样的初冬，这样的浅浅的冷，淡淡的凉，拉着一整箱书的赵小寒从一个偏远的小镇来到同样偏远的师范学校。

像戏里安排的一样，这个偏远的总在建设中的学校，附近也有个一直在建设的偏远小镇。理所当然的，故事从这里开始。

一

赵小寒是个爱酒的人，而且口味很刁，不是好酒不喝，不是清酒不品；所幸年纪尚小，没有什么酒瘾，有时每天都要喝上两口，有时两月也不碰一次。

关于酒，赵小寒有一个规矩，只能品不能喝，而且量要少，质要精。听起来是一种怪癖，但赵小寒说这是酒品也是酒格，是对酒基本的尊重与底线。我记得，赵小寒少有的一次酒醉后说过，这个规矩以后是要传给他的后代的，那样百年后他的子孙们提到酒就会想起他的规矩，并且自豪地说："这是祖上传下来的。"我一直怀疑，赵小寒说这些话的时候并没有醉，至少，他的心底是清醒的。

我是在一年前认识赵小寒的，并且只见了一面就和他成了朋友。具体原因我已记不清了，大抵是因为一场酒的争论，但赵小寒记得很清楚，他说因为我和他是一路人——我们都很痛恨自己，并且深恶痛绝。

赵小寒是个有故事的人，这一点凡是认识他的人都知道。但关于他的故事几乎没人会在意，从来没有人想过要了解他——这个孤僻又"偏远"的木讷男生。

我其实对赵小寒所知并不多，却也知道他这人非但不木讷，反而很有思想，说话也很有见地。我想他之所以会被人误解，主要是交流问题，不，是完全没有交流。用他的话说，就是一般人没资格和他说话；这话有点狂，也很欠扁，但偏偏我不觉得有什么不妥，也许这也是我和他能成为朋友的一个原因吧……

二

初冬的天气不算很冷，但也说不上温暖，时不时还会有几场小雨，并不算很大，朦朦胧胧的，似一团青春的迷茫飘洒在空中，恍惚间好像还有丝丝缕缕的愁盈盈地伴着。

这样的天气是很不招人喜欢，冬天的寒气有大半藏在其中，很阴险地一点点侵入人的身体，让人不知不觉受了风寒；就像无色无味的慢性毒药一样，等你发现时已经晚了，积攒的毒性早已进入五脏六腑。所幸这类寒雨多是在早晨七点之前，便无甚大碍。

我这人有晨跑的习惯，春冬不断，风雨无间，七八年来已然成了本能，像呼吸、吃饭一样。而赵小寒却是个怕冷的人，身上又少有御寒的棉衣，照理说我是不可能在这种时候遇见他的，但我确实遇到了。

看见赵小寒的时候，我已跑完每天的路程，正往回走，时间刚好七点。赵小寒坐在学校鉴湖旁的大石头上，拿着一本泛黄的古代文学在读，上身穿的是一件深蓝的外套，不薄不厚，里面有一件浅灰色的毛衣。

我走过去，试探性地喊了一句："赵小寒？"蓝色方格的天堂伞下，便转过来一对明亮但又清冷的黑色眼球，苍白的脸色没有一点血气。

"你不是怕冷吗，怎么跑这儿来看书？"我很讶异地问。

"怕！但只有冷我才会觉得自己还是清醒的，"赵小寒说，"你呢，这是？"

"哦，我跑步呢，每天都有的一个习惯。"

"是个好习惯，不错。"赵小寒说着，然后没了下句，转头望向手中的书。我便推说还有事，不打扰他云云，就此告辞。

三

连续三天，我都遇见赵小寒一个人打着蓝色方格的天堂伞，穿着不薄不厚的深蓝外套在鉴湖边读书。诘牙拗口的古文从他嘴里读来，平仄停顿有节，颇有一番韵味。我像是看见一个魏晋士子手拿书卷，穿过迷蒙烟雨，从历史的画卷中走出。

而刚运动完的我，衣衫不整汗流浃背，头发也乱七八糟，热气不住往头上冒，生成股股白烟，飞向更高的清晨；也许还会变成发丝粗细的毛雨，顺着地心引力的牵引往下跑，然后恰巧落在赵小寒那把蓝色格子的天堂伞上，告诉他，其实雨也是有温度的。

第四天。微风，小雨。

第五天。和风，小雨。

第六天。鉴湖旁多了一把黑色浓稠的天堂伞，一袭白衣，一卷《现代汉语》。

第七天……

第八天……

第九天。学校的塑胶跑道上多了一个深蓝外套。

四

“你为什么总是装成一副孤僻高冷生人勿近的样子，这样很不利你的交往的。”成了朋友之后，我便开始替他担心起来。

“你知道这个湖为什么叫鉴湖吗？”

“啊？哦——”我知道他的意思，“不知道……”

“这个湖只有半亩方圆，因朱熹诗句‘半亩方塘一鉴开’而名，鉴即镜，以湖为镜之意。我喜欢这个名字。”

“那你想用这个镜子照见什么？你自己？或者……”我没有往下说，但赵小寒知道我要说什么。

“物格而后知致，知致而后意诚，意诚而后心正，心正而后身修。”赵小寒开始念起书来。

…………

我突然很佩服赵小寒，在21世纪，能这样的人不多。

“赵小寒——

你说现在的大学有什么意思呢？”

空气一下静默了，气氛有点沉重，仿佛整个鉴湖的寒气全都压在我们身上。赵小寒没有说话，我也没有。

这个我们心底共同的伤痕和禁忌，我们小心翼翼选择逃避的现实，终于还是被我血淋淋地撕开了。

五

赵小寒爱酒，我之前说过的。所以酒没了，就得去买。这一次，赵小寒叫上了我。

去的是东风镇，步行。路是沥青铺的，黑色中带着点青绿，如果有阳光的话还可以看见一点蓝紫，踩上去很厚实，且又不反光，让人平添一分安全感。这对走在路上的行人来说，是件很不可思议的事，值得高兴以及窃喜。

途经一座石桥的时候，我停了下来，因为听见很大的水声，想看看桥下的河的风光。说是桥，其实只是公路悬挂在河的上空，像一把刀砍在河的七寸。

“我劝你还是不看的好，一条河而已，很普通的。”赵小寒很了解路上的一切。

“怎么会普通？你没看这桥有多长吗，五十米还是六十米？还有这水声多大，下面的河肯定很宽很深。”我坚持着要看。

“走了，是不是很失望？”赵小寒背着手招呼我。

“虽然有点意外，但算不上失望，习惯了。”我淡淡地答，但心底却是没来由地抽搐了下，涌上一股恐惧以及后怕。不是因为这河，而是“习惯”这两个字。

赵小寒也不出声了，我知道这两个字也触动到他了。是啊，习惯不是扼杀理想以及勤奋最大的刽子手吗，我和赵小寒现今的处境不就是因为习惯造成的吗。但什么时候开始我也变得“习惯”起来了？

我又想起刚才的那条河，很深，像藏着一张满是臭气的吞噬黑暗的嘴，但不宽，岸边堆积着的是各色的垃圾。水是绿的，但不是清澈透明的那种绿，而是黑得发绿，浓得泛青；水底疯长着的草也是乌黑的，似得到自由的狂野的暗黑火焰在发泄被囚禁深渊的愤怒，狭长尖锐的獠牙四处进击…

我不说话，赵小寒也不说话，我们就这样静默着前进。

快到小镇的时候，发现路边有着几簇矮竹，也是青得发黑的，我的心也就越加沉重。

六

东风镇的路没有沥青，水泥也是残破的，地面忽高忽低，能找见不少裂缝，像是经历了六级地震；周围的房屋还好一点，都是水泥平房，能有三层楼高，有几户富有的人家还贴上了瓷砖，大多是白色和黄色的，门前还用水泥打了一个小场坝。

我四处乱看的时候，又发现了一些灰土烧的砖瓦房，很有年头了，还有几间黄土老房，稀稀落落地躲在那儿；许是因为羞涩和自卑，藏得很隐蔽，在一堆平房甚或瓷砖之间，不细看是发现不了的。

酒坊当然是不可能在这附近——车辆走过，扬起的灰尘能离地七八米；我这会儿的身上就盖着厚厚的充满小城乡镇气息的尘土，为此我感到亲切以及熟悉。听说政府马上就要对路面进行修整，已经在运送沙石、水泥等建筑用材，也许以后再来面对的就是千篇一律、僵冷无情的钢筋水泥了。

“这个小镇共有三家老酒坊，我带你去东面那家，他家的酒要干净些，质量也不错，口碑很好。”

看得出来赵小寒对这儿真的很熟悉，平时一定没少来。酒坊的老板远远看见我们，便大声招呼起来：

“是小寒哪，你可有些时候没来大叔这儿了，上次的酒喝完了？旁边这位是你朋友？”

“酒叔，洗坛子呢，是有些日子没见了。今天的高粱蒸了没有啊？这是我兄弟，也是个好酒的。”

酒叔不姓酒，姓冯，只是家里兄弟排行第九，后来又开了这家酒坊，邻里便叫他老九，真名倒是没几个记得，到赵小寒这儿就成了酒叔。这些都是赵小寒后来给我说的。

酒坊是比较老式的那种，两边各摆一个大型的泥色酒坛，上面文着两条张牙舞爪的黄龙，据说黄龙是极嗜酒的；门是木式的，长条形，一看是有些年头的，梁前没有什么牌匾，只在旁边斜插着一杆小旗，白灰色，上书一个泥色“酒”字，看起来颇有古风。

进了酒坊，赵小寒像回到家一样，不是帮酒叔拿坛子就是换水清理酒槽什么的，完全把我给忘了，倒是酒叔还挺不好意思的，一边忙一边陪我说话，大体也就介绍下酒坊的工具、材料什么的。

赵小寒一直在酒坊里忙活了半个多小时，又挨坛尝了些酒，最后才选了两三斤醇香的老酒带走，没给酒叔一分钱。

七

回来的时候已是下午，天还是阴沉着脸，不过下起了小雨。我们以防万一带上的伞这时有了用处——一把蓝色方格的，一把黑色浓稠的。我和赵小寒都有了几分醉意，依旧是选择走路回校。

“赵小寒，你说为什么这水在河里就是脏的，在酒里就是香的呢？”

“你错了，水本就是无味的，也是干净的，脏的是河不是它，香的是酒不是水。”

“但你敢说河里没有水，酒里也没有水？”我反驳。

“这是人的选择，跟水没关系。”赵小寒恼了，嫌我没完没了。

“也有水的选择在，要是你酿酒会选河里的水酿吗？”

“好了，说这些没用，你只要知道酒是世间最干净的水就行。”我知道赵小寒有点烦我了。

“所以，这就是你喜欢酒的原因？”我忙换了个话题，不再继续追问。

“嗯。”

“那——鉴湖呢？”

“鉴湖……鉴湖只有在冬天才是干净的。”赵小寒说着，又补充了一句，“还得是下雨的冬天，就像现在。”

我有点疑惑，但没有再问，我知道就算问了也不会有什么答案，赵小寒就是这样的人，他不想说的你再问也问不出，他想说的不管你想不想听，他都会说，还要强迫你听完。

八

赵小寒不见了。准确地说，是我两天没看见他了。跑道没有，鉴湖也没有。老实说，只是两天的话，我本不必焦急，谁还没个急事儿、忙事儿什么的，再说我和赵小寒之间一向是那种“君子之交淡如水”的交往，尽管彼此都视对方为知己，但并不热衷于频繁见面、聊天。

最重要的是，在 21 世纪的今天，我们早已学会分别，从小学、中学到现在的大学，每一段时光，总有那么几个人会走进你的生活，或是留下什么，或是带走什么，然后离开，走进另一个人的世界，或者被另一个人进入自己的世界。我们应该习惯，并且必须习惯。

但这次，两天不见，我开始担心赵小寒了，不是他和我关系多近（尽管知己关系已经很近了），而是我已经两天没酒喝了。不错，我也喜欢上了酒，而且喜欢品酒，不是赵小寒的酒我不喝，这些都是他的功劳。

理所当然地，第二天晨跑完的时候，我打电话给他了，“姓寒的两天不见，你死哪儿去了，是不是病了，是的话兄弟我帮你准备好棺材；还有，悼词你想要什么形式的，白话还是文言？”

“浑蛋苏，跟你说过多少次了，老子姓赵，不姓寒！你再乱叫我跟你急你信不信？印山听松亭，来的话快点，过会儿我走了。”

九

我上山的时候，走在山路上老远就闻见一股酒味，便知这货是故意的，这会儿肯定在那摇酒葫芦。果不其然，到山顶一看，好家伙！一件白衫手拿一个橙黄葫芦在那晃荡（葫芦嘴儿是开着的），一手拿卷书摇头晃脑地读，近眼一瞧，却是本《现代汉语》。

“那谁，酒拿过来，给大爷倒上一杯。”等喝完了我再找这浑蛋算账。

“想得美，你家寒大爷的酒是能随便给人喝的吗，想喝自己弄去。或者，叫声寒大爷听听，没准我一高兴赏你一口。”赵小寒说着，一脸的猥琐，顿时破坏了他这一身白衫的形象。

“去死，你叫我大爷还差不多，还想占老夫便宜，后生子再修炼几年吧。”

…………

“好了，不开玩笑了，来找我什么事儿说。”

“你最近怎么不在鉴湖那看书，改跑山上了？”

赵小寒顿时沉默下来，良久才说，“你没发现已经春天了吗？”

“嗯，好像是，然后？”

“鉴湖已经不属于我了，”赵小寒以一种平静却又陌生的语气叙述，“现在它是那些情侣，以及鱼虾的游乐场。”

“早上？现在天气还没有回暖，可能还会有倒春寒，应该不至于吧？”我有点吃惊，这些对于独身主义的我来说，有点不可思议。

“前不久我在鉴湖看书的时候，就有一对情侣在那约会了，那天零下一度。”赵小寒说，“现在已经有两对了，要不了多久就是三对、四对、五对……最后单身的、不单身的都会来这儿。”

“还有，我讨厌他们看我的眼神！”赵小寒很郁闷。

“哈哈，是不是又有人说你装？我就知道，怪不得你躲这山上来了。”

…………

十

赵小寒转移根据地了，为了酒我也不得不跟着他转移。

于是，寒风冷雨的初春，印山顶上的听风亭总会传来两个读书声，一文言，一白话。

亭子里两个人对坐，穿白衫的赵小寒，穿蓝色外套的我。石桌上的两卷书，一个橙黄的酒葫芦，《现代汉语》是赵小寒的，《古代文学》是我的；酒葫芦是我们俩的。

赵小寒成了我的影子，而我也成了赵小寒的影子。

十一

好景不长，很快，我和赵小寒又要开始迁徙。原因是我们错误低估了大学生情侣们的对爱的坚持、执着和狂野，更重要的是——数量。就这样，没过多久，听松亭也沦陷了。

而山上的石梯、青石小径、树墩，乃至常年如绿宝石般苍翠的松树，声音空灵的鸟儿，全都成了情侣们的战利品。他们带着自己的男（女）朋友，零食、瓜子或者其他，一对对旁若无人地幸福嬉戏打闹，这似乎已是大学校园常见的常态，因而，他们并未觉得这有什么不妥。

后来，山上竟多了乐器——笛箫以及吉他，我甚至怀疑，如果可以，这些情侣们会把钢琴也弄上去。我现在确信“爱情的力量是巨大的”，不，准确地说应是“无敌的”。如果有人告诉我说，有一对情侣正在天上飞，我想我应该会选择相信。

印山上再没有书声，有的只是情歌或者爱意绵绵的乐音。当然，除了雨天。

十二

晚上八点，我照例来到致远楼顶看书，先是静静地细心翻着，再是选读。虽然声音不大，但对这寂静得毫无波澜的夜空来说，还是可以传得很远。就像一片叶子掉入湖面，声音细小却深远，紧接着就是激起阵阵涟漪不断扩散，一直延伸到微观。

于是，对面宁静楼顶便传来一声，“我去，浑蛋苏，怎么哪儿都能遇到你，你不会是故意跟踪我吧？”

“寒小灶，别以为你姓寒，我就不敢惹你，我在楼顶好好看书，碍着你什么事儿了？”

平心而论，在这样的夜晚，这样的漆黑、孤寂的环境，能遇上一个熟悉的人，我心里是很高兴的，甚至是兴奋，原来，吾道不孤。而赵小寒心里想必也是这么想的，因而我俩半夜在教学楼楼顶的接头暗号就这样心有灵犀地产生了——

“缘分哪，兄弟！”

“话说你怎么不在寝室看书，跑这儿来了？”我问。

“他们都在打游戏，闹得很，看不下去。你呢？”

“一样。”

“哦——”赵小寒说，“怎么不去图书馆？”

“那人多。关键大多数人要么是情侣，要么即将是情侣，空气氛围太复杂，受不了。”

“一样。”

赵小寒的回答很扣主题，这让我觉得看他更顺眼了些，如果他不再叫我“浑蛋苏”的话。

我们都避开了教室没谈，那是我们共同的伤痕。

但什么时候，偌大一个校园竟连两个人的一寸立足之地都没有，这真是一件幸福而又让人恐慌的事儿。

十三

赵小寒从东风镇带回两壶十年的高粱酒，邀我一起吃饭。

这一次，我们没有品，只是单纯地喝，现在好像有个词叫作“买醉”。两人你一杯我一杯地轮番相敬，不一会儿，舌头就大了起来。

“寒子，其实我是很佩服你的，现在的大学生很少有像你这样肯下苦心学习的，而且还是文学方面的。真的，能交上你这个朋友，我很高兴。”我一边从火锅里捞肉，一边说。

“东子啊，我也很佩服你的，每天都坚持晨跑锻炼身体，不管刮风下雨，还一直在学习语言文字。有你这个兄弟，该高兴的是我才对啊。”

“那，走一个？”

“走一个！”

赵小寒喝醉了，我也喝醉了，这对我们来说，本是不可原谅的大罪，但，今天是个例外，赵小寒要走了。他要离开这个偏远的学校，离开这个偏远的小镇，离开他爱着的鉴湖、印山，以及酒叔的老酒坊。

在此之前，我曾和他讨论过，喝醉是对酒的亵渎，还是喝不醉才是对酒的亵渎。很遗憾没能讨论出个皆大欢喜的结果，我们两个立场都不坚定。我知道，我说的酒，和他说的酒，不是一个意思；从这方面来讲，他的思想是要高于我的，我必须要承认。

我和赵小寒喝过无数次酒，都是浅尝辄止，充其量只是润下喉而已。事实上，我们确实也需要一场醉，这当然有点难度，但只要有心。有些话，我明白，赵小寒也明白，我和他终归还是一类人。

“寒子，其实我不是汉语言专业的，我是学物理的。”

“东子，其实我也不是文学院的，我是学数学的。”赵小寒苦涩地笑。

“你也是被调剂的？”

“嗯。”

我们都很有默契，没有问对方转专业的事，实在没必要。

“其实，我这人很懒的，在遇到你之前，我只是偶尔会在鉴湖看书，多数情况下都是在寝室睡觉。我给自己制订了很多次学习计划，买了很多资料，我说我要每天五点起床背书，但每次都是一曝十寒。”赵小寒看了看我，确定我在很认真地听，然后又继续说。

“我很想好好学习的，真的，哪怕我不喜欢甚至厌恶这个专业！但我也想要把它学好！可是，可是我是个懦弱的人，我没有恒心，没有毅力，我做不到自己许下的承诺！我是个失败的人！”赵小寒开始号啕大哭，撕心裂肺！

“寒子，我们两兄弟是一样的。我也是个很懒的人，做事总是三天打鱼两天晒网。我还是一个矛盾的人，我一边厌恶自己现在的生活，一边又没有勇气结束它。我每天都去晨跑，不是为了锻炼身体，而是在逃避。我怕我会永远沉溺在这种稳定平和、无忧无虑的生活里；我是一个逃兵，一个可耻的逃兵，我不敢离开这种生活，又鄙弃这种生活，我不敢面对现实，所以只能选择逃避！”

“寒子，我是不是很无能？我一直在嘲笑，在鄙视的，那些大学生们打游戏、看小说、谈恋爱的行为，认为他们是在浪费时间，浪费青春，但我自己的行为不也是在浪费时间吗？我就是个无能的小人，敢说不敢做的小人！”我很痛苦，也很压抑，把这些说出来，尤其是说给赵小寒——我最好的兄弟听，心里总算好受了些。

那天，我和赵小寒说了好多，我的故事，他的故事，还有我们两个的故事。我们挣扎着，反抗着，但最后还是败给了自己，我们确实应该鄙视自己厌恶自己。

我们抱头痛哭，我们互相责骂，我们，真的醉了。

十四

第二天，我去送赵小寒。

车没来，我们坐在学校的草坪上最后一次聊天。

草很硬，也很尖，还带着露水，坐上去很不好受，这大概是草对我们这种以大欺小的无良行为进行的无言的反抗吧。

“东子，你说我们这样的大学有什么意思？”这是我和赵小寒之间第二次讨论的问题了。所不同的是，以前问的是“现在的大学”，而今天问的是“我们的大学”。我想我明白他的意思。

“确实没什么意思。”我说。

赵小寒今天就要走了，他要对自己以前的懦弱说“不”，所以他很坚定，很果断地选择结束这个毫无意义且腐蚀他斗志的安稳的大学生活，他还是比我有勇气。

“东子，不要想太多，各人有各人的选择和活法。没有对和错，只有适合不适合。”赵小寒说，“以前我认为现在的大学教育有了问题，像一潭死水，没有生气，有的只是病态的残喘——冷冰冰的职业培训教育出来的都是僵硬的只会执行工作命令的‘机器人’，没有任何思想和创造，他们的人生已经被限定在一定的圈子里了，早就被规划好了的；但现在我想明白了——”

“不是大学教育有了问题，而是社会有了问题”，我接过他的话，“自 20 世纪 90 年代以来，实用主义和享乐主义开始被奉为人生准则，人民大众仿佛都成了‘理性主义者’，崇尚物质、技术和享乐。在这样一种畸形的社会氛围下，能潜下心来专心做学问的已经不多了。”

“其实，能考上大学的又有几个是笨蛋？很多人其实是知道自己现状的，也有想过要改变的。”

“对，没有人想永远落后，一辈子当个普通人，永远过着平凡普通的生活。”

“但知道是一回事儿，行动又是一回事儿。有的人心里明白，但装不明白，所以他们整天打游戏泡网吧；有的人很清醒，也行动了，但坚持不下去，一边挣扎一边沉沦，于是既痛苦又纠结。”赵小寒说到这儿的时候，看了我一眼，又叹了口气，“还有的人，选择了超脱，而且能定下心来去做事……”

后面的赵小寒没有说，但我知道，这一类人，在付出了艰辛的努力之后，有的人成功了，而有的人失败了。相比较而言，这些努力过后仍然失败的人，他们更加不甘，但人生就是这样。

我和赵小寒的情况有点特殊，在遇到他之前，我们都属于第二类人，我们相遇之后，便成了第三种人，赵小寒已经提前失败了，而我，最后能否成功还尚未可知。

十五

赵小寒曾经把大学比作一个湖，他说这个湖以前是很干净的，里面的鱼虾也都很健康，而现在的湖已经被污染了，就像他第一次带我去东风镇路上遇到的那条河一样，已经有黑暗产生了，里面的鱼虾也失去了活力，是病态的。

我知道，以前的湖里，鱼虾能经常跳出水面，而且水草很多，还有不少开得清丽的睡莲，但现在已经不一样了。赵小寒说，他最多算一条有点活力的鱼，每天拼命地跳出水面只是想多看看湖外的天空，但终究还是离不开湖。而他希望我是一棵最强壮的水草，尽管根陷在湖底的淤泥里，但身子一定要探出水面，头一定要在星空下高昂。

赵小寒说，冬天里的湖是很洁净的，所以让我不要怕冷，多去走走，在鉴湖前照见自己。

赵小寒走了，他所喜爱的鉴湖没能带走，而他数个冬天里凝结的心湖也没有带走，他把它放在那个橙黄的酒葫芦里，留给了我——他说过，酒是世间最干净的水。

赵小寒走了，我的影子也跟着走了。下一个冬天，烟雨迷蒙的鉴湖边，我不仅是我，还是赵小寒。

只是，再没有人能陪我喝酒了……

海上麋鹿

北京师范大学 / 陈小手

工作丢了以后，我突然很想去看海。我不知道真正的海长什么模样，只是在电视上听过海浪的声音，那层叠的声音满是磁极，一来一往地牵引着我的心。我总是那么心血来潮，在一个九月的早晨，醒来后，就特别想去看海。

亚伟在一个有海的城市工作，大学毕业后，大家就再没见过，实际上毕业才一年。本来大家一起约好去看亚伟和海，最后只有我和路去了。大家的理由五花八门，总之，进入了社会，自己就不属于自己了。火车深夜才到，见到亚伟时，这个城市酣睡的鼻息已经很均匀，只是在城市潦草的梦境里还有几辆孤独的车子在路上发疯般狂奔。

亚伟胖了，让我有一种他变矮了的错觉，还是那么单纯，看见我，一笑，眼睛就没了。我虽有满腔的话要说，可寒暄之后，却半天再找不到合适的话头，大家走得沉沉默默，但不觉得尴尬，我们在用微妙的呼吸和氛围交流。路的话慢慢多了起来，比起在学校那会儿，现在他白了很多，毕竟政府机构的办公室是不需要晒太阳的。

第二天一大早，我们在这个城市兜兜转转了半天才租到一辆车，亚伟本来说让我载着大家去，可我刚把车发动，就撞倒了站在车后的路，好在我没把刹车当作油门。路从地上滚了一身土，站起来不停地骂我。他骂，我笑，我的笑把他的怒气消解了。最后亚伟找了个会开车的同事，高高瘦瘦，客客气气，说叫“飞哥”，整个人长得是有点飞。一路上大家话意很浓，谈性高涨，我却窝在车门的角落睡着了，口水漫湿了衣领。眉头紧蹙，心里缠绕着一团冗乱的烦。

等车停下来，听见亚伟和一个人零零碎碎地说着什么。我昏沉的脑袋慢慢清醒，睁开眼，一个女孩打开车门要坐进来。我惺忪的眼睛盯着她看了会儿，两相对视的尴尬，僵持了几秒，我挪了挪身子。

“看什么呢？让人家姑娘进来。”亚伟扭过头说。

我把自己从呆愣中拉了出来。车很小，我缩着胳膊和腿坐在中间，女孩坐在车门旁。关上门，她给我点了点头，并没有笑。

亚伟把女孩欠我的笑，转头给我：“搭个顺风车，她也去海边。”

我长长吐了口气，皱了皱眉，点头，继续闭上眼睛。

“你没事吧？”亚伟问我。

“晕车”我也不知道我的脾气为什么那一刻那么不好，连晕车前的“有点”二字都不愿多说。

我眯着眼，看了看女孩，一身拘谨，一言不发，两只手抓着书包的肩带，仿佛不知道手该放在什么地方合适。长相一般，不过还算耐看。

我挺起身来，把睡不着的烦意长长吁了出来。调整了下面部表情，转向女孩。

“你怎么一个人？”

“习惯了。”

这句话斧头般砍断了我的话头，我不知道该继续问什么，四周瞅瞅，脸上尴尬一笑。

“你也去看海？”

“嗯。”

“怎么走着去。”

“不远。”

“那又怎么想着坐我们的车。”

“身体突然不舒服。”

“车里全是男的，就不怕我们是坏人？”

她的眼神一动不动地望着我，里面像放了一面镜子。她笑了，低头看着自己的膝盖，没有回答我。我挠挠头，她的眼睛给我留下了好印象。

到了海边，路把我们租来的三个救生圈全部套在自己身上，一个人跑到海滩，跳着叫着，远远地，我们没听见水声，只看见一朵巨大的水花，路跳了进去。亚伟和飞哥在海边生活久了，没有路那么兴奋，他们浮在浪上聊天，海浪来回，他们也来回，这让我想起那些没人认领的小舢板。

海浪紧紧贴着密实的沙滩，追过来咬我的脚趾，我穿着鞋子，悻悻跑开，海浪逃回海里去，我又追上去。这样来来回回，新鲜劲过去，心里的那股难受劲儿又反扑回来。我就看着海滩上的其他人，发呆。那些大人总喜欢把自己的孩子用沙子埋起来，一边埋一边笑个不停。孩子们黑溜光滑像摇头摆尾的娃娃鱼，任由大人摆弄。

女孩蹲在沙滩上画着画，我走过去，看见她画了一只海豚，还给海豚添了双翅膀。看见我在身后，她忙用手把海豚抹平。

“你怎么不下水。”我笑了笑。这个女孩身上有一股独特的气质。

“怕鱼把我带走。”她的语气很调皮。

“你能给我拍几张照吗？”她把相机递给我，我端详了下挎在脖子上。

没想到她还挺上相，气质和身材在相机里完全就是一个少见的美女。她侧着头，把相机里的照片翻看了一遍，牙齿很白地对我说：“你拍得真好。”

“来，我们合照一张。”她用手捉着相机，镜头注视着我们，我有点慌，相机太重，她的手微微在抖。“咔”——紧凑而又短促的一声，让我联想到机器人眨着眼睛。看见相机里的自己，丑得让我浑身不自在。再看看照片里的她，我的不自在想让我跳到海里去。

“你睡在沙滩上，我把你埋起来给你照张相。”她对我说，我竟然毫不犹疑就答应了。

随后，我让她坐在沙滩上，用沙子埋住她的腿，把沙子塑成美人鱼的鱼身形状。

我们给静静睡在沙滩上的各自的影子画上眼睛和鼻子，还有表示开心和难过的嘴巴，影子就像活了起来。她终于坦怀笑了起来。沙滩旁边有一棵快要倒的棕榈树，她非要爬上去，树干摇摇晃晃，吓得她尖叫大笑，她坐在树干上让我赶紧给她拍照。

可是，不一会儿，她阴郁的情绪又一次侵袭。她默默对着海浪发呆，我走过去时，看见她对着海落着眼泪。“要不，我们一起去海里，看看。”她对我说。

我不懂一起去海里看看是什么意思，就陪她沿着来回的浅浪，摸索着往深水走去。

浪花越打越高，一个猛浪过来，我们都被打翻，我被海水摁着头，摁了下去。海水咕噜哗啦在我耳边响，我从没下过水，一身的惊恐裹紧了我，但是，我喊不出来，只能手脚并用地在海水里扑腾。我好像抓到了她，抓到了她小小的胸，我忙撒开手，在危急的时刻，我还近乎无意识地顾及着难为情。她一把把我从海水里拉了出来。海水在我头发上倾泻，我的眼睛、鼻子、嘴巴，都在大口大口地呼吸，海水冲开了她的上衣，我眼睛里灌满水，不过还是看见她走光了。她一只手捂着我的眼睛，理了理衣服。待我们再能说话时，她一脸平静，说：“没事吧。”我看着周遭的一切，眼前糊糊地一片，立刻像明白了什么。头猛地扎进海里，钻出来，又扎进去。海浪太大，一无所获，我的眼镜就这样被海浪冲走了。

丢了眼镜，我很失落。

她稳稳地带我走到沙滩让我坐下，自己又折了回去。

“今天风大，别去了。”我靠上前。

“你别过来，我想一个人。”

虽没有眼镜，我还是能看见她心事很重。

“别去太远。”我用手括在嘴边对她喊。

她提着步子，一步一步往海里走去。我失焦的视力产生错觉，以为她已经长出了美人鱼的脚，慢慢地消失在海中。只见海水从她的膝盖慢慢盖住了腰，又从腰继续攀升，淹没了胸。她终于停了下来，对着海大声喊了两声，没有具体的词汇，却能听出清晰的情绪。那喊声刚一出生就被海浪从各个角度围堵吞食，战战兢兢，孤立无助，可是她依然喊着。她继续往前走，我站起来摸索着往她跑去，隐约中海水已经快要舔到她的下巴：“你干吗？回来，回来。”对于我的呼喊，她无动于衷。我加快步子，可是脚在海里仿佛已经不属于我一样，交缠在一起，我又一次被海水淹没。好在海水不深，我手脚并用站起来，转圈，呼喊，搜寻，她已经彻彻底底地消失了。

我四处喊人，所有的救生员都游了过来。我们一无所获，吓得我喉咙也颤抖起来。就在我的心快要绝望触底时，一抹黑亮的长发从水中甩着优美的弧线哗然而出，她用手抹了把脸，吐了口海水，深深呼吸了几口，睁开了眼睛。我心情变化太快，拔着被海水揪着的步子笨拙地跑向她。

她看了一眼四周，冷冷问了句：“你们在干什么？”

她的冷，让我很火大。还没走向她，我就折身走向岸边。

夕阳好像受了伤，落进了海里，海水洇开一摊血色。我们都不说话，望着海，夜就慢慢从天边晕染过来。

海滩上的人慢慢被夜色抹去了，我们一行人点起了篝火，在背风的树下扎起了帐篷。

篝火温暖的光摸着她的脸，安静，柔和。她眼神清澈，我能看见火光在她眼睛里起舞。

“你白天怎么了？”我问她。

“没事，都过去了。”她捡起一根柴扔进篝火。

看我一直看着她，她擂我一拳，对我笑笑：“没事，真的过去了。”

“有什么不开心的吗？”

“没有。”她低头抠着自己的指甲。

“自己不属于自己，你懂吗？就是那种感觉，唉，我也说不清。”她又抬头补充了句。

“那就把只属于自己的自己找回来还给自己咯，嗝——”话绕得太长，我瞠着眼打了个嗝。

“你在说绕口令呢。”她哈哈笑了。

“你的自己要是不够，我也可以把我的自己分给你一些。”

“你平时也这么说话吗？”

“怎么，很轻佻吗？”

“嗯，有点。”

“话是轻佻了点，不过情意是真诚的。”

“嗯，这个，我听出来了。”她抓起手边的一个海螺塞在我手里。

“算是对你真诚的认可。”她说。

我把海螺塞到嘴里吹了一下，并没有吹响，还吃了一口沙。

篝火跳得很欢，像是在笑。

“我给大家唱首歌吧。”她兴致高涨地站了起来。我们就像一群野狗一样欢呼雀跃。

“《路边野餐》那个电影，你们看了吗，就最近上映那个，里面那首儿歌《小茉莉》你们知道吗？我给你们唱。”

她整理了下红了的脸和含情的眼睛，清了清嗓子，就给我们唱了起来。她自己用手掌打着节奏，我们跟着也打了起来，大家眼睛仰望着她，一脸笑意。

夕阳照着我的小茉莉
小茉莉
海风吹着她的发
她的发
我和她在海边奔跑
她说她要寻找小贝壳
月亮下的细语都睡着
都睡着
我的茉莉也睡了
也睡了
寄给她一份美梦
好让她不忘记我
小茉莉

请不要把我忘记
太阳出来了
我会来探望你
小茉莉
请不要把我忘记
太阳出来了
我会来探望你
夕阳照着我的小茉莉
小茉莉
海风吹着她的发
她…

本来她还想继续往下唱，可是我们几个的节奏怎么也拍不到一起，乱得唱不下去了。她笑着喊："你们在干啥啊。"

说实话，什么《小茉莉》，我们这些整天只关心实验数据的工科男听都没听过，听她唱完这首歌，我才知道这个世界还有很多美好的东西。

夜越来越深，他们都睡觉去了。只有我和她还围在篝火旁边。

"你听见了吗？"

"什么？"

"麋鹿的叫声。"

"在哪儿？"

"从海上传来的。"

"海上怎么会有麋鹿呢？"

她侧耳听着："嘘，别说话，他们正从海边跑过来，背上各驮了一个小女孩。"

"哦，那你给我说…"

"嘘，别说话。"

"那两只麋鹿身上还滴着水，那两个小女孩一丝不挂，皮肤泛着光泽，她们的笑声好好听，他们好像冻坏了，要来我们这边烤火。"

"那让我赶紧去捡点柴火去。"我一脸认真地对她逗趣道。

"嘘，别说话。"

"他们到了，就在我们眼前，两个小女孩站在篝火旁边，手掌正对着火焰，他们在交谈着什么，可我一句都听不懂。你看，那火光，正抚摩着那两个女孩的身体，夜色被火光远远推开，女孩和火光一起变成这里明亮温暖的存在。"

我不知道为什么，她流下了泪。

“那两只麋鹿在吃我们的篝火，或许他们饿了。”她说。

“那两个女孩在互相梳着辫子，他们手里各攥着几朵花，想必是要插在头上的。”

“她们梳完头发了，又骑上了麋鹿，麋鹿看了我们两个几眼，快看啊，麋鹿对我们两个恋恋不舍呢。”她用手指着一团混沌的黑暗对我说。

我承认正是她嘴里所说的“我们两个”四个字击中了我柔软的心脏，我原以为她在说着疯癫的呓语，可正因为“我们两个”那无法揣摩的语气和模棱两可的关系，让我一瞬间，迷恋上她的一切。

过了很久，她才从怅然若失的神情中走了出来。

“她们走了。”

“你想象得很美。”

她侧脸对着我莞尔一笑：“时间不早了，去休息吧，明天还要早早回家呢。”

第二天再次碰面时，就像我们初次相识一样，她一脸的冷和距离。我卖弄着各种小聪明，挑起的话头都被她生生扼了回去。

坐在回去的车上，我的话意也变得阑珊起来。车里狭窄的空间，逼仄，窒闷。大家都沉默着，路睡着了，亚伟和飞哥谈论着工作上的事，她也假装睡着了，我看见她的眼珠在紧闭的眼皮底下动。我刻意轻轻碰了几下她的手，假装无意，她草草拿开，不置一词，且挪了挪身子，头靠向车窗。

我明白，她的意思。

在她之前上车的地方，她叫车停了下来。她说她要下车。亚伟极力挽留，无果，就和她寒暄了几句让她注意安全，以后有事联系什么之类的。

我站在他们身后，不知该说些什么。她自始至终没看我一眼。

在她就要转身离开时，我按捺不住问了句：“你还没告诉我们你叫啥呢？”

“江之水。”她的话几乎不带任何温度。

我笑得很刻意：“有空找你去玩啊。”

“好。”她也刻意笑了下。

我们上了车，车子慢慢启动，车子慢慢驶过她身边，我和亚伟隔着车窗对她招了招手，她只对亚伟招了招手。亚伟没说什么，只是对我古怪一笑。

我隔着后窗看见她在一个十字路口的红绿灯旁停下脚步。我让亚伟把车停一下，跑了过去。

我本已没有多少勇气，可我还是把自己的心往上提了提，攥住了她的手。

“我没什么好说的，只想对你说一句话。”

她顿了顿，眼神迷离：“你说。”

“你心事太多了，我觉得你原本很快乐。”

“好，我知道了。”

这话头就到此结束了。

已走了几步，我又转过身：“我叫苏青峰。”

“嗯，知道了。”

车子一开动，她很快就消失了。临启动前，我看见她还是站在那个十字路口的红绿灯下，灯是绿的，她却不走。我不知道，她在等什么。

在车里面，亚伟用手机找到了《小茉莉》那首儿歌，那欢快的节奏在车厢里来回折晃，铺天盖地的烦恼又一次向我袭来，回去后就得重新找工作了。

车子的速度远远抛开了一切。我到这时才回想起来，除了知道她叫江之水外，剩下的，我一无所知。

当然，我们都知道，从没有什么海上麋鹿。

任务完成

东北师范大学 / 石圣哲

罗博特姓罗。这孩子很厉害，他从来没让他人失望过。

罗博特上了小学。父母当天是这么跟他说的："罗博特啊，你这就上小学了，一定要好好学习，认真听课，不要老是跟别的小孩玩，他们只知道玩！上课要回答老师的问题，不要老走神，期中、期末考个好成绩，回来给爸妈脸上争光！"这是罗博特接到的第一个人生的大任务，他进入了学校就跃跃欲试。

罗博特表现很好。老师总是夸奖他，无论是在课外还是课上，无论是在学生面前还是家长面前。"他一心一意都在学习上，主动找老师问问题，别的孩子比较野，硬拉着他要他去玩，他从来不去跟着疯闹，上课坐姿端正，从来不走神，问题都能很好地解答，任务总是能漂亮地完成。学生们啊，都要向他学习！"罗博特身上闪耀的光辉不仅照耀到了同学和老师，也照耀到了同学的家长。同学的家长经常拿着罗博特的所作所为来跟自己家的孩子比较或责问，罗博特的身影已经越来越深地印在他身边人的心中。

上了一段时间小学，罗博特完成任务的平坦道路上出现了障碍——问题发生了。有些小孩的父母想让他们的子女放射出与罗博特一样耀眼的光辉，于是他们加大了对孩子们的压力与刺激，就像给白炽灯泡两端加大电流或电压一样想让他们发更多的热。有些孩子不堪重负，将含着怨恨与不满的目光投到了罗博特身上，也有一些小孩只是怀着一种更单纯的感情：嫉妒。罗博特感受到了环境的变化。

老师也感到了罗博特身边环境的变化。于是有一天她单独找来了罗博特："罗同学，如果最近或者以后有什么人欺负你，想对你干坏事，那就告诉老师，老师会惩罚他们！"——罗博特对这件事没什么感觉。他要做的是好好听讲，不乱玩，拿好成绩，同学对他看法不好貌似不会坏了他的事，如果同学跟他玩得少了，貌似还对自己有利呢。罗博特没什么反应，然后他也就没什么朋友。但是这不碍事，罗博特就没有什么朋友地小学毕了业，还受到了一堆老师甚至年级主任的夸奖，拿了一堆三好学生奖状。罗博特心中很轻松：任务完成。

小学毕业的假期的头几天在罗博特眼里是漫长的。小学上完了，接下来干什么呢？他度日如年。但是这种煎熬的感觉几天之后就结束了。他妈跟他说："小学之后就是中学，你还要为上中学做好准备呢！"罗博特的心里一下就有了数，他感觉自己大概知道接下来应该怎么办了。

罗博特的好学程度令他父母都吃惊。罗博特用一个假期的时间把初中一年的课程学了不少。而对于罗博特，他对自己自信满满：不光这个任务能漂亮完成，下一个任务估计也能超额完成了。为了自己这个任务完成得漂亮，也为了下一个任务完成得更漂亮，罗博特准备再加一把劲。

罗博特能在这所中学里跳级足以使他成为红极一时的校园风云人物。就凭这一点，班主任已经向上边提议把他推荐进好的高中。父母更是喜出望外。换了一个年级，罗博特并没有任何不适：名次没大的变动，节奏没变化太多，人际关系不重要，因为这跟好成绩和好表现没有什么关系。不过他还是莫名其妙地被批评过一次，理由是有一回班里学生因为个人恩怨打起来了——当事人就在他面前撕打，他却安然自若地在那儿做题。但是总体来说，这个任务的走向仍然在罗博特掌握之中。中考，罗博特的战绩照样很辉煌，但是他却波澜不惊：只是任务完成了，没什么好惊讶的。

中考过后的假期和高中生活还在罗博特掌握之中。不过他的人际关系却是越发地惨淡：一个除了问问题从来不跟别人交谈的人，人们是没兴趣跟他多话的。但是如果要问问题，当然还得去找他。但是罗博特在之后感觉出了味道的不对来：有些人从他这里求师，然后就爬上来反把他挤下去——原来罗博特根本不关心这些问题，但是当学生们把他挤出了前十之后，罗博特开始意识到问题的重要性。为了完成任务，罗博特开始采取了一些措施，当那些感觉被骗的学生过来找他对质，他就会惊慌失措："哎呀我算错了！这个数我算少了！"同时，为了反制这些家伙，罗博特也开始拜师学艺了，他与前十的人都关系密切，这维持了他常胜不败的地位。

罗博特的父母告诉过他："高中的世面更大，会有各种各样的事情发生，你不要理睬，专心搞好学习就好。"在平静地度过一年半之后，罗博特认为，这种应该被归类于"各种各样的事情"的事件发生了。有一段时间，有几个女性总是刻意接近他，一两个月过去，还是有个女的黏在他身边。外人来看，罗博特长得不算难看，女的长得也很是拿得上台面；二人的学习成绩又都很让人骄傲，可谓郎才女貌。但是这无法打扰罗博特的行动——当天他对那个女的是这么说的："你对我没用。"听了这种话女的当然很气愤，回头就说罗博特势利眼，但是这仍然无法干扰他的行动，在努力的人眼中，在愤怒的人眼中，在优秀的人眼中，在嫉妒的人眼中，他永远站在前排，是浪潮中的人。

父母激动不已地搂住罗博特："儿子啊！你的成绩已经可以随便报考了！咱们的大学可以随便挑了！"当成绩条递到他们手里时，他们差点就立刻把这张可怜的字条给扯成两半了。劲爆的喜讯跟凄惨的噩耗一样具有对人精神的杀伤力，两个衣冠楚楚的社会人在罗博特面前一下就变成了无法用数学、思想品德、物理、语文等他学过的一切知识形容和描述的不知道什么东西。但是罗博特，他感觉很奇怪。他一点都不感觉这有什么好高兴的。父母注意到了面无表情的罗博特，他们先收起了让人激动（或者吓人）的模样，迷惑地问："儿子，你考了高分啊，你为啥不乐呢？"

"我为啥要乐呢？"罗博特面对着父母的疑惑感到疑惑。

"你为啥不要乐呢？"罗博特的父母面对罗博特对父母的疑惑而疑惑。

"只是个任务完成了而已，没什么大不了的。"罗博特回答。

"高中这是多重要的人生阶段啊，考出这么个成绩多辉煌啊！"罗父难抑激动。

"就是任务完成了而已，无所谓。"罗博特面无表情。

"你考出了多好的成绩！这在你眼里就是个任务？"罗母问。

"考完了就考完了呗，结果也出来了，没什么大惊小怪的。"已经是高中生的罗博特敏锐地意识到他不能再口无遮拦了，于是在没有让父母认识到自己仅仅是在完成任务的情况下完成了任务。

大学来了。面对着跟以前完全不一样的学习环境，罗博特感到有点不知所措。但是最让他发蒙的是他的父母没有告诉他接下来的任务是什么！但是他清楚地记得他的父母说过这样一句话："你以后上个好大学，找个好工作，成家立业，这就是美好的人生了，你爸你妈就不用再为你操心了。"罗博特已经大学了，根据他父母以前对他说的话，他还知道自己有一个比较长远的目标：找一个好工作。那么要是要找一个好工作，首先需要干什么？罗博特心中不一会儿就有了答案。一路过来，罗博特已经完美地完成了一连串的任务，对于这个自己给自己的任务，罗博特抱有十足的信心。

大学室友十分不理解罗博特。这家伙，竟然不玩游戏，不听音乐，甚至连一些比较休闲的书也不看，他不娱乐，这怪家伙只知道学习！他难道童年有专制的阴影，抑或是他本身就有什么精神疾病？大学的室友也试着把他拉出毫无生气的泥沼，但是罗博特，他很知道自己要干什么，也知道自己没必要干什么。罗博特是大学人的“毒瘤”，是那种一点也不招人待见又能拿奖学金的人物。很多人都在心里默默诅咒，希望这人上了社会遭到重大的打击。

那些人失败了，罗博特的父母惊愕了。罗博特简直像是先跟用人单位签了合同一样，差不多是刚踏出大学校门就找到了工作，这份工作的报酬让大多数人都眼红。又一个任务漂亮地完成了。巨大的成功少不了热烈的庆祝，罗博特为了让别人认为自己不是仅仅是完成任务而是自己一片真心地努力，参加了不少的宴会。但是他从来没在宴会上大吃大喝过，别人夸他有礼貌、有风度，他也全然没往心里去——这就是完成任务，别的根本不必要，应付过去就完了。

罗博特什么时候不是在应付呢？但是他应付得如此漂亮，如此完美，让人根本就分辨不出来他是在应付。这不，他的亲人们以为他又完成了自己的愿望，罗博特结婚了，工作都没半年就结婚了。罗博特的工作如此让人眼馋，罗博特本人就跟着让人眼馋起来了。父母想让他找一个成功的女人成家，这对罗博特来说易如反掌，女人们很快地围到了他身边来，他也很快地挑了一个在里面条件最好的，对她说：“我需要你。”于是事成了。不错，罗博特确实需要她。罗博特高歌猛进，完成了一个个任务，并对接下来的任务完成质量充满野心。

罗博特的野心已经有了计划，而计划就即将实施了。罗博特有儿子了。在拐弯抹角，对着父母打了若干个擦边球后，他终于确定了，只要有个娃娃就好，性别不重要。这个任务就容易了很多，罗博特不一会儿就动手了。而他也发现，成家这个任务跟以往的任务不同，以往的任务有了成果就胜利结束，但是这个不光要成果，还要保住成果。街坊邻里都流传着罗博特作为人夫的美言，罗博特的妻子也对他很满意——罗博特心中自知是怎么回事。

在罗博特前方作为指引的光芒，正随着时间的推移而消逝。终于迎来了光芒消逝的那一天——罗博特的父母去世了。罗博特并没有在葬礼上显露悲伤——人死了，但是任务还有。活了这么长时间的他已经明白了父母想让他完成的任务的全部内容。虽然父母去世，他应该感到悲痛，但是这跟他要完成的任务无关。葬礼之后，罗博特还是一如往常，继续着完成自己任务的进程。

罗博特进行着自己的任务。罗博特的孩子获得了优异成绩、罗博特升官涨薪、罗博特买车买新房、罗博特的孩子考入知名大学、罗博特事业飞黄腾达、罗博特有了儿媳妇、罗博特有了孙子、罗博特的孙子又受人青睐……一个个的任务完成了，罗博特在他人心中的地位越来越高。罗博特没有什么感觉，他感觉自己需要完成的任务越来越少了。

罗博特躺在床上，家人们围在床边。罗博特，这个为了完成别人的任务而生一个一生中没有朋友，没有激情，没有感动，没有回忆，没有真爱，没有喜悦，没有快乐的，几乎一无所有的人，终于迎来了他生命的最后时刻。身边有歌功颂德的人，有痛哭流涕的人，有慕名而来的人……而他，则用最后的一点时间在干自己一辈子唯一一件不是任务的事情：回想自己的一生。罗博特，从未让他人失望过，他从小就在完成他人给他的任务，而多如牛毛的任务，他无一不精彩地完成。现在已没有人给他任务，而那些任务已经全部完成，完成得干净利落，完成得精彩纷呈，一个个成果足以让所有人无话可说；他的一辈子无疑在完成任务方面做得很成功。他得到了什么吗？他什么也没得到。他并没有得到荣誉、他并没有得到工作、他并没有得到家庭、他创造的一切好像都不是他自己的。但是他失去什么了吗？他好像也并未失去什么，都是任务之外的事情，无关紧要；不要也行，不理也罢。一个人，生不带来，死不带走，还对谁都有个无懈可击的交代，这人生很是成功。罗博特想，他应该是功德圆满了。

在做完这些后，罗博特十分放松。他的人生，他自认为很成功。圆满，完美，不光是他，别人也会这么评价他的一生，所有人都会这么评价他的一生。在做完了这么多之后，罗博特也再一次认识到，他即将走到人生的尽头。

那么只有一件事要做了。最后的任务。

家人们突然发现罗博特的身体好像彻底不动了，叫医生上前检查，也检查不到呼吸和心跳。人们意识到，这位成功的、完美的、无懈可击的强人刚刚逝去，他所带来的辉煌和成就被孤零零地留在世间，老头子形单影只地走了。一下子屋里哭声震天。

任务完成。

遥知不是云

河南理工大学/夫　子

一

更早以前的时候，云都是浮在地面上的。

那时候的云很厚实，形态各异、五彩斑斓，人们为了出行方便，就会找一朵合适的云踩在上面，也不用系安全带，这样人们就可以腾云驾雾了。可是，每一朵云只能承载一个人的重量，所有被用过的云都会印上一枚脚印，而一旦有了脚印的云就只顺从唯一的主人。但是，很多人都因为粗心或者自己的一厢情愿而云转借他人，也有的会偷走别人的云，这些云以为自己被抛弃了，它们会因为生气而不停地发抖，所有的脚印、颜色甚至形状都抖得干干净净，云越抖越轻就会不断地上浮，一直飘到天上去。

后来，云越来越少，人却愈发多了起来，随着活动范围的扩张，人们就更需要云去四处狩猎。人们狩猎的时候也是要躲到云里面去的，这样才能吸引动物们靠近，往往那些有云的猎人们会捕获更多的猎物。人们意识到云的重要后，就开始彼此争斗，但是胜利的一方并不总是能取得胜利，为了能够消除云的印记并让云永远陪伴着自己，那些人就用自己的一半灵魂绑架云。灵魂都要是完整的，拥有了半个灵魂的云，就会时刻不停地跟随着那个人。可是人的寿命是有限的，而云却可以永生，永生的云需要不断补充新的灵魂，因为有了灵魂的重量和牵引，它们才可以永远停留在地面上。那些飘浮在天空的都是遭到命运放逐的云。

很多年来，人们总是有各种理由役使着云，但他们也为此付出了沉重的代价，这些愿意割舍灵魂的人就被称为“谢云师”。谢云师并不以血脉相承，所有人都有可能在某一刻不知不觉间就交付了自己的那半个灵魂，而云也不再作为一种工具，反而成为谢云师的一种寄托，它们甚至可以反噬这些人的灵魂。因为灵魂的完整性，谢云师一生的意义就是在寻找，努力填补这份空缺。所有的人都没有见过自己灵魂的模样，即使是云也因为不断地被役使而逐渐失去了感知灵魂的能力，留在地面的云也是在无意识中吸附了灵魂。谢云师们必须时刻不停地寻找属于自己的云，只有拥有了全部的灵魂，他们才可以呼风唤雨，否则只能等待灵魂的反噬或者腐朽。

二

讲述这个故事的人是我的一位朋友。

那是在一次宴会上，她坐在酒桌前，面对着晶莹耀眼的酒杯，平静而缓慢地罗织着故事的情节。我们虽然交往不深，但是凭借我多年的阅人经验，我敢笃定，她绝对不是那种特别能编故事的女人。她大多数时候都很安静，像一摊从容的水，只有这一次，让我对她和这个故事有了浓厚的兴趣。

“谢云师一生都要保守这个秘密，只有遇到属于自己的云才可以交付所有，那些缥缈的云因为灵魂短暂的寄居，却并不需要这样的记忆。”她抬头看向窗外，昏暗的灯光费力伸向黑暗深处，那里仿佛正出现一个白衣少年，他面带笑意，款款向我们走来。“我也是在偶然间遇到了这样一位谢云师。并不是童话中的白马王子，他很普通，和常人一般模样，没有什么能被记得的特点，只是有一点特立独行吧！”

但在谢云师眼里的她一定惊若仙人！

“谢云师在我的世界里出现了很久，可是我们一直相安无事，彼此之间的交集也仅仅只是几句平常的问候。不知怎么了，他开始接近我，都没有任何预兆，我也没有太在意，还以为他只是想找人聊天解闷呢！他时不时地问我一些问题，都是吃什么、干什么呀这类小事，我当时根本就没往心里去。后来，他开始扭扭捏捏地送我东西，不过很多都被我退了回去，那是放假前的一天吧，他突然约我出来，讲述了这样一个莫名其妙的故事，并且说他就是那样的谢云师。他讲述这场故事的时候就像我现在一样平静，我也就记了个大概，然后他说想请我看电影，问我愿不愿意，我当时只是随口一说，就答应了，后来就后悔了！”她的脸在灯光的折射下变成粉色，一边的头发垂下来掩盖了表情，“我之前可没有跟男生一起看过电影，更何况他一直就让人捉摸不透呢！所以后来我就又拒绝了他。”她停下来，一副怅然若失的感觉。

“这算什么故事啊！前面还可以，后面怎么就完全没有感觉了呢！”姐妹们敲着玻璃杯，叫嚷起来。

“嗯，其实我压根就没把谢云师的事当回事儿，可是那天晚上他突然打电话来，很认真地问我为什么放他鸽子，我就一五一十地说了。他说，谢云师都是要保管好自己的秘密的，因为在没有遇到自己的云之前，灵魂都是残缺的，有些话本身就是以侵害灵魂为代价，如果还没有得到另一半灵魂的牵引，那样的灵魂会更加残损，谢云师和自己的云本来就相互制约，如果被自己的云抛弃或者遗失，自己就不只是失去半个灵魂那么简单，甚至会有更加可怕的代价，而我——”她呷了一口红酒，“就是他的那朵云！在谢云师的故事里，所有的灵魂最终都是要完整的，如果错过了自己的云，他宁愿放弃所有的灵魂，也不能忍受自己的不完整！”

这不能算作一个故事，没有故事该有的情节，但是当她垂下头掩面哭泣的时候，我才知道有一些事，不该分辨真假而要体会心意。

“他死了，那个说出谢云师故事的人死了，那个曾经笃定我是他唯一的云的人死了，他挂下电话之后就从电影院的那栋大楼跳下来，他死了，带走了所有的故事，死了……”她的手掌穿过头发，一直盖在脸上，我只能看到她在不停地抖动，像在抖掉很多的记忆，但她并没有像云一样飘浮，她是沉痛的，不会成为那朵自在的云。

三

谢云师第一次发现自己爱上那个女孩了，他想要忽视她，忽视所有与她有关的思绪，可是来不及了，一切突如其来，当他决定逃避的时候，她早就像云一样无处不在。

谢云师并不是一个成功的人，在遇上她之前，他就是失败的，败得伤痕累累，败得刻骨铭心。他想过逃避，忘记一些人，忘记很多事，时间可以麻木一切的，但是要想从一个人的阴影中走出来最快的方法，就是接纳另一个人走进自己心里，让她生根发芽，让她无处不在！

谢云师开始扭扭捏捏地靠近她，等待另一半灵魂的完美契合。“我爱你！”他想，“总有一天你也会爱我的！”从接近她的那一刻，那个故事就诞生了，它独一无二，它只属于那个人！

像很多的故事一样，他开始给她写信、问候、关注她的一言一行，他等着自己的那朵云被自己温暖，等着与另一半灵魂的交叠，而他等来了那个机会。她近期关注的那部电影就要放映了，媒体开始铺天盖地地宣传，他也留意了，那是一部浪漫唯美的爱情电影，那样的故事远比他的故事精巧。她会喜欢的，不管哪个故事!

在那个黄昏，谢云师努力编织着自己的故事，那个独一无二的故事。微醺的阳光穿过厚重的树叶，地面上落满了斑驳的影子，湖面上折射的水光潋滟在她的脸上，没有丝毫的波澜，绿丛中的小虫聒噪着他有些心虚。“每一位谢云师都只有一半的灵魂，他们终其一生都在寻找自己的云……”他匆忙地扫过那些树枝，她的脸颊有点微红，嘴唇轻抿了一下，露出很美的弧线，眉眼被一半头发遮了，另一半头发被拢到了后面。“失去了一半灵魂的谢云师，只有心是自己的，他们用它来寻找自己的云，而云只能等待属于自己的谢云师，机会很渺茫，但总是能找到的，对吗？”

天空中的云正要一点点融化，有风从湖面吹过来，四周的柳枝婀娜伶俜。“嗯，是时候了！”谢云师轻轻握紧了拳头，眼睛停在那朵云上面，“你知道那部电影吗？……听说它快要上映了，我刚好买到票了，”他留意着那朵云的任何波澜，“我想，不是快要放假了吗？你要去看吗？”

“嗯！好吧！”那朵云说。

四

一切都要晴朗了！谢云师的故事一定会和那场电影一样，男女主角破镜重圆，厮守终身。

可是那天晚上她还是变卦了。

所有的云都能找到归宿，而谢云师们来来去去，最后也不过是枉费心机。黑暗箍紧了所有的光亮，昏黄而惨淡的灯光渐渐溃败，树枝凌乱地爬满窗台，叶子在夜里呈现出褐色，和所有麻木的影子一样在风中撕咬，月牙啃食着云露出破损的躯体，稀疏的星光一点点陨落，终于只剩下凄惨的黑暗。

谢云师辗转难眠，一次次起身徘徊，张皇四顾。脑袋里的思绪如潮水般翻涌，如蝗虫一样啃食着他的心。“为什么？为什么会这样？”谢云师拿起手中的杯子，水影里朦胧着升起一团雾，雾气四散开来，从他的手指蔓延，四肢、全身，一点点深入，让他愈加迷乱。“她有喜欢的人吗？我做了什么事，惹她生气了？还是……”

那些思绪就像纸片一样飞舞，谢云师手足无措。玻璃杯渐渐清晰，里面安睡着一枚小小的月牙，那是一条从容安歇的鱼，晶莹的月光就像一朵悄然融化云，飘软了谢云师的所有思绪。“明天会更好吗？”谢云师安慰着自己，假装咽下了一粒助眠药，“会好起来的，一切都会好起来的！”

两旁的梧桐树沿着路蜿蜒，谢云师漫无目的地彷徨着，四周好像都是明亮的太阳，照得他难以适从，只好匆忙躲闪。一直到自己可以看到那家电影院的时候，谢云师才终于明白，自己是来请人看电影的。

从下午等起，他刚开始数树，然后数车，最后数人。在旁边的天桥上，谢云师漫长而乏味地等着，也许天空中的云已经聚散几次了，也许来来往往的人也换了几回。谢云师都不知道，只是数字不停地累积，这倒是比较有趣，至少还在提醒着他，时间也在一分一秒地过去呢！

霓虹灯闪烁的时候，谢云师才想起那串数字。他拿起手机，一遍一遍地重复着寥寥那十一个数字，拿着手机的手开始颤抖，但他还是握牢了。

“喂？”她说。

“你到了吗？在哪里？”他说。

“不是说过不去了吗？我以为……”她尽量说得快一些，但还是吞吞吐吐的，脸上泛起了红晕。“……你在听吗？”

谢云师必须找到自己的那一半灵魂，只有拥有了全部的灵魂，他才算是完整。所有的灵魂最终都是要完整的。那些拥有灵魂的云并不知道自己的灵魂来自哪里，她们不需要寻找，只有谢云师的心指引着，两块孤独的灵魂才能够缝合。

“你是我等待缝合的云！”谢云师说，他的喉咙压抑着，并没有撕扯着喊出来，“你是我等待缝合的云！”

五

有的谢云师会为了寻找属于自己的云，情愿放弃所有；有的谢云师则处处随遇而安，即使没有那一半的灵魂，依旧逍遥快乐。

这个谢云师，握着两张发干的纸，蹒跚地迈向电影院。周围三三两两簇拥着挂满各式微笑的脸，只有一个人扶着自己的影子在走。每一步都留下了脚印，但那些脚印很快会被其他的脚印淹没，就像自己一样。

他没有逗留，不停地转弯，不停地迷失。没有云的谢云师，何尝不是一朵被放逐的云呢？一阶一阶的台阶叩击在谢云师脚下，它们坚硬、固执、冷酷无情！谢云师渐渐酥软，渐渐麻木。

“有多久了？”

“到了吗？”

脚下的声音却愈发猛烈，如同千万个玻璃球滚落、撞击、咆哮！谢云师终于彻底累了，他坐在那里，声音经久不息，好像还有闪电，有雷声。“噢，下雨了！

多久的事？”谢云师抚摩着疲惫的膝盖，“很久了吗？”雨声还在持续着，谢云师心里也开始惊落层层涟漪。

“可笑的谢云师！什么都没有，什么都没有啊！为什么会是这样呢？我不该拥有至上的法力，不该呼风唤雨吗？那个故事，那个故事一定是错的！不会的，它是错的！错的！”他的手触碰到了胸口，那里是热的，只有那里还是热的！“谢云师的心是热的，对！我是谢云师！”

他站起来的时候，天空是明亮的，饱满的月亮正璀璨着，月光如流苏般流淌在台阶上，仿佛氤氲着花香。谢云师一步一步地迈上去，台阶软而滑，他像很久以前接近猎物一样不断靠近。阳台上洒满了白色的光，他走上来，脚步变得很轻，那种失重的感觉开始蔓延，仿佛都很轻，一切都在飘浮，像云一样飘浮。

远处飘荡着一条色彩斑斓的锦带，从遥远的地方伸出来，微微上扬的弧度像挂在天上的一个笑脸，那张笑脸对着谢云师微笑，上面缀满了晶莹璀璨的星星。“彩虹？是彩虹！”谢云师没有来得及想，黑夜怎么会有彩虹，为什么彩虹上会有星星，好多好多的问题都来不及想了。他伸出手，太轻了，那彩虹滑溜溜的，不够，他要走到上面，走到彩虹上面，那是一个很轻很轻的梦，他不想错过了。四肢都很轻，像在云中飘浮，被风吹得痒酥酥的，谢云师踩在上面了。

一切都醒了。真的是梦。当身体的重量一下子找上来，他才发现自己跳入了一个陷阱，他的身体在抗拒，剧烈地颤抖，四周的黑暗涌上来，他想要抓住一些东西，想要像鱼一样游动，但是徒劳的。那种坠落只有在梦醒的时候才感同身受！

一切的坚硬，终于软了下来。伴随着呼啸的风，他像是被扯散的蝴蝶，一切突如其来，而后无声无息。

谢云师回到了自己的森林，那个最初的地方，他抖落了所有，成为天空中一朵脆弱无依的云。

六

原来，谢云师最后的归宿是成为天空一朵无忧无虑的云。

她还在哭着，那声音断断续续，没有那晚的雨声来得响彻空谷，但是流连于玻璃杯间还是激起了不少微澜。

“男人总是喜欢编一些小伎俩骗我们，一点意思都没有。”

“是啊，他的死和你有什么关系呢？不要太自责了。”

“都过去那么久了，别再伤心了，毕竟很多事都是要放下的啊！”

…………

姐妹们围拢上来，三言两语就堵住了她的口。我自觉没有意思，再没了喝酒的兴致，就提起包，从人群中退了出来。

谢云师只有一句咒语：“你是我等待缝合的云。”这句咒语解救了被灵魂束缚的云，但也结束了自己在人间的修行。他们来自天空吗？我抬起头，都市的霓虹灯把天空染成浓稠的颜色，让我几欲作呕。这样的天空配有彩虹吗？更何况是那样纯洁的云！

很久以前，谢云师为了让那些不愿孤独的云可以留在人间，就把自己的灵魂割舍一半，有了灵魂的重量，那些云就可以继续在人间游荡，他们拥有灵魂，就可以幻化成人，享有人间的喜怒哀乐，遍尝苦辣酸辛。可是，谢云师因为失去了一半的灵魂，就只能不停地寻找那些可以依附的云，一旦找到就生死相依，如果被那些云放弃了，他就必须解除灵魂之间的粘连，让两瓣灵魂再无瓜葛。而代价，是生死相隔！

你有遇到过你的谢云师吗？

2016/7/31

活动小丑

浙江传媒学院 / 钟晓琦

一

热气像是要将我新换上的眼镜镜片融化掉似的，我伸手去挡透过重重聒噪不堪的蝉鸣声依然可以潇洒洒落的白茫茫阳光，看到了站在离我大概有十棵香樟树之遥的爸爸。

他毫无畏惧可言地置身骄阳，早上八点的阳光在他的身后拉出了有如细长棉花棒的影子来，影子和他身边的香樟树呈现出一种和谐的平衡感，仿佛那影子不是爸爸的，而是他身边的那棵细小香樟。

爸爸周围是以两个人或者三个人围起来的小群体，有三个大学生模样的人，有一对情侣，有两对夫妻，至于我为何能分得清楚情侣和夫妻，大概是因为情侣是两个人，而夫妻是三个人罢了。也有不少爸爸那样年纪抑或是比他年轻几岁的中年妇女和男人，他们都像是初、高中小群体一般地围着，窃窃私语的，放声大笑的，打打闹闹的，宛如新学期的郊游。

一个人的父亲不高也不矮，不胖也不瘦，是放在人群中能很快被淹没的那种类型，可我却一眼就能看见他，在这样的周遭环境下，他鹤立鸡群。

虽然是这样说，可我的脚步却越加慢了起来，甚至有了种想扭头就走的心理情绪。但就算如何不情愿，我还是穿过重重的游客之墙，穿过那些令人尴尬的欢声笑语，走到了爸爸的面前。

我看到他将原本高举的右手带着些僵硬地放到了自己的后脑勺，目光穿过我的头顶落在我身后的不知某处。

“好热啊！”

是许久不曾说话口水蒸发而产生的一种略带沙哑和黏腻感的声音。

我看向他的眼睛，眯起被阳光感染的双眼，没有声线起伏的，将近有一些不近情面凉丝丝地回了一句：“真的，今天好热啊！”

虽然阳光刺眼了些，但我感觉并没有我所说得那么热。

二

我到现在都无法理解自己为何会在妈妈一个电话之下就在学业还算繁忙的双休日前一天晚上翘了课回家，就像我同样无法理解明明说好的六个人的出游变成了我和爸爸的双人游一样。

去离宁波市中心不远的慈溪某因为综艺火起来的度假乐园这件事明明是哥哥先提起来的，他给我的理由是他在那个乐园上班的大学同学送给他整好六张门票。而妈妈听到这件事，二话不说就上了铁路客服中心预订了六张从宁波南站开往慈溪的大巴票，至于为什么是大巴而不是速度能快上十倍的动车，妈妈给我的理由是觉得动车太快没有安全感，因为她还想带上淼淼。

淼淼是我的侄女，也就是我哥哥的女儿。哥哥在三年前和美咲姐结了婚，在一年前有了他们俩爱情的传承，取名宋淼。而这个命中五行缺水的孩子在我回来后因为和我一起喝了一杯苏打水而渐渐发起烧来，小脸红扑扑的大有将自己名字中的三个水都烧开的意思。

哥哥抱着她，帮她贴上了退烧贴，妈妈急急忙忙地喂她吃了颗退烧药，虽然没有好全，但也已经可以再次冲着我笑伸手问我要我手中的苏打水了。

可妈妈依然很担心，一边将室内的空调调高一边嚷嚷着她明天就不去了，她要留下来照顾淼淼。哥哥顺藤摸瓜也说自己不去了，他将女儿放在自己的大腿上，并没有写进多少担心成分的眼睛侧过淼淼的身子看向了电视。

他并没有忘记我这个存在，毕竟我坐在他的边上狠狠掐着他经常运动并不好掐的腰。他拍开我的魔爪，“你和爸爸一起去吧。”声音中有只有我和他才能听出来的调笑。

“这和说好的不一样好吗？”我有一点儿慌张，但我并不想将这种很丢人的情绪表现出来，所以冷着一张脸，看了一眼正要伸手去够被我放在茶几上的冰苏打水的小侄女，有些愤愤：“叫美咲姐回来不就好了，哥你又不会带孩子，你一个人逞什么能。”

“小鬼你懂个屁啊，我女儿永远是我女儿，就算她方美咲和我离婚了她也带不走我女儿好吗。”我哥终于有了情绪看了我一眼。

我其实并不怎么想谈我哥和美咲姐的那些事情。说起来似乎很严重，搞不好过两天就会离婚似的。但就算是我，一个被认为不懂事、成了年也依旧像是个中学生的大学生也能看出来，这仅仅是他们两个夫妻之间特殊的调情方式。

刚刚从厕所出来才听到我哥和美咲姐通的电话，如果自己的耳朵还没有放弃治疗的话，这次美咲姐“离家出走”的时间大概是两个星期。

“妈，你也不要和美咲说森森生病的事儿，女儿离了她没几天就发烧这样的事情说出去很丢人的。”

“你也知道丢人啊。女儿生病了不让当妈的知道大概也就只有你宋哲渝了吧。”

“你们都不去了，那我也不去了。我也留下来照顾森森。”

森森像是为了回应我的话一样终于打翻了她眼红了很久的苏打水，和白开水看似没有什么区别的液体像泉水一般涌溅开来，打湿了被爸爸放在茶几上的报纸一角。可就算是这样，同样作为明天出行一员的爸爸也没有吭声，只是任由水渍从一角逐渐扩大，再扩大。

慌乱中爸爸似乎秉持着坐如钟、站如松的少林理念，妈妈匆匆忙忙地跑进厨房去拿抹布，哥哥则一把抱过森森，放在了我和他的中间，逗女儿的同时不忘逗逗我：“说什么呢，不是还有爸爸嘛。再说我听说你不是要交一份作业吗，刚好可以去那里取材啊，干吗不去。”

“可是说好的六个人的呀。”

“你就这么不想和爸爸一起出去玩啊。”

空气有一瞬间是凝固的，在我和哥哥之间。好在森森安然处于其中，不时发出“啊啊”声。可我在那一瞬间突然没了脾气，想说的话被自己一股脑儿地吞进肚子，有些话说了和不说一个样，因为没有意义。

三

爸爸站在一边，将靠窗的位置给了我。

在坐上车之前，我想了很多个可以和爸爸聊一聊的话题，当时在想的时候还挺起劲，顺道想了该怎么开始话题。但是一坐上车，系好安全带，就突然什么都不想说了。

我不是没有在意周围人对我和爸爸的视线，那视线中带着中年妇女特有的好奇。

他们会怎么想呢？一个中年男子带着一个看着像是大学生的女孩。这是一个特别尴尬的年纪，放在如今这个社会，这个年纪可以做女儿但也同样可以做情妇。

他们会怎么想呢？我和爸爸看上去又像不是父女关系呢？

车子发动起来，沿街的景物开始从我的视网膜中一路消失倒退，很快，车子就已经驶离了市中心，眼前开始出现成片的稻田或者其他什么叫不出农作物的田地，一望无际的，没有了高楼的阻挡，视线的开阔给我的脑神经一个还算可以的刺激，有那么一瞬间想掏出手机将这样的画面记录下来，可碍于爸爸在身边坐着，我就什么都没有做，只是百无聊赖地看着所有东西在我右侧倒退着，直到看不见为止。

风景虽然在变化着，云朵看似也比走路的时候运动得更加快了，但是就这样坐在车中，被其他莫名其妙的东西占据着思绪的我压根没有这个打算去好好观察那些变化。我可以说是懒得动弹一下地坐在车上，车外就算突然变成爱丽丝漫游的那个仙境抑或是查理的那个巧克力工厂，对我来说，也根本不存在着什么吸引力。

坐在大巴车最后一排的是之前见过的三个女大学生，年纪大概和我差不多。不知道为什么一开始的三人组合变成了四个人，有一个我刚刚没有见过的男生坐在了边上的位置，在叽叽喳喳像极了一千五百只鸭子的女大学生组合之中，他安静地看着窗外，存在感稀薄得就像一张塑料薄膜。可大概就是这样，在阳光的照耀下，那时而反射开来的犹如彩虹一样的色彩才会如此强烈。

我将头扭过来的时候刚巧遇上爸爸的有些在意的目光。

“真够吵的。”我说了实话。

“是啊。”爸爸回答说。

其实我根本没有资格去对别人指指点点，在我初上大学的时候，或者更早，我也是坐在车子后排的、能为自己花一个下午染指甲的“青春少女”，和好朋友之间存在着讲不完的话，会在喜欢的男生面前放大自己的声音为只博得他的注意。那个时候的自己只会思考自己，不存在任何被污染的杂质，我想“青春”大概就是将“做自己”进行到底吧。

现在的情况有些不太一样，即将毕业的我面临着青春和社会人的转变、消费者和生产者的转变。这应该是一个很复杂的年纪，巨大的对身不由己的抵触和不知何时深深镌刻在心底的责任感交织起来，逐渐变成在猫咪手下一团糟的毛线。

看什么都变得讨厌起来，有时候看向镜子中的自己，也厌恶得不得了，我为什么会是“我”呢？我如果是别人该有多好。

然而什么时候开始对爸爸有了这样的情绪呢？但我想我其实并不讨厌爸爸吧，因为爸爸就是“爸爸”，对我来说爸爸就是“宋行远”，而“宋行远”就是一个三个字的符号，没有可以讨厌的理由。

爸爸将“符号”这个词用得倒是淋漓尽致。他的话一向不多，身材平庸、相貌平庸，诚如所见是一个放到公共场所能被一下子淹没的类型。他从来不对我的教育有任何提议，我几乎是在他和蔼的眼神中随波逐流地长大。因为作为母亲形象的妈妈的严厉，作为父亲的爸爸存在感稀薄得可怜。

在我的记忆中唯一一次见到爸爸发火，那个事件的主人公也并不是我，而是我的哥哥宋哲渝。那一天我刚洗好澡从浴室出来擦着头发准备开饭，行走至客厅和厨房的走廊处就听到了家中很少能听到的巨大动静。我停下步子望向玄关，不知情的我只看见爸爸和哥哥两个人厮打在了一起，双方都面红耳赤，那阵仗看着就像打了半个世纪。

我看到哥哥身上带着新伤，眉骨处有一道口子，右眼角处通红了一大片，合着右眼的眼珠子中布满了血丝，和他漂亮的左眼形成了天差地别。嘴角有瘀青，鼻子之前似乎流过血被擦去了，只剩下一道不明显的淡红血痕。

很明显，处于下风的爸爸没有这个能力将哥哥揍成现在这副模样。事情的经过无非不是哥哥闯祸惹怒了爸爸而已。

哥哥早已长成了一个可靠的男人，拥有着高大的身材和还算受女孩欢迎的脸蛋和性格，因为是学校篮球部的成员还拥有着好看紧实的肌肉和被太阳晒成小麦色的皮肤。而爸爸呢？他只拥有着平庸的体格，在健壮的哥哥面前瘦小得都不能称作“平庸”。

我就一直站在那里擦着半干的头发，并没有去帮在一旁劝架但却根本没有效果的妈妈，刚刚泡完澡后身上的水蒸气被燥热的空气吸收，淡淡地在空气中形成一道肉眼不易察觉的薄雾，这层薄雾似乎在我身前形成一道难以逾越的高墙。

大概就是在那个时候开始，宋行远这个名字便在我的脑海中变成了一道微弱的符号了吧。

四

“到了。”我听到身边传来解开安全带的声音。

大巴只是将我们送至了慈溪的客运站而并非最终目的地。离度假乐园还有一段相对遥远的距离，因为双方都想上厕所，所以我和爸爸约定在客运站的小卖部中碰头。

车子中空调开得很足，导致一下车对迎面扑来的阳光感觉到的只剩下温暖而不是燥热。汗毛在经过长时间的冰冻后因为温度的变化而倒竖了起来，我看着有趣，一时间并不打算离开阳光的洗礼，所以没有走进小卖部而是选择了在小卖部前面的一个花坛边上坐了下来。就算不走进去也没有关系吧？爸爸等不见我一定会从小卖部中出来。

可就当我摇晃着双腿享受着无忧无虑，我看到了坐在花坛另一头的爸爸，刚想要往他那儿走去，另一股劲却拉住了我，我踢了踢脚下的土坷垃，心想着去爸爸那边保持着一贯的沉默还不如就这样放松地休息着。

可正当我身上的冷气散去，逐渐感受到太阳的炎热起身要走的时候，爸爸那边先比我开始有了动静。顺着他动作的方向我看到了已经被我的眼睛熟悉下来的三个女大学生，她们保持着她们吵闹的青春活力高声地叫嚷着，在难消的暑气中鼓动，传到我耳边已经变成了闷闷的低吟。

爸爸跑过去径直蹲了下来，我的视线才停留到刚刚和三个女大学生在一起的那个沉默的苍白少年。他倒在小卖部的门口，双膝跪地双手也在地上撑着，低着头，细碎的额发根根分明地垂着，有些宽大的白色T恤被风鼓起，稍显无力。

我大概知道发生了什么。我抬头，对着已经开始对我造成生理伤害的太阳眯起眼睛。

爸爸扶起男孩子，将他的一条手臂搭在了自己的肩上，他对依然垂着头的男生说了几句话，接着又对这样的情况显得惊慌失措的女大学生们说了几句。

有女生快速地跑进小卖部买了两瓶冰水，爸爸将水拧开试图让男生喝下去，同时又把另一瓶水抵在了男孩子的额头上。

啊，还有这个样子的爸爸，在我的记忆中已经消退的没有影儿的形象。哦，原来还有这个样子的爸爸呀。

但是就算出现了让我惊讶的爸爸形象，如果要我就着这个画面想起爸爸之前对于我对于我们家做过的相同的事形成的相同形象，我想，还是需要一段相对较长的时间。

爸爸似乎是看到了我，朝着我的方向挥了挥手。

我用手挡着逐渐焦灼的阳光，一路小跑着过去了。

当我在被一群比我小的女大学生叽叽喳喳地围住而爸爸只是拖着稍微好些的少年不发一言的情况下，我大致了解了现在的情况。

原谅我并不好使的脑子，到现在写下这些的时候已然记不起他们的名字，所以我在此抱歉地用少年A和少女B、C、D来代替。少年A因为长期的宅男生活导致体力不支稍微中暑倒下，少女B、C、D第一次来慈溪不知所措，好在我们的目的地都是度假乐园，所以少女B提议我们一起打车过去，这样不仅车费可以节省下来，又可以得到大人的帮助，何乐而不为？

我倒是无所谓。

可是当我和其他四个刚刚认识的陌生人挤在后座的时候，后悔之意就这样冒了出来。

身体没有恢复的少年坐在我的左边闭目养神。是个很好看的少年，闭着眼睛的时候就像是一个女孩儿，我其实可以理解为什么这三个女孩子会将这样一个体力不好的少年拉出来玩，毕竟这样才叫作青春。可是坐在我右手边上的三个女孩子依然持续着她们永远结束不了的话题，在我冷冰冰的回答下深感挫败的她们又开始对着爸爸进攻了起来。

“哎，大叔，你是哪里人？”其中一个女孩子率先发问。

爸爸坐在前头的副驾驶上，没有回头，但依然用他并不好带着宁波口音的普通话回应着女孩子们无时无刻不在释放着的青春活力。

“原来大叔你们是宁波人啊，我们在宁波上大学哦。”

“是吗。”

“我们三个都是台州人哦，台州三门的。”

“好地方啊，那边的青蟹特别有名。”

“是啊是啊，虽然我们也不常吃，不过说起三门大家都会想到青蟹呢，好神奇哦。”

“对啊，就像大家听到宁波第一反应是汤圆听到慈溪第一反应是杨梅一个样。”

“是啊是啊，虽然被冠上这样一种标签才被别人记住有些怪，但是也是被别人记住了，作为一个有那么多人居住的城市，如果依然不为人所知，也太可怜了是吧。”

“其实人也是一样啊。”

似乎是对遥远未来的叹息，似乎是对着远去从前的缅怀，爸爸轻轻地用宁波话说了一句，在女孩儿们的追问下也只是用“没什么”敷衍过去。

我并不在意。只是看到身边的男孩子突然睁开了双眼看向了窗外。他的中暑大概是好得八九不离十了。

我插不进身边“青春”的谈话，所以对着话少得可怜的男孩子发出提问：“哪里人？”

“宁波本地的。”

气氛不允许谈话继续进行下去，可我并不在意。

本就平凡的人，该通过一种怎样的方式让他人记住呢？我现在想不起那个男孩子的名字，也逐渐没有了他脸庞轮廓的印象，但是我却记得他是宁波人。记住的并不是他的属性，记住的只是自己也是个宁波人罢了。

依然徘徊在似青春非青春的边缘，被贴上一个叫作宋哲湉的似有非有的标签，又有谁会在茫茫人海中把我记住呢？是否会有人像喜欢着自己的我一样喜欢着宋哲湉，是否也有人像厌恶着自己的我一样厌恶着宋哲湉呢？

大抵谈不上喜欢和厌恶，在他人的眼中我同样只是一个叫作“宋哲湉”的三个字符号罢了。

五

已经忘记是如何向四个大学生伴侣告别的场景了，我只隐隐约约记得下车后我便迫不及待大口喘气，连最后是以一种什么方式付的车费都抛却脑后。

当成是难得的有缘，我在车上向他们交换了微信的联系方式，以为这样便能不失去联系，所以最后的最后连一句再见都没能说得出口，后来自己当成回忆想起来的时候大概会当成是一个成年者的失败吧。

可是很快就被内心中蚂蚁搬家般蔓延开来的躁动所取代。所谓吃、喝、玩、乐，民以食为天所以吃喝为上，其次是玩乐。大家都说人的本性和草履虫如出一辙，趋利避害，对于这一点，我无比地赞同，因为此刻我的内心对“玩乐”的向往大于任何愧疚和不安。

我承认自己是一个无趣之人，在来这里之前并未去过任何和“乐园”沾的上边的任何地方，所以见到如此大规模的犹如孩童手下的七巧板搭建而成的乐园还是有些吃惊。

乐园中的人造风景别具一格，阳光虽然大，但是这并不妨碍大家的游玩心情，一路上有巨大的伞为大家遮光挡雨——说起这一点，这个乐园在某些为游客服务的设施方面做得还是很充分的。

爸爸走在我的边上，拿着从入口处拿来的地形图查看，确认着我们现在走的这条路是不是通往在我认为来这种地方必玩的一种娱乐项目——海盗船。

在太阳下经过一段时间后，我在刚开始就建立的兴奋感很快被烦躁给打败。我用手冒充着扇子往自己的脖子处送着风，目光所及处突然出现了一个在大夏天却裹得像刚从北极抓鱼回来的活动小丑，因为踩着高跷所以比起常人来高出了一半的身高，画着就算是经过长时间的骄阳暴晒也不会花的浓妆，惨白的妆底和夸张——生怕别人看不见他微笑似的咧到耳朵边上去的嘴巴。

虚伪的笑容。

在我很小的时候，在别的小孩惧怕小丑或是嘲笑小丑，抑或是对他表现出自己的好奇的时候，我就开始不符合年龄地悲天悯人。是的，我不喜欢小丑，甚至有些可怜他。

为博他人一笑，硬生生将自己变成别人——一个活动的没有灵魂的空壳。

没有什么比成为这样子的存在更加可悲了。一个人，如果失去了生而为人的身份，那么他活着又有什么意义呢？为他人而活，那么作为这个人的存在价值又在何处？

“我记得你从小就不喜欢小丑啊。”

我吃惊地看向很久没有说话只是安静地走在我身边的爸爸，他说话的时候并没有看我，而是盯着那个渐行渐远的灵魂，他的目光透过小丑的肩膀或者其他什么部位看向了一个我并不能说出具体方位的方向。

“这么热的天他穿成这样不难受吗？”我开始我逃避问题的惯用手段——答非所问。

“难受啊，换谁都难受吧。”

“那为什么还要这样呢？赚钱吗？”是冷嘲热讽，自己都没能想到的声东击西了。

我看到爸爸牵动了嘴角，阳光下比我高出半个头的爸爸的表情并不能看得真切，只是作为他女儿的我的一种心灵感应，他的确是在微笑，对着小丑的方向。

到后来我们已经看不见小丑的时候，在逐渐看见离地好几米的海盗船的身影的时候，爸爸突然开了口。也就在我以为他是要提醒我已经到了我正准备回答自己也看到了的时候，他就着之前的话题开口得猝不及防：“总要有人去做吧。不管目的是什么，赚钱也好或是为了他人开心这种听着就像骗人的目的也好。我想在成为小丑的时候他也是肩负着小丑的责任的。”

“啊？”我有些反应不过来。

爸爸把导游图折叠起来放进自己的裤袋，在那里装着一包烟和一个打火机，在平常，他在一天内能很快将它们抽完，但是今天他陪我一路过来，却没有吸过一支烟。

“责任吧。很多时候人们都身不由己，没有人一直在做着自己觉得自己应该做的事情，在做着自己并不开心的事情的时候，这个时候只能想想自己的责任。有些人不屑‘责任’，所以有了犯罪。”

我皱了皱眉，我想我的确讨厌“责任”这样颇为说教的词汇。

随便怎么样吧，我做我自己的事，他人之事，与我何关？

在乘上海盗船之前很长一段时间我都没有说话。其实这种娱乐项目在排队的过程中才是真正的要命，五分钟不到的游戏时间，而排队等候的时间确是它的整整十倍。这段时间内，所有的人聚集在橘黄色遮阳棚内还算有条不紊地前进着，我掏出自己的手机开始四处拍照，为自己的写生作业谋求一个顶好的素材。

当我把镜头往爸爸那边移动的时候，看到了谈笑风生的两个小姑娘，十四五岁左右的年纪，因为站在遮阳棚的边缘位置依然要被太阳晒到所以撑着一把伞。由于她们的视线被伞挡住并不能看见站在伞后刚好被伞的边缘顶住的爸爸。

在人挤人的人海当中，在寸步难移的空间之中，爸爸稍稍弯下腰，从站姿改成了趴在栏杆上的别扭姿势，这样的高度和小女孩们齐平。

我不由自主地按下快门。

“爸，我和你换个位置，我想拍那个‘丛林飞龙’，这里被柱子给挡住了不好拍。”

我扬了扬手中的手机示意爸爸。

爸爸点了点头，沉默地弯着腰和我交换了位置。

不知从何而来的一团火气，在这种躁动的炎炎夏日，在这种等不到尽头的漫长等候中在我体内噼里啪啦轻轻作响。

“喂，小同学，你们的伞挡住我拍照的视线了，麻烦你们收起来好吗，已经没有阳光照到你们了不是吗？”

可能是我的凶神恶煞吓到了她们，也可能是真的感觉到在队伍的前行中早已晒不到阳光，她们有些局促不安地收起伞，小声地向着我道歉。

我并不理会，对着无论在哪个角度都能拍到的高高耸立蔓延无边的“丛林飞龙”按下了快门。

海盗船限制坐四十五个人，其实上去乘坐的人远没有这么多。在我纠结着该坐哪一排的时候我看到了那个中暑差点没晕过去体质很弱的男生，他在另一头，朝我挥了挥手。我有些尴尬地别过头，但是依然选择了和那个男生遥相对应的座位。

并不靠后，但是也不在中间的位置，可对于我这样一个压根没有乘坐过这种刺激项目但是内心却渴望挑战刺激的人来说大概是一个不错的选择。

“害怕吗？”身边是一边系着安全带一边向我提问的爸爸。

我摇摇头。

害怕吗？坐在高处望向底端的人山人海，害怕也会逐渐演化成兴奋。我想我是害怕的。

“放松就好了，没什么关系。安全措施还不错，海盗船的高度不会很高，就是速度也不是很快，重力加速度可能会让人很不好受。”

海盗船慢慢摇晃起来，耳边是爸爸被风一吹而散的声音。

不知道为什么，先前可能会产生的那种对未知事物而产生的紧张感或者害怕都被风吹淡了下去，内心在某一刻达到了一种无关生死、无关感情的平静——一种在事后想起来被我自己称作是莫名其妙的、放空的生理状态。

海盗船开始加速，原本平静偶尔带点风的空气开始嚣张起来，它们开始在我的耳边爆炸，在海盗船不知名的外文歌形成一条因声波而扭曲杂乱无章的线条中，我感觉自己被轻轻抛出去，扔向了一张巨大的网。

双脚开始悬空，身子开始前倾，被重力束缚，要往下掉落的时候开玩笑一般又将人轻轻提起。心中有如千丝缠绕，脑子也是。

将要抛弃智商以及其他什么的脑子这种时候不知为何想起了之前进来乐园之前看到的那只小丑。他是否已经开始在小孩们好奇及期待的眼神中表演同时抛动五个球了呢？一定是的，在孩子的欢声笑语中，我大概已经落入那五只球的其中一只，在小丑的手中被抛高和落下，但是却不能发出一丝怨言。

我听到自己的牙关紧紧咬住时发出的“咔咔”声，鼓膜开始隐隐作痛。

肩头一重，有温热的东西压在了我的肩上，我似乎听到遥远的另一只球中传过来的声音，起初还是细小的犹如蚊子一般，后来在我的耳边渐渐扩大，形成不可阻挡之势。

是爸爸的声音吧。他说什么了？大概是让我叫出来。

在最高处定格。

我张开眼睛。

视线平行处是乐园之外高大树木的树梢和高楼大厦的顶端。

落下。尖叫。

眼睛因为传感器的失灵没能很听话地闭上。我看见对面有人向我招手，就像一开始我们同时坐到海盗船的两端一样。

少年的存在感强烈得可怕，他的微笑像是挂在我们头顶却早已感受不到任何温度的太阳。我着魔一般举起紧紧抓着护栏不放的手，并向对方高高举起示意。

叫出来。

啊……

想说什么叫出来。

啊……

可是在那个时候，在我内心汇集着千言万语的时候，我放弃了语言，回归了人类最初的本真。

六

在双脚落地的时候我依然有一些蒙。

害怕吗?害怕。

害怕什么?那种连自己都无能为力的感觉。

左肩传来一个熟悉的重量和温度，我扭过头看向似乎隐隐带着微笑的爸爸。我的表情一定十分有趣，意识到这一点的我的脸上开始渐渐升温，理智开始重新返回我的大脑，我开始为我自己的不成熟感到懊恼。

“最后还是叫出来了啊，我还以为你想要咬紧牙关闭着眼熬完这五分钟呢。”

明明年纪已经并不年轻了，但是爸爸似乎一点事儿都没有，他的心情也许比我们来之前更加好了，语气中跳跃着一种说不出来的漂亮色彩。

我一开始就是这么想的。如果不行的话就闭着嘴闭着眼睛熬完五分钟吧。反正我一直都很能熬，就像并不擅长跑步，短跑经常拉低班级总成绩的我常常能在八百米中有出色的表现;有着轻微晕血症的我也能为了学分一次两次地去献血一样，五分钟的海盗船，在原来的我的世界观中，就像是一次证明自己“英勇无畏的大人做派”的测验。

“我刚刚想到了小丑。”

爸爸对我的话表现出了惊讶。

“我觉得我是真的很讨厌小丑的。”

“是吗。”

爸爸又掏出了导游图，开始寻找着接下来要去的“女娲补天”的路线，而对我突如其来的似乎是用来回答他很早之前的提问的回答有些熟视无睹，他大概是认为这只是他骄傲的女儿因为海盗船而放声大叫而表现出来的不满吧。

可是我啊，是真的很讨厌，很讨厌小丑啊。如果将他放到海盗船上，他那咧到耳边的微笑，大概也不会减弱丝毫吧。

七

回家时我和爸爸毫不犹豫地选择了运行速度更胜一筹的高铁，虽然这让我们在从慈溪到余姚火车站的途中花了不少钱在打的上面。

坐上车的时候我下意识地往后面张望，高铁上高高的椅背并不能让我的视线传达到我想传达的方向。经过的乘务员问我是不是需要什么帮助，我有些慌张地摇摇头并坐正了姿势。

总以为缘分一直都持续着，理所当然地认为那四个大学生模样的少男少女们依然在车子的最后一排谈笑风生，就像坐在高铁中的我们并不能感受到高铁的疾驰速度一样，很多东西感觉像是握在了手上可实际已经随着时间的疾驰而逝。

我看向身边的爸爸，他正看着窗外。景物移动得很快，对于自己，总是静止不动的树和房子被自己远远落在身后。天已经暗了下来，摘下眼镜时是只能在胶片上看到的缥缈灯火。

想要开口和身边的爸爸说些什么，却什么都说不出来。

可是这不打紧，气氛并不紧张，因为我并不想得很多。

八

回到家的时候哥哥依然坐在电视机前看着电视，只是身边少了淼淼。

我将在火车站随手给淼淼买的苏打水扔给了哥哥，他连抬头的动作都懒得做地向我打了声招呼。

他问我今天过得怎么样，我哼哼唧唧地应付了过去。我问他淼淼去了哪儿，他说和妈妈出去了，具体去哪儿了他也不知道。

我看着他浑身只着一件白色背心和沙滩裤，一时间就像回到了高中，总比我回来得早的哥哥坐着看电视，而我则背着书包和他打着招呼，有一搭没一搭聊着根本没有什么营养的话题。

四年过去了，哥哥成了家，我则要走出校门。可时间一直是个很怪异的东西，它明明坚定地向前走着，可代表着它的时钟却一圈一圈地绕着圈子。很多东西变了，也有很多东西不曾改变。在我眼中，哥哥大概依然是那个驰骋着篮球场的不良少年。而我呢，我一直强迫着自己长大，到头来却退步了也未可知。

"你啊，还是个长不大的小鬼。"

哥哥最后感慨着，打开那瓶我为我自己亲爱的侄女特意买的苏打水一口气灌了下去。虽然我不知道他说的是哪个方面我也并不打算承认，可是那个时候，我却只是一屁股坐在了哥哥的边上，随手抓起茶几上的薯片塞进了嘴巴里，时刻不忘和他斗斗嘴：

"你也是吧，没权利说我。"

"和爸爸相处得愉快吗？别看他平常那样，其实是个很可靠的人吧。"哥哥似笑非笑地盯着我瞧，像是要给我盯出一个洞来。

我别开头假装去看电视故意躲过了他的视线，"哥哥认为的可靠是什么样子的呢？爸爸一直都那样，和那次一样，连自己的儿子都不能教育，真是没有骨气。"

"那阿湉认为的骨气是什么呢？"哥哥爬了起来，从我身边绕了开去，朝着正在浴室洗澡的爸爸问了一句今晚吃什么。

耳边的水声淅淅沥沥，电视中正上演着一个总是叼着烟的天才侦探和他的医生助手破一起杀人案，虽然看着中文的字幕，但是依然无法理解他的破案手段。

我认为的骨气是什么呢。我自己都无法解答这个问题。

九

在晚上吃饭之前我的微信收到了几张照片，发信人并没有设置备注名，我知道应该是今天加的那四个大学生中的其中一个。

照片拍的都是在海盗船上我和爸爸。有我低着头头发随风凌乱的，抬起头时刘海儿飞扬露出额头的，有我睁开双眼的震惊脸，也有我张口大声呼喊的，最后一张，我的眼神直视着前方举起了右手，不同于其他张，这张侧面的我的嘴形是上扬的，就像是在对着什么微笑。

而爸爸的身影被我挡住看不见表情，但是我至少能确定，在海盗船上肩头的重量不是自己的想象。

几张照片发完后顺便发来一句话："在海盗船那里又见到姐姐你们啦太有缘了，所以自顾自就帮你和大叔拍照了，姐姐的表情好棒都可以做成连环画了——我一直认为姐姐是个很cool的人对不住啦，我看到你打招呼啦。（爱心）"

我将最后一张照片放大，在疾驰的空气中凌乱的我的表情惨不忍睹，但是的的确确是在微笑。爸爸的那只手到最后的最后都没有放开我的肩膀，紧紧地，像是要将他所有的能量都传送到我的身上一样。

森　林

德州学院 / 明　久

一

他迷路了。

他被留在了这一片茫茫的森林里。

他用双手扶住地，缓缓地站了起来，他的每一个关节都咔嘣作响，像是一台锈迹斑斑的机器久违的运作了一般。

他抬头看了看天，一轮皓月填满了这块仅有的还没被树叶遮住的天空。

他又环顾了一下四周，树，还是树，且这些树并不像是整齐划一的人工树林，而是参差不齐，相互交错着的。他感觉自己像是被一条烫满烟洞的窗帘围住了一般——树与树之间与其说是间隙，不如说是缝隙。

他突然意识到，自己不能再在这里浪费时间了，他要想办法离开。他注意到，周围的树丛中，有两棵树的间距较大，足够一个人轻松通过，于是他走进了这条小路。这条路的路面很平滑，并没有什么杂草、灌木一类的东西，他小心翼翼地走着，树枝间只有星星点点的月光作为光源，借着月光，他看到有一股及膝的水雾，不断在脚边、腿间流过，让他感到了些寒气。他隐约听到，两边的森林里，似乎有什么声音在颤动着，那的确是什么动物的声音，但听起来却更像是人的呢喃。

不知走了多久，四周的树木并没有变稀，毫无变化的景物让他感受不到时间的流逝。他的腿逐渐感到了些许疲劳。终于，猝不及防地，他走到了尽头。他的面前出现了一道屏障——两棵有自己数倍粗的树紧紧地挤在了一起，挡住了他的进路。

他左右观察了一下，四周的树虽然也很紧密，但挤过一个人还是有余的，他应该离开这条路吗？或许他可以绕开这些树，然后再回到这条路上？这两棵树的后面真的还有路吗？

转头向后看了看，除眼前不到半米的路面与两边的几棵树外，他只能看见无边的漆黑，仿佛他盯着的是一片无底的深渊，同时他感到，这片深渊也在盯着他。假如他离开这条路，他也许永远都别想再找回来了。

他将双手塞进树与树的缝隙里，双脚蹬住树，慢慢向上移动，他决定要爬过这些树，在树顶，他不仅能确认自己的进路，说不定还可以估算这片森林的规模。爬树的开始阶段比较困难，树面虽然粗糙但却难以发力，他的手被划出了许多细细的伤痕，得益于少时的顽皮，虽然有些困难，但他还是想办法爬了上去。到了树冠，有了许多可以抓握的树枝，攀爬变得简单了许多。

爬到了树顶，面前是一棵更高的树的树冠，不出所料，挡在他面前的不仅仅是两棵树，而是一片密集的树群。但在他爬上第二棵树的树顶后，借着月光，他看到离自己几十米开外有一片明显的空地，那也许就是路的延伸！ 这给了他许多的希望。但同时，他并没有能像想象中的，俯瞰这片森林，因为自己爬上的这棵树仅仅是附近较高的一棵，四周的苍穹巨木，城墙般地围罩着自己，让他无法推测这片森林的大小，这大大增加了他的不安。

他小心翼翼地在树枝间交替着双脚，生怕自己失足，因为假如自己不小心卡在树与树的缝隙里，或许就因为无处使力而困死在这里了。一棵树，又一棵树，他慢慢感到双臂开始酸痛，手指也开始力不从心，但与目标的距离却完全感觉不到缩短。就这样过了不知道多久，那一片稀疏的空地展现在了他的面前。

他有些激动，开始找向下的路。他抓住一根树枝，打算将自己吊下去，来找树干的缝隙作为落脚点。没想到的是，他的手指已经完全承受不住他的体重了，他感到身体一阵失重，头不受控制地向后仰，然后是背部一阵闷响，体内的器官像经不住刹车一般向背部冲去，一个个撞在了自己的骨架上。几秒后他才从失神中醒来。

自己还活着。

他缓缓坐起来，感觉自己身体的每个关节都在作响。

然后他看到了旁边一丛被压趴下的草，里的草被压成了一个人形。

那是刚刚他醒来的地方，他又回来了。

二

他很失落，像一次性用尽了自己所有的力量，他趴在地上，再也动弹不得。

等他重新在地上起身时，身边多了一丛篝火，篝火旁坐着一个人，正在静静地看着他。

他略微有些吃惊，因为他本能地以为，这个森林中不会有其他人存在。借着摇曳的火光，他勉强能看清这个人穿着一条有些褪色的牛仔裤，左肩上有一捆麻绳，上衣有许多口袋，还有，戴着一顶鸭舌帽。

他开始考虑这个人是否危险，还有自己是否应该主动搭话，但此时那个人已经主动向他搭话了。

“你想要出去吗？”他问。

他自然是十分想离开这片森林，但他不想表现得过于急切，于是他先问道：“这里还有别人吗？”

那人想了想，说：“有过。”

“那些人已经离开了吗？”

那人笑了笑，说：“有过。”

他有些激动，离开这里并不是不可能的。他走到篝火旁，坐了下来，在这里，他能将那个人看得更加清楚，他三十岁上下，留着清爽干练的短发，双眼略显疲惫，耳朵较圆，嘴唇红且厚，整个人看上去精干可靠。

“请问您怎么称呼？”他的这份客气并非套近乎，而是一种职业病，但这份客气似乎让那人有些不舒服，那人皱了皱眉头，说：“叫我刘勇就好。”

“那么，刘先生，”他终于问到了自己最关心的问题：“您知道该如何出去吗？”

“不知道，”刘勇回答道，“也不想知道，我没打算出去。”

他稍微愣了一下，他本以为刘勇是这里的护林员或者其他的什么工作人员，没想到他也是一位遇难者，但更重要的是，他说自己不想离开这里？

“你打算永远留在这里吗？”他问。

刘勇点了点头，不带一丝犹豫。

他有些不能理解，或许刘勇已经放弃了希望？还是说是自暴自弃？不管是哪个，似乎他都只能继续一个人寻找出路了。

他站了起来，打了打身上的土，再次环顾了一遍四周，眼睛再次停留在了那条小路上。他是不是应该再走一遍这条路呢？刚刚路上太过黑暗，也许有自己没有注意到的岔路存在？相比其他自己完全不了解的方向，这条小路更有亲近感。

“你现在就打算走了？”刘勇问，“刚刚耗费了那么多的体力，现在还有力气继续找路吗？”

“没有也要有，”他伸展了一下身体，“我必须尽快赶回去。”

“你有什么不得不尽早回去的原因吗？”

他稍微思考了一下，说："我有一份来之不易的工作，不在被革职前赶回去我就要失业了。"

刘勇没再问什么，转而指着那条小路"如果你想离开这儿，建议你不要再尝试那条路了，"他说到，"那条路是另一个像你一样的人开辟出来的，他在这条路上花费了一辈子的时间。"

三

他选择了与那条小路完全相反的方向，开始摸索道路。

虽然他并不完全相信刘勇所说的话——毕竟他是一个已经放弃离开念头的人，但他也隐约感觉到，那条路上的希望不大。

临走前，他向刘勇借了绳子，因为他感觉这条绳子在森林中或许可以做到很多自己办不到的事。但刘勇将绳子往肩上推了推，说："这条绳子对我意义重大，不能够随便借给别人。"

他没能再说什么，便从篝火中拿了一根火把，刘勇没有反应，似乎是默许了他的行为。"如果我发现了可以离开这里的道路，我会想办法告诉你的。"说完，他离开了空地。

这条路较上一条明显更加险恶，因为这甚至无法称之为路，地面杂草丛生，绕过一棵树，面前便是另一棵树，这里明显还没有其他人走过。

他开始有些烦躁，因为不断有植物钩住他的脚，他的脸也不断撞到细小的树枝，细长的树枝割得他的脸火辣辣的疼，且由于树生长得过于密集，他无法做过大的动作，虽然他走得小心翼翼，但他手中的火把还是在几次撞到树干上后，呼哧一声熄灭了。

他重新回到了黑暗之中。黑暗啊，浓稠的黑暗紧紧地压在他身上，让他连呼吸都无比困难。

好在尚有不多的月光可以为他提供一点点照明，细碎的月光在叶子之间泻下，在他面前的黑暗中形成了一道道光柱，又好似一条条细细的流水。

然后他发现，刚刚在上条路上察觉到的及膝的水雾，已经涌到了自己的腰腹部，他感到了一阵极寒。他开始有些害怕，回头望去，空地的篝火看上去还有拳头大小，看样子自己还没有走出多远。他感觉到刘勇仿佛也正在往自己的方向看，他感到很羞愧，明明刚刚自己还口口声声说要出去，如今却开始畏缩了起来！

于是他继续向前进，只是每走一段距离，他便要回头看一眼篝火，以确定自己还有退路可寻。

差不多走到了篝火只剩下了星星大小，路开始变得好走了，可以活动的范围也大了许多，四周亮堂了起来，这让他感觉森林变得稀疏了些。但细看过后，他发现并非树变少了，而是因为四周的树干都缩得极细，差不多只有自己手臂那么粗，就连树叶也不剩几片。这时他发现，刚刚还在腰间荡漾的水汽，如今已经爬到了肩膀，开始经由衣领流入自己的衣服里。

现在应当还是夏末，他的穿着仍只是单薄的衬衣，纵使他将衣服紧紧地裹在身上，还是抵不住寒冷一点一滴地将他浸透。他拖着缓慢的步子向前移动着，他的皮肤开始有些发麻，然后进而又有些发痒，耳朵则是开始剧痛，他尽可能地提高着自己的速度，让身体多少暖和起来。

四周的树变得更加的枯槁了，在月光下，光滑的树皮仿佛闪耀着惨白的光，草地铺了一层霜，他的脚踏过后，在他的鞋上留下了一道道水痕，水浸到他的袜子里，让他的脚变得无比的僵硬。

随后，他感到不仅仅是身体，连大脑也开始变得僵硬，与之前完全不同的，他的眼前全部都是光，白色的光，晃得他睁不开眼。他所能做的，只剩下了向前移动，移动，移动……

恍惚中他再次听到了某种野兽的声音，那种令人作呕的呢喃，且这次离自己非常近，几乎近在咫尺，他仿佛还看到了那头野兽的影子——那野兽似乎也是白色的，似乎有一棵树那么高。

四

他再次醒来还是在那片空地。

醒来时，他整个人趴在草地上，下半身还在树林里，上半身努力向前伸展，仿佛是在匍匐前进。

刘勇告诉他，他是自己回来的，他走出森林时已经遍体鳞伤，没有了意识，并且全身发紫，让他一度以为他已经死了。

他的确是记得，似乎自己看到过一点暖色的光芒，并且不顾一切地向那里进行了冲刺。他查看了一下自己的身体，身上沾满了树叶，全身上下都是刮痕，有几道比较明显的伤口，但血液基本已经凝固了。他的指甲如今仍是紫色的。

环顾了一下四周，他从森林出来的位置并不是在自己进入森林时的那里，而是在几乎在第一次的小路与第二次入口中间的地方。他刚刚完全是转了一个大圈。

不知是不是因为刚刚经历了过度的寒冷，现在他仅仅是接触空气，皮肤就会有仿佛被滚水烫过一般的疼痛。尽管如此，他还是慢慢靠近了火堆。

“能否借一下您的外套？”他问道。

刘勇毫不犹豫地脱下来扔给了他。

他穿上了外套，问刘勇：“绳子要比外套更重要吗？”

刘勇点了点头。

他将外套裹在身上，感觉身体慢慢恢复了过来。他对这件外套有种莫名的亲近感，因为自己在工作外的时间也喜欢穿这种口袋较多的衣服，他不喜欢随身带着个小包，过于累赘。

“看来你是没能找到出去的路喽？”刘勇有点嘲笑意味地说。

“没有，”他尴尬地笑了笑，“看来今晚想走出去有些不实际，还是等白天再想想办法吧。”他突然意识到，自己从第一次在这里醒来，到现在应该也有了相当长的时间了。

“请问，”他向刘勇说道，“你知道还有多久天才会亮吗？”

刘勇苦笑了一声，说：“看情况吧，有可能永远都不会亮了。”

他一时没能明白刘勇的话是什么意思。

“‘永远不会天亮’？”他问道，语气里带了些愤怒，“难道是已经世界末日了吗？”然后他伸手指向了天空“还是说这其实是什么恶劣综艺节目的摄影棚？”

“只是从几天前开始这里就没有过天亮了，”刘勇很冷静地说，“仅此而已。”

他盯着刘勇，刘勇看上去并不像是在撒谎或者开玩笑。

“如果等不到天亮，我要怎么走出这片森林呢？”

刘勇挑起了眉毛：“如今你还想要离开这里吗？对你而言，工作就这么重要？”

“不仅仅是工作啊，”他回答，“我是独生子，没了我父母就没有依靠了。”

“父母……还真是个好理由啊。”说完，刘勇陷入了沉默。

他也不再说话，默默坐在火堆旁，他还无法完全相信刘勇说的话，所以他打算等到天亮再尝试找到离开的路。

五

不知过去了几个小时，天空依旧没有要泛白的意思，那轮皓月依旧悬在森林的正上方。

刘勇在旁边躺了下来，闭了眼，具体睡没睡，他觉得不好说。

这段时间里，虽然他一直烤着火，身体却没有继续暖和起来，他反而感觉越来越冷，自己的体温越来越低。不管天不会亮是不是真的，他都不能继续坐在这里了。

他再次打量起着附近的树丛，盘算着走出这片森林的方法。

走出这片森林最大的阻碍大概有三个：一，森林太大、太密，光照又严重不足，很容易兜圈子迷路；二，森林里有一股冷流，现在看来是从刚刚自己去的那个方向飘过来的，自己没有办法抵御那份寒冷；三，自己看到的那头野兽究竟是真的还是幻觉，如果是真的，那它究竟是什么？它会攻击自己吗？

这三个问题中的后两个自己现在还没有办法解决，相对而言，第一个问题最好解决，也最难解决。

最好解决是因为，如果有足够的时间，依靠自己的知识，保持一个方向前进不是什么难事，最难解决是因为，自己现在没有足够的时间，虽然现在自己并不觉得饿或疲惫，但状态已经开始下降了，不知自己还能坚持多久。

想到这里，他愈发觉得，不快点行动起来不行。

他从树林里找了几根干树枝，扔到火堆中烧成木炭，又将一根烧过的木棒的头部砸开，夹进去许多干草、细树枝，再用湿的苔藓盖住，让它在里面闷烧，确保需要用时能够重新点燃。

他从自己倒下的那个方向重新走入了这片森林。他右手拿着一块木炭，那块木炭还多少有些烫手，但如今他并不讨厌这种有些温度的感觉。每隔两三棵树，他就会用木炭在右手边做一个记号，这样一来，假如自己迷路后转回某个地方，他就能够根据树上的记号判断自己的去向：记号如果在自己的左边，那么前面就是自己来的地方；记号如果在自己的右边，那么前方就是刚刚自己去过的地方。虽然他并不觉得自己能靠这个方法探索出多少路来，但他想在天亮之前，尽快标记出更多错误的方向，以便天亮后能更快地找出正确的出路。

但实际行动却比想象中要困难许多。

能够让他行动的空间依旧无比狭小，他的右臂根本无法伸展开，而是仅能紧贴在右腋下勉强地做着标记。为了不让带有火种的火把被撞灭，他几乎是把那根木棒抱在胸前的，但即使如此，火把的一端还是不断地碰到自己注意不到的树枝，撒出一堆的火星。

自私点来说，他现在毫不在意这些火星点燃几棵树来照明，但这些美丽的火焰还未能落地，便被脚下寒冷的水雾吞没了。而且如果真的引发森林大火，他并不觉得自己能够活下来。

一棵树一棵树地标记过去，右手不断撞击着树干，他再次感觉到自己已经开始有些麻木了。就这样向前走了不知多久，突然他觉得右手标记的手感不太对，便把那块炭放在自己的眼前，借着月光细细地看。随后他大惊失色，原本有三四十厘米长的木炭，现在只剩下了短短一截，木炭的部分早已用光，剩下的只有木制的部分。

他慌忙掀开了一点苔藓，查看自己漏了多少的标记。好在自己标记得比较用力，在一些树上多少有些刮痕，往回找了三四十棵树，终于重新把标识重新连了起来。

之后又过了不知多久，他手中最后的一块炭也用完了。丢掉最后一块木头，他的右臂已经酸痛到连抬起来都十分困难。不知自己标记了几百棵树，不知自己花了多少个小时。

虽然他的眼睛已经开始适应起这里的黑暗了，但想要看清树上的黑色标识未免还是有些困难，于是他将火把上的苔藓彻底去除掉，向缝隙里的火种和火绒慢慢吹气。火把慢慢地燃烧了起来，发出了温暖的光芒，这光芒让已经处于黑暗中太久太久的他一时有些不适应。

他用火把靠近自己最后标记的树干，打算看一下标记得是否足够明显，随后他感到了胃里一阵痉挛。

树上的标记，有两道。

他从刚才开始，已经是在兜圈子了。

六

他感到有些绝望。

他花费的这些时间，究竟有多少是无用功？自己还有没有可能摸索回去？

他希望知道附近有没有其他标识，能让他知道自己究竟该往哪个方向走，于是他将火把高高地举过了头顶。

这时，他意识到有什么在俯视着自己。

火把照亮的枝叶中，有两团圆形的光芒，那并不是月光。他面前的一棵树，在被照亮后，上面随风飘摇着白色的兽毛——那是一根腿。

是它。

它是存在的，并不是他的幻想。他的手心开始冒冷汗了，无数的疑问在他的头脑中爆发，这真的就是自己所看到的野兽吗？自己上次看到它的时候，它有如此巨大吗？它从什么时候开始就跟在自己身边？难道它是一直在跟着自己吗？它是始终在观察自己吗？它是敌是友？它会伤害自己吗？

它慢慢放低了自己的头颅，让自己的头部完全离开树叶，他看清了这头野兽的真面目，但他说不上这动物的名字。它的眼睛是血红色的，有着和他身体差不多长的嘴，但这脸的轮廓，是狼？是虎？他甚至感觉，它的头有些许像人——人面的怪物。

他已经有些站不住脚，冷汗开始从额头上滑落。他感觉到自己应该跑，但他没有勇气，他害怕自己转身的瞬间就会丧身在它的口中。

怪物静静地与他对视着，他不知道自己究竟静止了多久，只感觉自己的双脚仿佛已经在地上生了根。

随后，一声嘶吼打破了这段宁静。那是来自怪物喉咙的，带有愤怒的嘶吼。随着这响彻山林的嘶吼，他看到了它的牙，沾满了血垢的獠牙。

他顿时全身一个激灵，瞬时拔掉了脚上的根，然后向着反方向跑，疯狂地跑，不回头地跑。他感受到背后有一阵狂风，那是怪物跑动时卷起的气浪。无数的木刺像子弹一样从自己身边飞过，那是怪物撞碎树木溅起的飞屑。他全力在这狭窄的道路上奔跑，他已经不记得上次如此拼命地飞奔已经是什么时候的事了，如今如果被抓住，必死无疑。

想到这里他更加疯狂地驱动着双腿，用嘴大口大口地呼吸氧气，火把被他挥舞得像飞舞的绳带一般，然后……

嘭！

火把撞到了树上，一下弹开了好远，随之而来的是他的手被震得一阵抽搐，四周重新归于黑暗，失去了视野的他失去了方向感，狠狠撞在了树上，失去了知觉。

七

再次醒来时，怪物并不在身边。

他猜想，或许在他奔跑的过程中，怪物早已经停止了追赶。

他用力试图爬起来，又重新跌了回去，他的平衡还尚未恢复。他感觉有什么东西封住了他的嘴，用手擦拭才发现，那是从他的头部、鼻子以及嘴中流出的血形成的厚厚的血痂。一同被糊住的，还有自己的左眼。

不远处，被震飞的火把意料外地还有着些许火光。

他缓慢地爬了过去，用火把当作拐杖，撑起了自己的身子，这时他看到了被那头怪物所毁坏的森林：那仿佛像是在森林之中强行开辟了一条宽敞的马路一般，自己的眼前剩下的，只有断掉的树，以及被连根拔起的树。大概南极的碎冰船开过冰面时就是这种感觉吧，他这样想着，他已经连恐惧的力气都没了。

稍加休息后，他用火把找到了自己的标识，回到了营火旁。

刘勇已经不在睡觉了，他看到了他的样子，并没有表现出担心或是同情，反而是开玩笑地说：“你下次是不是会比这次更惨呢？”

他苦笑道："也许吧。"

刘勇的表情变得严肃了一些，"你还是不打算放弃吗？"

他摇了摇头，每摇一下他的头都会像是撕裂一般的疼痛。

"假如，"刘勇说道，"假如你的父母已经不在了，你还会打算离开这里吗？"

他愣了愣，问道："我的父母已经死了吗？"

刘勇点了点头，"已经死了。"

他抬起头，思考着，父母不在了，养育他、培养他的严父慈母，从今再也无法报答了。

不知何时，天上的月亮已经隐去了身影。

他沉默了一会儿，说："那我也必须回去。"

刘勇再一次问了为什么。

他回答道："因为我现在还是一位丈夫，一位父亲。我要让我的老婆过上好一点的生活，还要教会我的孩子如何为人，有些坎，只有我能帮他过去。"

"又是些冠冕堂皇的理由啊，"刘勇无奈地点了点头，说"那么你想过没有，你现在这副身体要怎么才能走出这片森林呢？"

他看着自己残破的身体，不知是否是失血的原因，自己的皮肤愈加地发白了。

"我想要拜托你，"他说出了自己能想到的最后的方法，"我想请你帮帮我。"

刘勇摇了摇头，说："我没有兴趣。"

他并没有对刘勇的回答抱有什么期望，毕竟刘勇甚至没想过要离开这里。但他别无选择，经过刚刚的撞击，现在他的头部正一阵阵的剧痛，随疼痛之后的，是胃部痉挛带来的恶心与干呕，他的体温也越来越低，这样的自己，不要说再次独自走入森林了，就算是待在原地，大概也撑不了多久。

他用膝盖撑起自己的身体，让自己朝向刘勇，自己的手臂似乎已经使不出力气了，于是他直接将头抵在了地面上，深深地跪了下去。

"求求你，帮帮我。"他说道，"我现在还不能死啊。"

八

刘勇扶着他，向着他尚未去过的最后一个方向移动。

他又从火堆里抽了一根火把出来，仔细看来，这根火把和上次自己用的是同一根。

假如自己能走出这片森林的话就把这根火把作为传家宝供起来吧，他这样想着。

其实在他看到刘勇身上的那捆绳子时，他就想到了基本可以保证自己不偏离一个方向的移动的方法了，那就是将绳子拉至最长，在最开始的位置插一根木棍，用绳子在上面绕一下，然后确定一个方向向前走，等到走到了绳子长度一半左右的时候，再插一根木棍，再用绳子绕一下，接下来，将绳子拉紧，然后只需要保证绳子始终保持在一条直线上，拉着绳子走，在第一根木棍上的绳子脱离木棍时插下第三根木棍，以此类推，自己就不会偏移大致的方向。

现在有了刘勇的帮忙，可以让刘勇负责在后面回收木棍，更是省去了需要准备大量木棍的麻烦。

刘勇的这捆绳子大约有二三十米长，也就是说，差不多自己插下三根木棍，就能够走出三十米的距离，他默默计算着自己走出的长度，背后有了刘勇的脚步声，他感觉森林的黑暗也没有那么恐怖了。

"你知道这片森林里的怪物吗？"他问道。

"知道，"刘勇回答，"那个怪物始终在你的周围，只是你一直没发现而已。"

他愣了愣，刘勇的回答超出了他的想象，"在空地的时候那个怪物也在吗？"

刘勇点了点头，说："那时也在。"

"那么，"他咽了口唾沫，问道："现在它也在吗？"

刘勇没有说话，而是远远地望向了某处。随着刘勇的视线，他看到远处的森林里，有一个细长的白影，也正随着他们慢慢移动。

想到这怪物的破坏力，他不禁有些害怕，但害怕归害怕，自己还是必须要前进。他又瞟了一眼刚刚怪物所在的地方，它已经不在那里了。

纵然这条路和其他路一样难走，但他有了一股莫名的动力和自信，让他拖着残破的身体，快速地前进着，大概一个小时，他们就已经走出五公里左右了。虽然花掉的时间并不多，但他觉得，这可能是自己走出过最远的一次。

刘勇走到了前面来，将回收的木棍递给了他，问道："你需要休息吗？"他摇了摇头说："这里并不是山地，而是平原，在平原上的人片森林并不算多，不出意外的话，我们再走个几小时就可以离开这里或者找到村落了。"

刘勇没有说话，而只是叹了口气，回去了后面继续捡木棍。

他有些不明白，为何刘勇始终不相信能够离开这里。

又过去了几个小时，附近的森林明显变得稀疏了起来，他感到很开心，这是他第一次感到自己离希望的距离如此之近。

但自己的体力却已经到达了极限，腿上原本结痂的伤口，如今又重新裂了开来，他向刘勇示意，先停一会儿，整顿一下。

他举起火把，寻找附近有没有人类的迹象，让他觉得神奇的是，过了这么久，自己手上的火把仍没有要燃尽的意思，自己也没有感觉到饿。他找了一棵树，倚着树慢慢地坐了下来，心里想着，自己走出这里后，一定要大方一次，带着全家人去最好的饭店吃上一顿去。

就在这时，他飞了起来。

他的大脑似乎还没有反应过来，身体便划了一条弧线，他感到自己像是一颗石子，被人从地面踢起，飞到了空中。然后，他感到左臂一阵剧痛，红色的血在空中喷洒出来，溅在了自己的脸上，随之而来的是后背的一声闷响，同时，他开始向下摔落，他看到地面离自己越来越近，越来越近……

他被甩在了一棵树上，然后又摔落到了地面。手中的火把翻了几个跟头，熄灭了。

他感到头部无比的晕眩，他用眼角看到，自己的左臂已经露出了骨头，丝状的肌肉一根根断裂了开来，而在不远处，那头白色的怪物一只前足悬在空中，刀片般的爪子上沾满了鲜血。

他想要逃走，他必须要逃走，但他只能驱动一条腿，他的另一条腿向着膝盖的方向折了过来，裤子上一片血污。他想要呼救，但刘勇能够救他吗？就算刘勇有办法救他，现在他在几十米开外的地方，刘勇能赶得及吗？

在他胡思乱想的时候，怪物已经走到了他的面前。它用一只巨大的爪子压住了他的肚子，他感觉自己的整个腹腔已经被压成了一张纸，黏稠的液体不断地从嘴里涌出，他试图用唯一的一根腿做些反抗，但那条腿反而被它衔在了嘴里。

起初他没有理解这头怪物想要干什么，但随后，他便明白了。自己的右腿被不断拉长，他感觉到了筋骨一根根断裂的声音，以及肌肉被撕裂的的声音。他的腿被生生撕了下来。

他抱住自己的断腿，疯狂的尖叫，血液从他的手指间汩汩地流了出来，他的手似乎还摸到了自己骨头的碎片。

剧烈的疼痛让他昏了过去，昏倒前，他看到怪物十分满足似的离开了。

九

再次醒来时，他感觉自己又一次回到了空地。

但这也只是感觉，因为自己眼前的这片世界，仿佛已经与之前完全不同了。

那片树林已经彻底消逝，现在他看到的就只有无数断裂的残木，四周的树全部杂乱无章地倒下，仿佛有一支匆忙的伐木队刚刚经过了这里，扫平了目所能及的所有木头。

他看到了身边的火堆，它也已经熄灭了。

“没想到这样你都还活着啊。”刘勇坐在熄灭的火堆的对面，一如既往地看着他。

“这里发生了什么？”他问道。

刘勇没有回答，反而转过来问他：“假如说，你的妻子和儿子也已经不在了，你还会坚持离开这里吗？”

假如自己已经失去了妻儿？

四周的断树突然开始以极快的速度枯萎，叶子掉到地上的瞬间便变成了泥土，天上的星星开始一个个碎裂开来，发出一声声巨大的轰鸣。

他的现在的一切都是为了妻儿的。不论是没日没夜、加班加点的工作，还是低声下气、强颜欢笑所度过的每一天，都是为了有朝一日能和自己的家人过上安安稳稳、平平淡淡的生活。

那么假如自己已经没有了家人呢？

在他失败的时候，是妻子给了他最大的鼓励。就连他因为打击，不务正业的那些年，妻子也无怨无悔地帮他打理着家事。每天的加班，不管会进行到多晚，回到家迎接他的都是妻子。

假如妻子已经不在了，他还能如何回报她所做的一切呢？

他是在自己最落魄的时候，有了自己的儿子。那时，这个小小的生命给了他无穷的动力，他发誓要让儿子过上好日子，于是他花了数年摸爬滚打，从最底层重新回到了现在的地位。但因为过于忙碌，他几乎没有在孩子醒着时回过家，无数次他与孩子独处时，他的孩子都仿佛是在看着一个陌生人。

假如现在他就已经失去了自己的儿子，那么他还要怎样去补偿这份亲情呢？

假如没有了妻儿，他还有什么继续活下去的意义吗？

“我的老婆、孩子，已经死了吗？”他问刘勇。

刘勇点了点头。

干枯的树木开始裂开成一片片的纸，飘到空中燃烧起来，土地的水分迅速地流失，开裂，变成沙漠。

那么我还有活下去的必要吗？他想。

那么我还需要离开这里吗？他问自己。

不用了吧。就待在这里好了，没有必要再回去受苦了啊。

他这样想应该是没错的吧，不管是谁，应该都会有这样的想法吧。

就算是自己的妻子，遇到这种情况，也是没办法保持自己一贯的勇敢的吧。

但如果先死的是自己，那他是绝对不想让妻子放弃一切去寻死的，他这么想。

想到这里，他一阵震悚。

他已故的亲人会愿意看到自己如今的样子吗？

自己的妻儿知道自己放弃自己的生命会感到高兴吗？

还不行，他还不能就这样死去。他用仅剩的一只手臂撑起自己的上半身，对刘勇说："我要离开这里。"

不知是否是嘲笑他，刘勇仰头大笑起来，笑毕，抓起了他的右手，拖着他开始向前走。他不知道自己究竟正被带向哪里，他能看到的，只有自己在沙漠上留下的拖痕。

十

他们最后在一面墙的前面停了下来。

他向两边看去，这面墙一直延伸到了自己的视野之外，仿佛没有尽头。

刘勇指着这面墙说："这堵墙的对面，就是你想回去的地方。"

这面墙并不高，假如他站得起来，大概只要双手伸直然后跳起来就能够轻松地爬上去。但如今让他站起来时根本不可能的。

这时他注意到，刘勇似乎正做些什么，他将头抬起来，看向后面的刘勇。这时他才发现，墙的旁边有一棵树，而刘勇骑在树上，正在把身上的麻绳系在这棵树的一根延伸过墙的枝子上。

绳子系好了，刘勇把他拉了过去，把绳子交到了他手里，问他："爬得上去吗？"

他点了点头。他现在能用的，就只剩下了右手。

他用绳子紧紧缠住右手手臂，然后用右臂发力，将自己慢慢地向上拉。放在以前，他连引体向上做着都十分费力，但现在不知是不是少了一根腿的原因，他竟觉得自己的身体十分的轻盈。

等身体上升到极限，他用嘴咬住麻绳，然后用右手去够更高的地方。似乎他还是太低估这样做对咬合力的要求了，尽管他用尽全力咬住绳子，但还是向下滑了几厘米。他感觉嘴角已经裂开，牙齿也有了些偏移。

反复了大约七八次后，他终于抓住了墙头。刘勇托住他的那条废腿，让他爬了上去。

他终于要离开这里了。想到这里他不禁热泪盈眶。

"等我过去后，"他回头对刘勇说，"你也离开这里吧。"

"好，"刘勇说，"我答应你。"

说完，他便从墙上摔了下去，摔在了墙的那边。

有人将他从地上扶了起来，他想告诉那个人自己的腿没办法站立，但他却发现，自己的腿完好无缺。一个人将他抱在怀里，哭着骂他傻不傻。他看了看四周，发现有不少人围着自己，无一例外的担心地看着他。

他依旧在一片树林里，但这片树林他很熟悉，这是他从小玩到大的地方。

他面前的树上，系着一根绳子，绳子的末尾有一个圆形的环扣。他突然想起了刘勇，他想问问刘勇去哪里了，但他的喉咙火辣辣地疼，根本一句话都说不出来。然后，他想起来了。

他就是刘勇，刘勇是他的名字。

十一

刘勇的家乡在海边。

刘勇的家庭属于比较宽裕的那种，在全村都还挤在一家人家看电视时，刘勇家就有了自己的电视。

刘勇的父母曾经是渔民，但从刘勇有记忆开始，家里就已经有了一家颇具规模的海产公司，而他成人后，公司在父亲的一手经营下，更是越来越火，刘勇家变成了市内数一数二的有钱人家。

因此，在刘勇大学毕业后，拒绝了条件相当不错的公司的邀请，决定走父母走过的这条老路。

令他没想到的是，自己不仅没能像父母那样把事业做好做大，反而赔得血本无归，把家里多少年的积蓄都搭在了里面。

他感到十分懊恼、悔恨，觉得自己是个废人。

这时，他遇到了自己未来的妻子。在妻子和父母的鼓励下，他开始了自己的第二次创业，这次他打算选择与之前完全不同的方向：陆上运输。

刘勇做这行做了大约两年，这两年他起早贪黑，每日为一点点利益与别人争论不休，其间他的妻子怀了一次孕，但不幸难产，生下的是死胎，同一年，他的父母因为海难去世了。经过一次次打击，一次次被算计，刘勇开始变得心灰意懒，不再愿意继续和自己的同行们纠缠，最终放弃了这行，回到原地。

接下来的两年里，刘勇过得浑浑噩噩，换过不少工作，但每一个都是干一阵就扔，没有哪份工作是长久的。然后第三年，他有了自己的孩子。

看着这个新生的生命，刘勇突然想到，自己假如继续这样下去，自己的孩子长大后会是在一个什么样的环境里？他将来又能给孩子多少东西？

他突然意识到了，妻子这几年究竟过着怎样的生活，他将妻子紧紧抱在怀里，对她说自己以后会好好地工作的，他要让全家人过得幸福。妻子听到后，抱着他哭了出来。

这时他已经三十岁了。

他开始朝各个公司投递简历，大多数公司根本没有理他，在大学生泛滥的现在，像他这样的人早已没人稀罕。最终，一家不算大的公司看中了他的阅历，录取了他。

从这开始，刘勇兢兢业业地专注在工作上，每天第一个到达岗位上，每天主动加班到深夜才回家。几年过去了，他逐渐得到提拔，工资也到了比较可观的水平。

但在第八年，公司出事了。有人将公司的商业机密出卖给了敌对的公司，导致了公司蒙受了巨大的损失。

但这对于刘勇而言还不算太大的问题，问题是，有人举报，泄密的人是他。而举报者，是与他一同进入公司的，被他视为挚友的人。他立刻遭到停职察看。

停职期间，他待在家里不断地问自己究竟做错了什么，他感觉自己像是被一匹狼咬了一口，一匹一直待在他身边的、装成狗的狼。

最后因为证据不足，他被复职了，但此时公司已经没有了他的立足之地。次年，他被调职到了南方的分公司。

此时孩子还在上小学，为了将对孩子的影响降到最低，妻子决定等孩子小学毕业后再随他去南方。此后，他每隔几个月才能够见到孩子和妻子一面。

然而两年后的一天，一切都改变了。

妻子和孩子在来看望他的路上，遭遇了山体滑坡，刘勇的妻子和孩子所坐的车坠毁山崖，全车无人幸存。

他崩溃了，彻底崩溃了。他感到自己已经没有了生存的价值。

多少年来，他第一次擅自离职，重新回到了自己出生的地方。

他看着自家的老宅——如今已经被变卖了不知多少手，感到假如自己想要结束掉自己的生命，这里是最合适的地方。他拿着自己从五金店买来的麻绳，走进了自己小时候经常玩耍的那片森林。

而现在，他从那片森林里走了出来。

他要活下去。

偏　见

浙江大学 / 郭渝峰

一

刘小玲颓然地爬上楼梯，拖拉着疲惫的身体，向着寝室挪动。双腿和双手似乎都不是自己的了，她就这么模模糊糊地打开了寝室门，有气无力地坐了下来。

为什么？为什么会这样？老师的话语依然萦绕在她脑海中，仿佛是电影里的回音一样，久久不能散去。

“小玲，很抱歉地告诉你，你没有被选上，是乔阳获得了这个名额。你不要多想，乔阳的背景是有些特殊，但她自己真的是一个很优秀的女孩儿，我们的评选是绝对公正的。你知道的，班主任和同学的评价也是我们需要考虑的重要方面，或许他们更喜欢开朗的女孩儿，你也可以多向乔阳学习…… 小玲，你以后还有什么问题都可以来找老师，老师随时欢迎。”

刘小玲这样想着想着，竟忍不住趴在桌上啜泣起来。

为什么啊？明明已经那么拼命了，明明所有时间都用来学习了，为什么还是比不过她？难道真的像他们说的，自己除了读书，别的什么也不会吗？到底该怎么办，还能怎么办……

就在这时，门外传来了女孩们的嬉笑声。听到声音，刘小玲慌忙拿出书，擦干眼泪，装作正在很认真地学习。

这群兴高采烈的女孩不是别人，正是刘小玲的三位室友——乔阳、陈琦和丁叮。虽然彼此表面上还算过得去，可刘小玲始终无法真正融入这群女孩，在她看来，把正当学习的年华浪费在穿衣打扮上是一种缺乏远见的行为，况且，自己没有钱，更加不能接受花别人的钱，特别是花乔阳的钱。

刘小玲一边听着开锁的声音，一边皱起了眉头。

“又去逛街了吧，命也真好，每天逛逛街，吃吃饭，聊聊天就能拿到最高奖学金，这年头什么也比不过一个好爹啊。”听着窸窸窣窣的纸袋摩擦声，刘小玲忍不住这样自言自语。但很快，她的思绪就被一个熟悉的声音给拉回了现实。

“小玲，你果然在寝室看书，快看看我给你买的生日礼物喜不喜欢。”

这个一边往刘小玲桌上放纸袋，一边拍了拍刘小玲肩膀的女孩就是乔阳，刘小玲的室友，也正是抢走刘小玲奖学金的人。乔阳就是我们寻常百姓通常所说的官二代，这姑娘不只人长得漂亮，人缘还特别好，就连学习成绩也是顶呱呱的，不过总有一些流言围绕着她，比如，她的成绩都是她老爸动过手脚的，她来这所一流大学也是内定的之类的。虽然她本人极力澄清，不过到底是真是假也没人弄得清楚，甚至大多数人也没兴趣去弄清楚。

而此刻，另外两名室友在一旁附和着乔阳，夸奖这件衣服有多好看、多贵，刘小玲只觉得脸上火辣辣的，照理说乔阳也是一片好心，可为什么就是觉得很尴尬，很难堪……她是在可怜自己吗，还是说是在炫耀她的财富？又或者，对了，会不会是心虚抢了自己的奖学金所以来补偿？

刘小玲被自己的想法吓了一跳，虽说也不是完全说不过去，但怀着这样的恶意去揣度同学，不禁让她觉得自己有些讨厌。

“哎呀！乔阳，系里的奖学金评估结果出来了，果然，毫无意外，你又是国奖啊。”陈琦说着，整个人都趴到了乔阳的肩上，乐开了花儿，仿佛得奖的是她自己似的。

丁叮一边照着镜子，一边心不在焉地说道：“大惊小怪，这要不是咱们乔阳才见了鬼了。哎，小玲，你肯定也有奖学金吧，咱们系里除了乔阳，就数你成绩最好啦。”

刘小玲头埋得更低了，她尽量掩藏着声音里的尴尬说道：“有，有是有的，不过没乔阳那么厉害，咱们系里国奖就她一个人。”

“太好了，你可得请咱们吃一顿啊，和你们两个大学霸住在一起，我觉得自己就像个猪脑子。”

乔阳不知道是不是观察到了刘小玲瞬间冷下的脸，急忙打断了丁叮，一边走到小玲身边，帮她把衣服从袋子里拿了出来：“好啦，好啦，不说什么奖不奖的了，小玲你也不看一眼我送你的生日礼物嘛，这衣服可漂亮了，快看看合不合身嘛。”

刘小玲没有抬头，也没有移动，与其说是不想动，倒不如说是好像怎么动都不太合适。乔阳一下子也尴尬了起来，只得把衣服塞了回去，说自己要去楼下买点吃的，离开了寝室。

丁叮劝道："小玲，你不要这样，这件衣服是乔阳选了很长时间的，就是觉得咱们之间不该这么生分，想让你开心，你就收下吧。"

"算了，人家看不上咱们呗，我们又何必觍着脸非要贴上去呢？"

如果说刘小玲本来还可以忍下去，那陈琦这番话真是让她彻底坐不住了，刘小玲猛地一下子站了起来，略带愤怒地说："人穷志不短。我不会像你们这样随随便便就收下别人这么多钱的礼物，我知道我穷，送不起这么贵的东西，但人的感情不是可以用钱来衡量的，不是谁给你们钱多谁就对你们好！你们成天拿乔阳的，吃乔阳的，也没见你们回送她什么啊，还不是觉得有利可图才和她在一起的？"

陈琦冷笑一声，翻了个白眼，用刘小玲能刚好听清楚的音量自言自语道："那是，但你也没给我们送过什么呀，以为自己多清高。"

丁叮急忙从镜子里抬起了头，打起了圆场："小玲，有什么事你就说，不需要这样说我们吧，今天本来是你和乔阳拿奖学金的好日子，你不要弄得所有人都不开心啊。"

刘小玲很想大声说出自己的全部想法，不过又觉得这样显得自己小肚鸡肠，正当骑虎难下之际，也不知道是幸运还是不幸，刘小玲破旧不堪的老式手机响了起来，来电显示是"妈妈"，刘小玲急忙走向了阳台，压低了嗓门，生怕被陈琦和丁叮听见了自己的对话。

"喂，妈妈啊，今天怎么想起来给我打电话了？都好久没联系了，我好想你和爸，我好想回家……"

"什么想不想的，你要好好念书，别东想西想地耽误了学习。"

"哎，我知道了，有什么事吗？"

"你爸到县里卖东西被抓了，说什么占道经营，非逼着你爸交钱，他不肯就跟那些人吵起来，还出手打伤了一个，结果自己被打了一顿还进了派出所。说什么妨碍公务。我呸！那些犊子还不就是想要榨我们的钱，这帮天杀的东西！"

"啊！那爸爸现在怎么样了？"

"还能怎么办，我反正没钱去赎他，这几千块一去，我和你爸好几个月就白干了。到处找人求情，就是下了跪，你爸也出不来。你不是有个舍友她爸爸是做大官的吗，你去跟她说一下，求她爸爸让那些犊子放了你爸。"

"我，我，那个，嗯，她，她人不太好……"刘小玲说完这句话简直觉得自己的脸烫得发痛。

"不太好你也要去求人家啊，你还想不想见到你爸了！小没良心的，我们养你这么大供你读书容易嘛！啊？你爸出不来，你弟弟今年的学费怎么办？你的学费怎么办?”

刘小玲从来没有觉得这么为难过,但她找不到拒绝母亲的理由,只得答应了下来。临挂电话前,刘小玲满怀期待地问了一句:“妈妈,你还有别的事情吗?”

“没了,你好好读书,我们家就指望你了。电话费那么贵,没事别乱打。”

“妈妈,今天是我的生……”

还没说完,电话挂断的“嘟嘟”声就响起了。刘小玲呆呆维持着通话的姿势,想不到自己生日收到的唯一一份礼物居然是来自自己最讨厌的那个人,忍不住感慨自己的人缘到底有多可悲啊。

二

刘小玲不想向乔阳求情,但又实在很担心爸爸的情况,万般纠结下,刘小玲整天都是一副郁郁寡欢的样子,本来朋友就少,这下更加没有人来亲近她了,刘小玲这才发现,自己上大学也好几年了,竟然连一个可以毫无保留诉说烦恼的朋友都找不到。

就这么耗了几天,刘小玲整个人都憔悴了不少,晚上辗转反侧,第二天上课也无精打采的,这么下去可不行,但又下不去决心求乔阳,刘小玲只得找隔壁宿舍和自己关系还过得去的同学借了一部收音机,每天听着电台里的音乐,才稍微改善了自己睡眠的状况。

这一天晚上,刘小玲偶然调到了一个午夜节目,节目内容是男主持不断接听观众打来的电话,听他们的烦恼,为他们提供解决的思路。刘小玲心想,要不问问这个人吧,他好像很有主意的样子。可转念一想,这种电话肯定费用挺高的,再说,要是给熟人听到,猜出来是自己,那可真是丢脸丢大了。

但刘小玲没能坚持多久,母亲日复一日的催促仿佛是自己脚心的一根刺,拔不出来不说,走得越快还刺得越深,只得困在原地。这个白天,母亲因为刘小玲还没能救出父亲来,对刘小玲破口大骂。

“你这个没用的死丫头,这点事儿你都办不好,那个什么乔阳的爹,轻轻松松就能搞定这个破事,你到底怎么和人家说的,你说了吗?你是不是想害死你爹才乐意啊?动动嘴皮子的事都办不好,早知道就不该生下你。”

刘小玲这天晚上无论如何无法入眠,她谎称要出去散散步,躲到宿舍的顶楼,拨打了热线电话,经过了重重的语音提示之后,男主持人温柔的声音终于在她耳边响起。

“接下来打进电话的,是来自杭州的刘小姐,刘小姐您好,我有什么可以帮你的吗？”

“我……我很讨厌一个人，但我又要求她办一件事，一件很重要的事，我该怎么办？”

“你有多讨厌她？讨厌她的原因是什么？”

刘小玲努力压抑着自己，不让自己哭出来，她带着哭腔地说：“非常讨厌！或者说，非常嫉妒她吧。她是千金大小姐，仗着家里有权有势就到处送这送那的，恨不能把所有人都拉拢过去整天围着她转！她装好人，装圣母，一副和善大度的样子，其实最容不得别人忤逆她！就好像我，我不巴结她，她就想方设法地想要把我踩在脚下，样样都要和我比和我争，就连奖学金，就连奖学金都被她抢走了！她怎么拿到的奖学金还说不准呢！”

“就是因为这些，自己才会讨厌她，不想求她？是不是求她会让你觉得在提醒自己，她天生就高你一等？”

“对，凭什么……凭什么她什么都要比我强。难道家境好就注定高人一等吗？我比她努力得多啊，难道出身不好就注定要看人脸色求人办事吗。我不想求她，不想对她服软。明明我没有做错事，干吗要低头。不是说做人要有骨气吗？”

“你是觉得向这个朋友求情就是丢了骨气？那别的朋友会让你有这种感觉吗？”

刘小玲突然愣了一下，“朋友？她不是我的朋友，可是，可是，我别的朋友，别的朋友，他们都，都……”

刘小玲再次回想起，自己好像没什么朋友。是啊，除了乔阳，自己还能求谁呢？从一开始就没有别的办法，都怪自己太没用，拖了十来天，到头来只是让爸爸在里面受更多苦而已。

“刘小姐，刘小姐，您还在吗？刘……”

刘小玲挂断了电话，好吧，不就是求乔阳吗？自己的尊严在她面前早就碎过好多次了，不差这一次。

三

那一晚，刘小玲终于清楚地认识到，一直拼命读书、心无旁骛的她，在困难时居然连一个可以求助甚至倾诉的朋友都想不到。她，为了自己的心爱的爸爸，也只能去讨好乔阳。

这个中午，刘小玲主动约乔阳一起去吃午饭，吃完之后，两个人走在回寝室的路上，走到一段人比较少的小路上时，刘小玲叫住了乔阳，准备为父亲求情了。

因为上一次的生日事件，乔阳一路上都显得十分尴尬，大概是陈琦把自己的话告诉了乔阳，刘小玲心想，毕竟她这个人就是喜欢干这些事情。

刘小玲深呼吸了一下，走到乔阳边上，欲言又止。乔阳抬起头，看到刘小玲这个样子，便问刘小玲是不是有什么话要对自己说，刘小玲这才打开了话匣子。

“乔阳……我有件事想请你帮忙。”

“什么事？”

“我，我爸爸被抓了，他没干坏事，他，他摆摊被抓了，还打了一个城管，然后，然后他就被警察带走了，是那些人想榨我们的血汗钱才把他抓起来的，我发誓我爸爸是好人。我，我想问，你爸爸能不能……能不能帮帮忙。”

乔阳有些不可思议地看着刘小玲，她没有想到这个女孩竟会对自己提出这种要求，她忍不住试探着问道：“刘小玲，你其实一直都很讨厌我，是吧。”

刘小玲默默低下了头，“我……是我不好……我向你道歉……我不该整天给你脸色看……你一定很恨我吧，你说吧，要我做什么才能放过我爸爸，我一定会照办！”

乔阳看上去有些为难，但她整理了一下思绪，笃定地说：“我没有为难你的意思，小玲，我不知道一直以来你对我都是这种感觉，直到陈琦告诉我我才知道。我没有刻意炫耀什么，我就想和所有人交朋友，我并不会因为你误解我就讨厌你，室友一场，如果能帮你我一定会帮，可是这种事情我真的不能插手，我爸爸的工作我不能干涉，我也不想给他惹来不必要的麻烦，希望你理解，不然我怕爸爸会被人说滥用职权。如果你爸爸是无辜的，就不需要通过这种手段来解救他，正常的途径我可以帮你的。”

刘小玲几乎是在哀求：“看在我们是室友的分上……这对你爸来说不过是一句话的事，不会出问题的……”刘小玲一边说着，一边渐渐激动了起来，她下意识拉住了乔阳的手，“你那么善良！算我求你！帮帮我爸爸，帮帮我们家好不好！”

乔阳尽可能平和地挣开刘小玲的双手，并告诉刘小玲，这件事自己真的没有办法。刘小玲觉得自己都这么低声下气了，乔阳还是无动于衷，她就是在报复自己，恨自己平时没有巴结她，刘小玲终于忍不住把心中的怒火发泄了个痛快。

“乔阳！你不要觉得你爸爸是当官的就自以为当官的全是好人！什么怕被人检举？他那么大的官谁敢举报他！乔阳，我知道你不喜欢我，但我希望你能有些同情心可以吗？你以为蹲派出所的日子是很轻松的吗？我爸已经老了，他经不起折腾，他有风湿，他的肺不好，我真的怕！”

刘小玲说完失声痛哭起来，乔阳也慌了神，连忙说：“你别急，不如我明天和你去看看情况？”

刘小玲冷笑了一下：“看看又有什么用。我早该料到，你不帮忙就算了，还在这里站着说话不腰疼！如果我爸受到什么损伤，大不了我闹到电视台，让大众看看那些当官的丑恶嘴脸。”

乔阳终于也忍不住怒火，厉声喝道：“刘小玲，麻烦你冷静点好不好，我爸没有得罪你！拜托你不要一棍子打死一船人！你一直没给我好脸色，我同情你家境不好也都忍了，但人都是有底线的，你不要把我对你的容忍当作你得寸进尺的资本！不是生活困难的人都是值得同情的！可怜之人必有可恨之处，你可以不喜欢我，但这不能够成为你诬蔑我家人的借口！”

“嗬，乔大小姐终于装不下去了吗？终于说出你的真心话了嘛！你从心底里就看不起我这些穷人家的孩子，总想踩在我们的头上来展现你的优越感。如果没有了您那‘高贵的出身’你又是什么？我们也没什么好说的，不奉陪了。”

刘小玲说完冷冷地转身，仰起头快步离去，虽然求情失败了，但讲完这番话之后，刘小玲竟有种如释重负的感觉，早就知道没希望的，果然被她拒绝了吧，只是，自己竟然还真的隐约盼望着她不同意呢。

乔阳气得浑身发抖，一边愤怒地指着刘小玲的背影，一边大喊让她回来说清楚。

这条路虽然走的人偏少，但两个人如此激烈的争吵还是引来了不少人的围观，有路过的人趁机拍下了乔阳愤怒的身影，以及刘小玲流泪离开的场面，而各种零星的片段在添油加醋之后也在校园里流传了起来。这场风暴才刚刚开始。

四

当天晚上，网上便流传出一张帖子，含沙射影地谴责学校某乔姓高官的女儿欺凌其农村室友，还图文并茂地渲染了乔阳平日的奢侈生活，“含蓄”地对乔父的经济来源提出疑问。一夜，该网帖便受到了疯狂转载，乔阳也从人缘还不错的千金小姐，跌落为人人唾骂的“官二代”。

自从那天之后，乔阳出门都会戴着一副大墨镜和一个白色的帽子，生怕被人认了出来，有时被人认出来了，那些窃窃私语真的让她觉得彻骨地寒冷。

这天，乔阳走在路上和她爸爸打电话。

“阳阳啊，爸爸早就让你少和那些家庭环境不好的人来往，他们不只教养不好，还仇富，你就是不听，我敢断定，这次这个事情，就是那个什么小玲自导自演的一场闹剧。”

“爸爸！你不要戴有色眼镜看人，你这样和那些鄙视我们的人有什么差别？你不用担心啊！我会澄清这件事的。我不确定这件事是不是她干的，我会找她问清楚，如果真的是刘小玲自导自演发的那个帖子，我一定会找她讨个公道。”

乔阳不小心说话的音量过高，旁边路过的几个女生一下子就从对话的内容判断出眼前这个裹得严严实实的人就是乔阳。

“哎，哎，你看你看，她就是网上那个富二代，听说整天欺负她的农村室友，脾气好大啊，做了坏事还怕别人说，还想堵住受害人的嘴，嫌害得人家还不够惨吗？”

另一个女生刻意提高了分贝：“那是，人家出生就含着金汤匙，我们哪儿比得上啊，还不是想干什么就干什么？这不，人家啊，要找那个农村妹子讨个‘公道’咯，这天底下还有公道吗？”

乔阳没有争辩什么，因为也说不清楚，她急忙转身离去，气恼地把手机扔进包里，今天一定要找刘小玲问个清楚。

乔阳气冲冲地打开门，回到寝室，陈琦急忙假装做自己的事情，丁叮则是下意识地往刘小玲那边看了一眼，刘小玲急忙起身想要离开，却被乔阳一把拉住了胳膊。

“刘小玲你给我站住！网上那话是不是你写的？”

“不是。”刘小玲毫无感情地说道。

“那好，你现在就给我去澄清这件事。”

刘小玲犹豫了一下，回想了一下昨晚妈妈告诉自己的话，她眉头深锁，然后露出仿佛下定决心要摔碎什么宝贵的东西一般的表情，嘟囔道：“你，你放我爸爸出来，我就帮你澄清。”

乔阳几乎不敢相信自己的耳朵，这还是自己认识的那个单纯的小姑娘吗？乔阳几乎是在咆哮：“刘小玲！你拿这事要挟我！我真没想到你是这种人！”

“哪种人？”刘小玲一边说着，一边侧过身子和头，不看乔阳的脸，“不帮就算了，反正我爸一天出不来，你就一天继续被别人戳脊梁骨。没事我就先走了。”

乔阳用力拽住刘小玲，几乎快要哭了出来：“站住！刘小玲你不是整天把尊严”骨气挂在嘴边嘛！你怎么可以这样是非不分“空口白舌地往我身上诬赖我！”

刘小玲一脸不安心虚，任凭乔阳的双手摇着自己已经麻木了的身体。

这时，一个女生冲上前来，把二人分开，紧接着冲出来一群人，把乔阳包围了起来，原来两个人争吵时并没有关寝室的门，路过的同学争吵的内容倒是听得模模糊糊，可是乔阳动手推搡摇晃刘小玲大家是看得真真切切，而刘小玲全程都没有敢反抗，她此刻在人群外观望，显然这群女生认为乔阳正在“仗势欺人”，于是，这群人你一言我一语地讽刺起乔阳来。

“同学，你不要无理取闹！你欺负她的事大家都知道了，官二代又怎么样？做人不要太过分了！”

“你们知道什么！那根本就不是事实！我是被诬蔑的！”

“诬蔑？这不是你们这些官二代、富二代才干得出来的事情吗？我们小老百姓还能有那个权势诬蔑得了你们这些官老爷？现在想了这么一出来给你爸爸洗白，欺负了人还想若无其事地离开，没这么便宜的事情！”

“就是，别以为装出一副哭哭啼啼的可怜样子我们就会真以为你是受害者！你们这些无法无天的官二代当初欺凌弱小的时候，就没有想过自己也会有遭报应的一天吗？还是你以为你可以在你爸权势的庇佑下横行霸道一辈子？上梁不正下梁歪，有你爸这样的人渣难怪会有这么恶毒的女儿！”

乔阳面对这样千夫所指的局面一时慌了神，看着这一根根手指，仿佛每一根都在戳向自己的心窝子。

“你们有什么证据指责我爸！道听途说地冤枉别人就是你们的良好作风嘛！”

“冤枉？我们家被你爸这些蛀虫冤枉得倾家荡产时谁帮我们申冤？！贪官还好意思喊冤枉？你们这些厚颜无耻、嚣张跋扈的人就是欠教训！”说完，一群人蜂拥而上，开始撕扯乔阳的头发和衣服，乔阳吓得直哆嗦，自己长这么大，还是第一次见到这人吃人似的场面。

刘小玲见状赶紧央求人群停下来，边说边拼命把乔阳从人群中拉走，两个人就这样跑出了宿舍楼，往学校里的树林深处跑去。

五

刘小玲拉着乔阳一直跑到了最深处的地方才停了下来，她也不知道是因为愧疚，因为良心，还是因为自己其实是把乔阳当朋友的，总而言之，就是这么鬼使神差地救了乔阳一把。

乔阳一看到刘小玲，哭得更加厉害了：“现在你满意了吧！现在你满意了吧！看到我被当成过街老鼠人人喊打你就开心了对不对！”

“我，我没有想到事情会闹得这么严重……”

“刘小玲，我最后说一次，你爸的事我没有办法。澄不澄清我随便你，反正我会自己想办法还我们一个真相。倒是你，刘小玲我告诉你我看不起你！你以为一些空穴来风的流言蜚语就能把我家打倒了吗？做梦！我们家堂堂正正、光明正大，不怕这些恶意抹黑！”

刘小玲的愧疚与不服输在心底里激烈地碰撞，她知道自己对不起乔阳，可她就是不想向她低头。她终于决定把这么多年来心底里积压的埋怨、嫉妒、不快全部发泄出来。

“公正？公正是你们这些上等人的游戏，而我们这些贫苦百姓，哪有这能力和时间谈公正？有的只是打碎了牙往肚子里咽，为了那一丝出人头地的希望拼命学习！但来到这大学，又有什么改变呢？一切终究还是由背景决定的啊。我再怎么努力读书，也比不上你啊！你不知道我家里是怎样砸锅卖铁才凑足我每天啃馒头喝凉水的钱，你不知道你堆得放不下的衣服一件都要了我们家快一年的收入，你不知道，只有我，只有我一个人承担着全家人的希望！”

刘小玲说完，长叹一口气，仰起头，不看乔阳一眼。

“我不能输！不能考差！不能分心、不能逛街、不能打电话、不能玩！你们这些养尊处优的千金大小姐，学习好是锦上添花，学得不好也有父母疼着护着。而我，学得好就要学得更好，学不好的话，就永无出头之日！这就是你所说的公正？”

乔阳无奈到了极点，自己已经成了这个样子，刘小玲居然还觉得她才是受害者，两个人之间的差异，居然造成了如此荒诞的一个结局。

“刘小玲，你觉得你过得很苦，但你的苦就是你最好的免罪金牌。而我的家境，或许是可以赢得那些表面的荣光，但那些奉迎巴结下潜藏的恶意你又知道多少？或许你说得对，钱确实买不来感情。我被人围攻，收了我礼物的人全都躲得远远的。”突然，乔阳话锋一转，语气变得强硬无比。

“但我又做错了什么！我自认对人和善礼让，凭什么因为这一顶‘官二代’的帽子，我就要比别人更容易受到质疑、更难交到知己；凭什么跟我做朋友的人都会被怀疑是看上我的背景；凭什么我做得不好是纨绔子弟、是败坏社会风气，做得好那也是装、是作秀？凭什么我一直谦逊做人，但一朝被扣上污名，所有人都要不问缘由地谴责我！凭什么不给我辩解的机会！凭什么！”

乔阳说完，又渐渐平静了下来，她走到刘小玲跟前，看着她的眼睛说道：“你不要以为我在跟你比可怜博取同情。你看看那些人，那些正义之士，他们对我的评判公平吗？刘小玲，不是物质上的低微造就了你的不幸，真正造就你不幸的是你心灵的自卑和扭曲。”

刘小玲背对着乔阳，乔阳看不见她的表情，但她能听见她的呼吸，急促，疲惫。刘小玲听见乔阳离开的脚步，她再也忍不住了，她蹲在地上失声痛哭起来，那个自强不息的自己，好像已经永远离开自己了。而乔阳隔着密密麻麻的树叶看到天空，也感觉到前所未有的刺骨。

刘小玲其实是知道的，她知道乔阳一直对所有人都很好，她也不想乔阳被这么多人欺负。她的心里很难受，也很怕，她没想过事情会那么严重。可她就是不甘心，不甘心她那么完美，家境好就算了，怎么可以连学习都比自己强，连学习都比不过她！什么都比不过她，一辈子注定都比不过她，所以自己才会那么在意她的一举一动，盼望她失败，希望她出糗，甚至求她时都希望她是刻薄的。

但为什么，为什么她的凄凉并没有让自己更快乐。

她责备自己怎么可以这样做，怎么可以把良心都丢了，把骨气也丢了，她恨这样的自己！

“这不是我。”

刘小玲喃喃自语着，站起身来，走向外面的世界。

是啊，没有意义的。

比输了，她是刘小玲；赢了，她还是刘小玲。刘小玲只有一个，而乔阳却有无数多个，比不完的。

六

刘小玲最终还是发了澄清事实的帖子，表明自己没有受到乔阳的欺负，她的父亲也是因为个人过失才被拘留，与乔阳无关。但谣言的风波又岂会如此轻易散去。有很多人还是固执地认为刘小玲是受到了乔阳家人的威胁，而那个所谓发帖造谣的人也不过是一个可怜的替罪羊。人们终究只相信自己愿意相信的真相，只要能抒发对某一类人群的不满，那就比真相有意义得多。

刘小玲和乔阳已经无法继续同住一个屋檐下，乔阳很快搬离了寝室，去外面租房子住了。毕业前夕，两个人还是无可避免地再次相遇。并没有想象中的重归于好或者嘘寒问暖，两个人依然互不相让。

乔阳自嘲地说：“一个人独来独往的生活真是不错，你觉得呢？”

“我本来就习惯了一个人，倒怕乔小姐没人前呼后拥感觉不自在。”

“大众的偏见总是那么难改变的，他们害怕自己犯错，便不管真相如何，闷头闷脑、自欺欺人地错下去。我很开心，至少你醒过来了。”

刘小玲笑了一下，犹疑了片刻，还是说道：“但我还是很讨厌你，并且依然仇视官二代和富二代这个群体。我没有办法。”

乔阳不客气地回敬道：“我也讨厌你，农村孩子中也有一大群怨天尤人的可怜虫。”

乔阳和刘小玲直视前方，与对方错肩而过，渐行渐远。

每个人的人生都应掌握在自己手中，而不是被其所在的环境所限制。其实很多时候我们都不必仅凭零星线索就对别人下定义，更不必因害怕排挤而逼着自己去拥护主流的判断。理性的分析不是哗众取宠或者标新立异，而是对别人的公平，对自己的负责。所以，请放下武断的偏见，也请相信，这世界，不会因为这种“放下”而对你产生偏见。

男孩波比的找法

湖北文理学院 / 李伟兴

四月一个晴朗的午后，我从慵懒的睡意中醒来。躺在客厅的沙发上睡觉、享受难得惬意的周末是我人生的一大快事，但却被一阵急促的敲门声给狠狠地拽到现实，我感到意识与身体在一步步地脱离，纵使麻木的身体将门打开，意识却仍然在沙发上呼呼大睡。

“哎呀，你好，我的孩子有没有来过你这儿啊，老师刚才打电话说他今天一整天都没有去过补习学校呢？给他的同学都打过电话，都没有消息啊！急死我了，急死我了！他可是一个很老实很老实的孩子，不像是会贸然做这种事情的人，该不会碰上什么坏人了吧，他才十岁啊。”

她声音哽咽地颤抖着对我说着。

“你先别慌，到现在为止，还没有消失多久是吧，不能妄下定论，小孩子偶尔调皮一点也是很正常的事情。”

敲门的是隔壁孩子的妈妈，年纪四十左右，我刚搬来这个小区不久，在原来公司打拼几年之后自然地跳槽到了另一个好点的公司，对这个邻居还不是很熟悉，但她给人的感觉却还算不错，脸形不算太大，面容清爽干净，鼻子、嘴巴都相当立体而又有层次感，就像是躺在草地仰面看着一层层迭起的云朵静静地依偎在深蓝的、宁静的天空布景之下，唯有篆刻在眼角和双鬓的皱纹稍稍显示岁月的痕迹，这么逆着岁月看去，自然也能推想出在她年轻的时候该是有许多追求者的，然而即便是那样的女孩子，如今也仍为了孩子的去向而陷入焦灼，我不由得思绪翩跹，我那逝去的爱情，还有至今单身的蹉跎岁月，快要三十岁的我该何去何从？

“你孩子不在我家里，你有没有仔细地检查过孩子的房间，说不定，有什么线索呢？”

她饶有意味地看了我大约五秒，又像是在思索什么。

“我检查过了，可是却什么也没有找到，问过老师，也问过同学他最近有什么不正常的状况，全部都没有什么结果，怎么说呢，他的房间的东西一样都没有遗失，他的房间每天都是我打扫整理的，这个年纪的孩子，也应该没有什么秘密，还有最最重要的一点，就是他真的是一个非常非常听话的孩子。”

“这样吧，我们一起找吧，今天是周末，也不上班，说不定是你多心了，可能孩子贪玩呢，这在他这个年纪也是常有的事情嘛。”

“谢谢，你先到家里来坐坐吧，说不定你可以从他的房间里找到什么线索也说不定。”

“好的。”

我反手将公寓的门关上。

同她这个人相似，她家的布局亦显示出强烈层次感，或许在她的眼里各种事件，各种人物，各种风景，也一个个分门别类地归置在一个个铁皮箱子之中。之前有一段时间，我也是这么过来的，对这种人生我有过确切的体会，各种事情归置在安全的地方，人生一定相当的幸福，但是孩子不见了，显然，其生活出现了裂痕，这是相当深相当深的裂痕。

“你家还不错啊！”

她从冰箱拿出小瓶橙汁，然后指了指茶几上的水果，冲我莞尔一笑，她的心情似乎好了一点，她是不是经常地朝人如此微笑我不知道，我只知道，她刚刚的一笑似乎穿越了岁月的唏嘘，年轻的时候她一定相当的知性，早早地看透人生并且从中寻求什么才会笑得如此淡然而深邃。

“谢谢。”她之后坐在沙发上，用小刀削着果盆之中的苹果。

“我只有这么一个儿子，小名叫波比，他爸爸在三年前因为肺癌去世了，爸爸死得早，也许是缺少父爱，孩子性格有点孤僻，不怎么喜欢说话。”她忽然停了下来，侧着头，长长的头发垂到她拿着苹果的左手，“你先坐会儿吧，我待会儿再去他的房间看看，再考虑有什么办法。”

“我和你一起吧，实在不行就去外面找。如果天黑之前还没有回来，我们再报警。”

“不吃个苹果先？我来忙吧。”

“还是孩子重要的。”

我站起身，盯着她的眼睛，她轻轻一笑，把削好的苹果放在茶几上，点了点头。

她引我来到孩子的房间，房间很干净，布局也很简单，一张书柜，一张床，书桌紧靠窗户，书桌的角落，一个大箱子中大概是他的玩具，墙壁上贴满了各种漫画海报，我忽然想起来了小时候，那个时候的我什么都没有。

“你儿子会写日记吗？”

不知道为什么，我忽然这么脱口问道。

“会写，我去拿给你看看吧。”

我们坐在波比的床上看着他写的日记。

2016年3月10日

我和妈妈说我想养一只猫，妈妈没有同意，妈妈非常爱我，我想如果妈妈觉得猫很让人讨厌的话，那就不养算了，只要妈妈开心就可以了，可是我真的很想养一只猫，唉。

“那之后呢，没有养猫吗？”

“没有，我知道他可能有点难受，我也没有太在意。”

“你的儿子看来真的很懂事啊！”

2016年3月27日

今天，放学后，我去图书馆看书，看到很晚才回来，我喜欢在图书馆一个人，妈妈非常非常担心，她害怕我丢了，她看到我的时候眼睛都红了，妈妈。我保证下次再也不会这样了。

“所以呢？图书馆也没有找到？”

她摇了摇头。

我很快便将波比的日记看完了，从日记的只言片语之中很难推测其行为动机，我们面面相觑。

“怎么办？”

她问我。

“先不要急，总会有办法的，要不我们去他的补习学校看看吧。”

就在这个时候，她的口袋里的手机忽然响了起来，她掏出手机，手机里面是一个男人的声音，她颔首听着电话，神色忽然变得异常凝重，然后她长长地吐出一口气，关闭手机。

紧握着手机的她的双手在微微地颤抖。

“怎么了？”我问。

“一个男人的声音，声音特别像我的老公，他警告我必须要将孩子找回来。”

“声音特别像你的老公？”

“是的，很像，陌生的电话号码，不知道对方是谁，说不定是勒索电话”

“勒索电话为什么不直接将事情说清楚呢？”

“不知道，不知道对方是什么意思。”

“别急别急，试着再打回去。”

她重新将电话拨了回去。

然而只有漫长的犹如海岸线般冗长的沉默。

她从房间的窗口远远地眺望着外面的风景，这里是四楼，她所能看到独独只有白茫茫的空气，但是她的目光坚定地停留在一点，那里究竟有什么东西呢？

我有些不知所措，但是又好像什么也做不了。

“你是说所有能够找的地方你都找过了是吧？”

她点了点头，然后沉默不语。

终于，我还是打破沉默。

“能不能和我说说你的老公。”

她先是一顿，然后又是对我淡淡地一笑，我的心微微一动，她很会掩藏自己的内心，纵使内心相当的慌乱，却仍然可以对我报以平静的微笑。

“我们在大一的时候就开始恋爱了，我们徜徉在爱河之中直到毕业，我们彼此相爱，相互珍视。他阳光，干净，聪明，风趣；我知性，成熟，感性，优雅。那个时候，双方父母也非常地看好我们，因而毕业之后我们相当自然就结婚了。”

“然而就在刚结婚没多久，我发现我之前一直喜欢的那个大男孩儿不见了，为什么呢？那个时候我一直都在苦苦地思索，他这个人身上究竟是哪种东西消失了，我很努力地思考着之前我们在一起的所有时光，之后我终于发现，他身上所丧失的东西是一种作为独立的男孩所特有的东西，在结婚之前，即使我们非常非常的相爱，但是我们之间，我们彼此的心却从来没有被彼此深深地捆绑在一起过，通过结婚这样的行为，我们的心被一种强制性的力量箍在一起，他身上的某种东西自然而然地离他远去了，我发现我没有办法再爱他了。”

“或许，他也发现了这一点，所以他的身体状况变得越来越差，终于在孩子三岁的时候，他因为癌症去世了，在他死的那一天，我一滴眼泪也没有流下来过。”

我不由得从床上站了起来，连忙欠身说道：

“对不起，让你想起来了这些。”

“没关系的。”她依旧朝我淡淡地微笑，“看你的样子，现在还在工作对吧？”

“嗯嗯。”

我点头。

“对不起。”

她忽然怯懦地拉着我的手，我再次在床上坐了下来。

“对不起，我的孩子在学校上学上得好好的呢，对不起，我欺骗了你”

“欺骗？为什么？”

我诧异不已。

“那电话呢，你想说明什么呢？那么你拼命敲着我的房门对我说的那些话也都是瞎编的喽？”

“对不起。电话，只是想引起你的同情，说实话，我，我，只是想同你睡觉。”

我猛地一怔。在我的人生阶段，才刚刚结束一场七年的恋爱长跑，那个美丽得宛如亚马孙森林澄澈的晨露般的女孩子比我小三岁，而如今要同我年长十多岁的睡觉，这究竟算什么事儿。

我实在无法接受这种反差感，但是，这么看着面前的女人，我的内心却丝毫无法进行否定，尽管道义上我是拒绝的，但是我的心却不由得想象着和她睡在一起的样子。

“为什么，为什么还要和我说这么多呢？”

“因为害怕，”她慢慢地叩开嘴唇说着，“因为害怕过早地揭露真相，你会离开我，你让我想起了我的大学时光。”

“像你老公年轻时候的样子？”

“是的。”

“你老公死后，你是不是从来都不知道什么是爱了。”

“为什么会这么说呢？”

她把手环绕着搭在我的颈上，唇间隐隐传来一种妩媚的香气。

“因为你总是在你孩子的身上看到你男朋友的影子，你和你的孩子之间好像也保持着一种距离，你害怕过分地靠近那种从你的孩子身上看到的男朋友的影子，所以，有时你会对你的孩子冷漠。”

“所以，你是我的男孩。”

她从我背后伸出两个手指，抵在我的唇上，然后静静地不说话看着我的眼睛。

我一把搂住她，吻着她，在男孩波比的床上，我和比我年长十多岁的女人睡觉了，在我即将迈向三十岁的人生关头，我们彼此相当开心地玩了很久，完事之后，她把脸贴在我宽阔的胸膛之上，弱弱地问我。

“如果将来你后悔结婚了，我是说假如有那么一天，你会怎么办？”

“我会把失去的女孩找回来的。”

我用力了吸了一口烟，然后长长地吐出，那在眼前缭绕的烟雾不停旋转，将光线拆解，只留下隐隐约约的缝隙让你偶然瞥见眼前的光景，而这么一来眼前的光景也变得相当的不真切了，我只看到一个女孩儿，长长的马尾，淡蓝色呢子大衣，她在风中，在烟雾之中朝我走来，究竟这是不是烟雾之外的现实风景，我实在分不清了，也分不清了，睡觉之后，脑袋咚咚地疼。

但是，我依然有一个清晰的意识，那就是，总会有找法的，失去的人，男孩也好，女孩也好，总会有找回来的办法的。

言若希声早相逢

重庆大学／刘东草

我是阿希，嗜茶，嗜梦，很多不同的梦，只是梦里反复出现的只有一个人，是我的阿言姑娘。

其实阿言，我至今都找不着合适的词来描述你。语言有时略显苍白和无力，感觉总是差那么一点，离你在我心中的样子差一点，像在绘制一幅美人图，最传神的眼睛怎么也不敢下笔，下笔总有瑕疵，但你远比任何都要美好，在我心里。

看着杯中的茶叶舒展沉浮，在纹波洗礼下浸润，汁液漂散。杯中的银针上下交错，上不见天，下不漏底，繁杂又清浅，简单又紊乱。初见时，你手下的银针，刺中了我的味蕾，你也如丝般，飘进了我的梦，不知道从何时起，但更无从知晓何时落。

那年出差去福建福鼎，刚子把我带进了你的茶馆。福鼎之地盛产茶，白茶为盛，银针更是一绝。刚子一直说你的地方是必去之处，对于我这种茶虫来说更是不可多得。我一直都对眼前这个男人的话存三分疑惑，三分奚落，又三分斟酌。可是当我看到端坐在矮桌前的你的时候，我觉得我终于能明了刚子提到你时眼中的光彩是为何。一个而立之年的男人，比谁都稳重，一个儿时相扶的玩伴，我也比谁都了解。他通红的耳尖遗漏了他的心事。这个男人，他爱你。我没有用“喜欢”，我了解，刚子的慎重和认真，让我只能用“爱”，竟然有些不情愿。没错，是真的不情愿。

如果非要描述你的话，我愿意用一种茶。白毫银针，茶如其名，芽头肥壮，满披白毫，闪烁如银，外形圆紧匀直，纤细若绣针，柔嫩如雀舌，素有茶中“美女”“茶王”之美称，“银装素裹”之美感。

那天你手下银针的味道，我已经忘了当时的味道，可是再也没忘了你的样子。没忘了你的白色茶装，也没忘了你绾起的发，还记得你嘴角的梨涡和你手中淋漓的汤茶。

可是我也只能深深地记着，默默地不情愿，却什么也不能言。

人已过而立，谈不上高就，入编定职，娶妻落户，倒也稳定。让父母放心，我也心安。可是后来发现心还是没能安下来，就像那银针，你就像我灌头的热水，让我止不住地往上浮，漂离了我原来的轨道，我一万遍地告诉我自己，我不能，可是我又一万零一遍地否定我自己，我愿意。家境适可，我自认一直以来过着一种恬淡的生活，父母会尽力满足我的需求。后来毕业之后，在父母的帮助下，工作，娶妻，然后看似幸福，直到遇见你，竟然有了所谓的恋爱的渴望，突然能理解以前情侣的种种行为，突然觉得自己像是活过来了，我的那壶枯茶竟然开始散发清香。如此这般心情，从未有过。你，一个浓重的意外，就那么轰动了我的生活。就像是一罐陈茶，终于碰上了稀有的甘露，是的，我需要你，甚至有些迫不及待。

在福鼎进行培训交流，为时一月。其间刚子老带我去你那儿，他说他一人去意图太明显，说带个茶虫去好些，怕惹你厌。我们都知道，你这种女人，也跟泡茶一样，得慢慢来，只是刚子的这壶热水烧了两年都没到你要的温度。你就那么不温不火，不吵不闹，安安静静地让他为你沸腾，也让我不知所措。

后来有次他临时有事提前离开，我独自坐在那儿，有些尴尬，你还是低头弄茶，不时跟我讲话。说到茶，你的话要多很多，说你爷爷是个老茶鬼，说你从小识茶的故事，说老茶鬼的趣事，讲银针的种种。偶尔回你一句，你忽略了我的话头，像个想倾诉的孩子，我也唯有宠溺地听着。你重复着茶序，我久久不敢去接茶，怕遗漏了我的紧张情绪，无意中竟然扫见紫砂的边缘也染了些许茶汁，你娴熟如此，此等意外，着实不该，或许手掌轻颤的并非只是接茶的我，执茶的你的内心也并非表面般平静如波。

后来，与刚了聊起你，他的话头总逃不开你。你已近而立，但感情平静毫无波澜。他苦追两年，你微笑拒绝，反反复复的答案也只有那句话，你说你只想要个对的人，无关其他。他不死心，说你一日不嫁，守你到黄土白发，在遇见你的两年里，他说，他什么都没学会，就学会了等，等得坚定，坚定到前所未有。

再后来，培训事宜渐进尾声，脚步不由心，慢慢地朝你靠近。茶馆的门半掩着，往日的你的位置，空无一人。推开门进去，你安静在躺椅上安眠，我想走近，脚步抬起又放下。如果可以在不远处看着你，感觉真好。没有刚子，没有家庭，只有你。理智还是扛不住心动，我靠近，你近在咫尺，睡着的你，睫毛在微微颤动，睡不安稳的你，不知道在做着什么的梦，梦里也不知道关于谁。我蹲坐在你身边，静静地，连呼吸都变得小心翼翼。不知道过了多久，小腿开始发酸，我缓缓地直起身，却一时支撑不住借了你躺椅的力。你恍惚中醒来，睡眼中没了往日的距离，像个受惊的小兔子，眼睛还没有完全睁开，却抬身把头埋进了我的怀里。脑子仿佛僵住了，这是我们的第一个拥抱，我自认为一向以冷静著称，脑子却一片空白，不知道该如何言语，我伸手想把你滑落的衣物捡起，“别动，也什么都别说。”你说，“就一会儿，就一会儿。”我没动，我哪里还敢动，你眨眨眼睛，我早已经投降缴械。我想，我是沦陷了吧，彻彻底底的。

七月末，培训结束，我离开福鼎，回到盐城。临行告别，我再次来到你小茶馆的门口，时近中午，并没有什么人。你抬头见我，没有招呼我坐下，继续着手中的茶序，相对无言。半晌，你转身背对着我，声音还是温凉，却不甚清晰。你送了我两个字“不送”，堵住了我嘴边的“保重”。

再回到盐城，往常的平淡生活却被我过成了行尸走肉。说不出来的是一种什么思念，发呆，沉思，都是你，你的一笑一颦，你的谈笑风生。我在一遍一遍地警告自己，我人过三十，有家，有妻，有为人艳羡的一切。然后再一遍遍地自我击溃，我没有你，一个真正意义上让我动心的女人，我没有。看着路旁打闹的男女，看着街边嬉笑的情侣，看着超市里挽手的夫妻，看着暮阳中搀扶的老人。我想，我羡慕。我开始喜欢一个人待着，我开始害怕面对妻子，开始恐惧父母的关怀询问。我整个人仿佛都不在状态，又怎么舍得把这样一个我丢给爱我的他们。一个人在深夜行车的时候，脑子里是远在福鼎的你。也许只有在四周黑夜的时候，才不担心被旁人窥见，才能不那么罪恶，才敢放纵思念，任它在时空飞驰，去到一个叫阿言的女子身边。

有的时候，我们蜷缩着自以为能够停滞不前，却忘了时间从来都不曾为谁停留，一直推着，拉着你往前走

女人的直觉有时候绝非什么无理取闹。有一天，我的妻就那么坐在我面前，干净，直接。她一向如此。她没有哭，没有闹。把一纸离婚协议推在我面前。带着微红的眼眶，伸手抱了抱我，然后转身离开。

阿希：

我不是心细如发的女人，但从我二十三岁嫁你开始，我对你付出了我所有的细心。我知道，你对我们的婚姻态度温和，不紧不慢。你或许觉得我们只是到了那个年龄，该找个人结婚了。然后不过我刚好是那个人。其实，能是你的那个人，你不知道我有多幸运，但好像我的幸运到此都已经用尽了。你值得爱，阿希，以前我虽然能隐约感觉到你不是太

爱我，但有你的婚姻，依旧让我满心幸福，你温柔，细心，满足了我所有关于爱情和婚姻的想象。可是后来，我知道，你还是一如既往的温柔和负责，只是阿希，你变得不快乐。你强颜欢笑的嘴角，看得我太心疼，也太煎熬。我舍不得离开你，但我知道我必须。爱一个人就是希望他好对不对，我还是更爱原来那个你。那个六岁那年爸妈单位聚会上微笑着用衣袖帮我擦嘴巴的你，你总说我傻，见了你一面就匆匆忙忙嫁了，其实并非如此，是你来得太迟了，我也已经等得太久，已经久到准备好随时把那句“我愿意”脱口而出。跟你在一起的七年里，攒下的幸福真的足够了。最后关于爱情，你要勇敢点，阿希，往前走，别怕。

我也会幸福的，彼此祝福，各自安好，如若不能一起终老，那便终老不相见吧，这是我第一次想放开你的手，但也是最后一次。你要幸福，别再出现，我会嫉妒，如果不幸福，也别出现，会悔不当初。

看着离婚协议一端熟悉的名字，电话里响起的忙音让我回到现实，我不是没想过坦白，只是我觉得我不能，不敢，又哪有什么资格，一个有家庭，有妻子的男人，又有什么资格去追求自己所谓的幸福。

一个男人会在生命中遇到两种女人，一种像母亲一样，满心满意地爱你，你感激甚至感动，愿意去心疼想照顾乃至一生，但还有另外一种女人，她就那么简单地出现，甚至若即若离，没有过多言语，但明明白白地告诉你，那是爱情，没有任何表示，却让你趋之若鹜，甘之若饴，如果第二种女子一生都未出现，那和前者也必然会安然一世吧，但是我的阿言，她出现了。

我简单收拾了行李，辞去了工作，和父亲进行了一次长谈，我告诉他一个关于青春的故事，甚至加诸我这个年龄有些滑稽的青春故事，可我还是选择倾诉，这个让我毕生尊敬的男人除了半声叹息，不反对，也不支持。在旁人看来，我硬生生地把生活的轨道偏离，走上了一条令人不解甚至荒唐的道路，可是我不后悔，也懒得向旁人解释，我只是愧疚，愧对于父母年入暮年的担忧，愧对于一个全心为我的女人的牺牲成全。所以我想我只有更加努力的幸福，毕竟有那么一个人，她说想在一个古镇，有一铺茶馆，有一只猫，有黄昏，还有一个可以道晚安的人。

第二次踏上福鼎的土地，已是一年之久，接我的还是刚子，眼神不再是那么清明了，十多年的老友突然变得疏离。不知道该跟他说些什么，也不知从何说起。

但是不说并不意味着可以逃避，我也无路可退。刚子没有怪我，我却败下阵来，老友最知性情，以退为进，怎一个高明。无关心计，我愿意等，他的两年苦苦追寻，我还，再度双数春秋，我等。好友熬得过时光不易，不忍更不能，唯一剩下的等待也应是最好的选择。

盘下了阿言隔街的一间书屋，随行带来一套茶具，经营着小书屋，闲适时就放些银针进去冲泡，看着茶叶翻滚，不知你能否察觉我的思念。每天日落之时，会把二楼阁楼处的窗子打开，某个角度能看到阿言窗中的灯火荧荧，突然觉得如果能给你陪伴，即使悄无声息，竟然也那么心安，还有些许的幸福。

会按时给爸妈电话，询问他们的日常，我早已不是个孩童，他们却还少不了牵挂，妈妈身体不好，不知道爸爸怎么把我的故事告诉她。听着妈妈在耳边呢喃，竟也像个游子一样红了眼眶。“妈妈，我还好，跟她一起，很好。”

也会有偶尔抵不过思念的时候，在你茶馆附近小心漫步，你没在煮茶，只是在静坐在窗旁，目光有些发呆，不知道小手托着小脑瓜在想些什么。想起半年前如出一辙的失魂落魄，不知道你的思绪里有没有我。

陪伴的时光过得不知道是快还是慢，心安这样的陪伴，但还期待能早点在你面前出现。刚子时而会来坐坐，已然不再提阿言，她已经成为我们之间的某种禁忌，明知不该提，却也明白绕也绕不过去。叙完了日常问候，最后他的目光停留在我面前的杯茶。“阿言最喜欢的茶也是这个。”这个时候的刚子已经分得清白毫跟普通银针的区别，跟在阿言的身后，他除了深谙银针之外，更深谙这个女人的内心。我刚想站起身。“我跟阿言是不可能了对不对？”不知道是疑问句还是想得到答案的肯定句，只是我的神经瞬间被击中，半伏着身子，不知该作何回应。刚子抬头看我，半年前自信满满的男人，红着眼眶，委屈得像个分少了糖的孩子。可我给不了安慰，因为我也是一个想要糖的人。

“她终究是不爱我，我在等，阿言也在等，那个人不是我，从来都不是我，以前我从来不信，有什么深情似海能抵得过无悔陪伴，可是阿希，开始她只是在抱着一种心态在等，可是现在的阿言怀揣着一种坚定，坚定到我怕。”这个男人偏过头，把多余的水分用肩头的布料过滤掉，只剩下通红的鼻头。“我知道，阿希，你也在等，我不想再去商讨和辩驳，如果可以，让她幸福，连同我的这份，一起。”刚子起身离开，茶中的银针依旧浮浮沉沉，归宿未定。

街边的孩子送来一份包着信封的信笺，落款人是刚子，里面装着的是我的阿言，另一个模样的阿言。

阿言告诉我关于她的过去都没有错，只是没有太完整。

阿言跟爷爷关系很好，因为她，也只有爷爷。阿言妈妈未婚生子，撇下阿言，独自奔走，杳无音信。奶奶早去，她的身边也只有爷爷。亏得爷爷视茶如命，带着小阿言，倒也无视那些闲言碎语。只是爷爷终究年迈，神智逐渐不清，后来只有面对茶的时候，才会稍微清醒。

阿言最爱的人是爷爷，爷爷最爱的茶是银针。阿言自然喜爱银针，自然对钟爱银针的男人情怀特殊。

如果只有这些，那我或许还能不那么心疼。

阿言七岁那年，班上的同学欺生，得知阿言的身世，小阿言更是不得安生。更是动了小阿言最心爱的小石壶，那是母亲留给她最后的礼物。石雕石壶，雕刻佳藏，茶具珍品。爷爷说，那是母亲颇为喜爱的小玩意儿，其实阿言并没有见过母亲，所有母亲的印象都来自爷爷的呢喃。只是可能从来不觉得有妈妈是一种什么感觉，所有妈妈的东西都显得弥足珍贵。在与同学厮打的过程中，对方慌乱拎起石壶，阿言看见石壶的时候，脑子里浮现的是母亲，虽然只有孤零零的两个文字，但是足以让阿言呆滞。下一秒，石壶蹦跳出了几步远，阿言跌坐在地上，额头上血流不止。后来阿言的额头好了，但是由于颞骨骨折损伤的内耳结构再也无法复原，出血的内耳把阿言带进了另一个世界。阿言的左耳，听不见了。

突然就那么想起来，那天安睡的你，时而话题突然安静的你，临行送别侧耳的你。突然意识到，竟都是左边。其实我多想开始就能守着安眠的你，多想一段沉默也舒服的关系，更想一个永远不用说再见的结局。

爷爷带阿言离开，到了银针的故乡，有了这间茶馆，再也不过问是非。后来爷爷去世了，阿言就一直在等。阿言觉得，她这辈子都离不开茶了，常年与爷爷生活，她也早已深染茶性。爷爷信佛，她也相信轮回，爷爷离开，总会有另外一个人出现，最好与银针有关。

你那年去福鼎，去茶馆的那天刚好是爷爷周年祭奠，她照例冲泡银针。自你落座，阿言就显得不太自在，你洗茶提醒下的惊颤双手，目光相触时的分秒闪躲，还有被茶水浸湿的左侧衣襟，都在默默吐露着小姑娘的心事。我觉得从那时起我就知道我输了吧。

其实，阿希，还有件事，我想我得告诉你。后来你离开盐城之后，阿言去找过你。在那儿待了一个月，但是没等到你。我一直以为，只要阿言能够死心，随着岁月的流逝，她总能忘了你，我也总能走进她的心里。可是，不是的，阿希。又一个两年了，她变得越来越坚定，坚定得击垮了我所有的信心。

如果说，这注定是我跟阿言的结局，我认。爱情无关先后，所谓的两年之约，我们就都忘了吧。我们不欠彼此，你迟到两载，我煎熬双秋。最后，如果可以，请给我的阿言幸福，最好的幸福。

再一次出现在你的门前，你总往右边的方向张望着，我的脚步声被你的左耳淘气放走，在背后你也不知觉，你总是在伸着脑袋看，转都不舍得转。我后来绕过街头，才记起街头一角坐落着开始住的那家旅馆。原来，我的阿言一直都在等我出现。

我终于在某个清晨，选了一束花，出现在你面前。你看见我的时候，三分惊讶，七分欣喜，你起身来，迎出门外。梦了很久的拥抱，终于有了真实的触感。我想，我们都让彼此等待得太久，剩下的时光再也舍不得浪费。

光开始刺眼，我知道，又是同样的结局，开篇的画面就像是一个死循环，梦虽然纷繁，可结尾却仿佛始终不变，你慢慢地撇开我往前走，怎么叫都不应，更不曾回头。

后来，刚子拼了命想要把我带回盐城，我反抗挣扎，歇斯底里。最终得偿所愿，日日在阿言茶馆门前徘徊。希望着那个梦中的场景真的出现，哪怕出现一次也好。

我多想与回忆做场交易，我任它撷取，它任我打磨，打磨到能像我的记忆一样，有条不紊。

可是，回忆它不愿意，它带走了我的阿希，任凭我歇斯底里，它却无所畏惧。

其实，阿言的确是走了的。时间定格在那一个月去盐城的日子里，在寻我的日子里，然后从那里，记忆开始不按常理出牌，发了叉。

阿言本就体弱，初到生处，疏于照顾。潜藏多年的耳疾开始昼伏夜出。她有着自己的高傲，刚子的态度她也明了。她不多问，除了盐城这点信息外，她剩下的只有最原始方式来寻找。一天又一天，她咬着牙在坚持。一个月后，她回到福鼎，刚子带她回来的，医院里在她的手包里找到了两张名片，一张模糊不清，是我的，一张清晰可见。所以刚子带她回来。也许，在某个午后，阿希在某个寻我的街头，一声刺耳摩擦，银针依靠惯行最后一次纷飞，最后在血泊里舒展，然后我的阿言，就那么不见了。我一直不相信，我不相信，我的阿言就那么走了，我总以为我们会在某个清晨相遇，然后坦露我的爱意，相拥在一起。我总以为一切都会像计划中发展，你会喜乐安康，幸福终老，我总以为，我们能够在一起，陪你沏茶养猫，看日出日落。可是回忆给我开了玩笑，我没说愿意，它还是偷偷带走了你。

我想阿言你一定生我气了对不对，然后用这种方式惩罚我。我知道错了，我真的错了，我不该让你等，不该为了让自己什么良心心安，让你吃尽苦头，我不该……可是阿希你就原谅我一次，好不好，就一次。你回来，只要你回来，我什么都愿意，什么都可以。

后来，我守着爷爷的茶馆，也养了一只猫，叫小言，调皮又可爱，总能想象它在你手心的样子，你的嘴角带笑，眼神宠溺。只是再也不喝茶了，也不敢再碰银针，可是戒了茶，却还是戒不掉你。阿言啊，我总觉得你还在，从来没有离开过，你不是最相信轮回吗？那阿言，下一个你，请早点出现。

如果有谁找到我的阿言姑娘，拜托你，能不能还给我。

也只有你能看见

沈阳理工大学 / 刘海若

本是袭袭飒爽的秋风掠过的季节，窗外铁栏阳台上却弥漫着果蔬的腐味，旁边瘦骨嶙峋又零缀着几片黄叶的树枝在随风晃动中更像生锈的铁丝，孑孑干旄。今天是且子的邻居去世两年的忌日，也有可能是三年，且子一家人在他成家之后因为社区拆迁便搬离了那条老街，也就很少去探望搬迁到别处的老邻居。那个邻居是且子爸爸老吕年轻时在铁路文工团的伙伴，更是且子儿时最好的朋友。盲人去世的消息还是且子的父亲打算去找盲人媳妇取渍酸菜的大缸时，才偶然从她口中得知到的，当时那口大缸都已经抬起来了，却硬生生地倾斜着砸向了地面。

盲人还是走了，带着眼睛里全部的黑暗一起走了。

故事的开始往往落于夏季，画面中有一排葱茏茂然的白杨树，燥热倦闷的空气总能显得树荫下格外清凉，且子和其他孩子也都是在树下一同茁壮成长起来。在且子的小时候，整个社区是生产大院改造的，每一年的夏季，社区门口总会聚集一群中老年女人，各自攀谈着周遭的闲事与趣闻，随之而来的是那些笑声、抱怨声、吃瓜子声以及其中有幸成为祖母辈而附加的稚嫩抑或大哭不止的孩童声。且子喜欢捉一把蚂蚱和天牛，向围成一圈的她们全部丢过去，每一个女人都会接连地跳起来，他便带着小伙伴径直跑到楼顶，来躲避气坏了的女人们尖锐刺耳的说教和抱怨。且子很享受这种恶作剧，也很享受每一年的春夏秋冬，因为从社区里的花草到人群，都是他童年最美的记忆。

有一个人，是且子最最喜欢的人——对门的盲人邻居。盲人邻居是且子父亲所在的铁路大队中铁路文工团的一员，年轻时总是闭着眼睛弹着琴，和且子父亲一起演出，两个人的关系有如战友般密切。以前，且子很喜欢去盲人邻居家串门，盲人喜欢给他讲很多寓言故事，那些出口成章的故事填满了且子的成长轨迹，盲人也知道这个孩子充满着好奇心，想把自己知道的一切都告诉他，他告诉且子冬天进门要把鞋垫放在暖器上烤着，告诉他面条出锅后用凉水冲一遍会更好吃，告诉他在抽屉里放小半块香皂可以去除木头的霉味，盲人将一切的所闻都告诉了且子，唯独没有所见。可能后来且子才懂，盲人也好想告诉自己他的所见，但盲人却早在幼时便失去了知晓视觉概念的权利。

“我小时候总听大人说‘今天的天儿好蓝呀’‘你看这花儿多红，像妞妞的脸蛋儿’之类的，我特别想知道蓝色和红色都是什么样子的，但我只能被告知蓝色有寒冷的感觉而红色有发热的感觉。真的很羡慕你拥有一双健康正常的眼睛，而我却只会用它来流泪，所以你千万别学我哦。”盲人在且子被同学欺负哭时这样告诉他。

盲人的家境平平，和媳妇一直以来全力维持这个小家的生计。盲人的媳妇因为和他家里有娃娃亲而嫁给盲人，但她每次被七嘴八舌地问起为何嫁给一个瞎子这种问题时都会诚恳地承认自己是真心喜欢盲人的。她热情开朗，尽管每天要领着盲人走重复的路也从不觉得枯燥。灰白的楼房隐约有细微的刮痕，墙面斑驳脱落，放在盲人家窗户外面的腊肉索性成为最鲜艳的点缀，侧耳倾听，屋内总是传出欢笑声与盲人的歌声。且子是夫妻两人最喜欢的孩子，是那种真的作为自己孩子疼的孩子，平时，盲人的媳妇会因为自己和盲人要不成孩子而向街口的妇女们抱怨，也会靠在窗下看着且子和小伙伴们因为偷煤块被抓而哈哈大笑，她总是这样说给盲人听：“这孩子乖巧聪明，眼睛又好像藏着星星，又在言语交流中闪烁，真的好漂亮。”

时间过得很快，它总是赶着最快的进度逼人成长。且子一转眼都上高中了。且子考上了省重点高中，全家人都为他开心，社区居委会的大爷大娘们也都张罗要为且子挂张条幅。当天一群人正沸沸扬扬讨论顶大个条幅挂在哪好看时，盲人被牵着去摸了摸刚印刷成的条幅，说：“都说条幅是红色的，难怪这么烫手。”本就被炒起的气氛，瞬间跌入冰点。大家那天都因为盲人的到来而感到扫兴，只有且子飞奔上去抱住了盲人，大笑道：“小乐叔叔我终于考上了！”“好孩子，学习很重要，希望高中的你专心学习，圆我们大家的大学梦，更别接触乱七八糟的东西。”“什么叫乱七八糟，你会不会说话！”“就是啊，你别过来扫大家的兴。”就这样，那个条幅在一片嘈杂声中被歪七扭八地张挂到了居委会的大门口。

后几年的天气总是骤升骤降，和小区居民印象中的温度不一样了，而上了高中的且子也和盲人印象中的越来越不同了。且子每次都是和一群同学打闹嬉笑地走着，就算在社区里偶遇出门晒太阳的盲人也来不及打招呼便索性当作不认识，反而有一次他自己回头寒暄说这个社区有好多中低档次的人，按政治书上来讲就是亟待缩短贫富差距。

果然，且子成了一名“政治家”，虽然是大学毕业后考取公务员又托了关系才进入到市政府下属拆迁的机构成为一名办公室小职员。而盲人呢，每天被媳妇搀扶着出门晒太阳，闲下来就带着琴到社区幼儿园教孩子唱歌补贴家用，他有时会埋怨且子为什么很少来看望他，然而他不知道且子步入“政坛”之后再没闲下来过。

星期五的天气已近跌破至零度，街上瑟瑟行走的行人裹紧怀中的大衣，那寒风也好像能刺透人心的矛，但仔细想想真正能够刺痛人心的矛也只有人的心吧，周五发生的所有真的就好像盲人眼里的蓝——冰冷。

那天傍晚，且子拿着一个文件夹准备开门，碰巧盲人准备出门，便感受到了且子的气息上前说道：“回来啦？工作累吗？”且子转身看向盲人，却忽然发现盲人的脸上多了很多紧密的褶皱却又无暇顾及，低声地说：“乐叔快回去，外头冷，天儿也马上黑了，我这里还有很多报表，等做完了我去你家陪你聊天。”“行，我等你。”说着，盲人脱下了刚穿好的棉鞋，转身摸回到屋子里。

且子顺势开门，把文件夹放在餐桌上，叫了母亲一同去厨房热饭，他在余光中发现父亲还呆坐在沙发上抽烟。“他爸，过来帮帮忙！听见没呀，过来搭把手！”且子母亲大声喊道。且子向屋里瞟了过去，发现父亲的表情异常凝重，那烟圈像挂了铁锭，在脸庞挥散不去。“爸，怎么了？”且子从厨房走了出来。“儿子，居委会说咱们小区今年纳入拆迁列表，家里这所房子换回来的拆迁补助金拿出去买房子肯定缩水，很小的房子是不够住的，如果再额外添钱来换一个大一点的，那家里以后生活恐怕会很困难啊。而且拆迁工程起步的时候我们无处可去，更分不到补贴金，咱大伙儿临时找的房子的租金肯定也要高出好几倍。你能帮帮咱家吗？”话刚说完，挂了铁锭的烟圈重新找回了引力，逐渐在空中散开。且子皱皱眉，沉默了片刻，说：“爸，先吃饭吧，回头再说。”且子第一次听到父亲这么语重心长地拜托他，是呀，哪个家庭在面临住房问题时会不担忧，且子原本打算远离私事公办的决心终于在此刻动摇。

灯光灰暗的桌前，装有钨丝的灯泡比以往任何一夜亮着的都混浊，那灯光不像是摇曳的扑朔，反而更像钨丝达到了即将熔断的临界点，灯内时不时还发出滋滋声。在昏暗的台灯下，且子伏案苦想，手心又着实捏了一把毛毛汗，布满血丝的眼睛在他昨晚连夜赶制报表的情况下越发红肿，他找出了文件夹里的拆迁费用核算报表，默默合计：“如果我能在我们社区这区域稍稍作出修改，那市里官方工程承办方会拒绝过低的报价推掉拆迁项目的，上面也不会严查，反正负责核算的团队那么多，怎能查到我这种小公务员修改到的报表。”他细细地思考着。

即便这样，虚幻的梦还是要在第二天日出中醒来。

且子拿着修改后的文件准备出门，却看到盲人早已等候在走廊，才想起来昨晚将报表更改之后头痛难忍便匆匆睡下，其间还要去“看望”老邻居的事早已抛到脑后，愧疚地说：“乐叔，昨天忙得太晚了，就没来得及过去，没着急吧。”说着，且子把脚伸进鞋子，手拿文件又俯身提鞋。“没呀，后来我也是困了，直接睡了。”“行，乐叔，今晚买酒赔给你，现在有点赶时间，那我去上班啦！”“别着急呀，你吃饭了没？你婶儿给你盛了碗豆浆。”说着将碗递了过去。“哎，不用，没事，我不吃了。”且子匆忙绕过盲人。“年轻人不吃早饭胃会痛，喝一口吧，热乎的。”盲人硬是将豆浆递向了他自己也不清楚且子到底在哪里的那个方位。“哎！乐叔，你小心……呀！”盲人的脚踢到了门口的垃圾袋，垃圾袋的口倾倒，里面扔掉的汤汁洒到盲人的拖鞋和脚上，又因为脚感受到了突如其来的潮湿便没站稳，整个碗脱离了手，再加上身子倾斜的原因，豆浆横飞出了碗沿随性潇洒地溅满了且子的上半身，当然，那个文件并没有幸免于难。

…………

“爸，我今天加班，不用等我。”

后来，开春了，却少了人群熙攘。

“儿子，社区下了通知，我们房子马上要准备拆迁了。”

“对不起了，爸。”

可想而知，文件由于且子发生“一抹豆浆味”的失误被转到别人的手中核算报价，且子再没有权利触碰到文件的边缘，社区也无法避免动迁的命运。且子在那个时候十分懊恼，每天都会从“豆浆”的噩梦中醒来，从那之后再没吃过豆制品，他对盲人也充满了憎恨，“真的只差一点，整个社区都保住了！”这句成了且子孤身一人茶余饭后的自言自语最多遍的话。

盲人只知道自己将碗中豆浆不小心泼出去之后，且子当时大吼了一声，用力把他推进了屋里，大声地喊道：“我们整个小区都没了，大家都不用住了！”刚想发出疑问的时候，且子重重地关上了盲人家的门。

社区里最后一次的熙熙攘攘、吵吵闹闹是大家忙着搬家的那段时间，许多大型搬家货车在小区里开进开出，装载着老旧的家具和老旧的回忆开往周边精装又低廉的住宅楼。居委会的人可能换过了一些，但细细一看也有很多老面孔，李婶儿、王大妈、张叔，就是那些当初为且子张挂条幅的人们，而盲人呢？

隔着好远就能听到盲人媳妇的催促声：“你快点回屋，我帮李婶儿把东西提上车，回来给你做饭。”“我知道，那你快点，我这家也不搬了，跟上面耗着，我不走这小区就别想拆！今天且子结婚的喜宴，祝贺的话早就说过了，就不去了，记得告诉老吕。”“知道啦，知道啦！”

盲人当然还是那么固执，在社区里的风言风语中知道了自己那碗豆浆的后果，自己哭了也好像没哭，和媳妇大吵了一架后就死死守着自己的老房子不肯搬走。自从拆迁队来了之后，自己便成了“某市最牛钉子户”，也霸占过微博头条，周围的地面都被挖开，只有自家所住的居民楼屹立不倒，他的媳妇每天早上都跨开成山地被挖出来的泥土和裸露的电线水管，走到老地方去买菜，他再也没安安静静地出门散过步。已经搬走的人们总是回来劝盲人的媳妇赶紧搬家：“说不定哪天地基挖断，整个楼都垮了，或是拆楼机不经意间要了两个人的命，再或者上面的人‘自行解决’！”但那又如何，盲人的媳妇跟了盲人大半辈子，仍然不听别人劝说。两个人固执地、顽强地生活在那个破旧不堪、面目全非的社区。

且子在结婚典礼上并没有看到盲人，反而有些开心，他结婚那天鞭炮、彩花齐鸣，人群喧闹声、歌舞演奏声震耳欲聋，和所有婚礼不一样的是，那种回忆偶然间锁住了另一个栖息在暗处的灵魂。且子不知道，以后再也看不到那位爱他的邻居了。

顽强地活在独幢居民楼里的盲人偶尔还会到新搬迁的社区幼儿园弹琴唱歌，孩子们的欢笑声是他最爱听的，但他最想念的还是每次他挠且子手心时，且子发出的咯咯笑声。有的时候会接到且子父亲的电话，电话那头也一直是谈话的老梗：“乐子你就搬家吧，我老吕自己租的房子还不错，房价都是我们能接受的，苦苦挣扎做什么，不是我们干耗就能改变生活现状的，往前看看也好。”“我知道，不用你担心了。还有，我挺想且子的，抽空我去他新房看看，不对，摸摸。”“行，一定。”匆匆撂下电话的声音响亮又沉重。“你答应他做什么，没有他，我们老房子能没吗！”且子在他父亲挂断电话后说道。

且子生活得还不错，日子越来越红火，虽然还会在生活的某个时刻惦念起那个洒了豆浆的邻居，但仍是驳回了他父亲对盲人发出的邀请。

两人通完电话的那天晚上下了好大好大的雨，黑云不仅压城，连气压都低到可以压死人，闪电和雷声交织，穹幕上像一张带有声音的电网，从城市的四角将楼群建筑兜住。那雨如黄豆般大小，乒乒乓乓地砸在水泥墙上，像夏天打架的两只蛐蛐，犀利而尖锐。他起身摸着墙面关上了窗户，沿着厨房走到阳台准备摘下晾起的衣服，前脚刚踏进阳台，那阳台便像垮了的骨骼，钢筋掉落、水泥块散落，盲人和整个脱落的阳台都掉到了挖出来的黑黢黢的地基中。

那种黑暗的地基，比盲人眼睛里的黑还黑。

“老乐！老乐！你在哪儿呢？”盲人媳妇第二天早晨起床没发现盲人，便四处溜达，这才看到坠落的阳台和地基中隐约有躺着的人形。

雨过天晴，阳光温暖，好像每一缕暖光照在身上都能融化，微风也轻轻吹起，早春时节总是那样令人欣喜，但盲人还像在且子中考后张挂条幅那天令人扫兴。施工队也在同一时间发现了尸体，夜里泥水的冲刷已完全看不清盲人的表情。盲人媳妇坐在尸体旁号啕大哭，施工队的默默嘲讽也仅限于发现尸体之前。

时值秋末，大家都忙着准备过冬的秋菜，且子母亲准备手把手教自己的儿媳妇积几缸味道正宗的酸菜，便连忙催促且子的父亲到盲人媳妇家里取个大缸回来。“你看，在把白菜都洗干净之后，在最底下先铺一层，然后撒一把盐，再铺一层，还要撒一把盐，就这样重复。”手机铃声仓促地响起，“喂？怎么啦？缸取回……什么？老乐……”

且子当天晚上知道了盲人去世的消息，表情凝重得令人害怕，眉间的皱纹挤在一起，像那黯然团簇的野花枝，再也没有当初的那种憎恨与厌恶，只是叹了口气说：“固执的老头儿！”想想自己不也是固执，搬家之后再没和盲人有过来往，就是为了一碗豆浆的小事，细想就算是自己修改的文件让社区暂时躲过了拆迁，但最终城市规划大会还一定将这个小区纳入待拆迁项目表中。我们都知道，倚着幼稚犯下的错误最终会在生活中刻下重重的疤痕却又无法磨灭。且子感觉这一年的埋怨凭空而来，把自己坠入黑暗无比的深渊。盲人是他儿时最喜欢的人，如今同他的任性与逞强与自己一起坠入深渊。

从那之后，且子家中再也没提过盲人，且子的父亲因为自己失去这位老朋友而久久伤感不能忘怀。以前的邻居就算聚在一起也对盲人的死只字不提，那种悲伤像是被囚禁起来，只会在夜里侵袭害怕黑暗的人，但人们也永远不知道，盲人活过的每一天，眼中都感受着黑暗，也只有在他和且子在一起的日子里，只有他能看见儿时的且子给予自己炽热浓烈的温暖。

盲人以前总是盼着且子能原谅自己，盼了一季又一季，现在且子却盼着盲人能原谅自己，盼了一年又一年。他不敢面对盲人已经离开的现实，平时生活中，且子仍然保持着盛面条时提前备下凉水、在每一个抽屉里都放小半块香皂的习惯，偶尔也会喝一碗豆浆，尝尝当年自己与盲人共同度过的香醇、令人回味的日子。

“可能你永远不知道颜色是什么，但你却为我带来最温暖、彩色的梦，谢谢你在我生命中来过，我真的好爱你，盲人爸爸。”

2016
中国高校文学作品排行榜

小说卷（下）

中国高校文学作品征集评审委员会/选编　冰峰/主编

中国出版集团　现代出版社

镜

衡阳师范学院 / 鱼 骨

第一次见到镜是我又一次心灰意懒对着镜子里的自己歇斯底里地大吼大叫的时候，我看到镜面渐渐扭曲，一个看起来略微比我小一点的少年、戴着银灰色的半面面具，出现在我的面前。准确地说，是出现在我面前的镜子里，他对我说，他的名字是镜，他是来帮我的。

我出生在一个中等偏下的家庭，作为长子的我肩头上背负着整个家庭的厚望。爸爸妈妈从小到大经常做的事就是在我耳边念叨："北大、清华。"我废寝忘食地学习，甚至拼上了我的身体状况，却不想将将考上一个名不见经传的二流大学。爸爸妈妈虽然都在安慰我这没什么，但是我没有漏掉他们眼中的失望。

初来乍到，一切都是那么新奇，满腔的热血都是对美好未来的期望。可是真是应了那句话：理想很丰满，现实很骨感。慢慢地，在我发现真心的付出只会被人当作好欺负后；在我发现不管做什么总是得不到认可后；在一次次竞选中发现我的失败并非能力因素后；在无论如何也融不入团体反被嫌弃后……我的热情渐渐变质成歇斯底里的情绪。

"这个世界就像流沙般在慢慢将我……吞噬？我无法呼吸，无法思考，无法挣扎我情愿就这么死去，也不要再接受着无谓的折磨……"

镜瞥了一眼我扔在地上的笔记本，上面狂乱的甚至扎破纸张的字迹是我歇斯底里下的"成品"。

"啧啧，想不到你还挺有文采。当然如果涂掉'遗书'两个字的话我会更加欣赏你。"

镜悠悠地说。

"你帮我？哈哈，你要怎么帮我？帮我惩罚那些人？惩罚这个满是恶意的世界？那你还不如直接了结我，毕竟我只是一个一无是处的废物罢了，世界上也不会少我一个……”

“不，我不赞同你的观点。你有没有听过一句话，是一位名为海涅的诗人说的：‘每个人就是一个世界，这个世界随他而生，随他而灭，每一块墓碑下都躺着一个世界。’”

“所以呢？”

“所以你甘愿让你的世界就这样毫无光彩地灭亡吗？你明明可以创造出全新的世界。我可以帮你找到你的世界……”

镜的话护住了我内心深处最后一小撮明明灭灭的火苗，我接受了他的帮助。

“镜，你确定这样……真的可以吗？”

我躲在教室旁的卫生间里别扭地扯着身上的衣服问道。自从接受镜的帮助后，镜总会让我去做一些我认为匪夷所思的事情，比如说利用课余时间看一些奇奇怪怪的节目，又比如说今天——穿上与我平常的风格迥然不同的衣服。

“当然可以，你听我说，待会儿你回到班里，不管路上遇到谁都微笑着跟他打招呼……”

“如果遇到我不熟的人怎么办，人家会不会觉得我是神经病啊……”

我局促地打断镜的话，镜对着我翻了个白眼，恨铁不成钢地说：“大哥，你不打招呼怎么会熟悉呢？你天生认识所有人吗？现在，走吧，回到班里去。记住我跟你说的。”

我磨磨蹭蹭地向班里走去，迎面走来了班长——一个不苟言笑的女生。我连忙低下头像往常那样走过去，镜却从我手中的小镜子里开口了：“打招呼！快！”

我踌躇着，眼看着班长越来越近了，我的喉咙就像被什么堵住一样发不出声音。我仿佛看到了打完招呼之后被无视的尴尬屈辱场面。

“别怕，我陪着你呢！打招呼吧！”

镜似乎听到了我的心声，放缓语气鼓励着我。就在我与班长即将擦肩而过的时候，我捏紧了手中的小镜子。

“班，班长早啊！”

班长从我身边走过，我抬起的手尴尬地停在半空中，正想落下时，班长突然折回来，她睁大眼睛上上下下打量着我：“你，你是袁靖？！”

“是，是的……”

“Oh！ My！ God！你真是袁靖？！”

“嗯……”

“……嗯，早，早上好……”

班长一脸玄幻地飘走了，剩我一人在原地莫名其妙。镜适时打趣道：“啧啧，威力过头了也是伤脑筋啊！”

我还是莫名其妙，然后接下来的一整天时间里我体会到了镜所说的“威力过头”——整整一天我都接受着众人目光的洗礼，我看着每个被我打招呼的人都一脸玄幻地飘走表示我很蒙圈。

“打招呼事件”后，我发觉同学们对我的态度变得微妙起来：他们似乎对我变好了又似乎什么都没变，并且他们总是对着我欲言又止，到最后都只是憋出一句招呼便跑了。我依旧听着镜的话做一些奇奇怪怪的事情，依旧有点状况外。

四月的一天，天空上虽然挂着太阳，却依旧显得有些阴阴的。大一的晚自习仍旧吵吵闹闹，却不是在谈八卦，而是在到处询问某一门学科的笔记——这门学科的教授平时从不点名，但是他有一个要求，就是到期末的时候要检查每个人的笔记。我的笔记自然是从来不缺的，因此在大部分人心急如焚找笔记的时候，我正在慢悠悠地写着英语老师要求的作文。舍友一转眼看到我那么从容便巴巴地跑过来求抱大腿了——在镜的帮助下，我和舍友的关系变好了——我把笔记借给了他作参考，过了没多久，又来了一个同学——平时玩得还可以——也要借我的笔记，我也答应了。但是接下来，很多平时很少有交集的人都过来要借我的笔记。我心里不是很乐意：我觉得有些人平时没什么交集一到需要帮忙的时候才来找我，帮忙之后又对我冷冷淡淡，就像把我当作工具一样用完就扔。然而我是个不擅长拒绝别人的人，纵使心里万般不愿意，还是借出去了。

借来借去，我的笔记不见了，问了好多同学都说不在他们那里。结果是我的笔记没交上去。笔记代表平时分，占了这门课期末成绩的很大比重，老教授放出话来：“没有笔记或者笔记很敷衍不完全的，期末考试再好都没用。”一向好强的我不能忍受为了这么一个意外而导致挂科。我去找老教授解释，而老教授完全不相信我的说辞，他甚至语重心长地对我说：“没做笔记就没做，为什么要撒这么个谎呢？你平时成绩这么好，没想到你也……”老教授的话没说完，我却知道他接下来要表达的意思了——我在他的眼中看到了当年爸爸妈妈看到录取通知书时眼中的失望。

从办公室出来，我突然觉得很难过，紧接着各种情绪让我有点喘不上气来。我跑进洗手间里锁上门，任情绪的狂潮冲刷着我。透过一旁的镜子，我看到镜子里的人紧紧抿着嘴，额上憋出了青筋，眼角泛着水光，好像在接受什么非人的折磨似的。

“想哭就哭出来，憋什么，又没有人会笑你。”

“我没事……只是有点委屈……男儿有泪不轻弹……”

“屁啦！我还知道下一句是‘只是未到伤心处’呢，男子汉就不是人啊！就不需要正常的情绪发泄嘛！你这次哭过，下次就不会轻易被这种事情打倒了，有血有泪才是正常人的成长啊！你这样憋会把自己憋成抑郁症的你知不知道……”

镜还在喋喋不休地说着，我却早已泪流满面。

后来我的笔记找到了，原来是同学错把我的笔记当作别班人的笔记还回去了，然后那个人也没有注意，直到今天要用到了才发现。我把笔记拿给了老教授，老教授说了一大堆，大概意思就是虽然我撒谎在前，但是念在我平时表现不错，又知错能改及时补上笔记，就不跟我计较了。我没有辩解什么，只是静静地听着，偶尔承认自己的错误——因为镜对我说，教授也是需要台阶下的。

然后，那门课程我得了很高的分数。

学期末的学生会换届选举在一间小教室举行，在场的包括参加选举的选手在内刚刚好坐满一间教室。我忐忑地坐在第一排候选席，把手里的小镜子开开关关。

“好了你能不能冷静一下！你别折腾我好嘛！”

镜不满的声音传来。

“我，我紧张。”

“你人都在这里了现在紧张有什么用，你不如听听你对手的演讲，然后看看台下面试官的表情，好好想想待会儿你要怎么说才能说到他们心里去！”

“好……我，我还是紧张。”

“紧张什么我不是陪着你吗？”

“镜。”

“嗯？”

“谢谢你，真的。”

“……真肉麻。”

轮到我上台，我紧紧抓着手中的小镜子，做了一个深呼吸，然后开始自己的竞争宣言。我一边演讲一边观察着台下面试官包括观众的表情，回想着刚才观察到的适当调整一下自己的语气甚至内容。演讲结束，我获得了雷鸣般的掌声，陪同的舍友拍拍我的肩膀：

“好啊你小子深藏不露啊！把我的热血都说燃了！好样的！真给我们寝室长脸！”

我笑笑没有说话，只是默默跟镜道了谢，又换来镜的一句肉麻。

结果出人意料，我再一次没选上正位，选上的是一个女生。这怎么可能！我听了她的演讲，结结巴巴不说，还紧张到一度忘词，过去一年里也没见着她做什么实事，为什么会选上她？！大概是我的脸色太难看，舍友安慰我：

“行啦兄弟，我们学生会你还不懂嘛，基本的裙带关系，拼的不一定是实力，还有关系。”

舍友的话如雷轰顶。是啊，我自嘲地笑笑，这才过了多久，我怎么就忘了初来时的种种呢，我怎么就忘了努力其实是没用的呢。我急匆匆地对舍友说了声我有事，也不等所有结果出来便跑出了小教室。

看啊，连选举的地方都是如此的简陋，我怎么还能傻傻地期望他们会看到我的实力和努力呢。

我疯了似的跑到一间无人的练舞室，当门锁上的那一刹那。所有的愤懑、无奈、悲哀、委屈决堤般涌来，淹得我几乎无法呼吸。我踉跄几步，无力地跌倒在地上。

“镜！镜！你看到了！所有努力都是没用的！不管再怎么努力都比不上那些人的一句话！现实就是现实！”

面前的镜面扭曲，镜盘腿坐起，他拍拍身上并不存在的灰尘，皱着眉头——我感觉他似乎在皱着眉头——淡淡地说：

“我并不赞同你的观点。首先，你和舍友的关系变好了，和同学的关系变好了；其次，你学会了怎么拒绝别人并且学会了如何与老师周旋；再次，你纵使失败了这么多次却还是能鼓起勇气，你怎么会认为你的努力都是白费的呢？”

“我……”

“还有，你要知道，每个人的生活方式不同，有些人凭着嘴皮子生活，有些人凭着实力生活，各有各的好坏，能凭着嘴皮子获得自己想要的也算是他们的本事，凭着实力获得的也是本事，两者并没有可比性。你只要做好你自己的事，总会有人看到你的努力。最后，不要看不起别人，不要想着超越所有人，不要想着一蹴而就，这是很不现实的。”

“可是那是因为你说会成功我才……”

“如果你自己没有提起勇气，我再怎么说都是没用的。”

我没有说话，镜也没再说话，偌大的练舞室陷入沉默。我想了很多很多，直到舍友的电话将我惊醒，一看窗外，已然黄昏。我慢慢起身，拍了拍衣服上的灰尘。

“我明白了，谢谢你，镜。”

镜满嘴嫌弃得挥挥手。

“走走走，真肉麻。”

回到寝室刚打开门，舍友们一窝蜂地扑了上来，嘴里还喊着：

“热烈欢迎我们的副部长回来！撒花！”

我还没从惊讶中回过神来便被他们扑了满怀，淹没在一片祝贺声中。

镜帮助我渡过了许许多多的难关，每次当我情绪低落时，他总是及时地出现。他的话满是大道理，却不会让我心生厌恶，我打从心底感激镜。

与镜相处的日子久了，我渐渐发现我对他的感激有点变味，我发觉自己很喜欢他，并非朋友间的喜欢。刚开始有这个认知时我是惶恐不安的，我害怕镜知道后会觉得我是个变态，到后来，我慢慢想明白了：说不说又有什么关系呢，反正镜会一直陪着我——当时的我这么天真地想着。

可是有一天镜消失了，非常突兀地消失了。

那是阳光灿烂的一天，舍友早早地美其名曰锻炼实则寻找艳遇去了。我坐在寝室的全身镜前与镜有一搭没一搭地聊天，我突然对他的面具下的脸很好奇：

“镜，你为什么一直戴着面具啊？是不是因为长得……嗯？”

镜听到我提起他的面具，明显顿了一下，答道：

“不是。”

“那你把面具摘下来我看看呗，放心，就算你真那什么，我总归是不会嘲笑你也不会嫌弃你的。”

“不能摘。”

“大男人那么小气干什么，摘一下又不会怎么样。摘呗。”

“不摘。”

镜一再地推阻，渐渐把我的耐心推阻没了，我一下子急起来：

“哎，就是摘个面具叽叽歪歪的还是不是男人啊，摘一下会少你一块肉嘛！”

“你为什么对我面具下的脸那么执着？”

“因为我喜欢你啊！”

话刚脱口我就察觉到不对劲，可惜说出去的话泼出去的水收不回来了，我死梗着脖子，面上一片潮红地盯着镜，镜也定定地盯着我看，一时间寝室一片沉默，我突然觉得镜给我一种熟悉感。半晌，镜开口打破了沉默，他的语气带着满满的欣慰。

“谢天谢地，你终于喜欢我了，我也很喜欢你，一直以来。”

我不敢相信地睁大了眼睛，一种名为欣喜若狂的情绪席卷了我，我一下子不知道该怎么办，嘴巴张张合合了半晌才勉强发出声音：

“那，那你可以摘下面具吗？”

“不行。”

“为什么，既然我们互相喜欢……”

“我不能摘下面具，因为一旦摘下面具，你会发现，我就是……”

镜的声音越来越小，最后几乎听不到他在说话，与之相随的是他在镜中的身影也越来越模糊。

“镜？镜你要走了吗？可是今天还那么早，你有别的事情要做吗？”

“你记得，我会一直陪着你。”

然后镜消失了。

一天过去了，一周过去了，一个月过去了，三个月过去了，镜都没有出现。这期间我跑遍了所有镜出现过的地方，找遍了校内及其附近商店所有的镜子，哪里都没有，到最后我不得不相信：镜真的消失了。

放暑假了，我依旧随身带着那面小镜子，期待有一天能从里面听到镜的声音。

可是没有，他从我的世界中消失了，我浑浑噩噩地过了大半个暑假，有时候我甚至在想：镜是不是真是存在过，这一切会不会只是我的错觉？

暑假快结束的时候，外婆去世了，我和爸爸妈妈连夜赶回老家。那天的雨下得特别大，一道道闪电强得几乎要将天空撕裂。爸爸妈妈或许不想让我待在这种悲伤的气氛里，于是让我上楼先休息。楼下亲戚们的哭声隐隐传来，我一个人在楼上漫无目的地晃悠，不自觉地走到我小时候住的地方，迟疑了一下，我还是推开了那扇小木门。暖黄的灯光洒满小小的房间，关于小时候模糊的记忆渐渐清明起来。我循着记忆走过每一寸空间，最终从床下拖出了一个铁皮盒子——这里面有我小时候的珍藏。

打开盒子的刹那我怔住了，连手中的铁盒盖子掉到地上也不知道，满眼满脑都是那个静静躺在盒子中的面具——简单到有些拙劣的款式，银灰色的光泽略显暗淡，这分明是镜的面具！镜的面具怎么会在这里？！难道镜在附近？！我欣喜若狂地找遍小房间，却没在小房间里发现哪怕一面镜子。我失望地坐回床上，出神地看着面具。与镜相处的场面在我的脑海中走马灯般地重现，最后定格在镜消失前对我说的那句话：

“我不能摘下面具，因为一旦摘下面具，我就是……”

镜未说完的话是什么？为什么不能摘下面具？这个面具有什么含义？

无数个问号缭绕心中，突然一个念头从我脑中一闪而过，紧接而来的是一股不可名状的恐惧，我浑身像浸了冰水般发凉。

不可能的。我这样想着。这太荒谬了。手却不自觉拿起面具套到脸上，然后捡起地上的铁皮盖子——铁皮盖子光滑的一面映出一张戴着银灰色面具的煞白的脸，一些没来得及记起的东西浮现：

比如，这个银灰色面具是我很小的时候软磨硬泡了好久才得到的玩具，当时特别喜欢假面超人，总想着戴着这个面具拯救那些需要帮助的人；

又比如，我的名字是袁靖，镜说他的名字叫“jing”，但却没说清楚是哪一个“jing”；

又比如，我总是对镜有一种熟悉感，我以为那是我对镜的认可，但现在想起来却是因为镜和我初高中时期简直一模一样，不管是内在，还是外在；

再比如，我记起了镜消失前说那句话时未出声的口形：

“一旦摘下面具，我就是你。”

在 别 处

贵州民族大学 / 哑 马

一

我真想一瓶子掼死他，死无出息，都什么时候了，还在喝黄汤。我想掼他脑壳一瓶子，把里面的脓血放出来，清醒了，他就知道该不该去找杨树林了，就知道该不该听我的话，该不该把事情原原本本讲给杨树林。哪晓得，我还没抡瓶子，倒是他狗日的自己喝麻了坐不住，重重杵到地板上去了。地板是水泥板，湿答答的，臭袜子到处乱甩，我以前用的那个保温瓶不知道什么时候被摔成几瓣，也不收拾，就那样摆在桌子脚下，桌子上堆着一些烂白菜，看样子至少有个把星期了。当我看到阳台上挂着的工作服和搁在洗衣台边上的安全帽，更是气不打一处来，工作服干梭梭的，上一次我来的时候，这衣服就是挂在这里的，安全帽也是放在这个位置，我记得很清楚，他晾衣服的那个衣架是我买的，有天半夜耗子在床底下造反，我顺手抓个衣架朝床底下扫了一通，耗子是没扫着，好好儿的一个新衣架，被我搞变形脱漆了。现在，何小小晾衣服的还是那个衣架，这么说，这个杂毛很久没有去上班了。

我从那里出来的时候，看见值班室老郑的灯熄着，觉得不对，这才八九点钟，咋可能睡得这么早，万一又来人咋整呢？我一时好奇，就跳到老郑的风窗上，轻轻吹开窗帘往里看。咦，哪晓得这个不要脸的老郑，正吭哧吭哧和他婆娘干那事，连鞋子都没脱。他婆娘哼哼唧唧，老郑满头大汗，像一头耕田的老水牯，闷哼几声后，就不动了。婆娘说，你这个老孤寡，饿死鬼投胎啊！人看到了我看你要脸不要脸，快滚开，我要回去了，去晚了怕关门进不去。老郑嘿嘿地笑，从床板下抠出一片钥匙，打开了书桌下的那个小铁箱子。老郑媳妇接过钱，才捞着头发坐起身遍床找短裤，她把钱裹成一裹塞进短裤上的那个小包里，仔细拉上那包上线一样细小的拉链，这才穿上了。老郑嬉皮笑脸地说，老表姐，拿给我再摸一把嘛，刚才没摸够。老郑媳妇鼓了他一眼，推门走了。

灯重新亮起来，老郑点燃一根烟，坐在床沿上抽着，一副意犹未尽的样子。老郑来这里做保安有些年头了，在这之前，老郑一家住在乡下，他是乡里的老阴阳。恰好熟人引荐，老郑就来了这儿，不光做着这阳间的保安。这一块儿归他老郑管，到底活儿还在，他压得住。后来老郑媳妇也来了城里，在市区的一所中学食堂做饭，外搭带儿子上学。

我想着还是进去给他打声招呼吧！尽管昨天晚上我就跟他说过我今天会出去一趟，他也提醒过我不能乱跑而且要早点回来，但我还是想去跟他再说一声。我从风窗上直接跳到值班室唯一的椅子上，老郑转过身来，被我吓一跳。我故意问，老郑，刚刚你这里的灯一直是关着的啊？我还以为你睡了。老郑说，咦，龟儿你故意整老子名堂，昨天晚上我不是给你说了吗，我媳妇今天要来拿钱的，那种事，你个小短命嘞哪点晓得哦！说完他又嘿嘿地笑了，露出一口难看的大黄牙。好吧，我懒得跟他扯。我说，老郑，我要出去一下，昨天晚上跟你说过的，一会儿查房的时候，就拜托你帮个忙了！他说去吧去吧，帮不帮忙的，我不整你哪个会整你，别乱跑别闯事早点回来就行了。末了，老郑还语重心长地说："这回，事情该有个着落了吧？"我不晓得怎样回答他，就点了点头，借着荡来的一阵夜风走了。

可我怎么也想不到，何小小这尊菩萨咋就这么难请，这么没得球出息呢？看着这出租屋的样子，再看看杵在地上飚稀屎的何小小，胸口里像炖汤锅一样翻江倒海，何小小啊何小小，我活着的时候你就不肯成个人，现在我死了，你还是这个样子，你要我拿你咋整呢？该说的我都说了，叫你照着做你都学不会，你怎么不去死呢！是啊，你怎么不去死呢？这个屋子，我一秒钟都待不下去了，连鬼都待不下去，只有你何小小待得下去，你就死在这里吧！

凉风扫来，把我刮得偏偏倒倒。凉城的秋天总是比老家萧瑟得多，是那种干梭梭的寒意。瘸了腿真不方便，走哪里都用跳，太艰难了。可这有什么法子呢！巷子里空空落落，人们都睡了，树叶子一阵一阵"唰唰"响着，像是有无数只蚂蚁在啃噬我的心窝子，闹得我好不泼烦。现在，我该咋整呢？我想起以前，老妈遇到什么事情一时之间没办法，就跑到后山上的庙里去烧香，庙里供一尊观音像，烧了香，老妈总是想到办法了。出得庙门，老妈总也不忘在门口的枣树上系根红线，枣树很老了，像个风烛残年的老人，身上系满了红线子。它很老，但这不影响老妈愿望的实现，每一次看到老妈烧香系红线儿，我都紧一身鸡皮疙瘩，像是在做着某种神圣的事情。这么想着，我也想去烧香，可是，这么大的城市，哪里去找寺庙去找观音像？我连路都认不得……我觉得自己真是无药可救了，观音菩萨要保佑也是保佑那些阳间的人，哪会保佑一个瘸腿鬼？不把你打进十八层地狱熬油点天灯就算好了！

路灯光影影绰绰，偶尔有一两辆车疾驰而过，夹杂着秋夜里风的呼啦声。站在十字路口，我走也不是，留也不是。接下来到底该怎么办呢，这真是个揪心的问题！

二

前天下午，窖子里来了个老头儿。窖子是我们这帮小鬼和老郑私底下的称呼，老郑说，他们开会的时候，或者是对外人说起，都是一口一个枫木殡仪馆的，那时候不能说窖子。至于为什么不能说，老郑没有告诉我们。那老头儿脾气大得很，据说进来的时候他家里人给塞了票儿，窖子给他安排了最好的房间。你也知道，白天我们是断断不敢出来的，就算我们有那个胆，敢在白天出来，被老郑知道了他也要翻脸要收拾我们。这是他的工作，我们也都理解。因此，每天天黑下来后，我们就在院子里飘来飘去，尽情地晃荡，把白天窝在房间里的晦气都释放出来。哪晓得，这个老头儿来了之后，情况就大不一样了，他家人塞了票儿，所以老郑也是随着他，睁眼闭眼装个不见。天黑下来，我们飘到院子里，开始侃天，老东西就开骂，这个老东西，脾气是够暴躁。据说他生前是个老板。

莱生说："吴勋哥，看他那架势，我觉得真像老板。"

在阳间时，大家都叫我吴勋，其实我不姓吴，我姓杨，三岁时爹让我拜干爹吴长远，吴长远就给我起了这么个名字。背地里我从来没叫过吴长远一声干爹，我习惯了叫他名字，我并不是很喜欢他，碍着爹的情面，我不得已用着这名字，也还将就着。从此以后，人们就这么叫我了，在阳间这样叫，来到这里还是这样叫。不同的是，在阳间大家虽然这样叫我，但是都知道实际上我姓杨，我叫杨马儿，小名是个小马驹；可这里没谁知道我姓什么，也没谁关心我到底叫啥名字。有好几次，在和老郑吹牛时我都想把这事儿告诉他，但最终都没有说出来。

莱生说那老头儿看起来真像老板，我觉得有点好笑，"莱生，你狗日的见过几个老板啊？你怎么就知道老东西像老板了！"莱生不服气："吴勋哥，你不相信我不是，你看他穿那西装，还有那皮鞋，好得很，能不是老板吗？""西装，我爹以前也穿套西装，他还有两双皮鞋呢，上身也神气得很，可他是老板吗？要他真是老板，我们也不会是现在这个样子了。”我反驳莱生。“你爹那西装、那皮鞋能和人家这个比？我打听过，这种西装要几千块钱，你爹那个，是扯布请镇上李缝纫做的吧？花了一百块没有啊？”莱生不服气。听他这话我就更不服气，我跳起来想踹他屁股一窝脚，一时没稳住，险些把自己撂倒，踹是没踹成，莱生愤愤地回房间了，我恨恨骂：“莱生，你狗日嘞，那老东西是你亲爹啊！”莱生这头猪就这样，叫他扯些有用没用的他比谁都厉害，叫他跟别人谈点什么事情，屁都放不出来。

活着这样，死了还这样。

老东西不耐烦，拱出来又开黄腔了：“小兔崽子们，滚去一边吼去，别打扰老子休息。”水结一边晃一边说：“咦，老头儿，据说你是得心脏病死的，怎么，这样小气，你不怕又得心脏病再死一回？”老东西被这话气惨了：“下油锅的小短命，看我怎么收拾你。”说着他就一颠一簸赶过来，我拉上水结，一溜儿飘了。

这地方不大，刚来那几天，老郑很凶，他对新来的都很凶。混熟了之后老郑说，只有这样，才能压得住我们，不让我们乱去闯祸。实际上，老郑在，大家都懂规矩，就算他不在，这规矩大家也是懂得的，既然来到这里，就得讲这里的规矩，阴阳两界，冥冥相隔，各行其是，我们分得清界限。

窖子侧面是一个废弃的炼钢厂，看样子已经很多年没人涉足了，有时候我们实在无聊，会到炼钢厂房顶上荡，可那地方终究不是好去处，铁炉子旺过多年的，火气重得很，镇不住。前面是公路，六车道，路很宽，车很少。后山是一片茂密的松林，从半山腰开始就是密密麻麻的公墓。老郑说他刚来窖子上班那会儿后山还只有稀稀拉拉的几座坟，后来就渐渐多了，到现在，后山已经没有多少空地，价钱也由最开始的两千块涨到了两万多。“他妈的，翻了十多番。一般人死不起了。”老郑说。可城里终究还是不一般的人居多，价钱再贵，新坟还是一圈圈儿往上叠。比方说老东西，他家里人已经选好了日子，后天一早，他就要离开了。是啊，说到底，还是城里人好啊，哪像我们这些孤魂野鬼，死了家里连个信儿都没有。

到底我还是信了莱生的话，老东西真是老板。来窖子这么久了，出门时阵仗这么大的，我们还是第一次见。生死轮回，得讲个门道，在阳间风风火火、吃吃喝喝，哪一天阳寿尽了，四脚一伸，眼一闭，就该来了。活着的时候，我对魂魄将信将疑，倒是老妈，她是坚信这魂魄存在的，她信命，信个轮回，等来到这边，我才晓得这不假，却也不像凡间想的那样魂魄无所不能。这也跟凡间一个理儿，若是念想断了，便能不记前尘，引渡彼岸；若是前尘不断，念想还在，便是游荡的野鬼，浮游飘移，无所皈依。老郑说：娃儿啊，“怨不得，苦不得，哪一天你把念想断了，即使骨殖在这窖子里，你俩也就去了！”“去了”是个啥呢？我暂时还不知道，看老东西出门那样子，去了该是安心睡去吧！自此，只问来路，无喜无悲。

这可能是莱生和我见的第二个老板吧，不，严格意义上讲应该是第一个，之前工地上的李老板，最多是个二手老板，甚至有可能是三手、四手。但不可否认，李老板确实是我们仨见到的第一个“老板”。唉，要怎么说呢！关于李老板，关于那个工地，关于我们仨……真不知道该从哪里开始讲起，也不知道该讲些什么。事情是发生了，可我该怎样给你讲这事儿来龙去脉呢！我曾经以为人死了就什么都不记得了，像老人们说的那样，重新投胎，转世为人。呵呵，真是好笑，哪有那么容易哦！

也许这就是命吧。莱生的最后一句话，他说：“哥，我们来这里是不是一个错误？”我不知道怎么回答莱生，我们一起长大，在同一张床上睡过不知多少夜晚，可是，那天下午，躺在地上，我第一次感觉到我们之间那么近，两颗心前所未有地贴在一起。说完这句话，莱生就闭上了眼睛。我想爬起来，去把莱生摇醒，这才发现我的左腿动弹不得。我伸手一摸，大腿骨已被硬生生折断。工友们叫来了救护车，把我送进了医院。我心里是清楚的，连痛苦都感受不到，身体轻飘飘的，像一片羽毛，在空中飘飘荡荡。我心里清醒着，我想着莱生的话，我们来这儿是个错误吗？我不知道，谁又会知道呢！如果真的是命，那么我们为什么偏偏要在这个鬼地方，以这样的方式，结束这短暂的旅程？我不服。

然而不服也只是短暂的一刹，渐渐地，我感到身体越来越轻，越来越轻，仿佛飘到了海上，一望无垠的海啊，波浪滚滚，一浪接着一浪，洁白的浪花像翻卷的布练。海真的很大，我渐渐听不到工友们的声音了，老妈穿着一身洁白的衣裳，站在大海远处望着我，我艰难地挪过去，一步步，一步步，疲惫灌满我身体里每一个缝隙。

我沉沉睡去，睡去。等我醒来……

三

从刘小手那儿溜出来后，我们仨松了口气。来凉城才十几天，就经历了这么多事儿，时间好像已经过去了很久。莱生兜里还有一张钱，何小小提议让他先捐出来，当务之急是去好好撮一顿，犒劳一下早已呱呱叫的肚子。我们捡了街边稍微偏僻的烧烤摊，对着菜单，把一张钱全点完了。凉城的夏夜还是热，要了三瓶啤酒，莱生点了鸡腿儿，何小小点的全是洋芋，还是洋芋好吃啊！老家盛产洋芋，一年四季，洋芋是离不开餐桌，哪一顿少了洋芋，会觉得这饭是没吃好的。何小小又点了好几盘韭菜，他说韭菜壮阳，也不知道他是哪儿听来的，这狗日的，准是打飞机打多了。

我们一口气吞掉了所有的东西，舔着嘴，敞着衣裳满足地坐在街边，烧烤摊准备打烊，可我们还不想走，继续赖着坐。莱生说，这时候要是有根烟抽就好了。他这么一说，我也觉得要是有根烟抽，那滋味指不定有多美。何小小来劲儿了，立马催促道："莱生快去买烟，赶紧赶紧。"可莱生哪里还有钱，我和莱生互相看了一眼，然后我俩同时站起身，逼着何小小去买烟。何小小鬼得很，每次都不会把身上的钱全掏出来，非要等我和莱生都掏干了，他才肯把票子拿出来使。

何小小买了一盒六块五的蓝黄，我们仨肩并肩走在凌晨的大街上，抽着烟，借着酒劲唱了几首歌。我觉得没劲透了，这个时候，真应该做点什么的啊！如果找不到啥做的，就应该找个地方，好好睡一觉，明天天亮了，再重新想办法。刘小手虽然下作，但好歹也收留了我们十天半月的，现在我们既然溜出来了，断然是不会再回去了。我心里盘算着，这下子，应该可以去找杨树林了。我们来到凉城公园，找个缺口溜进去，我们仨在公园的长椅上撅了一夜。那是这年的夏天里最长的一夜。

从城南到城西厂区我们整整花了一上午，找到杨树林家的时候，他还没起床，幺婶在洗衣服，两个堂弟在炉子边写作业，炉子上烘着幺叔、幺婶的短裤衩和几双袜子。他们一家四口，两间屋子，屋里塞满了各种各样的家什，显得拥挤不堪。幺婶说她去买菜做饭，我还没开口莱生赶忙说我们吃过了。我心里狠狠地咒："杂种儿，肚子都快贴背脊骨了，还说光面话。"莱生说吃过了，于是幺婶就弯下腰去继续洗衣服。两个堂弟大眼瞪小眼，然后一起看着我们仨，旋即收好作业本跑里屋去了。他们好像很害羞。我问幺婶："弟弟几年级了啊？"幺婶头也不抬："三年级。"屋里传出一个声音："不对，哥哥是四年级，我才是三年级。"又传出一个声音："你管我几年级。"幺婶没有说话。这时候幺叔起来了。

幺叔把我们带到路边一个羊肉粉馆，请我们吃了三大碗羊肉粉。粉一端上来，何小小就狼吞虎咽吃起来。他那吃相像头猪，不，简直就是头猪。这个时候猪开口说话了，猪嘴里还包着一筷子粉条："幺叔，你是不是钢厂正式职工啊？你有好多工资啊？"我使劲拐了他一肘子，他悻悻地埋下头去又接着吃粉。幺叔没有回答他的问题，自个儿点了一根烟，抽了几口，他说："吴勋，你们以后有什么事直接在电话里给我说就行了，你幺婶脾气不好。"何小小又抬起头，一脸傻笑着说"没事没事，幺叔，你家这里好找得很，也不远，我们找得着的。"我甩手一巴掌拍在他脑门上，莱生厌恶地看着他："吃你的粉，有你什么卵事。"我掏出昨天晚上买的蓝黄，给幺叔敬烟，我说：“我们记住了，谢谢你幺叔。”

幺叔说：“去餐馆端盘子，包吃包住的，一个月有一千五左右，做得好有一千七八。”“工资太低了，”莱生说。“那去酒店应聘服务生，应聘上了还给你发西装，神气得很，做得好有两三千。”我眼前一亮，正要说好，幺叔接着讲：“但是普通话必须过关，还有，何小小个子太小，可能人家不要的。”我们仨面面相觑，很快否定了这条路。莱生一脸沮丧地望着幺叔：“我们说的普通话，怕是连本地人都听不懂哦，更别说外地人了！”幺叔无奈地叹气：“那怎么办？去修理厂做学徒吧，脏是脏点，学好了自己搞，那以后每月五六千呢！”何小小又开口了，“不行不行，太累太脏，修理厂刚去的时候一个月最多只有一千块钱，这哪够用啊！再说我们又不是要一直做，赚够钱了我们就回何家坡了。”“赚够钱？”幺叔似乎有点吃惊，“钱是你赚得够的吗？你们太嫩了。”幺叔不仅吃惊，还有些生气，“这也不干那也不干，读书不好好读，没文化没技术，还想要工资高，苦的干不了，脏的不愿干，你们咋个不去日天啊？”我们都不敢说话，把头埋下了。这是来凉城以来我第一次感到这么无助和失落。幺叔说的是对的。

可是……

沉默了好半天，我说：“幺叔，有没有工地活路？我老爸几年前干过，那时候他每天就有一百块的工钱，现在应该不止这么多了吧！”幺叔冷冷笑了：“你们干得了工地，我没有听错吧？！”他似乎不敢相信自己的耳朵。莱生脸红着，用手使劲搓筷子，他和何小小都不说话，我使劲点头。

那天傍晚，我们来到了胜利路北段，在工地上找到了李老板，幺叔把我们交给李老板后就走了。临走时他叮嘱道：“想挣钱就好好干，以后有事打电话得了，别跑来跑去的，难跑得很。”

李老板说话的时候没有任何表情，就是说，在他说话的时候，你无法领会他到底是开心着还是不开心，他说完上一句，你也猜不透他下一句要说什么。他的手机很好看，每说两句话，他就要摁几下手机。就是在这种状态下他给我们交代清楚了相应的事情，“本来是一百五一个小工，你们几个力气太小了，只能给一百。我也是没办法，做事要让大家都没意见对不对！来到这里，你们都是我的亲兄弟一样的，一天一百块，加班另算，好好干，别偷懒。过几个月，干好了工钱会加上来的。”工棚都住满了，我们仨住在工棚旁边临时搭建起来的另一间简易房里。垒起砖头，往上铺两块红板，再铺一层棉絮，这就是床了。床啊！

何小小问我白天在粉馆为什么打他，我不知道该怎么给他说。莱生一脚把他蹬到床下，他爬起来，又继续睡觉。那天晚上，我和莱生抽完了剩下的半包烟，我们没有分何小小抽。

过了三天我们才领到安全帽，而工作服，那是一个多月后才领到的，也不过是件粗布马甲，穿上唯一的好处就是扛东西的时候肩膀不那么疼。但这对李老板来说，应该还有另外的含义，我没精神想太多。每天早上七点半就要上工，中午休息一个小时，下午一直要干到六点。提灰浆，扎钢筋，搬砖头，扛红板……木工杨师傅说，干三个月后，可以选一个师傅跟着，钢筋师傅或者木工师傅、砖工师傅。也就是说，接下来的三个月里，我们什么都得干，哪儿有活儿了，就叫我们，我们就得屁颠屁颠跑过去把活儿干了。我不由得倒抽冷气，咬咬牙，没说话。工地上就是这样，谁让我们是小工呢？还是新来的小工。

几天下来，我们“脱胎换骨”，死皮一层层脱落，皮肤烤焦了一般，晚上躺床上，四肢胀痛，整个身体都像是要散架了。收工后我们吃完饭就睡，太累了，睡得反而不踏实，半梦半醒时，就会有各种各样的怪念头钻进脑子里来，这些奇怪的念头比身体的疲惫更加可怕，钻进脑子里，它就不走了，且越来越多，越来越杂。比方说，躺上床，我眼前就总会浮现王丽丽的影子，王丽丽是初三下学期才转到湾子镇中学来的，她父母长年在外打工，所以在那之前她都是在外地念的书。王丽丽真好看啊，初三那个夏天，她就坐在我前排，透过她披肩的长发和乳白色的T恤，我可以看到她背上隐约凸显的结，我知道，那是内衣暗扣的轮廓。那段时间，简易房里好多个燥热而漫长的梦里，我亲手解开了那个暗扣，王丽丽把头埋进暗黄色的柔光中，羞红了脸颊。就是在这样的梦里，我醒来，两腿间湿答答一大片……第二天吃饭的时候，如果有韭菜，我会刻意多吃点韭菜，不管何小小说得对不对，我想，多吃点总是好的。

现在王丽丽在哪里呢？她在做什么？她还会想起我吗？两三年过去了，也有可能更久，我对时间没有准确的概念。管它呢，反正就那么久吧！她会不会已经上了大学？自从初中毕业后，我就再也没见过她。我想，她早就忘记我了吧！手机里还存着她的电话号码，可我从来不敢拨出去，甚至连信息都不敢发一条。闲下来，偶尔我会憎恶自己的懦弱和胆怯，可我是真的没有勇气。退一步讲，就算真的拨通她的电话，给她发了信息，又该说点什么呢？又能说什么呢？告诉她我在工地上的生活吗？好多事情，看来真的只能慢慢成为回忆了。这样想着，不觉悲从中来。

那天晚上，我没有梦见王丽丽，我梦见刘小手家媳妇翠儿，梦里，我们还在刘小手那儿混着，天很热，翠儿在卫生间里洗澡，门也不关，幽幽望着我。喷头里洒出的水珍珠般从她圆润的身体上滑落，时而缓慢，时而急促，一头波浪卷亚麻色头发将湿未湿，她的手，一寸一寸，从脖子开始，移动，往下，迟疑、扭曲、压抑，她洗着，她好像很痛苦，淡淡的水雾袅袅浮起。我想说话，我说不出来，嘴唇干燥，喉咙里像在烧火。刘小手去哪儿了呢？我在梦里想，刘小手啊刘小手，你到底去哪儿了，你怎么不在家呢？你应该在家的啊？你怎么不在家呢？你应该在家的啊！你是不是死了，你要是死了就好了，对，你肯定是死了，你死了，不然这门怎么会不关啊……

第二天夜里，何小小突然对我说："吴勋哥，我想回家了。"莱生笑起来，回家？你有家吗？你老爹不晓得在哪个地方打工，不到过年他是不会回来的。你回去干吗？何小小母亲死得早，那时候，我们都还不记事。每每提到这一节，我都为自己曾经踢过他、打过他、骂过他而生出一丝悔意。"吴勋哥，我真的待不下去了，这个床好难睡。我去刘小手那里，行不行？"何小小狗日的不争气地哭了。莱生不说话，我有点生气："何小小，你给老子把你狗尿咽回去，你要去刘小手那里可以，你要是以后想蹲监狱，你就去，如果你以后不想蹲监狱，我劝你最好不要去他那里。"何小小赌气爬上床，掖上被子，我知道他还在哭，我没有继续骂他。莱生翻起来，去买了几罐啤酒，我和莱生喝完了啤酒，何小小总算睡着了。

我好说歹说，总算预支了七百块钱，我和莱生商量了，为了稳住何小小的心，我们准备租个房子，这样至少晚上可以睡得好一点，不加班还可以去买点菜，改善伙食。就要入秋了，这个简易房夏天是热，沤热，热过之后保准是冷，既冷又潮。

刚来凉城时，刘小手对我们说，只要你们有头脑，肯听话，赚钱容易得很。我们还在何家坡的时候跟刘小手通电话，他向我们保证，来了之后跟着他做事，帮他们的医院做宣传工作，钱是分分钟可以挣到手的。来了之后才知道，他所谓的医院，不过是一个无牌无证的私人小诊所，而且还不是他开的，是他一个朋友开的，而我们要做的所谓宣传工作，就是贴小广告。

凉城的大街小巷里有许许多多的小广告，多到什么程度呢？用多如牛毛来形容都不能完整地体现出这些小广告的燎原之势。白天是不敢贴的，被城管抓住就惨了，要等晚上，借着昏暗的灯光，在各个巷子里，我们仨一人刷糨糊，一人递单子，剩下一个迅速贴上去。刘小手给我们算的报酬是贴一张三毛线，一开始我们觉得一个晚上可以贴好几千张，按照这种算法，我们仨一晚上可以挣好几百。贴了才知道，拼死拼活一千张都弄不下。当然，我们也有偷工减料的时候，比方说有时候拿了一千份小广告出来，其中有一半儿被我们扔进了垃圾桶，剩下几百张，我们胡乱贴一下，就去网吧里面上网去了。但这只能偶尔做一两次，干多了准会被刘小手发现，那不会有好果子吃。这些小广告不单单是宣传治病的，诸如癌症、白血病、不孕不育、淋病梅毒等，贴着贴着，刘小手就给了我们不一样的小广告，比如说换锁开门，比如说"借钱"，比如说上门按摩，等等。

就这样干了十多天，我们越干越觉得不对劲，相处的时间越长，我越发现刘小手根本不是我们想象的那样，经他手的事儿，多半让我们参不透，我总觉得不是什么好事儿。那天晚上，我们正贴着小广告，莱生突然喊了一声“跑”，我回头一看，七八个人扛着钢管朝我们拥过来，边跑边骂娘：“小杂种，敢来我们的地盘贴广告，找死！”我们扔下手里的放腿奔了，跑到刘小手住处，大气喘不上来！给他说了这事儿，他反过来问我们：“想不想出这口气？想的话我叫人来收拾一下这帮龟儿子。”想，当然想啊，谁他妈不想整死狗日的谁不是人。“但是有个条件”，刘小手说，“我帮你们摆平这事儿以后，你们就得听我的了，我叫你们做什么，就得听话。”莱生和何小小张口就答应了，我觉得事情没有这么简单，就对他说：“哥，算了吧，先稳一稳，也没打着我们。”刘小手剜了我一眼，那眼睛里透着一种令人惧怕的凶光，然后慢悠悠地说道：“妈的窝囊废当初老子刚进城的时候一个人拼五个，全被老子打跑了。你们倒好，三个人都不敢干，现在说帮你们出气，还不敢去？吓傻了？就这㞞样还想出来挣钱？傻逼！”莱生硬想发作，拳头握得喳喳响，被我压住了。最后刘小手说：“也好，反正时间还长，等你们哪天真的被打了，我再给你们出气吧！”何小小脸吓得青一块紫一块。

我越想越觉得不是话，贴小广告明明是他刘小手让我们干的，贴的地方也是他指定的，怎么得罪人了就成了我们仨自己的事儿了呢？我把想法跟莱生他俩说了，于是我们就趁着刘小手打麻将的当儿溜了出来。

我们没从刘小手那里拿到一分钱。

所以，当何小小说他想回刘小手那里的时候，我嘴上不说，心里是极反对的。我承认，在他那里是过得好得多，有地方睡觉，有饭吃，还有电视看，最重要的是，用不着这么累，拼死拼活，像儿头牲口。但若真又去了那儿，时间一长，肯定要整出事儿来。也是后来，我们才从杨树林口中得知，刘小手之所以叫刘小手，那是因为他手快，在凉城摸包包很有一套。

转了好几天，我们终于在胜利南路找到了一间房子。房子是个单间，在最顶楼，一个通间，但总面积不小于杨树林家的两间总和，还有个阳台，有卫生间，算是不错了。房东是个老婆子，人很好，每月收我们三百五十元房租，水电费另算。本来需要一次性交三个月房租的，但我们没那么多钱，跟她好说歹说，老婆子答应我们先交一个月，发工资之后再补交剩下的。

四

一个月后，我们顺利地领到了第一笔工资，按规矩，我们仨每人得押半月工钱在李老板手上，加上之前预支的七百块钱，我们每人拿到了一千多块。莱生和何小小高兴得不行，毕竟这是第一次挣到钱啊！莱生兴致勃勃地盘算，明天要去给奶奶买一件新衣裳，奶奶带他这么大，他还从来没有为奶奶做过什么。现在自己赚到钱了，要好好报答奶奶。何小小拿着钱，第一句话就说："走，今天晚上我们好好喝一顿。"我也高兴，毕竟这是第一次挣到这么多钱啊！高兴归高兴，我还是不忘了提醒他们，这钱不够多，离我们的目标还远着呢！要省着点花。莱生没说好歹，但看得出来，何小小听了这话不高兴。

我们是奔着共同的目标出来的，那是我们的约定。一旦攒够了钱，就回何家坡，就去完成我们共同的心愿。那天晚上，我们都喝醉了。酒后莱生说将来他要在凉城买一间大房子。"多大的房子呢？"何小小问。"很大很大的那种。""很大很大是多大呢？"莱生想了半天说：像我们湾子镇政府那么大！我们笑得偏偏倒倒，镇政府那么大的房子，得多少钱啊！我甚至不敢去想。这是一个高兴的夜晚，而我最想的，都不是这些。

快睡觉时，何小小突然问我："吴勋哥，假如你突然捡到一百万块钱，你准备做什么？"莱生抢着回答："要是我捡到的，我就买一个大大的房子，嗯，要两个镇政府那么大的那种。"我也在想，假如我真的捡到一百万元，该怎么花呢？一百万，那得有多少啊？数钱数到手抽筋了都。我要给王丽丽买电视里的那种戒指，很贵很贵的那种，然后和她结婚，还要给她买李老板用的那种手机，她一定会喜欢的，对，如果真的有了一百万元，就可以去追求她了，就可以光明正大地告诉她："王丽丽，我喜欢你，我可以给你幸福。"

想了很久，我们终究还是没有捡到一百万元，当然，我也不知道王丽丽在哪儿，都白想了。然后我就睡着了。莱生也没给奶奶买成衣服，也可能是他把这事儿忘了。除去欠下的房租和其他开销，我们仍然手紧。

从内心讲，我是想回一趟家的，出来这么久了，不知道老妈过得怎样了。至于老爸，只有在极少数的时候，我会想起他，我知道他在外省，但具体在哪个省就不知道了，反正过年他会回来的。我已经记不清楚老爸到底是从哪一年开始出门的了，也许老妈记得，不光记得他是从哪一年开始出门，还记得他在哪个省，做什么工作。他会往家里打钱，通常不是很多，那些钱老妈除却必要的开支外全给攒起来了。

初中毕业那年老爸回来过年，他很希望我跟他一起出去打工。可那时候我不想去啊！准确地说，是舍不得我刚买的摩托车。我们村里大部分人家都有摩托车，没有摩托车的人家，要么确实是没钱买不起，要么就是年轻人都出门了，没人骑。何家坡离湾子镇有三十多公里，这距离快赶上从湾子镇到凉城的三分之一了，一年到头，地里种的苞谷、洋芋、豆子瓜菜，都要拉到镇上去卖，因此，中考回来后老妈就用攒下的钱给我买了一辆二手钱江，虽然是二手的，但我已经很知足了，车也很争气，马力十足。那当口上老爸让我跟他出去打工，我不想去呀，我就只想骑着自己的摩托，往返于湾子镇和何家坡之间，和莱生他们一起玩儿。不承想，这一混，竟混掉了不少时间。几年里屁钱没挣到。

而我们仨最终还是选择了来凉城。

五

何家坡马龙屯半山有一座观音庙，据村里老人们讲，那庙是民国年间就有了的，香火旺的时候，十里八乡的人们都来庙里烧香求佛。经过很多年代，寺庙多次焚毁，后又重建，但重建后规模是一次不如一次，香火也一年不及一年了。我们出生后，所看到的庙宇据说已不及从前的十分之一。我们所能看到的，就是一个前院，院子里是我说的那株垂垂老矣的枣儿树，进得院子是正殿，正殿盖得一溜儿火瓦，青灰色，殿门上原有一副对联，只是已认不出那字迹，正中央立着观音佛像，绕过佛像，后面没有偏房，空落落的后院里剩着一口早已干枯的老井。老井周围是疯长的野草。人踏进去，扑棱棱腾起数只野鸟。

每年二月十九，邻近的人们都会自发聚集到庙前，先是烧香礼佛、祈愿，后给枣儿树"挂红"，一应收拾停当，便捉出自家带来的镰刀锄头，院前院后清理扫除，割杂草，掏檐沟，补瓦片。傍晚下山，寨里老早备好长桌宴席，一顿吃喝。那热闹劲儿不输过年。

然而这些都过去了，也不知道什么时候开始，村里男人们学着个打工，一个个，一家家，全去了外边。开始几年，去得不远的，二月十九还回来一趟。最近好几年来，即便是过年，很多人家也不见了影儿。观音庙也就随着这个村子一日日破败下去了。

立春刚过，那天，我从湾子镇上回来，肚子饿得呱呱响，我揭开锅，却没煮饭。我叫了几声老妈，没应，推门看房间里，老妈躺在床上，大白天的，吓我一跳。老妈竟然是病了，全身发热着。我转身去了驼背家，驼背是村里的土医师，治人，也治牲口。驼背来了，给老妈下了药，熬了几开，还是不见好转。我急了，第三天上骑车搭了老妈去湾子镇，这之后，接连输液好多天。输液归输液，老妈的病情仍旧是不见起色，医生也不说是啥病，只一个劲儿输液，我急了，这才给老爸打电话。竟然打不通。老爸就是这样，有时候一俩月还不给家里来个电话。

莱生奶奶来了，又不免唠嗑一通，之后老妈说："驹子，你备些香纸，扶我去趟庙里吧！”

从小到大我从没见过老妈那么虚弱，似乎她从来不曾生病的，这个家里，一直以来就很难闻见药味儿。老妈突然这样，我日日夜夜地吃不下睡不着，真不晓得该咋办。我渐渐对老爸生出一股恨意，这些年他来了去了，也就过年那么几天，短暂的停留，像个客人。焦虑和无助一日日揪扯着我。

迅速准备香纸，我扶着老妈，我们好不容易挨到了观音庙。

虽是黄昏，山上的草木已然苏醒，竟没有萧索的味道。老妈有气无力地跪在观音像前，她虔诚的样子让我心疼。燃上纸烛，老妈默默地闭上眼睛，双手合十，佛像前积满了灰尘，薄薄一层，看上去是柔软的。我也跪下来，心里暗自祈祷：“菩萨，你若有灵，保佑我老妈赶紧好起来吧！只要老妈好起来，让我天天来烧香也成。只要老妈能好起来，有什么是做不到的呢！”

老妈生病的好长一段时间里，我没再去和莱生他们溜达，莱生他们来约过我，看到家里的样子，自个儿走了。我们从观音庙回来的第二天午后，莱生和何小小都来了，他们从镇上割来了新鲜的猪肉。默默放下，转身走了。我一句话说不出，默默炖了肉汤。

老妈竟然逐渐有了好转，输液自然也持续下去，老妈一日日有了精神，我这心里便又舒展开了。又过了好些日子，老爸的电话仍然打不通，不过那时候已经不重要了，我想，我自己也可以照顾好老妈了。老爸，如果你自此联系不上，我也可以把这个家撑下去了。

老爸真的也好长时间没来电话，老妈好起来了，一个家这才又有了生气。我又回到了莱生他们的队伍中。老妈却突然正色地对我讲：“儿，那天在观音庙前，我许了愿，若是我能顺利好转，便给正殿翻上新瓦，整理一番。”我暗自思忖，这些年里观音庙是一日日衰败，要说去翻新一回，真也是应该，更何况老妈这病，机缘巧合地，也缘了这发愿好起来，因此我打定主意，去翻了正殿的火瓦。那时，我不再怀疑这庙的作用了。老妈准备拿出家里的一部分积蓄，圆了这事儿。我嘴上应着，答应老妈，心底里寻思，左右都是等，明年二月十九再去还愿不迟。

我把这事儿跟莱生和何小小讲了，那会儿我们坐在湾子镇上砖厂后面的坝子里，这坝子总有人来玩儿，逢赶场天，还有人唱山歌、玩骰子、打纸牌，我们有一搭没一搭说着，最后，莱生上了劲儿，非说这是个大事儿，不能我一人独自完成，无论如何要加上他。何小小见我俩都决定做这事儿，自然也加入了我们。我讲了自己的想法，毕竟我们都不小了，做这事儿不能用家里的钱，再说了，家里那可怜巴巴的几张票子怕是也做不下，于是我们决定，乘着这个机会，出去闯一闯，等攒到钱了，便回到何家坡，了却一桩心事。

不知道为什么，心里有了这念想，便觉着日子有了奔头，有了希望。于是我们仔细商量，开始联系村里在外打工的弟兄们，也是在这个时候，联系上了刘小手，给他打电话，他信誓旦旦应承下来，我们觉得这回总算有了着落。

村子里跟我们一般大小的，都已经是出门打工好几年，过年回来，个个儿头发弄得金黄而飘逸。我们一边说着他们像黄毛猪，一边在心里暗自羡慕着。实际上，那时候我们已经动了出门的决心，不能不去了。

只是，这愿望终究是不够结实的。我们仨为了这共同的目的出来，出来以后，好多事儿在不断变化着，有时候我甚至在想，这样做是不是有意义？老妈真的是许下愿了以后好起来的吗？会不会是输液起到的作用、恰巧又去烧了香？我能坚持下去吗？会坚持下去吗？我感到细微的变化在改变着日子，尤其是改变着我们。

工地上的日子还在一天天混着，累是累，在不断的工作中我也慢慢沉下心来，我想，无论怎样，以后不能再像过去这几年到处瞎逛了。每天下班后，买了菜，仔细做顿饭，细细吃着，逐渐在凉城里找到了一份柔软的味道。说到底，老妈也是不希望我混下去的啊！要是能多挣点钱，回去不仅能还了愿，还能做点其他事，这应该是老妈最希望看到的。妹妹出嫁之后，老妈便少了笑容，自此没敞开笑过，若是我能好好儿做点事，她终归是高兴的吧！

我们就这样把日子持续下去，也渐渐习惯工地上的生活，干起来没有最开始那么吃力了。却丝毫不知道，一张巨大的虎口在朝我们张开，一点一点逼近。

六

冬天终于来了。可是，谁会刻意注意这必然的变化呢？如果不是直截了当的寒意侵袭身体，人们就还是依然忙着自己的生活。凉城的人们都很忙。窖子里也冷，一天比一天更冷。好一段时间里，我都以为，老妈的病，是我做出那个决定的主要原因。可事实并不完全是这样，当然，这是后来我才想明白的。

莱生绝望了，整天闷着，不出窖子半步。何小小真消失了，我第一次去出租屋，那是初秋，我在他的梦里说得清清楚楚，让他去找杨树林，再让杨树林给老爸打电话，让老爸回来，这样，老爸就能会把我们从窖子里接出去，引领我们上道。整个过程都可以不用惊动老妈。深秋里我又去了一次，狗日的醉成一摊稀泥，白去了。秋末，莱生去的，人走了，出租屋换了住户。莱生说，何小小肯定是怕了，我们仨一起出来，结果我俩出了事儿，他自个儿好好的，他怕扯不清，怕找了杨树林之后他脱不了干系。我想这也不完全就是理由，去找杨树林，把整个事情给他说清楚不就行了吗？他不是说过杨树林家很好找吗？真需要他去找了，却这么难！

我想不明白何小小脑袋里打的什么主意，或许，他还顾忌着其他事，我们不得而知。

我也几近绝望。这窑子，游魂们来来去去，这也是铁打的窑子流水的魂啊！不知道要待到什么时候。我和莱生只能是游荡在虚无中的一缕烟、一团雾、一阵风、一口气，我们不可能走得更远。走远了，就连窑子也回不来了。

入冬后，老郑似乎心情不太好。其间他媳妇来过几次，每次都是匆匆来，又匆匆去了。老郑说他也有两三年没回老家了，他的老家在乡下，好像也很远。我苦苦央求老郑，看他能不能想个办法，让我托个梦给老爸！老郑很不耐烦，托梦，你怎么托？说白了你们就只是游荡的孤魂，想托就托？“老郑，再不成你帮我们捎个信儿吧！好让家里知道，让我跟莱生都断了前尘念想吧！”我说。老郑一脸无奈，语气缓和了好些：“娃儿，这窑子里我待了些年头了，生生死死，这事儿也见得多了。我老家不比你们远，可我已经好几年没有回去过了。再者，就算我能抽开身去，那也不成啊！阴阳两界各有法门，各自的命，也各有各的定数，我打破这规矩，是要遭报应的啊！”

我算是想明白了。

等到开春，我和莱生就一起上路吧。只能这样了。我们一起找回湾子镇，回何家坡。现在我挂念最多的倒不是老妈，我是想回去看看马龙屯上那庙，会不会，它也已坍塌?！如果真的已经坍塌，这该如何是好啊！没敢继续往下想。就算再也回不来窑子，我们也要拼一拼。

莱生说：“勋哥，啥都不要管了，等开春风大了，我们就上路吧！”

尾　声

勋哥和莱生出事前几天，我的眼皮就一直跳。我想劝劝他俩，要不我们回家得了，可我没敢说，我怕他们又说我没出息。我恨自己，出事儿之后只知道哭。我也不想这样，可眼泪总也止不住，总不听使唤地淌着。

想不清楚，当时来凉城，谁料到会发生这种事啊！如果早知道这样，打死我也不会来。那天下午，我们坐在在湾子镇砖厂后面的坝子上，勋哥说我们应该做点事，我也是这么想的，可是想归想，我没有说出来，我怕说出来他们笑话我。没想到莱生也十分赞同，说倒是为了帮勋哥一起给大殿翻新瓦，可我心里想的还是出来混一混，我也很想出来混，不过我一个人不敢出来。这下好了。

勋哥托梦让我去找杨树林，实际上在他们出事儿那天晚上，李老板就给杨树林打电话了。李老板先是让我给勋哥和莱生他爸打电话，可是他们的手机都摔坏了，十八层楼，能不坏嘛！杨树林当天晚上就来了，他跟李老板商量的时候，我也在场，在场的除了李老板，还有一个更大的老板，那个更大的老板一来就给了李老板狠狠一耳光，吓得我赶紧往后缩。

那个更大的老板把李老板叫出去，他们站在门口窸窸窣窣说了好一阵子，最后李老板折身进来，说："出了事儿也没办法，大家都不想，把家属叫来之后，商量着赔钱吧！"

杨树林说，他们的意思是私了，不要走法律程序；他又说，私了也行的，走法律程序拿到的赔偿往往没有私了拿到的多。我不明白私了到底是怎么个了法，也不知道走法律程序是怎么回事，只是隐约觉得不走法律可能是对的，我们仨一起出来，结果他俩出事儿，我好好的，这怎么说都说不过去。要是走法律程序，我会不会被警察抓进去？我心里太乱了。最后是杨树林拿的主意，他说这事儿无论如何不能让莱生奶奶和吴勋老妈知道，否则她们闹不准要出大事。可是，勋哥老爸的电话接不上，杨树林说今年清明前他打过一次，本是想跟勋哥老爸商量上坟的事儿，可也打不通。

杨树林让我先回去等着，他去找勋哥他老爸，找到之后再来处理这事儿，人死了，放在哪儿都一回事了，但是千万不能走漏风声，把消息传到老家，莱生奶奶和吴勋妈妈知道了准出大事。我很害怕，我谁也不说。他让我回去，我就回去了，我在出租屋里等着，我决定不上班了。

一个星期过去了，没有杨树林的消息；又一个星期过去了，给杨树林打电话，没通。待在出租屋里，我晕沉沉地不知道应该做什么，我很难受。难受到了一定程度，我就只有喝酒，喝酒多少回让我获得短暂的安慰。我去了杨树林家，他媳妇说杨树林去外省找吴勋爸爸去了。

我把房子退了，我决定不再等下去了。

再等下去我也会死的。

我要出去找勋哥老爸，等找到勋哥他爸，事情就可以解决了。

勋哥，你们等着吧，我这就出去找。

可是，我真的能找到勋哥老爸吗？出门的时候，我抬起头久久看着胜利南路的天空。天还是一如既往地黑沉着脸。凉城的冬天真是没意思透了。再过不久，就应该下雪了吧？要下雪了，下一场雪，肯定会好得多，我相信一定是这样的。

默默地转身。我想，总是要出去。找不到勋哥老爸，我就不回来了。

2016 年 9—10 月

叙　述

乐山师范学院 / 王卓雅

一

“你看他
头发灰白，犟头倔脑
你看他
衣冠楚楚，干干净净
他穿过公园回家
去告诉他的妻
——他爱她
他就在这里
正值壮年”

你们看他，头发灰白，他好像五十多岁了吧。你们看他，衣冠齐整。他是医生，穿着庄严的白大褂。他回家不需要穿过公园，他也不会带着玫瑰告诉他的妻他爱她。他的身上没有丝毫的浪漫主义气息。

他正值壮年。我必须强调这一点。正值壮年。不能因为他没有你们的黑发和年轻就说他行将就木。尽管，那些带小孩看病的年轻父母总让他们的孩子叫他爷爷。但他正值壮年。

不服老——你道我老也，暂休。

他是虚拟的人，我在虚构他，而我也是虚拟的人，时间虚构我。也就形成这样一种逻辑——时间虚构我，我虚构他。

他和他的妻吃了晚饭会去河边散步。她挽着他。就这样，每天傍晚，妻挽着他，他们沿着河边慢慢地走。

他的左手拇指的月牙儿是紫黑色的。这是我的虚构。紫黑色的月牙儿正好落在他的左手拇指上。

是这样的吧——放鞭炮。那时他好小啊，才六岁。那年春节，他的父亲获得探亲假而回家过节。某个晚上，父子三人一起在菜园放鞭炮。他先点上一颗，迅速地扔向菜园。他捂着耳，看着那颗冒烟的爆竹。可那颗炮就是不肯引爆自己，他跑过去捡起它——嘭！爆竹在他的左手炸裂。他的左手流了许多血，吓坏了父亲和哥哥。后来，拇指上的月牙儿就变成紫黑色了。

这个虚构不成立，得否定它。爆竹在手上炸裂，那只手难道不会随着爆竹一起粉身碎骨吗？怎么可能只是把白色的月牙儿染成紫黑色？那么，那个紫黑色的月牙儿到底该怎么阐释？

我该质疑我的虚构能力——我连紫黑色的月牙儿都不能作出一番生动而合情理的虚构，我还能虚构好他吗？

我将不去理会那半紫黑色的月牙儿。

二

在他九岁那年，他们一家从东北搬到南方的一个小镇。他的三爷爷作为转业军人被分配到小镇茶场当场长。

他们住在场部。场部是一排砖砌的平房，专供干部和家属居住。旁边有一个很大的食堂，他的母亲在食堂工作，父亲还在青海服役。住在茶场的是：他、三爷爷、三奶奶、母亲、大了他两岁的哥哥、年轻的小姑。

这个地方居高临下，周围是密密的果树和茶树。对面是山，后面也是山。场部下面有几块水田，当地的农民靠这几块水田供养家里的六七张嘴巴。这里的女人生养许多孩子。

场部外面有一个小小的院落，从前的人在院里种了两棵梧桐树。年轻的小姑惆怅地说：真是蛮夷之地，充军都发配不到这鬼地方来。小姑热爱她的平原，一望无际，无边无垠。

接待三爷爷的负责同志是当地人，他站在三爷爷的身旁，更显出三爷爷的高大与魁梧。

这个木垌茶场，种茶树，也种果树。这个茶场其实就是劳改茶场，有好几千犯人，分好几个队。赶场的时候，您可以带着您的两个孙儿去县城。我们这里是农历单数日赶场，一三五七九。这个男人搬弄着他的手指。

矮个子男人第二天就给三爷爷送来一斤甲级茶叶。

小姑嚷着要进城买东西，三奶奶带着小姑和哥儿俩进城赶场。

进城的路是下坡的山路，一面临河，一面靠山。哥儿俩奔跑着下山，下坡的惯力使他们感到自己就要飞起来，似乎永远也停不下来。他们兴奋得大喊大叫。

过了一座破旧的老桥，他们进了城。

这是一座人和牲畜共同生活的小县城。街道只有一条，狭窄、拥挤也热闹。农民赶场竟牵着大水牛。水牛卧躺在路旁，粪便堆积在路边。几个小孩用石头打水牛，水牛却懒洋洋地吃着青草。大人看见自家小孩打水牛，气急败坏地随手脱下沾满黄泥的烂胶鞋使劲地打孩子的屁股。

生产队的牛，你娃吃胀了！

似乎小孩还不如一头慵懒的水牛。

小孩委屈着，却不能哭出来，眼泪汪汪地看着过路人。

三奶奶在供销社给哥儿俩买了糖果，还买了一个保温水壶。小姑选了一个画着山楂果的瓷盆。等到小姑想起还没有买镜子时，他们已经在爬通向场部的石梯了。

他们开始在木垌茶场过日子。三爷爷看管犯人。三奶奶看家。小姑和三奶奶一起看家。母亲在食堂。哥哥读书。而他，倚仗着裤兜里的水果糖成了孩子王。

他常常带着他的小伙伴翻进高墙——这个虚构可能又不成立。如果小孩能够翻进高墙，那么犯人也就可以翻出高墙逃之夭夭了。合情合理的虚构该是这番情景——山上长着杂草，当地人喂养猪牛就是用这些杂草，他们让自己的孩子背着背篓上山割草。女孩们往往要结队上山，因为山上有男犯，他们在劳动改造——挖地种田割草栽树。他们看见这些女孩，兴奋地喊她们妹妹、妹妹。有个大男孩穿了件女人的大红外衣，他的头发长到了肩上。他们也叫他妹妹、妹妹。她们捂着肚子弯腰大笑。他常常跟着他们一起上山割草。

场部有时会放电影。干部坐在长条靠椅上，但也有几个穿得破破烂烂的孩子坐在上面不肯走。干部来轰他们，他们便赶紧走开，可干部一走，他们又坐回来。他坐在他三爷爷的怀里，离幕布只有三四米，看得最清晰，而他的小伙伴，只能坐在地上，时不时地挠挠被虱子叮得发痒的后颈。他的哥哥从不来场部看电影，也从不跟他和他的同伴疯玩。哥哥总是一个人安安静静地在后山小心翼翼地读书。

某年秋天，一位诗人和他的妻子被送往木垌茶场。

他看到那个诗人总是在院子里来回地奔跑，一圈又一圈，嘴里还念念有词。

他常躲在树后偷偷地看。他不知道那是个诗人。他只是奇怪那个人为什么一直在跑，还不断地从嘴里蹿出他无法听清的词句。

诗人的胸前挂着一把小刀。诗人奔跑时，小刀在诗人的胸前晃。

有一天，他爬上一棵大树，坐在高高的树干上，密密的枝叶正好遮着他，他可以肆无忌惮地看诗人奔跑。他却刚好被诗人的妻子看到了。女人透过窗户看到树上坐着一个男孩，这男孩正看着她的男人。

女人从房后绕到树下。

嘿。女人抬起头望着他。

他灵活地转过身子，双手拽紧一根壮实的枝干，轻巧地滑到地上。他并不理会女人，独自朝小路走去。女人跟在他的身后。

能陪我说说话吗？女人追上他的脚步，把手轻轻地放在他的肩上。

他一屁股坐在田坎上，低着头用手抠着泥巴。

来，吃饼干。女人正准备把饼干拿给他。哦，你的手是脏的，我来喂你。女人把饼干放进他的嘴里。可他并不咀嚼。

有一天，我正在睡觉，突然觉得脸上有什么东西在咬我、刺我，很痛。我想可能是蜜蜂，便想着用手赶走它。当我睁开眼时，发现他正在用刀割我的脸。我闭上眼，任由他割。

他抬起头看女人的脸，右边脸颊有几条浅红色的疤痕，像树叶的经脉，似断似连。

他今天早上醒来时对我说天上有人在和他说话。他还说他要去找一个会采长生不老药的老农。他说他要救我，让我把他的诗藏好。

女人把脸埋进瘦弱的手臂里哭泣。女人的肩膀在颤抖。

第二天清晨，他把刚摘下的青梨放在女人的门前。青梨还沾着露水。

他和他的伙伴去山上割草时会经过女人的木房子。那个诗人依旧在奔跑，依旧在自言自语。女人则坐在门前编花篮。他和女人只对望过一次。他偷偷地看着女人，女人正好把目光从花篮中放到小路上，他们对视了。女人对着他微笑，他却羞涩地把头转向他的同伴。

诗人在来到木垌茶场之前精神已经失常。他自杀了两次，两次都被救起。人们救活他以后更为愤怒地打骂他。有一段时间，诗人在街上拉板车。诗人的肩胛被板绳磨出血泡。诗人还要接受群众的批判。那些看起来弱不禁风的女孩儿们突然长出了力量，用皮带狠狠地抽打诗人的背脊。诗人被送回家时，脑袋在流血。诗人在夜半时割腕自杀，却被救起。人们接着批斗诗人。人们说：想自杀，没那么容易，坏分子，反革命，要下十八层地狱，要千刀万剐。诗人的第二次自杀也未如他所愿——诗人用尖刀刺自己的心脏。诗人有一天挂着一把削水果的不锈钢小刀上街，那是一位写杂文的作家送给他的。诗人用小刀划自己的手臂，一刀、一刀又一刀。诗人还高声歌唱。人们说：又疯一个。

他们把发疯的诗人送到木垌。

现在，一个女人开始走进我的瞳孔里。

她大概三十岁，是两个男孩的母亲，丈夫不在她的身边。她很漂亮，漂亮中带有一种忧郁的意味。她的眼神里似乎藏着隐忧。她绾了一个发髻，是用绿色的毛线挽的，丝线垂在她的白衬衣领上，耳边还垂下一缕绾不到脑后的头发。她穿了一件白衬衣，衬衣领上已磨出许多小疙瘩。右边袖口沾上了几滴蓝黑色墨迹，它们晕染在一块，倒成了一种别样的点缀。她把衬衣扎进一条肥大的军裤里，那条裤子是她丈夫的，她把它的腰围收紧，还把裤脚剪去长长的一截。尽管如此，她穿上它，依旧感到空空荡荡，她觉得自己的腿在裤子里迷了路，找不到归宿。可她终究还是穿出了一种不合身的精致。

他喜欢到处疯玩，头发和衣服全被汗水浸得湿湿的，裤脚和鞋沾满了湿漉漉的黄泥巴。她摸了摸了他的头发，把他拉到自己的怀里。她撩起她的衬衣下摆给他揩额上的汗。他看着她的肚脐，肚脐下有一条长长的疤，像是用针缝补起来的。他用脏兮兮的手指头点了点她的疤。

痛吗？他问她，眼睛却盯在那条线状疤痕上。

那是你留在我身上的另一种生命存在。她蹲下来吻他。他闭上了眼睛。

她喜欢站在屋门口，两棵老梧桐树像两只生锈的钉子把她钉在门框上，她被长成一只白色的鸟，淡淡的阳光照在她的脸上，像扑了粉却没有抹匀称，零零碎碎的黯淡与明亮托着她的忧郁。

我对他母亲的叙述将从“她的忧郁落在一个男青年的心上”开始。

她有一个好听的名字——文槿。

文槿从不上桌吃饭，她喜欢把菜夹在碗里，然后一个人靠着门墙或是坐在门槛上吃。有时他会和母亲一起坐在门槛上。

叙述正式开始。

她的忧郁落在一个男青年的心上。

文槿初到木垌镇时，男青年已在茶场待了四个年头，还和一个木垌女人结了婚，他们生了一个女孩儿，叫果果。可男青年不爱果果。

男青年在他二十二岁那年来到木垌茶场。那一年，他的医生父亲和作家母亲跳河自杀。人们打捞上来尸体，父亲和母亲紧紧抱在一起，激荡的漩涡也未把他们冲散，他们永远生长在一起了。尸体焚烧，他把父母的骨灰合在一起。父亲生前热爱他的职业。他把骨灰撒在医院的大槐树下。父亲常坐在那棵槐树下忧心忡忡地抽烟。

上面的人说：你要去农村接受改造，这个地方有你父母不干净的思想，你不能受到坏思想的毒害，你将是党的好青年，你将过上与你父母完全不一样的新生活，你的前途一片光明。

他二十二岁那年来到木垌镇。

木垌女人，也就是男青年的妻子，叫白香，可她身上却散发出混杂的臭气。汗臭，牲畜粪便臭，脚臭，油腻腻的头发的闷臭和从不刷牙积淀已久的口臭。木垌女人比男青年大五岁。领导说：白香可勤快了，思想又干净，让她帮助你扎根农村，早日摆脱文化人的臭讲究。

没有白香的话，男青年就得住牛棚。牛圈旁用木板随意搭了个小屋，既漏风也漏雨，并且还有一股挥之不去的霉味，被褥总是潮润的，男青年觉得自己每晚都睡在一摊冰冷的水里。有了白香，男青年睡上了床。冬天的时候，屋里还有柴火取暖。白香会弄玉米粑粑，他也真喜欢吃玉米粑粑。只是，睡在身边的女人，她……

男青年也像他父亲那样忧心忡忡地抽起了烟。不出工的时候，他便坐在场部的老梧桐树下，沉默而忧伤地抽起一支又一支的劣质烟，有时呛得他咳嗽。有时他的眼睛会流泪。

有一天，当他正把火柴往烟头上送时，他的忧心忡忡与一个女人的忧郁重叠在一起了。

三

他的妻给他生了个小孩。我怎么会用这样的语句呢？给、他、生、小、孩。倒好像，女人是天生给男人当妻子，天生给男人生小孩，天生给小孩当母亲。

但，他的妻确实给他生了个男孩。

她那天正在给宝宝织一双毛袜。他对她说：你负责在家认认真真地怀孕，我负责在外面认认真真地挣钱养你和孩子。她感到欣慰，自己嫁对了人。于是，一股暖热感涌到她的嘴边，她吻了他的右脸。他带着她的吻去了卫生所。

我在远处悄悄打量这位年轻的孕妇。1986年10月的一天。那他还不到三十岁。他的妻比他小了六岁。二十四岁的女孩即将成为母亲。看她脸上的表情都是幸福，这幸福恰恰是为人妻、为人母所带给她的。许多女人也都以此为幸福。许多女人说，母亲是最伟大的，女人只有成为母亲，她的人生才完整。他的妻也这样认为。所以，她快乐地给宝宝织袜子。她对宝宝说：妈妈爱你，妈妈也爱你的爸爸。她把爱字说得那般缠绵，那般缱绻。缠绵与缱绻却给她酝酿了一阵剧痛。她喊叫起来，毛袜落在地上，她的额头沁出大朵大朵的汗珠。她向后倾倒，小木凳随她翻了身。

等她清醒过来后，她已为人母。如她所愿。

是个男孩。

对于这个男孩，我将不会把他带进虚构之中。他又哭又闹，会打断我虚构他的父亲的思绪。况且，有个女人说：不该把孩子带到这样一个世界上来呀，不能让受苦成为永恒。所以，男孩出生了。到此为止。

他后来从乡卫生所调到了县城的医院，终于从一个抄病历本的实习医生变成了坐诊医生，他感到一种生机勃勃的自信。可这自信就像是一个气泡，刚刚吹出来，才一会儿就自己破灭了。他好像看到了未来的虚无。也许我将碌碌无为。他想。瞳孔里闪现出哲思的光芒。那些日子，他好像把自己活成了哲学家，时时刻刻，他都在思考人生——生命之虚无，之无意义，人总是要死的。

关于"人总是要死的"，我曾听见他对一个年轻的女孩打过一个生动的比方。他说，"所有的人都在排着队等死，医生的职责是把那些还没有到死亡边缘的人拉出来，再把他们放到后面的队伍里，医生所做的只是延缓死亡，我们最后都是会死的。"那个女孩一脸崇拜地看着他，可他心里却感到一种悲凉的意味。他发出这样的感慨时，他已经做了三十四年的医生，比那个女孩的年龄还要大一轮。

在乡里，他那高大的身形与年轻的生命力同破旧矮小的卫生所形成了鲜明对照，他是多么突出呀。在县里，他却寂寞地坐着。县里人都把号挂在那个秃头医生的名下，不然就挂那个已经退了休但又被医院重新聘回来继续坐诊的老太太。经验培养出人们的判断力：绝不能相信年轻的医生，尤其是中医。人们只有看见白发苍苍的老医生，心里面才会踏实。可秃头只比他早来了两年，况且，论学历，秃头是比不上他的。然而，出身决定论起了作用——秃头的父亲是县里出了名的老中医，再加上进化说——青出于蓝。

他便只得冷冷清清。

直到有一天，当他正把他的下巴抵在搪瓷茶盅盖上时，一个变了样子的人急匆匆地闯进他的诊室。他被吓了一跳。那个人突然闯入，他吃了一惊，本能地把身子收到椅背上。那个人的右耳不断地冒出血来，右边的脸颊现出一大块模糊的血肉，还沾上了碎石块。他是从拖拉机上摔下来的。检查后，他的右部身躯瘫痪了。可他当时怎么还能跑往医院呢？用手捂着血流不止的右耳，奔跑，血流成一条曲曲折折的细河。也许，他被那鲜红的血吓住了。所以，他只顾着血。他未感知到体内骨骼的痛苦呻吟——它们流的是肉眼看不见的血，它们被绯红的血所覆盖。

他从椅子上站起来，赶紧把那个人扶在椅子上坐下，并给他止了血。这个人的情况很糟，可能会有生命危险，即使不死，也会瘫痪。他想试一试。最好或最坏。他只想试一试，尽力地试一试。

他给他扎针。第一针扎进去时，他的手颤了一下。隔了好一会儿，他才把第二根针插进那个人的颈上。扎完了针，他用手背擦了擦眼睛。他看着那个人，若有所思的样子。

除了扎针，他也给那个人开中药。他开的药里有一种毒性很强的药，是川乌和草乌。他把药抓回家煎熬。整整一个夏天，他们住的那个小院飘散着浓郁的草药味。同院的女人们以为那是他为他的妻熬的调气血的药，以至于她们用一种酸酸的语调对自己的男人说：九成女人都气血不足，有个会调气血的丈夫真是省钱。

他把药熬好了要先自己尝几口。妻在一旁看着他把小半碗褐色的苦水咽进喉咙。她的眉头紧皱着，脸上现出焦躁的担忧。她说："我来吧。"她的手已捧住了碗底。他拽住她的手腕。她只得把碗放回桌上。她其实有点怕他，尤其在这种时候。

就这样，一边扎针，一边吃药，他治好了那个人。那人很记情，也很实诚。他对自己身边要去买中药的人说：县医院有个小伙子很不错，你们找他开药绝对好得快。他说这话时很自豪，很骄傲，倒好像，他自己能给别人开药似的。

病人的日渐增多与名气的日行千里，他那像哲学家一样思考人生的天赋夭折了。于是，他便只能是医治肉体的医生。拯救灵魂的大任，他担不起。不过，从某种意义上说，医治肉体比医治灵魂更为重要。皮之不存，毛将焉附？灵魂也得有一张结实的皮承载它。正是这个理。

他在十七岁那年遇见了一个白发苍苍的老中医。他那时正作为知青，在苏北农村插队。这也印证了那句话：我们所遇见的人和事在某种程度上会决定我们的人生。所以，在某种程度上，这位当时已七十九岁的老中医使他日后走上了行医的路。

四

文槿和男青年偷偷地好上了。哥哥成了他们之间的桥梁。可哥哥并不知道自己在不经意间就成了一条线，把文槿和男青年拴在一起了。

男青年上山栽树时看到了躲在大石块后面读书的哥哥。哥哥的书是从文槿的箱子里翻出来的。文槿悄悄地给了哥哥一些书。哥哥在这块大石头后面读了很多天的书都没有被人发现。哥哥决定重新换个地方。去山洞，哥哥想。

哥哥读的书没有封面，文槿把封面全撕了，套上红色的书皮。不识字的人会以为是语录。男青年从哥哥手里拿起这本哥哥读了好多天都没有读完的书。

你喜欢安娜吗？男青年一边说着一边往地上坐。

哥哥不说话。

我喜欢。她的丈夫太无趣了，我是她的话，也会偷情。男青年把书还给哥哥，捡起地上的锄头，往山上去了。

安娜。安娜。男青年闭上了眼。

哥哥和男青年再次相遇是在开场部集中大会时。所有的人都必须到场听领导发言，必须为领导鼓掌，还要一起诵读主席语录。男青年在百无聊赖中发现了坐在中间的哥哥。会散后，男青年抓起哥哥的手臂把哥哥拉到井坎边。

哥哥的心里充满了忐忑与焦虑。他怕。领导刚刚强调，只能读语录。

你不是这里的孩子吧？男青年问哥哥。

哥哥摇头。

我也是这样想的。那么。男青年有些犹疑。那么，你还有书吗，借给我看看好吗？我已经很久很久没有见到真正的文字，都快要忘记它们的模样了。

哥哥笑了。哥哥说好。哥哥还说，要偷偷地看，并且，一旦被发现，不许说是我，不然，我会杀死你。

男青年对哥哥竖起了大拇指。男青年说，是条汉子。

哥哥把书借给男青年，作为回报，男青年给哥哥讲哥哥没有读过的书。哥哥第一次听说《世说新语》。哥哥喜欢嵇康。哥哥想，要是自己是嵇康就好了。

哥哥有一天悄悄地对母亲说：有一个人，他读的书比你还多。哥哥让文槿和男青年见了面。

三爷爷押送犯人去省城。

文槿听见了蛙叫。秋夜的蛙鸣搅扰人心，文槿披上外衣悄悄地扣上大门走到屋后。蛙叫声从茅厕的墙角传来。男青年正蹲在墙角学蛙叫。

像吗？他问她。

像蛤蟆叫唤。她笑了，随即用手捂着嘴，生怕吵醒了他们。

屋后是片竹林。竹林一片漆黑。文槿不由得紧张起来，只觉得自己的心快要跳出来了。她突然挣脱他的手。他转过身子看她。她低着头，才发现自己没有穿鞋。她现在才感觉到脚心被石块硌得很痛。他也看到她光着脚，便把她抱了起来。可他没站稳，绊在一块树桩上，文槿随他倒在地上。她的手背被露水沾湿了，她感到一阵刺骨的凉。她听到他的喘气声，笨拙而有力。她紧紧地闭上眼睛。

你来吧。她说。

他像是在欣赏一幅画。他的手在她的下颌和锁骨之间温存地摩挲。慢条斯理，从容不迫。他解开了她的衣扣。一颗，两颗，三颗。他看到它们了。他突然想起以往偷读过的淫书里的句子，有一句好像是两两巫峰最断肠，他记不得了。他听到了自己的骨骼在颤动，他也感到了自己身上的热量，烫得灼人。他在流汗，汗水顺着她的脸流进她的乳沟。他的眼睛长成了一把斧子，劈开她的身体。她觉得自己被他砍碎了，断裂的骨头再也无法拼接，血从零碎的身体里迸溅开来。她听到了汩汩的流动声。她在发抖。她感觉自己在下沉。坠在冰冷的深井里。她想，我已经荡然无存了，我成了缥缈。

他像一个黑影沉沉地压着她，扼住她，她的呼吸似乎被他压碎了。她感到闷得慌，喘气困难。他吞噬了她。他的手在抚摸她的脸。看不清她的脸。没有光。可能是月白色，苍苍凉凉。他的嘴唇在她的颈上肆意发出热气，热气贴着她的皮肤时又变成湿湿的小水雾。她冷。她发抖。

而他正呼出一口无比漫长的气息。

然后他们抱紧了彼此。

她脸上的隐忧越来越淡，也许是雪花膏的缘故。她开始在脸上涂抹白兰花气味的雪花膏。甚至，她还哼起了曲调，是巴达捷芙斯卡的《少女的祈祷》。她的手尖在井台上起伏，指缝里还沾着几粒润湿的大米。

轻捷的下行音调和分解和弦的上行音调，我还记得。是主题和变奏。写这首曲子时她十八岁，可她才活了二十四岁，真可怜。有两个琶音引子，母亲说过，要重复一遍主题，之后才是三次变奏。

她继承了她父亲的忧郁与善感，顺便还学来她母亲的优雅。她的父亲是国文老师，母亲留过洋，学的是钢琴。她也读书，她也弹琴，可她却很喜欢跳舞，她的理想是成为舞蹈家，站在舞台上，永远永远地跳下去，永远永远也不要停下来。可惜，在那个年代，人们的生活背景是战争，生活主题是逃亡。她的舞蹈梦便夭折在一个又一个的防空洞里。

她正在哼着曲淘米。她正在木垌恋爱。她正在快乐。

五

在四十岁那年他遇见一个叫小青的女人。“人间自有痴于我，岂独伤心是小青”的小青。

小青刚生下孩子，可她的乳房不通畅，孩子吮不出奶。她的婆婆把她带到他的面前。他给她把脉，又让她伸出舌头给他瞧。

给她针灸吧，效果比吃药好。他对着老太太说。他有一个习惯，如果病人是家属陪着来的，他喜欢把病情与治疗方法说给家属听。

他开始给小青扎针。

放轻松。

我们那个年代，条件差，还生养那么多娃，根本没出现说吸不出奶的问题，真是稀奇。

他那么高大的人，嘴唇竟像是小女孩的，秀秀气气。（她的手指在床单上画起了他的嘴唇）真是玲珑。

哺乳期时乳房受阻也很正常。平时可以用热毛巾敷，还要多按摩一下乳房。

我们那时全忙着做工，哪有时间敷啊，按啊。我看哪，现在的病，全是娇养出来的。

他的左手拇指的月牙儿怎么是紫黑色的呢？

母乳喂养是最好的。平时也可让孩子多吮吸，这也可以疏通乳腺管，避免乳腺炎的发生。

我看哪，多生几个孩子就好了。这才第一胎，以后第二胎、第三胎就不会出现这些鬼毛病了，是吧，医生？

他的妻子是做什么的呢？乳房有种发麻的感觉。

不要动。

动什么动，扎着针还这么不老实。

真想从身上取下一根针，把她的烂嘴补得牢牢的。

第二次扎针，小青是自己去的。他对她却失了印象。小青有些失望。

你哪里不舒服？

来，把手给我。

舌头伸出来。

再伸一点。

哦，我想起来了。

那么，一会儿还是接着针灸。

上次做完后感觉怎么样？

是的，乳房是会有一股艾叶味儿。

我不爱我的孩子，因为我不爱孩子的父亲。

哪有母亲不爱自己的孩子呢?

我不是母亲，我是女人。

女孩只有成为了母亲才是女人。

那我就永远当女孩。

不，你会变老，像我这样老去。你看，我在长白头发了。你看，我眼角的皱纹越来越明显。

这段对话是在以后他们关系亲密时发生的。这样的对话随着他们的交往一发不可收拾地倾泻而下。

你会离婚吗?

不。

可我也许在爱你。

嗯。

我和你谁先死去?

我。

为什么?

我比你大。

那你和她呢?

也是我。我比你们都大，我比你们先死去。

我想死。

活着吧，活着也挺好的。

痛苦。

是，痛苦。

你有办法吗?

痛苦是因为我们没有能力。没有能力。

他和他的妻是介绍认识的。介绍他们认识的那个老太太早已不在人世了。孩子的满月酒，老太太还来了，然而那时人已经在一点点死去。她坐在椅子上，像婴孩落进襁褓中，扶手和椅背把她密密实实地包裹起来了。老太太正在变透明。他看到了老太太的透明。他有点难过。四天以后，老太太的儿子请他去给老太太看病。

老太太睁着眼睛看着房顶的木板，她的脸长成一颗皱皱巴巴的核桃，干瘪而无水分，咬进嘴里，涩涩苦苦。一条一条的衰老纹交叉在一起，像一张纠缠打结的蜘蛛网。只有那正在颤抖的唇表明她仍然还是一个生命。他走了出去，叹了口气。该准备的就准备吧。他说。一个女人突然大哭起来，像一场猝不及防的大雨。大雨过后是晴天。

他离开了老太太的家。

读过书的，配得上你。他想起老太太对他说的这句话。老太太说：文静得很呢，又勤快，脾气好，还是读过书的，配得上你。

他和她见了面。他觉得她像个小妹妹，羞羞涩涩，说话的声音细细的，小小的。尤其是她吃饭时的样子——她只夹她面前的菜，只吃她碗里的白米饭。他便给她夹菜，她看着他，不知所措地笑了。后来，他们就去镇上登记结婚了。

那天。他还记得。她在镇上的照相馆等他，她家在镇上，他那时还住在乡下。他把自行车扛在肩上过了小河。过了河，他矫捷地跨上车，快活地骑着。

他已骑进一条窄窄的小巷。这种小巷很深，路面却很窄，青石板铺砌的，长着绿苔。一到下雨，它总会长出人们看不见的脚偷偷地绊倒那些走不稳路的人。被绊倒的人搬出爹娘的字眼骂着难听的脏话，它却乐在其中。两旁的房子都是矮矮的瓦房，房里很潮，有些植物竟长进房里。它们自卑地兀自生长在墙角下，人们也就原谅了它们。天晴的时候，人们便把衣服和粮食晒在自家门前。晚饭后，老太太们出来活动，摇着她们的蒲扇。这是在夏天。她们各自坐在自家的石凳上，她的声音传到右边，她的声音传到对面，那个她听到后，又从另一处传来自己的声音。日子落进她们的声音里，她们的生命落进时间中。冬天的时候，她们又约定好一起出来晒太阳。还能晒到几回太阳？伤感的老太太在伤感。

他的车正在拐弯。一个女孩在门前梳她刚洗过的头发。他马上就要接近那个女孩了。湿漉漉的，还在滴水，像一朵会下雨的云。他正好骑到女孩家，车轮碾过女孩家门前的石板上。头发真长，梳的时候可真艰辛，打结的地方有点多。他离女孩远了。女孩进了屋。

她很早就起了床，事实上，她兴奋而又怅惘地在枕头上睁了一晚的眼睛。她从她的眼睛里看到了她的未来，她在想，可她实在想不出它的模样。

她来的时候，照相馆还没有开门。她坐在门前的石阶上等。等开门，等他。她听到卸门板的声音。那声音，一会儿是咚咚咚，一会儿又是吱吱吱。她不由得站起来往对街走去。她站定后，看到照相馆一点一点地从木板里脱颖出来。红红的布帘，墙上挂着镜框，看不清照片上是什么。老板是一个矮矮胖胖的老头儿，有个女人弓着身子在门前扫地。她朝着他应该来的方向望去，却不见他的人。她的眼神再回到照相馆时，老头儿正抱着一个茶盅坐在石凳上。他们的目光交织在一起了。她赶忙看向别处，正好看到他来了。他骑车的样子真好看，她想，并朝着他的方向走去。

他从车上跳下来，推着车，与她并着肩走在清晨的街上。老头儿已不在石凳上。她往里看，确实不见老头儿的身影。他已停好了车，他们走进照相馆。

爸，照相。女人掀起一块布帘往里喊。

来喽。声音那般连绵，像是京剧里的唱腔，也许老头儿还真就会那么两句呢。

她突然很想流眼泪。老头说：姑娘你要甜甜地笑。可她真的好想哭啊，想着刚刚被老头儿看着自己傻乎乎地站在那里，心里便十分不是滋味。她想，也许自己刚刚坐在石凳上也被他看到了。她怨恨起自己的心急，越恨她越想流泪。她终于哭了，把他弄得不知所措。老头儿淡淡地笑着，揭开他的茶盖，喝了两口他的早茶。女人拿着一张手绢走了过来。女人说：妹妹，很正常的，结婚就是该流点眼泪。再说，你掉点眼泪，你男人才更疼你。女人说这话时，眼睛落在他的脸上，他躲开了那对不友好的瞳孔。老头儿的脸上仍是淡淡的笑容。他接过女人的手帕给她揩眼泪，女人帮她重新梳了头发。

老头儿说：小伙子，头往左偏一点。

老头儿给他们拍下了结婚照。他的笑容里带着点憨气。以后的日子，当她翻出他们的结婚照时，她总指着照片对他说：你看你，憨憨的。语气完全是母亲式的，母亲说自己的孩子傻傻的，呆呆的，可爱得很。

六

白天，文槿与男青年只能在食堂才能遇见。可遇见了，也只能用眼神打一个无声的照面。只有夜晚才真正属于他们。他们后来不去那片竹林了。他发现了一个洞穴，外围被盘旋的枝条遮得很密实。只是，洞穴离场部太远。

远就远，大不了住在洞子里，一辈子也不出来。文槿的声音在洞穴里回响起伏。她听着自己的声音被洞穴拉长，被阴冷的洞壁重复，竟像小孩那样咯咯地笑了起来。

他在一个夜晚呕吐不止。哥哥拍打着他的背。油腻的腥臭味弥漫了这个清冷的秋夜。

想喝水，哥哥。

我去给你倒。

哥哥点亮了堂屋的油灯。微弱的光顺着门缝挤进小姑的屋子。小姑正在闹失眠。她披上一件衣服打开了房间门。堂屋没有人，水壶盖孤零零地躺在桌上。她嗅到了那股闷臭味，用手扇着鼻子周围的空气。她去了他们的房间。

他的下巴抵在床沿上，胃里的脏物倾泻在地上。

妈。小姑那尖细的嗓音吵醒了三奶奶和三爷爷。三奶奶嘟囔着嘴，嚷个不停。睡个觉都不让人安稳，没良心的。她打了个长长的哈欠。

哎呀，我的娘。这咋吐得这么厉害。你妈睡死了呀，去把她叫来。

哥哥敲着文槿的门。妈。妈。没人应。

妈。哥哥又喊了一声。

三奶奶的大嗓门钻进腥臭味中。整个清凉的秋夜被它们逼进坟墓。

文槿在天亮前回到家。她的房间门上挂了一把锁，她的手从那锈迹斑斑的锁上滑落。隐忧回到她的脸上。她缓缓地贴伏着木门跪在地上，很快便又站起。她去了他们的房间，只有哥哥睡在床上。她没能明白她疼爱的小儿子为什么不在哥哥身边。房外响起一声鸡鸣。她得赶紧走。她从床沿上站起，又回过身子看了看孩子。她吻了他两边脸颊。

哥哥睁开眼，看着这个女人从房间走出去。他把头枕在自己的手臂上，像一个成年男人那样深沉地思索着。

她去了哪里？

她最近很好看。

他在回想她的背影。有温度，有味道。他竟生出一种想要把她抱进怀里使劲吻她的欲望。他从被子里伸出手，放在被她吻过的脸颊上。

她回到夜晚的洞穴。

男青年去食堂打饭，却没见到文槿。

他去了他们的洞穴。

我想离开这个地方。文槿躺在冰冷的石板上，男青年赶忙脱下外衣紧紧地捂着文槿发冷的身子。

他们知道了，门被锁上了。她看着他的脸。三条泪水流了下来。她一哭，右眼就会同时流出两条泪水。她抱着他的肩膀抽抽搭搭地哭。

那就先不回去，就在这里。我们想想去哪里，我们离开这里。他的眼神正在创造另外一个世界。

孩子，我的孩子呢。

可没有办法了，无论，你是不能回去的。他吻掉了她脸上的泪水。

文槿离家已是五天。人们说，三奶奶，这几日怎么没看到小文呢？他也问哥哥他们的妈妈在哪儿。小姑说，准是和野男人一块跑了，你们的妈是破鞋，你们还不懂。

他白天去做工，她只得躲在洞穴里。五天，漫长得像一个世纪，让人窒息的一个世纪。

不管孩子了，什么也不管了。她的声音落进他的耳里，像一片玻璃正在被冷而沉的石头打碎，碎到心里，震颤了整个身子。她爬到他身边，从背后紧紧地搂着他的肩，脸隔着头发贴在他的背上。他低下头，轻松地便吻到她的手背。

走。他顺着他的吻把它说给她听。

他们消失在一个夜晚，不知所终。

文槿的消失成了家里的忌讳，如同忌讳早上提“死”字，他们不提文槿。

白香带着果果天天到三爷爷家外面大哭大闹。因为人们告诉她，消失的不只是你家男人，江场长的儿媳也消失了。她便认定是文槿勾引了她的男人。

我家男人可老实了。她用油腻的袖口擦着眼睛。你们都不晓得，我家男人只有那么老实了，在家里都不说话的，可老实巴交了。

我可怎么活啊，果果还这么小，我可怜的果果没了爹呀。白香痛苦地只差把心呕出来。

狐狸精。一屋子的狐狸骚味。缺男人吗？硬要跑到山里抢我们的男人。白香连小姑也一块儿骂上了。小姑那时正和食堂的厨子谈恋爱。厨子说他和小姑是搞对象，小姑却纠正厨子，小姑说，不叫搞对象，叫谈恋爱。白香也是听别人说的。木垌的女人们私底下常常议论江家这两个女人。

白香的哭闹给人们的贫乏生活增添了一些趣味。人们聚在一起干活时总会聊起白香和她男人，以及文槿。女人们说，那么好的男人，给白香，可惜了。男人们说，文槿一看就不像个女人，倒像是仙女，像菩萨。

后来人们不再议论白香、男青年和江家的两个女人了。这与一场大火有关。

为了准备过春节，家家户户都忙个不停。打扫房子，进城置办年货，杀鱼，烧纸钱。有那贪吃的小孩，一大早就跑到山里去摘水杈子。红通通的水杈子，酸酸甜甜的。

除夕夜，山里的人们吃饱喝足便早早地上床了。春节对他们而言意味着可以早吃饭早睡觉晚起床。平日时节，他们要到晚上十点才能吃上晚饭。

一些人在开始做梦。

也许我们已经忘了那个诗人。那年除夕，是诗人和他的妻子在木垌茶场度过的第二个除夕。

诗人那个晚上异常清醒。他吃过妻子煮的一碗饺子后便去床上躺着。女人烤着火织毛衣。她喜欢茶场的这个小男孩，她要给他织一件蓝色的毛衣外套。

诗人突然说：你去给我找张纸，还有笔，我想写首诗。

她感到不可思议。她翻出床底的大木箱，从里面抽出一沓毛边纸。却没有笔。

诗人说，那就把烧黑的木块给我。她从火堆里抽出一片长木条。

诗人用木条在纸上用力地写着。

生活在天上。她念了出来。

诗人放下木条，紧紧地握着她的手。

你太苦了，生活在天上。诗人流了泪。

诗人那个晚上异常清醒。妻子已经睡着了，还打着微微的鼾声。诗人躺在床上沉思。炉盆里的火还在燃烧。

诗人决定，决定生活在天上。他放火烧了他们的小木屋。

小木屋的火焰在木垌蔓延。木垌的房子大都是木头造的，这里树多，人们砍树造屋。木垌在这个夜晚发出耀眼的红光，红得灼人，连深黑色的天也被染红了，像一片通红的血泊。狗猫奔走相告，试图唤醒沉睡的人。那火焰牵五挂四地将那半街的木房子烧得七零八落。一个男人抱着一个小孩冲出燃烧的房子，刚一跨出脚，却被下落的门楣打在了后脑勺。门楣上还沾着火苗。男人的衣服烧起来了，他却没有力气满地打滚来扑灭身上的火苗。男人似乎咽气了。压在他胸膛下的孩子撕心裂肺地哭喊。可救他们的人在哪儿?

后山的男人女人端着桶盆来回奔跑泼水。

火势渐渐弱了，满天飘飞着灰烬。

有女人在啜泣。

这次大火波及十一户人家。除了离火焰燃烧中心地带最远的两户人家还留有幸存者，其余人家都随着诗人去了天上。白香和果果也在其中。搬运尸体的年轻人说，母女俩的身体都烧成了焦炭，果果被白香姐紧紧压着，去抬白香姐的尸体时，轻轻一碰，白香姐的手就断了。

而老铁匠差一点就死于这场大火。

那天早上，老铁匠从县城打回一斤白酒，还买了自己爱吃的花生米。晚上的时候，他把小桌子搬到门外，自己就坐在门槛上喝酒吃肉。他嚼着花生米的同时还哼起了曲调。老铁匠年轻的时候会唱浓艳的山歌。据说，当初有个姑娘听到年轻的铁匠的歌声后竟找到铁匠要与他私订终身。年轻的铁匠对着姑娘一口气唱了三十九首情歌，唱得嗓子发热，嘴唇发烧。当他们好得分不开时，姑娘却得病死了。人们是这样解释老铁匠终身不娶的原因。

老铁匠看到两个黑影正朝着自己走近，他进屋拿出煤油灯，一照，才看清是狱警小方。小方的身后还跟着一个矮小瘦弱的男人。老铁匠招呼小方喝酒。

这犯人真他妈不要命了，竟翻墙逃跑。小方抿了一口酒。犯人被小方拴在椅背上。

为嘛逃？老铁匠问。

想回家过年。小方用手抓起几颗花生米扔进嘴里。老子都还想回家过年呢，两年了。小方伸出两根手指头。两年都没看到我女人，说不定都被野男人给睡了。小方摇了摇头。

来，喝酒。老铁匠给小方倒上酒。

小方显然是触景生情了，完全忘了有公事在身，还一味地让老铁匠给他满上。老铁匠看着年轻的逃犯不禁流了泪。

都不容易啊。来，干了。老铁匠又喝完一杯。

小方喝醉了，老铁匠把他拖到自己的床上。他给逃犯松了绑，说，回家去过年吧，但明早必得回来。逃犯跪在地上对着老铁匠磕头。老铁匠赶忙把他拉起来。

快走吧，不然天就亮了。

逃犯跑出老铁匠的院落时回过头看了一眼老铁匠。逃犯的眼里正含着泪水。老铁匠看不见。

老铁匠准备去山洞过夜，天亮时再回来。

于是，老铁匠差一点儿就死于这场大火，而小方却死在老铁匠的床上。

当人们得知是诗人放火烧了房子时，人们咬牙切齿，愤怒地痛骂诗人是个疯子，是短命鬼。

可诗人那个晚上异常清醒。

七

他的妻生下孩子后的第二年，他让她自考医学。女人喜欢孩子，学的是儿科。生活本该以日常姿态延续下去，但日常却被打破。妻子给人开错了药，酿造了一场医疗事故。

她那天只觉得心里面被什么东西重重地压着，得使劲地呼吸才能感到舒缓。头也有些昏沉。一个男人带着发烧的男孩来到她的诊室。她给男孩量了体温后，又开了些退烧药。男人拿上药方出了诊室。

过了一天，男人气势汹汹地跑到诊室。她正在用听诊器检查一个女孩的腹部。男人上前夺去她的听诊器，重重地摔在地上。小女孩吓得哭了起来。女孩的母亲抱起小女孩跑出了诊室。她弯下腰去捡地上的听诊器，男人却用脚踩住她的手。她痛苦地叫出声来。男人扯住她的头发把她拽到地上。男人还抬起凳子砸碎了桌上铺垫的玻璃。几个男医生冲进诊室，把这个发疯的男人拖走了。护士扶她起来。她的额头在流血。

她开错了药，孩子吃了药后竟成了哑巴。

男人几次三番抱着孩子来医院讨说法。医院赔了些钱给男人，这事才算了结。

她陷入无止境的自责中。他发现她越来越胆小。那次他们一起去菜市买菜，一个肥胖的男人抱着一个孩子走向他们，她突然钻进菜摊底下，还用菜农的雨衣遮住自己。晚上睡觉时，她一定要开灯。有时听到野猫叫唤，她吓得用被褥捂紧自己，身子在颤抖。他去抱她，她高声尖叫，掀开被子急忙忙钻进衣柜里。

她活在担惊受怕之中，精神有些失常。她不愿意出门，把自己关在衣柜里。她把衣柜里的衣服全部拿出来扔在床上，自己钻了进去。他去开衣柜门，她会歇斯底里地叫喊，并用手使劲撕扯自己的头发。孩子常常被她吓哭。

他带她去了精神病院。

在精神病院住了一段时间后，她的精神开始有所好转。医生让他接她回家。

她必须靠吃药维持，药不能停。医生把药单放在他的手上。

借助药物，她又回到日常生活中。只是，她不能去医院上班了。他轻轻地抚摸她的脸，温和地对她说：你好好照顾我和孩子，好不好？她给他扣上了衣领。他吻了她的唇。

每天早上，他们一起出门。他上班，她抱着孩子买菜。他曾想过把孩子送到乡下，可又怕她多想。她看出了他的顾虑。我是孩子的母亲。她说。他大抵放心了。不过他还是从乡下找了个朴实的中年妇人。一转眼，他们的孩子都上小学了。

有一天他下班回家，一开门，门前堆放着零零碎碎的空瓶子和垃圾袋。他跨过这堆垃圾走进客厅。他看到沙发上也堆着塑料瓶。家里没人。他想一定是妻子出了什么状况。后来发生的事情也证实了他那不安的预感。

妻子不见了。

那天早上他先出门，妻子对保姆说她要自己送孩子上学。保姆买菜回家发现她还没有回来，便去学校找她。保姆到学校后，校门已经锁上了。她就在学校附近寻她。却不见她的人影。保姆还去了菜市场和公园，最后在沿河的垃圾堆边发现了她。

她在捡垃圾。

保姆跑过去把她拉到路边。她的手被碎玻璃划伤了，在流血。保姆赶紧带着她去附近的诊所包扎。保姆拉着她的手往前走，她像个小孩子一样不情愿地跟在保姆身后。她突然甩开保姆的手，转身跑回垃圾堆。保姆只得跟着她。

她回到垃圾堆，把堆放在一处的空瓶子和垃圾袋塞进一个大黑口袋里。保姆蹲下来帮她把瓶子装进袋子里。

你放心，我没事。她笑着对保姆说。这点伤口我可以自己包扎，我们回家去吧。

回到家，保姆帮着她把伤口包扎好便去厨房做饭。她把袋子里的瓶子和垃圾袋都倒在地上。她把几个饮料瓶抱在怀里，而后将它们整齐地摆放在沙发上。

她像是想起了什么似的，匆匆忙忙地下了楼。保姆正在炒菜。锅铲相碰的声音压住了关门声。

她不见了。

保姆和他到处寻她。直到晚上，也还是没有找到她。

而她正被几个散步的老太太围着。老太太们看着公路边上坐着一个女人，这个女人像怀抱小孩那般抱着一只黑色的小狗。老太太们问她家在哪儿。她沉默地摇头。热心的老太太们把她送到了派出所。

准是因孩子才疯的，你看她抱狗那样子，活脱脱是个哺乳期的女人。一个老太太说。其余的老太太叹了口气。

他把她接回家。那只黑色的流浪小狗从此与他们生活在一起。

小青和男人离婚了。她把离婚证摆在他面前。那么你呢？离婚证所说的正是这句话——那么你呢。

可我不能。他说。我还得爱她。他把眼镜取下来，用手擦着镜片。小青，对不起，小青。

八

三爷爷发现哥哥在读书，他含着烟叹了口气，忧虑随着烟雾升腾弥漫，三爷爷的脸笼罩在烟雾与忧虑之间。他把烟头扔进火盆中。

烧。

那个夜晚，住在场部附近的人都听到了一声凄厉的惨叫，却未能目睹到一个凄厉的少年。少年凄厉的膝盖跪在地上。少年凄厉的右手染上火苗。

某一天，一个货郎来到茶场。货郎说他要卖故事给哥哥。

从前有一个英雄，后来他死了。一个女人做梦梦见一个英雄死在湖里，这个女人醒后便去投水。女人也死了。

我还有许多好故事，它们在山外，跟着我走吧，青年人。

哥哥担上货郎的担子。年轻力壮的哥哥走在前面，苍老却没有白发的货郎跟在哥哥身后。

哥哥的右手腕上留有一道深深的烧痕。烧痕在晴天发热，在雨天发凉。那个火焰在哥哥心里也烧出了伤痕。哥哥带着伤痕离开茶场。

九

小青说她再也不去找他了。

小青说自己又听见溪水流动的声音了。缓缓的。起了一阵风。所有的树枝都跳起了舞。嗒嗒嗒嗒。咚嗒嗒嗒。嗒嗒嗒嗒。嗒嗒嗒咚。她该是走入森林之中。嗒——嗒——嗒。

小青说自己要像月亮一样。小青还说，月亮是永远的月亮，月亮永远是自己的月亮。

十

后来，他常坐在梧桐树下沉默。时而望望山下的马路。他在等。没有等到人，却等到一个把自己带出这四面环山的小地方的机会。

他去当知青了。十五岁。

自 习 室

韩山师范学院 / 戴建浩

章一鸣这辈子都不会弄明白到底该什么时候去交电费了，反正每个月都这样，直到被下了电闸才不得已跑到离宿舍很远的物业管理处去交。最可恨的是，别的宿舍区在自家楼下就可交费。一想到这个，他就觉得愤懑，千里迢迢地把电费交了，他把账单丢给室友仲，让仲凭此去请求楼下的宿管阿姨开电闸。只因之前章一鸣找她，她的反应永远都是慢半拍，而且她一旦回应，就得用家乡话，叽里呱啦一大串的让他听得一头雾水。但事实上，她不仅听得懂普通话，章一鸣还不止一次碰到过她跟一些女生用普通话聊得好好的，可轮到他怎么就不是一回事了呢？他仔细想了想，自己待她还是挺彬彬有礼的。有一次见她在打电话，他就一旁候着不敢打扰，只由她慢条斯理地与对方聊了好几分钟后，才开始注意他。他越想越愤懑了，觉得一切都不可理喻，这次说什么也不会去跟她打交道了，就让仲去吧，反正仲跟她好像挺熟络的——这又是一桩怪事！

一切恢复正常，章一鸣赶紧煮了一壶水，然后给手机充电，心情舒畅了许多。可惜没过多久，偏偏又收到一条短信，是文娱部的副部长发来的，说是今晚轮到他值日，让他九点半到食堂二楼的自习室去打扫一下。看完之后他整个人又不好了，记得当时招新宣传说，如果喜欢表演和唱歌就去加入他们表演组，他就傻头傻脑地去报名了，面试的时候连早餐都没吃，唇干舌燥地，在众人面前鼓足勇气唱了一阕歌，中间还破了音，尴尬得他连忙说了两句对不起，然后接着唱了下去。很不幸地他跟大多人一样，顺利通过了，于是就有了后来的在晚会上搬搬抬抬，校运会上鞍前马后为运动员服务，以及今晚的清洁任务。

终于等到了九点半，外出活动或上晚课的人都陆陆续续，如鸟回巢，宿舍区内喧嚣阵阵。章一鸣慢吞吞地向食堂二楼的自习室走去，生怕一些刻苦用功之人还待在自习室里，自己会不方便开展清洁工作。但他很快意识到这是多虑了，在他走到自习室门口的时候，最后一批人都刚从他身边走下楼梯去了，并且还把灯给关掉了。就这样，他一个人踏进了自习室，摸到墙上的开关，重新把灯都开了。自习室很宽敞，虽然前面堆放了不少破桌子之类的杂物，中间以及后面也摆设了许多座位，但还是显得很空旷，甚至每走一步都能听得见回音，好像被人跟踪了似的，再加上厕所里面空灵般的滴水声，他突然就感到有些害怕，不由得加强了警惕。

他轻易地发现了角落里的扫把和垃圾铲，赶紧干起了活来。地面还是挺干净的，只有个别座位底下会残留纸屑。把所有座位都打扫一遍是不可能的了，他只能把他认为比较脏的位置细扫一遍，然后再大概地扫一扫。就这样已经不容易了，也算是仁至义尽了，他想，那么大的自习室，今晚偏偏只安排了他一个人。

当他越走到后面，那黑漆漆的厕所里面一滴一滴的水声就越是瘆人，但他还是毫不犹豫地走了进去。只见角落里一篓子的卫生巾，水龙头在往一个桶里滴着水。里面还不算脏，他用水冲了一下，同样算是仁至义尽了吧。最后他狠狠地把水龙头拧紧了才走出来，顿时觉得踏实多了。

接下来，他还得把所有的窗都关上。窗也挺多的，在进门右手边的窗，所对着的正是宿舍的阳台。当他关上这边的窗的时候，感到外面出奇的安静，仿佛宿舍的人都准备要睡觉了。他不由得加快了动作，而当他关上最后一扇窗，也就是最靠近门口的那一扇窗的时候，他右眼隐约地瞥见了一个人影，吓得他立即转过身，往后退了两步，心蹦得就要把胸口炸开了。

惊魂未定的他瞪眼看到了对面站立着一个女生，身穿睡衣，披头散发，鼻子上也不知为何染了一层白粉。她好像是刚踏进自习室的，但他却没有听到她的脚步声。

“你谁啊?！”他下意识地问，脸上依旧是一片恐慌。

“历史一班唐晓睿。”那女生两眼无光，表现得出奇的淡漠，连说话都像机械一般，只是惯性地道出自己的班别和名字以外，也没有再解释什么。

“你走路怎么都没声音啊？”他瞟了瞟她脚上穿着的棉拖鞋。也不至于没声音吧？他在心里嘀咕，接着又估摸了一下，如今还只是秋末呢。

那女生并没有再回答，她低下头，旁若无人地在原地转了个圈，就径自走出了自习室，剩下章一鸣一个人愣在那儿。不过他很快又清醒了过来，他只差最后一个任务了，就是把垃圾清理掉。副部长在信息里说自习室里有垃圾袋的，但是他一时却找不到，急得翻箱倒柜的，最后还真在一堆破木板的缝隙里找到了一卷垃圾袋，看样子好像已经年代久远，都褪色了，上面还布满了灰尘。他就纳闷了，难道就一直没人装过垃圾去倒吗？之前的那些人都是怎么干活的？他没心思再去想了，连忙取下一个垃圾袋，用右手抓着，将手臂往外伸直，同时把脸转到另一侧，用力抖了抖垃圾袋上的灰尘，就去把垃圾装进了袋里。

章一鸣快步走下楼梯，不一会儿就来到了夜空底下。今晚跟平时一样，没什么星星，月亮还是苦的。他这样想着，顺手把那袋垃圾扔到了拐弯处的一个大垃圾桶里，然后直奔宿舍楼大门而去。

回到寝室，仲问他去哪了，他说是随处逛逛，仲就诡异地笑了，说："我刚在阳台上看见你！你去那里做什么啊？"

他对着仲假笑了一下，说："文娱部差遣我去打扫自习室。太坑了，我可是冲着唱歌表演去的，可他们却每次都让我去做苦力，我干脆退出算了！"他明白自己是被坑了，加入表演组之后他就一直干着后勤组的工作。当然他也并没去质问太多，毕竟也是因为自己当初太蠢，没能弄明白部门与社团的区别。现在后悔都来不及了，他只能为那些唱歌表演的人服务了，多么讽刺！

"幸好我哪个也没掺和，落得一身轻松。"仲幸灾乐祸地说。

"你就一辈子做宅男吧！"他倒了一杯水咕噜咕噜地喝着，同时将目光投向阳台的方向，却怔住了，接着他三步作一步地朝阳台冲去。"怎么又开灯了啊？"他望着对面明晃晃的自习室，一脸疑惑。但由于近视的原因，他根本就看不清楚里面的情况，于是连忙退回寝室里，把手中的杯子搁到桌子上，顺手抓到旁边的一副眼镜，边戴边又冲到阳台上，已顾不得仲在一旁说了什么，好像是一些嘲讽的话，他过后才想了想。

事实上他也弄不清楚自己为何会如此慌张，就在他重又冲出阳台的时候，自习室却已经是黑漆漆一片了。很自然地，他随即把目光转移到了一楼的出口，此时周围一个人也没有。就这样约莫过了一分钟，他终于看到有个人从那里走了出来。就那么两段楼梯，一分钟实在太长了，再加上他急迫的心情，那简直是度秒如年。他眯缝着眼睛，尽量把视线集中在那人身上。虽然灯光不够明亮，但也足以让他确定，那人正是他在自习室里看到的那个女生！身穿睡衣，披头散发，她走得很怪异，先是用右脚跨出一小步，再将左脚提到与右脚持平的位置。而她的上半身近乎僵硬，直直地向着前方。她越走越慢，始终没有走下食堂前面的台阶。

章一鸣靠在栏杆上一动不动地看着，忽然感到背后一阵冷风掠过，他惊悚地回头——只看见仲在寝室里面津津有味地吃着一包辣条，他就把仲唤了出来，想让仲看看那怪异的女生。但当他们一同把目光投下去的时候，却连个人影都没看到。仲对章一鸣的举动感到莫名其妙，没再理会他，自个溜回寝室里面去了。章一鸣则愣在阳台上许久，脑海里不断飞过一些奇奇怪怪的念头，可是他一个也抓不住，说白了就是思想混乱。而就在他回到寝室里坐下，继续纳闷之时，坐在对面埋头看书、一直沉默不语的室友鹏却蹦出一句：“自习室以前死过人。”

“什么？！”他猛地把头转了过去，渴望能向鹏打听到更多的信息。其实又有哪个地方不曾死过人呢？有多少学校以前还不都是乱葬岗？但当听到鹏说出那句话时，他还是感到十分惊讶，仲也一脸诧异地凑了过来，仿佛真正让他们好奇的不是死过人，而是人的死法。

鹏直接把椅子转了过来，像一个掌握了第一线资料的警官，正襟危坐，然后用平缓的语气说：“两年前，就在那自习室，有个女生割腕自杀，死了。第二天早上才被发现的。据说，她自杀的那一晚，还跟楼下那个宿管阿姨聊了好一阵子。”

“真的假的？你是怎么知道的？”章一鸣半信半疑地问。他一直觉得他的这个室友有点神秘，平时沉默寡言的，但懂的东西倒是挺多，总是出口不凡。

“反正我就是知道。不信的话，等师兄回来，你可以问问他。”话刚说完，鹏又把椅子转回去，埋头看起书来了。他口中提到的师兄，是跟他们同寝室的一个大三的师兄，不过这位师兄的行踪有些诡秘，通常要在凌晨一两点才会回来，而且回来的时候，虽然没有发出很大的声响，但偏偏只有章一鸣会被吵醒，仲和鹏就只知道打呼噜。

章一鸣可不想等到师兄回来再问，他直接就用手机上网去搜索了起来，可是搜来搜去，都仅仅只能确认自杀一事是真的，其他什么的都无处可寻。而章一鸣的直觉告诉他，他必须要知道得更多，此时的他，已身处迷雾之中。雾，好像也越来越浓了。基于此，他决定冒昧去打扰一下助班师姐。他是在微信上问的：

“师姐，有件事想问问你，在你们这一届，是不是有个女生在我们宿舍对面的自习室自杀了？”

过了很久，师姐才回复他，这时仲和鹏都已经睡了。

“嗯……是的。怎么啦？”

“你知道她叫什么名字吗？哪个班的？”其实章一鸣心里最在意的正是这两个信息。

“历史一班的，名字我记不清楚了，好像叫小什么的……你没什么事吧？知道这些做什么？”

“没什么事，就是问问（微笑）不打扰师姐了，晚安（月亮）。”

…………

得知死者为历史一班的之后，章一鸣心里就更加不安了，难道他真的见鬼了？他实在不敢想下去，也没再继续追问其他人了，毕竟，夜已深了。但是他偏偏难以入睡，不知不觉间，就折腾到了凌晨一点半。这时，他听见寝室门被人轻轻推开了。虽然他知道那是师兄回来了，但还是感到一阵悚然。他微微抬起头，黑暗中看到了师兄从床下边蹑手蹑脚地经过。就在那一瞬间，他想起了些事情：师兄是转过专业的，他之前也是历史学的！就因为这一点，他认定了师兄是能够为他解除心中疑云的人。

过了一阵子，师兄一如既往地要把电热壶弄到阳台上去烧开水，接着还会把阳台的门给关上。章一鸣再也忍不住了，趁此机会溜下了床，跟在师兄后面走出阳台。风轻轻吹拂着，有点冷。

“师兄。”

“啊？”师兄事先已注意到了章一鸣，并没有被他吓到，倒是很想知道他跟出来要做什么。

“问你件事啊，你大一的时候是在历史一班的吗？”

“哎，你怎么知道的？”师兄是感到好奇，但章一鸣是既欣喜又紧张，他要为师兄的下一个答案做充分的心理准备。谜底就要揭开了。

“你还记得那时你们班那个……在自习室自杀的女生……叫什么名字吗？”夜色中，章一鸣一动不动地望着师兄，等待着一个至关重要的答案。

师兄显然是感到有些震惊的，他沉默了一会儿，说：“记得，叫唐晓睿，她……”

“啊……”章一鸣把嘴巴张得半开，刚要喊出声却又瞬间哑了，眼睛也瞪着大大的，谁也不知道他内心是有多么的恐惧，师兄也因为他的这种反应而怔住了。大概风也好奇吧，肆意地从他们二人中间穿了过去，不知是要打破这局面还是纯粹在挑衅。

“怎么了？”师兄迫切地问。

过了一会儿，章一鸣才结结巴巴地说：“我……我……我可能见……见鬼了！”

“什么?！”师兄不解地问，虽然声音加重了不少，但还是有气无力，并没有吵醒里面那两个睡神。

章一鸣却几乎要哭出来了：“我今晚一个人在自习室打扫卫生的时候，门口突然站了一个女生，把我吓了一跳，我问她是谁，她说……她说她是历史一班唐晓睿……”师兄侧耳听着，一字一句都听清楚了。“她很冷淡，穿着睡衣，披头散发，除那以外再也没说什么，在原地兜了个圈就走了。后来我回到这里，发现自习室的灯又亮了，最后又看到了她从一楼走了出来。刚开始她走得很奇怪，很慢，但就在我转过身的那几秒钟，她消失了！”章一鸣越说越激动。

“你先冷静，说不定是你听错了，又或者是有人搞恶作剧什么的。先冷静。”师兄自然也觉得不可思议，但终究没亲眼看到，所以很快冷静了下来，还尽力安抚着章一鸣。“这样吧，我找找她的照片，给你认一下。”这时，电热壶的水都已经煮好了，师兄便直接拔掉了插头。而章一鸣刚听到要看唐晓睿的照片，本能地想要拒绝，但他稍稍想了一下，觉得还是很有这个必要的，说不定真是有人在吓唬他呢。

师兄拿起手机，开始翻找大一时的照片。约莫过了五分钟，他找到了一张大合照，唐晓睿就站在前面第一排，样貌还算清晰。

“你看，是不是她？”师兄用两指把唐晓睿个人放大了，递给章一鸣看。

章一鸣看着手机上的那个女生，拘谨，朴素，她微笑着，但仍然掩饰不了两眼投射出来的莫名的忧伤。章一鸣看得出了神，他为这个美丽而不幸的女生感到叹惜。他甚至在想，如果能够在她生前遇上她，他一定会好好开导她，帮助她，无论如何也不能让她放弃了自己的生命……看来章一鸣已经全然忘了自己原来的目的了，直到师兄把他唤醒过来，他才平静地说：“我看到的应该不是她，不是这个样子的。”他记得，他在自习室里看到的那个女生，比照片上的唐晓睿要健硕，而且脸形也不对，反正感觉怎么也不会是她。最后章一鸣对自己的判断深信不疑，内心的恐惧感也全然消除了，只是“历史一班唐晓睿”这句话还一团乌云似的笼罩着他，还有那个女生的其他诸多怪异的举动，也实在令他费解。

“不是就好，那就是你想太多了。虚惊一场，睡觉去吧。”师兄拍了拍章一鸣的肩膀说。

“好吧，多谢师兄解救，你也早点睡吧。”

章一鸣这回是可以睡个好觉了，至于那个怪异女生，他想他再也不会碰见了，而且他暗自发誓，不要再被人差遣去自习室做打扫卫生这种事了。

章一鸣这一睡，就睡到了上午九点。鹏早就起床看书了，电热壶又在煮着开水，外面一片阳光明媚的景象，隐隐约约传来一些人说话的声音。仲见章一鸣刷牙洗脸什么的，也起来了，首先就上了个厕所。是的，九点五十分要上课。

出门的时候，寝室里就只剩下师兄，在被子里蜷缩着，不知是否清醒。章一鸣他们三人同行，仲的拖鞋一路上在嗒嗒嗒地与地面做着无比亲密的行为，鹏则走得有些落后。关于昨晚的事情，章一鸣只字不提，从食堂左侧门外面经过，也就是途中离食堂最近的时候，他没有像往常一样朝里面瞅一瞅，而是抬头向二楼的窗口望去，若有所思。他昨晚好像忽略了些东西——对于唐晓睿自杀的原因，他从未问过。不过，这也超出了他要关心的范围了。

讲课老师的催眠术又增进了不少，坐在章一鸣旁边的仲已经开始打瞌睡了，其余有一半人都在看手机，只有坐在前排的一些人是听课的。章一鸣在对着课本上的汉字发呆，耳畔偶尔传来讲课老师的很牵强的笑声，对此他早就听惯不怪了。就这样熬过去了一节课，仲拿着一个大瓶子就要到外面去打开水，走得比谁都快。章一鸣也跟着起身到外面去透透气，这时却看见文娱部副部长急匆匆地迎面走了过来。该不会又来找我当苦力吧？章一鸣想着，恨不得找个洞躲起来，但是一切都太晚了。

“昨晚自习室是什么情况？有个师姐的书被人撕了一地！”副部长仰着头，一脸诧异地望着章一鸣说。只是她不知道，章一鸣此刻比她还要诧异，甚至惊恐，那是昨晚的感觉又回来了。

“我离开的时候还好好的啊！”

“你确定吗？你到底有没有看清楚了？”

“你该不会怀疑我吧？”

“我没有这个意思，只是，你离开之后，还有没有看到别的人进去啊？”

章一鸣暗自思量着，他想起了那个怪异的女生，他觉得一切的事情都有关联，都不简单。那么，要不要直接告诉副部长呢？就算说了，又能怎么样？他根本都不知道那个女生究竟是谁，他们又能上哪里找她呢？“历史一班唐晓睿。”这话此时又回荡了起来，而章一鸣知道，这不过是一句谎言，他要是如实回答，说不定会令事情变得更加复杂，搞不好连他自己都脱不了嫌疑。

“我回到宿舍以后，发现自习室又亮起了灯，后来还看见一个女生从楼梯口走了出来。”章一鸣说。

“你知道她是谁吗？或者，记得她样子吗？”

“不认识，好像之前也没见过。没什么显著特征……要是碰见她，我再问问她吧。”其实章一鸣心里一点也不想再见到她。

副部长一时也没了主意，就走了。章一鸣回到课室里继续发呆，又熬过去一节课。接下来整个白天，他都魂不守舍的，在路上差点被送外卖的摩托车撞倒，在寝室又被开水烫了一下手指。也许正因为这些，他渐渐地就有了要把那女生从人海茫茫中揪出来的冲动，他甚至开始后悔没把“历史一班唐晓睿”这个信息告诉副部长。也不知道是什么时候萌生的念头，他觉得其他年级说不定也有叫唐晓睿的女生，或者是读音相同的、类似的也行，最好把她们全都揪出来，他准能认得某一个。他这样想着，不知不觉就回到了宿舍楼大门前，看到一个女生兴冲冲地跑出来，跃到站在台阶下面的一个男生的面前。

那男生说：“让我看看你长胖了没。”就从背后抱起那女生。“还是那么瘦。”落地之后他们就那样抱着接起吻来了，脚边的三两个被人随意丢下的饭盒也借着风力，快意地与地面接起吻来。直到踏进大门后，章一鸣还能听到舌头于口水之间搅拌的声音，于是不禁想起从前在小说中读到的精辟见解。那作者说，自己接吻的时候觉得真他妈爽啊，但是看到别人接吻，就觉得他们是傻逼，又像两条狗似的吸来吸去。想到这个，章一鸣忍不住笑出了声，是的，真他妈恶心。回到寝室之后，章一鸣就跟仲和鹏说，他看到宿舍大门外有人接吻。可还没等他说明白，仲就一个劲儿地冲了出去。难以想象的是，就连鹏也搁下书本跟着走了出去。当然，他们不可能看到些什么，要知道，章一鸣说的可是宿舍大门外，大门！仲和鹏的此番举动实在是让章一鸣哭笑不得，这时，已经差不多是晚上九点半了——又该有别的人到自习室去打扫了。

隔壁宿舍像往常一样传来阵阵琴声，还是那两三首老曲子。章一鸣又戴上他的眼镜，走到了阳台上，只见对面的自习室里，确有两个人在打扫着。他又望望下面，并没发现什么异常。石板同样的沉默，路灯同样地开着，树同样地挺直了腰杆，倒是月光，今晚好像格外的明亮。章一鸣于是回到了寝室里做起其他事情来，但仍不忘注意自习室那边的情况。他总觉得今晚还是会有特别的事情发生。

还不到十点钟，自习室就黑了下来，章一鸣第一反应是：她们还没我负责任呢。接着他又想：灯还会不会再次亮起来呢？其实，他就是希望那样，到时候就可以逮到那个人了。他再次走出阳台，盯紧了对面的情况，眼睛都不想再眨一下。一分钟，五分钟，十分钟都过去了，灯还是没有亮起来。他觉得有些累了，就趴在栏杆上假睡了一会儿。等到他再抬起头的时候，自习室却终于又是明晃晃的了，但当他想要看清楚里面的情况的时候，又瞬间黑下来了。妈的！他在心里暗骂，同时又把目光投向一楼的出口。然而，这次他足足等到了十分钟都还是没看到有人从那里出来。见鬼了！去你的！章一鸣不禁自言自语起来，寝室里面的仲和鹏都以为他疯了呢！

“谁跟我去捉鬼？！”他回到寝室里气冲冲地问。

只见仲满脸惊愕，鹏却平静地转过身来，说：“自习室吗？你都盯了两个晚上了。”

章一鸣说：“回头再给你们说，事不宜迟，现在就去自习室看看！”话音刚落，他就已经走到了走廊上，却发现仲和鹏没有要动身的意思，就又折回去说：“快点啊，真的很重要，不是骗你们的！”原来，章一鸣并不是真的那么有勇气，要是他说不动仲和鹏，他肯定是不敢一个人到自习室去的。现在好了，他们三人齐齐打着手机电筒，直奔自习室而去。

从楼梯口到自习室门前，每个角落都被他们照了个遍，但是什么都没发现。章一鸣严肃地说：“说不定，她就在里面。大家小心点。”说完即用力推开了自习室的门。三人的电筒光照融合在一起，十分明亮，然而他们的目光所到之处，都只是墙壁、桌椅、书本这些东西。章一鸣很快把灯开了，宽阔的自习室顿时一览无余——没有那个人。实际上，章一鸣此刻已经分不清她到底是人是鬼了。

“到厕所看看。”不知是听到仲还是鹏这么一说，章一鸣恍然大悟：对啊，还有厕所！但是当他越来越逼近厕所的时候，却感到有些害怕了，特别是又听见了厕所里面那水龙头滴水的声音之后，尽管他身边还有仲和鹏。

章一鸣把安装在外面墙壁上的厕所灯的开关按了一下，仲和鹏就抢先一步进了厕所。

“什么都没有！”仲说。

章一鸣还停留在厕所门口，没有进去，他瞥了瞥角落里的那一个篓子，发现里面装着的已不再是卫生巾，而是一团一团的硬质纸。于是他走了过去，俯身从篓子最上面捡起一团纸，摊开一看，上面是关于考公务员的文字。糟了，莫非她又撕了人家的书？章一鸣这样想着，外面忽然“啪”的一声，把他吓住了。

显然，仲和鹏也被吓到了，他们互相对视了一下，不知所措。

“出去看一下。”章一鸣说，然后大家才一起走出了厕所，把自习室周围又扫视了一遍，发现有一本厚厚的书掉在了地上，而且它所对应的那张桌子上面的一摞书也摆得歪歪斜斜的。章一鸣走过去，把它捡了起来，正要顺手把桌子上的书叠好的时候，却发现其中的一本书只剩下那么几页。他将封面翻开，看到一行字：2012级历史二班杜青青。此时，仲和鹏也凑了过来。章一鸣感到那残书中间好像还夹着些什么东西，就继续翻开——一张旧旧的照片立即夺走了他所有的注意力。

章一鸣认出了照片里面的那两个人。在一棵棕榈树下，她们紧紧依偎着，笑得很天真灿烂，无拘无束——那是唐晓睿和昨晚的怪异女生！虽然照片上的两人相对于大一的学生都略显稚嫩，但章一鸣还是认出了她们。

“左边那女生挺漂亮的。”仲傻傻地说。

章一鸣没有理会，他继续沉思着，努力将所有的碎片组织起来，使得这两晚的咄咄怪事逐渐有了清晰的轮廓，然后他冷笑了一下，将桌子上的书叠得整整齐齐的，才说：“走，到三楼看看。”

“什么呀？”仲不解地问，语气中透露出些许不耐烦了，但章一鸣还是没有跟他们解释什么。

三人像从一楼走到自习室门前一样，小心翼翼地走到了三楼活动中心的门前（又是一桩怪事，自习室上面居然建了个活动中心），却发现门是上了锁的。章一鸣上上下下照了个遍，看到通往天台的门也是锁着的，就对仲和鹏说：“回去吧，我跟你们详细说说。”

…………

似乎有那么一瞬间，章一鸣就能够确定，那个怪异的女生就像仲和鹏所说的那样，是精神出了问题。章一鸣想着想着，就睡着了。等他睁开眼睛的时候，他发现自己躺在了一只竹排上，而竹排就处于水中，周围长着一些草。风吹过，草在摇头，他也随着竹排在漂流。月光洒在水面上，好像有了生命，一拨拨地围着竹排在游走。忽然，一只蛙头怪物从水底蹦出来，用爪子一把抓住了章一鸣的手臂，不停地摇。章一鸣大叫："别摇了！别摇了！我就快要掉下水去了！"

就在那危急的瞬间，章一鸣猛地睁开眼睛，看到师兄正在床下边抓着他的手，小声且慌张地说："快起来，快起来！"

"呃？"章一鸣懵懵懂懂地下了床，就立刻被师兄扯到了走廊上。

师兄说："我刚看到一个女生，穿着睡衣，披头散发，会不会就是你说的那个啊？我都被吓了一跳！"

章一鸣听了之后，一下子清醒了过来，他瞪着眼睛问："在哪儿？"

"往那边楼梯口去了！"师兄用手指出了方向。

章一鸣望着师兄说："去看看吧？"他盯紧了师兄此刻的表情，以估摸师兄的意愿。结果不到两秒钟，师兄竟然就同意了。

陈旧的灯把走廊照得暗黄暗黄的，有些灯甚至早就坏掉了，学校却迟迟没有换上新的。章一鸣和师兄一直走到楼梯口，发现那里的门被掩上了。一般来说，只有刮大风，那门才会被掩上的。他们四处张望了一下，静悄悄的，只有他们俩。师兄于是上前，伸手将那笨重的门慢慢推开，随着一声冗长的"吱呀——"，他已经跨了进去，但立即因为受到某种惊吓而不由得后退了两步，撞到了身后的章一鸣。

"怎么啦？"章一鸣用右脚跨出一小步，稍稍把身体向前倾斜，探视里面的情况。只见左边的角落里站着一个身穿睡衣，披头散发的女生。没错！正是他之前看到的那个女生，不过她比之前更吓人了。她双手耷拉着，头也微微下垂，脖子上还粘了几圈透明胶。暗淡的光线下，隐藏在散发之间的脸还是露出了一丝苍白，而她的双脚，是赤裸着的，趾甲则涂成了紫色。

师兄一把拉住章一鸣，似乎已做好了随时逃命的准备。初看到那女生时，章一鸣还是有些寒战的，但很快他又淡定下来了，还问那女生："你是杜青青吗？"

只见那女生缓缓地抬起头来，说："历史一班唐晓睿。"声音跟昨晚一模一样。

"唐晓睿早就已经死了！"章一鸣凿凿地说。

"不！唐晓睿没有死！我就是唐晓睿，唐晓睿就是我！"那女生突然瞪大了眼睛，一反常态，表现得有些激动。无疑，章一鸣又被她吓了一跳，撞到了身边的师兄，而这类似的情景，刚刚才发生过。

“杜青青，你不要再固执了，唐晓睿真的死了！”师兄突然挡在了章一鸣前面，冲那女生说，就好像变了一个人似的，变得比谁都要明白，比章一鸣还要冷静。而就在那一刻，章一鸣也跟着确定，那女生就是杜青青。

也不知怎么的，杜青青听师兄那么一说，脸色就变得凝重了起来，但很快又转变成了一种仇恨。她用直勾勾的眼神盯着师兄，开始龇牙咧嘴，狰狞可怖，而师兄却丝毫没有退缩。

“是你害死她的！”杜青青大叫，声波充塞了原本寂静的楼道，也从章一鸣的耳边刮过，传遍了整栋宿舍，章一鸣甚至感到了一丝震动。这下闹大了，他想，很快就会有人闻声而来了。

可就在这个时候，章一鸣发觉，师兄始终坚定地与杜青青对峙着，他说：“跟你说多少遍了，她本来就不对劲，她的死，你也有责任的！要不是你跟她吵架……”话没说完，杜青青突然像野兽般向师兄扑了过去，同时又大叫了一声：“是你害死她的！”师兄见状，敏捷地闪了出来，杜青青“砰”地扑到了门缝上。一旁的章一鸣看傻了眼，他已经无暇顾及师兄和唐晓睿与杜青青三个人之间的那些莫名其妙的关系了。现在该如何是好？场面似乎越来越无法控制了！

只见杜青青倚着门勉强地站了起来，额头上流了血，眼睛也红肿红肿的，嘴里还念念有词：“晓睿没有死……晓睿与我同在……没有死……我与晓睿同在……”至此，师兄也跟章一鸣一样愣在一边，不知所措了。但见离门口最近的右边的寝室有人走了出来。紧接着，左边的寝室也有人走了出来，更远一点的、对面的、上下层的，都陆陆续续来了些人。章一鸣站在人群中间，浑身不自在，觉得有无数敌视的目光在往他身上拼命地扎……

在那晚过后，我没有再问师兄关于唐晓睿和杜青青的事情了，只是私下了解到，原来他和唐晓睿曾经谈过一场恋爱。而至于杜青青那骇人的面孔，我这辈子都无法忘记的了，还有她那一声“是你害死她的！”也久久地在我耳边回响。直到昨天，鹏又突然对我和仲说，杜青青发疯的前夜，跟宿管聊了好一阵子。我就问他：“你是不是跟宿管有仇啊？”他笑了笑，没有答话。事实上，跟宿管有仇的，更可能是我自己。

杨孝背后的森林

西华师范大学／范密莎

杨孝的厨房冒着炊烟的时候，四个外地人进来就坐在八方桌上，门也没敲！领头的是包老六，城里的地痞。

“杨孝！”一个男人喊了一声。

杨孝走出来，国字脸，麦黄皮肤，宽额头，剑眉，圆眼，方正鼻梁，厚嘴唇，宽大肩膀，粗糙手掌，山一般地扎根八方桌旁。沉默地低着眼睛看地缝儿。

一个男子点了一支烟，吐出蓝色烟圈儿，悠悠说了句：

“杨孝，钱呢？”

杨孝递上一沓用橡皮筋捆好的钱，抽烟男子眯缝着眼睛，嘴角叼着烟，下嘴唇嚅动，念着“一二三四……”烟跟着嘴唇一抖一抖，悬在嘴皮子上，一串口水跟着溢了出来，抽烟男子将烟放在八方桌上，烟头升起蓝色的烟雾，朝地上啐了一大口痰。

“还有一万六呢？”抽烟男子问。

“我手里现在就只能拿出那么多了，老六哥，麻烦您给老板说一声儿，我过年之前就还清。”

抽烟男子站到杨孝面前，露出一口黄牙：

“让我在八哥面前开个口也没问题，这点儿面子六哥还是给得起的，可总不能让我们哥儿几个白跑一趟吧。”说着从那沓钱里抽出五百块钱来朝自己腰里一揣，“记着，你还差八哥一万六千五。”

杨孝大牙一动，腮帮子上的一根青筋鼓起来。包老六将手里的一沓钱朝杨孝脸上敲了两下：

“怎么，还不服气，够硬气就将钱还清了，这个穷乡僻壤的地方，老子还不愿来呢，哼，走！”四个人走了，那支烟还在桌子上燃着，烟头周围烤出一个黑印子，杨闰仙捡起烟头丢到大门口，骂了一声：“一，一群，死，狗，狗日的。”

愤怒与自尊胀满了杨孝的心脏：他包老六算个什么东西？不学无术，地痞流氓，赚的都不是正经钱，老子还完钱了，今天受的窝囊气非得和他算一算，狗娘养的！

“哥，借，借钱！”杨闰仙说

“哎呀，你别念叨了，真的是烦！”

杨孝不耐烦地打断了，杨闰仙不敢说话，一双呆滞的眼睛看着焦头烂额的杨孝，杨孝鼻子里哼出一股气，借钱，杨孝最不愿意去借钱，平时乡里乡亲都和和睦睦的，一提到借钱，大家怕你像怕个鬼似的，好像你带着钱马上就要去别的星球，永不回来了一样。杨孝顶不愿意去看人家的脸色，也不爱听别人拒绝自己之前的那番客套话，一让人家为难，二也让自己难堪。还有一个多月，自己到城里碰碰运气，凭着一身力气赚钱，能赚多少是多少，实在钱不够再说钱不够的事。别一早就去借钱，给人下小，当孙子，没骨气。

杨孝叮嘱闰仙：“闰仙啊，哥得走城里找事儿做，晚上门得锁好，有人敲别开，甭管他是谁，都别开，哥和虎子回来了才能开，有什么事儿，就先去找找杨爱兵。”

虽说杨孝在外赚钱的时候，鸡鸭猪都是闰仙照看着，喂食饮水都能办到，可是杨孝依旧很不放心，因为爹娘都过世后，闰仙还只有十多岁，上初中的时候让一个公安局长的儿子给糟蹋了，杨孝去一闹，人家拿出一张精神病证明，这事儿也就那么过了，人家是过了，可是无辜的闰仙被吓得神志不清，有时要闹一阵疯，智力也不如从前，说话也结结巴巴！都到了结婚的年龄，还是只能跟着杨孝，在家喂猪养鸡。杨孝的女人五年前就死了，只给杨孝留了个儿子虎子，在县城里上初中，杨孝现在也没找个女人，一是怕人家姑娘嫌自己穷，二是怕对虎子和闰仙不好，嫌他俩是个包袱。

找事儿做可没那么简单，杨孝在城里转了一圈，都过了晌午了，还是没能够找到做事儿的地方，不是工地上的人员已满，就是临近年末，工地都快收工了。筹钱的法子杨孝是一点都没想到，骑着辆报废的二手摩托车穿过闹哄哄的人群，眼睛哀伤地扫视前方，鼻孔呼出一串不匀的粗气，他现在恨不得狠狠踹自己两脚：唉，妈的，全怪你自己，你明知道不该把货车停在那儿的，你明明知道不安全，唉，可是偏偏又遇到她了……算了，甭去想了。

一提到她，杨孝连对自己都不想坦白了。

但是，被麻烦煎熬的内心可不听杨孝的使唤：我真的不该把车停在那儿的，那儿手脚不干净的人本来就多，唉，都怪你自己，把车开走不就没事儿了，现在把八哥的一车货给丢了，这个八哥又不是好惹的，剩下的一万多块钱的我朝哪儿去筹？妈的，真是愁煞人。杨孝车开得很慢，像只幽灵荡在路上。

“你自己看看秤，一斤半，六百块钱。”

钱，没有什么比这个更能吸引住杨孝了。杨孝停了车，也跟着一堆人朝前挤，越过一排排人头，能看见几个男人站在中央。

“哎，老前辈，什么六百块钱？”杨孝问旁边的一位大龄男人。

“刚才那人卖松露，卖了六百块钱。”

“松露？什么东西这么值钱？”杨孝又问。

“嘿，就是黑钻石，又是药材又是食物，不常见的，像是长在松树底下的。”

旁边的一个男人也搭进话来：

“嗬，这可拿不准，我听那些懂行的人说过，这东西鬼得很，不是随便就可以长的，对自然挑，有些地方一块儿都不长，关键是人工培育它还活不成。”

杨孝惊愕地微微张开嘴，自己活到三四十的年纪，还没听过这东西，拨开了几个人朝前挤了几步，他想：究竟长成了什么样，卖到了这种价格，非得看看不可。

终于凑近了那几个买松露的人，看见那个敞开的袋子里装的一堆儿黑乎乎的东西，杨孝心里惊了一下，杨孝又挤近了点儿，有一块儿是被切割过的，像块儿黑色硬石头的切割面上掺杂了白色的大理石的花纹。杨孝总觉得他在哪儿见过这东西，他想进一步确认，他对着那几个买松露的人说：

“麻烦你给我看看。”

杨孝从口袋里捡了一块儿，放在眼前，放大他的瞳孔仔细端详了一番，他的心跳开始加快：对，我见过它，我准是见过它，在那片森林里见过它，有次虎子跟着我到树林去给闰仙挖药引子的时候，虎子刨到过这东西，问他这是啥，当时自己不知道这东西是宝贝，接过来看了一眼就丢了，还给虎子说是黑狗屎，对，肯定就是它，当时虎子也用玩具刀切开过，也是这花纹儿，错不了，捏在手里也硬得跟石头似的。

“你有要卖的？”一个戴了金丝眼睛的人问杨孝。

“没有，我就是看看这么贵的东西究竟长啥样。”一群人都哈哈哈地笑起来。

杨孝心里琢磨着：对，不能表现出来，不能让这些人看出我的高兴来，这是我发现的宝贝。他感觉周围都不是人群了，而是一团棉花，一团松松软软的棉花，他轻轻松松地就穿过了，骑上自己的摩托车，村儿里有大宝贝，它能救急，也就没想着去找工作了，摩托车开出了市就直接驶向县城。

驶过县城车站的时候，一个人喊了一声：“杨孝。”

杨孝一刹车，张老八从远处乐呵呵地跑过来，他的两条腿随意乱长的一样，走起路来如同螃蟹左右横行，一头油腻腻乱糟糟的头发胡乱盖在脑袋上，一张麻子脸贴了两片儿稀疏杂乱的眉毛，眉尾压着小眼睛，短鼻梁，高颧骨，薄嘴皮子。扶着杨孝的肩膀上气不接下气，胸脯一鼓一瘪。

“哎哟，妈的，跑死我了，杨孝，回家？载我一程，妈的，回镇子的车全他妈跑光了，一到冬天车师傅就他娘的知道缩边子，都不知道等人，钱都不赚了？妈的。”张老八喘着粗气。

杨孝撒了个谎：“我现在还有事儿得单独去一趟，你再等等看有没有车。”

杨孝一溜烟儿就跑了，转了个弯儿，反光镜里看不见张老八了。车子的速度慢下来，杨孝想：我才不拉张老八那个烂泥扶不上墙的，顶看不起这种好吃懒做的人，前年从我这儿借的三百块钱，说了好儿次了，都不知道还，我都不好意思再问，这种臊皮臊势的，活该没车坐，好嫖好赌耍无赖，捡了便宜常卖乖，妈的，和包老六一个妈生的。

冬月的风像把凿子一样刮着杨孝的脸，杨孝眯着眼睛看路，车子的速度更慢了，调到了一挡，老爷车似的晃在马路上，不是他不熟悉道路，是他正在犹豫，虽说是开车跑了，可是心里还是有点儿惦记着张老八：甩他一个留在这，大晚上的他去住哪儿，算了，甭管他了，他肯定有钱去逛窑子去茶馆儿打个通宵的牌，不成，张老八这人是兜不住一个子儿的，没钱不知道回家，身上恐怕四个口袋一样重了，大冬天儿的丢他一个人在这儿也不大厚道。

“唉，妈的。”杨孝掉转车头又回去了。

“上车，天儿太晚了事办不成了。”杨孝说。

张老八一腿跨上了摩托车，嘴里就噼里啪啦骂出一串话来，唾沫星子溅到了杨孝脖颈上：“嘿，他娘的，今天又输了个精光，他们合伙耍我，狗日的不厚道，还说老子有牌舍不得打出来，让老子白白吃两个‘包子’，哼，他以为他俩递眼色老子看不出来，妈的，下次输他们个底儿掉。”

杨孝一句话也和他搭不上，杨孝平时沾点儿酒，烟不沾，嫖赌这事儿更是不沾，村里逢红白喜事儿，男人围成一桌斗地主，杨孝都去帮着女人们抬家具，揽重活了。插秧的时节，男人们有的没的说几句黄段子，杨孝也就是听听跟着笑一笑，不插话，和张老八这个吃喝嫖赌样样成精的人，杨孝简直说不上话，张老八也不管杨孝听没听他的话，一个人在背后骂骂咧咧。

“张老八。”一个声音喊。

“停车、停车。”张老八拍得杨孝的肩膀“嘭嘭嘭”地响。

那个人从公路对面穿过来，约莫三十多岁的年纪，胖子脸，和张老八一样长了一对小眼睛，石头一样生硬的鼻梁，一只嘴巴像是有无数的话，还没开口，喷出一串刺鼻的酒气，杨孝总感觉他眉目之间和谁有点儿神似，总觉得是见过他，可是又好像没见过，有些眼熟。他看了杨孝两眼，杨孝愣是有点不自在。

“老八，你说的事儿有点儿眉目了，过来我给你说。”

张老八跳下摩托车，环抱着这男人的肩膀朝远处走开了几步远，胖脸人和张老八说了一阵话，后来张老八回过头来看了看杨孝，两个男人竟哈哈哈地大笑起来了，杨孝不知道他们在说些啥，但是老觉得他们是在笑自己，总感觉不自在，他们说了十多分钟，张老八就回来了。摩托车往镇子里开。

张老八突然说：“杨孝，刚才那个人你认识不？”

“不认识。”

“他可认识你，他弟弟不是和你一间厂吗？杨孝，看不出来你他娘的平时装得正正经经的，原来是个骚葫芦，私下不老实啊，哈哈哈哈。”张老八笑得太狂了，风灌进喉咙，他猛烈地咳嗽起来。

杨孝心里有点儿担心，难不成他知道了自己和她的那件事儿，不行，杨孝不敢再往下想了。

张老八说：“你搞姑娘导致丢货被开除的那事儿他弟弟可晓得，原来你丢货的背后还有这些惊天大秘密啊。你说，今天早晨那几个人来村儿里找你，是不是就是为了丢货的事儿？”

杨孝不说话了，感觉后背正被张老八盯着，那种不舒服的感觉就像自己躺在了一片麦芒上。

“哼，没看出来你还和陈玉芬乱搞，你狗日的真不怕张强剁了你啊，你他娘的胆儿也太肥了。”张老八看热闹不嫌事儿大的戏谑着杨孝。

对于杨孝来说，这个秘密比松露的秘密更重要，他压根儿没想到有朝一日会被张老八这个大嘴巴子知道，他完全不知道该如何应付，张老八知道了，那就麻烦了，要是他一说，张强岂不和自己拼命，村里人肯定是要看扁自己的，以后怎么在村儿里混下去啊，他们怎么看待虎子和闰仙呢，要是这事儿被大伙儿知道了，他俩铁定是要跟着自己受罪的，关键虎子还小，大人的事说什么也不能让孩子掺杂进来啊，要是虎子知道了，怕是会怨恨我的，不敢想，不敢想，杨孝两只手心已经渗出冷汗了，两旁的树影子像鬼影一样往后倒。

“说说，你俩几时搞上的，她那小脸蛋儿诱人呢，比窑子里那些涂白粉的好看，说说。”

“吱……”响起了一阵刺耳的刹车声。

“老八，今天这事儿咱就在这儿摊开说了，好的不好的都是这样了，大家都一个村儿的，兄弟我真的就求你这件事，这事儿别说出去，这就天知地知，你知我知，你我都晓得这事儿不是闹着玩儿的，一个村儿的说什么都要碰面儿，张强的脾气你也是晓得的，我儿子虎子也还小，我不想让他晓得，你对我好，我也会记住的，以后你有什么坎儿迈不过去的时候，我帮你一把，都是一个村儿的，你还要体谅我的难处。"

杨孝没想到有一天他会在他那么看不起的张老八面前低下头来，还得和他称兄道弟，就像有人当众掴了自己两耳光，丢脸得叫杨孝抬不起头来。

"哎哟，你放心，包在我身上我帮你守住这事儿，我张老八什么人，什么身份，说不讲就不讲，闭了嘴就跟贴了封条似的，保管严实，你放一百个心。"

杨孝默默地点了点头。

张老八又在背后骂起来："哼，妈的，他张强活该，打谷子的时候还说他田里那捆稻草是老子抱走的，谁稀罕，他是哪只狗眼睛看见的，当着那么多人的面儿打老子，日他娘的，他老婆被别人干，活该，狗日的活该，种都应该是别人的才好，妈的，报应，杨孝，好样儿的，给张强弄出个儿子来，臊皮死他这个狗日的。"

杨孝没说话，要是平时他听见张老八这些话，肯定会骂张老八不要他那张老脸，可是现在小辫儿攥在人家手里，再不服气还不是得忍着。

"你说了不说的，别的人面前也说不得。"杨孝不信张老八。

"说了不说就不说，你替我收拾了张强那个狗娘养的，出了这口恶气，我帮他还是帮你，定是帮你。别人面前我也不说，嘴巴跟沾胶水似的，他们想抠都抠不开，更别说从我这儿套出话来，你就安心吧。"

天已经全黑下来了，车子的灯光向前面推出一个扇形，即使杨孝不信任张老八，他也不敢往下想，他的脑子里能想的，就和眼睛能看到的扇形面那样窄，不能再多想一点儿了。

到了村儿，俩人各自回去了，推开门，闰仙已经睡了，杨孝躺在床上，一点睡意都没有，盯着天花板儿，双手枕住他的后脑勺，事情不由得杨孝控制地就浮现出来。

那天晚上该杨孝送皮革到另外一个地方的，他开着车的时候就看到了陈玉芬，杨孝和陈玉芬即使在一个村儿，本也没多大接触，因为张强疑心重脾气躁，看见陈玉芬和哪个男人走得近了，就像个审犯人一样审讯她，稍有不顺心，就爱动手，所以为了少惹些麻烦，杨孝也不和陈玉芬走得多近，有次听见人家胡说陈玉芬和谁有染，张强就将陈玉芬拖到坝子里，让她跪在一堆煤子儿上，要揍她，喝了酒的张强可没人敢惹，可是杨孝看不下去了，跑去拦住了张强，一个男的听别人宠嘴瞎闹算是怎么回事，动手打老婆算个什么男人。恐怕就是因为这事儿，以后陈玉芬眼睛盯着杨孝的时候，眉目间就有点儿别样的情愫，插秧季节杨孝偶尔抬起头来的时候，陈玉芬在远处的田里看着杨孝，久而久之，杨孝看着陈玉芬还有些扭捏了，不能像以前那样打招呼，不过杨孝每次遇见陈玉芬竟然有些期待或者说欣喜，没了女人的杨孝心中好久没有这样的波澜了。可是杨孝从来不能和她多说话，因为张强疑心又重，要是看见了，起了疑，不是去揍她，就是要来和自己打上一架。

张强前些段日子发酒疯打陈玉芬的时候，她是受不了，就跑出来了，他俩还偏偏就在这儿遇到了，她见了杨孝也招呼他到自己租的房子去坐一会儿，杨孝本想推辞，因为她住的地方离公路还是有点儿距离，得走上一阵儿，可是他又不想推辞，他从来没能有机会和陈玉芬单独相处，现在没有张强，也没有村里人盯着，他们都是自由的，他大可以和她多说几句话，他的双脚最终是随着他的内心深处跟着她去了，去了无非也是喝点儿茶，烤了会儿火盆儿，约莫着过了二十多分钟，杨孝有种莫名其妙的感觉不想离开，可以完全多坐一会儿，自己本来是提前了一两个时出发的，时间也足，两双手伸在火盆儿上方，红色的光透过指缝将手指的边缘照得鲜红且透明，杨孝看了看她的手，女人骨骼是纤细的，她的手被照得煞是好看，杨孝盯了一会儿就不好意思继续盯着了，挑开眼神来盯着自己长满了茧子的手。杨孝偷瞟了一眼陈玉芬的脸，她的脸被火盆儿照得红扑扑的，像片玫瑰花瓣儿那样鲜明润泽，她突然抬起眼睛来，看见杨孝正盯着她，脸更红了，女人脸红就足以说明一切了，杨孝心旌摇荡，被一股温暖的气流包裹着，陈玉芬的三根手指伸到了杨孝的手心，轻轻挠着手掌心，那几片儿指甲挠得手心有些发痒，肌肤也变得脆弱敏感，杨孝不由得用手捏住了陈玉芬的手，那只手停止了挠动，任由杨孝这样捏住。杨孝抬起头来，正好迎着陈玉芬炙热的眼睛，火盆儿里的光射进了她的眼睛里了。陈玉芬绕过火盆儿走到了杨孝的身旁，当陈玉芬有些冰凉的鼻子蹭着杨孝的脖子的时候，杨孝的头脑里中已经不太说得清楚是想着货车还是想着陈玉芬贴紧自己的身体。

杨孝翻了一个身，盯着墙壁，他说不出现在是在怀念那个温暖的夜，还是担忧着张老八那个不值得信任的人：算了，不想了，再想不也都发生了，张老八那么恨张强，说不定能替自己守住这事儿，退一万步说，倘若事情真的来了，再说来了的事儿，就先这么过着，明天一早还要去挖松露，不想了。杨孝翻了一个身就睡着了。

第二天天微亮的时候，杨孝就穿好了衣服，揣了一根手电筒，拿了一把小镰刀，找了一个塑料口袋儿。一弯钩子月还挂在西天角，杨孝看了一眼村里的人户，都罩在一片雾气之中，窗口上还没见到灯光，杨孝心里就有些放心，他总是担心别人知道这个值钱的宝贝，他想一定要守住这个秘密。杨孝朝后山走去，山里的雾气也重，空气中还飘浮着一串儿水珠，空气潮湿温润，高矮不一的松树静默地立着，半腰高的黄荆树叶子挂着一串露珠，齐腿肚子深的野草埋住了路，杨孝拨开了深草，唰的一声，吓了杨孝一跳，手电筒一照，是只灰色野兔，溜出几米远，杨孝又用电筒朝四周晃了晃，一只松鼠在树枝上上蹿下跳，光一射在它身上，它就不动了，见杨孝没动静儿，小松鼠感觉是安全的，又开始在树上蹦跶了，杨孝说："这些野物子起得早啊。"杨孝来不及去管这些小动物，忙着挖松露。

杨孝蹲下来用镰刀撬开树下的一块儿土，用电筒照了照没看见，掰碎那些土块儿，还是没见着，又挖深了一点儿，还是没见着。杨孝挪了块儿地方，撬开了土层，又用手在湿润黑色的泥土里摸索了一阵，突然摸到一块硬的东西，用电筒一照

"是块石头。"杨孝小声埋怨着。

"看来这东西还真不好找。"杨孝心里嘀咕着。

挪了一块地，杨孝又扒开了一块泥土，背心已经开始渗出汗水了。泥土中飘来一股细微的酒精的刺鼻的味道，仔细一闻，又有点儿酒糟的清香，杨孝摸到了两块坚硬的东西，抹干净了泥土用手电筒一照。

"总算把你给找到了。"

杨孝的每个毛孔都舒展开了，贪婪地吞吐着这诱人的酒糟香。杨孝似乎又有些不敢相信这一切真的来了，用镰刀将这块儿黑咕隆咚的"石头"切割成两块儿，酒糟般的气息就更加强烈了，大理石似的花纹若隐若现地延伸在切割面上。杨孝终于放心了，它真的是松露，杨孝用袖口将它擦得更干净，忍不住想用嘴使劲儿亲亲它漂亮的切割面。

都过了晌午吃饭的时间了，杨孝还不肯回去，脱了外套拴在腰间，贴身的汗衫袖子卷到了胳膊肘。他看着塑料袋里一小堆儿松露，露出满足的笑容。

"这堆儿比那天那个卖松露的老人家的量还多，那就应该有一千多块钱了，一个上午就能挣那么多，那一万多块钱要不了多久就可以还清了。"杨孝想想也感觉满足，直起身来才发现一直撅着腰，腰疼，捡了个地儿坐下，背靠着一棵松树，周围的野草小花儿严严实实地遮住杨孝，只露出头和肩膀，今天终于出太阳了，温暖的阳光穿过树林柔射在树干上，树干的线条变得柔和了，阳光洒在高低不一的茂密植物上，叶子表面泛着金光，风一吹，金光随着叶子荡起来，像粼粼水波，杨孝的脸被照得暖烘烘的，头靠在树上，闭上眼睛，抬起下巴，沐浴着阳光：现在好了，有了生财之道，我又肯卖力气，勤快就能凑足钱，等还清了钱，

我也不用看人家脸色，在人家面前抬不起头来，受那些窝囊气，我杨孝又是个正大光明的男子，走到哪儿都能靠勤快的一双手吃饭，杨孝睁开眼睛满意地望着这片森林。

火红色的泥土一堆儿又一堆儿地被翻起，还粘着一些青草根儿，帮忙掩藏了松露的植被被连根拔起了，苔藓扒松了，和泥土混成一团，蕨菜带着红色的根须躺在泥土上，正慢慢流逝生命。这一切杨孝都没去多想，满意地站起来，抖抖屁股上的灰，收拾好工具，用外套裹住那个装松露的塑料袋，朝山下走去。

经过山脚口水池的时候，正撞见杨爱兵关抽水泵的总阀。这口水池白天夜晚关水放水杨爱兵管，说到底是为了多给杨爱兵一条活路。杨爱兵都三十多岁的人了，没娶媳妇儿，因为他是个侏儒，身高一米左右，外出务工没人要，回到家乡种地做不了重活儿，只能混个饭饱，所以就让他管水，一来呢，是因为他的那两间瓦片房子离水池最近，二来呢，每月村里人交水费的时候他能得点儿管水钱。

“杨孝哥。”杨爱兵乐呵呵地叫着。

杨爱兵算是张家村里和杨孝关系顶好的了，因为在张家村里，只有他们俩家人姓杨，从姓氏上来说就有些依附感，虽说他俩的老人没说过两家人具体有什么亲属关系，但他俩总觉得他们的祖先肯定是亲戚，不然这个村里怎么就只有他们两家人姓杨呢，所以关系莫名的要好，实际上他们也是真好，杨孝不在家的时候，杨爱兵都照看着闰仙。

杨孝和杨爱兵吹了两句牛，就回家了，因为他还是惦记着他怀里的宝贝，就算是杨爱兵也不能让他知道。杨孝一回家就用杆秤称了松露，差不多有两斤多，杨孝心里盘算了一下这样差不多就有一千多块钱。心里乐了，找来一个木盒子将松露全都盛放起来，像景仰一尊佛似的将它们放在床边的柜子上，几天过去了，盒子里的松露多起来，子鸡蛋大的，指甲盖儿小的，都有，遮得看不见盒底。

杨孝躺在床上在黑暗中睁着眼睛盯着天花板：“我明天就得去将这些宝贝换成钱，要是放得太久了，坏了就不值钱，对，明天就得去城里换成钱，我再也不用去求谁，我自己就能将债还清，虎子和闰仙也能跟着我过个好日子。”

杨孝充满了斗志，激动得想立马起来到处走走，冷却一下他火热的心，就这样躺着可没法儿使他安静入睡，他起来了，走到床头柜旁边看看那一盒松露，看着这一堆儿值钱的黑色“钻石”在模糊的光线下安静地躺着，杨孝的眼里充满了怜爱，像一个刚当父亲的男人看着自己新生的儿子。

第二天大清早，杨孝揣着那一盒松露进城换了钱，将近有三千块钱，杨孝给虎子买了两箱牛奶送到了学校，又给闰仙买了件红色大衣，前些日子，村儿里有个姑娘出嫁的时候，闰仙一直结结巴巴地给杨孝说那姑娘穿的红裙子好看，杨孝心里一直都惦记着这事儿。

回家路上杨孝一直哼着歌儿，这些曲调大都是他即兴创作的，他爱怎么哼就怎么哼，音想高上去，谁也拦不住，音想在喉咙里转个弯儿，那就转个弯儿。

一进门就看见张老八在自己家坐着，张老八噌的一下起来了，满脸堆着笑，一口焦黄的牙齿射着黄光，开口说："总算把你给盼回来了，你的那事儿我……"

"有什么事儿，出去说。"杨孝见闰仙在一旁，递了衣服给她，拉着张老八就出去了。

张老八诡谲地笑着："你说的那事儿，我的口闭得死死的，你看村儿里人现在没一人晓得，我张老八还是讲义气的。"

杨孝就知道张老八他就不是个省油的灯。

"杨孝啊，你我兄弟一场，你有难处，我就站出来没推辞，现在兄弟我有难处了，你得伸只援手了，不瞒你说，我最近手头有点儿紧，你先借点儿钱给我缓缓急，我有钱了就立马还给你。"

村里的小孩子都知道，借钱给张老八，就跟泼出去的水一样，一辈子都收不回来，他双脚踏进棺材的时候都不会还给你。

"我工作都丢了，哪儿来的钱？"杨孝说。

"这就是你不耿直了，你都有钱给杨闰仙买衣服，没钱给我救救急？肚子吃饱的时候嘴巴能不说话，饿急了，我就不能保管嘴巴会不会说胡话了。"张老八一副神气的模样。

杨孝怕他将事情给抖落出去，问："你想要多少？"

张老八伸出三个指头，杨孝没办法只好给了他三百块钱。张老八哼着淫调走了，三百块钱就那么打水漂了，他心里很不平，他最看不起张老八这种捡便宜的人，可是有什么办法，自己的小辫儿拽在人家手里头，再愤怒还不得便宜了这个无赖。

吃了饭杨孝就去森林里了，几天的光景，树林里的黄荆树被砍倒了一片儿，露出火红的土地，刨出的红土被晒干了，手一捏散成一把泥面，苔鲜蕨菜死了，和红土地死在了一起，对于这么大一片树林来说，这点儿的确不能伤及大雅，可是它的的确确是被糟蹋了，关键杨孝压根儿就没意识到他正在杀死无数的生灵，累积着怨气，他正撅着屁股，砍小数，扯草根儿，挖松露。忙活到了傍晚，树林里起了一阵风，冬月的风裹着寒气吹得人凉飕飕的，杨孝突然觉着后背有双眼睛盯着他的脊梁骨，戳得他背心一阵冷汗，猛一回头，没人儿啊，又继续挖了一阵，总感觉后背总被什么盯着，不大舒服，又回头去看看，一双眼睛正盯着自己。

"什么东西？"杨孝念着，拨开草丛，是只野兔，一双灰色的眼睛正盯着杨孝，没有一点儿惧色，杨孝有点起火，想：你一个野物子老是盯着我干啥。伸手要逮住它的两只兔耳朵，兔子跑起来，几步开外又回头来盯着杨孝，杨孝跟着跑去，兔子又跑起来，见杨孝逮不住它就又停下来，看着杨孝，杨孝觉着这兔子是在耍自己，恼怒地说："今天非要把你抓来煮了。"

杨孝铆足劲儿追，兔子就撒腿往山顶跑。追到山顶，兔子就往庙子跑，杨孝追到庙子，兔子什么时候不见的，杨孝都没弄明白，倒见着一座石像，山神像，这是一座山神庙，这庙子恐怕有几百年了，具体哪年修的，无从考证，前几辈儿的人信：山管水来，水生财，所以建了这座山神庙。后来很多人都不信这套了，到杨孝这一辈儿人倒传着这样的观念：山神佑山，佛佑人。现在张家村儿的人要想还愿，拖个念想，都是去拜另一座佛，所以这座庙子冷冷清清。杨孝更是不信这些，以前都还信佛，到庙子里给闰仙祈过福：希望闰仙能够好起来，可是没显灵，所以干脆连佛都不信了。耗了大半天时间跑到山顶，没追着兔子，杨孝心里窝了一团火，骂了一声："妈的。"就下山了。

下山就遇到满身酒气的张老八，开口就要钱：

"杨孝，挪点儿钱来用用。"张老八歪着嘴笑，一张脸因为酒精作用胀成了猴屁股颜色，红皮肤，黑麻子，极丑。

"我没钱，上次不是借给你三百块钱吗？你都没还我，哪儿来的钱？"杨孝一腔的火都还没散，就遇上张老八了。

"哼，你有钱，你没钱敢去搞陈玉芬？"醉酒的张老八声音提高了两度，喝高了的他完全忘了这可是个秘密。

杨孝立马捂住他的嘴，说："你小声点儿。"拽着张老八进了里屋。

"哼，怕了吧？你不给我钱我就趁着酒劲儿到村儿里去挨家挨户地跑一趟，你自己看着办吧，要想给嘴买圈儿封条，这个数。"张老八五个手指头一撮，在杨孝面前晃了晃，杨孝没办法又给了张老八五百块钱。

"你的钱我也没白拿，拿人钱财，替人消灾。"最后一个灾字张老八拖了很长的音，拿着他的战利品摇摇晃晃地走了。

"不行，这样下去怎么了得，我岂不是养了一只永远吃不饱的狼蚂蝗，张老八就是把我当成他的摇钱树，这样下去，赚的钱都让他给糟蹋了，妈的早知道那天晚上就丢他一个人在那个地方，冻死他这个狗娘养的，不就没这么回事儿了。"杨孝除了愤怒后悔，他实在是想不出什么聪明的办法来对付张老八。日子就这样一天天挨着。

一天中午，杨孝远远地看见张老八的坝子里挤了些人，距离稍微走近了点儿了，杨孝就看见那天在城里碰见的那个胖脸人，杨孝有种不祥的预感，他总觉得这个人来他们村儿肯定没什么好事，杨孝没有立即进屋，又不敢朝张老八家里走去看看究竟出了什么事儿，便站在原地等了一会儿，终于看见了杨爱兵从张老八那个方向走了过来，杨孝忙问杨爱兵张老八家里怎么那么多人。

杨爱兵说："有姑娘像是愿意嫁给张老八了，牵线人领着姑娘家的人来看个'地形'，能不能成还没个定数。"

难道那胖脸男就是牵线人？那天他对张老八说事儿有眉目了，莫非说的就是找姑娘这事儿？只要不是说陈玉芬的那件事儿，杨孝就稍显心宽了。下午杨孝从山上下来，路过自家土地时，准备在那儿挖些红薯，张老八又像阴魂一样飘过来了。杨孝不想搭理他，埋头继续挖红薯。

"杨孝老弟，那天我喝醉的事儿，你别放在心上，我怎么可能说出去呢，有时话都到嗓子眼儿了，我都给硬生生吞下去，让它烂在肚子里，我张老八说话算话。"张老八说。

张老八接着说："妈的，什么个世道，现在嫁女儿跟卖女儿似的，他娘的，那女的长得跟个猪尿包里拉出来似的，还敢一开口就向老子要九千块的彩礼，钻水找，老子也找不到，妈的。"张老八一直瞟着杨孝的脸色。

"那就甭要这门亲事了。"杨孝说。

"嘿，你说得倒轻松，我爹娘就盼着我成个家生个娃，哼，不然你以为我想结，到窑子里我想找谁就找谁，痛快自在，叫她们给我生个儿子，可就怕种不是我的嘛。"张老八故意说话去烧杨孝。

"所以我这也是没法嘛，杨孝，最后一次了，你就帮我最后一次，八千块。"

杨孝火了："八千块，你让我上哪儿给你找那么多钱去，妈的，你他妈娶媳妇儿，我给你掏钱？没钱。"

张老八见杨孝不肯，无赖就占据主导人格了："不肯？你他娘的让老子给你守住事儿的时候怎么没问老子肯不肯，我给你憋了一肚子秘密，你他娘的就该给封口费，谁叫你他妈的不老实，搞村儿里的，你他妈活该，活该背时。"

"张老八，你他娘的不讲信用。"

"讲信用，顶屁用，有钱老子就讲信用，没钱老子就不认人，拿钱来。"

"妈的，张老八，树都要皮，人不要脸，妈的，拿着钱，人家都不嫁给你这个狗无赖，你狗日活该一辈子光棍儿。"

"你他娘的，拿不拿，不拿老子就要把你的丑事儿抖落出去，让全村人都知道，让张强打死你这个偷人的，哼你妹在人前抬不起头，你马上也会抬不起头，你儿子也是，你们一家人都活该，老子要让你们滚出张家村儿。"

"我操你娘的。"杨孝一拳揍在张老八的嘴上，张老八重心不稳一下就倒了，张老八抓起地上的一块石头朝杨孝砸来，杨孝躲开了，张老八又飞快爬过来，抱住杨孝的双脚，使劲儿一扭，杨孝也跟着倒下了，俩人在地里打起来，论力气，杨孝肯定占上风，揍了张老八几拳，张老八就没力气了，杨孝抓起张老八的头往土里磕，磕得张老八满嘴是泥。杨孝解恨地骂道："你他娘的不是要封口费吗？老子免费给你。"杨孝手一松的时候，张老八霍地站起来，跑出了一段距离，骂道：

"杨孝，你给老子等着，有你龟儿子好看的。"张老八说着就跑了。

杨孝攥紧了手里的镰刀"嘭嘭嘭"地敲在身旁的一块石头上，他埋怨自己怎么就那么倒霉，什么事儿都给摊上了，妹妹给人糟蹋了，老婆死了，自己欠了债，他待陈玉芬又是真诚的，可又遇到这档子事儿。不行我得回去，不然张强怕是要打死陈玉芬的，闰仙还一个人在家呢，杨孝抓起镰刀就朝家里冲。

坝子里围满了人，杨闰仙被吓哭了，有人喊："杨孝来了。"

"杨孝你个狗日的，老子要砍死你。"陈玉芬的男人张强提着一把柴刀饿狼一般地朝杨孝扑来，旁边的两个男人用力地夹住他的肩膀，拖着他往后。

"你们都给老子放开，老子要砍死他这个狗日的。"

所有的人都看着杨孝，张老八站在人群中似有得意似有报复的满足感全写在他的脸上，泄恨地看着杨孝，杨孝攥紧了手中的镰刀，他真想一刀劈在张老八那张令人发恨的脸上。人群中有人说了一句：

"杨孝，你给大家说一声张老八说得是不是真的，不是真的你就好好解释清楚。"

陈玉芬的丈夫在旁边像只野兽一样，恶狠狠地盯着杨孝，时刻准备着，只要杨孝说是真的，那他手中的柴刀随时都要将杨孝劈成两半。所有的人都在等着杨孝说话。

"不是真的，不是真的，张老八胡说。"杨孝大声喊着。

"你狗日的干了好事，你还想当着大家的面抵赖，你被厂里开除就是因为你搞陈玉芬，导致货丢了，哼又不是只有我知道这一件事。"张老八提高了声音，他要喊得整个张家村的人都知道。张老八转向村里的人说：

"哼，那天那几个人来村里找杨孝就是找他还钱的。"张老八唯恐别人不信服他的话，便又补了一句。

村里的人都开始议论起来，因为那天的确不止张老八一个人看见外地人来找杨孝。

杨孝知道如果给村民说是张老八来找自己要娶媳妇儿的钱，自己不给，所以才导致这样，他们肯定不信，一是自己平时都不和张老八往来，又不是张老八亲戚，这么大笔钱，来找自己要，说出来他们肯定不信，况且自己最近缺钱大家都是知道的，二是张老八在别人那儿借钱没借着都没出过这档子事儿，为什么在自己这儿就出现了这事儿，光靠借钱，不给钱这事儿肯定是说不通的。张老八得意地看着杨孝，要看看杨孝能耍出什么花招来。

谁也不会想到，杨孝从裤兜里掏出一把松露来，张老八愣了，他不知道杨孝这是什么招儿，杨孝说：

说："你们看见了，这叫松露，四百块钱一斤啊，我这一把就值百多块钱，我去城里换钱的时候，不凑巧给张老八撞见了，他一天到晚追着我问这东西是哪儿来的，我不告诉他，没想到他娘的今天跟踪我到了恩公山，是，这东西就是山神山上长的，他知道了以后，我看没法，说平分，可是他心黑，想独吞，还说我不给，他有的是方法让我离开张家村儿，我没想到他的方法就是说我抢别人的老婆，我还差钱我能给他吗？他直接过来就抢，我就揍他，他打不赢，平不了这口气，跑到你们面前来胡说八道，一旦你们信了他的话，你们还会让我待在张家村吗？我走了，不就他一个人占有这宝贝了，张老八就是因为这个东西撒这个丧尽天良的谎，张老八你他娘的算得精啊，我在外头赚钱的时候，村里谁都知道陈玉芬跑出去了，说我和谁他们不一定信，说我和陈玉芬谁都信，张老八你他娘的算得精啊。"人群里躁动了，现在大家更关心的是来看杨孝手里的松露。

其实杨孝知道这个理由编得并不完美，但是这样的理由似乎很有说服力，只要和钱有关的，之所以矛盾之所以敌对之所以友善似乎都是合情合理的，没有什么能比得上它的合理性，没有什么人想和它过不去，也没有什么事和它不相关，况且村民也从来没见过杨孝和陈玉芬单独在一起过，所以他们肯定更信杨孝的和钱有关的说辞。

村民已经围住杨孝了，争着来看杨孝手中的松露，外围的人唯恐错过了，一个劲儿的朝中间挤，很多人的胸脯抵着杨孝的胸脯，手臂和后背，杨孝感到有些窒息。张老八已经不被人关注了，撂他一个人在人群之外，张老八眼里全是不服，全是愤怒，或者说他在暗暗地筹划着下一次的报复。

闹腾了一阵，村民都各自散了，张老八走过来说："杨孝，你他妈的迟早是要被揭穿的，等着吧。"说完愤愤地离开了。

杨孝手中的松露自然是一颗都没有了，他的傻妹妹脸上还挂着几颗泪星子。杨孝躺在床上：他和陈玉芬的事是糊弄过去了，但是他也知道发财的宝地已经不是不是他一个人的了，他一心想瞒住的秘密也不再是秘密了。杨孝抹了两下胸口："睡吧，睡吧，该去的总是要去的，那事儿没让人知道就好。"

鸡刚叫了一声的时候，杨孝照常拿着镰刀和电筒朝树林走去了，隔得老远，就看见树林里到处都有星星点点的光，也能隐隐约约听见一些声音，是，虽说的确是在他的预料之中，可是他还是免不了有些失落，本该属于他一个人的财富就被刮分成很多份了。树林里，到处都是人，到处都是手电筒，以前他翻过的泥土全被人又翻了一遍，红土地被翻得更深，松树树根从地底下露出来，刚被翻出来的树根还粘着些湿润的泥土，矮小的黄荆树被砍到一大片，野草被踩断成几截儿，树根上仅有的泥巴被踢飞了，有些树根被踩断了，支离破碎地躺在松树旁，像被斩断的手脚，躺在他微弱的主体一般，流出一些汁水。杨孝把它看成了一地的血水，杨孝心一惊，用手电筒仔细地照了照，哦原来还是一地的树枝水。他选了一块儿离人稍远点儿的地方动手，埋头就开始忙活，等到额头上渗出了细汗，才抬起头来。天边儿泛起鱼肚白，天微微亮了，杨孝伸了个懒腰，山上起了一阵儿风，见着稍高一点儿的山坡上，有一丛黄荆树，树顶露出个角，角还一动一动的，仔细一看像是一只麋鹿的角：怪了，这山上见着野鸡野兔都还是件常事儿，麋鹿还从没见过。杨孝有些好奇，决定走上去看看，他移动，那只角也朝山上移去，追到山顶，远远的能够看见真是只麋鹿，杨孝更加好奇，加快步伐，那只麋鹿蹿进山神庙，杨孝赶过去的时候，麋鹿已经不见了。杨孝觉着有些怪，上次追野兔也是追到这儿就没了，难不成这座庙子有什么通道，能够让这些野物子逃跑，杨孝围着墙角转了一圈没发现什么秘密通道，就下到了半山腰继续挖松露，可是又觉得心里有些不实在，便问了身旁的张二鼓："二哥，咱们这山上，你见过麋鹿吗？"

"都活了大半辈子了，从没听说咱们这山上有麋鹿，嘿，难不成你又发现什么值钱的。"张二鼓调侃杨孝。

旁边一个男人插进话来："麋鹿没见过，倒听我爹说过鹿神，爹也是听老天祖说的，前几辈儿的人不是信山神嘛，说有年夏天，天极热，山神也渴了，半夜就化成一只鹿下山来喝水，那可不是一只普通的鹿子啊，鹿角上长满了花花草草，嘿，神了，所以就说山神也是鹿神。"

一个女人也说："我也听老前辈说过，还说山神也有无聊的时候，在山上待腻了，就变成只兔子到村里玩儿，挨家挨户地蹦，只要你不用扫帚子撵它，它就在你家住上两天。"杨孝一听有点心慌，自己不也是也遇见了兔子和麋鹿吗？难不成它俩是山神变的？杨孝又问："山里真的有山神吗？"

"哪儿来的山神，反正我是没见过，只有老几辈的人才信这个，也没有人真见过长啥样儿。"张二鼓说。

杨孝想：就是，哪儿来的山神，那些兔子、麋鹿的传说不都是老一辈的编造的，谁也不能说真的就见着了，再说了，也没听那些科学家探测出哪有山神啊，准是昨天睡得太迟，今儿又起得太早，精神不好，眼花了。这么一想，杨孝心中又舒畅了，埋头继续挖松露。

“快，抓住，抓住……”几个男人一直喊，原来是一只小猴子，在林间慌乱地跑，张麻子撒开罗圈腿一直追，几个人围过去，猴子想往树上蹿，张麻子朝他屁股上猛砸了一棒，小猴子呜咽着滚落下来，张麻子用个麻袋将它一套，就完事儿了。挖松露有时遇到野物了，村民也兴奋得很，野鸡野兔抓得住的都不放过。

晌午回去的时候，张老八还提着两只半大的野兔子，都用石头敲死了，兔耳朵上沾着血，眼睛都迸出眼眶了。

日子一天天儿过去了，村民钱包快速地鼓起来，山上那片树林也被糟蹋得不成样子了，红土地散成一盘沙，脚一踢着，松松垮垮的泥土就扑簌簌地朝山下滚。

晌午，痞子包老六又给杨孝打来了催债的电话，转告老板的话：若是杨孝没能在年前还清债的话，明年年春就拿杨孝来给工厂开张。杨孝挖松露是赚了些钱，可是离还清那笔债款还远着呢，自己是在和村儿里那么多人抢宝贝，靠镰刀翻土挖松露，运气好，年前没准儿还能将债还清，运气不好，就是再给他一年也还不清。杨孝的心脏像长了半截石头，沉重地惯性运转着，杨孝提猪食到猪圈的时候，“呼哧呼哧”地吐着气，想将胸中那些沉重的东西通过气流带出来，可是不管用，猪食倒进猪槽里，母猪不像往常一样埋头就拱猪食，而是来拱杨孝的裤兜，杨孝往哪儿走，猪也跟着往哪儿走，兴奋极了，杨孝觉得奇怪，伸进裤兜里掏出来一把松露，母猪更兴奋了，一口就拱向杨孝的手心，啪嗒啪嗒地吃杨孝手里的松露，杨孝火了，一脚踹在猪头上：“猪生的，这东西是该你吃的吗？”将松露揣在上衣口袋里，母猪还是一个劲儿地朝上衣拱，杨孝灵光一现：母猪对这东西气味儿敏感，不如牵着母猪到树林里去找松露，这样速度岂不是就快点儿了。杨孝给母猪嘴套上一个猪笼子，按理说应该是牛笼子，有牲畜的人家都有这个工具，牵牛到河边去饮水的时候，为了防止牛吃道路两旁的庄稼，所以在它的嘴和鼻子上套个碗口大的竹笼子，今儿给它罩上个猪笼子，是为了防止母猪发现松露时一口将它给吃掉了。

这方法真的奏效，母猪一进了长过松露的树林，就如同发情了似的在林子间不安分地跑，那样的躁动兴奋，猪嘴一直朝土地里拱，像土地里藏了它心仪的对象，它非把土地翻个底朝天不可，一对朝天的鼻孔呼哧呼哧地向土地喷着热气，一闻到松露，它的猪嘴就性急地朝地底下拱，杨孝顺着这块儿地挖下去，就定能挖到松露，比起用镰刀刨，这方法真是快速又野蛮，一个上午，就杨孝挖的松露最多，村民见这方法奏效，也纷纷效仿，下午就是一群群的母猪满山地跑，母猪在山上疯狂的跑，和眼睛红着的人一样疯狂，母猪发狂地叫着，牵猪的人发狂的笑着，松树咔嚓咔嚓地往下倒，各种小动物在匆匆忙忙地逃命，树林里乱作一团，抓野物的抓野物，抢松露的抢松露，地皮上的绿色少得可怜，眼睛所极之处全是一片又一片被翻起的红泥土，地上倒着横七竖八的松树，树上沾着野物的鲜血。

人和猪终于都奔向山顶了，杨孝的猪像是跑兴奋了一般，嗒嗒嗒往庙子里跑，杨孝跑了一下午也累坏了，就任由它去，其余的猪也跟着跑起来，有些猪直接跑到庙子里，将庙子拱得一塌糊涂，山神轰地倒下来那一刻，地上卷起一阵大风，卷起地上干瘪的树叶，红色的泥土砂石。没人管这些了，满裤兜的松露正摩擦着大腿，直叫人兴奋。

就在这天的半夜，虎子的老师一个电话打来，说虎子的脚踢在墙上给踢坏了，已经送去医院了。

这孩子怎么会跑去踢墙呢？怪了，杨孝来不及多想，带着证件和钱就跑去城里了，虎子躺在担架车上疼得直叫唤，右脚肿得跟个包子似的，几个医生推着虎子跑去 CT 室，结果出来了，右脚大拇指骨头裂了，医生说大概一周以后能消肿，就得做手术了，叫杨孝准备好手术钱，杨孝手里那七八千块卖松露的钱一下午就花了一两千，先不说还债了，剩下的钱够不够给虎子治病都还是个未知数。

杨孝在医院里陪了虎子两天，虎子给杨孝说，睡觉做梦，梦见有只麋鹿咬住自己的脚尖不放，上课铃都响了，麋鹿还是死活不肯放，虎子一着急，就想踢麋鹿一脚，没想到一脚踢在寝室的墙壁上。杨孝觉得奇怪，怎么会出这种怪事儿，可是眼下还是钱的事儿让人着急，自己在这儿坐着肯定不是办法，得去赚钱，给虎子凑足医药费，闰仙虽然有些傻，照顾虎子也还不是问题，所以闰仙到医院来照看虎子，杨孝回村儿去挖松露给虎子筹集药费，开了一路的摩托车，杨孝觉得口渴极了，想去找点儿水喝，拿了个大碗准备去接点儿水管里的自来水，一扭动水龙头，水管里哗哗哗的响声，并没有流出水来，整根管子都震动了，杨孝又开了一次水龙头，又是一阵哗哗哗的响声，响了一阵，突突突地喷出来一些水，杨孝用大碗一接，碗里不是清凉的泉水，是一碗混浊的，有红色泥土的"红水"，难道是那座山上的泥巴漏到池塘里去了还是怎么着，杨孝接了一碗水沉淀了一会儿，仰头喝了一口，就去找杨爱兵了，想让他看看水池是怎么了。

看来不只杨孝家的水管出现了这个问题，大家的都是，几个人合伙抬开了水池上的一块石板以后，才发现山上的红色沙土已经滚落到水池里了，在水池底积起了厚厚的一层，谁家水龙头一开，就能搅得水池天翻地覆，水池周围都围了一群人，大家都像雀儿一样叽叽喳喳地闹，想了些土办法，杨爱兵关了抽水泵，木水瓢紧紧地绑在了一根根长长的竹子上，将池子里的泥沙一瓢一瓢地舀出来，村里的一些男子拿着锄头将池边的红泥土给掏开，又和了些稀泥沿着水池四周砌起了尺把来高的“围墙”，堡垒一般地护着水池，做完这一切，他们就满意地拍拍手走了，水管里的水又恢复正常了，可是水量似乎好像小了点儿，不过已经没人去在乎这个问题了，有水就行。杨孝现在正愁医药费的事儿呢，来不及管水大水小的事儿，更何况还有还债的事儿呢。

水池上的那座山算是蹂躏干净了，杨孝和村民牵着猪又朝另一片树林进军，只要是红土地的树林，都不会放过它，四周的山被糟蹋得个干净，满山的红土被拱翻，山上的树木倒的倒，断的断，没挖着松露的时候，村里的人就抓山上的野鸡野兔，野鸡野兔也四处窜逃，疲于奔命，隔着远处看去，几座山的树林像是被泥石流席卷一般，可是张家村儿的人没站在远处，只看到腰包越来越鼓，锅灶里的野味也越来越多。

虎子的手术进行顺利，再在医院待上一段时间就能出院了，用来还债的钱也在医院花得差不多了，离过年是越来越近，还债的事儿也是催得杨孝心慌，杨孝没法子，只能没日没夜地朝林子里跑，将那些翻过的泥土又重新翻一遍，杨孝的确刨出很多别人没发现或遗漏的，见这样的法子奏效，杨孝的腿就勤了，这晚儿都已经半夜两三点钟了，杨孝又独自一人去了，只带一把镰刀，没带猪，大晚上的怕猪在林子里出什么岔子。

月亮被遮在云层中，偶尔移出来，林子里的光也跟着月光时有时无，杨孝忙活了一大阵子，松露是一点儿都没见着，心里有些窝火，一只还没逃命成功的野鸡带着两只小野鸡准备在今儿晚逃出这片树林，逃出张家村，只是它没想到在这么深的夜，林子里也有人，和杨孝正面撞着，杨孝看着几只野鸡，想着松露没挖着，倒不如将这几只野鸡逮回去，还能在城里换上不错的价钱，城里人不是都好这口嘛，杨孝放低了重心，步伐的速度快起来，野鸡见势头不对，转身就往回跑，想找个隐藏的地方，可是树林里深草小树都败坏完了，野鸡只能死命地往前跑，最小的那只小野鸡的腿脚还没发育成熟，速度肯定快不过杨孝，杨孝一把就捉住了小野鸡，小野鸡咕咕咕地叫起来，老野鸡和另一只半大野鸡本是可以逃走的，听见小野鸡的叫唤，又折身回来，老野鸡加快速度冲过来，还没挨近杨孝的身子时，就扑棱棱地飞起来，对着杨孝的大腿就是一阵乱啄，野鸡的喙可比家鸡锋利得多，啄得杨孝生疼，杨孝空出的左手想去抓老野鸡，那只半大的野鸡对着杨孝的手就是一阵乱啄，杨孝感觉左手背像是被啄出血了，他恨急了那只稍大的小野鸡，杨孝心里起火：我一大个人，怕还收拾不了你这个小畜生。他不去管老野鸡了，专来抓这只稍大的小野鸡，杨孝手劲儿大，一把捏住它的脖子，小野鸡还在反抗，扭着头都在啄杨孝的手指，杨孝借着一点儿月光，看见左手已经满是血，杨孝火大到失去理智，现在都没想到这野鸡值钱不值钱，现在只想狠狠报复这只造反的野鸡，捏住它正想用力往地上使劲儿一摔，老野鸡似乎看出了杨孝的心思，发出一种凄厉的叫声，那声音可不像野鸡的声音，很奇怪，像是在求救，总之从未听过，月亮又藏到云层中，只看得见一丝亮光，林子间突然起了一阵阴风，那风像是从山顶往下吹的，卷起泥土沙子打在杨孝的脸上，一只麋鹿站在山顶盯着杨孝，这只麋鹿和上次杨孝看见的那只麋鹿很像，不过这只鹿的鹿角上长满了花花草草，身体半透明，身体的颜色像是淡紫、浅蓝、淡绿、陶瓷白等多种颜色混在一起，像梦境一般，身子发着光，站在山顶摩擦着前蹄，蓄势待发，杨孝还没搞清楚自己是否眼花，那只麋鹿已经朝杨孝冲来，麋鹿带来了一阵风，那风像是专吹杨孝似的，力量巨大，吹得杨孝脚跟子不稳，杨孝觉着恐怖，丢了野鸡抓起地上的镰刀，正准备朝麋鹿头上劈去，麋鹿一低头，鹿角一顶，杨孝就被顶到空中，手中的镰刀在空中也丢了，杨孝沉重地摔在地上，感觉腹部一阵剧痛，低头一看，肚子被顶了两个窟窿，鲜血汩汩直往外冒，杨孝知道自己不是麋鹿的对手，捂住肚子撒腿就往村子跑，边跑边回头，麋鹿没有追过来，只见得林子里有道亮光，杨孝直奔回家，关上门，低头看自己的肚子，怪了，肚子没流血，肚皮上也没两个窟窿，杨孝将衣服扯开，窟窿是真的没有了，手背上被野鸡啄的伤口又在流血，血滴在地上，杨孝想着先把伤口洗干净再说，水龙头一开，管子里流出麻线细的水，杨孝骂了一句："妈的，这池子又是出问题了。"冲干净了血迹，杨孝又在屋前扯了一把白蒿敷在伤口上。

倒在床上，杨孝翻来覆去睡不着：这是怎么回事儿，那只鹿子怎么长成那样儿，难不成自己出现幻觉了，可是手里的镰刀的的确确不见了，手背又在发麻发痛，可是明明记得它顶坏了我的肚子，肚子上的窟窿又不见了。杨孝不敢肯定，又用手去摸了摸自己的肚子，肚皮的确是好好的。

"怎么回事儿，真是活见鬼了。"杨孝骂了一声，迷迷糊糊地睡着了。

杨孝半夜口渴，喝完了一壶茶水还不解渴，就把水缸里的一缸水也给喝了，还是不够，自己的舌头中央嘭的一声裂开了一条缝，如同大地干涸裂开的口子一般，杨孝干脆用嘴对着水龙头，手一扭开关，没水，一滴水都没了，杨孝的嘴巴开始升起烟，杨孝实在无法忍耐口渴，想着干脆去水池喝个饱，一去了水池，那儿站着一只麋鹿，就是顶过杨孝的那只麋鹿，它埋着头正在喝水池里的水，应该说是吸，它的嘴离水面还是有一段距离，可是池水却一个劲儿地往上跑，往它口里钻，都喝了半池子水了，它还继续喝，没个够。杨孝急了，它这样还了得，自己都缺水喝，怎么能让它全部喝完呢？杨孝撵它走，它不动，杨孝提着一根柴棒往它身上一砸，它像是无形的，棒子落了个空，什么都没碰着，眼看一池子水都要被喝光了，杨孝急，又用脚去踢它，还是踢不着。麋鹿喝光了水，抬起头来看着杨孝，诡异地笑了，嘴咧到了耳根子，杨孝第一次看见鹿发笑，笑得像人又像神，吓得背心一阵冷汗，杨孝一睁眼，醒了，原来是个梦，心脏在胸腔里“扑通扑通”乱跳，像是不想在胸腔里待了，杨孝长抹了两下胸口，还是不管用，杨孝奔向水龙头，一拧，水龙头当真不出水了。

“坏了，难不成那只麋鹿真的在喝池水。”杨孝奔到坝子里，水池那边儿没看见麋鹿啊，难道又是泥土将水管给堵住了，杨孝不敢走到水池那儿去看，虽说没看见麋鹿，心里还是有些莫名的畏惧。

“天马上就要亮了，天亮再去看吧。”回屋以后杨孝就睡不着了，一个人琢磨着：这些事儿都怪着呢，难不成那只鹿子真是山神？就和前几辈儿的人说的一样，它头上也长了花花草草，但不可能啊，现在科学发达，也没听说哪儿发现过山神啊，怎么就让我给遇到了，不可能，准是自己多想了，但三番五次地遇到鹿子是怎么回事儿，追兔子追着追着就见着它了，挖松露时也见过，虎子和我都梦见他了，昨儿又在林子见着了，难不成它真是山神？可是怎么就我一个人遇见了，也没听村儿里人说遇见了鹿子啊。

杨孝还没想明白，就听见水池那边儿闹哄哄的了，杨孝跑过去，张家村儿的人几乎都来了，吵着水管里放不出一点儿水，抬走池子上石板，池子里的确是一点水也没有了，有个男子不相信，还跳到水池里去看看出水口，真是一点儿水都没有流出来，山里面一点儿水都没有流出来。坏了，从没想到闹水荒的张家村却在年末闹了水荒，村民再怎么不相信，它也是不变的事实了，地下的确是不出水了，这次就算给水池围上十圈围墙也不能让地下出水了。什么都能缺，就是不能缺水啊，没了水村子里的人还该怎么活啊，大家都像万世的弃儿一样惶恐茫然，躁动不安。村长招呼大家先回去，待会儿再一起想办法。

傍晚吃过早饭大家都到村长的坝子里开会去了。村长说：

“水脉断了，那个池子也算是废了，总之我们得凑钱重新挖口水池，联系过城里的行家了，大冬天儿的，路又远，人家愿意来给咱们测水脉，开口的‘请路费’就喊得高，不过这也没法，要想在过年的时候有水喝，咱就得自己掏腰包，每家每户先交一千块，给人家包个红包，请他们来，剩下的钱挖水池，日后不够，大家都得摊上。”

至于为什么水脉断了，没人问，村长也没说，大家倒对凑钱的事儿发着牢骚，因为修水池将是一大笔款，可不是每家交一千块就能成事儿的，要是现在天上能掉一堆钱或者来一口免费的水池那就最好不过了。

傍晚村长又叫开会了，城里的行家是答应来了，那可是付了一万二的红包才请动的，剩下的钱根本就不够修水池，每家每户恐怕都还得上交一千五左右，能不能成事儿，还得以后再说，总之先得备着钱。散会后杨孝和杨爱兵一道回来，杨爱兵摇着他的傻脑袋问杨孝：“哥，是我没管好水才没水的吗？”

杨孝说：“不是，不是你的事儿，兵子，你信山上有山神吗？”

杨爱兵说：“倒听爹说过，没见过。”

杨孝端着半碗饭吞不下去，心里兜着事情，他感觉像是真有山神一般，不然昨晚儿那个梦是什么意思，昨晚儿梦见没水，今儿就真的没水了，真邪乎，况且最近的一些事儿老是和鹿子有关，莫非那只鹿子真是山神，莫非那晚野鸡发出的奇怪声音是在向山神求救，虽说杨孝不信鬼神，可是最近的事儿玄得很，而且前几辈儿的人说，如果得罪了神，是会有报应的，倘若那只鹿子真的是山神，村民又在山上那么糟蹋，那岂不是完了，干脆去找村长说说看。杨孝丢了碗，就朝村长家奔去了。

一推门，一阵闷热的酒气，四个男人围着牌桌打牌，似乎已经忘记缺水的事儿，张老八也在其中，和村长对着坐，他俩的脸色不大好，一看就是输了钱，另外两个男人张麻子，张光明则很兴奋，自己的牌桌上钱隆起一沓，村长抬起浮肿的红眼皮，用眼睛来看着杨孝：

“你来啥事儿啊？”几个男人也抬起头来看着杨孝。

“咱出去说吧。”杨孝盯着村长，村长手里正捏着几张牌纸，不愿意从牌桌上下来，他们都说：

“你就在这儿说吧，说吧，说吧，听着呢。”

“你们说我们是不是挖松露，松露跑到山神那儿告咱们一状，山神恼了，所以不给水喝。”杨孝问。

估摸着沉默了两秒，张麻子笑起来：“杨孝你还真信有山神啊，反正我是没见过真山神，就依你说的，真有山神，咱们就只挖了点儿松露，难不成松露也要去给山神告咱一状，照你这样说，那些吃在我们肚子里的高粱玉米都能告咱们几百回了，咱们不都没事儿嘛。”

杨孝又说：“那会不会是野鸡野兔跑去告状？”

张光明说：“那些老板用药毒鱼，放炮炸山，也没见得被河神山神给抓去了，日子过得比咱还好，就是水脉断了，什么山神不山神的。”

村长不耐烦地说：“就是一个水脉断了，那儿什么山神不山神的，回去备着钱就是了。”输得脸发紫的村长将钱这个字咬成了重音。

从头到尾没说话的张老八眯起小眼睛看了一眼杨孝，狡黠地笑了一下，对村长说：“我认得个高人，若是真有山神，山神生了谁的气，他掐指就能算到，要是能解了山神的怒气，说不定水自个儿又冒出来了，就不用花钱重新修水池。”张老八诡魅地笑着。

杨孝看见他们的兴致都在打牌上，就走了。

第二天下午虎子给杨孝打来电话，说想回来了，杨孝兴奋极了，带着这段时间在林子刨的一盒松露，准备去接虎子的时候，顺便将它换成钱，这是杨孝最后一笔钱了。

路过村长家的时候，看见张老八正走到了村长家的坝子里，还带了一个什么人，穿得像个道士似的，看起来挺怪异，张老八也看着杨孝了，眼里露出让人有点捉摸不定的阴冷的凶光。

杨孝来不及想那么多就朝城里去了，出院的时候，杨孝想联系那些买松露的人，可是恰恰赶上了不巧，那些收松露的人去了另外一座城市了，今儿是来不了了，明天才和杨孝联系。杨孝带着虎子回去了，虽说离还钱的日子越来越近了，杨孝手里的钱也是花得一干二净，不过看着儿子平平安安地回来，他就感觉有希望，虎子像从笼中放出的鸟儿一样叽叽喳喳地说个不停，杨孝都没怎么听清。快到张家村的时候天已经快黑了，转过了山脚的大弯，就看见张家村了：

“爸！你看！咱们家！”虎子叫起来。

杨孝抬头一看，不对劲儿，坝子里怎么站了那么多的人，好像还看见了火光，杨孝的摩托车加快了速度。

到了家门口，坝子里面的确站满了人，几乎有一半的村民都到了，男男女女全都站在了一堆儿，坝子中央有一个人站在那儿，就是今天中午杨孝看见的那个道士，他穿着奇奇怪怪的衣服，戴着一顶怪异恐怖的黑帽子，手里拿着一些树枝，在碗里沾了沾水，往火盆儿里撒，水一碰着火瞬间化成了一缕白烟。杨孝见这苗头不对，走上去就推了那个道士一把，愤怒地说：

“装神弄鬼，你他娘的在干什么？”那个道士不理杨孝继续卖弄他的“法术”。咿咿呀呀地唱着，围着火盆儿跳。

“我叫你别唱了。”杨孝揪住那个道士的衣服，想让他停下来。

张老八这时一下就站出来了：

“杨孝，你狗日的舒服日子到头了，哼，你动着山气了，现在就是你还的时候。”张老八得意地扭着一张脸，脸上一副复了仇的神气，杨孝还没听清他说的什么，但是张老八一出场准不是什么好事儿，就怒不可遏地骂了一句：

“你他娘的七搅八扯地胡说八道些啥。”

这时那个道士张开了像黑洞一样的口，阴阳怪气地说：

“在神面前，你别乱说话，你就是被贪嗔痴给蛊惑了，你挖山动了山神，山神发了怒，就断了村子里的水脉。你就甘心接受惩罚，洗清你身上的罪孽，山神才能给水源。”道士说着又用树枝蘸了些水洒到了杨孝身上，杨孝一把将他推搡开：

“拿开你那破玩意儿，要不是看着你一把年纪了，老子真想打烂你满嘴喷粪的臭嘴。”人群中有几个人一起说：“就是你挖山挖动山神了。”

杨孝气愤极了：“妈的，说我挖山，你们没挖吗？张老八，操你娘的，你个狗日的现在装得人模狗样的，你没去挖山吗？见着钱你他妈的跑得比谁都快，现在跑到这儿来逞能，我看是那天没把你收拾到家，找打了。”

提起那天被杨孝打的事儿，张老八的脸一阵白一阵紫的，他都快跳到八丈高了：

“杨孝，老子今天新账旧账都要和你一起算，难道不是你最先挖山的吗？不是你的猪最先冲向山神庙的吗？就是你动了山神的怒气，害得全村人没水喝，都是你一个人使的坏，就是你惹的祸，大家伙儿说是不是啊？重新挖水池的钱该你赔。”张老八大声喊，大家都不愿在新年之前花笔财，又事先被张老八和道士一癫，都应和张老八，道士还在假装施法，斜着眼睛注视着事态的发展。

杨孝眼里瞪出了血色的红光：“凭什么钱就只该我赔，你们就不该吗？嗯？张麻子你他娘的还怕你的猪跑不赢了，一天换了两头猪去树林，张光明你昨天晚上不还口口声声说你不信山神吗？怎么现在就信了，不就不想掏出钱嘛，全都以为自己穿了件衣裳就成了什么好料子，好，就依你们说的我动了山神，你以为你们跑得了吗？”

张麻子说：“但是最先挖的那个人是你，要不是老八发现了你的秘密，整座山都是你的，你一个人背着村民赚了多少钱，你心里有数儿，你得的钱最多，你一个人吃饱了，就该赔钱，就该你，道士说了，你一个人犯了罪，就该你掏钱才能平息山神怒气，我们掏钱，山神不认，有罪的又不是我们。”

张光明说：“我昨晚是念在你我是熟人，依着你，说不信，可是现在道士高人都说你得罪山神了，你就是得罪了。”

“对，对，就该你。”很多声音像洪水一样朝杨孝涌来，冲得杨孝都快倒了。那人群中还有杨爱兵，问：“杨爱兵，你都觉得该我赔？”

张老八推了一把杨爱兵，问：“你不答应，是要跟着他一起赔钱吗？卖了你都赔不起。”

杨爱兵低着头不看杨孝，像个木偶一样让任由张老八操控着。

杨孝脸一扭，倔强地说：“我没钱，要命倒有一条，我就不信你敢把我们怎么样！”杨孝说着像块石头立在那儿。

“没钱，就用你手里的松露来抵。”张老八说完就朝杨孝扑去，所有的人也跟着涌上来了，各自抢了松露准备跑，这时山顶上吹来一阵大风，裹着寒气，冷飕飕的，吹得道士的黑袍子翻动起来，发出唰唰唰的响声，道士突然间围着火盆儿发疯似的跳了起来，速度越来越快，可是大伙儿都没注意到。张老八用衣服兜住一堆抢来的松露，准备跑，拍了一把道士的肩膀示意他事儿成了，可以走了。道士不跳了，不过也没走，像只兔子一样动着鼻子嘴唇，还用手刨了刨耳朵，张老八见他这样儿，拉了他一把，说："走啊。"道士不说话，也没动，张老八又加点儿劲儿地拉了一把，怪了，这道士的脚像长在地上了一样，上身一点儿都没动，张老八见他这样，也不想管他，想自己一个人走了，张老八准备往自个儿家跑，道士一伸手，树枝挡在了在张老八胸前。

"张老八站住。"道士说道，张家村儿的人都愣了，看着这道士，道士发出了女人的声音，张老八上去就推了道士一把，奇怪，他没让他演这一出啊，问道："你怎么学女人说话？"

道士抬起眼睛来看着张老八，眼睛里严厉的冷光叫张老八感到害怕，眼前这个道士让他感觉很陌生啊，张老八感觉有些吓人，搂着松露往后退，嘴皮子打着颤："你不是道士，你不是，不是道士。"

杨孝没摸清张老八这又是什么门路，但看张老八的样子不像是在开玩笑，杨孝也护着虎子闰仙往后退，闰仙突然叫起来，不带半点儿结巴地说完整句话："啊，哥，有两只兔子跑到他身体里去了。"闰仙紧紧攥住杨孝的衣服。道士发话了："心被狗吃的张老八，我和我弟弟都还是只半大的兔子，你都舍不得放我们一马，石头敲碎我们的脑袋，到了地府我们连眼珠子都找不着，我和我弟的眼珠子呢？还我们的眼珠子。"道士立即又用稚嫩的童音说："对，还我们的眼珠子，还我们的眼珠子。"

张老八吓得一屁股坐在地上，自己不是用石头敲死过两只野兔吗？难不成是两只野兔子来报仇了，吓傻了只知道说："你不是道士，你不是，不是道士。"

村里人现在还没闹清楚这是怎么回事儿。道士说完这些，像只无脊椎动物哗地瘫软在地上，张老八想拔腿儿跑，只是两只脚像生在地上一样抬不起来。道士霍地又站了起来，上蹿下跳，一个六十岁的人了，蹿到房梁上又顺溜地溜下来，闰仙又叫起来：

"哥啊，他变成猴子了，变成猴子了。"这次也不结巴。

道士一溜，溜到了张麻子的身上，只用一只手吊住他的肩膀，噌噌噌地眨着他昏黄的老眼睛，用男人的声音说："张麻子，我到山神那儿告你去了，你跑不了了，你把我卖给谁不好，专挑做官的卖，他们烧了一勺滚烫的油，哧溜一声倒进我脑门儿，你看看，你看看。"

道士指着自己的脑袋让张麻子瞧，张麻子都吓破胆了，歇斯底里地吼："快帮我弄开他，快快快。”没人敢上前去搭把手，全都吓傻了。

道士又说：“不用跑了，你跑不成了，我顶着一个烫熟的脑袋不敢去见阎王，就只能来找你了，收拾完你，我就要去找那群当官儿的。”全村人都蒙了，道士怎么知道这些事儿。

有人喊：“道士是被鬼附身了，被鬼附身了。”另一个人喊：“他一会儿男一会儿女的，准是被黑山老妖给附身了，快快快用桃条抽他。”几个男人爬到桃树上摘下几把桃条来，对着道士噼里啪啦就是一阵乱打，道士醒了，一脸惊恐问：“你们打我做什么。”

“你被妖怪附身了，黑山老妖附在你身上呢。”村民喊。

“瞎说，哪儿来的妖怪。”道士说完马上又眨着眼皮，抓耳挠腮又用另一种声音说：“嘿嘿，跑不了啦，跑不了啦。”村民又用桃条朝道士身上抽，村长喊：“拿米来，抓妖怪。”村儿里流传一种说法，米能使妖怪现形，一个男子抱来一袋米，往道士身上一泼，神了，地上出现一串猴子的脚印。闰仙大叫：“哥啊，来了一条红蛇，来了一条红蛇。”村儿里人都看不见，不知道闰仙怎么就是看见了，村长一听到红蛇，头皮都麻了，说：“杨闰仙也被附身了，杨闰仙也被附身了。”村民对着闰仙也是一阵乱打，闰仙的脸上到处都是桃条印子，闰仙哇啦哇啦地乱叫，杨孝和虎子根本就挡不住村民。道士忽地在地上扭动起来，袍子遮住了他的下身，看不清是什么在扭动，道士真像一条蛇一样沿着村长的身体盘旋向上，一只脑袋正对着村长，说：

“得了吧，村长，你不就是怕我来找你嘛，哼，那你当初剖我肚子，取蛇胆去贿赂上级，给他们补阳的时候，怎么就不怕我呢？你明明知道我还怀着孕呢，你倒是捞到了好处，在村儿里每家人的贫困金里克扣一点，上级也睁只眼，闭只眼就过去了，你倒好了，你可害死了我和我的孩子。”道士说完又盘旋往下，如果前边兔子和猴子都还没能让他们害怕的话，这次的蛇真的让他们吓破胆了，道士真的像条蛇一样盘旋着村长往下爬。张麻子和村长瘫软地坐在地上，腿无力起不来。张老八被吓傻了，跌跌撞撞地就往自己的家跑，嘴里喊着：“有鬼，有鬼。”

张老八从此就像换了个人儿似的，也不去逛窑子了，也不去赌了，遇见谁都憨痴痴的，闷着不说话，村长也在床上躺着，整个张家村儿，年前的张家村儿像潜伏着死亡气息。也有人不信撞邪了，以为是张老八和道士合伙想揭村长，张麻子他们的老底儿，闹着吓村民的。道士那晚儿就不见了，去问张老八，张老八闷着不吭一句声儿。问村长，村长只说撞邪了，撞邪了。

闰仙也生了场大病，躺在床上发着烧，杨孝抓了药也没见她退烧，杨孝跑去镇上的大河里挑了水，一张湿毛巾敷在她额头上，也不见效，医生说要是持续这样的话，那就该准备后事儿了，一天早晨，闰仙突然就从床上爬起来了，烧也退了，杨孝问她怎么样了，闰仙说完全好了，一起来，闰仙就把杨孝给她买的那件衣服给洗了，用了很多水，半夜杨孝醒了，看见闰仙穿着那件红衣服站在床边，头发也梳得整整齐齐的，杨孝问："闰仙，你干吗不睡呢？"

"哥，刚才山神来我们家了。"杨孝背心一冷，翻身坐起来，闰仙说话不结巴他就隐隐有些担心，前几天张老八叫道士闰仙也是不结巴，问闰仙："闰仙，你也开始说胡话了？"

"哥，我没说胡话，山神说你还要用镰刀砍她呢。"

"闰仙，你说山神长什么样儿？"

"她是一只鹿，鹿角长满了花花草草，全身都是透明的，各种颜色。"

杨孝心一惊，这不是和自己见到的一样吗？"她和你说了些啥？"

"她说林子里的野物子恨哥哥带来那么多人，要来接哥哥走，我说要是你去了，我养不活虎子，我说我替你去，哥，你就把我葬在水池上的那片树林里吧，我好给你赎罪。"说完闰仙就闭着眼睛不说话了，天亮的时候手就冰了。

埋葬闰仙的那天，虎子号啕痛哭，杨孝也流出一串串的泪珠，虽说道士跳大神时村里人都针对杨孝，可是那天来了很多人，帮着埋葬闰仙，杨孝头上缠着白布，给闰仙烧纸，突然杨孝站起来说："你们都快走，都快走，山神要回来了，闰仙给我赎了罪，你们的罪都还没赎清呢，快走快走，快离开村子，山神不会放过你们的。"

杨孝推着村民让他们离开张家村儿，村民都以为杨孝是由于闰仙走了太悲痛，所以说胡话了，再说了都要过年了，要走能去哪儿呢？还有一群猪牛羊呢。

接近傍晚的时候，天上开始下起雨来，这场雨下得急，雨珠像豆子一样砸在坝子里，声音急得叫人心慌。晚上的时候手机响了，杨孝像接到死亡通知单一样，虎子知道杨孝欠债的事，也很紧张，一直看着杨孝，杨孝拿着手机朝屋角走去，说了几分钟后，杨孝不知道怎么的，突然骂了句："你娘的，黑心贼，来吧，老子不怕你。"

杨孝走回来，他把虎子的脸捧在手里："虎子，爸爸对不住你，真的对不住，咱们走吧，离开张家村儿，这地方山神不让我们待了，那伙人也要来了。"杨孝抬起袖子来擦眼睛。

"爸，我们报警吧，我就不信他们敢乱来。"虎子恨恨地说。

"不不不，千万不能报警。"杨孝怎么能让警察介入调查呢，这样他和陈玉芬的事是想怎样瞒都瞒不住了，他必须要让它烂在心底，他不能让虎子知道这事儿，闰仙已经走了，他最亲最爱的虎子啊，他还是个孩子，怎么能让他知道，怎能让他失去爸爸呢。

“惹不起，咱们躲得起，虎子，你听我的，跑吧。这些事儿很复杂，我来不及给你说清楚了，他们现在已经来了，半夜三更的来，他们这次是来真的。”

“爸，姑喂的猪呢？我们都不要了吗？”

“虎子，来不及了。”杨孝用一匹蛇皮口袋胡乱地装些衣服，虎子也跟着杨孝这样收拾一些要用的东西。所有的恐惧与紧张都在乱七八糟地响着，杨孝在心里琢磨着应该朝哪边儿跑，虎子也在眼前忙乱着。

“轰！”杨孝感觉脚下的地似乎震动起来，巨大的声音像是谁在耳边放炮炸山一般，虎子一下拉住自己的手臂贴着自己，虎子问：

“爸，出啥事儿了？”虎子一脸惊恐，杨孝拿着手电筒朝屋子外冲，虎子和闰仙也跟着冲出来，手电筒的光四处一晃。虎子叫了一声：

“爸，兵子叔那儿。”杨爱兵后边那座山垮了，下了雨之后，它垮了，刚才巨大的声音就是从这儿发出来的，杨爱兵的房子已经看不见了，杨孝拿着手电筒“呼呼呼”地就朝杨爱兵家跑，村里人也听见声音了，几十道手电筒的光也在夜间晃来晃去，几十个人全部都赶来了，杨爱兵的房子完全看不见，一块瓦片也看不见，全被红色的泥土，石头，死去的松树压住，山上的那座山神庙也跟着垮了，石像也滚了下来，在滚落的过程中，还摔缺了一角。杨孝大声喊：

“兵子，兵子。”但没有人回应，很多人都跟着大声喊起来，但是依旧没有人回应，张二鼓对女人们大喊：

“留下几个女人来给我们打手电筒照亮，其余的女人孩子都回去拿铲子竹兜来，爷们儿们动手抬石头。”

男人们都开始动手抬石头了，一片的泥土沙石根本无法确切地确定杨爱兵的房子具体在哪儿，只能靠着平时印象去搜索。男人们个个都没带手套，一二十双粗糙的手，挖着石头、刨着沙土、抬着木头，长满茧子的手，划道口子的手，磨破皮子的手，流出一串串殷红的血，染在黑色的石头上，红色的泥土上，棕色的松树皮上。女人们叮嘱孩子好好拿着手电筒，别调皮，几个女人也合伙抬石头。

杨孝的心脏像是有一个气球，装满了悔恨和沉痛，气球正在膨胀，堵满了胸腔，又膨胀到四肢，以致手脚都像失重了一样，双手自顾自地颤抖，抬石头的时候时使不上力气，杨孝看着一摊石头树木，他已经想到了最坏的事情。要是他死了，该怎么办啊？杨孝现在才想到被掩埋的杨爱兵如同他的手足一样重要，自己的手也像被石头压着一样，使不出力气。

鸡已经叫了一声，该是三四点钟的样子了，突然间有人喊：

“杨爱兵的瓦片，房顶的瓦片。”在那块石像底下的地方找到了瓦片，可是先得移开那座几百斤的石像，上去了七八个男人，根本搬不动那尊铁塔一样的石像，女人们又回去找来几根结实的尼龙绳，男人们套了了三根在石像的脖子上，绳的两端分别站两个人，拽绳子的一共就有六个人，他们一起使劲儿朝上拉，石像的左右两边分别站四个人，一起使劲儿往上面抬，号子响起：

“一二三，嗨呀，一二三，抬呀，一二三，嗨呀。”沉重的石像头慢慢地从地面拔起，都拉到有一米七八的距离了的，有根绳子意外地发出嘭的一声，石像瞬间又往下倒，拉绳子的几个人现在反被石像拖着，往下滑，抬石像的七八个大汉手倒没松，可是脚步却站不稳了，要是杨爱兵所在的位置真在石像下面，倘若这石像真倒下来，那简直让人没法去想，不仅又加重了对杨爱兵的伤害，还要伤着抬石像的那七八个男人，杨孝冲上去肩膀抵着在往下倒的石像，两手撑着，两腿一前一后形成一个弓字步，脚跟吃力抵着地面。石像没继续往下倒了，杨孝脖子和脸涨红了，脖子上的两根青黑色的青筋跳出来，手臂上拱起两块铁打的肌肉。

号子又惊天动地地喊起了，当石像垂直地立在地面的时候，大地发出一声沉闷的响声，杨孝已经用完了所有的力气，他的每一块骨头和肌肉瞬间都塌下来，嘴里吐出一口血来。几个男人涌过来往上提着杨孝的两只胳膊，喊着：

“杨孝，杨孝，你还听得见我们在说啥吗？”

杨孝点了点头，说：“不碍事儿，不碍事儿！”

雨还在“沙沙沙”地下，小孩儿和大人的衣服都打湿了，没一人缩边溜走的，电筒的圆镜面射出来的那条光线能清楚地看见雨的轨迹，那座石像静静地立在那儿看着这群着急忙碌的人，四五个男人趴在土堆上，一块一块地捡石头砖瓦，张二鼓对着地下喊：

“杨爱兵，你听得见不，听得见不？我们来救你了。”

男人们加快了捡砖头石子的速度，女人站在他们身后用竹兜运走一兜兜渣滓泥土，孩子们都给大人们打着手电筒。

“我看见杨爱兵儿了，他今天就是穿的红色汗衫。”一个男人叫道。

“动作轻点儿，动作轻点儿别掉下去石头了。”

抬的抬，挖的挖，总算是把杨爱兵给挖出来了，杨爱兵的腿上全是血，混着灰尘和泥土，眼睛紧闭，嘴唇都成了紫黑色了。

“还活着吗？活着吗？”有人问。

杨爱兵眼一睁，吐出一口血来，气若游丝地说：“山神，刚才，刚才给我说，我把，咱们村儿的罪，罪孽赎干净了，别再，别再造孽了。”一村的人全都沉默了，一个女人擦着眼睛：“我们招来的孽啊，我们招来的孽啊！”

“先送医院，送医院。”张二鼓红着眼圈儿喊。

女人们抬来一张床板，铺上一床被子，男人们将杨爱兵抬到床板上，面上盖床被子，四个男人抬起床板就朝通往镇子的路跑。杨孝带着虎子首先在山神像面前跪下了，张老八张麻子村长，一村儿的人，老的少的，男男女女全都在山神像面前跪下来，垂着虔诚的头颅，末了，在地上深深地磕了三个响头，抬起湿润的眼睛虔诚地仰视着神像。

“谁是杨孝？”这声音平静又冷冰冰的，给人阴森森的感觉。

一转头，一伙人走进了人群，领头的是一个三十多岁的男子，撑着一把黑伞，一对浓眉，压着一双细长的眼睛，眼睛里透出平静又叫人畏惧的光，鹰钩鼻，薄而平的嘴巴，胡子剃得很干净，可是毛衣领口的地方露出一个狼头的文身，给人的感觉江湖气十足。他的身后跟着十多个愣头青的小子，头发染成了五颜六色，鼻子上钻了几个鼻钉，手里提着钢棍和砍刀，脸上都是一副天不怕地不怕的模样。领头的男子又问：“你们中谁是杨孝。”

“我是。”杨孝拨开人群站到前头来，看见不是包老六，而是另外的人。

张光明的老婆见势不对，一把将虎子拉到自己怀里来，装作是自己的儿子。伏在虎子耳边说：“祖宗，千万别说话啊。”

“钱齐了吗？”男子问。

“没有，我……”杨孝还没说完，那男子一脚踹在杨孝的膝盖弯儿上，啪的一声杨孝双腿就跪下了，两个愣头小子上来就按住杨孝的肩膀。

男子两只手指头边弹杨孝脸边说：

“没钱就得要人，你小子在电话里的口气狂得很啊！”虎子想喊，被张光明的老婆一把蒙住了。两个青年小子架起杨孝的手臂，拖着他就要走。

“新年大吉的，来要啥人？”张二鼓冲上来攥住一个青年的手臂，他不会拐弯抹角，一来就火气冲天。

男子回过头来，眼睛打量了一下人群，露出半丝冷笑：

“哼，杀人偿命，欠债还钱，天经地义的事，你们少管。”

看着明晃晃的砍刀，阴森森的钢棍，都知道这群人不是什么好苗子，心狠起来不知道会干什么坏事儿，让杨孝去了还能完完整整地回来吗？

染着红色头发一个青年说：

“你们少管，一群土鳖。”

“老子今天就还管定了，张家村儿的地儿上，你当着大家的面没个说法就想把人带走，有种你就试试大伙儿答不答应！”张二鼓双手插在腰间上，瞪着面前的一群人，眼睛里是蛮横的凶光。

领头男子拍了拍张二鼓的胸脯，说：“兄弟，我劝你真的少管，你惹不起。”

“管你是从石头缝里蹦出来也好，三头六臂的也好，今儿要是能在我们手里将人带走了，我张二鼓跟着你姓了！”

男子不耐烦地说：“要怪就要怪你那兄弟管不住裤裆里的东西，上班时间搞女人，就是你们村儿的，一窝搞！给了他时间还钱还不起！这都是事先就说好的。”

张强的脸一阵白一阵红，陈玉芬站在人群中像躺在了一片刺人的麦芒上，虎子惊愕地看着杨孝，杨孝像脱光了衣服赤条条的站在那儿一样，沉重地低下头，在心里喊：

“来吧，来吧，都来吧，要打死我的都来吧，要骂死我的都来吧，恨死我的都来吧，哼，我想保住的秘密反正也是没了，一场雨都浇干净吧，一棍棒打死我吧！”

雨还在淅淅沥沥地下，雨水落在杨孝的脸上，落在张强的脸上，虎子的脸上，陈玉芬的脸上。

男子示意两个青年带走杨孝，所有的村民都看着张强，张强没说话，低着头。

张二鼓说：“强子，这得看你，不过，强子，要是杨孝走了，虎子就一个亲人都没了，这可是一辈子的良心债啊。”

张强埋着头说：“哥，你给我做个主吧。”

张二鼓说：“父老乡亲们，这段时间好的不好的大伙儿也是过来了，一个村长大的，谁没个怄气的结儿，这段时间的惩罚苦难还不够吗？闰仙已经走了，杨爱兵还不知道死活呢，要是杨孝走了，虎子就一个人了，这可是一辈子的良心债，这段时间背的良心债还少吗？要带杨孝走，我不答应，你们答应吗？”

“你们诚心是想打架啊！”一个染着绿头发的人骂道，晃着手里的砍刀。

张二鼓说：“女人们带着娃回去，男人们抄家伙。”

短小的张光明捏紧了手中的铁铲说：“小杂种，来吧，光脚的不怕穿鞋的，我们哥儿几个学会打架的时候，你他娘的屎盆子还扣在脑壳上呢！”

张家村儿的二十多个男人都将被雨水淋湿的衣服扯掉了，露出宽阔黝黑铁一般结实的胸膛，胸脯一起一伏，像鱼的腮帮子。

那伙儿人见事态不对，知道碰着动真格儿的了，也不敢轻易乱动。双方僵持着！

一个年老的人跑到他们中间，小声说：“强子，二鼓，有话好好说，别惹事儿，这是要出人命的啊！”

又对领头男子说：“兄弟，新年大吉的，大家都别惹事儿，有话好好说，大家都是爹娘养的，伤着了，爹娘心里疼啊，我们农村人都是善良讲道理的人，杨孝差你们多少钱，你说，我们来赔，还清了，这事儿也就算是完了，大家都别冲动，回家过个好年。”

年长的人又转身对着村民说：“大家伙儿，听我说，虽说杨爱兵是在山神面前给咱们赎罪了，咱们自己都还没在山神面前赎罪呢，杨孝也够遭罪了，虎子还小，我们挖松露的钱也不是良心钱，我们帮杨孝把债给还了，一是帮杨孝，二是在山神面前赎罪，大家看成吗？”

一会儿这老人抱来一个纸盒，在里面放了一千块多块钱，张麻子、村长、张老八，大家都陆陆续续放了钱，新的旧的钞票在纸盒子里垒起了一层。

领头男子数清了钱，将杨孝放了。

天完全亮的时候，雨也停了，远方吹来远方的风，眺望过去田野还是那么可爱，人都各自散了，那尊佛像还静静地立在那儿，看着张家村儿的男男女女们，有人在石像前供了三炷香，是感激这些事儿总算告一段落，还是信奉山神，恐怕只有山神和张家村儿的人才知道。

杨孝，坐在门槛上，一个人眺望着远方，虎子蹲在他的背后，一张脸靠在他的背上，叫了一声爸爸，随后就没说话了，父子俩就保持这样的姿势谁也没动，张强来了，说了声：“虎子，你走开，我和你爸有话说。”

虎子站起来走向厨房了。

张强一拳揍在杨孝的手臂上，“好了，咱俩的私仇也算是结了，妈的，都要过年了。”张强似乎找不到话说，一直都在重复这句“妈的，这都要过年了”。杨孝将猪圈里一年养到头的肥猪牵出来，交到张强手里，张强死活不要，杨孝没法，就给他抱了两只鸡，张强推辞不了，就收了。杨爱兵的截肢手术成功了，见到只有几十厘米的杨爱兵躺在床上的时候，杨孝的眼睛潮潮地红起来，叫杨爱兵以后就跟着他了。

过年那天，天还刚亮，杨孝就爬到山顶，在山神庙的地方放上一把青草，又摆上一碗水，到闫仙坟头烧了一把纸钱，村里有些孩子等不及，白天就要放鞭炮，杨孝看着忽明忽灭的烟花，默念：是啊，这新年大吉的，庙子还没重修呢，森林的树还倒着呢，水池也没挖，兵子还在医院躺着，张家村的人的恩情还没报答啊，新年大吉的，一切都还要重新开始啊！

监　　啸

上海大学/廉　荆

人的速度在等于光速时，人的灵魂会在短时间内脱离肉体，看到物质世界的本源，甚至可能依附到别人的肉体上。

——齐岳

程乾入狱后的第六个月，我开始频繁地梦到一个身着囚服的女人，她总是在走廊的尽头出现，然后试图穿越那横亘在走廊中间，某种类似蛛网的半胶质屏障。她拼命用头撞击着那种柔软而又坚韧的东西，直到整张脸在蛛网的压迫下扭曲变形。她的脸在触及胶质的时候开始大片大片地溃烂，露出高高的颧骨，只剩下瞳仁，紧紧地粘在屏障上，一动不动，黑白分明。

我不敢看那双眼睛，那里没有悲伤愤怒快乐忧愁，只有黑沉沉的死气弥漫在狭长而幽深的洞孔，那不是属于人类的眼睛。

后来，我再也没有回到潞城监狱，我怕在走廊里我会看到一头困兽，它长年累月地被拘禁在那里，经历着一场监啸，一场从三年前就已经开始，而且永远不会结束的监啸。

一、生死场

夜里凌晨三点，潞城人还沉浸在自己闷热而冗长的睡梦中。而此时，城郊潞城监狱的高墙内，突然爆发出一阵尖利的嘶吼。那种近似野兽的咆哮声伴随着摩擦毛玻璃的声音，人们疯狂地寻找声音的来源，却很快发现这种让人头皮发麻的声音竟然就出自于自己的胸腔。数不清的闷哼声在人们的心肺、气囊中流窜着，它们不需要任何指挥，就已经将自己的声音寻着一个最合适的空隙插入，在这点缀着蓝色电网和彩色玻璃碎渣的高墙内，各种音色调位共鸣腔如同一碗刚刚出锅的牛杂，冒着热气，滚烫淋漓。

往日的棍棒与电网在此刻看起来是那么的诱人。他们伸出舌头去舔舐那些泛着蓝光的丝网，电流顺着舌尖穿过咆哮直抵心脏。啪，心脏在那一刹那迸裂，被完美地还原成左心室和右心室，原来他们也受够了终日的共鸣与合唱。鲜血喷射之处，两瓣嫩红色的心尖也腾腾冒着热气，它们在挣脱束缚后狂乱地舞蹈，连接左心房的那根血管逆流而上直插云霄，承担右心房杂质污物输出的血管却意外迎来满满的、异乎寻常的氧气，它们飘飘然地恣意而行，却忘记了这世界上本来的规则、那一条条透明的、有如蛛网的符号。

熟悉与陌生的面孔，棍棒敲碎骨头的闷哼，无论是身穿囚服的犯人还是配着警徽的狱警，他们都被这股啸声灌进彻骨的豪气，眼睛不眨地撕裂啃噬着彼此的血肉，在腥甜和酸臭中彻夜狂乱。

直到，一声警报响彻监狱，他们的魂仿佛刚刚醒来，木然地踩着谁的头发，又有谁的嘴巴上唇不见了，夏夜的冷风顺着脱落的门牙长驱直入。两颗心在粘稠而又干涩的只剩皮囊的干瘪血管里茕茕孑立，形影相吊间逆了冷风，无端生出一种悲凉的意味。

当程煜到达潞城监狱时，看到的就是这样一幅场景。月光冷冷地洒在场院上，十三具尸体像是被野狗撕咬过一样，被扯下的皮肉还拽着筋，耷拉在尸体硕大的头颅上。洇在衣服上的血液干涸后变得坚硬板结，尚未冲洗干净的血水里还漂浮着带着血肉的头皮和指甲，在月色下反着细碎的光。

阿明把手里的资料递给程煜："头儿，死了十三个，受伤的犯人已经被送往医院秘密治疗，犯人恢复正常后，都说……"

程煜看着一脸难色的阿明问道："说什么？"

阿明无意间瞟过程煜脚旁边的一片被拽下来的指甲："说是监狱阴气重，有厉鬼害人，他们要求转移到别的监狱。"

程煜把脚边的指甲捡起来，看到月光在指甲圆润的弧度上流转，像是一片带着瑰色的琥珀。他眼中一冷说道："是监啸。"

监啸是长期狱压下的产物，也就是说犯人长期的负面情绪，比如压抑、愤怒等等，会在这个群体间产生负面磁场，也就是所谓的阴气。

从专业角度来讲，监啸一般是由一个犯人发狂而引起的集体性精神癫狂，类似病毒传播。在发狂（负面磁场释放）的过程中他们的神经元会变得迟钝，几乎失去了痛觉和恐惧。他们用互相殴打、怒号来释放压力，不受任何恐吓和管制。

换句话说，唯一的解决方法就是等他们自己耗尽体力。

可是，有人拉响了警报。这意味着，那个人的意志力很强大，或者，那个人就是这场监啸的策划者。

程煜皱着眉头，问阿明：“是谁拉响警报的？”

阿明迟疑着把一沓照片递给他，回答：“看了监控，林小秋是唯一没有卷入监啸的人，也是她拉响了警报。”

“又是她”，程煜把烟屁股扔在地下，狠狠地用脚碾在上面命令道：“先把她带到审讯室，把她的监房钥匙给我。”程煜习惯在提审犯人前去观察犯人的住处，他认为即使犯人会消灭掉自己的犯罪痕迹，也一定会在生活的地方留下蛛丝马迹。

阿明有些疑惑：“头儿，你真的觉得她是策划者？”

程煜没有直接回答，而是反问道：“你觉得呢？”

“我觉得不太像，她平时连话都说不清楚，脑子好像有点傻。”

程煜面色凝重地看了他一眼，不置可否。

二、灵魂超体

程煜推开林小秋的监门，他看到一张单人床和一张桌子，这是监房标配。要说这里与其他监房不同的地方，就是这里的石灰墙上布满了杂乱的指甲抓痕，抓痕上还带着一丝丝血的颜色，像是久置的蚊子血，呈现出暗红的颜色。那些抓痕杂乱无章，甚至还不如学步幼童的随手涂鸦，可是却仿佛生出一种莫名的神秘。程煜的手像是不受自己控制一般，从口袋里拿出那片指甲，鬼使神差地沿着墙上的抓痕，一点点、慢慢地刮过。

一个月前他刚从美国回来，奉陆局之命接管潞城监狱。作为新监狱长，他必须要做例行讲话，也是那天，他看到百无聊赖、假装感兴趣、鄙夷的表情在台下的犯人脸上轮番出场。程煜知道这个职位不简单，可是按照这个世界的规则来看又出奇的简单。

一个才毕业几年的毛头小子就能当上潞城监狱的一把手，无非得益于一人得道鸡犬升天的规则。陆曼婷是潞城市公安局长——陆青峰的独生女，他哥哥程乾是陆曼婷的未婚夫，而他，就是这个规则里最大的受益者。但他也无缘无故被卷入一场监啸，一场杀人不见血的监啸。而在一个连怒吼都不敢存在的正常世界，这是稀松平常的。

在就职大会那天，当他开始烦躁地松领带的时候，目光却无意与一个女犯人的目光相撞，他一辈子都忘不掉那个女人的眼神。

那个盯着自己，仿佛见到厉鬼般一脸惊恐的女犯人。

“头儿，林小秋还在审讯室等着。”阿明打断了程煜的回忆。

手中那片带血的指甲上沾了些许墙上的石灰，墙上的那些杂痕变得更深，这无端让程煜心中的烦躁多了一丝不安。他把指甲放回口袋，冲站在门口的阿明点点头，走向审讯室。

与程煜一桌相隔的女人很瘦，整个身体像虾一样蜷缩着，蓬乱的头发枯草似的遮住大半张脸。程煜坐在转椅上，故意压低椅子，年久失修的椅子便发出刺耳的摩擦声。对面的女人听到声响时身子猛烈地一震，却不敢抬头看他，只是缩着脖子，一动也不敢动。

程煜的手指有节奏地叩击着桌子，把监控照片推到她面前问道：“报警铃，是你按响的？”

林小秋紧紧捏着照片的边缘，眼神很奇怪，像是在辨认上面的人是不是自己，呆呆地看了半晌终于点头。

“很好。”程煜走到林小秋身旁，压低身子看着她说，“你知不知道，监啸的发生是被一阵类似野兽的吼声引发的？而没有卷入监啸的人，只有你一个。”

林小秋感到身前的压迫，缓缓抬起头看他，眼底露出不可掩饰的恐慌，嘴唇微微颤抖着，却不肯说一句话。

程煜伸出右手撩起她的碎发，发现她被头发遮住的半张脸上布满了细碎的伤口，他的眼睛闪过一丝疑惑，她难道在监狱中被欺负了？可他还记得档案中被她杀害那个叫齐岳的教授的死亡照片，颈部爆裂的血管模糊了五官，粘稠的血液在齐岳瞪大的双眼的眼白处结了深红色的痂。

想到这些，程煜目光变冷了许多，他重复道：“你很清楚，你是唯一的嫌疑人。”

林小秋像是刚回过神，猛烈地摇着头。

“为什么不承认呢？”程煜边说边用大拇指摩挲着她脸上的伤口，有意无意地用指甲在破皮的地方来回刮蹭。看到林小秋眸色渐深，他用小指上的指甲把血丝一根一根往出挑，血丝被拉长，变细，在断裂时发出微弱的呻吟。程煜似乎很满意林小秋脸上痛苦的神色，擎着她的脖子向后，又猛地把她的头嗑在坚硬的桌角上：“告诉我，监啸是怎么发生的？”

林小秋的喉咙深处突然发出嗬嗬的怪声，像是一口快要干涸的古井在垂死挣扎。

程煜用力摁着她的脑袋逼问：“说啊！”

程煜忽然感觉手下一空，接着自己的身体一转——“嗵！”他的脑袋被林小秋狠狠地砸在桌子上。程煜的眼神一变，他发现林小秋的力气大得像个男人，她正居高临下地看着他，黑沉的眼睛散发着死气。

程煜偏过头，敏锐地发现她眼睛里的嗜血与癫狂，刚想问什么的时候却觉得脖子一空。只听砰的一声，阿明把她重重地摔在地，一脸誓死护主的英气。

程煜看着蜷缩在地上、恢复正常的那个懦弱的林小秋，无奈地冲守在门口的阿明做了个手势："带她回去。"

程煜打开抽屉，林小秋的档案还静静地躺在里面。牛皮纸质的边角有些卷，他记不清自己是第几次翻看这本档案了。

林小秋，女，28岁，2011年11月9日因犯故意杀人罪被投入潞城监狱。林小秋之前是一个大学物理学教授的助理，教授平时研究量子物理，痴迷于自我实验，林小秋在协助教授做实验时杀死了他。可是作案动机那一栏却是一片空白。

而空白总是会引发人无尽的想象，就如人们乏味于所有一看就明明白白的事情，可对于那些尽力遮掩、暧昧不明的事情却总是有着异乎寻常的好奇心。

那个叫做齐岳的教授，死前曾经发表过一篇颇受争议的论文，叫做《灵魂超体》，前面引用了相对论——大致是灵魂在接近光速的情况下会去到未来，在超越光速的情况下会回到过去，这些东西连程煜这个外行都觉得老套。

可是在这篇论文后半段，齐岳提出了一个新的理论，他认为灵魂在等于光速时会在短时间内脱离肉体，看到物质世界的本源，甚至可能依附到别人的肉体上。为此他不断进行自我实验——把自己作为实验体，想要证实自己的理论，遗憾的是那个实验也随着他的死亡无疾而终。

程煜掐掉刚点着的香烟，喉咙里还残留着窒息时的腥甜与不适。这时，一阵敲门声响起，是阿明，手里端着一杯白开水。

程煜抿了一口水，声音有些低沉："阿明，说说林小秋在你印象里的样子。"

"弱不禁风，胆怯"说到这里阿明忽然摇摇头，有些疑惑地补充道："可是，有时候却像变了一个人似的，刚才她甚至轻而易举地摆脱了你的控制……"

程煜点点头，示意他继续说下去。

"她平时连话都表达不清楚。可是第一次对她例行私审的时候，她甚至可以准确描述出杀死齐岳的每一个细节。"阿明脸上显出疑惑的样子："她确实很奇怪，可是又怎么都想不通。"

程煜似乎已经确定了什么，他皱着眉解释道："我在美国进修时听说过一个案子。犯人在被反复催眠过之后承认了不属于自己的罪行，那种罪行成为他印象最深的记忆。一个精神科医生在对他进行心理治疗时发现了端倪，并且成功找到催眠他让他顶罪的真凶。他很幸运，最终洗脱了嫌疑。"

阿明笑了，以为他在讲笑话。

“可是，在他的余生却一直认为自己是个杀人犯，一看到警服警车就浑身发抖。”程煜看着他，目光灼灼。

“头儿，你认真的？”阿明有些意外。

“你说呢？看好林小秋。”

从第一次见林小秋，程煜心中就升起一种很压抑的感觉。没想到，他还没调查清楚林小秋的案子，林小秋又卷入监啸的风波。程煜站在窗前，额头上的淤痕隐隐绰绰。刚才在审讯室里，他故意激怒林小秋，试图在她神经最紧张时对她催眠。很明显，他失败了。林小秋的防备心很强，也就是说，如果推测成立的话，催眠她的人也一定是个厉害角色。

程煜摆弄着手机，终于输入一串号码：“哥，我回国了。”

一开始是漫长的沉默，良久对面终于传来低沉的男声：“无事不登三宝殿，还是黄鼠狼给鸡拜年？”

“哥，来潞城监狱一趟吧。”程煜的腔调多少有些谄媚的意思。

“想都别想。”

程煜似乎早就料到自己会被拒绝，赶紧亮出底牌：“这里有一个犯人，我怀疑她的案底有问题，可能被催眠……”他顿了顿补充道：“可能更严重，也许是记忆植入，好，我等你。”

程煜站在诊疗室门口，耳朵里回响着半年前自己还在在美国时，程乾打给自己的那通电话。

“对不起，我要结婚了。”

当时程煜正在泡脚，笑着打哈哈：“结婚好事儿啊，说什么对不起？哥你乐傻了吧？”

“她是陆局的独生女，陆曼婷。”

程煜用肩膀夹着手机，拿起毛巾擦脚调侃道：“哥，怎么着，存心酸我啊？”

“我，我打算退出警察系统。”

程煜手一松，毛巾掉在水盆里，原本淡蓝色的毛巾在触水时颜色一点一点变深，他以为自己听错了。

“曼婷不希望我还继续干这种工作，所以，哥希望你加油，连同我的……我的遗憾。”

诊疗室的绿灯亮起，程煜收回思绪。啪嗒，他点燃一根烟，烟雾袅袅上升。程煜不知道，假如哥哥不曾遇到陆曼婷，他会不会依然是警察，不管他是出于爱情还是别的什么，警界精英从此就只剩两个字——遗憾。程煜觉得父母有未卜先知的本事，所以才给程乾起了这么个名字，程乾——前程。为了前程，程乾连自己一直坚持的警察事业都可以抛弃。

刚从诊疗室走出来的程乾阴沉着脸，一把揪住还在神游的程煜冲他吼道："阿煜，你知不知道你在干什么？"

程煜甩开他的手，笑得玩世不恭："火气这么大，陆曼婷要和你分手啊？"

程乾死死地盯着他，慢慢吐出一口气骂道："这里不是美国！你知不知道没有跟上面打报告私自对犯人催眠是什么后果？"

"我知道，不过她防备心太强，我没成功。"程煜把手搭在程乾肩膀上，轻描淡写地解释。

程乾突然间松了口气，似乎有些后悔自己的粗暴，他缓和了口气："催眠不可能有这么好的效果。"

程煜不甘心追问："那记忆植入呢？"

程乾摇头否定道："记忆植入？那又不是简单的催眠。催眠只是起暂时迷惑的程度，而记忆植入是把本来没有的记忆强行种植在一个人的思想里，这种思想会伴随他一辈子。我考虑过了，你也明白国内现在几乎没有人能掌握这种技术，再加上具体实施的风险，所以，不会是植入，应该是狱压下的精神疾病。"

程乾看着程煜逐渐黯淡的眼睛，拿过程煜手中燃着的香烟劝着："很累对吧？"他犹豫地看着程煜说："你也明白，人生其实有很多选择的。"

"比如你为了做陆局的乘龙快婿辞去警察职务？"程煜像是被触及到底线，毫不掩饰地嘲讽。

"很多事没有那么简单"，程乾眼神有些躲闪，喷出的烟雾模糊了他的五官，他期待地看着程煜发出邀请："下周五是我和曼婷的结婚典礼。"

"我不会去的。"程煜没想到，自己食言了。

三、唐卡与万字符

"小程啊，最近工作方面是不是不太顺利啊？"

程煜看了看床头的闹钟，清晨五点。看到来电显示是潞城市公安局长陆青丰的时候，他心里就有了准备，一定是程乾给他打了小报告。程煜故意含混应付道："陆局，如果您指的是监啸的事情，我相信我能解决好。"

"说说，你打算怎么解决？"

程煜沉吟了半晌："找出真相。"

电话那边并没有沉默太久。

"小程，警校最近跟我要几个优秀警官搞讲座，休息一段时间吧。"

程煜窝在被子里苦笑，程乾真不愧是陆局的女婿，怕他捅娄子影响他做驸马，隔天就干脆让老丈人罢了他的职。真是成也萧何败也萧何。也罢，调到警校做讲座也好，他乐得清闲。只是，林小秋那张发狂时的脸却在他脑海中挥之不去。

这场监啸仔细想想也很滑稽，死了的人逃出去了，活着的还得受着，甚至要求调到另一个监狱继续受着。而清醒的人最痛苦，不管林小秋是不是引起监啸的人，为了平息流言，她要为一切负责。

这个规则在监狱内外通用。毕竟，这个世界需要的不是真相，而是最大限度地减少损失。个人在集体和社会面前渺小得可以忽略不计，何况只是一个本来就有罪的犯人呢？众人都习惯了这种解决方式，这种希冀于维持表面的祥和平静的方式已经成为血液里延续下来的历史记忆。

程煜把车停在警校门口，看到警徽立在中央，光荣榜上还有程乾有些褪色的名字。他想起五年前刚考上警校时，程乾是警校的光荣，也是他一直以来前进的方向，一定程度上他是因为程乾才考警校的。

“曼婷不希望我还继续干这种工作，所以，哥希望你加油，连同我的……我的遗憾。”程煜耳畔又响起程乾的话。

程煜知道哥哥从小就以当一名优秀的警察为目标，可是，那个女人却把这当成一次交易。“那种工作”，程煜几乎可以想象出陆曼婷说起这几个字时的厌恶。又是所谓的上流下流，上流人与凤凰男叫做下嫁，攀高枝，上位，有时候还真的是佩服汉语的博大精深，能把爱情包裹上糖衣，明码标价。

程煜叹了口气步入校园，警校的教学楼还是没变，除却外面新刷的油漆，走在走廊里的熟悉感还是让人很亲切。正当他陷入回忆的时候，忽然感觉自己肩头一沉。

程煜一回头，是当年带他的老教官。看着来人苍老的不少的面容，他的鼻子有些酸，他不禁拉住老教官的手说道：“老师，我来看你了！”

“阿煜你小子还知道回来！走，到家里说，让你师娘做点好菜，咱爷儿俩喝两盅，你师娘老念叨你和你哥。”老人嘴上损他，手上却拉着不撒手闻到问道，“怎么，工作上碰到难事了？”

程煜笑着摇头：“哪能哪，你教出来徒弟能有那么怂？倒是应了你老当初的那句话——犯人们虽然不好对付，可领导更不好相与。”

老人叹了口气感慨道：“看得出，你和你哥不一样，他和陆局的丫头……”

“要结婚了。”

老人看着程煜，欲言又止：“哎，不说这些不高兴的，来，到我办公室给你看个好玩意儿。”

墙壁上挂着一副十寸左右的唐卡，形状很奇特，是罕见的同心圆。外圆是由橙绿黑组成的漩涡状，内圆里面有一个类似十字的蓝色符号。不需要任何解释，当程煜站在那里，整个图案仿佛已经在向他诉说着什么了。

程煜呆立在那里，眼睛直直盯着那个仿佛在缓缓转动的蓝色符号，他觉得这个符号好熟悉，好像在哪里见过！

老人看程煜看得入神，便把唐卡取下来交给程煜说："老朋友送我的，喜欢就送给你。"程煜连忙推回解释："不是，只是觉得中间的这个符号很特别，所以有些入神了。"

"中间的这个"卍"叫做万字符，说起来也不是咱们汉族的，最初是从藏区传过来的。"

程煜的脑中忽然闪现出林小秋房间墙壁上的杂乱刮痕。那些看似杂乱无章的线条分明是万字符，还有林小秋入狱以来的精神失常，以及挣脱自己时异于常人的力气！

"老师，您知道这个符号的意思么？

"在藏语里，是永世轮回的意思。"

永世轮回，难道齐岳的实验——《灵魂超体》成功了？灵魂在等于光速时会在短时间内脱离肉体，看到物质世界的本源，甚至可能依附到别人的肉体上……程煜不禁攥紧拳头，额头侧面的青筋突起，这不可能！

四、入梦惊魂

当程煜把镇静剂注射到林小秋静脉中的时候，阿明的眼睛充满不解，不由得提醒他："头儿，新任监狱长快到任了，你为了一个不相干的犯人得罪陆局值得吗？"

程煜把仪器终端连接到林小秋的太阳穴解释道："林小秋对我的防备心太强，催眠已经失败过一次，入梦是得到真相的唯一方法。"

阿明迟迟不肯出去，眼睛里满是担忧。

程煜笑着摇头叮嘱阿明："记住，二十分钟后如果我没有醒来你就切断电源。"

程煜深吸了一口气，严格说来，入梦比催眠的风险更大，催眠的难处在于使人入梦，一旦被试者对催眠者产生怀疑，催眠就无法进行。而如果直接进入别人的梦境监测信息，可以用进来容易出去难概括，即使获得了自己所要的信息，被试者防御系统过于强大的话，入梦者就有可能困在里面再也无法苏醒，变成植物人。

理论上，粒子在接近光速时会位移到未来的时间，如果超越光速则可以回到过去。但是必须满足质量无穷大，也就是重量无限小，速度无限大。而这种情况在现实中是不可能的，可是林小秋反抗自己的时候分明就完完全全变了一个人。齐岳似乎在她体内生根发芽，将她的血肉作为养料，恣意生长。程煜忽然感觉自己的头有些昏沉，一片眩晕的感觉像潮水一般将他包围。

他，进入了林小秋的脑世界。

黑暗中，一个咖啡馆出现在程煜的眼前。透过玻璃，他看到林小秋在和一个男人交谈，男人的肢体动作很丰富，不时地跟林小秋讨论着什么，中间二人发生了激烈的争论。最后林小秋点点头，似乎妥协了，他们从咖啡厅出来的时候，程煜发现这个男人竟然是死去的物理学教授齐岳。

程煜跟着他们进了一个公寓，他们却对程煜熟视无睹，仿佛看不见他。

进了公寓之后，齐岳躺到装满蓝色溶液的浴缸里，似乎在向林小秋微笑告别。而这时陆曼婷却突然出现在浴室里，她发疯似的和林小秋厮打在一起，却不小心触发了电路装置。几万伏的电霎时通到齐岳身上，当林小秋要阻止她的时候已经晚了。

一幕幕加速播放的片段像是老旧的黑白电影戛然而止。程煜似乎被旋入下水管道的那个“卍”字漩涡，他在一阵强烈呕吐感袭来的时候，听到了一个粗嘎的男声“嗬嗬”。他似乎发现了程煜的偷窥，得意地发出野兽般地嘶吼声，那种声音刺破他的毛孔蚰蜒而上，他的半边身体都陷入了麻木，感觉自己处于海洋深处，到处都是水，无边无际。他的全身像是被通了电，意识逐渐被压制到身体的最深处。

当胸腔里的空气几乎快要被榨干时他忽然被一股暖流推上岸边，是林小秋，她说：“求你，救我。”

他听到了阿明的声音，“头儿，你怎么了！快醒醒！”

程煜醒来了，他的后脑里似乎有针在扎。梦是最真实的，这是案发当天林小秋的回忆。也就是说林小秋的身体里多了一个人，齐岳的实验因为陆曼婷的意外触发电路装置成功了。这一切，都是因为陆曼婷。

林小秋还在沉睡，冷汗不断地从程煜额际滴落下来。他把唐卡交给阿明：“醒了之后把这个交给她，今晚上的事跟谁都不要透露。”

阿明还想再劝，看到程煜坚定的眼神，点点头离开。

程煜叫住他：“你知道我们现在看到的星星其实是几十万年甚至几百万年以前的星星吗？也许当你看见它的时候它就已经不存在了。”

阿明愣了，程煜面上浮起的苦笑转瞬即逝，转身离开时拿走了林小秋入狱那天存档的所有录像带。

没错，证明林小秋杀人的证词正是陆曼婷提供的。

在梦里林小秋和齐岳在进行那个灵魂超体实验，他们想证明利用高压电使灵魂粒子达到光速在理论上是可行的。在咖啡馆里，林小秋和齐岳之间的争执应该是这个实验的可行性。虽然齐岳那时候已经是陆曼婷的未婚夫，但一旦在某个专业上达到极致的人会陷入疯狂。他想要证明自己所想，甚至可以不择手段。

林小秋妥协了，她答应帮助他，即使知道如果发生意外自己会成为杀害齐岳的嫌疑人。她没有料到陆曼婷的突然闯入和发狂，陆曼婷以为她要谋杀齐岳，却错手害齐岳触电而死。可是林小秋却对子虚乌有的罪行供认不讳，甚至描述了杀死齐岳时每一个细节，事近妖则伪。

也就是说陆曼婷的证词是假的，而且她通过某种渠道对林小秋强制信息植入，篡改了她的记忆，让林小秋代替她坐牢。这一切都是有可能的，毕竟她的父亲是潞城警界一把手。

而陆曼婷却声称当日自己去未婚夫齐岳的婚房时，竟然发现齐岳的助理林小秋试图在试验中杀死齐岳，奋力阻止却抵不过林小秋的蛮力，眼睁睁看着齐岳被林小秋电死。

程煜暂停掉录像，屏幕里的陆曼婷脸上满是泪痕，他可以肯定的是陆曼婷是真的喜欢齐岳。但是她未婚夫刚死她就急着嫁给程乾，怎么想都有点奇怪。是为了掩盖她是杀死齐岳真凶的事实，还是还有其他隐情？

程乾辞去公职入赘到陆家，陆曼婷找到新的依靠，可是与此同时无辜的林小秋却在遭受牢狱之灾。

“求你，救我。”林小秋无力地求救声萦绕在程煜耳边。

车子行驶在国道上，阴云压得很低，雨水不断地打在车窗上，模糊了程煜的视野。如果一直以来的猜疑以及陆局的权势让他犹豫不决的话，那么刚才阿明的电话让他决定，去程乾和陆曼婷的婚礼说明一切。

阿明告诉他，这次监啸死了十三个人，新任监狱长授意把监啸的事情推到林小秋头上，两罪并罚月底执行死刑，不但可以推卸责任而且还可以灭口。

他要救林小秋，他要在程乾面前揭露陆曼婷的真面目。刚进婚房，一种可怕的熟悉感包围了他，这个婚房在林小秋的梦中出现过，是当初齐岳和陆曼婷准备结婚的婚房，也是齐岳死亡的地方。

面容姣好的女人身着大红喜袍，一看到他就笑着迎过来：“阿煜来了，看来乾想给我个惊喜，他骗我你工作太忙来不了。”

“陆曼婷，你还记得齐岳么？”

陆曼婷的笑容僵在脸上，不知道这个未来的小叔子想要说什么。

程煜紧盯着她逼问道：“现在住在监狱里的人不应该是林小秋，其实应该是你吧？”

陆曼婷愣了一下，旋即笑着嗔道："哦？那不知道我未来的小叔子，有什么确实的证据呢？"

见程煜无话可说，陆曼婷咧开红色的嘴唇嘲讽道："不识抬举。"

程乾正好走过来，看到两个人剑拔弩张，几乎可以闻到空气中的火药味儿。他揽过陆曼婷的肩膀，冲程煜使了个眼色："愣着干嘛？叫嫂子啊！"

程煜冷哼了一声，甩掉程乾搭在他肩膀上的手反驳道："陆曼婷配我叫她嫂子么？"，看到程乾脸色渐沉，程煜亮出了底牌："陆曼婷，齐岳现在在林小秋的身体里。"

陆曼婷伪装的镇定一瞬间有些崩塌，她冷着脸："开过世了人的玩笑不好吧，那种实验不可能成功的。"后半句话她几乎是喃喃自语。

程煜逼近她问："果然，你也知道那是一次实验，你要为什么陷害林小秋？"

"是么？证据呢？我只知道，林小秋对她的罪行可是供认不讳！"

程煜忽然觉得眼前的女人很恶心，他盯着陆曼婷的眼睛："那是因为你通过某种渠道对她强制进行了催眠，信息植入。"

"你想怎么样？"陆曼婷的眼神有些慌乱。

程煜乘机拉过站在她背后程乾："你都听到了，而且这个婚房跟之前她和齐岳婚房的布置一模一样，像个凶案现场。这种女人犯不着你为她放弃做警察！"而程乾听到后却没有意外，也没有震惊，他的眼神很复杂，冲陆曼婷摇摇头，似乎在恳求。

陆曼婷看着程煜，忽然得意地大笑，美丽的脸显得格外狰狞。她歇斯底里地咆哮道："哈哈，可笑，从他答应我给林小秋催眠时他就和警察没有关系了吧？其实也没什么，我爸是局长，而你哥做了婊子还立牌坊，在一直以自己为榜样的弟弟面前被撕掉面具，无地自容了？"

程煜看着羞愧的哥哥，难怪他坚决否定林小秋是记忆植入，原来他就是给林小秋植入记忆的人！原来林小秋怕的不是自己，而是自己酷似哥哥的这张脸！

"齐岳在林小秋身体里，你意外触发电路，齐岳却成功了。"程煜坦然地看着陆曼婷。

陆曼婷疯了一般抓住程乾的胳膊狂吼："不可能！乾，你告诉我这些都是他编出来的！"

"监啸的事情可能也和这件事有关。"出乎意料，程乾帮了他。

虚伪和欺骗筑起的华美大厦瞬间塌陷，谁都无法独善其身。门内的司仪声音渐渐远去，"非常抱歉，由于一些原因程乾先生和陆曼婷女士的婚礼改期，再次表示……"

程煜在心里说着对不起，自己被挂职，只能借助陆曼婷之手救出林小秋，这是当下让林小秋保住性命的最好方法。最终，林小秋以保外就医的幌子被他们带走了。程煜断定，齐岳还在林小秋身体里，陆曼婷不会轻易对林小秋下手。

他们带林小秋走后，程煜接到了一条短信。短信的内容有些没头没脑，甚至让他诧异，是程乾发来的，他说放心。

程煜盯着手机上的两个字，“放心”，他现在还能相信他么？

五、不存在的死者

一个礼拜后，程煜在街上遇到林小秋。林小秋穿衣很中性，与他擦肩而过，却似乎不认识他，程煜的笑容僵在脸上，不自觉地跟在她身后。

当程煜看到她对着刚从专卖店里走出来的陆曼婷微笑，并且轻轻搂着陆曼婷的肩膀时，一个可怕的念头让程煜头皮发麻。林小秋在自己入梦探视时就很虚弱了，程乾既然可以催眠，那么也可以削弱林小秋。难道说，现在控制林小秋身体的，其实是已经死去的齐岳！

程煜想冲上去问清楚，却突然被一个人拽进酒吧，是程乾。程乾的衬衫看起来又脏又皱，似乎从一个月前结婚典礼就没有再换过，他没有搭理程煜，却熟练地摇着酒杯冲吧台边的美女调笑。

程煜一拳打在他的颧骨上骂道：“你知不知道你杀了林小秋！你杀了人！”

面对弟弟的质问，程乾似乎完全没有想要解释的意思，他偏过头擦了擦嘴角的血迹，依旧不慌不忙地倒着酒回答道：“所以，无法挽回的情况下，作为警察，举报还是怎样，随你。”

程煜笑得有些绝望，他狠狠地瞪着程乾，凶狠从牙缝里一个字一个字地挤出来：“我当然会亲手抓你进去！你认为你还有教我的资格么？你现在就是陆曼婷的一条狗，是不是她让你死你也会去？”

程乾没有回答，他的侧脸被隐匿在阴影里，有几分落寞的味道。

程煜跌跌撞撞地走出酒吧，叫卖声盖过街道上臭水沟的味道。他忽然响起程乾那天给自己发的短信说让自己放心，是什么意思？程煜转身返回酒吧，却发现程乾的座位已经空了。

程煜颓然地跌坐在那个位置上，看着吧台前盛满了酒的杯子，五光十色的液体在昏暗的灯光下诱惑而又迷离。他笑了，加入舞池中疯狂扭动的男女，嘈杂的音乐，还有疯狂颠迷的舞步，几乎让自己忘记一切，忘记那张布满伤痕的脸。

监啸？哪里又不是监狱呢？死掉的十三个人是监啸的牺牲品，或者不如说他们是幸运的，在释放完狱压时他们不必再清醒过来，承受残缺的肢体和像傻子一般狂乱的历史。至少，死去的人是在一派豪气之中挣脱束缚的。

林小秋向自己求助，自己自以为把她从潞城监狱里救了出来，却没想到害死了她，替齐岳和陆曼婷做了嫁衣。程乾呢？他一定以为他是最聪明的，可他帮了陆曼婷脱罪却让自己永远无法回到警界，把自己关在虚无的监狱里。

三个月，数不尽的空酒杯与女人的香水味觥筹相错，他以为他会忘掉那张脸，在他渐渐认识到这个世界的规则的时候。

直到阿明将他从满是空酒瓶的地上拖起来，狠狠地打了他一巴掌：“头儿，三个月了，你还要堕落到什么时候？”

程煜傻笑着，一说话就酒气冲天：“阿明啊，来来来，再陪我喝会。”

“头儿，”阿明盯着他：“事情就这样结束了么？”

还没有结束吗？林小秋死了，他一直要救的人已经死了，要他怎么样，真的去举报程乾么？

程煜的眼睛逐渐恢复清明，是啊，事情怎么会结束呢？杀人偿命，程煜自嘲地抽动着嘴角，自己的原则也不过如此，透明的蛛网不知不觉将他包裹在内，麻痹全身。

程煜在东华大学门前的传达室旁停下车，把头探出车窗问道：“大爷，请问齐岳教授的实验室在哪个房间？”

门房大爷打了个呵欠，迷迷糊糊地摇头：“没听说过有这么个人，你找错了。”

“不可能，他是这里的教授！”程煜耐着性子解释。

“我都在这工作二十年了，说了没这个人！”

这一点在东华大学的教务处官网得到了证实。程煜站在拥挤的路口，四面八方的人不断地将他碰撞着，怎么会？根本就没有齐岳这个人！可是，自己亲眼看见齐岳的尸体照片和论文！还有陆曼婷的口供录像……

不，那都是档案里的东西！难道说，自己一直绞尽脑汁调查的案子，根本就不存在？

齐岳不存在，陆曼婷却承认自己杀了人，那自己在林小秋梦里看到了场景究竟是什么？

脑子里的疑问多得快要爆炸，程煜开车冲向那个案发地点，也是陆曼婷本来准备结婚的婚房．程煜撕掉上面的封条，一种茉莉花的香水味混合着厚厚的尘埃一股脑儿钻进他的鼻腔。

推开陆曼婷的卧室的房门，床头的一个大相框用白布遮着．程煜的心忽然猛烈地跳动起来，他拽住白布的一角，不安的感觉越来越强烈，“哗”，白布被掀开的时候，程煜整个人都呆住了。

两个女孩子互相搭着肩膀，笑得很甜，下面的日期写着2007年，怎么可能？今年是2012年！

那是在五年前，陆曼婷和林小秋，她们怎么可能认识？

程煜站在陆曼婷家，仓皇失措地看着有些发黄的旧相片．他缓缓掏出手机打给程乾问道："齐岳不存在对么？为什么陆曼婷房间里会有和林小秋的合照？"

程乾似乎一直在等这通电话，嗓音有些沙哑："阿煜，来西藏吧。"

六、精神分裂

程煜见到程乾的时候，程乾正背对着他。大厅中央的纯白色的稠花包围着一个巨大的水晶棺材，透过透明的棺盖，可以清楚地看到棺中的女人眼尾曳着细长的黑色眼线，浓重而艳丽的妆容，她抿着薄薄的嘴唇，像极了一个在沉思应该怎么进行开场白的演员。

棺材里面的人，是陆曼婷。

林小秋出狱没多久陆曼婷就带她去了西藏，原因不难想象，无非是避开程煜这只讨厌的苍蝇。

可是三个月后陆曼婷却自杀了，溺毙在天池里。当地人发现尸体的时候，陆曼婷的身体还完美地保持着堕水的一瞬间，她的一切都以腰肢为原点向上弯折，四肢蜕化为瓣。程乾告诉程煜，陆曼婷睡着的时候真的很像一朵蓝莲。

程煜走到程乾身边，对眼前的一切充满震惊和不解。

程乾背对着他，温柔的眼神落在水晶棺的女人身上，自顾自地说："知道么，曼婷从来都没有杀过人。"

程煜回答："我知道，齐岳不存在。"

"不，他曾经存在过，被林小秋杀死了。"程乾扭过头，眼眶下面有些红肿。

程煜神情愕然，他摇头否认道："不！这不可能！"

程乾从包里掏出一张纸，递给程煜。程煜展开那张纸，发现是一张诊断书，上面写着：林小秋，分裂型精神病，第二人格期间自称齐岳，与女性有暧昧关系。

原来，林小秋患有严重的人格分裂症，在十八岁时分裂出第二人格齐岳。后来，那个自称物理学教授的人格压制了主体林小秋，与陆曼婷相爱。直到有一天，陆曼婷醒来后却发现林小秋（齐岳）不见了。

林小秋利用第二人格沉睡的机会来到精神病医院，请求治疗——把副人格消除。治疗很顺利，齐岳的人格被消除掉的时候，陆曼婷正好赶来，她疯狂地扯断所有仪器的电线，试图阻止却失败了，所以在林小秋的梦境中才会出现陆曼婷闯进浴室扯掉电线那一幕。

齐岳消失了，剩下的人格是原本的林小秋。陆曼婷认为是林小秋杀了自己的爱人齐岳，她把林小秋囚禁起来，可是林小秋不再是那个爱她的齐岳。林小秋不认识她，甚至排斥她，陆曼婷不甘心，她找到曾经追求过自己的程乾，求他帮忙。

程乾告诉她，精神病具有反复性。如果让林小秋相信自己体内还有一个灵魂，那么，齐岳的人格很有可能会再生。前提是，这场戏足够逼真。

于是他们私下利用陆局长的权力伪造了一场根本没有存在过的谋杀，一场漏洞百出的冤案。关键是林小秋潜意识里是承认自己杀了齐岳这件事。他们策划了一场监啸，建议陆局将程煜从美国调回，开启了整个谜局。

程煜眼中带着不可掩饰的伤痛，他问程乾："为什么是我？"

"你是唯一合适的人选，我催眠林小秋时她已经对我产生的巨大的排斥。而你，与我三分相似的容貌作为施压的善意警察，刚刚好。"程乾似乎很满意自己策划的一切，他一向了解自己的天才与疯狂。

"监啸死了十三个人！"程煜冲程乾吼道。

程乾的嘴角抽动了一下说道："你还不明白么？我退出警界的真正原因……"他顿了顿，看着自己修长的手指，像是在看什么脏东西，他近乎神经质摇头："它不干净了。"

所以，什么冤案，误杀，灵魂超体实验，通通都是陆曼婷和程乾的一个个圈套。当程煜步入潞城监狱的时候，他以为自己置身事外，只是来调查监啸的凶手，却没想到，自己已经成为触发整场监啸的那个摩擦毛玻璃的声音，每个人都处在监啸里，在鲜血和癫狂中肆虐，迷失。

精神分裂唯一的治疗办法就是消除副人格。在接林小秋出狱时，陆曼婷请求程乾消除林小秋主人格，这样，她就可以和再生的第二人格齐岳永远在一起。

程乾答应了她，一如既往地满足着她。而她却马不停蹄地带着齐岳飞往西藏，那个她早就购置好的别墅里。

可是陆曼婷不知道的是，被程乾消除的人格根本就不是林小秋，而是齐岳。

所以；当柜子里各式各样的女士内衣出现在陆曼婷面前时，她终于明白程乾背叛了她，这个全世界最不可能背叛她的人背叛了她。

她不得不面对一个可笑的事实，她和一个女人缠绵了整整三个月，而那个自己最恨的女人从始至终一丝不苟地扮演着她最爱的男人。

她是否已经爱上了这个伪装成齐岳的女人？绝望要了她的命。

程煜看着程乾，终于明白那条让他放心的短信的意思。他在告诉自己，林小秋没有消失，消失的只是那个本来就不应该再次出现的第二人格——齐岳。

程乾很精神，整个葬礼的流程都做得一丝不苟，他脸上偶尔露出的笑容会让人以为他真的得到了幸福。当他小心翼翼地把戒指套在陆曼婷僵硬的指节上时，程煜忍不住问他："你真的爱她么？还是为了得到一具尸体？"

程乾愣了一下，眼睛里的伤痛一闪而过，他把食指放在嘴边，"嘘——"然后答非所问地让他看陆曼婷手指上闪闪发光的戒指，"你看，很适合呢。"

东窗事发，当葬礼结束的时候警车把大厅堵了个水泄不通，毕竟十三条人命要有人来负责。程乾被抓走的时候程煜偏过头，红了眼眶，他不想看见那么骄傲的一个人狼狈的样子。程乾笑了，轻不可闻地叹了口气，被套上一个黑色布袋踉跄着消失在程煜的视野里。

程煜离开西藏的时候见到了林小秋，她穿着藏民服饰。而他当时可能有一点高原反应，恍惚中，他身处一座浓雾弥漫的山，林小秋穿过迷雾走到他身边的时候，他只觉得林小秋像是变了一个人，笑得很恬静。

他试着叫她的名字："小秋。"

林小秋脸上的伤已经全好了，笑盈盈地递给他一个包裹。程煜打开包裹，是他当时让阿明留给林小秋的藏族唐卡，中间的那个蓝色的"卍"字符号依旧在慢慢旋转着。

林小秋平静地诉说着，感激多过怨恨："其实是你哥让老教官给你的，他只是想帮我，当时陆局发现陆曼婷的计划大发雷霆，不但把你调走，还想让我为所有的事负责。毕竟，如果我处于那种状态真的会被杀死，他不想陆曼婷沾上人命。"

程煜眉间氤氲着淡淡的愁绪："既然他那么爱陆曼婷，为什么杀死了再生出的齐岳人格？"

林小秋摇了摇头："齐岳的出现并不在程乾一开始的计划之中，从监狱里接走我的时候他和我做了个交易。他要让我扮演齐岳，彻底打破陆曼婷的梦，他是个天才，可惜他的爱太过……"林小秋看了程煜一眼，继续说："陆曼婷在发现真相之后并没有回到他身边，她选择了自杀。那天，他像是丢了魂，抱住陆曼婷的尸体泡在冰凉的湖水里……他一直在重复说着，陆曼婷睡着的时候，像一朵蓝莲花。"

程煜眼中的浓雾渐渐散开，每一个人都在为自己想要追寻的美好而奋不顾身，却恰恰走到了与期待相反的对立面。陆曼婷是这样，程乾也是这样，程煜的目光不自觉地移到林小秋的脸上，自己，或许也早已陷入其中而不自知。

夕阳的最后一抹余晖缓缓地划过林小秋的侧颜，她羞涩地抿着嘴冲程煜一笑。

程煜却敏感地发现林小秋的嘴唇有些颤抖，她故意背对着警车刚刚驶过的地方。对她来说齐岳不仅仅是一个分裂出来的人格，已经变成一个活生生的人，选择治疗时她就已经起了杀念，即使她将消除齐岳人格的记忆藏在脑海的最深处，可是作为代价，这种若有若无的恐惧将会伴随她的余生。

程煜脑海中突然浮现出那天在酒吧的时候，面对自己的质问程乾默不作声的样子。程乾的侧脸被隐匿在阴影里，无端生出几分落寞的味道，他被洪荒吞噬，连挣扎都成了拙劣的表演。终于，他也成为了洪荒的一部分。

凌晨四点半，天快亮了，霓虹却还未停歇。

秦　俑

浙江传媒学院 / 话桑客

第一幕

夜，触目惊心的凉，然后是无边无际的静，连一溜溜的风都不曾卷过。只有一轮惨白的弯月悬挂天际，那浸了水寒气深重的清辉照在秦宫西南角落的长廊地砖上，不多时就有一身穿绿袍的宫人徐徐走过。

他一手握着古铜烛台，另一手安静地垂在身侧。不论有无夜风，都是一般的姿势。饶是烛油淋淋沥沥地淌着，一阵夜风卷过，烛火就一吐一息地像微弱的蛇信子。他渐渐走远了，影儿被慢慢地拉长，月光只能捉到他高山冠的轮廓以及他高大强壮，却微微佝偻的身影。

往曲台宫的路上还有一段曲折的回廊，廊上往日的侍卫不见了踪影，只余空荡。廊壁上饰着车马出行图、仪仗图等壁画，在昏暗的烛火下模糊着，皇家天子的威严仍然不可忽视，赵高轻轻叹了口气，目不斜视地举着灯直朝殿门走去。

"赵中车府令可回来了，陛下一直在找您呢……"他才踏上宫前的石子台阶，殿前侍立的宫人就殷勤地上前搭话，再捧过他手中的烛台。赵高用鼻腔发着几不可闻的嗯声，脚步不停，只在略过宫人谄媚模糊的五官才微微一顿，这熟悉而陌生的奇异感觉。

太像以前的、现在的他，让人熟悉而厌恶。

殿外冷极了，有时风呜呜地卷过，让人霎时汗毛竖起。而殿内弥漫着陈酿、脂粉、炉炭的香气，热烘烘的一熏，转眼就使人醉了。大殿里四周放了做蟠螭状的青玉五枝镫，灯火正旺盛燃着，一旁又倚了龙纹方炉，炭火霹雳烤着，只觉室内盈盈灿如白昼，暖人心扉。

正堂处是一色的宫娥美人，环肥燕瘦，都甩着柔软而轻便的袖袍配着丝竹管乐翩然而舞。始皇的座位离正堂极远，因而是整个大殿最暗的地方，嬴政的脸在冕旒的阴影中分辨不明。而赵高清楚地知道那是一张怎样的脸。

他的皮肤黝黑，高傲的薄薄的嘴唇常常是抿着，它没有笑的作用，他的眼睛细而长，眼尾微微向上翘起，传自于他的母亲——那个据说倾国倾城却浪荡不堪的赵姬，他的瞳仁黝黑，是冰冷的不带情绪色彩的黑宝石，是一柄利刃，能刺入人心。

嬴政将手中饮尽的樽掷在地上，咣当一声。然后直起背脊，嗡嗡发声："赵高……赵高，赵高何在？"疾疾呼声带了几分醉，可依旧稳如泰山。

"陛下醉了，小人一直在这呢，一直在这里……"赵高趋步上前俯身一拜，他的背更弯了。

"哦，你一直在这里，就你，一直在……"声音逐渐放低，那两颗黑宝石的光好像温润了几分，这时堂上的一嫔姬袅袅上前，深色的蕖罗衫、花落裙，脚上是一双绘彩的泥金鞋，她垂着首，俯身奉着盛满陈酿的樽，喏喏"陛下，请品玉酿"。

秦宫的气候十分怪异，它是三月娃娃的脾气，风雨日晴总是骤变。

嬴政站了起来，以居高临下的态势盯着面前的宫姬，他额前冕旒的珠子随着行动微微晃动撞击，继而又归于平静，"赵高，这是哪国的宫姬？……赵国的是吗？……这些赵国人，可恶，拖下去杖毙。"几乎是在自问自答，他不需要回答。

"陛下饶命，陛下饶命，臣妾只是想敬陛下一杯酒，臣妾不知哪里不是，还请陛下恕罪。"这下精致的容颜变成了画脸谱，唰的一下所有颜料染尽，乱七八糟的一团，然后咚咚咚地磕起头来，咚第一声，是舞姬们轻盈迈开的舞步，咚第二声，舞姬们皆甩开广袖来，咚第三声，舞姬们彼次低伏下身子，广袖翩跹，遮掩不了她们婀娜的姿态。

至尊的陛下不接话，自然就无人应她。堂上的丝竹乐舞仅仅停了片刻，复又咿咿呀呀地唱开来，扭扭捏捏地舞起来，静极之后喧嚣，舞殿冷袖与春光融融，这就是秦宫的日夜。

赵高是赵国人。他直立着，可背依旧是微微弯曲的，他是始皇所有命令的最好执行者，一向如此，这次也不例外，他的脸在光线里一半是明一半是暗，五官不明，可神情平静得分外清晰，只几个命令就将惨叫连连的宫姬拖下去杖毙。

他们没有什么关系，只是同样姓赵，仅此而已。

秦始皇又坐在了阴影之中，独自一个人一樽一樽地饮着，他的身旁没有宫人侍候，只有赵高站在离他十步的位置，除此之外，再无一人能靠近。醉眼惺忪中，嬴政终于看见了他自己的脸，在阿房瞳孔里惊慌的、不知所措的他的脸，满满的。

阿房，赵国人。

“赵中府令，赵姬的尸首需要送回赵地安葬吗？”

“不必了……”

“可是，宫规……”

“你只需听我的话去做即可。”

第二幕

始皇的寝殿和秦宫所有的宫殿一样，总是空荡荡、寂悠悠的。往往是宫门一拢，所有月华星光都被张着血盆大口无边的暗给吞噬了。他将能撤掉的物件器皿都撤了下去，连帷幕都一席不剩地扯了，这一切都是遭受多次刺客刺杀的后遗症，至高无上的秦始皇也有他的弊症——他太怕死了，因此不知耗了多少人的辛苦命，散了多少金银锱铢去炼丹采药以求永生，一壁却又铸墓造陵奢求来世。

你问他到底怕什么？

榻上和衣卧着秦始皇，他一贯褶皱的眉头此刻依旧紧紧锁着，往下是被后世诟病中伤的鹰钩鼻，他承了他母亲的长相，又或者带有吕爷的奸商之气，总之是一张顶好看的脸。

那紧合着的双目突地睁开，两道清亮的光在暗中熠熠，他从榻上惊坐起来，呼吸变得急促起来，他如何也是普通人，有着普通人从梦魇中好不容易挣脱开来的反应。

若是从前，阿房会披着浅黄银泥云款款而来，她端着盛水的器皿上来，那秀气的远山黛眉会微微蹙起，里面盛满了秦始皇很少从他人脸上看见的所谓担忧的情绪，她会柔柔地道一声陛下，啊，多美妙的声音，他的忧愁顾虑以及满腔恨意就消失无踪迹了。

没有人会一直知道他，没有人会永远记得他，纵然他功绩千秋，传位后世，史书上只会记载他嬴政，某某年生于何地，做过某事，何结局，如何灭六国，统一天下。也许他的后代在受他功绩荫庇之时，享他所带来的荣华时会赞一声好，可没有人会知道他的情绪。

彼时童年在赵国做人质的辛酸屈辱，回国后图帝位的艰辛不易，而更可笑的是所谓骨肉血亲，在他登基后一个只知道纵身情欲，丢他颜面至今，甚至无端让他受了便宜哥郎的屈辱，一个只知谋夺权位，顾好他抛妻弃子好不容易换来的荣华富贵，所有人都在窥探他的帝位，没人懂他一路走来战战兢兢，披荆斩棘早已经遍体鳞伤。

只有阿房懂得，只有她一直在他身后看着，所以他要把这九州送到她眼前，他要和阿房一起永享千秋万世，他要世人看看，他秦王嬴政到底是什么人。

案几上的烛火不知怎么的又燃了起来，温暖的光让整个寝殿——这只冰冷黑暗的巨兽都变得温柔起来，烛火在几个瞬间仿佛被窗外的风刮着跳了几下，复又好好地燃着。

秦宫四处都没有足够大的可以藏人的阴影，唯有屋上的横梁因为有稳固房屋之用，无可修改，也不可减去。一抹黑影霎时从梁上跳了下来，青铜宝剑在静谧的空气里嗡声作响，那剑马上就要直刺始皇的喉咙。可秦始皇仿佛早有准备，从床榻处抽出一把剑来挡住凶器冲人的气势，两剑相抵又是一阵响动。

刺客是一身黑衣短打的模样，蒙着脸看不清模样，即是黑夜刺杀，不是白日高手决斗，没有互相报上姓名的必要，又是一个无名氏，至多成为秦始皇一统千秋的小小的微不足道的踏脚石。

电光石火间二人又过了几招，刺杀的活本就不是武林比武，讲求的是一招致命，刺客错过了最好的时机，这已经是必败无疑的一仗。

秦始皇不是从小就修习的剑术，他小时长在赵国，无人教习，只有同龄孩童的拳脚与主人长家的棍棒马鞭，倒叫他挨出一身铜皮铁骨，怎么打也打不死。他的剑术是回到了秦国才开始修的，早就过了最适当练剑的年纪，只是在经年间连续不断的刺杀中一步步精湛，如今已经很少有刺客能近得身伤他分毫了。

唯一一次近得他身的时候，剑离他最后几寸，扑哧一声刺入了人的骨肉，可是却不是他的身体，是阿房柔软纤细的胸脯，然后硬生生捅进他的心里，从此搅动着天翻地覆，每每总是痛苦不堪。该死的荆轲，挫骨扬灰也不为过的荆轲，他死了，为他的愚蠢丢掉了性命与国家，可是他的刺杀却成功了，他把秦始皇的心给捅碎了。

剑与剑相碰的声响逐渐大了，寝宫外的灯火都白昼一样地亮了起来，驻守的侍卫一排排蹿进来，赵高穿着亵衣持着把剑就夺步进来。他接过嬴政的活与刺客拼了起来，他是秦宫剑术数得上的人物，只几下就将刺客的衣服刺得一个又一个的洞，鲜血直往外冒。

刺客死了，他的面罩甚至都没有被摘下来就被几个侍卫倒着拖走了，秦始皇的千秋霸业上再添一个亡魂，真是可喜可贺。

秦始皇跪坐在榻上，瞪着眼，神情恍惚，他始终忘不了，忘不了荆轲以及那把要刺向他的利刃，还有从帷幕后面飞奔出来的阿房，藁罗衫宽大的袖袍大大张着，她宛如一只寿命将至，要舞最后一曲的蝶，就这样扑在了他的面前，和以前一样为他挡住了所有的伤痛。

嬴政索性不再入眠，穿戴好朝服，别好冠冕。赵高换好衣服早已立在一旁眼观心，口观鼻，殿外是跪了一地的侍卫，瑟瑟发抖着。秦始皇从他们身边轻轻掠过。

“今夜驻守的侍卫一律杖杀。”

侍卫们颤抖着俯身叩拜。杀吧杀吧，叫这天下人都为他死去的心和爱陪葬。

第三幕

骊山山麓，秦始皇和他贴身侍卫夜奔而来，天仍是刚蒙蒙亮。那施工重地之处却是人声鼎沸、火光冲天的景象，所有人都在为他的生死奔波。两处地，两派人，从九州各地征集来的壮丁，巨大的窑炉里融烧烤制着无数的人俑铜像，因为他要把他攻城略地、战无不胜的军队带到地下，永生永世。

一派是全国各地数得上名字的方士，他们日夜用硫黄炼制所谓长生不老的丹药，在用活人试用服药，无论生死最后都封土融成人俑，安放在秦始皇巨大的陵墓，美其名曰誓死守护秦始皇。

秦始皇携赵高来到副窑处，窑洞之地泥泞且尺寸较小，他俩微微弓着身子进入。窑旁的工匠有全国最好的手艺，正低着身子瑟瑟发抖。整个窑中都矗立着同样身量、模样的女人俑，所有的人俑都统一的服饰、五官，只偶几个有细微的变化。

窑炉里正烧着一尊人俑。嬴政静静地看着，脸色在火光里忽明忽暗，赵高低着头落后几步看着。

“这已经是第几十批，为何寡人瞧着她们仍然不像阿房。”

“阿房娘娘姿容，不是几个人俑雕像可以端拟的。”

“寡人知道，可寡人已经再无他法，只有人俑可以在寡人去后千秋万世陪着寡人。”

“陛下万岁……”

秦始皇转过身来向外走去，赵高看了一眼人俑跟着往外去。

“赵高，寡人让他们做一个你的人俑放在陵墓里，可好。”

“臣叩谢陛下圣恩。”

这一年，骊山的陵墓依旧每日每夜地赶工着，而咸阳宫旁的阿房宫地基已隐隐建成，那是始皇将要建造的天下朝宫，他要把九州的宫廷殿宇都搬来，将九州的美人都驱来，这一切都是为了他心爱的人。

皇帝陛下第五次东巡，巡视途中草草就停在了沙丘宫，他走不远了。五十岁的秦始皇身体早已经被几百万里国土的事务拖累，他的长生不老药还没有制成，云游寻仙也做了空，陵墓和浩大的阿房宫工程也不知道何年是头，扶苏和胡亥还没长成，可他快要等不下去了。

这天在使馆里，照例是赵高赵中书府令伺候他享用佳肴，他大可不必再看这些琐事，可依旧一天天、一年年如此。

嬴政的手微微有些有发颤，执着已经有些吃力，但他依旧不动声色地端着器皿，竭力保持一切如昔。

赵中书府令一壁执箸为他布菜，一壁冷眼看着嬴政的一举一动，数十多年的贴身相伴他已经太清楚这个至高无上帝王的所有秉性，甚至软肋。

嬴政停下动作，感觉到前所未有的如释重负，像是患者临死前的回光返照，他回过头端视赵高，多年来第一次好好看他，他知道自己没有多少时间了。

“赵高，寡人似乎从未赏赐过你什么，如今寡人想要问问你想要什么。”

赵高停下动作，趋几步到秦始皇的跟前。他一贯的样子是虽然体形高大却佝偻着背，说是事故导致的残缺。他的剑术书法极好，甚至被委任皇子胡亥的启蒙师傅，甚得皇子的信任和亲近，可他却甘于贴身伺候的活。皇帝陛下信任他，甚于旁人几分。

赵高抬起头来，一张清秀苍白的脸，嘴边还带着浅浅的须碴，接着淡淡地泛出一点笑来。

“陛下不用赏赐臣什么，因为臣想要的马上唾手可得。”

我想要什么，从你秦国骑兵踏破赵国的城土，从我父兄被埋在长平永远的黄土之下，从千万赵民再看不见故乡明月起，我要的就是你大秦毁在我手里。是包括你在内的整个大秦，可怜阿房，若不是因为你，她本来在赵地上安安稳稳过她一生，那日我哄她说荆轲对你有不轨之意，愚蠢如她就傻傻地在帷幕后等着，甚至用命去保护你。不，她不可怜，她该死，难道赵国就不是她的家乡吗？

赵高一字一句缓缓来，永远是没有起伏的音调，永远是那不平不惊的声色，他将背挺立得直直的，几乎几十年都未曾直立过，因此疼痛得厉害，好像是真有残缺一样。

秦始皇低着头陷入深深的阴影里，赵高知道他听不见了，这么多年来他四处寻觅方士为他炼制丹药，然后让方士们加重剂量，长年累月地服用早已成了慢性毒药，一点点掏空，一点点蚕食。

报仇不可心切，要忍，要稳，即使疼痛不堪。

赵高一如每次嬴政小憩一样，俯着身拢着袖袍退出房门，将秦始皇和他千秋万代的梦一起关在沉沉的门后，才缓缓地迈步朝外走去。

所有的一切才刚刚开始。

第四幕

这日天刚蒙蒙地擦亮，阿房宫——秦始皇谕令修建的新朝宫，在咸阳的东南处。这座闻名后世的朝宫其实也不过仅仅完成了前殿地基，秦始皇驾崩，举国动乱，就连此处的修建工人也逃散而去，丢下一片狼藉。风偶一呜咽，登时就荒凉凄惨了起来。

直通宫殿的直道处走来一个身着丧服的男人，高大笔直的身材，清秀却阴沉的面容，正是赵高。

他走着走着，停在了地基前，神情恍惚，思绪悠悠转转像是回到了往日时光。

他刚入宫的时候因为赵人的身份被遣去伺候阿房，她知道他剑术好就百般赖着要学剑。

他在树下教她练剑，秋日里风将叶子吹了一地，她吃力地举着剑，甩着宽大的袖袍像是在翩翩而舞，她转过头来冲他笑，眼睛弯成月牙状，里面是璀璨的星海。

“先生，阿房这样可对？”

…………

还有那一日，他在秦宫石阶下，冷冷地看着帷幕后的阿房冲出来，以身挡剑，扑哧一下，温热的血就溅了出来，隔着好远的他却像是被波及了，眼眶不知怎么地就热了。

他垂下头，缓缓地跪坐在了阿房宫前。

时间渐逝。

最后，所有的人都变成了秦皇陵墓里的一个个人俑。而史书记载，公元前221年，秦灭齐，统一六国；前210年，秦始皇死于沙丘宫。

小象央央

内蒙古工业大学 / 张宁馨

一

“我知道我下一个故事里的女神要跟什么男人结婚了。”夏央陷在舒扬的黑色双人帆布沙发里，长长的腿搁在桌子上，猛地一下从半人高的杂志堆中直起身来。“我要写一个老干妈一样的男人。”“老干妈是什么？”“老干妈辣酱呀，女神最后的港湾是一个老干妈辣酱一样的男人，心情不好能拌着白米饭凑合吃，心情好了就打个鸡蛋撒点儿葱花炒饭吃，吃腻了放冰箱里十天半月都不会坏，迟早在某个午夜两点又会打开瓶盖重归于好，舒扬，能跟女神天长地久的人，就是老干妈一样能跟你荒岛求生，人生百味都能拌着吃成一个味儿的人啊！”

“哎，舒扬，你看这个设计师专访，气死我了，说自己爱好喝茶，尤其是少见的茶，喜欢收藏茶具，但不自己做，因为觉得自己想要的东西是烧不出来的。真想隔着杂志抽他，他能觉得疼啊，干什么也别拿收藏家装 × 啊，不就是钱多往死里买吗，我一年级就爱收藏五毛钱一块的橡皮，高中还收藏美特斯邦威了呢，得成天喝什么稀有茶种才能肥成这样啊，佛珠都快嵌进槽头肉里了，说自己没了立体声环绕巴赫就无法创作，嘿，你怎么不说自己没了心相印就拉不成屎了呢，这人得空虚成什么样才能把自己家堆得跟秦始皇墓葬似的。”

“时尚杂志最无聊了，谁不知道一米七大长腿金发碧眼穿什么都好看，有什么可天天分析研究的，人家穿着腰是腰腿是腿，我们就是袜子都穿成同款还跟个地萝卜似的，说到这更来气了，最烦现在的淘宝店，叫成什么自制 studio 就天天讲得自己跟红十字会似的，倾家荡产地给你用什么重工哼哧哼哧仿大牌，大家都是乡镇工厂同根生，用得着一口一个我们家跟别家不一样，你们家是有意大利工厂啊还是直接从安弟斯小种羊身上薅毛啊！”

这是夏央整个三天小长假，待在舒扬屋子里陆续发表的重要讲话中的三条。

夏央对全世界都有意见，她总爱挑着刺儿地说话，像机关枪一样把所有橱窗玻璃都打破，整个世界在她眼里就是一个脏兮兮的大货仓。也可能是因为她漂亮，才有了把山珍海味吃完又吐的权利。她夏天穿T恤，秋天穿T恤加衬衫，冬天穿T恤加衬衫加毛衣加大棉袄；夏天爱吃串儿，冬天想吃冰激凌，看起来不能说欣欣向荣也没那么厌世。

舒扬问她：“你都怎么跟别人说我的啊？”“说你干吗，你多好啊，楼上楼下给人义务修电脑，听你说话都跟听新闻联播似的，谁都勤劳勇敢本质不坏，我要不是跟你这朵太阳花站着，内心估计早就类风湿了。”夏央一手捏着咬了一口的大苹果，一手捏着舒扬的脸，仰着尖尖的下巴，头发乱糟糟地绾了一个团，目不转睛地盯着舒扬的眼睛，好像里面是一个深不可测的宇宙。舒扬拿开脸上的手掰过她的身子，靠着厨房案台俯身亲吻她。接吻对夏央来说就像是被舒扬喊去的一个什么游戏，她会在一开始兴高采烈地投入，很快就兴趣全无地退开，又去兴高采烈地去干什么别的事，很少有几次他们能顺利过渡到下一阶段。这些舒扬都不介意，他就像小男孩爱着一个总也不听话的皮球一样，正无穷地爱着夏央。

二

十年后在大街上碰见舒扬的那一天，绝对是夏央的黄道吉日。

半年前夏央辞了工作，白天猫在家给杂志写稿，晚上裹着外套去补习学校教英语，然而脱离了资本主义生产关系后的日子很快入不敷出，她没法预付下一年房租，就找了个短租青年旅社住了下来。这家青年旅社的结构像是得了小儿麻痹，一层只有一个两三米宽的入口，进去有两部轰隆隆的电梯，二层是比一层大了那么一圈儿的开放式空间，屋顶的横梁管线统统刷的乌漆黑黑，在台球桌吧台几个攒着人的地方吊了几盏灯，前台小哥的服务永远拖沓得像三个月没晒过太阳似的肌无力。再往上的三四层就像局部肿大的瘤，无数小房间被毛细血管一样的走道穿起来，夏央就住在其中一间。这旅社的收费也呈往下衰减状，一月九百半年五千一年七千，如果是无窗房间更便宜，悲哀的是这种地方越是高级会员越是生活无可救药的没有尽头。

夏央只给自己入了三个月的初级会员就碰到了高中同学舒扬。

缘分天空让两个十年前一个在教室前排埋头刷题，一个在教室后排埋头看小说，毕业都没互相写过友谊天长地久的人，乘着各自的列车轰隆隆地走了千山万水，终于停在了同一个荒郊野岭的车站。

舒扬的生活除了对着电脑编程就是对着电脑打游戏，他经常盯着夏央像看着一只万花筒，她百无聊赖地咬着吸管，张着眼睛看窗外的人；她又突然嘟起了嘴，把手里的纸巾折成一朵喇叭花；她抬起胳膊重新扎着辫子，嘴巴又在扫射隔壁桌那对刚走的情侣；她托着手肘拧着眉毛把一本皱巴巴的侦探小说翻得哗哗作响；她每换一个动作在舒扬眼里就像是万花筒咔嗒一转，又是一个眼花缭乱的新图案。夏央不开批斗会的时候能安静得一天不超过十句话，他们做了很久的朋友，是真的那种朋友，周末一起吃饭看电影晃大街，从东头溜达到西头，又从西头数着砖头到东头。吃些烤串儿杂碎麻辣烫，夏央总是对一些精致的东西深恶痛绝，比如盘子比腰长的那种高级餐厅，比如橱窗里那种丝巾裹着手环，铁链裹着丝巾的昂贵包包，比如那种一粒米大还要打扮的虚张声势的钻戒，比如那种雕花谱系活化石一样的实木家具。舒扬觉得光跟着夏央在那些他都转不开身的二手书店出来进去一下午，跟着她喂喂广场上的鸽子逗逗草坪上的狗，也能写个今天真是有意义的一天的陈词总结。他们都缺少朋友，缺少这样不彼此捆绑只是一块待着的朋友。

三

有一天舒扬的大学同学聚会，群里嚷嚷着要都带上家属，更尴尬的是大学时候的女朋友跟他的舍友快结婚了。夏央听了来了精神，乐不可支地表示愿意舍身实践一下狗血剧情的真实再现。那天他开着车第一次去夏央住的青年旅社，他上去的时候她正在公共的卫生间化妆，逼仄的走廊里挤着女生穿的鞋，晾在外面的衣服。夏央的目光在几排衣架中间穿梭着，挑出了一件绛红色的高领针织裙，勾在手上拿进了房间。

“这些衣服都是你的啊？”

“一看就不是我的，江湖救急嘛，别看我隔壁这姐儿们常年住这儿，穿的衣服背的包可都是真金白银限量版，刚跟一前两天新认识的老头儿巴厘岛过生日去了。”

“你别穿了，央央，我带你去商场，你喜欢什么给你买什么，行吗？”

“干吗不穿啊，我们这儿的人虽然干什么的都有，但住久了跟大同社会似的，夜不闭户路不拾遗别提多真善美了，比你们精装公寓高级生物有人味儿多了，回头我请她吃顿麻辣烫这人情就还了。”夏央穿上了连衣裙大摇大摆地走在铺着紫色地毯的楼道里，她向着尽头那一团黄昏的光，边走边换了一双墙根下的小羊皮鞋，抓起了一件还晾着香味儿的黑色大衣，朝身后的舒扬挥了挥胳膊“走呀”，她从这头走到出口尽头，摇曳得像一只破壳欲飞的蝴蝶。

四

那年的冬天特别冷，夏央几乎层层叠叠地穿上了她所有衣服。在一顿热气腾腾涮羊肉之后，他们终于在一起了。

那天刚下过雪，他们大呼过瘾地从蒸汽缭绕的小馆子出来，沿着江边还没怎么被踩过的雪慢悠悠地走。舒扬说："央央，咱们在一起吧。"

夏央不说话，还低着头往前走，迈着大步踩着别人的脚印，她走了一会儿，捡起一根树枝，在一片雪白上大大地写了一个好，嘴巴鼻子藏在围巾里，对着隔了几步的舒扬咯咯地笑。舒扬像拨开一瓣儿橘子一样拨开她的围巾帽子，捧着她冻得像水晶之恋的脸亲吻，他们一动不动地站在雪里像过了一个寒武纪。

在那之后舒扬跟她说了一百遍别住那儿了搬过来住，终于在第一百零一遍显了灵。夏央提着两个小皮箱入住了他四白落地的精装公寓里，并在两天内给自己改造出一小片能吃能睡能看电影的地方，那个角落铺着波西米亚地毯，散布着奇形怪状的抱枕，扔着花花绿绿的杂志，一如闯入舒扬黑白灰生活里的夏央，乖张地在他的世界里张灯结彩。

"央央，下周'十一'长假，你想去哪儿，咱们出去旅行吧，你不是原来说想去泰国当义工吗，咱们去泰国，怎么样？"

"我不去，大巴倒飞机、飞机倒大巴地就为了连遍机场Wi-Fi，再换个异国背景接着躺着刷Wi-Fi，图什么呀，你想吃哪国美食我现在就上网给你买调料，回头咱们吃着泰国菜躺着看动物世界，不比顶着太阳上山下乡看几只大象舒服。"

"央央，你跟别人在一起也总这样说话吗？"舒扬眼光宠溺地笑她，"我还是知道傻叉的行为标准的，跟别人我当然五讲四美三热爱了。""哎，你跟我在一起开心吗。""不开心我这是干吗，关怀自闭症儿童啊。""可我总觉得，让你真的开心很难，你好像以前就这样，早早就郁郁寡欢的。""说得跟我早衰似的，你烦不烦啊，我又不是开心果，非得咧着嘴才叫开心啊！"

五

舒扬觉得自己不是很懂她，他看过她写的那些横七竖八的小说，他觉得她并不需要人懂。但这并不妨碍他像个昆虫学家一样，愿意无时无刻地拿着放大镜观察她，企图再多了解一点她。他有时候真觉得她像一只莽莽草原上的非洲小象，他陪她吃饭她就仰着脖子吃得特别干净；他不在的时候她就蹲在家里水煮土豆是一顿，干嚼冰块也是一顿；她瘦得像个影子，总是晃晃荡荡地穿着一些大很多的衣服；她爱一边吧嗒吧嗒地吃着零食一边跷着脚看些主角都是生物的电影。夏央总是托着下巴张大眼睛，X光一样扫射着周遭的乱纷纷，又像个依赖的小孩一样热烈拥抱这世界的骨骼。

夏央说她喜欢柔软的东西，有一天舒扬抱着她，她突然揉揉舒扬的头发说："你知道吗，你好像一床夏凉被。""为什么？""因为又暖和又没什么重力。"比起那些变着法儿叨叨叨的男人，她喜欢舒扬，喜欢他善良、干净，以及无限的宽容。

夏央带他去一块还保留着细软泥沙的江边，他蹲在高一点的石头上喝可乐，看夏央在沙地上像风车一样翻着跟斗。

"喔，央央，你好厉害。"

"我还会扎在水里花样游泳呢。"

"是吗，你什么时候学的啊。"

"骗你的啊，你这么容易上当，得亏也就是跟电脑打交道。"夏央掂着脚冲他喊，风把她的头发吹得像旗帜一样地飞。

他们在岸边打了很久水漂，然后沿着呼啦啦的风往文明城市走。

夏央拉着他逛家具杂货店。

"你围着这个玉米凳子转了第三圈儿了，喜欢吗，喜欢咱们就买。"

"喜欢啊，不买。"

"央央，你什么时候愿意就什么时候告诉我，你喜欢什么样的家，房子就拆了装成什么样的。"

"你说的啊，以后我什么时候当了包工头，就抡着锤子上你家去。"

"央央，你能不能严肃点，你知道我是认真的。"

夏央咬着吸管，咕噜噜喝了一大口："我也是认真的，我总不能为了满足一己装修欲，就急吼吼地嫁给你吧，这跟借腹生卵有什么区别。"

"你从没想过要有个家吗？"

"我已经有一个啰里吧嗦的家了，还不想复制粘贴第二个呢。""走吧走吧，别苦大仇深了，我们去吃冰激凌吧。"

舒扬见缝插针地时刻准备着，但每一次求婚的号角还没吹起，就被夏央连根拔掉了电源线。

日子久了，舒扬索性打消了这个念头，他觉得能跟夏央多待一年就是刮刮乐二等奖，能多待一天就是再来一瓶，他享受这些日子，也睁眼看着这些日子像流沙一样从指缝中漏掉。

六

终于夏央还是要走了。

她收到了一个叫毛里求斯福利学校的聘用书。

要走的那一晚，他们一起酿的葡萄酒也能喝了。

舒扬还是掏出了戒指给她：“这本来就是给你准备的，万一没钱了你就把它卖了，找个附近最好的酒店住一晚，然后给我打电话。”

他知道她把日子不计成本过成这样的概率太大了。

“舒扬，小的时候我妈给我算命，算命的说我命中木多火熄，一辈子孤苦无依，你说我现在要是答应你了，我是不是就算扼住了命运的喉咙了？”

“央央，其实我从你第一天跟我在一起，就没敢希望你能一辈子跟我在一起。那时候你围的围巾破了洞都不舍得换，可我从没觉得你落魄，我觉得你不管在哪儿不管什么样都像发着光。也许你心里是冷的，但我觉得自从你来了整个屋子都是暖的。你在我眼里你永远都不会是命运的一种，我什么时候想到你又在干什么离经叛道的蠢事儿，又不知悔改地爱上什么人，又在哪个小旅馆穿着别人的衣服出去招摇撞骗，我就会觉得这世界还像你，宽广又自由，真实得可贵。”长期跟踪研究夏央的昆虫学家舒扬，终于在这一刻获得了终身成就奖，无数的镁光灯打向他，刺得他眼睛发酸。

“舒扬，你要是再早一点儿跟我说这些话，我可能雌激素上头就答应了。”

“你不会，那样你就不是央央了，我们也不可能在小面馆儿遇见，我也不会这么难过的爱上你了。”

夏央仰着脖子喝了最后一杯酒，挤出了一个百分百的微笑，百分百的微笑里有百分之一的眼泪，她知道一段生活谢幕，而她将永远怀念。

“我该走了，舒扬，我会想你的。”

她还像以前那样，走的很远还冲他挥舞着胳膊，头却不回。

“舒扬，我有时候都能清楚地觉得，我在从一片亚热带走向一片冰原，可是比起结果，我习惯了这种逃离，从一个地方到另一个地方，从一个人到另一个人。我不去想失望，我只想在有了希望的时候跟着希望。只是碰见你，差点儿就让我改邪归正了。对了，忘了告诉你，我现在每天上山坐一回大象，和跟你看动物世界一样有意思。”

电 影 课

中国传媒大学 / 郝 瀚

晚上十点至凌晨两点是这座滨海之城昏昏欲睡的时段，与此同时，Utopia bar（乌托邦酒吧）迎来一日之中摇摇欲坠的高潮：本地的小开、东北的皮条客、四川的妓女，以及画着烟熏妆的少男少女、兜售摇头丸的毒贩们蜂拥至这座城市最知名的夜场，他们互不相识，面孔晦暗，不留下一丝影子。

酒吧盖在一片柔软的鹅黄色沙滩上，它隐没在白日，却闪现在黑暗。如同一头獍——制造梦魇的夜行怪兽。现在我就站在海边，凝视着远处红着眼的灯塔。

屈指一算，我回家两年多了。三年前从西北一所名不见经传的大学踉跄毕业后，我从没想过回家，脑中满是自力更生。因我从小便在父亲的操控下按部就班地活命，从没过上自己想要的生活，就连大学专业都是我爸替我选的。

于是我像游方和尚般晃荡了半边中国，换过七八份奇奇怪怪的工作，也吃了许许多多可笑的亏。现在想想，那些工作只是堂吉诃德斗风车似的徒劳反抗罢了。

临毕业前，我本以为糊口该易如反掌。可踏入社会才知道，这世上也就我爸能给我预期的薪水了。待我熬得油尽灯枯，便以“思念双亲”的伟大借口幽幽地滚回了家。凭借我爸离休前的余威，我混上一份收入可观、多少人梦寐以求的闲差。

儿时的伙伴们少有人回到这里。仅存的几个大院里一起摔打大的发小儿虽然没走，可感情终归是淡了。职业不同，圈子便是一座难以逾越的围城。再没人无话不谈，大家都规规矩矩，说话一本正经。

有过几次饭局：饭前要先把车钥匙撇在转桌上，饭后抢着付账，令我感到前所未有的荒唐。因此，我爸把他的别克君威“淘汰”给了我，每天坐班车上班。我也试着把车钥匙甩在饭桌上，可相比抢着掏钱来说，我总没那么潇洒。

吃完晚饭到临睡前的几小时，要比上班时开的大大小小、不知所云的会还要煎熬。先陪我爸目不转睛地看完新闻联播，并且听他倒空满腹的牢骚。有趣的是，他老人家高谈阔论时，时而像左派，时而像右派，令我捉摸不定。由此观之，我发表任何个人观点似乎都站在错误立场。

接下来该我妈隆重登场，我将跟她共同面对满清老太太裹脚布般的家庭伦理肥皂剧。其间，她会巧妙地依托剧情来培育我正确的婚恋观。通俗讲，就是指定我娶一个什么样的回来，生一个什么样的出来，而且越快越好。

长久以来，我又逆生长到当年那个浑不吝的十七岁，那曾是我最不恋家的时光，是阳光灿烂的日子。下了班后以约会女孩的借口骗过我妈，然后和我的别克君威满城乱跑，或者跟某个志同道合的单身汉同事胡乱填饱肚子，再找地方买醉。

就这样，我稀里糊涂地成了乌托邦的常客，并且在这交到所谓的“朋友”。比如丝丝。

丝丝是Utopia的钢管舞演员。有次我试着请她喝瓶百威（这酒吧只有百威不掺水），就这样搭上了话。后来跟丝丝熟了，她说也瞄我很久了。因为我常来，看着挺顺眼，可做的一手怪事：我总在人烟稀少时出没，人声鼎沸时落荒而逃。

丝丝大概是这夜场最出名的女孩，即便跟她很熟，我还是没能问出她的真名。试想，一个从事这这样职业的女孩是难免心存戒心的：每晚夜深人静时衣不蔽体地抱着冰凉的钢管独舞，还要无时无刻忍受着围观者肮脏的目光和污言秽语。

丝丝跟我聊得最多的就是挨的各类骚扰。油头粉面的小开和大腹便便的老板都想用金钱交换她的肉体。起初她极其反感，但天长日久，也就麻痹了。

可笑的其中还有为数不多“拉拉”，也就是女同性恋。丝丝对此则显得模棱两可。她说她不是不爱钱，而是不爱男人。

因为丝丝就是一个拉拉，她和“女朋友”就是在Utopia相识的。

门童是吉林人，操着一口浓郁的东北腔。我跟他点点头，没搜身便进了门，算是对一个守法熟客的尊重。

我在老位置坐下。酒保端来了四瓶百威和一盘干炒，舞池上灯光迷离，人烟稀少。鼻子上穿环的DJ试着搞出些节奏。

一双手从背后蒙住我的眼睛。我猜到是丝丝，她亲热地伏在我的肩头，像多年未见的老友。我的余光发现对面几个摇头晃脑的小开正不怀好意地睥睨我。我笑着说丝丝你再不放手，对面那几号就得砍我了。

丝丝说你等着我一会儿气死他们。我问丝丝最近怎么样，因为我大概三天没来了。丝丝说还是老样子，就是新来了几个“兔女孩”。

Utopia bar的兔女孩专宰一些钱多人傻的老板和嚣张的小开。她们衣着暴露、妆容精致带着标志性的兔耳朵，用嗲嗲的声音推销会发光的棒棒糖和冷焰火，几块钱的东西顷刻间翻了几十倍。

说着还真就来了一个。她也带着标志性的兔耳朵，只不过衣着并不是很暴露。虽然个子不高，但身材比例很好。借着妖异的灯光，我发现一个令我震惊的事实：她居然没化妆。

丝丝亲亲热热地拉她入怀，笑着说这是她山西老乡，名叫茉莉，而且还是大学生。我心想上次丝丝还跟我说她是广西人。丝丝又跟茉莉小鸡啄米般耳语一番，我不知所云。

丝丝看了下手机说快整点了，她要上台。说着她噌地爬上圆形的吧台，开始脱衣服。对面即刻响起那几个小开们此起彼伏的口哨声。丝丝朝着他们竖了中指，竟把脱下的衣服一件件扔在我身上。

口哨声就这样渐渐湮灭了。丝丝的演出服是金闪闪的鳞片，有点像《苏州河》里周迅演的美人鱼。茉莉看得目瞪口呆，转身就走。我终于在乌托邦里见到一个比我还怪的人。我叫住她。

“喂，你是不是忘了什么？”

“说我？”茉莉回头。

“你应该向我推销棒棒糖，五十块一个。”

“丝丝姐刚才说了，叫我别烦你。”

“你真的叫茉莉？”

“是，哦不是，不是那个茉莉。”

我觉得这朵茉莉愈发有趣。我示意她过来，递给她一瓶百威。可茉莉居然说自己不会喝酒。

这招儿我见惯了，不就是钱不到位嘛。

“你坐下喝点酒，陪我聊聊天，然后你的东西我全要了。”我说。

茉莉便将信将疑地坐在我身边。我让酒保给她端了一杯加冰的柠檬水，酒保看着我跟茉莉，表情难以言喻。

话题就那么几个，翻来覆去说得我也词穷了。茉莉不像丝丝那种能主动挑起话题的女孩。她只是被动地听，以及回答问题。我感到 Utopia 仿佛成了一处巨大的刑讯室。

酒吧聒噪起来，吵得人心烦意乱，我们犹如两盏破败的霓虹静默在此。我带着茉莉上了二层，丝丝正在卖力地播撒媚眼，并没注意我们。

进了包厢，沉闷的气氛还是没有缓解。我试着讲了几个微博段子和不算太荤的笑话，都没能博茉莉一笑。我只好不停地呷着啤酒，看着楼下群魔乱舞的身影，仿佛身处《大话西游》里盘丝大仙的洞穴。

茉莉似乎也不太好意思，她说：

“哥，要不你讲个故事听吧。”

其实我并不擅长讲故事，而更擅长写故事。

“行是行，但这个故事很长，不知道你有没有耐心听。”

“那就讲到你不愿讲为止。”

“这是我朋友的故事。你可以叫他马奇。但我还是习惯用“他”。他是我最好的朋友。我们从小一起长大的，从幼儿园到高中，我们都在一起上学。

他在大学时远走了西北，那座城市有一座大山，一条大河，这样一去便是四年。故事是他亲口讲给我的，那时他大三,二十一岁。

他很厌恶自己所学的专业。首先他本身就不喜欢这些东西，而且他觉得自己不是那块料。大学的前两年，他还硬着头皮去听课考试。到了大三，他干脆自暴自弃，索性不去上课了。

他是个心思细腻的人，迷恋的东西是文字和影像。但他的父亲不允许他沾染这些看起来不切实际的东西，并固执地认为一技傍身才是最重要的。所以他一直都显得落寞寡欢，郁郁不得志。

上了大学，天高皇帝远，他终于有机会搞些自己愿意做的，比如写诗。他最崇拜的诗人是兰波和艾米丽·迪金森。他总觉得自己毫无天赋，所以写完，改好，就撕毁了。这点跟卡夫卡差不多。于是他又开始写小说。他喜欢用西班牙语写作的罗贝托·波拉尼奥。他在学校惶惶不可终日，写了一大堆孤芳自赏的小说，但从未投出去。

茉莉说：“你的朋友是男是女？”

我说：“当然是男的。”

就在此时，音乐停止了，下边传来阵阵刺耳的尖叫声。茉莉起身朝下张望，平静地说：

“打架了。”

我连忙凑过去，站在栏杆边，各种狼狈不堪尽收眼底：鼻子穿环的DJ正抱头鼠窜，舞池里的人群四散开来，仿佛地震前惊慌失措的蚂蚁。啤酒瓶子洋酒瓶子红酒瓶子漫天飞舞，各种难以入耳的脏话不绝如缕。

我跟茉莉都看得目瞪口呆。舞池似乎变成古罗马的斗兽场，四五个男孩正在上边群殴一个男人。我光顾着看热闹，这才想起下边还有丝丝。或许她正楚楚可怜地猫在某个角落。

我埋头就准备冲下去。

“哥，你去干吗？”茉莉说。

“丝丝啊，她还在下边。”

“不用急，我刚才看见她了，丝丝姐和一个男的出去了。”茉莉说。

我说哦，然后颓然坐了回去。过了一会儿，事态急转直下，那伙人追打的男人慌不择路，竟跑了上来。茉莉吓得拉着我就走。我被受惊小鹿似的茉莉牵着下楼，一层几乎没什么人了，满是碎玻璃和酒气。我们出了 Utopia 的大门。

门口有不少人还没走，似乎在看热闹。我尴尬地问茉莉还要不要听故事。茉莉带我走向海边的栈道。

漆黑的海只能看见浪花微漪的声音，整个世界只有茉莉手中的棒棒糖散发出五颜六色的微光。我们坐在栈桥的前端，翻卷的海水似乎能舔到我们的脚。

“其实刚才扯得远了，那只是我朋友的一些生平，跟故事没多大关系。其实这个故事并不复杂，可有点令人难以置信。”我说。

“像一部电影吗？”茉莉说。

“这就是一个关于电影的故事。”我说。

茉莉点点头。

“有点像哈耶克的《钢琴教师》，但这么说也不准确。”我想了想说。

“可惜我没看过。”茉莉说。

“那再好不过了。”我说。

我继续讲着我朋友的故事：

“故事发生在他的大三，秋冬之际。在一个百无聊赖的下午，他正在课上趴着睡觉时，被电话震醒了，是他一个少有联系的朋友。他好奇，便走出教室接电话。朋友说给他介绍个兼职，问他有没有兴趣。他问是什么，朋友说面谈，就在教学楼下。他困意全无，便下去了。

楼前果然有一圈人，他凑过去，这圈人正围着一个戴眼镜的黑大胖子，他的朋友赶紧拉他进来，向黑大胖子介绍说这就是马奇。黑大胖子友善的笑笑，跟他握手，并自我介绍说姓朱，可以叫他朱老师。周围的人都很陌生，七嘴八舌说着什么。

黑大胖子对他说听说你对电影颇有研究。他一头雾水，而他朋友却冲他挤眉弄眼，他更是不知所云。

朱老师问他到底是不知道还是你朋友没说清。马奇说他也不知道来干吗，只是说有兼职。朱老师又说他是艺校的老师，教一群艺考生编导，主要是电影分析、编剧这些小儿科。最近升了官，从了政，找不到临时带班的老师，走投无路便来了学校找人。

他恍然大悟，赶紧说自己平常只是爱看看书，胡乱写点什么。对电影仅是喜欢，谈不上什么研究。

胖子脸色有些不对。他的朋友赶紧圆场说他马奇就是太低调太谦虚，不信可以考考他。

他感叹自己交友不慎。胖子也没问什么，就问他喜欢哪个导演。

他就想赶紧离开，就随便说了个贝拉·塔尔。

胖子有些惊诧。他以为自己没说清，又补充道就是那个拍《都灵之马》和《撒旦探戈》的意大利导演。胖子竟对他说周五下午来试讲，每周六节课，有底薪，有课时费……

至于其他细节，我就不说了，跟故事本身并没有太大关系。

他有些难以置信。听到这，周围那几个陌生人自感没戏，全走了。他朋友比他高兴得多，嚷嚷着要他请客。其实他并不贪图这点工资，家里给的生活费根本花不完。应承下来主要是因自己实在是没事做。

他还是不太自信。毕竟这些艺考生马上要考试了，自己又不是科班出身，仅凭一腔热情没准毁人不倦。

朱老师笑眯眯地说不用怕，那群小孩都是文盲加白痴，很好糊弄，连他自己都可以搞定。他便问朱老师是什么专业。朱老师说他毕业于南京艺术学院，也是编导专业。他又瞬间自卑起来，并坦诚自己学的是生物工程。

朱老师搂着他的肩头说："知道为什么要你不要他们吗？"他摇摇头。朱老师说："因为你看贝拉·塔尔，而我连贝拉·塔尔是谁都不知道。"

"我也不知道贝拉·塔尔。"茉莉说。

"那天是周四，隔天就要试讲，他便马不停蹄地回去备课。朱老师要他分析门德斯的《美国丽人》。虽然这片子他在电视上和网上各看了一遍，但他还是重看了第三遍。

第二天下午，他便打车去了朱老师嘴里的老艺校。出于礼貌，他穿了正装，并提前了十分钟。下车后他看见艺校的牌子都腐朽了，耷拉了半扇下来。

朱老师正在门口抽烟。他走过去打招呼。朱老师递给他一根烟，十块钱的兰州。他们抽着烟走向教室。教室的大门满是鞋印，上面贴着催缴伙食费的通知和喷漆写的某某是大SB。

教室空无一人，连暖气都没有，阴冷隔绝门外午后的阳光。朱老师说学生正在午休，两点正常上课。抽完烟，有两个女孩睡眼惺忪地走进来，一个开始擦黑板，另一个扫地。

他跟朱老师站在门外，谈了谈学生，谁谁又谁谁。朱老师说每个班都这样，有几个浑球儿，几个乖娃娃，几个可有可无的。说着过了上课的点，朱老师便走进对面的建筑，大概是宿舍，大喊起来。

他进了门。教室似乎暖和多了。原来打开了两片电暖气，两个女孩各据一边，边烤火边玩手机，并不时抬头看看他。他便在教室里闲转起来，四壁都是蜘蛛网，空桌子上乱七八糟的书、零食袋子、本子。

人陆陆续续地进门，大概有十几个。朱胖子说这是新来的马奇马老师，大家都老实点，以后的电影课都由马老师讲。

看来朱胖子很有威慑力，底下鸦雀无声。

他本以为试讲时至少有几个资深老师坐在后排，并且不断刁难他，可只有一个朱胖子站在门边。这厮还没等他做完自我介绍，便从后门溜了。透过窗子，他看见朱胖子又点燃了一根兰州，开车走了。

朱老师前脚刚走，这十几个人便抽了筋似的东倒西歪，不复刚才退伍军人似的坐姿，有一男一女还亲热地坐在一起，耳鬓厮磨起来。

他感到大事不妙，不出所料，个个都不是善茬。他开始回忆小学时班主任是怎么对待自己这类学生的，所以他先没讲《美国丽人》，而是问了问这些学生都喜欢什么电影。

底下立马七嘴八舌起来。

说什么的都有。一个八字眉的男孩尖着嗓子喊道色戒色戒色戒色戒……全班哄堂大笑。他便单独叫这个男孩起来。他说你喜欢李安，品位很不错嘛，看过《断背山》吗。男孩说对搞基没兴趣。全班又笑起来。他想这个男孩聪明，知道的也不少，便问他名字。班里几个女孩说他叫囧哥，他看了看囧哥耷拉下来的八字眉，说了句囧哥请坐。

他又叫了个高挑美艳，画着浓妆的女孩。女孩说喜欢看《歌舞青春》一类的电影，她叫公主。

还有一个很像CBA辽宁外援哈德森的男生也令他印象深刻。但班里的人都喊他小宝，因为他很像一个东北二人转演员，宋小宝。他很喜欢香港武侠片，居然知道胡金铨、张彻、楚原什么的。他想这些人也没有朱胖子说得那么糟。

套完近乎，他便开始打探班里的基本情况，比如授课模式之类的。当他问到班里几个人时，有个叫芮芮的女孩站起来说一共十七个人，都在这。然而他数了数才发现只有十六人。芮芮有些尴尬地解释还有丽川没来，因为她经常不来，所以大家都快把她忘了。

他便问这个丽川不来上课都去干吗。芮芮说放心下节课她肯定来，因为换了帅哥老师嘛。女生们窃笑起来。小宝则怪里怪气地喊丽川干吗得问“马加爵”啊。

他想怎么还跟那个杀舍友的“马加爵”有关系。教室的一角传来一丝阴冷的声音说再废话信不信我弄死你。他这才发现那儿还坐着一个男孩，而且面无表情，犹如《终结者》里的施瓦辛格。

虽然第一次上讲台，他却没怎么紧张。转眼一个半小时就过去了，至于讲课的内容，我就不多说了，都是些专业知识罢了。

下了课，囧哥和小宝把他叫到宿舍，三个人围在一起抽烟，他与小宝他们相差不过两岁，很快便熟络起来。聊着聊着就扯到那个没来的丽川身上。

对这个丽川，他们显得讳莫如深，语焉不详。听他的口气，总之这个丽川不是什么好鸟，否则朱胖子也不会走，听得他云里雾里。

这时“马加爵”突然进门，从床上翻出一包烟。囧哥和小宝话锋一转，赶紧拉着他说该上课了，马奇便跟他们下楼。

他问囧哥“马加爵”这外号怎么来的。囧哥解释说“马加爵”为人沉默，表情冷酷，又爱看《德州电锯杀人狂》之类的电影，所以得此诨名。

电影老师处子秀就这样结束了，他自我感觉还不错，中午还跟强留他的学生一起在食堂吃了饭，没肉的臊子面。

第二节课他为大家放了新好莱坞的典范之作《邦妮与克莱德》，人少了一两个，叫丽川的女孩还是没来。

直到第三周，那个叫丽川的神秘女孩才出现。她看起来很小，皮肤白嫩，有些婴儿肥，但很漂亮，那种漂亮很空洞。

怎么说呢，像个精致的布娃娃。她没有染发，染指甲，画眼睫毛，自然没有公主那种刻意营造的女人味，但也没有芮芮那种伶俐的少女气。

丽川就像一坨谜语凝结在板凳上。

他又看了看“马加爵”，两个人似乎素未谋面，更无一点交流。可见其他人的八卦没头没脑。

这节课他讲了纪录片，当问到纪录片之父时，下边的人都面面相觑，只有丽川冷冷地说了一句弗拉哈迪。他突然觉得这个女孩有趣起来。

“等下。”茉莉打断我。

“嗯？”我说。

“丽川这个名字怎么这么耳熟？我想想，好像一部电影里的女主角。”茉莉说。

“《绿帽子》？”我说。

“对对，刘奋斗？”茉莉说。

“你知道的不少嘛，刘奋斗的每部电影的每个女主角都叫丽川。”我说。

我又继续讲下去：

“讲完纪录片，学生们又要拉他去食堂吃饭。他想这儿的饭还不如自己学校食堂好吃，就婉言谢绝了。

学生们一窝蜂地冲出去，他收拾讲台上的教案，关了投影，一抬头才发现丽川还在自己那儿静坐。他便问丽川为什么不去吃饭，丽川说等人出去吃，食堂的饭吃不惯。

于是他背起包出门，走在半路他发现丽川在跟着他。他便停下等丽川。原来艺校是封闭式管理，非节假日不许出门。丽川想让他带着自己出去，毕竟他是老师。他自由惯了，挺同情这些笼中的鸟，就应下丽川。

可乐的是门卫大爷竟不认识马奇，可能他新来的，瞧着面生。丽川却火了，冲大爷喊说这是我们电影老师。大爷赶紧开了门。

出了门丽川急匆匆走在前边，钻进附近的小卖部，转头拿了一盒云烟出来。她毫无顾忌，当街吸食开来。

他看得目瞪口呆。丽川这才想起还有马奇，又给了他一根，他犹豫一下，还是接了。丽川凑近他给他点烟，他嗅到一股浓郁的焦糖爆米花味，一款Dior香水。

丽川留下了她的手机号，便消失不见了。

他刚挤上回学校的公交，手机就响了。短信来自一个陌生的号码：老师，我喜欢你。

是还没来得及存进电话本的丽川。

他脑子有些蒙，周围似乎满是焦糖爆米花的香甜气味。即便他自己也是个学生，但另一种不算很明确的身份，压抑着他，无论如何，丽川都叫他一声老师。

想到这他瞬时便冷静下来。他回给丽川：你刚多大，而且再怎么样我也是你的老师。

丽川：我是我班最小的，你看不出来吗，我就是喜欢你，除非有人杀了我。

他彻底慌乱起来，公交闷得他喘不过气来，还没到站他就下了车。他想就当没看见吧，于是他选择沉默，好在丽川也没再联络他。

晚上他躺在宿舍辗转反侧，想到明早还要去上电影课他便强迫自己入睡。他肯定做了梦，只是没跟我说。

由于昨晚没睡好，第二天他起来晚了，没来得及吃早饭便赶去艺校。加之寒潮来袭，陡然降温，冻得他瑟瑟发抖。

进了班一看，稀稀零零坐了近十个人，他懒得查了，毕竟朱胖子也不管，自打试讲以后，朱胖子再没出现过。

放下包他发现讲桌上有一杯热气腾腾的东西，香味从半掩的盖子里钻出来，是咖啡。他感动极了，无论怎样，懂事的人还是有，这一定是乖巧的芮芮的杰作，他想。他便很感激地看着芮芮，芮芮也看着他，一贯的微笑。

丽川仍是老样子，半醉不醒地坐在那里。“马加爵”没有来。囧哥和小宝轮流回答他提出的问题，一晃就是一节课。

他已经养成了课间跟囧哥们回宿舍抽烟的习惯。教室太大，电暖气又太小。他想要是没有今天这杯热咖啡，非得冻坏了。他夸芮芮是个懂事的好姑娘，小宝马上反应过来，说哥你傻了吧，咖啡是丽川给你冲的。

话音未落他看见上铺有个人像僵尸般腾地弹起来，吓得他一激灵。原来是“马加爵”。囧哥他们笑得人仰马翻。他质问“马加爵”为什么不来上课，“马加爵”说自己睡过头了。他只好摇摇头。

下了课，丽川还是呆坐在板凳上不动。他便故意放慢动作，等丽川说话。果然，丽川对他说晚上要来他的大学找他。他有些害怕，说试讲那天你没来，是怎么知道他在哪读书的。丽川说自己问的。他马上改口说自己有女朋友了，丽川冷笑说老师还骗人，我知道你是单身汉。他没有办法，只好先答应丽川，再想办法摊牌。

回到学校他想了一下午。他打算带丽川听一节课，而且表现出一副书呆子的傻样，来抵消丽川对自己的好感。正巧晚上有节顶无聊的政治课，为了做戏，他还带了笔记本，准备旁若无人的记笔记。

丽川打车直接到了他的学校门口，他带好书，走过去接她。丽川很自然地挽住他的胳膊，天还没完全黑下来，众目睽睽下，他显得浑身不适。

一路两人无话。他按照自己的计划行事，几乎没上过这种课的他，破天荒地记起笔记，而且身边还坐着一个漂亮的女孩，引得他同学纷纷侧目。

勉强熬过两小时，他提出天色已晚送丽川回学校。丽川说她自己可以，他就准备送丽川到大门打车。

为了避免撞到同时下课的人流，他带丽川走了一条没有路灯的小路。他想算是暂时解脱了，但拒绝丽川的话真心难以出口，毕竟这个女孩太迷人了。

丽川突然抱住了他，说马奇我喜欢你。他闻到那股使他魂牵梦萦的焦糖爆米花甜香，他浑身颤抖起来，调动一切伦理道德来克制自己。然而他毕竟年轻，况且丽川喜欢的是马奇，而不是电影老师。

自欺欺人的马奇不知不觉环住了这具柔软娇小而凹凸有致的躯体。丽川把头枕在他的胸膛上，他就这样彻底投降了。

从此他带着一股新鲜的负罪感来看待这个奇异的兼职。每次上课他都像赎罪一般兢兢业业。他尽量避免与丽川的目光接触，但越是这样越忍不住看她，那个位置空了，他的心也空荡起来。

他和丽川很快就接了吻。接吻之前他再三追问丽川多大，丽川似乎说了实话，将将成年。但是理智和伦理并没能战胜本能，他还是沦陷下去。他发誓这是他的底线，不能越雷池半步了。

夜越来越深。海风也越开越凉。茉莉把手放在胸前，牙关打战。我便拉起茉莉往 Utopia 的停车场走了几步，那里背风。我对茉莉说：

“其实故事我不愿再讲下去了。”

“可我听得正过瘾呢。”茉莉一脸央求。

“再讲下去会有许多不堪。”我说。

“没关系，天知地知你知我知。”茉莉说。

“你别误会，我不是逼你买棒棒糖，我知道你跟他们不一样。”茉莉又说。

“放心，棒棒糖我一定会买的。”我说。

故事继续下去：

“丽川有事没事便从学校翻墙出来找他。他们一起吃饭，打台球，自拍，在学校湖边散步，看起来是一对再普通不过的小情侣。

只是丽川不能剧烈运动，比如走得太快，就会面色发白，肚子疼。而且丽川常犯恶心，他想是丽川烟不离手的恶果吧。女孩子吸烟，也无可厚非。因为他也是杆烟枪，没权力劝丽川戒烟。

这样大概持续了一个月。他的电影课越讲越顺，反响也不错。只是常逃课的人由丽川变成了“马加爵”。“马加爵”的怪异尽人皆知，他也没太留心。他开始体会到生活的美好，周身的血液是温润的。

丽川还是丽川，他已经习惯了她的与众不同。

他接管这个班时，只剩下两个月的课了，所以时光飞快，很快到了他的最后一课。他讲了刁亦男的《白日焰火》，他最欣赏的华语片之一，阴郁而吊诡的爱情。

他没胆想能跟丽川天长地久什么的，虽然他很爱这个奇怪的女孩。他能想到最好的结果是他即将放寒假的两个月中，两地相隔让丽川淡了这段感情，来年高考时好好发挥，考一个好学校，找一个和她般配的男生来宠溺她。

吃散伙饭那天，除了丽川跟“马加爵”，所有人都到了。当着众人面，他没好意思问丽川去了哪儿，只是问“马加爵”为什么没来。当时是在一家烧烤 KTV 聚餐，公主正在声嘶力竭地唱张惠妹，没人注意他的话。

他偷偷给丽川发了短信，但丽川没回。

他差不多跟每个人都喝了三杯酒，囧哥和小宝尤其多。他和小宝都喝多了，小宝抱着他啜泣，说害怕一切即将发生的事。醉了的小宝脸更黑了，也更像那个打 CBA 的黑人外援。

那晚大家都很开心，也很忧伤，毕竟两个月的相处培养了感情。他醉醺醺地回到宿舍，才想起丽川去哪儿了。

这时他恍然大悟：大概丽川也想到了跟他分手，只不过比他决绝罢了。他很快慰，却忍不住泪水。他就一直强忍着，直到迷迷糊糊地睡过去。

第二天醒来他的头几乎爆炸了，太阳穴里似乎塞进一窝耗子。他吃了止痛药又回到床上躺着，还是止不住地想丽川。他想分手归分手，话总要讲清楚。他又很不争气地拿起电话，可丽川还是不接。

就这样他失魂落魄地静坐了一天。直到晚上，他终于接到了丽川的电话。这个晚上不是一般的晚，已经十一点了。

电话里的丽川似乎有些语无伦次。他很快意识到丽川喝酒了。他问丽川在哪儿，丽川说就在他的宿舍楼下。他风风火火地套上衣服冲下楼去。丽川正在墙角蹲着干呕，满身的酒气掩盖住了她身上香甜的Dior香水味。

他扶起丽川，走到附近的商店买了矿泉水给她漱口。然后把丽川带上出租车。准备送她回学校。

上了车丽川终于开了口，她说学校回不去了，公主、芮芮她们昨天吃完散伙饭就回家了，学校都锁了。他也不知所措起来，便问丽川去哪儿。丽川只是一个劲儿地摇头。

他们光顾着说话，根本没想到车已经开动了，等他们反应过来，车已经停了。司机以一句见怪不怪的口吻说下去吧，这便宜，还不要身份证。他当时没心思去骂那个自作聪明的司机。这也是没办法的办法了。

这是家廉价的小旅馆，位置大概在他们学校东侧过一条街附近。他硬着头皮带着丽川进了小旅馆。

小旅馆里只有一个值夜班的老头，耳朵很背。其实这里并不便宜，他曾怀疑这里是那个出租车司机家开的。好在没押金也不用身份证，出来的急，他都忘了。

开了房门，一股陈腐的气息扑面而来。怀里的丽川似乎受到刺激，一阵干呕。他赶紧把丽川扶到马桶边，厕所新装修过，有散发着金属光泽的巨大莲蓬头。

他打开窗门散出异味，顺便把空调开到最大，以防房间过冷。他又跑去看丽川，丽川可怜地趴在马桶上，身上沾满令人作呕的消化物。

他也顾不了那么多，用旅馆的浴巾草草擦拭几下，便把丽川扶到床上，脱掉丽川脏兮兮的外套。又把毛巾用温水浸湿，拧干，给丽川擦脸。

为了防止丽川刺眼，他只留了一盏壁灯。无意间他发现墙壁上贴着一幅毕加索的《亚威农少女》，只不过仿制得太拙劣，是塑料贴纸。

他很心疼丽川焦干的嘴唇，就烧了壶开水。但他又怕烧的水不干净，而且凉得太慢，便出门买纯净水。临走他把毛巾敷在丽川的额头，她安详地躺在床上，一动不动，像一头受伤的小鹿。

出门时他看见前台值夜班的老头儿在破旅馆散发的各种浮夸的呻吟中打盹儿。

他拿着水进门，屋里燥热得要死，因为他刚把空调开到最大。而丽川却自己钻进了被窝，头上的毛巾掉在地上。

他脱下外套，坐在床头轻声问丽川喝不喝水，丽川都没回应。他以为丽川睡着了，没想到丽川突然支撑起来，说她想洗澡。

他惊掉了手中的水杯，因为他看到了不该看却一直幻想着的东西。

丽川赤裸着的上身。

紧接着丽川摇摇晃晃地站了起来，像刚出水的维纳斯。他看见了世界上最美好无瑕的少女胴体。他什么都没做，只是静静地注视着丽川的身体。

丽川双手抱胸，身体颤抖。丽川的膝盖看起来就像果冻那么软，她几乎站不稳，双手支撑着墙壁，颓然滑倒在床上。

他几乎忘记了时空的存在。

丽川喃喃地说她要洗澡。说着丽川从床上爬起来，裹挟着她刚脱掉的衣服，滚落在地上。他这才回过神来，从地上抱起丽川。

没穿衣服的丽川要比穿着衣服的丽川重太多，他的呼吸都沉重了。

他把丽川放在床上，盖好被子，并在丽川耳边轻声说别着急，等等，便径自去了卫生间。

卫生间虽然新装修过，但还是很简陋，连浴霸都没有。他把水放到最热，冲洗地上残余的呕吐物，并且把卫生间的上上下下全都冲了个遍。

温柔的水雾很快氤氲了这块玻璃圈出的狭小空间，他觉得差不多了。他把水温调到不冷不热，转身把丽川抱了出来。丽川一直闭着眼睛，他不顾倾泻的水打湿衣服，把丽川放在莲蓬头下。

丽川睁开了眼睛。她抱膝坐在地上，乌黑的头发顺服地盖住她的面颊，如同一条失群的美人鱼。丽川抬起头，眼睛就像大哭过后一样，她欲言又止。

他看着丽川不说话，自己的头发衣服几乎湿透了。他转身准备出去，丽川竭尽全力大喊了一声马奇。

他便回头看丽川。

丽川又说，马奇我怀孕了。

他转身就拉开卫生间的玻璃门，水雾顷刻溢了出去，他感到眼前十分模糊。

他感觉什么东西绊住他的脚。

原来丽川趴在地上，伸手抓住了他的裤管。

丽川说老师你帮我洗澡吧。

卫生间的水像病毒般蔓延在地板上。

他关了门，拿起那个巨大的莲蓬头。他比丽川高大太多，丽川就像一片云彩钻进一阵雨。他的手不住地抖。丽川没有用沐浴液，也没有洗头发。他却再次闻到焦糖爆米花的香甜味。

“老马！”

“马奇？！”

我似乎听见谁在喊我。茉莉也听到谁在喊。然而Utopia的停车场空无一人，难不成闹鬼了？

我四下张望了一下，看见一辆黑色的巨大的路虎在鸣笛。它与夜色如此相近，以至于我根本没发现它。那辆路虎突然打开了双闪，我才发现一个男人正趴在车窗上笑嘻嘻地看着我。

我想是哪个神经病从天而降，就冲过去看。那个男人也打开车门，我定睛一看，原来是B哥。

B哥他老爹跟我爸原先是一个系统的，后来辞职下海发了大财，B哥作为他老子唯一的二世祖，职业就是吃喝玩乐，是我们大院有名的“局儿主”。

B哥说：“好你个马奇，大晚上猫在这泡妞。”

“也对，大晚上不泡妞啥时候泡？”B哥又说。

我只是笑笑。

相对于说给茉莉讲故事这个理由而言，沉默更令人信服。

听完B哥的话，茉莉用一种难以置信的目光看着我。

茉莉说：“你叫什么？马奇？马奇不是你朋友吗？那个马奇是哪个马奇？”

我说：“你的茉莉是茉莉花的茉莉？”

茉莉吃惊地摇摇头。

然后丝丝竟然莫名其妙地从B哥的路虎里钻了出来。她头发散乱，眼神依旧妩媚。

丝丝说：“你们俩在这干吗？”

B哥看看我，又看看丝丝，坏笑着说：“都认识啊。”

我尴尬地笑了笑。

茉莉说：“他在给我讲故事。”

B哥听了笑得恨不得满地打滚。他搂着我说：“走吧，哥儿几个都在里边，今天我做东。”

我说场子都砸了，B哥说早收拾好了。

我看了一眼茉莉。

茉莉说:“故事完了吗?”

“你就当我不想讲了吧。”

说着我从兜里掏出一千块钱,准备给茉莉。

“糖我就不要了,你还可以卖出去,钱你一定拿着。”我说。

没承想B哥眼疾手快,一把攥住我的手,说:“掏什么钱哪,全算在我头上,那个什么,卖棒棒糖那个妞儿,挺逗的,一块过来。”

茉莉一言不发,只是愣愣地看着我。

我就被B哥硬生生架走了,丝丝不紧不慢地跟在后边。我不时回头看茉莉,然而片刻间她就无影无踪了。

进门前最后一次搜索茉莉,我惊诧地发现一个微弱的、暗红的光点在海边挥舞,升起、迅速落下。紧接着是橙色、蓝色、紫色……如五彩的繁星接连坠入海中。

灯塔的光柱横扫过来,我依稀看见海边挥舞手臂的茉莉和茉莉的兔耳朵。

头　发

南京师范大学 / 辜玢玢

我心就是我的仇敌。

——奥古斯丁

一

现在是十八点三十分，夜已经降临，推开值班室的门往外看出去，亮着灯的走廊是一条延伸的隧道，光线直到走廊的转角才消失不见。在那里有个人刚刚死去。面熟的护士揉着眼睛赶了过去，穿了白布鞋的她走路没有一丁点的声响。

真像个幽灵。钟清走到吸烟区点了支烟，依旧想不起刚才擦肩而过的护士叫什么名字，他一手夹着烟，一手挠后脑勺。他头顶上的毛发已经所剩无几了，这让不惑之年的他看起来苍老了许多。他仍然夹着烟不吸，因为爱丽讨厌烟味，他想到了另一种吸烟方法——用鼻子吸，就是闭着嘴巴，用鼻子深深地吸气，让烟顺着鼻腔进来，虽然还没升腾就散开了，但过把瘾就够了。他瞄了一眼手机，手机上提示灯的小口黑洞洞的，没亮。这是常态，没有人给他发短信或者来电话。

他时常靠着墙这么杵着，想些无关紧要的事情，再走回值班室。

“老钟，三缺一啊，大伙儿都等着你呢。”麻醉科的黄医师站起来拉钟清进门。

“那个。”钟清挠着后脑勺，解释道，“爱丽打电话来。”

黄医师砰地关上值班室的门，大声嚷道，“齐了，齐了，开始。”

麻将的声音开始沸腾，其间还夹杂着粗暴的议论声，钟清不紧不慢地和了两盘。

“我说老钟啊，我前两天在理发店还见着你家小鹏了。”黄医师扔了“六万”。

"嗯。他忙着高考呢。"钟清一提到儿子脸上就闪出得意的光。也是，这孩子学习成绩一直名列前茅，钟清觉得那股聪明劲儿像极了年轻时的自己。

"哎，我说小鹏怎么长得和你越来越不像了。"

"女大十八变嘛。"钟清笑笑。

"你说这小时候长得不像吧，那例子倒是多了，但是如果是亲生的，慢慢就会像。你说小鹏，那双厚嘴唇啊，大眼睛啊，可不像你，更不像你老婆。还有，还有，我看他头发长得可起劲，那天我特意问了，理发店老王保证，照这势头下去，小鹏绝不会秃头。"黄医师笑起来。

"男大也会十八变。"他摸牌，速度慢了半拍。

"十八变，再万变也不可离宗啊。你说小鹏哪里像你？哈哈哈……"对面的王医师打趣说。

钟清的脸色慢慢凝固住了，"双筒"悬在半空中。要知道，这玩笑绝非第一次提起，它就像值班室里搁置的抹布，谁都可以拿出来往灰尘满满的桌上擦擦，再丢弃。他隐隐约约地嗅到了某种放肆的情绪在发酵。

"我说老钟，我这人最不打哈哈，今天怪我说句不中听的，这小鹏啊确实有点怪，这怪什么呢，怪你老婆太美了，哪个男人不心动啊。哈哈哈……"李医师说。

身旁的三个男人乜斜着眼睛同时看他，似乎想从钟清的脸上发现些异样的东西，以便继续接下来的话题。

钟清的"双筒"还悬在半空中，他的脸上依旧堆满笑容。当然，把嘴角上扬十五度角，然后保持不动地看着对方的眼睛是他习以为常的面部表情，这也让他赢得了脾气最好的荣誉称号。

半晌，"和了"，钟清把"双筒"从半空中扔下。麻将和玻璃面的桌子发生迟钝而沉闷的响声，一口憋了许久的闷气从肺里噗的一声吐出来了，小鹏带来的那道得意的光瞬时也被这口闷气给吹灭了几分。

"和了。"钟清又重复地喊了一声，不在意似的拍了拍桌子，"人工授精也有发生基因突变的可能呢，你说是吧黄医师。"他又转头看了看左右手边的两个老男人，"李医师和王医师都已经抱孙子了吧。几次三番地关心我，热情得让我有点招架不住啊。"

钟清看到，在他身后，有只张牙舞爪的魔鬼，眼珠圆鼓鼓地瞪着身旁三个男人，直到他们的脸色渐渐浮有青色才发出狰狞的笑声。这是钟清第一次鼓足勇气反驳，而且声调高昂。他腼腆地偷笑，但旋即，他的嘴角又恢复十五度上扬的角度。

黄医师尴尬地笑了笑："就是，就是。你们这些都老大不小了，还老开别人家的玩笑，无不无聊。有病的可要去治啊。"

“我有点事先走了。”钟清起身脱了白马褂，换上西装外套。西装是爱丽买的，凸起的垫肩让钟清看起来更消瘦，像副衣架。

钟清的皮鞋踩在白亮的瓷砖上，因为太安静而显得回声特别大，他走得很慢，为自认为趾高气扬的一句话将会刺伤他们，并且留下三缺一的残局而感到窃喜。但他没走几步，就听见值班室里传来纸牌的声音。他并没有获得所谓的胜利。

钟清加紧了脚步，咚咚咚的回声像面大鼓，魔鬼挥汗如雨地敲打着这面大鼓。他想立刻回家，想好好看看小鹏，摸摸小鹏那头乌黑的头发。他还想爱丽。

对，立刻见到，最好紧紧地抱住，于是他一路小跑。脑海里浮现小鹏的模样，一米八的高个子，双眼皮，双唇丰满地上下翘着，露出一口整齐的大牙。他又努力地回忆起自己年轻时的模样，高个子是没有的，双眼皮倒是有，只是自己的眼窝更深，该死的嘴唇，永远薄得像贴上去的两张彩纸。钟清懊丧地停了下来，他明白了，自己的五官搁到小鹏身上都被放大了一倍。

谁说长得不像就不是亲生呢，再说，显性遗传这种事，还百分之五十的概率呢。钟清懊悔自己就不该发脾气，坏了关系不说，反落下了把柄。

到家了，钟清和往常一样，猫着腰，开锁，换鞋，蹑手蹑脚地走进客厅。屋里寂寂地，只有厨房里的电冰箱还在嗡嗡嗡地运转着，听起来像垂死老人的呻吟声。钟清多数是这样，和那个穿着白布鞋的护士那样，没有动静地到浴室冲凉，换上睡衣后爬上床，有时候钟清疑心，倘若自己一宿未归，也未必会有人发现。放在以前，钟清觉得这足以证明爱丽对他绝对信任，但今天不同，他必须发出点声响。他想起1949年毛主席在天安门上底气十足地喝一声，“中国人民站起来了”，多么威武的宣誓啊。他随手把公文包丢下，木质地板只是短促地咚了一声，再把西装外套重重地扔在沙发上，没有声音。他捂着嘴，假装咳嗽。雷鸣般的掌声依然没有响起。只有电冰箱还在嗡嗡嗡地呼气。

“还是咱毛主席伟大，一呼万应呢。”钟清捡起地上的公文包，放到沙发上，就地脱了鞋光脚往小鹏房间走。他轻轻地推开，透过门缝，小鹏在书上飞快地写着，书桌的一角还垒着几本厚厚的习题册，鸭黄的灯光充盈着整个房间，远远看过去，小鹏的发梢似乎沾着雨露般金黄的光。

小鹏突然把头向后转，冷冷地问，“你怎么没敲门？”

钟清整了整衣领推门进去，喃喃道，“这不是怕吵到你做功课。”

“你老是趴在门口鬼鬼祟祟地偷看，不吓人吗？”小鹏拿起笔来，低头接着写。

钟清走到小鹏身后，那发梢的光果然金光闪闪。他情不自禁地摸了摸小鹏的头发，浓密，柔软，犹如新生的草坪，乘着风，摇曳着光。他的手往上移动，每一根头发中的那股破土芽苗般的蛮劲儿顶撞着他的手掌。这野蛮生长的力道。一种未竟事业已被儿子成功实现的自豪感油然而生，他在心底里感谢过世父母的在天之灵。

“好了，你去睡觉吧，不要吵我了。”小鹏推开钟清的手，下逐客令。

“好的，你也早点休息。”

钟清踮着脚尖地离开了，喜悦感在他心头荡漾，一扫阴霾。在他房间里，爱丽裹着被子睡了，呼吸均匀。

二

第二天钟清醒来时爱丽已经起床给小鹏准备早餐了，她的睡裙和安全裤揉成一团塞在枕边，空调被歪歪扭扭地躺在床上，枕套上还有好几根掉了的长发。钟清起身把睡裙挂在衣架上，安全裤丢进洗衣机，空调被抖开再叠起来。他突然发现，床上有两床被子，一白一黄，像两个互不熟悉的陌生人静静地坐在床上。三八线分明。

钟清挠着头苦笑，走到厨房，问道，“爱丽，什么时候多拿了床被子？”

爱丽弯腰拿平底锅煎鸡蛋，放油，倒鸡蛋，翻面，起锅，装盘。

“是不是怕我着凉才多拿了床被子？”钟清又问。

“嗯。”嘴唇犹如困倦的贝壳，微张了一下，又迅速地合上。她把牛奶、鸡蛋、三明治、沙拉酱一一放在餐桌上，然后转身去敲小鹏的房门，“小鹏，快起来咯，妈妈把早餐放在餐桌上了。”

“妈我知道了。”另一边传来热切的回应。

出发前，爱丽像陀螺一样地转到钟清身边，照例吻了他的脸，潮湿的。

吻是爱的证据。书上多是这样说，钟清也愿意相信是这样的。

钟清走路去上班的路上曾看见一对情侣，互相搂着腰，吻得温柔，缠绵，眷念，不舍得分开似的。他自然地想起爱丽的吻。钟清没有理由不爱爱丽，她那么美丽，还把身体献给了他，为他生下小鹏，把小鹏带大，而且带成淮北大的高才生。他们夫妻俩的话不多，但即便如此，他们依然保持着亲吻的习惯。多少中年夫妻现在碰都不碰了，更何况是吻，钟清由此推断自己爱情的保鲜度走在了同龄人的前沿，这让他觉得早上那匆匆一掠比这对年轻情侣更加温柔、缠绵、眷念，有温度。

钟清换上白马褂的时候已经有对夫妇带着小孩在等候了。

他们穿着一模一样的印花T恤，图案是一家三口的漫画图，每个人偶都胖滚滚的，嘟着嘴。小男孩坐在板凳上，两大人一左一右地站在两旁，表情急切。

“钟大夫。”男人先说话了。

“还穿得一模一样啊。”钟清坐了下来。

“孩子喜欢这样，我们也就随他。”男人嘿嘿嘿地笑，他的皮肤黝黑，像块肥沃的黑土。

“让我看看啊。”孩子的皮肤偏暗，不是白皙的那种肤质，两撇眉毛短而粗地吊着，眼窝有点深，脸形圆且扁，这都像极了他左手边的男人。再看他鼻子，扁且多肉，同样的鼻子也堆在他右手边女人的脸上。“小朋友，你长得像谁呢？”钟清问坐在中间的孩子。

小男孩坐直了身，响亮地回答：“像爸爸。”

“孩子长得可像你了。”钟清对着男人说。

“孩子嘛，不是像他妈，就像他爸，正常得很。”男人还是嘿嘿嘿地笑。

给小男孩开处方后，钟清让他们赶紧去排队，男人很感激地向钟清道谢。随后钟清不断地给其他病人看病，观察面色，甚至出神地对比父子的五官。他从未像今天这样神经兮兮。钟清回想起穿亲子装的男人，“孩子嘛，不是像他妈，就是像他爸，都一个样”，心想，莫非男人也听说过黄医师的闲言碎语，故意来试探我？钟清仔细地回想，男人说话时眼神里的骄傲，和黄医师的傲慢一模一样。他气急败坏地点开电脑程序，在诊费那栏上重新输上两倍的数字。回车键被果断地按下，仿佛一按就可以斩断男人的脖颈，他长吁一口气靠在办公椅上，说不准是不是胜仗后的兴奋。

“我还是觉得小鹏最好不要像我。我这头发都快掉没了。你看过他那头乌黑的头发吗，看过电视上广告中的C罗吗，小鹏比那还要漂亮……”钟清对着同办公室的李医师絮絮叨叨。

这一天他烦躁不安，心神不宁，有几次开处方时把药名写混了，药房的护士追到办公室来问，末了，还趾高气扬地数落了钟清一番。钟清盯着桌角那写着“主治医师”的牌子，赤红色的纸，黑色的字，在这四周都是白墙的小空间里显得那么突出，却连护士也极其自然地忽视了。从未有过的悲哀涌上他的心。

窗台上那株奄奄一息的兰花，垂着头，等时间碾轧而过。

这一天时钟走得极慢。

钟清下班后在外头逗留了许久，没忍住，点了烟，贪婪地吸了一口，一部分烟从鼻孔里冒出来，剩下的则回荡在他的五脏六腑中。这久违的感觉。

他路过老王的理发店。老王拿着剃刀在男孩头上上下上下地移动，钟清隔着玻璃仿佛听到了剃刀绞断发丝的咔嚓声，男孩的头发像一小团一小团的毛线，散落在肩上、地上以及老王的手上。钟清趴在窗上看老王理发，好几次他都恍惚看见老王的剃刀已经贴上了男孩的头皮，露出鲜嫩的亚黄色，他觉得老王的剃刀还可以再狠些，再深入些。甚至，他想把小鹏绑架到这里，让老王的剃刀也如锦鱼般地在小鹏头上游弋。抑或，根本就无须老王动手，他自己就可以做到。他举起手，热情地敲着窗户，向老王打招呼，老王也只是讪讪地一笑，便带着男孩进屋洗头去了。老王后来回忆说他像头即将吞食野物的恶兽。钟清觉得男孩三厘米长的寸板头像只蜷缩的刺猬，扎得他浑身不舒服。

钟清回到家时，已经十一点了。他想还是得先探探小鹏的口风。于是他把小鹏叫到客厅，好声好气地问："小鹏，你觉得你长得更像谁呢？"

小鹏从果盘上拿苹果吃，嘟囔道："反正不像你。"

钟清一惊，坐直了观察儿子的神情，他漫不经心地啃着苹果，眼睛盯着电视机。电视里的娱记在爆料着王宝强和马蓉的离婚门。他又问："那你爱爸爸吗？"

小鹏头也没回地答道："哎，你烦不烦，你把我拉出来就为了问我这？真够无聊的。"说着，他把遥控器丢在沙发上，啃了一半的苹果放在茶几上，走了。

钟清看见，苹果心旁边有一黑色的点，是蛀虫的洞，另半边的果皮却也颜色鲜艳。房门"砰"的一声关上，他也猜不准这一问一答是真是假。

"爱丽。"他轻唤着走进卧室，爱丽正从浴室中走出来，粉色睡衣松松垮垮，腰间的细线腰带将她的身材暴露无遗。

"爱丽。"钟清又喊了一声。

爱丽没有回答，她拿着浴巾在擦湿漉漉的头发，然后又转身进浴室，还哼着小曲。

爱丽是音乐老师，但钟清听到她唱歌的机会却也不多，他们确实很少一起参加聚会。这时，浴室里响起电吹风的声音，爱丽加大了风量，只听得见嗡嗡嗡的响声。

二十来年过去了，爱丽还是那么漂亮，一点都没变。钟清感叹道。他沉思的时候习惯抓耳挠腮，但稀疏的头发总能将任何问题消解掉，只剩下未老先衰的悲哀充斥着他的大脑。而我还是癞蛤蟆。想到这，钟清觉得自己是上帝的幸运儿，而不是弃子，有责任而且有义务好好珍惜眼前的一切。

"老婆，辛苦了。"钟清朝着爱丽张开被子的另一半。

"每天还不都是一个样。"爱丽起身去拿放在椅子上的另一床被子。

钟清悻悻地把被子往自己一边掖了掖，沉默了许久，他肘着胳膊，半起身地把头探向爱丽，问："爱丽，你爱我吗？"

"说什么浑话呢，睡觉！"爱丽斜睨着眼答了一声。

"爱丽，你爱我吗？"钟清再问了一遍，语气严肃。

“这都老夫老妻的了，问这做什么？”爱丽干脆闭着眼回答。

钟清鬼使神差地急了，强硬地问：“爱丽你今天必须回答我，你爱不爱我？”

“你烦不烦啊？”爱丽瞪大了眼，盯着他，吼了一声。

钟清敏锐地闻到爱丽口腔里残留的红酒味，怒火中烧，“好啊你，竟然背着我去喝酒了。我说怎么对我爱搭不理的，原来是和别的男人小酌几杯，就把我抛在脑后了。”

“是，我是喝了几杯酒。”爱丽噌地坐了起来。“要不是为了小鹏，为了你，为了这个家，我需要去跟学校那些老男人喝酒吗？”

“为了我？我让你这么为我了吗？我让了吗？”

“那你呢，你为我做了什么？”

“我为你做什么难道还不够多吗？我白天上班，晚上回来打扫家务，我周末哪也没去，就忙着给小鹏做好吃的。你说你有应酬，我推掉我的应酬，一个人在家里陪着小鹏，你倒好，这次是约喝酒，下次没准儿约了什么！”

“你有什么资格这么说我？你不也照样抽烟了！我说你了吗？”

“你为什么不说我？我就是要你骂我啊。为什么你从来不骂我？”钟清扯着爱丽的肩膀，像摇动一株瘦弱的柳树，“为什么你从来不骂我？你说，你到底爱不爱我？”

“我不爱你，我会为你生下小鹏吗？”

“好。那你说，小鹏像你还是像我？”钟清像发狂的疯狗，紧咬着不放。

“孩子，不是像他爸就是像他妈，这种问题你也要这样质问我吗？”

“好，那你说，小鹏哪里像我，你告诉我！”

“你连这也怀疑我。钟清，算我瞎了眼。”爱丽呜咽呜咽地开始哭。

“是我瞎了眼，你告诉我，身高、眼睛、鼻子、嘴巴，还是头发，哪一点像我？告诉我！哪一点像我？”郁积在心底的话一股脑儿地倾泻而出，钟清感觉身体被掏空。“我知道了，我想起来了，是李淮，就是那个厚嘴唇的李淮，是不是，你告诉我！”

“我算是明白了，你当初说的全是骗人的鬼话。我告诉过你，我刚刚分手，你说你不在乎我的过去，现在你娶了我，睡了我，开始在乎了。是不是？”

“不，我从来没有骗过你。我爱你，我爱小鹏，我倾其所有地对你好，我想让你幸福。”

“你问过我要什么吗？我受够了这样没有知觉的生活，你总是怕弄疼我，那么轻，像死人一样。我不要失去知觉，我要你掐我，操我，我要疼！”爱丽把牙咬得咯吱响，忽然拔开窗户的插销，支着身子往窗口爬。

眼见着爱丽就要爬上窗口，风从推开的窗户口里灌了进来，爱丽的睡裙迅速地膨胀，看上去像一只硕大的粉色气球。钟清咕咚地跳下床，跑到窗边，抱住爱丽的一条腿，“别这样，我不要你死。”爱丽散开的头发在风中狂舞，她表情狰狞，呜呜地哭出声来，“钟清，你要是怀疑我，怀疑小鹏，我就从这里跳下去。”钟清抱紧了爱丽的腿，哀求道：“别这样，我不怀疑你，我怀疑我自己还不行吗，求你了。”

爱丽蹬紧的腿松了一下，钟清见状一把抱住爱丽，像抱住气垫球那样把爱丽抱下窗台。爱丽倒在他的胳膊肘里，钟清久久地凝视爱丽，她白皙的皮肤，浓眉大眼，樱桃般的小嘴，她娇吁喘喘，香气喷在他脸上，发烫，然后散开，再发烫，再散开，她那么的美，像精致的瓷娃娃，是天赐的礼物。钟清不由得贴上她的唇，三番五次地敲响她的齿，爱丽犹豫了一下，便让这寂寂的舌头疯狂地扫荡。钟清一手托住她的腰，一手扣住她的脖颈，在爱丽看来，闭着眼的钟清显得贪婪而投入，像不愿断奶的婴儿。

钟清靠在爱丽耳边，轻轻地问了一句：“你爱我吗，爱丽？”

爱丽没有作声，她凑了上去，咬住钟清的下嘴唇，她的舌面光滑无瑕，令钟清周遭麻痹。她又翻了个身，趴在钟清身上。

钟清心满意足地搂过妻子，爱丽依旧没有回答，但他自信已经得到了答案。他热泪盈眶地感激上帝的恩赐，暗自计划，不买剃刀了，明天去买顶假发。

奶奶终于死了

吉林华侨外国语学院 / 芳庆圆

2015年10月10日，我的奶奶终于死了。当黄晓明和Angelababy大婚的消息还在网络上似病毒一样飞速传播，点击过亿，当屠呦呦获得诺贝尔奖，却还是个三无科学家，网上一片征讨时，我奶奶死了，她终于死了！我用了“终于”两个字，是不是显得我很希望她死一样？但我不得不为她的死松一口气，我爱她，但对于她的死，悲苦却不悲痛。下面请你收起玩世不恭的笑脸，收起你将要唏嘘感叹的同情，收起你逗逼卖萌的乖戾，听我来讲我奶奶的故事。我之所以记下她的故事，是因为，我并不惊讶地发现，这个由普通人、平凡人组成的世界，流传的大都是“不普通人的故事”。如果我不记录下奶奶的故事，她曾在这个地球上生存过痕迹就会和她的枯槁的身体一样，在她被推进焚尸炉的那一刻，灰飞烟灭，荡然无存。所以，即便我笔力微弱，我也要记下她存在过的点滴，试图为她的祖孙，曾祖孙，留下一串网络数据，让他们知道，他们的先辈并不完全美好，但却也有值得敬仰的地方。

我奶奶死的时候，体重只有三十斤，不是公斤，是“斤”。她的六个儿女和三个儿媳妇为她送了终，她的几个孙子和外孙没有一个在场，两个是职场新人，一个死于地震，一个死于坠河，一个远嫁青海，还有一个在东北读大学。她的儿女都围着母亲，注意到她越来越弱的呼吸，都安静地站在床边柔柔地俯瞰着她，这时候，她的眼珠子已经蒙上一层白蒙蒙的翳，转都转不动了。最后，她使出七十八年来积攒的力，使劲握了一下她小儿子的手，喉咙一滑，脚一蹬，所有的生命体征瞬间消失。主张要给她做手术的儿女在她被病痛折磨致死后，都流下了无愧于心的眼泪，她的三女儿，当初听到她母亲得了双重癌症，长了两个肿瘤时，极力说要放弃治疗的女儿，在被其他兄弟姐妹痛骂以后，不敢再吱声。而她老母亲断气那一刻，她号啕大哭，扑在她母亲的被子上，张大嘴巴，流着眼泪，流着鼻涕，流着口水，声嘶力竭。

曹老太太出生在抗日年代，十五岁就嫁给了我爷爷，我爷爷那时候是三中队的队长，比她大十二岁。我很小的时候就问过我奶奶，爷爷比你大那么多你为什么要嫁给他，我奶奶一边纳鞋底，一边用针尖撩了撩银白油亮的头发，她说，那时候哪管得了这些，妈老汉儿说嫁给谁就嫁给谁。虽然她很早就嫁给了我爷爷，但她的肚子却极其不争气，生下我大姨的时候，“大跃进”已经开始了，她怀着我二姨下地劳作，别人会讽刺她，队长夫人干活动作慢，偷奸耍滑！我奶奶年轻的时候就是一个厉害角色，她不是被人嚼舌根子不还口，被打不还手的传统中国妇女。她是被人骂一句，反过去诅咒别人一百句，不仅带上生殖器官一起骂，还要坐在别人家门槛上，诅咒别人家佛龛上好几代的女人。

正当她的大女儿长到读书的年龄时，“文化大革命”又开始了，这时候她可以安心地让大女儿去割猪草，自己在家继续生孩子，她的三女儿出生了，又是一个女儿，生了好几胎，依然没有生出我几个伯伯。她三女儿长到该上学的年龄时，“文化大革命”结束了，这几个女儿中，我奶奶把她送去受教育的三女儿，也是最知道怎么反抗她的人。生了三女儿之后的第四年，她终于盼来了儿子，五年内生了三个，终于，三男三女，儿女满堂，她眉开眼笑地对未来充满向往，干起活来也更加有劲。后来她又添了一个儿子，这个儿子来到她家时已经十多岁了，他是被家人扔的，我爷爷好几次把这个儿子送回闹饥荒的中江县，这个儿子还是跑回到我家。他是一个智障，智商低得连五十和一百掉到地上都要犹豫先捡哪一张，不知道要一起捡的人！但他居然能够从中江翻山过河越过几十公里爬回我家，不得不说，对于他那个铁坨脑袋，吃饱饭的诱惑力简直就是磁铁。我奶奶递给他一碗漂着几粒稀饭的米汤，不去看盛了一脸苦水的我爷爷的脸，弯着腰和着猪食桶说：“济青，留下他吧，多个人帮我们干活。反正他也吃不了多少。”爷爷不说话，算是同意。但后来发现这个赖着不走的儿子只是脑袋有问题，身体一点问题都没有，胃功能出奇的好，我爸爸、我伯伯一碗稀饭都还没吃完，他都能卷进肚里好几碗。为此我奶奶很后悔，早知道应该赶这个智障少年走，从那以后她总在桌上给她正在长身体的儿子们递眼色，让他们铆足劲儿先吃。

二十世纪九十年代初，当我的几个伯伯刚刚长成壮硕的劳动力，我家的日子刚好过一点点时，我爷爷就死了，他死的时候，我还没有出生，我爸爸几乎每次在对我进行思想政治教育时都会渗出眼泪地跟讲，你爷爷要死了的前一天还在门前的高地上喂牛，牛吃饱比他吃饱重要，牛是家里唯一的财产，你要是想出人头地，一定要努力读书，考上名牌大学……爷爷的死，没有给奶奶带来太大的痛苦，或许她痛苦，但我长到二十岁，却从来没听她提到过她想念那个比她大十二岁的丈夫。从那以后，我奶奶不再干任何农活，也不用再养任何家畜。我妈妈在我刚有记事能力的时候，就反复向我强调，你奶奶是老太君，养儿防老，她真是太有先见之明了！她身体那么好就不用种田了！不像我外婆，颈椎病、腰椎病、骨关节突出……几十岁了，还要下地干农活。

我奶奶告别了她憎恨了几十年的土地以后，终于要开开心心地过起老太君的生活了，按她的想法，她应该像我大姨的婆婆，我姑父的妈妈那样，手里圈着佛珠，嘴里念着阿弥陀佛，指头在珠子上滑动，不用做饭，不用烧洗脸水，一切都有媳妇伺候着。但她没有认清一点，那个老太婆有一个当大官的儿子，而她的三个儿子，都是普普通通的农民，她的三个媳妇，也不像她的大女儿那样在别人家安分地做个逆来顺受的媳妇。她的儿子儿媳没有能力给她提供完全颐养天年的条件。这样，在失望透顶，烦乱交加，现实与理想的双重矛盾下，我奶奶依然高扬着对新生活的无尽热爱，她开始干起了自己的副业——给婴儿做鞋和帽子。

曹老太太做布鞋和圈圈帽的手艺真的是十里八村远近闻名的，她只需要戴着老花眼镜看看那滑溜溜、白酥酥的婴儿脚板，就能做出长短合适，肥瘦适宜的小布鞋。布鞋底子用的是晒干的糨糊布料镶着银白锡纸，起先我爸爸和伯伯吸了烟，随处扔，我奶奶就跟在他们身后，捡他们的烟盒，撕出里面的锡纸做鞋底的镶边。后来她的顾客反映质量不太好，一洗就散边，她就改买街上的银色塑料装饰纸，虽然成本又提高了不少，但我奶奶还是会掩藏住她那狡黠的目光，诚恳地告诉买布鞋的顾客，鞋子要涨价呀，因为现在所有的物价都上涨了，柴米油盐酱醋茶，哪样不是价格翻倍，她也要涨价，真是迫不得已啦！多给几块钱也不是个事，于是我奶奶很安心地给她的布鞋涨价，我几岁的时候坐在她跟前，看见她三块五卖出去一双布鞋。前几年，她露出满脸皱纹的笑容得意地告诉我，芳芳，婆婆的布鞋已经卖五十多块一双啦！

因为奶奶做布鞋实在漂亮，自然有人登门买鞋，刚五十出头就做了奶奶的妇女，抱着小婴儿来请我奶奶做鞋，奶奶要先搓一搓那个嫩肉都坠下来的小奶娃的脸，捏捏他的鼻子，拉拉他肥鼓鼓的小手，还要特别使劲地掐几下套在小娃娃手里的金圈子。面露试探的语气："真金啊！值不少钱吧？"

那个老妇女只顾抿着嘴笑，也不回答，她说要买两双鞋和一顶保护额头的圈圈帽。

"用不用量一下脚长。"她问。我奶奶坐在板凳上环视了几圈也没找到一把木尺，于是她挥挥手："不用。"那人狐疑了一眼："用不用量一下脑袋的尺寸。"我奶奶又一挥手："不用！"那妇人和我奶奶面对面，卷着脚，坐着，有一句没一句地聊着猪肉价，聊着养老。几个小时后，我奶奶的两双布鞋一顶圈圈帽就做好了。小娃娃穿上鞋，白底银边缝着蓝色帮儿，小鞋穿在小娃娃脚上显出特别的天真可爱来，为了不让小孩挣脱鞋子，奶奶还把做中国结的红绳子缝在鞋帮上，用来拴住他的脚踝。而戴在头上的帽子就是一个布环一样的带子，上面缝一个花布片，用来保护额头。当然我奶奶是最懂怎样讨顾客喜欢的，她做的帽子，照例还是红底做带，银纸镶边，但是这块布片上可要精心策划。今年是马年对吧，我来给你做一个马吧。奶奶真的在布料里塞棉花缝出一个拇指大的马来，马蹄子固定在布片上，马就立了起来，似乎马上就要纵蹄飞奔。这还不够，有马就要有草，她又用绿色的布剪出极细的条状，凑成一撮，做成一株草。有了草当然还要有花，用最新亮的黄色做成几点梅花，缝在绿草上，撒上亮晶晶的亮片，这才算大功告成！这时候小娃娃穿上新鞋，戴上新帽，咯咯地笑，似乎意识到头上和脚上的力道增加了不少，他嘴巴一瘪，又哇哇大哭起来。我奶奶严肃地板着脸："哭啥！男娃娃咋能张嘴就哭！看你以后咋娶媳妇！"那妇人边哄着娃娃，一边连连夸我奶奶的手艺好，手伸进裤兜里掏钱，掏半天也没掏出来。奶奶发现事情不妙，露出不太欢喜的微笑说："穿都穿在脚上了，鞋脱了着凉也不好，有空把钱送过来就是了。"那妇人连连道谢，那以后，钱也没有送来过。

做了亏本的买卖，这对于我奶奶来说，不仅是吃了亏，简直就是奇耻大辱。她最恨别人欠着她钱，于是天天在家自言自语地骂："没见过这样不知趣的人连我这太老婆也要敲一笔，我说白送你了吗？说了吗？真是不要脸，你以为你孙子长得可爱我就不收钱？这不可能！老娘只认钱，不认人！"我奶奶开始骂，天天骂，我妈听烦了，走上去制止她："妈，谁欠你钱，你找她要去，不要在家扯猪骂狗的。要过年了，让外人听了还以为是家里有人和你吵。"我奶奶本想把我妈的话抵回去，见我爸出来了，只好抱着膀子嘀咕着："我哪好意思上门要钱，我还要这张老脸！"

做鞋和做帽子是我奶奶在我爷爷死后全部的寄托。为了做鞋和做帽子她可以忘记吃饭，忘记睡觉，可以不分白天黑夜，下雨打雷。只要每天天一亮她就开始操起剪刀，拿着针开始她的营生。我早上去念书时，她就坐在我们家的台阶上开始做鞋，我晚上回家后，她还坐在身边散着剪刀剪剩下的一堆布料中，脚跟前放着一排新做好的成品鞋。我妈通常不会叫我奶奶吃饭的，因为婆媳之间的关系很微妙。再加上每年我们都会把钱和米给奶奶由她自己支配，我奶奶住在我们家，其他两个媳妇的一片瓦她也没占，自然我妈是不怎么主动叫我奶奶吃饭的。但要是做了好吃的菜也会叫上奶奶。天黑的只有麻雀影子掠过屋檐，我奶奶还不去做饭，我妈妈也站在饭厅喊："阿妈，你吃碗稀饭呗！"那时候，我奶奶是坚决要完成她最后一双鞋底的。我妈妈等得烦了，让我去叫。我跑到奶奶跟前："阿婆，我妈喊你吃饭。""吃啥哦，明天要拿到街上卖，莫慌，你先去吃。"我奶奶说着，朝我使眼色，小声跟我耳语："都没吃其他两个媳妇做的饭，吃你妈做的……哎呀，不吃了。阿婆等会儿自己去下一碗面条。小幺，你快去吃，小娃娃不能饿着了。"

"我妈喊你吃饭。"我又说。

"咋这么不听话，你先去吃，听话。明天阿婆给你买头绳。"

我报告给我妈，我奶奶让我们先吃，她自己煮面条。我妈叉着腰站在饭厅朝着我奶奶的方向小声地哼哼几句："你奶奶真是老太君，架子真大！请都请不动！"

第二天早上，我骑车去上学，隔着很远，看见前面一个走路走得神采奕奕的老奶奶手里挎着篮子朝街上走去，她要卖的布鞋和帽子跟着震动的篮子一跳一跳的，我还在她身后老远处就感受到她雄赳赳的喜悦，仿佛又提前看到她站在房檐数钱的快乐样子。毋庸置疑，曹老太打理她的钱时是最开心的，她裹钱的方式和大多数人都不一样，她把一元的放在最外层，接着放五元，十元，二十元，五十的。最里层一定卷着一百，这样裹起来给别人看到的就是一把零碎的小票子，一百的都在中间，一点看不到。她喜欢把这卷心菜一样的钱卷在手里一张一张地展开，扒到最后一层时展现在眼前的颜色一下子变成鲜艳的红，全是红亮又庄严的毛主席头像，这时候奶奶仿佛看到好日子无穷无尽地朝她涌来。她的新生活，也是无穷无尽的！她常常卷着一卷钱，把绿色的一元亮在外面，神秘地问我："小幺，你说婆婆这里有多少钱？猜对了都给你。"

"几十块……"其实我知道不止这个数，并且知道她最不会把钱给我。

"哎哟，看来你还是不如你哥，你哥一猜就准……"

我骑车超到她前面，开心地提醒她："阿婆，卖了钱不要忘了给我买头绳。"

我奶奶露出一排整齐泛黄的牙齿，摆摆手："卖了钱就买，没卖到钱就算了，买不起。"

"那今天肯定会卖光。"我说。

我蹬着自行车和她拉开很远的距离，转弯时我转头看看身后的老太太，她越走越快，越来越有劲的样子。寒风撩起她鬓角的白发，她的脸上泛着红光。

下午，我回到家，车还没停好，看到奶奶又坐在我们家的台阶上纳鞋底。我说："阿婆，我的头绳呢？"我奶奶都没有抬眼瞟我一下，她只注意着她手里的针线："哟嗬，今天去那么早去摆摊儿，一双鞋都没卖出去，现在都没人买布鞋，都要上童鞋店买皮鞋了。我一分钱都没挣到。"

"那就是没有扎头发的皮筋了？"

"没买。"我奶奶说，我失望地要走了，这时候她从棉衣的夹袄里层中摸了好久摸出一条皮筋，裹着手心里。“给你。”她说。我走过去，她让我伸手摊开，就好像抓了个蝗螂怕跑掉一样，乐呵呵地跟我说：“今天没卖到钱，前几天卖到了嘛，来，给你。”两条蓝色的串着骷髅骨、十字架的橡皮筋躺到了我的手里。

“为什么有鬼骨头，还有十字架……”我有点不开心地说。

我奶奶皱起眉头头：“卖东西的老板，说你们初中女娃娃都喜欢这种扎头发的。

“唉……”我的欣赏水平比较高，我懒得说，把头绳挽进手腕，把自行车推进屋去为期末考试准备了。

我妈妈说我奶奶卖布鞋的多少就是她开不开心的晴雨表。这一点完全不假，要是没有生意，她几乎会黑着脸对待家里的每一个人。但的确，生意一年不如一年，而她的价格却坚持着涨得一年比一年高。

临近年末了，满大街都是采购年货的人，可并没有多少人带着小娃娃来买鞋和帽子。我奶奶已经连续好几天没有开张了。这天她无精打采地走回来。她的三女儿下班正好路过娘家，就在我家坐了一会儿。

“妈，今年没有钱给你，亮亮才找到工作，我自己还指望不了他，你老人家也莫多想了哦……”

我奶奶想到她的大女儿前几天给了她送了五百块，二女儿给了自己五挂香肠，三挂腊肉，还送了一个烟熏鸡，这三女儿年年什么都没给过她，真是白养了！想到这里，我奶奶脖子上的青筋全都暴了起来，她把篮子一甩，篮子里的布鞋和帽子全都滚进了盛着雨水的院坝坑里，“老娘要过你啥东西，说得拿过你好处一样！我是那种占别人欺头的人吗？打胡乱说！养了你简直浪费粮食！”我三姑也是一个泼辣爽朗的性子，她咬牙切齿地要还嘴。三个媳妇这时候连忙堵住她，这之后，三姑要好几个月才会回娘家。我上三姑家，多年来没有一次不听到三姑数落她妈，吝啬，抠门，攒死钱。只有最近这次暑假回家后在三姑家住了一晚，那天晚上三姑又开始无尽地打鼾，我把她拍醒后，她睡不着了，跟我说起我奶奶拉扯六个儿女不容易，还收留了一个智障儿了，虽然是为了添个干活的。

年关来临，镇子里到处都炸响火炮，一片喜气洋洋的时候，曹老婆子还在街上卖布鞋，我二伯伯挑了一挂火红的灯笼，正在手里把玩。奶奶从他身边经过：“龟儿子，钱好挣了呀，净买这些骗人的玩意儿。”我二伯伯穿着才买的夹克衫，脚上一双铮亮的皮鞋，周身洋溢着喜悦：“妈，别卖鞋了，现在有几个人穿布鞋嘛，奶娃都不穿了，咱回家吃饭吧。”

“吃什么吃，老娘今天中午打算上馆子！我还要多去几个地方试一试，非卖几双不可！”

下午两点，街上已经堆起鞭炮的残渣了，上街的人购了年货匆匆回家，我奶奶抱定的希望一点点随着炮响，飞进满是尘埃的空气。她回到家，推开二媳妇的大门，经过厨房时，见到满地的鱼骨头。她篮子一甩，又开始号起来："背时倒了万年灶啊，养儿养女都白养啊，你们连吃饭都要背着我啊！老娘命苦啊，布鞋卖不出去，肉也吃不起啊……"我二伯伯是最孝敬他母亲的，一听到母亲这么说，连解释都堵在心口上，扯不出一句话。

整整一下午，我奶奶就坐在门口哭天抢地的乱号，拖也拖不走，也没谁敢恐吓她。

正月初一了，这是我奶奶一年中难得的不卖布鞋的日子，这一天她要去逛庙子。

"小幺，今天不准说死字知道吗？要是今天提到死一年都会不吉利的！"我奶奶叮嘱我。

"嗯，好，打死我我也不说！"

"你说什么？"我奶奶皱起眉。

"我说打死我我都不说！"

"你看你是不是说'死'了？你怎么这么笨啊，一点儿不如你哥！黑狗都比你聪明！"我奶奶指着黑狗说，"它都知道不去隔壁捡鱼骨头，吃了卡死狗！"

"阿婆，你也说死了……"

我奶奶抄起扫把，撵着我打："你这个龟孙子……"

春节在我的家乡，就是用来集体打麻将的，麻将馆二十四小时营业，毛毛雨、血战、血流成河，这是打麻将的几个层次。我爷爷不会打牌，我奶奶也不会打牌，但他们的六个子女无一不会打麻将，而且大多都是高手，打遍天下无人敌，简直不能承认，但当个镇上的赌神还是绰绰有余。正月初一开始，我的姑姑伯伯们开始鏖战，除去睡觉，各个点着烟的，跷起二郎腿开始他们的"血战"。我的二伯父打起牌来就跟中了邪一样停不了。在所有赌神儿女中，他是唯一一个赌渣。如果再两瓶白酒下肚，他成了赌粉，赌渣碎成的粉。

傍晚，我奶奶逛完庙会，哼着小曲往家走，这时候，我二伯伯两瓶白酒下肚踉踉跄跄往麻将馆走。

"又去打牌？"

"血战两把……"

"我也去。"

"妈，你又不会打，去啥嘛，回家睡电热毯，暖和。"

"我去抱膀子，看你打。"

我二伯伯坐在麻将桌上开始云里雾里地摸牌。我奶奶坐在我二伯伯身后抱着膀子，三把之后开始云里雾里地打瞌睡。头一点掉一缕头发挡着左眼，头再一点，掉一缕头发挡着右眼，不一会儿头上垮下来的头发，乱成了鸡窝。

“周三轮，你吃诈和。乱打牌，乱打宰手！”

“老子没有！天地良心，大年初一跟你搞这些鬼干啥！”

“你敢说没有！”

“没有！”

“有！”

“没有！”

这时候我奶奶噌地一下站起身来，抓起一个麻将，啪的一声，拍在桌上，一口浓口水啐那人一脸，“你还专门挑软柿子捏啊！你就晓得他喝了酒胡乱打牌，专门诬害他？老娘给你说，你打牌打这么老半天手里多占张牌，老娘还是看得清楚的！”

“哪里来的老太婆，不在家里带孙儿，跑到年轻人桌上抱膀子！”

“我呸！老娘干什么还由得你安排了！”

我爸爸伯伯在哪里打牌，我奶奶就在哪里抱膀子。她搞不清楚打牌的章法，于是就边纳鞋底边数牌，数完一家数那家，有时候我爸爸伯伯们烦她了，自会瞪着眼说：“妈，你回去吧，你看店子上哪个老大娘在抱膀子，别人都凑一桌打麻将了。”

我奶奶尴尬起来：“我又没光看你一家的牌。”

“就是因为你不光看一家的牌……”通常，我爸爸打完牌，耳朵里塞着耳机，刷着朋友圈，优哉游哉地踩着月光回来的时候，我奶奶还在后面走，她边走，边就着月光在鞋底上缝两针。

“曹老婆子，你抱完膀子回去了啊。”另一个有轻微老年痴呆的老人问。

我奶奶不卑不亢：“抱啥膀子哦，我是去店子上活动活动的，人老了，要多走动，免得得老年痴呆……”

我念高中以后由于住校和课业繁重，从那时候开始基本没有和我奶奶有过多交流。我回家几次，奶奶总是对我一番嘘寒问暖以后，就拿出一盒牛奶，我以为她是给我的，连连摆手说不要，我奶奶觉得我长大了，不能再叫小幺儿了，于是一本严肃地喊我：“芳儿，没有给你，你不是学的化学吗，给阿婆看看这牛奶的成分，喝了对老年人是不是很好？特别是对骨骼……”过了一会儿，她又拿一管牙膏：“芳儿，你看看这云南白药牙膏对老年人牙齿是不是很好……”“芳儿，你看这箱水果好不好，你说老年人适合吃什么水果……苹果最健康是不是？”

“阿婆，我要写作业……”

“看了再写……”

从2011年，我刚上高中起，我们镇上的和奶奶年纪差不多大的老大娘就相继去世了，没有一个不是得病死的。那些老大娘都有共同特点：孱弱且本来就多病。

“周大娘啊，你脸色好红润哦，胃口怎么样？”

“中午一大碗干饭，晚上一小碗稀饭，早上一个鸡蛋一杯牛奶，一天一个苹果。”

“你也是吃得下，有这个胃口，我简直不行了！”对门毛老太太说。

“注意养生保健，现在日子比七八十年代好过多了……”说这话的老大娘杵着一根拐杖，毛线帽子底下压着几根稀疏的白发。而她那看起来奄奄一息的样子，几年来依旧生生不息。

我高考完那年，等成绩，爸妈和我一起坐在电脑跟前等。要出成绩，决定命运朝哪个方向发配我时，我奶奶也站在我爸妈后面。

“芳儿去念大学了，就在本地念，本地方便。”

“阿婆，成绩都还没看到，我的水平只能看分填志愿。”

当曹老太太知道我要去东北读大学的时候，她第一次因为我揉了揉眼睛：“那么远，那么冷，你最怕冷。”

“阿婆。我还要回来啊，又不是不回来，不要伤感……”

“也是哈，”我奶奶突然诡异地笑起来，“你还没有给过我钱，我还等着你毕业找到工作了给我拿点钱，每个月都给我送点红票子，嘿嘿，好安逸。”

“阿婆，你就知道钱……”

我出发去东北读大学的时候，我们全家人都为我送行。在要离开的前几天晚上，我奶奶神神道道地跑进我的屋和我聊天。

“你给我搜索一下长春离我们家多远。”我那时候正跟高中同学聊得火热，我说：“就是很远，很远，远到要去韩国了！”

“韩国？就是抗美援朝那边？”

“呃……大概，算是……”

“啊？好远，唉……嗯……”

“你爸给你的钱够花了吗？”

“够啦，够啦。”

我奶奶正说着，从裤兜里抽出一个红包：“阿婆为你考上大学很开心，咱们家也出大学生了！你是我孙儿中第一个考上大学的！好光荣哦！这是一千块……你不要跟你哥说。”

“阿婆，不是名牌大学，没什么光荣的，我不要你的钱。”

“必须要，必须要……”

我离开家的那天，奶奶那天没有做布鞋，她红光满面地走出门，明明很悲伤的画面，我奶奶走进里面，脸上藏不住的自豪，显得很开心，她并不明白大学有一二三本之说，还有985，211，她孙女考的大学充其量就是个大学。她只知道考上大学就很光宗耀祖的样子，走过一片房舍，有老太婆问她怎么没去赶集卖鞋，我奶奶洋溢着喜悦的笑脸："送我孙女上大学，读大学哦！还要送到车站。"那时候我奶奶七十七，走起路来，脚下生风，吃起饭来比我和我妈加起来都强，她夹一块肉放进嘴里认认真真嚼起来，她之所以很认真嚼，还要发出摩擦的声音，并不是她因为满口牙齿掉得差不多，需要细嚼慢咽，而是她三十二颗牙齿，每一颗都健健康康地长在牙床上。而才四十出头的我妈，门牙，大牙都已经补过好几次了。

我在读大学的时候，常常给我外婆打电话，我外婆在我读高三的时候脑袋里长了一个脑瘤，虽然做了手术命是捡回来了，可是整个人都更加虚弱，头发几乎掉光，走起路来也是三步一歇，我想尽可能给我可能不久于人世的外婆多打电话。有一次我妈给我打电话，我奶奶、外婆都在我妈跟前，我和外婆聊了十几分钟，刚要和奶奶通电话，她握着电话就扯着嗓门："幺幺……不是，芳芳……话费好贵，你们咋有那么多话要说哦，哪有那么些话需要讲……你外婆好得很，我也好得很……家里到处都好，你只管读书，只管读书，节约话费，挂了哈！"我奶奶在电话那头对着电话喊"挂啦，挂啦"，我还没同意，因为我还没和我妈说再见我奶奶就给挂了。

后来我妈又打过来，边打边抱怨："你看你阿婆，我跟她说了家庭套餐每个月有免费时长，她还是要挂，老古董！"

寒假我回到家时，我发觉奶奶明显瘦了一圈，我伯伯说，你奶奶十月份住了院。我说那时候还和她通电话了。感觉她说话很有劲，身体很好啊。伯伯不语，我也明白其中的端倪。

后来伯伯说，早在十月份，奶奶得了肠炎，送去镇子里的小医院，打了几天点滴后，医生无比权威地说没什么大碍，开点药就可以出院了。

腊月末，我从东北回四川没几天，奶奶又说肠子痛，还是在小镇的医院，做了B超。这次，一个四十多岁的乡村女医生，两个月后初步断定我奶奶得了癌症。为了保险起见，她只是开了止痛药物，让她的儿女们再带着老婆太太去市里的大医院检查。

正月初五，检查出结果，直肠癌，肝癌，大肠里堵塞一个肿瘤。

医生给她的三个老实巴交的儿子，三个满脸珠黄的女儿讲了老太太的病情。他们没有听懂，什么叫作：已经到了IV期，远处转移或腹膜转移，肿瘤侵犯骶骨及神经。最后医生直白地用人类的语言告诉他们，双重癌症，晚期，不做手术割掉大肠里的肿瘤，最多活半个月；做了手术，砸钱，十万，活半年。她的儿子们二话没说，拍着医生的案台：砸。医生眯了眯眼睛：嗬！活不到半年可别找我，她得的是癌症，国际难题！

二月份，手术，六个儿女轮番照顾，推进手术室的时候，“生死状”已经签，外面所有亲人焦急地等待，这时候护士跑出来说做手术的医生要多收六百块，原因是大肠里的肿瘤比原来预料的奇怪，要多割一刀，六百不算多，剖开的肚子等不了那么久，儿女们马上掏钱。手术很成功，恢复期异常艰难，每天六根管子插在腹部，屎尿都从管子里排，腹里的瘀血一管又一管地往出排，每次换药护士都会拿着钳子裹着消毒棉蘸了碘伏伸进伤口，我不敢看，腿肚子发麻，奶奶只是喘粗气，绝不叫唤。有一天她躺在床上喊手冷，因为手上在输液，怕被子压住针管，我去给她买了暖手宝，她鼻子上还带着呼吸机，颤巍巍地点头：暖和了，暖和了。接着又问我钱哪来的，够不够花，有没有跟老板砍价，是不是又买贵了……

最后一次见奶奶是今年八月，手术只能暂时留住她的躯体，癌症死亡的铡刀已经夹住了她的脖子，最后的只等咽气时的“咔嚓”一声。这天下午，燥热，午后的杉树上没有蝉声，屋里的窗户开着的，空气疏通。奶奶胸前搭了一件薄毛毯。我坐在她跟前看电视，她躺在沙发上打瞌睡。突然她睁开眼，鲜有地又叫起我的小名：

“小幺，你说阿婆得什么病了，我啊，一点精神都没有。”

“婆婆，你得的是肠炎。天天吃药就好了。”

“手术都过大半年了，也不知道啥时候好。”

“会好的。”

“小幺，从东北回来一趟需要多久。”

“婆婆，坐火车需要两天。”

“飞机呢？”

“几个小时。”

“哦！肯定贵。你不要回来。”

“婆婆你在说什么？”

“我的意思是我死了，你不要回来，坐火车回来我都烧成一包灰了，要是坐飞机，来回的钱都够给我办丧事了。”

“婆婆，你不要这么说，你只是得了肠炎，会好的，等我寒假回来，我们还要一起过年。”

八月末，我又要去上学校，老人的精神状况开始起伏，三天两头走不动，三天两头又能吃下一大碗饭。她的儿女始终不忍心把她的病情告诉她，奶奶也近乎自我麻痹一样的，只好相信是肠炎。我临走前几天，奶奶当着她的儿媳、女儿把她手上戴了几十年的银戒指摘给了我。

“小幺，这个给你，纯银的，我戴了一辈子。”

“这婆婆……我不要。”在农村一种隐形的预言，一旦老人把她们的贴身之物交给下一辈，要么是下一辈结婚，要么是……预感告诉我，老太太在宣布她即将到来的死亡。

“我不要，我不要……”我连忙缩手。

二姑、三姑还有婶婶们向我递眼色，意思是不要忤逆老人家的意思。我接过戒指，这个历经几代人的老物件，太重。

九月中旬，我打电话问二伯伯奶奶的情况，他说老太太早上能喝一晚粥，晚上扶着她能在院子里走一圈。

九月中旬，他说老太太卧床不起。

九月下旬，他说老太太一周没有进一粒米，只喝了一点点牛奶。

十月七号，老太太全身都不能动弹，她的女儿给她擦身体，背后一片瘀青。她伸出两个手指时不时地敲击一下床框，她在倒计时，她在召唤，她在弥留之际最后的等待……她女儿看她不停比画两根手指，马上明白了她的意思，转身给她在北京的儿子打电话，一千多公里外，两个儿子，听到母亲最后的召唤，赶最近一班坐飞机，飞回老家。

三天后，曹老太太离开人世，带着七十八年由傲骨熬成的枯骨，带着被癌细胞咬得残存破败的身体，带着不管得了什么病都能治好的美好观念，她离开了这个她一点也不舍得离开的世界。

而就在她死前的前几周，她无法支撑自己身体，瘫倒在床上时，她叫来她的大儿子，告诉他，二十多年来，她卖布鞋，卖帽子，攒的两万块钱都放在她放布料的箱子里了。还有八千存在银行，留给孙儿们结婚，给他们包红包，可惜大孙儿，死在5·12汶川地震，现在留给二孙儿，留给孙女。两万块作为丧葬费，农村里埋个老太婆也够了，几个儿女各家有各家的难处，她不要儿女掏丧葬费。

爸爸拨通我的电话，我听到电话那头传来的哀乐，爸爸让我不要哭，他在电话那头哭得哽咽，她母亲死了，他父亲二十多年前也死了，伯伯给我打电话，说家里的丧事料理得很有序，还给奶奶立了碑，刻着：慈母曹氏。让我放心读书。伯伯的独生儿子在5·12汶川地震遇难了，他没有儿女也没有爸妈了。他们现在都只剩下我，独生子女的我，一点不敢哭出来，我没有眼泪，除了一阵一阵从胸腔里，从胃里，从心口子里翻出的悲苦，这种悲苦，没有声音，没有颜色，没有温度，类似一种催生的化学激素从我两腮涌起，从鼻腔里漫溯，我仿佛已经呕吐完了一样地不停吞咽这股涌起的悲苦，吞咽，吞咽……它让我的二十岁，开始沉默，开始思考，开始震惊，也开始化为烦乱网络世界里的一股镇静剂。

深秋，苍凉落日……雾霾再次袭卷了这片土地的大部分区域，科技日新月异，城市高楼林立，长江后浪猛扑着前浪，网络上娱乐明星的八卦猛料肆意膨胀，一阵又一阵迷乱的网红风刮过……我的奶奶终于死了，她终于死了。

南安，南安①

集宁师范学院 / 凌　恒

我是在一个桌子都没空地儿的酒吧里看到她的。

第一眼看到的是她的一身质量上乘的落地红裙，与这里的环境格格不入。在这样的酒吧里出现的女人，几乎所有的都可称之为粗俗的性感尤物，她们穿着超短的短裤，性感的丝袜，画着浓艳的妆，在各个男人之间来回穿梭。

北方秋天的夜晚，干冷。比南方的冬天还冷。

我刚来这个小镇，已经是傍晚，刚下火车，就背着沉重的行李，在街上像野狗一样游荡，看到这个小酒吧，随即坐了进去。

我坐得离她不远，刚好看到她周围三米以内的男人，都色眯眯地盯着她，但却没有人敢走上前来和她搭讪，更没人请她喝酒。她的气场让周围那些俗人显得像猥琐的鬣狗。她抖落烟灰的姿势很熟练，齐肩的短发遮住了她一半的脸，鼻子直挺，眼睫毛安静地垂下来，让我看不清她的眼睛，猩红色的指甲，自然垂地的上等红绸的裙子，豆沙色的口红，这个女人究竟是谁？叫什么？她在想什么？

大概因为太想知道她是谁，导致我的眼神太直白，将她曝光在我的视线里。她突然掐了烟，将烟蒂扔到地上，顿了顿，缓缓地抬起头，将视线放在我身上。她在盯着我。

她在盯着我。

我知道这样说出来可能真的很丢人，但我不否认，看到那双眼睛的时候，像被电击了一下，接着我快速地、十分不自然地左顾右盼，隐约中我好像听到了一

① 附：关于题目，也就是女主人公的名字，是借用了好友的一个姓——安，借用了“南方以南”中的“南”字。本故事纯属虚构，如有雷同纯属巧合。

声嗤笑。我肯定很蠢。我不知道那是双什么眼睛，像薄雾笼罩在日内瓦湖上，像森林里警觉的鹿的眸，但又像撒旦的武器，像深海里未知的生物，危险，狡黠，野性，却又冷静，迷茫，淡定。好像没有人拥有这么双包含如此复杂内容的眼睛。

我还想再看一次。我还是又看了一次。

我慢慢地将头转过去，试探性地看了她一眼，发现她也在看着我，嘴角一边上扬，像在嘲笑我，但我却并不反感，我盯着她。

她迅速恢复了之前冷漠的表情，修长的手指指了一下我，又勾了勾。她微张薄唇，我隐约看到她说：过来。

我小心翼翼地站起身来，走了过去，在离她一米的椅子上坐了下来，她顿了顿又说：再近些。我又往她身边挪了一下，她深深地吸了一口气，又呼出来。酒吧里放着 Velvet Underground 的《Pale blue eyes》，我开始慢慢地放松下来。她点燃新的一支烟，我小声地说：少抽烟吧。说完之后觉得唐突，仿佛我和她是熟人，我的身份足可以和她说这样的话，我又把头低下去了。她顿了顿，把烟掐灭了。我突然很高兴，朝她腼腆地一笑。她说话了，问我：小姑娘，从哪里来，到哪里去？一个人？

我将行李放下来，揉了揉肩膀，说：从乌镇来，到远方，一个人。

她随后又问我：刚盯着我干什么？我好看吗？

我没想到她这么直接地问出来，愣了一下，但还是诚实地回答："好看，不落俗套的好看。"

她随即盯着我，问道：俗套？什么叫俗套的好看？她自言自语道：我倒希望我是俗套的好看，俗套的美。

我张了张嘴，不知道怎么回答，但很快，她说：我点支烟，你要是无聊，坐在这里听我讲个故事吧。

我遇到那个人是在我十八岁最好的时光里。南方的夏天，阴雨连绵，我不懂世事，家教良好，也被当私塾先生的父亲宠着，最远的地方也就去过离小镇三十公里的县城。我出生两个月后，母亲得了伤寒，就去世了。父亲一手把我带大，镇子里的男孩子们都说我是狐狸转世，将母亲咒死了。但我并没有因为缺乏母亲的管教而变得无规矩。父亲在镇子里是为数不多的文化人，听婶婶说，母亲年轻时很漂亮，空灵的干净，可惜我只在照片里见过她的样子，很美，比我可美多了。父亲那时在念大学，在老师组织下去镇子里写生。他在桥上看到了母亲，一向沉稳而又腼腆的他，开始在所有人的人注视下，疯狂地追求我的母亲。

她问我：是不是很俗套的故事？

我认真地回答她：不是，上一代人的爱情干净而又纯粹。

她笑了，说：小姑娘还挺浪漫。随即抬手，叫道：阿冰，来杯橙汁给这姑娘。

她掐了烟，抿了一口杯里酒，又开始继续讲了。

和所有感人而又俗套的故事一样，父亲让母亲等他，等他大学毕业来娶她。不过，母亲是幸运的，父亲的父母，我的爷爷奶奶是开明的，没有阻止父亲的决定。于是，在结婚三年后，母亲生下了我。在我出生后，她就大出血死了，我在脑海里完全没有任何与她有关的任何信息，没有感觉过她的手的温度，连乳汁都没有喝过。幸好我体质好，没得过什么大病，唯独记忆里得过一次重感冒，在父亲两天的照顾下，病也好得利落。

父亲不爱说话，却总爱给我读什么，十年生死两茫茫，不思量，自难忘。郎骑竹马来，绕床弄青梅。

儿时记性好，竟然也都记住了，关于少女时的发育，也因为邻居有个疼我的婶婶，也没出多大错。

可能十八岁之前活得太乖了，除了小时候受过小朋友的欺负，被一个胖墩墩的小男生保护之后，没人再欺负过我，后来活得平平淡淡，顺风顺水。我记得，那是刚过完十八岁的生日第二天，过生日的时候，父亲还逗我说，十八岁了，可以恋爱了，我还和他生气了，说我才不会恋爱，牵挂一个人很痛苦。后来竟然，一语成谶。

第二天，镇子里突然出现了一批人，镇长陪着，开着很多车，人很多，都穿西装，打领带，在镇子里转来转去。我被婶婶家的姑娘拽着去看热闹，我性子冷淡，不爱看热闹，但终究被她缠的烦，跟她去了。但我后来的日子也常常想，那是命，也是我的劫数。我逃不掉，逃到哪里也都逃不掉。索性认命。

酒吧里的人陆陆续续都回去了，酒吧里也不再嘈杂，老板不知道有着独特的品位，大概年轻时候也是一个离经叛道的人？也爱着羁绊他的人和志向远大却未实现的梦？

Velvet Underground 的歌结束，换上李宗盛的，我倒喜欢这样听得懂的歌词。她随着歌轻轻地摇。

她似乎不着急回家，我想，反正我也没地方去，在酒吧里待一夜，听完故事，第二天就坐最早的火车，去我的目的地。我从行李里拿出一件外套，对她不好意思地笑了一笑说：毕竟没地方可以洗洗衣服，但你可以勉强地穿着。她倒不介意地接了过去，我看到她的肩膀，很瘦，但很有力量。想到这儿，我被自己弄笑了，她没看到我的表情，又继续说之前没讲完的故事。

我站在人群中，盯着对面街道上的那只黑色的猫，天气很好，难得的天晴，猫在晒太阳，整理自己的皮毛。我盯着猫出神，突然感觉镇长身边的一群人里，有个人好像在盯着我看，我眼神很直接地和他对视。长得很干净，他没想到我发现了他，但他并没有慌张，反而更加挑衅地看着我，我被他盯得烦躁了，转身就走。

婶婶家的姑娘早不知道去哪野了，我也不急不慌地往回走，走了很久，感觉后面有东西一直在跟着我，我以为是狗或者谁家小孩儿，后来好奇心的驱使下，还是转过头去。我一惊，但我只是皱了一下眉头，咬着嘴，我不知道我的表情是什么样子，能把他逗笑，他倒是不尴尬也不害怕，微笑着说：我以为你会一直走回家去，不回头看一次，不过这样也好，可以直接找到你们家。也就省去了打听你种种信息的程序。

我当时应该是中了魔吧，没有驳回他。

他的声音充满磁性，我后来见过无数男人，也没有人和他的声音一样动听的，那个声音干净、冷静，但也听不出任何感情，虽然他笑着说那些话。我也后来学会了这种口气和他说话，波澜不惊。

我微怒，瞪着他，他收起笑容，问我：姑娘，贵姓？

我斜睨了他一眼，继续转过身，走我的路。我感觉他还在后面跟着，说实话，我并没有害怕，反而觉得安心。但随即被自己的这种想法吓了一跳。我没有回过头和他说什么。那个时候的我，对什么都不感兴趣，我推开木门，转身便将门掩上。我从门缝里看到他站在那里。肩头被阳光镀了一层金色。我想我应该是笑了。

父亲还没回来，我便噔噔跑上二楼，找我的猫，它叫Estelle。

平淡过了两日，我也没有再上街去。有一天午休，听到楼下嘈杂不已，惊醒，便跑下去。院子里，都是西装革履的人，我愣在那里，父亲看我下来了，便从人群中的摇椅里站起来，走到我面前，给所有人介绍我：小女，南安。

我轻轻点了点头，在人群中，看到了他。

随即愣了一下，和父亲便说：我上楼了。

向众人鞠躬，转身上到二楼，听他们的嘈杂声又渐渐开始。这群人断断续续来了两个星期。后来，只有他来，我也偶尔下厨，三个人一起吃饭，他也偶尔问我些无关紧要的话，我便稍稍回答。

灯光越来越暗，酒吧里越来越安静，仿佛空气都被抽光了，她的声音也开始出现一点点回音。柜台上一直都有一只慵懒的猫，趴在离她不远的地方，偶尔睁开眼看看她。后来慢悠悠地走到她身边，卧在放在柜台上她纤细的胳膊上。她害怕猫碰到烟头，便将烟掐灭。她很久都没有说话，干净的手在抚摸着猫。

我也没有说话，我想我嗓子上应该卡了什么，我看着她的侧脸，在想关于她的很多很多事情，我和猫都安静地趴在桌子上。

她站起来，说：走吧，给你找一个住的地方。

她带我来到了酒吧二楼，进到了一个很安静，很干净的包间。

我没有问任何问题，她能带我来，自有她的本事。

她喝了一口水，突然问我：你有爱的人吗？

我笑着回答，我忘掉了。

她重复了我的话，像自言自语，又像和我说话。

终于慢慢相处，平淡无奇，日久生情，父亲也将我叫到书房，和我说：他要带你走，这么长时间，我也考量了他是一个很好的人，去吧，去外面看看，累了就回来。

我可能被爱情冲昏了头脑，也可能是急切地想打破旧的生活，被未知生活的催促。简单地收拾了行李，便迫不及待地离开了生活十几年的故乡，跟着他坐火车、飞机、轮船，将自己的全部交给他。

不久便办好签证，移民去了墨尔本。

他是生意人，也是文化人，他后来很少和我说什么话，总是会叫我的名字，便不再说什么，我每次都盯着他的眼眸，想找到什么，可那里太深了，我什么都找不到，我甚至都一度怀疑他到底爱不爱我，是谁，会带我去哪里？

他给我买各种质量上乘的裙子，带着我出席各种聚会，酒会，也会带着很多人来家里，但从来都没有给别人介绍过我是谁。我只和少数人交谈。直到有一天，我第一次开口问他要什么东西。一只猫。

他微微一怔，便答应了，说：好。

其实他那天答应晚上陪我在家看《One Day》的，但还是在晚上的时候出去了，我没有问他去哪里的习惯，像往常一样给他准备好新的西装，他什么都没换，就走了。我坐到灯底下开始看书，不知道几点，感觉应该是子时，我听到他的敲门声，去开门。

他见到我的第一眼，就开始抽泣，很难过地叫我的名字：南安，南安。我只是突然很心疼他。

我扶他睡下，侧躺在他身边，拍着他的背，安抚他，他蜷在我身边，像一只猫，随即开始絮絮叨叨的说话，问我：是不是我对你太冷漠了，你都不笑。你想家了吗，我没有给你找到和 Estelle 一样的猫，对不起，我是不是很没用。我一直说没事的没事的。不知道又过了多久，他睡着了，不再说话。我坐起来，将他的外套，鞋都脱下来，给他盖好被子，我又坐在桌子旁。

我深深地叹了口气。

我太想找一个人说说话了。

穿上了外套，什么都没带，手机也没带。我上街溜达。清晨五点的墨尔本是没有多少人的，这座城市，所有人的生活节奏都很慢。空气里满满的新鲜草地的味道，鸟叫，还有遛狗的主人叫各种狗的名字。我不知道走了多长时间，漫无目的，我只是不想回那个将就的被称为家的地方。

太阳升得很高了，不知不觉溜达到了街上，他突然在身后，胡子拉碴，还有一身酒味，拉着我，问我去哪了，他说他以为我走了，生气了。我笑了笑，回握了他。我感觉他手在颤抖，那一刻，觉得他还是爱我的，我深吸了一口气，问他，带钱了吗。他点头。我说走吧，带只猫回家吧。他点点头，什么都没问。之后一只六个月的猫被带回了家，折耳猫，乖巧，温驯，生疏，总喜欢晒太阳，黏着我，但却很快就会变得冷漠。自那天之后，我开始轻快了起来。其实我翻到过各种女人和他的暧昧短信，我不是不知道他是一个什么人，我只是不想知道，也装作我只是他人生里的过客。有些人的离别是事先就已经得知的。我们的世界完全不一样，一个在闹市的最高的摩天大楼里，一个处在森林深处的那间木屋里。年轻时你总以为只要爱，就能打破很多不合适的东西和那些繁杂的规矩，你以为你只要爱了，上天总会给你留下什么，可世上这么多可以明了的道理，在爱情面前，都显得蠢笨，毫无道理。我在最好的年纪遇到他，经历过奢侈的生活，经历过爱情最甜蜜的日子，也经历过沉默、背叛、心寒。我正在慢慢老去，正在被黑暗稀释掉。有些人不需要经历大起大落，就会成长起来，他们经历的是慢慢的折磨，却更让人揪心和难忘。

我躺在沙发上，被子拉到下巴上，安静地看着她，看着她的红唇，挺挺的鼻子，细长的脖子，完美的锁骨，她眼角的疲倦，她笑了笑说我，还是小姑娘啊，我闭着眼睛，说，你其实很难过是吗。她没回答我，在昏暗的灯光里，她仿佛点了点头。我看不清，也道不明。

突然一天，我走了，就仿佛没来过，也仿佛我们之间没发生过任何事，有人说，任何一个人的变心不是一夜之间的事，树叶是慢慢地变黄，人心是慢慢地变冷，你每做一件让我心寒的事，我就收回对你的爱一成。我把猫带走了，钱，护照，他给我买的那些名贵的衣服。我没有留任何字条，保姆前一天就被我放了假，自然没人知道我去哪了，可能他知道我回国了，可我也不在乎他知道还是不知道。我在他身边六年，如一日沉淀，我还是短发，但我还是感觉到有些东西还是变了。我也解释不了我为什么要离开，更不知道当初什么勇气跟着他来到异国，在各种人中间能笑着谈一些家常琐事，说着一些我完全不感兴趣的话。我刚离开的时候，也会日日问自己，爱他吗。可是爱与不爱，还有什么区别。我恨酒过三巡，却仍然走不出来，虚晃的存在，像我天生就是要痛苦地遗忘他似的。我没有回家，我来到了北方以北的地方，有雪的地方，似乎南方人对北方的人有着浓厚的兴趣，吸引着南方无家可归的游子。我很快就联系到了从小玩到大的那个胖墩墩男生。我住进他家的阁楼，将现金交给那个已经长得帅的胖墩墩的男生，说是房租，把各种名牌的裙子放在网站上卖，这是我唯一的经济来源。那些虽然是已经旧了裙子，可因为很多我只穿过一两次再加上裙子本身昂贵的“身价”，仍然让我赚了一笔钱。我把钱拿出来，买了一个店面，开了一间酒吧。装修酒吧期间，我每天都在绞尽脑汁地想着设计。性子清淡的我，可突然心底很深的东西慢慢地升起，那是一种难以名状，但真实存在，触手可及的东西，它让我整个人变得很大胆、激烈、直白、洒脱、冷静。

可每到深夜的时候，我都被黑暗和绝望吞噬，在想着他在干什么。阁楼里的空气总是潮闷，我总是会点燃藏香，让我自己安定下来，也是在那个时候，我学会了抽烟，来打发无聊漫长的夜晚。我瘦得很快，我打败不了深夜带给我的无力感，就算白天的我充满活力、热情和那些麻痹我自己的勇敢，到了夜晚，都会被消释得不复存在，仿佛白天的我只是具躯壳，夜晚的我才将真正的灵魂释放。刚开始，只会盯着天窗发愣，听着猫在我耳边发出的呼噜声，而后来，就干脆坐起来，翻看各类书籍，也开始接触日本文学。转移注意力之后，就很容易入睡了，想他的频率也开始变小。

我刚回国，还没买酒吧店面之前，其实接到父亲的电话，朋友将我的电话号码，告诉了我的父亲，朋友说：游子要将平安与否告诉身体健在的父母，才是尽到了最简单的孝。那是我已经一年没有联系父亲的短暂性通话，只有短短的一分钟，只聊了我在哪，和谁，瘦没瘦的问题，我说不希望父亲告诉他我的地址，父亲叹气后说他答应我。父亲最后一句话说：南安，可归矣。

我在外面漂泊多年，不知不觉变成了一个真正冷血的人，听到那句话，还是一个人在阴冷的阁楼里哭了很久。之后，抱起了猫，去银行。

我不知道他有没有找过我，现在有没有喜欢的人，这些我不得而知，在北方偏僻的城市里，整个人都会慢下来，一日比一日慵懒，很多人因为外面传酒吧里的老板娘很年轻很漂亮，还独自一个人，外地的人都会来酒吧里坐着，消费。可没人用你看我的眼神看过我，像在森林里迷了路的鹿，又像在夜里坐在房顶的猫，有着幽幽的蓝色的光。很奇特。

我突然觉得害羞，便和她笑着说，你才是那只危险的猫。我急迫地还想知道后来的事，就催促着她继续讲下去。

大概在我生活安定下来的两年后，他找到了我，他总有很大的本事，把我带到墨尔本，也有本事找到我，我早料到的，找到我，只是他时间的问题，不是他能力的问题。我想象过无数次我们再次重逢的场面，我以为我会哭，我会和他回家，可当他将我从酒吧里拽出来，问我为什么来这里，为什么突然离开，让我跟他回家。他说话语气里带着质问、疑惑、急切，但我却听不到语气里的爱和喜欢了，其实一个人不爱你，别人是看不出来的，只有你自己才能感觉得到。我突然很失望很难过，从那一刻开始，那些缥缈的幻想，都被现实击得粉碎。大概从一开始，在他眼里我只是一个让他感到好奇、新鲜的少女，征服我并让我爱上他，我只是他众多女人里最独特最难驯服的一个。我听到他的话之后，很快就恢复淡漠的表情。“你来就是质问我的吗？我去哪干什么和你还有什么关系呢。”我不露痕迹地抽离了他握着我的胳膊，他疑惑地看着我，问道：“你涂了红色的口红？”我眼睫毛下垂，将眼里的光遮起来，控制自己颤抖的声音说道：“人总是会变的，你管不了我，也没什么资格管我，你走吧，别再来了。”便转身进了酒吧，没有回头看他是不是还在那里站着，我从明晃晃的太阳底下进到黑暗的酒吧，有一秒的恍惚，好像还是十八岁的年龄，我在那间屋子里躺着，听到他们的嘈杂声。可我没有哭，我哭不出来，我只是一直在颤抖，那种冲击像是我被扔到了悬崖之下，身边围着馋嘴的秃鹫，等着我死亡，然后迅速将我围起来，将我撕裂。那种憋在眼睛里的东西让我整个人都晕头晕脑，我坐在吧台上，大口喝龙舌兰，感觉酒精在侵蚀我的胃，他坐到了我面前，不说话，酒吧里就我们两个，空气里弥漫着藏香，沉郁得让我心安。我突然抬起头，打破沉默，像是我不认识他，什么都没发生过地问他：“先生，有什么事吗？有酒喝，不过贵，有烟抽，不过只有万宝路，老板娘不可以调戏，只能远观。”他用好听的沉稳的声音问我：只要我花钱什么都可以买到吗？我说：“只要您有钱，酒吧里所有的东西都可以买到，除了这里的人心。”他拿出很厚的一摞钱，说：这里的酒，都给我拿出来。

我什么话都没说，一瓶瓶把酒拿出来，整齐地摆在他面前，他站起来把这些酒一瓶瓶地都扔在门外的垃圾桶里，我点支烟，静静地摸着猫的耳朵，不去看他，波澜不惊，像我最开始就知道他要这么做似的。没过多久，他坐在原来的位置上，趴在吧台上，眼睛紧闭着。我开了音乐，刚好是陈奕迅的《月球上的人》。

我缓缓地开口：“三世书不会记载，情系我这半生的最爱。你安静地听我说完，不要抬头，不要睁眼。和你说的这些，不是让你回来重新爱我，是让你清清楚楚，彻底地离开。想知道为什么离开你吗？我想问你，你爱我吗？后来和你在一起的我总是感到动荡不安，像是在一艘丢了指南针的破船上，四周都是一望无际的大海，我找不到方向，也看不到希望，我每天战战兢兢，担心着你是不是还爱我，猜测着你为什么和我说话那么少，为什么这样冷淡，我像是家里的老式的家具，但好像还没那么贵，只是存在，但却没有意义，和你在一起几年里，我独自一个人说的话，比和你说的话多得多，你忽略了我的孤独，忽略了我的情绪。你忘了我是一个没有安全感的人，也忘了当初你答应父亲要好好照顾我的承诺。你喝酒，晚归，沉默。我无聊，早睡，沉默。回到中国，来到北方以后，气候寒冷，阁楼潮湿，我的手上都是冻疮，我开始生病，生了很久的病，那个孩子，还没取名字的孩子，死在了我的肚子里。”他猛地睁开眼，抬起头盯着我。“你的孩子，一个错误的存在，抱歉。”他双手颤抖地试探性地向我伸过手来，想要碰我的脸，在他指尖离我一厘米的时候，我迅速后退，客套、有距离地和他笑。“我已经不再年轻，不再那么好看了，我也什么都没有了，我现在唯一能做的，只想和你好好告别。”我已经不会哭了，我淡淡地讲完这些事，静静地看着他。他还是那个样子，比我成熟，比我冷淡，也比我无情可怕，但那张面具之下，我知道带给他巨大冲击的武器还是将他内心击碎了。我没有力气朝他嘶吼，质问他为什么那样对我，为什么不爱我，为什么要折磨我，让我慢慢心寒。我学会了用他的口气和别人说话，和他说话。对于一个比陌生人还要陌生的旧人，你唯一能做的，就只能给他讲一些过去不能讲的事，也只能告诉他，如果再来打扰你的生活，你就永远消失，说到做到。你也只能告诉他，如果他还爱你，就不要再折磨你，让你陷入过去的日子，那些看不到希望的日子。

我问她：“他走了吗，再也没来过吗？”她神情淡漠地点头。她仿佛在讲着日本文学里一个凄苦的故事，和她自己无关的故事。可我在她眼里，还是看到了孤独。她骨子里的寒冰与烈火已经把她烧得干干净净。

后来，总能听到一些关于他的消息，他回国，开辟了南亚市场，而立的年纪，身边却没有一个女人。媒体猜测他在国外的生活，有人说他爱着一个女人，六年时光，却因为那个女人死亡，他才回国，不再娶。我在电视上看到他一次，有人戏谑地说，老板娘还爱看新闻？我笑笑不答话，安静地看着他在媒体面前，说着他的公司，说着他很用力地爱过一个人。我像是他人生路上，路边开着的那朵花，让他驻足停留发呆了一分钟。仅此而已。

他终究是爱她的吧，只是那种爱变得越来越失去了本质。她听到这些感动了吗，我没有问。她天性悲观，抑或是不愿再抱有任何希望，怕让自己失望，宁愿让自己坚信，他不爱她。我俩沉默了很久，我看着她发愣的神情，看着她手里不抽，却还是渐渐都变成烟灰的那根烟，忽明忽暗的火光。我也开始发呆。

她打破沉默，突然问我：小姑娘，你的故事呢？

我坐起来，盘腿坐在她旁边的小沙发上。

“你躺下来，我给你讲我的故事。我呢，很简单，没出过国，父母健在，开明，我过得无忧无虑，单纯善良。抽烟是他教会我的，但只有想他的时候才会抽烟。高中三年，有个男朋友，对我无微不至。我最开始不会撒娇，倒只对他一个人撒娇，也想过和他的未来，包括和他结婚，我们会有自己的孩子，会有自己的家，会养一只大狗，一只猫，下雨天窝在沙发看着老片，他可以玩游戏，我坐在他旁边，吃零食，顺手可以塞他嘴里一片薯片，我想得太好，也摔得太惨，我日日问他：我们有没有未来？因为从最开始，我就知道，到最后离开的肯定会是那个人，留我一个在两个人滞留的时间里挣扎，像最开始，他的纠缠，变成了我的哀求，最开始就是错误，后来怎么能对，越走越错，可我还是乐此不疲，心心念念，纠缠不清。丢掉了所有尊严，这是我，后来的我。两个人结扯不清，最后在一起，我穿着他的外套，站在三楼和我喜欢的姑娘说着悄悄话，然后看到外挂楼梯上的他，开心得直叫，他满脸温柔，笑着和我招手，然后上到三楼，拉着我的手，带我回到二楼的教室，那天下着雪，我记得。我整个人都开开心心，甜甜蜜蜜的。每天放学他带着我回家，我在他旁边蹦蹦跳跳，他和旁边的朋友说话，我黏着他，捣乱，他的手顺势放在我的头上，让我乖，我瞬间就能安静下来，挽着他的胳膊，要不然就顺手揪掉松树的叶子，能玩到校门口，他会笑着和我说，这三年你还不会把他们揪光吗？我笑啊笑。可我其实超级能哭，什么都会哭，最开始，看到他受伤啊，手上割破啊，就会哭，觉得心疼，他就会抱我，让我乖，让我安心。我和他吵架，气得胃疼，哭得上气不接下气，直到大脑缺氧。因为他逗我他不喜欢我了，我哭到流鼻血。后来，我扇他耳光，我都不会再皱眉，心疼他。在外面浪荡没有人可以拥抱的时候，会想着如果那个人在就好了，会想着是我对不起那个人，会想很多很多事，会想着和他待在一起的日子，会想着每天中午放学，等他来摸摸我的头，叫醒睡着的我回家，给我穿上外套，背起我的书包，带我回家。我就闭着眼睛走路，那时的我啊，只要他领着我，让我跳悬崖，只要是他，我也会跳。会很馋，可钱又不多，他就带着我，给我买各种好吃的，即使我吃饭了，还是馋，他还会给我买鸡排、糖葫芦、盖饭、炒菜、面包，宠溺地看着我，那时候的那个人真是温柔啊，我也真是傻啊，真的傻，深信不疑他说的话，记得他能把我架在他的脖子上。有一次晚上坐在台子上吵架，突然听到后面有沙沙的声音，吓得我一跳，就开始哭，他说那是只老鼠掉下来了，我就一直哭，他啊，也不和我吵架了，抱着我，各种哄，我也真是胆小，没在校长面前拉起那个人的手，虽然真的抵挡了很多人的阻挠，也真的深信不疑地爱着他。在他之后来过的每一个人，我都不敢抱太多希望，是阴影，也是教训。”我一口气说了我的事，抬起头时发现她已经呼吸均匀地睡着了。我突然觉得很幸福，看着她睡着。我看看表，早晨六点，可以走了。我抽了一张纸巾，掏出那个人很久以前给我买的笔，写下：

我走了，刚开始抱着我想拥有诗和远方的幼稚心态，一直从南走到北，我只是在他走后迷茫了很久，知道他现在有女朋友，只是在他离开我后，也过了很长时间很叛逆的日子，后来觉得自己要找到自己。我能记得和那个人的时光，只有那些美好的细节，而那些吵架、胡闹都不记得。但他记得。他只能记得我的无理取闹、令人反感。我不懂为什么相爱的两个人，到最后也能反目成仇。从开始的动荡不安，到现在踏实，自己给了自己安全感。见很多人，说很多无厘头的话，也变得聪明冷淡了。很多人说我一夜长大，我也开始听除了Eason之外的其他人的歌，民谣、烟酒，我都有，我只是很容易想他，想着如果那个人在就好了。其实无家可归的人，心里还是期待安定的生活。我后来也因为各种简单的理由喜欢上别人，比如这个人的耳钉很帅，我就会和他在一起，比如这个人手很好看，我也会和他在一起。变成了很滥情的人，但找了这么多的人，也没能忘了他，那些浓烈的感情也会被日子冲淡，从安生到腐烂。

等你真正累的时候，你就回家吧。你可以给我写信吗？虽然我可能很久都不能给你回信，但我迟早一天会回家，我走了，有点儿碎碎念，很高兴听你的故事，很高兴你能听我的故事，很高兴认识你。

南安，勿念，安好

写了父母的家庭地址在最底下，将她的鞋小心翼翼地脱下，我看着她长长的睫毛偶尔地颤动，她紧皱的眉头，她的短发，她薄唇微张，她胳膊旁睡着的猫。我想着她这几年来也可能在梦里哭醒，伸手却抓不到任何东西。我慢慢站起来，背着包，出发到下一个地方。

最开始的我只是想逃离到没有他的地方，到后来我去过很多地方，发现其实可能我只是想原谅自己，了解自己。从新疆，又到西藏，去了尼泊尔，柬埔寨，泰国，再也没见过像她一样让我惊艳却安心的女人。我在尼泊尔虔诚地跪在佛祖面前，祈求着她今后会过得很好，祈求父母身体健康。我没有给那个人求福，他不需要我的祝福，我不恨他，但我也做不到原谅他。我一路辗转回了家，穿过云南，在丽江停留了半年，那个现在已经商业化的城市，看着路边的流浪歌手，听着那些民谣，和不相识的人，共同喝一瓶酒，抽一根烟。素未相识，但知道这里的人，都是有故事，有民谣，有爱着、爱过的人。当我穿着破旧的衣服、头发乱糟糟地打开家门的一瞬间，就哭了。我的爸妈没有做错什么，却要承受我的长大给他们带来思念的疼痛。这就是成长吗，我无从知晓，但却真切感受过。我真的收到了她的信，两年前的信，一年前的信，还有几个月前的信。很厚的一摞。

寄来信的地址只有两个，我猜后者是她的故乡吧。

她的字很好看，字如其人，清秀，但却刚毅。

她说她卖了酒吧，回了家，猫还在，两只猫在一起常常趴在她腿上一起打盹儿，她不化妆了，没有红唇，清淡的粥代替了烟酒，穿着以前的碎花裙子，留了长发，和她的父亲每天去私塾给小朋友教那些唐诗宋词，像她从没离开过家，没老去。她没有在信里提那个人。可我知道，命里很多事最开始就是注定的，该来的迟早会来，该走的也迟早会走，那些故事里的人，就让他们留在故事里好了，日后的再提及，也是后人茶余饭后的消遣话题，又或者被历史湮没在长河中。

我给她回了信，我说我找到了工作，养了猫。认真贴好了邮票，去厨房做饭，等爸妈下班回家。

在忙碌之后的夜里，开着灯，坐着读完她的来信，我们保留着原始的交流方式，那种绵长的思念更让人感到真切。那些心里关于她过去的生活和无法挽回、充斥着救赎与成长的时间，在日后的生活里会慢慢被消磨干净吗？我不得而知，但我不愿他们散去，我将他们写出来，给正在远方发呆的你看。我们都是故事之外的人，是她人生的看客，可在我们的世界里，我们是讲故事的人，是那些真实故事里的主人公。

勿念，保重。

寒 山 行

浙江传媒学院 / 陈 作

楔 子

昨天晚上我梦到我爱上了一个僧人，他眉眼柔顺，棱角和缓，轮廓稀疏，隐去在我的梦中。诀别时我问他，离开你我该如何去爱。他笑意阑珊：天涯茫茫两相忘，不辜负自己，不辜负命运。我说我无法参悟，他俯首，在我耳边喃喃低语：那，就不要辜负我对你的，一见钟情。

寒山正如其名，山顶高耸入云，山体常年被白茫茫的雾气笼罩，给人以肃杀阴冷之感，故得名寒山。在如此极寒而近乎与世隔绝的境地，伫立着一座小小的佛寺，名曰寒山寺。这一世，香火前诵经点灯的人法号虚云，约莫十七八岁，无人知晓他的身世过往，只听说他有个师父虚空，在虚空圆寂后便只剩下了他一人。唯有山中猎人和前来参拜的虔诚信徒，三旬一进山，烧香礼佛，向他提供必需的白米菜蔬。

他就是这般毫无欲念地生活在这寒山之上，五更起，子夜歇。念经诵佛，砍柴烧饭。俊秀清朗的脸上无喜无悲，不曾，也不愿和这尘世有过多的牵连。

那日他转山归来，却见山门大开，匆匆赶回寺内竟与一人相撞。那男子威武挺拔，负伤累累，自称御前侍卫昭桀，因战乱流落至此。他怜此人，许他在此疗伤避世，那人却道只有一事相求。

“只求师父……替我照料舍妹，待她伤势痊愈……让她能远离乱世纷争，无忧地生活就好。”

说罢，那男子便翻身上马，绝尘而去。

他入居室，槐花香气袭面，才知有人在此。陌生的女子躺在简陋的木床上，整个人因寒冷蜷缩成一团，姣好的容貌毫无血色，渗透出涔涔的冷汗。他对床上的人说声冒犯，一边伸出手探她的额头，脉搏，目光却牢牢望着地面，不肯多看她一眼。然而手中的温度是滚烫的，像是沸水在翻腾，几乎要灼伤他的手心。

他拾来山中草药熬煮，她所受风寒极重，又在来路上过于奔波，服下药后昏睡三日仍未醒来。第四夜，他在弥漫着苦涩气息的寺庙内诵经念佛，却听木门残喘，她披着破损的裘袄屹立在门外。

“子筠见过师父。”

黑色陶罐里气泡不断浮起，破碎。药材翻腾和火花迸裂的细微之声中，她好像说了什么，又好似从未开口，两人只是如此静默地相望，留一炉焰火独自燃烧。

数日过去，她已无大碍，只是所留疾症还需继续调养。她在这寒山寺内往来自如，续油添灯，翻阅经书。或是在庭院里和他偶然相遇，或是他每日将餐饭汤药送至她的居室门外，两人不过是点头示意，无须言语寒暄甚至是眼神交会，仿佛是有了某种默契，有序随性，通晓心意。

白露将至，他取来斗笠、背篓，打算去山下采些野果药材，临行只觉有槐香拂过。

“师父要往何处去？”

“施主，贫僧正是下山采药。”

“……子筠能否与师父一同前往？”

“……”

正午太阳竟在不知不觉中落了下来，天色昏暗，要落雨一般。

旁人看来寸草不生的境地，唯有他领悟其中玄妙所在。高山松常年屹立不倒，针叶坚实张扬。近山头的杜鹃，花瓣密布如鳞，盛夏桃色妖娆。半山下的银杏，四月开花，十月结果，秋意浓稠时一地金黄。蜡梅枝干纤细修长，星星点点都是弱不禁风的一朵，寒月却能熏润飞雪。

她体虚力弱，一路不得不走走歇歇，他耐心等待，毫无愠色，将这山中的自然万物向她娓娓道来。

一蒂二蕊的金银花，宣散风热，善清解血毒。三七形似绣球，主治外伤出血。水烛香蒲根茎匍匐，有多数须根，有止血化瘀等效。艾叶绒多且叶厚，可降湿杀虫，更是温经止血，散寒止痛的良品。

湿润的空气一点点沾湿他的僧袍，她的眉眼，她却听得入迷，并未察觉的样子。

“那……师父，这又是何种草药呢？”她举起手中的青色藤蔓。

他回头，眼含笑意："施主，我不过是个修行不精的佛门弟子，叫我虚云便可。你手中的这种草药……名作杂草。"

她忽地就失声笑了出来，眉眼舒展笑声清澈，像一朵山茶花盛放在山野之间。自相见以来从未看过她这样欣喜的样子，他一时感到些许恍惚。

返途之中两人初次交谈，然而没有陌生或隔阂，诗词歌赋，虫鱼鸟兽，他不记得上一次如此开怀是何年何月。

雨最终淅淅沥沥落了下来，幸而两人已赶抵山门，在泥土上留下新鲜的脚印。衣物贴在皮肤上，不知是因雨水还是汗水，只是黏黏的一片。像某种挥之不去的愁绪，如此氤氲在了这寒山之上。

木鱼急促而空灵的敲击声回荡在整个佛堂，他跪在蒲团之上，神色虔诚，口中念念有词。

她在阴影中无声看他。瘦削的身形，清秀的面庞，还有此刻紧闭的双眼。那是她一生都难以忘记的眼睛，澄澈至极，浅淡的灰色倒映着不尽的落寞忧愁，仿佛一眼就看透自己的灵魂，从此无处遁形。

佛堂内一片昏暗，金色的佛像高高在上，俯瞰这芸芸众生，万物皆在他的掌控之中。可是，那样一双如泉的眼睛，为什么会溢满了悲伤呢。

慈悲的佛祖没有回答她的问题。她推门而出，外面却是明亮的天光，如同一阴一阳两个被割裂的世界，让她久久回不了神。

他做了一个梦。

梦里是师傅虚空的声音，反复诵读着那段他谙熟于心的《般若波罗蜜多心经》。观自在菩萨，行深般若波罗蜜多时，照见五蕴皆空，度一切苦厄。舍利子，色不异空，空不异色；色即是空，空即是色。色不异空，空不异色；色即是空，空即是色……

虚空的语速愈发急速，像是某种咒语一般，竟让他骤然惊醒过来。他披上僧袍，斟一杯茶，才发觉冷汗淌遍了全身。

门外亮起烛火，却迟迟未响起敲门声。

"……虚云，你在里面吗？我在外面听到你的叫声，故前来探看，你可无恙？"

"劳烦施主了，我不过是梦疾，并无大碍。"他没由来地觉得心里一慌。

"……"她并未说话，然而烛光的暖黄还停留在原地。

他想起那个相对无言的夜晚，也是这般静默无言的场景。门外纤弱温婉的女子，此时又该是怎样的表情呢？

"虚云……你多少岁？"

"舞象之年，十七岁。"

不过十七岁？竟然比自己还要小两岁，整整十七个年头，他就是如此不谙世事地生活在这寒山之上吗？那澄澈的灰色瞳孔又在她脑海中浮现，她只觉得堵在胸口的气息更紧了些。

“无事便好……你早些休息罢。”

门外的烛光一点点暗淡，他只觉得一颗心也渐渐沉下来，昏沉中再次入眠。

梦里有槐花香。

霜降时节，山中枫叶红遍，万林尽染，看上去竟有盎然的生机。

两人下山赏叶，她着一件猩红色披风，仿若是要和一山一林的红融为一体，兴致甚高。

“虚云，这漫山枫叶，在你我眼中，是否是一样的颜色姿态？”

“万人赏叶自有万种红叶，枫叶本无不同，只随了各自的心境罢了。”

她渐渐放慢步伐，沉默许久，像是下定了决意一般，回头望他。

“虚云，你在这寒山十七余年，想必对于此处的一花一木，都已了如指掌吧！”

“来到此处之前，我见过种种人间盛景。琉璃灯宴，万舟同竞，焰火齐升，满城金甲。”

“我从未以之为奇，直至今日才明白，再繁的景象，若是孑然一身，也便索然无味了。”

“你自幼隐居，不曾涉世，其实红尘也未尝不是一个美丽的地方。江南的桃红柳绿，塞北的大漠斜阳，温婉的女子，踽跹的少年……”

美人一笑，万木黯然。

“……虚云，待那乱世平定，你同我一起下山，过最平凡的烟火人生。我们一起再看尽风景，不逐富贵显赫，只求相濡以沫。”

“……可好？”

他又觉恍惚，眼中的一切都模糊，唯有女子身着红裳，在自己眼前，又好像千里之外，难以触及。

“观自在菩萨，行深般若波罗蜜多时，照见五蕴皆空，度一切苦厄。”

那是你的世界，是我从未探寻，也无意探寻的世界。

“舍利子，色不异空，空不异色；色即是空，空即是色。”

江南流水，大漠苍茫，一切不过是心生幻境，滚滚红尘，缥缈如此，虚无如此。

“我虽不曾离开此地，但寒山和世间万物并无区别。佛道五蕴皆空，我心有寒山，便身居寒山；心有万物，便眼见万物。施主，虚空定不负你兄长嘱托，为你诵经祈福，佑你在红尘远离纷争，无忧生活。”

女子眼中的光骤然熄灭。

“五蕴皆空？……无忧生活？……呵，师父佛法至深，是子筠浅薄，让师父见笑了。”

她径自前去，不再回头，留他在原地独守背影，犹如初识般谨慎疏离。

大风忽起，他抬首，瞥见群雁南飞的掠影。

我没有开口的是，有你相伴，纵然万物萧条零落，也是人间盛景。哪怕幻境虚无缥缈，我也愿意交托此生。

雪落寒山。

她旧疾复发，终日卧在床榻，咳嗽不止。他念经诵佛，不分昼夜地守着一炉汤药。

然而他们终是再没交谈过。

那日他在照例佛堂礼佛，她却走了进来。愈加瘦弱，步履摇晃，随时都要跌落一般。他不敢大意，目光追随她的一举一动，心中有莫名的不安。

她跪于蒲团，双手合十，面色惨白，额头紧蹙。进而拿起签筒，用力摇晃。

那签条晃动的声音仿佛击打在他的心上，他想走过去让她停下来，却迈不开步伐，发不出声音。像是被硬生生哽住，只能旁观命运的裁决。终于，有签条掉落。他无法看清上面的内容，只见她指节泛白，缓慢拾起，霎时间昏倒在地，如同一片在寒风中凋零的落叶。

他飞奔过去将她抱起，拿起签条，映入眼中的是早有预料的答案。

下下签。

怀中的女子似在低语，他将头埋下，听到她微弱的声音。

“虚云……”

她在笑，是那日采药时明媚的笑，山茶般倾城的笑。

槐花的香气包裹着他，他因这笑容慌了神，只能够怔怔看着她，不觉有大滴大滴的泪水从眼角滑落，碎在她的脸上。

“……有没有人说过你的眼睛很好看？真的，我从来都没有见过这般明亮的双眼……以前我的身边有好多人，但他们的眼睛，是混浊的，充满了仇恨、欲望……他们的眼里，没有光……他们对我很好，我的每一句话都是他们的圣旨……我有这世间最美的衣裳，最珍贵难得的佳肴，最珍奇稀罕的首饰，只是缺了心意相通的人……”

“曾经也有一个人说过爱我，愿意陪我生生世世……可时日一长，他便忘记了所有诺言，我如同囚徒般不得逃脱，只能在度日如年的等待中期冀他能把我想起……来到这里之后我才懂得，原来那不是过是他想占有一切的欲望罢了……真正的爱，应该是自由而没有拘束的，两人灵犀自通，无须讨好，无须忍让……”

她又开始剧烈地咳嗽，嘴角渗出血丝。

他将她抱得更紧，身体难以自制地颤抖着。她抹去他脸上的泪，指尖冰凉，脸上却仍是挂着笑。

“……虚云啊，我可能……熬不过这次了……但你要记得，我的魂魄也会在这寒山寺里与你相伴，你不是一个人……以后，你的眼睛里，不要再有那么多的哀伤了……好不好？”

他终于失声痛哭，才明白，她那日的邀约，并非留恋红尘的夙愿，而是早已深知的，她此生再无法得到的幸福。

大寒迫近，他手执念珠，无言地凝视着眼前熟睡的女子。

寺门传来巨大的声响，有人强行闯入，脚步匆忙，却像是朝居室走来。

他惶然，只见她被惊醒，眸光动荡，如同被搅乱的潭水。

门开，来人却是昭桀，风尘仆仆，神色焦灼。

“子筠！快和我走，叛军已查到你的下落，正往此处赶来！”

他大惊，然而她却没有丝毫的惧色，惨淡一笑：“来又如何，我不过前朝遗孀，即便被俘，也毫无价值。”

“你在胡言乱语什么！现在叛党夺位，要歼灭全族，你快同我下山免遭杀身之祸啊！”

“乱世如此，你我就算免去死劫，也难逃活罪。隐姓埋名，在恐惧和窜逃中度过余生？子筠不甘苟且如此。再者子筠重病在身，于哥哥而言也是累赘。哥哥还是速速下山吧，莫要耽误了时辰。”

“子筠！”

“我心意已决，哥哥无须多言。”她背过脸去，不愿再语。

他缓缓起身，叹一声：“阿弥陀佛。”一边以眼神示昭桀，让他随自己来到佛堂。

“施主，今日正逢山中猎人前来予我供养。他对这寒山之路了若指掌，待他来后，你们便随他从小道下山，从此以后定要小心谨慎，保全自身。”

“谢师父救命之恩！可是子筠她……”

“你在此安心等待便是。贫僧自会劝说那位女施主。”

他推开房门，她仍是背对自己，不愿与他对视。

他在床前蹲下身子，轻声言语。

“我深知你不愿苟且偷生，然而这世间有许多东西是比所谓自尊更加难得。”

“我从未想象过寒山之外的境界，听你一言，我才懂原来凡尘也绝伦如此。往来熙攘，风景各异，让出家之人也心生向往。”

“你要替我看遍桃红柳绿，大漠斜阳，安然无恙地生活下去。若是此生有缘，还能相遇……”

她不可置信地看他。那浅灰的双眸里满含笑意，如同刚刚融化的春水，柔美至极。

“再把所见所闻都一一描述给我，可好？”

他紧紧握住她的手，一声轻唤，让她泪如雨下。

“子筠。”

寒山正如其名，山顶高耸入云，山体常年被白茫茫的雾气笼罩，给人以肃杀阴冷之感，故得名寒山。在如此极寒而近乎与世隔绝的境地，矗立着一座小小的佛寺，名曰寒山寺。这一世，香火前诵经点灯的人法号虚云，在此供奉佛祖已有二十余载。

又是一年春分，寒山冰雪消融，万物苏醒。

他转山而归，清晨的露水润湿斗笠，背篓中有新鲜的野蕨菜蔬。回到佛堂，他双手合十，仰视着斑驳的佛像，神色虔诚，双目清澈。

“南无阿弥陀佛，南无阿弥陀佛……”

木门似乎被谁轻启，背后明媚的天光透进，佛堂内一片敞亮。

恍若隔世，他静默在原地，不敢回望。

槐香扑鼻。

有清亮的声音从门外传来。

“子筠见过虚云师父。”

清水镇故事

北京大学 / 唐小林

桥头桃花开的时候，我都会跑过来折几枝。别处的桃花都是粉色的，只有这棵桃树开的花颜色深而重，像以前女人们用的胭脂。在以前只觉得别致，现在想起来倒有些悲凉的意味。

折下桃花我要给住在河东的崔莉莉送去。河东是五年前的清河乡，现在清河乡已经搬到了河西，并撤乡设镇改为清水镇。站在这边岸上看过去，河东已经是一片萧条破败的景象，只有几家外来户留在那边。在撤乡设镇的时候，他们从各处涌来在这里找事做，崔莉莉家就是其中一家。

去崔莉莉家要过河，那条河叫清水河，河上有一座石拱廊桥，题名处空着，镇上的人都叫这座桥为无名桥。一般人们都是从桥上走过去，但我却不敢。在我有记忆以来的第一次过那座廊桥，我呕吐得十分厉害。事后我母亲安慰我说有些人天生就是会“晕桥”，等长大后就能平稳地过桥了。

廊桥上住的人是马作家，曾经写下过让清水镇声名鹊起的《清水河的秘密》，但不久后他便消失了。直到有人发现廊桥里住了一个流浪汉，正准备召集镇上的人把流浪汉赶出去的时候，人们才惊奇地发现那流浪汉就是马作家。马作家已经不太认得人，他终日用木炭在廊桥的壁上写写画画。现在的廊桥里写满了字。

或许是被马作家在《清水河的秘密》里面描写的清水镇的风光吸引，曾经从城里来过一个导演，准备在这里拍摄电影的外景。导演刚来到就被崔莉莉的妈妈拦住了，崔莉莉的妈妈是从城里嫁过来的，见过世面，非常精明，她知道这是个机会。那时候她正在门口洗花花绿绿的衣裳，几辆车从曾经她来时的方向驶来，停在路边一棵泡桐树下。车里下来了很多人，崔莉莉的妈妈一眼就看清楚了是怎么回事，她认准了人，擦干净满是泡沫的双手，径直走过去拉住导演的手挽起来，像多年前挽起她那还没死去的丈夫的手一样自然。

崔莉莉的妈妈在脸上堆下笑来，你是导演吧？上我们这拍电影？还缺人吗，你看我怎么样？

说话间腰肢扭起来了，有那么点意思了。导演的目光在崔莉莉妈妈的身上转了又转，不断地点头又摇头，最后将目光落在了在井边打水的崔莉莉身上。那时候的崔莉莉刚出落出模样，在我们镇上算是一个小美人。于是那年春天，崔莉莉就在那次拍摄外景的过程中穿上了她妈妈年轻时候穿的粉色旗袍，在镜头里风光了一把。

以前清水乡有一条幽长的巷子，叫青巷，是清水乡最热闹的地方。现在河西建了清水镇，最中心的地方是一条新街，人们就照旧叫了它为青巷街。青巷街是清水镇最热闹的地方，也是清水镇女人们说长道短的地方。青巷街的女人大多没有头脑，只有一张闲不住的嘴，她们说跟导演拍电影是要陪导演睡的，这崔莉莉拍了电影，要是她不陪睡，就只有她妈替她陪睡。也有人说崔莉莉已经让那个导演睡啦，导演给崔莉莉买了一枚金戒指，崔莉莉就戴在手上呢。女人们纷纷说崔莉莉走运了，就要跟导演进城里拍戏了，将来一定会成为一个大明星。但出乎所有青巷街女人们的意料，导演后来走的时候，并没有把崔莉莉带走。

有脑子的人就不会相信青巷街女人说的话，比如我，我就不相信。我跑到清水河边，我看见崔莉莉趴在二楼的窗户上，我看得见她的脸在金色的阳光里变得柔和起来。她将头发放下来，手里捏着一只空的酒瓶子，不断地晃动，酒瓶底下剩下的一点液体跟着晃动起来。

崔莉莉看到了我，她向我招手。三月的河水还很凉，但我跳下了河，游到了对岸。我留在河里，趴在岸边的石头上。

崔莉莉向我说话了，你不怕冷吗，为什么不从桥上走。

我摇摇头。

她盯着我看了好一会儿，然后捏着空酒瓶了晃了晃，突然就对我笑了。她指着那边桥头的桃花跟我说，帮我折几枝桃花过来吧。

我仰头仔细看了看崔莉莉的手，两只手上都没有戒指。于是我潜入水中又游了回去，水声传到了桥上。桥上的作家穿着破旧的棉袍，从桥上的窗口探出脑袋来看我。他没有说话，我在水里抬起头，很清楚地看到他忧郁无神的黑眼睛。

崔莉莉喜欢桥头开的桃花，三月桃花开的时候，我主动请缨，为崔莉莉折桃花。每次我把桃花都放在岸边的石阶上，我知道我离开后崔莉莉会走下楼来把桃花拿走。崔莉莉家就在沿河的西岸，离廊桥并不远。崔莉莉的房间在临河的一面，一扇木窗，阳台上一个啤酒瓶子插着几枝桃花，水绿色的窗帘常常被风鼓荡着飘出了窗外，不断发出猎猎的响声，饱满而清晰。在岸上的石头上，我踮起脚，抬头可以隐约看到崔莉莉房间内的梳妆台和一只不大的木床。

我从小就是个非常听话的孩子，听话的孩子不会打架，这是大家都知道的。但那次我却打架了。我第一次跟别人打架就输了，是为了崔莉莉。那天午后，我在岸边看到崔莉莉端了一盆水，站在临河的门口。她穿了一件红色的蝴蝶裙子，挽了袖子露出雪白的胳膊，湿漉漉的头发像黑色的海藻，泡沫随着水往下飘落，在阳光下发散着彩色模糊的光泽。我以为我闻到了香味，它指引着我走向前。

我正要下河游过去的时候，被青巷街的金斗拦住了。金斗家里有钱，但金斗没出息。金斗整天带着一帮人东走西窜，在路上拦住女孩捉弄调戏。金斗曾经追求过我的姐姐，被我姐姐当众拒绝了。我姐姐长得漂亮，但性格十分泼辣，不是谁想调戏就能调戏得了的。我姐姐那天当着很多人的面对金斗说，如果我是白天鹅，那么你金斗就是癞蛤蟆，癞蛤蟆想吃天鹅肉？休想！

所以我想金斗一定是来报复我的，金斗揪住了我的衣领，我不知道怎么办，歪着头闭上了眼睛。但过了很久却没有拳头落下来，我睁开眼看见金斗的手放了下来，他只是在我的脸上轻轻地拍了拍。他好像发现了什么，他后退几步，将目光转向了对岸，又收回来看着我，突然笑嘻嘻地对我说，你是去找崔莉莉的吧？

听到他嘴里说出崔莉莉的名字，我不由得警惕起来。金斗接着微微眯起了眼睛，语气变得神秘起来，告诉你一个秘密，他的手指向对岸正在用毛巾擦干水分的崔莉莉，崔莉莉的妈妈是做这个的，这个，你小子，你懂？金斗用手比画了一个不要脸的手势，他恬不知耻地说，崔莉莉一定也是，你听着，我有钱，崔莉莉以后一定会跟我金斗，嘻嘻……金斗又做了一个更加夸张下流的手势。

金斗对崔莉莉的攻击直接激怒了我。金斗肯定没有想到我敢出手打他，但那一刻我全身的力量都汇集到自己的拳头上，在金三斗仰头大笑的时候将拳头用力地落在他的脸上。

在后来很长一段时间，金斗都因为嘴巴漏风说话都含混不清，这实在是一件让清水镇很多女孩都大快人心的事。但没有人知道，我也为此付出了不小代价。金斗被我一拳打过去后，一下子蒙住了，但很快他便意识到我对他做了什么。金斗怒吼着把我抓起来，用力地把我甩进了河里。金斗使出的力气仿佛一块巨石压在我身上，我很快就侧着身落入水中。在与水面碰撞的那一刻，我耳朵里轰隆隆地涌进了许多流动的河水，透过飞溅起来的水珠，我看到了崔莉莉惊恐地呼喊。

那个春天我错过了桃花的开放，我不知道崔莉莉的酒瓶子里面是不是还插着新鲜的桃花。我母亲不让我出门，我每天都躺在床上思念崔莉莉。清水镇在以前盛产金银花，我家的枕头里就都塞满了碎秸秆和干燥的金银花。在我的耳朵里开始出现流水回旋的声音的时候，我还以为是这些窸窸窣窣的东西在作怪。

我的耳朵里日日夜夜淌着清水河的声音。一开始我很焦虑，我在耳朵里塞满了棉花，但是于事无补。流水的声音像一条会长大的巨龙，在不断地变得更加强壮。在夜深人静的时候，这些声音令我仿若置身于清水河幽暗的河床中心。我的脚趾、手掌、脖子上的皮肤漫过清凉的水，然后这些水顺流而上，兀地涌进了我的耳朵。我面前出现了许多光，我看见崔莉莉站在楼上，打开了木窗子，一阵凉风涌入崔莉莉的房间，然后又涌出来，水绿色的窗帘呈现出优美的姿态，不断地发出猎猎的响声。耳朵里的流水声有节奏地流淌，像是在说话，慢慢地我从流水声里面辨别出了清水镇的其他声音。我听见崔莉莉踩着木板上楼的噔噔噔的声音，听见崔莉莉梳头发发出细微清晰的摩擦音，我甚至听到廊桥上的马作家往墙壁上写字时不时发出的喃喃自语声。夜里醒过来的时候，我常常觉得自己的床上积满了水，我摸一摸床的栏杆，一片潮湿。

是回南天来了。家里的墙壁上，家具上都是浸润了水渍，水泥地面上像是被水漫过了一般，湿漉漉的打滑。我躺在充满潮气的被窝里面，看母亲和姐姐忙着用旧报纸擦掉那些多余的水分。我母亲不停地抱怨这天气让她浆洗晾晒好多天的衣服没办法变干，今年晒的酸菜也不酸了。我姐姐则站在旁边，捧着一沓发黄的报纸，不耐烦地一张张递给我母亲。我闻到了一阵阴冷的霉味，抬头望去，我家里面的一面墙壁的角落里，已经长出来几片黑色青色的霉菌。我惊异地发现，这些充盈着水分而显得毛绒绒的霉菌，一块一块拼凑组合，竟然呈现出一张人脸的模糊形象。人脸是笑着的。就在我姐姐抓起最后一张报纸的时候，有人敲响了我家的门。

我姐姐去打开门，门口没有人。我姐姐以为是谁做的恶作剧，嘟囔着说了一句脏话，准备关上门的时候，发现脚下有一把用橡皮筋捆好的桃花。我姐姐心花怒放，她一定以为是哪个爱慕她的人送她的。花是深色的，只有廊桥桥头有，我想这桃花或许是崔莉莉专门送给我的。我获得了一阵小小的快乐，趁我姐姐不在的时候，偷偷抽出了一枝桃花搁在了我的床头。

后来听青巷街的女人们说，城里来了一个富商，要在清水镇投资建设别墅区。别墅区要建在河西，据说就是崔莉莉家到廊桥那一带，富商请来的风水先生说，那片土地是这儿的龙头位置。富商下来考察的时候，有人见到他经常往崔莉莉家里跑。青巷街的女人们痛心疾首地指责崔莉莉的妈妈，她们向来以狐狸精来代替那些生活不检点的女人，她们得出一致的判断：这个狐狸精，就会勾引男人。又有人说，崔莉莉她们一家要跟着那个富商一起搬离清水镇，再回到城里去了。我不想让崔莉莉走，但我知道自己也没办法让她留下来。

就在我为崔莉莉的事情而烦心的时候，我发现了一个秘密——廊桥正在消失。最早发现廊桥正在消失的人是我。我曾游到廊桥底下，廊桥底下清凉静谧，我抬头看见桥拱上长了一些厚厚的青苔和细瘦的蕨类植物。桥拱都用整齐的巨石垒起来，多少年过去后依然雄伟威严。但我低头看不见廊桥的倒影。河水很平静地流淌，是晴朗的天气，水面上没有桥的倒影，只有一道黑影。我看到自己的样子清晰地倒映在水中，是鲜活的，五官清晰可见。往廊桥下挪一挪，我的样子也不见了。那一条黑的阴影，仿佛能吞噬一切，我紧张地喊了一声，没有听见回音。

廊桥确实在消失，廊桥上的马作家也曾发出过这样的预言。他从廊桥的窗口探出头来，我看见他那忧郁发黑的眼睛更大了。他对我说，桥要消失了。马作家湿漉漉的脸上淌着水，长而细的头发紧紧贴在脸上，水不断地沿着脸的弧廓往下滴落。我爬上岸靠近桥头，往廊桥里望去的时候，惊异地发现廊桥里面在下雨。雨水不断从廊桥中间顶上灌落下来，我看见马作家脱下的棉衣，马作家破旧的棉被，还有铺在地上的许多细碎的黄色稻草，都浮在了水面上，轻轻地打着圈儿。廊桥里已形成一条小河，我听见了清水河沉稳的流水声，也听到了廊桥里面急促的落水声。马作家回过头来，我看见他的脸上突然有了笑容，他对我说，桥要消失了。

桥消不消失跟我没关系，反正我不能过桥，我难过的是崔莉莉要走了。回南天过后我的耳朵里不再有流水的声音。那一瞬间，我感觉整个清水镇的声音突然消失了一般，这让我很不习惯。我没办法再听到清水镇的秘密，崔莉莉上楼梯的噔噔噔声，拉开窗帘的哧啦声我都听不到了。那段时间我甚至为自己失去这样一个特殊能力而感到无比失落。

夏天很快就来了。桥头的桃花落了以后，便迅速长出了茂密的绿叶，现在已经结出许多个小小的灰青色的桃子。即使这棵桃树能开出清水镇最鲜艳的花，但却结不出清水镇最甘甜的桃子。这些瘦小而瘪的桃子一长出来就开始慢慢变僵，到了七月的时候就跟着枝干一样发黑，最后一个一个全部掉落下来，滚到清水河里，被带到不知名的别处去。廊桥里的马作家依然在絮絮叨叨地说着他的预言，而且眼睛里的忧郁开始变成了火般的愤怒。我不知道马作家的愤怒从何而来，但我知道清水镇上的人们在那段时间里为什么开始变得愤怒。

清水镇向来民风淳朴，和睦安详，但崔莉莉的妈却不争气，玷污了清水镇的好名声。这是清水镇青巷街的女人们对崔莉莉妈妈的盖棺论定。青巷街的女人们说，清水镇在以前，从来没有听说过什么男盗女娼、道德败坏的事情出现。不过也有人说，崔莉莉一家是从外面搬进清水镇的，算不得清水镇的人，崔莉莉的妈妈就是克星，她克死了自己的丈夫，又来给清水镇抹黑，只能算清水镇倒霉。我对这些女人们的说法很是厌恶，人都死了，嘴上都不积德。

崔莉莉妈妈的尸体在清水河的下游被人们发现，尸体被水浸泡得肿胀而发白，身上缠满了青黑色的水草。关于崔莉莉妈妈的死因，清水镇流传着好几种说法。比较可靠的说法是，那个要带崔莉莉和她妈妈离开清水镇的富商原来是个骗子，看准了崔莉莉妈妈手里的积蓄，她把崔莉莉妈妈的钱骗到手后，逃离了清水镇。人们不知道崔莉莉妈妈有多少钱，又有多少钱被人骗走，但崔莉莉的妈妈却是真的投河自杀了。青巷街的女人们并没有因为死亡而同情崔莉莉的妈妈，这些女人常常在背后称崔莉莉的妈妈为荡妇，女人们津津乐道地指出谁谁谁半夜钻进崔莉莉妈妈的被窝，早上出来的时候在路上被别人撞见，裤子塞了一条女人穿的花内裤，露出半截在外面，嬉皮笑脸，简直丢人现眼。也有人说，崔莉莉的妈妈把身上戴的最后一对白金耳环和一条细细的金项链放在了崔莉莉的枕头下面，白金耳环和金项链成了崔莉莉今后的全部财产。

现在崔莉莉成了孤儿，我不知道没有了妈妈的崔莉莉怎么过下去。我曾经不仅一次地想过去说服我妈妈去把崔莉莉接到我们家来，但我始终没办法开口，我知道这是不可能实现的。

我整天闷闷不乐，常常跑去清水河边，却一次也没看到过崔莉莉。崔莉莉整天待在家里面足不出户，我看到崔莉莉的窗户不再有绿色的窗帘飘荡出来。那玻璃窗紧闭，窗户上的酒瓶子里面插着最后一次我折给崔莉莉的桃花，现在已经完全干枯。

如果不是晚上我借口跑出来，看到崔莉莉的房间依然亮着灯，我甚至以为她已经离开清水镇。我常常想游过清水河，去敲一敲崔莉莉的房门，问问她过得怎么样。但我没有勇气，我坐在河西岸，看水中倒映的是自己细瘦的影子。

崔莉莉妈妈死去后的第三个星期，崔莉莉终于走出房门，第一次出现在清水镇人们的面前，是在青巷街。崔莉莉从来不到青巷街来，但这次却一直从青巷街街头一直走到了青巷街街尾。崔莉莉消瘦了不少，看起来更高。崔莉莉又穿着那件粉色的旗袍，看起来很适宜了。胸部鼓胀得很高，头发盘在头上，她涂了口红，脸显得小而冷清——是一个小女人的模样了。令我十分沮丧的是，崔莉莉是挽着金斗的手一起走的。金斗人模狗样地穿上了他爸的西装，衣服显得松松垮垮。他脸上堆满了笑，正是春风得意，嘴巴张开的时候我还是能看到他嘴里被我打缺的豁牙。青巷街的女人们在他们背后议论纷纷，崔莉莉昂着头面无表情。我恨不得再上去给金斗几拳。

第二年春天的时候，我已经长到十六岁了。我在自己身体上发现了一些细微的变化，我在迅速地长高。我的饭量比往常多了一倍，我姐姐嘟起嘴巴跟我母亲抱怨我太能吃了。我姐姐用她削得尖尖的指甲戳我的脑门，他是猪投胎的吗？她故意大声地说，这都第五碗啦！我母亲在这件事上竟然毫无理由地偏袒我，她不顾我姐姐的抗议，甚至常常斥责我姐姐，你弟弟在长身体，你老戳他干吗，再戳我就把你的指甲剪掉。我姐姐显然是被最后我母亲的这句话威胁到了，她不知道跟谁学会了涂指甲油，十个手指的指甲盖都血红血红的。她把手收回来，丢下饭碗赌气跑了。

这个春天我总觉得自己身体里充满了一股力量，总是往上突突地冒。我在外面跑的时间更多了，我总以为我会长出一双坚硬的翅膀，晚上我会飞向崔莉莉的窗户，看崔莉莉做着怎样的梦。同时我的心事也多了起来，我变得容易发怒，连我姐姐也不敢轻易惹我了。

青巷街曾经对崔莉莉妈妈的风言风语已经转移到崔莉莉身上了，崔莉莉发育得很好，像一朵完全开放的桃花。如果说我现在对悲哀的第一认识是跟美丽相联系的，那么这一定跟崔莉莉有关。崔莉莉长得美丽，但在青巷街女人们的眼里，美丽仿佛就是一种罪过，所以崔莉莉注定要受罪。金斗想把崔莉莉带回自己家，被他当干部的爸爸踢了出来。在那之后，我就常常看到金斗提着篮子什么东西往崔莉莉家里跑。我脑子里已经不止一次地幻想着要和金斗再打一次架，我知道自己变厉害了，一旦有机会，我就会把金斗打趴在我的脚下。

我坐在清水河对岸，始终没敢游过对岸去叫一叫崔莉莉的名字，也没勇气去敲一敲她家的门。我的嘴边下巴上已经开始长胡须了，我的胳膊已经变得粗壮起来，我搬起一块大石头，砸进了水里，溅起的水花在阳光下折射出斑斓细碎的光辉。

在这之后，我遇到了另一个女生。那是金斗的妹妹，金枝。说实话，之前我从来没有太注意过金枝那小丫头，只在脑子里有一个时常拖着鼻涕，总穿她哥哥金斗衣裳的形象。但夏天过去后的金枝突然褪去了脸上的婴儿肥，脸上变干净了。她穿起了花裙子，变得高挑了起来。金枝不算太漂亮，但我知道她对我有意思。我知道金枝路过我家的时候总会朝我房间的窗户看一看，有时候被我发现了会立刻低下头急匆匆地走开。之前我总是偷偷笑她，但有一次，我心血来潮，在她经过我家门前的时候，我叫住了她。

你是金枝？上来吧。

金枝愣了好一会儿，然后我又说了一声，上来吧，我家里没人。

金枝的脸陡地红了起来，她偷偷看了看四周，确定没有人以后，小心翼翼地推开我的家门，上楼走进了我的房间。

说实话，我对金枝没有兴趣。但因为她是金斗的妹妹，我当时一心只想着怎么报复金斗，所以想着我应该要跟金枝发生点什么。金枝进来后，我发现她的肩膀有些发抖。我大方地推开我的被子，腾出一块地方让她坐下。但是金枝不知道怎么回事，始终不肯坐下。我朝她走一步，她就往后退一步。我觉得怪有意思的，便一步步把她逼到墙角，其实我也不知道我要做什么，但是我发现金枝的眼睛变得湿润了。她低下头，然后又抬起头，匆匆看了我一眼，又把头低下了，最后她轻轻地叹一口气，把眼睛闭上了。

那天过后，我应该感到很满意，总算间接报复金斗了，但心里总是慌慌的静不下心来。金枝出现在我家门前的次数少了，即使出现了也总是低着头急急忙忙地走过去。或许金枝是在等我主动去找她，但那段时间我心里装满了崔莉莉，哪有心情去理会那个小丫头。

金斗后来被人揍了，在花街巷口被揍得杀猪般的号叫。揍他的人不是我，即使我想揍他已经想了无数次了，但揍他的人确实不是我，揍他的人是他的爸爸。金斗没钱后开始偷家里的钱送去给崔莉莉，后来又偷他爸的手表，偷家里的金银首饰，甚至连他妹妹金枝的猪钱罐子也被偷走送到崔莉莉家里。金斗被抓住的那天是在银行里。金斗把家里的存折拿到银行，强行让银行里的人帮他把卡里的钱取出来。金斗不知道密码，银行自然不会帮他取钱。金斗威胁说要把银行炸了，银行里有人偷偷跑去告诉金斗的爸爸，然后他爸爸就怒气汹汹地来了。

那天傍晚，天阴沉沉地集聚了大片大片灰铅色的云，我看见马作家第一次从廊桥里走出来。他缓缓地走到那棵桃树下，开始用一种含混不清的语调自言自语。我看到他身后的廊桥里已经不再下雨，我受到了感召，我的双脚带着我走进廊桥。这是我第二次走进廊桥，我以为我还会晕桥，但这次我竟然无比从容坦然。廊桥内已经出现一种历经风雨的颓貌，壁上有些砖块和木板已经脱落，我看到密密麻麻如蝌蚪般细小的文字游弋在廊桥内的两壁，我似乎能听到马作家在写下这些文字的时候，下笔之时墙体发出的尖锐声音。许多字迹已经模糊不清，我看不懂马作家写的是什么故事。

金斗被打的那天，清水镇很多人都跑过来看热闹，但只有崔莉莉始终没有出现。后来据说有人在人群外面看到过崔莉莉，崔莉莉面无表情，只待了一会就离开了。从那以后，金斗似乎从清水镇消失了，有人说金斗的爸爸把他送到军队去了，也有人说金斗跟他叔叔去了北方一个遥远的城市。有一段时间没有人走进崔莉莉的家，但很快，我悲哀地发现，又有不同的男人，在夜色降临后，提着东西走进崔莉莉的家里。我知道那意味着什么，那时候我已经懂得很多事情了。我在廊桥里把五指扣在壁上来回地奔跑，我听见马作家的文字被我的手指划落掉在地上，发出吱吱的声音，壁上留下一道道血红的印子。马作家坐在角落里，平静地看着我。

从廊桥出来，我才第一次能够站在崔莉莉家的正门口。似乎有一种使命降临在我身上，我知道自己已经有了勇气。崔莉莉家的门虚掩着，似乎我的生命中已经等了够长的时间，我推开了门，稍微迟疑了下，最后还是提起脚，踩着木梯上了楼。

如果说曾经我能够清楚地听到崔莉莉踩着木梯上楼时发出的噔噔的声音，那么我在后来回想起来时，我记得那次我像家中主人一般自然地上楼，却丝毫不记得我是否有听到脚落在木梯上本应发出的回响声。我却记得黄昏时阴懒的光从屋顶的天窗倾泻下来，我清楚地看见许多灰尘在光束中缓缓流动。这些灰尘缠绕着我，在光里面显得纯净庄严，始终没有落到地上。

那天我见到了崔莉莉。我知道我见到的再也不是我心中的崔莉莉了。

我听见了混乱的动静，那种令人面红耳赤、羞愧难当，又令我怒不可遏的声音。我疯狂地拍打崔莉莉房间的门，没有喊出她的名字，喉咙发炎了一样肿痛。屋里安静了一会儿，然后一个中年男人歪着脖子，提着裤子哆哆嗦嗦地从我面前溜走。我看见房间里崔莉莉躺在床上，她黑色的头发湿漉漉地缠在脸上脖子上，她睁着眼，我看到眼角有闪亮的东西。

我落荒而逃，在廊桥里的时候我听见马作家说他什么都知道。我问他知不知道崔莉莉的事情，马作家不停地回答我说，他什么都知道。

在清水镇这个地方，即使吃过午饭后，出去的时候还是艳阳高照，但如果突然刮起风来了，而且还持续不断，你摸摸那些风，是凉的，那么就是要下雨了。那天虽然阴沉得发凉，像是要下雨，但最后却始终没有落下雨点。那天刮了一晚上的风，我听见窗外偶尔有东西被风吹落破碎。我在梦中看到一个男的抓着一把钱币走进了崔莉莉的家中，我看见崔莉莉穿着她妈妈粉红色的旗袍努力做出女人妩媚的姿态，但一颦一笑仍然遮掩不住当年捏着绿色酒瓶子不停摆动的稚气。那个男的扑上了她，去扯崔莉莉的衣服。我听到了放肆的笑声，那个男的突然回头看着我，我绝望地发现，那个男的长得多么像我自己。

金枝后来还是主动找到了我，她在路上拦住了我，把我拉到巷子的拐角。她低下头，双手不停地绞动自己的衣角，但就是不肯说话。那段时间我心烦意乱，早就忘记了金枝。这次她突然找我，又不说话，我急了，就推了她一把，有什么话快说啊！金枝没想到我会推她，她往后趔趄了几步，竟然蹲下来捂住脸哭了起来。直到现在我依然最烦女孩子哭，一看到她哭我就不知道该怎么办。我意识到自己可能太凶了，往前走了两步，把手轻轻地放到她的头上，沉沉地吐了一口气，换了一种温柔的语气，你说吧，到底什么事啊？金枝抬起头来，我看见她眼睛里温柔的泪水。

金枝后来急匆匆地远嫁他乡，让我内心十分羞愧不安，我没想到一切会来得那么的突然。直到现在，我也没有再见到过金枝。

金枝那天告诉我她怀孕了。

我不记得自己是怎样把金枝丢在那里一个人慌张着跑开，但是后来我想金枝嫁给别的男人去了，心中也一定还充满了失望和怨恨。

在我很小的时候，家里发生过一次不大不小的火灾。那是个很冷的冬天，我母亲将烧红的炭火用火笼装好放进我的被窝，被窝里瞬间变得暖和。但我忘了我母亲给我的忠告，在睡觉之前没有把火笼从被窝里拿出来。我不老实的腿将火笼不小心打翻，我的被子上面蹿起了火苗。我被子烧着的时候我还在熟睡，我母亲把我救出来的时候房间里已经是一片火海。后来我时常在梦里看见一大片火光。人们说梦里面人是没有感觉的，但我却真切地感受到了火的温度，我皮肤被火灼烧得发痛，我尖叫了起来，我却听不见自己的声音。

我一直认为火是一种仪式，是一种寓言。所以当那天廊桥发生火灾，我并没有感到惊讶。火是在半夜烧起来的，清水河那边天都是红色的光，我坐在自家屋顶上往那个方向眺望，看见清水镇很多人提着水桶呼喊着往那边跑去。青巷街许多人家的窗户都亮了起来，我听到了几声婴儿的啼哭，风吹过来更凉，我突然有点想念金枝了。

廊桥的火在天明前被扑灭，廊桥上面的东西全部被焚毁。火烧到桥面和桥拱为止，桥面和桥拱是用砖石砌好的，现在已经变得漆黑错乱。马作家不知去向，人们没有在废墟中找到马作家的尸体，是落入水中还是逃走了不得而知。人们也不知道是谁放了这一把火，总之廊桥没有了遮风避雨的亭屋，廊桥成了普通的桥。

我在很小的时候就开始写日记了。我的日记里面有很多都是关于崔莉莉的，经常有时候我都会改动日记，将生活中偶尔发生的痛苦的事情改动几笔，引向光明的结局。那是我寂寞的成长过程中最醉心做的一件事，后来我弄清楚了作家是怎么回事，我就开始钦佩马作家了。马作家，就是清水镇廊桥上疯疯癫癫的马作家，就是那个不管冬天夏天都穿着厚厚棉衣的流浪汉，不管是不是他放的火，我知道马作家是自由了。

崔莉莉后来搬家了，生下了三个孩子，这是我很多年后再回到清水镇的时候听青巷街的女人们说的。她们说那三个孩子长相完全不一样，不知道都是谁的野种。我不敢去找崔莉莉，就像当年我没勇气去敲一敲她家的房门一样。我走到清水河边，河水变浅了许多，河床中心堆积起来一个小小的沙汀，上面散落着一些垃圾和几只绿色的酒瓶子——不知道哪个瓶子是崔莉莉曾经插过花的呢？河西那边没有出现别墅区，但看得出来正在准备重建，原来崔莉莉房子那块地已经被推倒准备盖新的楼房。目光落到桥上，廊桥已经改造成水泥大桥，许多辆卡车运送着水泥袋来来往往。桥头的桃花树被砍断，只留下一截枯死发黑的桩。沿着清水河水的流向，我看到桥身倒映在清水河里，似乎不再是一条黑带了。

斯人若彩虹

石河子大学 / 秋刀鱼与安德烈

有时候你不得不相信，当你遇见了那个人，其他人都只不过是过往浮云。

Gavin：龙卷风的开始只是一只蝴蝶

我是Gavin，美籍华裔。

故事始于一次庸俗的相亲，我从来没认为相亲会有什么好结果，直到遇见了林灼言。

临近美国的落基山脉的某家旅馆里，百叶窗外的太阳几乎已经隐没在山脊，夜色重叠似帘，星河泛澜，酒吧里正散发出暧昧不明的光线，气氛氤氲。人们多数享受这旅途的安逸和山脉的壮丽，或轻轻颔首交谈，或迷醉品酒，惬意安宁。

林灼言是我第一个比较想结婚的女人，就是此时坐在我对面，喝得酩酊大醉的这个人。她西柚色的口红已经失了颜色，很少见她这样。她总是妆容精致得体，干练洒脱。

自第一次相亲后，在随后的登山活动中，她越发证明我的眼光没错。灼言很会体贴人，很快就了解了我的生活习惯，处处照顾细节。她毕业于哥伦比亚大学，是华尔街的一名高管，主业登山，副业金融。而我于斯坦福学习传播学，年龄相当，也算门当户对。我已经是华侨三代，算是大家说的香蕉人，骨子里比较美国了。年轻时各种女人见得多了，三十过了自然就对这样的女性很喜欢。灼言去过中国的北疆、藏南和青海的唐古拉，之前她许诺如果我想回国，她会带我领略祖国真正的大美。我想，祖国已经给我一份不自知的美了。这次的落基之行，在山峰顶上，我想向她求婚，请她做我的妻子。

我把求婚计划告诉了这次登山的队员，他们答应先行一步，在大本营集合后一同登山。灼言是不抽烟的，也不常见她喝酒。她那么聪明，说完全不知道我的心意，我是不信的。可明知这份心意，现在却在我面前喝得酩酊大醉，好像没有防备，此时我的心情，是该喜还是该忧呢。

今天的酒吧异常清静，不像一个酒吧该有的样子，可能还在淡季，旅客较少，大家一般都在聊天。我抿了一口自调酒，味道略不地道，便放下了。现在这个时候，是要找点话题聊聊。

“热爱登山的女人在中国不多见吧？你为什么喜欢登山？”

我怀疑她并没有听见，她喝醉了。

我想起身扶她回去休息。

“……因为一首歌。”

“啊？”

“因为我错失了听懂那首歌的时间。”

可是这跟登山有什么关系？

我想她醉得不轻了。后两天还要登山，这样下去可不行。整个酒吧此时被柔黄的灯光浸润，安详地为疲劳的人们展开怀抱。在这样的怀抱中，灼言有一种泪眼蒙眬的错觉。我突然觉得她这个人，心里有一个很大的故事，而我可能很快就要知道了。

让她服下解酒药和一杯热水差不多睡着后，我起身收拾她的物品，突然一个安眠药瓶从床柜上的包里掉出来。从事金融的人群神经容易高度紧张，她这些年来一个人在纽约也不容易吧。我轻手关上门，回到自己的房间。房间里灯光已熄，月光如淙淙泉水涌进来。我没想到爱上一个人后会变得如此温情，或许父母知道了都会大吃一惊吧。窗外的星光同洗净纤尘的碎钻，夜空深邃得像猫头鹰的眼眸。

临睡，少云且只有些浮游的丝状云排列开，明天会是个好天气，我关了灯。

原来书上说得不无道理，当你遇见这样一个人的时候，所有的不幸，都像是得到了解释。

旅馆环境简陋，夜里窸窸窣窣，有细碎的风漏进来，有点冷，耳畔甚至像有灼言刚才的欲哭又止的啜泣声。我居然这样爱上这个女人了，竟然产生了幻听，也可能是酒，可能是窗未关紧，可能是赶路太累，眼皮重得抬不起来，过一阵后回归了平静，我也继续做了第二个梦。

次日醒来，阳光已经像沸腾的麦粒跳跃在脸上了，果然是个好天气。我一直有喝早茶的习惯，晚上都会在水壶里煮好水，今天壶里居然空着，可能是昨天喝点小酒太累忘了吧。我收拾好行李下楼，灼言已经坐在旅馆前台的沙发上了，行李有条不紊地摆放在旁边。我走过去，她正随意地翻阅今天早上的报纸，面前的茶几上摆着两杯早茶。林灼言深谙茶道，她的泡茶手艺是一流，这也是我喜欢她的原因之一。她递过一杯给我，我笑言，你怎么知道今天我早上没有喝茶？她浅浅一笑，心有灵犀吧。

离开旅馆，我们出发去落基山脚的大本营，还很有一段路要走。

一路漫长，我抛出一个问题解闷，"为什么你昨天说，你登山是因为没有听懂一首歌？"

她迟疑了好一会儿，说，这可是一个很长的故事呢，一句话讲不完的。

没事，我也想了解你。而且路途很长，你说我听。

好。

林灼言：当时明月在，曾照彩云归

我叫林灼言，家在中国临潼市。

初来美国时，我几乎没有朋友，除了一个在斯坦福学地球科学的，但湾区离纽约实在太远，机票又贵，所以我一次都没能去看他。

我家教很严，很小的时候，便被要求学很多东西而且必须学好。十岁左右时，琴棋书画，我样样拿手；主持播音记者，个个干过；体育成绩也好，被学校选拔进了校体训队出去比赛。所以我童年时认识的人虽多，但因为大量的学习和练习，没有时间交什么朋友，除了许嘉桉。

嘉桉是父母朋友的孩子，比我月份小，却意外内向得出奇。他几乎没有存在感，成绩平平，总是喜欢自己一个人待着。我唯一的印象就是，他很喜欢太空。他总是放学后一个人去太空博物馆，一个人关在房里看科普书，摆弄他的航天模型，他家没有学理科的，叔叔阿姨从政从法，长袖善舞，不知怎么会有个喜爱太空的孤僻儿子，遗传学也有解释不通的时候。

在我考进了最好的初中时，嘉桉托他父母的福，也转来了同一个班。

学校有个特色叫愿望墙，很没创意，就是把自己长大后想干吗用便利贴写下来贴墙上，鞭策自己。那时候，哪里确定自己未来要干什么？因为家里父母是学经济的，听得多，于是写了个"要做我国第一个获得诺贝尔经济学奖得主"。

那面墙很大，在墙下我碰见了嘉桉，他还是默不作声，装作不认识我的样子，找了一个偏的地方。那时的他身长体瘦，像三岁小孩一样怕生，贴上就赶紧走了。

可是他成绩一般，以后怎么当航天专家？我暗自腹诽了一下。

再看了一眼，嗯，字写得还行，像练过。

第一次模考，我毫无悬念地成为年级第一。至少我觉得毫无悬念，我知道自己为此付出了多少日夜的努力，而其他人的惊讶我不关心。初一时恰逢校庆，学校要征集节目，我被选中去唱歌，刚好我钢琴在升初中的夏天过了十级，文艺老师便为我编排了弹唱。我顺利地完成了节目，舒了口气，然而下台时却还是一不留神踩着了裙摆，幸好下一个节目的同学及时接住了我，否则差点就要从台子上摔下去。于是，因为年级第一和校庆节目，我成为了那个“别人家的孩子”。

嘉桉依旧内向，不过已经顺利交到了几个男生朋友，他几次模考成绩都不太好。作为学习委员，我提醒他，你这样的成绩是考不上航天大学的，如果真的想当航天学家，数学也完全不可以掉下啊。他仍然没有说话。从我们第一次被各自的父母领上同一个饭局时起，他就没和我说过一句话。

嘉桉不知怎么渐渐长得好看起来，活像少女漫里走出的人一样。但我知道他还是那个见到女生一句话也不说的嘉桉。透过现象看本质后，他在我眼里和普通男生并没有区别。但其他女孩子并不能，那样的花季年龄，被外貌吸引太正常不过。嘉桉被女生们推成了级草。女孩们喜欢他的沉默寡言，觉得阴冷忧郁，殊不知他其实就是胆子小不善交际而已，在我眼里不是什么魅力。

嘉桉可能真的想做一个航天学家。他的抽屉里除了课本，被航天杂志填满了，只用了半学期，他的数学便开始经常拿满分。而后初二的物理、初三的化学，直到整个年级都知道我们班有个理科好的许嘉桉。

这样的嘉桉让头疼理科的女生们更崇拜他了。而一向名列前茅的我因为化学，名次拖了后腿，在初三的关键时刻，是很敏感的一件事。

班主任存了心思，希望化学不佳的我和英文不行的嘉桉能做同桌相互补短。

我一直觉得嘉桉唯一的帮助，就是每天用全对的理科习题碾轧我，激发我的斗志，他仍然不跟我说话，我也没有逼着人聊天的癖好。直到有一天，我在一场难度很大的化学考试中，取得了满分。

那场考试班里只有两个满分，除了我就是嘉桉。一个是什么都好就是化学不行的学习委员、一个是年级驰名的理科大神，一瞬间我成为了大家怀疑考试抄袭的对象。我怎么证明？要和人说我跟嘉桉一句话都没讲过怎么可能抄试卷？若是大家一口咬定我趁他不注意抄了我又如何反驳？我一句话都不想说，反正许嘉桉也不会帮我做证。

上课了，老师因为老是点许嘉桉讲大题，这次竟破天荒让我来。然而事实证明我那题做错了，步骤错了答案刚巧正确而已。分值很重，最后可能刚好只有九十分。无聊的化学课突然一下笑炸了锅，好像没有一个人为冤枉我的事情感到抱歉，而是认为这样的发展才正常。我突然觉得特别愤怒又特别悲哀，一句话都说不出口，气全部堵在了喉咙。我的自尊不让我在这些人面前哭，只能把头深深埋在桌上。正在这时下课了，教室喧闹起来，我伏在桌上抑不住地咬着嘴小声抽泣起来。课间还是有男生们拿刚才的事取笑，突然我感觉旁边的课桌剧烈地动了一下。接着许嘉桉的声音撞了进来，

“你们适可而止吧！没发现她都哭了吗？”

我向你发誓，那绝对是我人生认识他那么久，他说话声音最大的一次。

我急急拉下他的手臂，”别瞎说了，你哪只眼睛看见我在哭了？”

眼泪还留在脸颊上，那一刻我觉得自己显得特蠢，也是在那一刻，我看见了嘉桉的笑脸和他偏褐的眼睛，云淡风轻的。他浅浅地抿了抿嘴唇，向后拉了拉嘴角，好像在笑话我的狼狈，又好像在说“还有力气反驳应该是没有事”。那瞬间，班里突然都安静下来，没有人敢再说一句话，我呆呆地看着他的眼睛，第一次同意了她们的观点：嘉桉确实长了一副好皮囊。

福兮祸所伏，祸兮福所倚。拉下他时把他的橙汁杯撞翻，上课时班主任发现了橙汁在地上的残物。他是很讲究卫生的人，果不其然他非常生气呵斥道，“谁洒的果汁不弄干净，帮班里拖一个星期地去。”

班里有人窃笑，很显然大家都看到是我干的，我正准备心情沉重地起身认罪，想想今天出门是不是冒犯了哪位祖宗。

“报告老师，这是我的果汁，我干的，对不起。”又是嘉桉。

于是他“如愿以偿”地拖了一星期地。

经过那两件事，我们两个同桌终于算得上是熟人了。我是他在班上第一个能称得上是熟人的女生。他开始主动借给我他的一些航天读物，教我认飞船的型号，星系的渊源。化学课上，他开始当起了“同步解说”，虽然我对理科并不那么感兴趣，还是很认真地听，因为他神采奕奕地讲题的样子，真的很好看。因为他的点拨，对于理科我好像越来越有门路，年级前三的位置坐的越来越稳。而我也尽可能帮助他，把缺的那块补起来。

日子就这么一天天过着，和其他青梅竹马一样，我们每天一起上学，一起回家。

嘉桉后来改名字了，但我还是习惯叫他嘉桉。新名字叫许镜洸，我一直嗤之以鼻，觉得冷冰冰的，没有嘉桉听起来有人情味，但他也只是笑而不语。

直到很久以后的某一天，我把一件小事想起来。

那是一个普通到不能再普通的早晨，我吃完自带的早餐，晨光散落进教室，他坐着靠窗的位置，正在看新一期的航天杂志。离上课还有好久，我跟还叫“许嘉桉”的他闲聊道，“你知道吗，我妈昨天好荒谬地说想给我改名字，说什么我命里五行缺金水，如果自己名字里没有金水部首的话，以后只能嫁给一个名字里有金水部首的人才能消灾了，你说荒不荒唐？还说自己是知识人呢。”

那时他木然地点了点头，眼睛都没有离开过他的新杂志。我自认没趣，看我自己的书去了。后来反倒是他改了名字，记得因为改名字的事情，他中考都拿的临时身份证。后来的某天，我写着他的名字，蓦然发现他名字里新增的部首，很久都没有说出话来。

因为嘉桉说他喜欢天空，原本格外喜欢山川大地的我，想试着喜欢截然相反的天空。

林灼言：人生天地间，忽如远行客

因为嘉桉的最后几个月的帮助，短板的化学补了起来，我顺利考上省城最好的高中，那里是我们省所有好学生的梦想。

可是最终没有去成，不是因为嘉桉，而是初中毕业还有一个月的时候，我生了场大病。

幸好因为模考成绩，我取得了保送市重点奥赛班的资格。然而，长达三个月的住院不仅让我耽误了近两个月的课，课落的太多，就算再聪明也赶不了了，还有一个原因是，父母让我选了理科。

我得的病好得慢，医生本建议我集中住半年院治疗，最大限度地减少发病率。因为如果不慎重地控制发病次数，可能会恶化，危及生命。我想了想，为了学业，我请求医生最大限度地保证药物的效力，只为能在最快的时间开始高中的课程。医生神情复杂，最后还是同意了。他在医嘱上密密麻麻地写下每种药物服用的时间和剂量，再三叮嘱我有什么事就立刻联系他。我谢过他，几天后返回了市重点的高中。我那几天郁郁寡欢，想着怎么就突然中了头彩？难道真应了那句从小到大顺风顺水惯了，老天爷也会跟你给点苦头吃吗？

可是，没有如约去成省重点的悲伤，被居然成功考入市重点的嘉桉拯救了一半。是的，偏科的嘉桉考上了市重点。至少我和他又有三年的时光相处。但以他的中考成绩，奥赛班是不能进的，这次我们没能同班。回到奥赛班的我，面对着全然陌生的师生和已上过一个多月的课程，还有时不时得请假去医院输液的状况感到手足无措，我像是一个转学生，班级阵营已经分好，哪个团体好像都容不下新的人加入。那个由我掌控主动权的局面，那个一开学就迅速占领制高点的我，好像失去了。

我和嘉桉都选择的理科，是市重点闻名全省的优势。以全市总成绩第四保送奥赛班的我，第一次期中考试全班倒数。而意外的是，待在普通班的嘉桉，因为理科异常出色，考出了年级第二十的成绩。对于几乎所有高手都被奥赛班网罗的市重点，这无异于大新闻。

然而我已经猜到一定会是这样，经过初中朝夕相处，我越发了解嘉桉。他外表温儒，其实内心倔强，对他热爱的东西，他无论如何都会坚持。放榜那天，他没有找到我的名字。那天放学他在路上等我，跟我说，“没事，你一定可以回来的。”

我陷入沉默。我无法告诉嘉桉我得了什么样的病，在他眼里，我一直都是那个事事完美的林灼言。况且就算告诉他，病情会有好转吗？我可能三年的时间，都要和病痛做斗争。它让我无法再像初中一样毫无忌惮地拼个你死我活，有时我的头脑甚至会呆滞，我不知道为什么。它就这么缓慢地拖着我，消磨我的时光。那时的我只充满了压抑、无望和没有尽头。最不幸的是，我对嘉桉也失去了信心。

高考之后我因为复查，顺便听从医嘱做了心理检查，被诊断出“药源性抑郁症”，大概是医生为我开的激素里有诱发抑郁症的成分，可能控制在了一定水平，但高中巨大的精神压力，也是诱发的因素之一，不幸的是，那时我已经发展成重度抑郁。我不想接受自己的成绩不如别人的现实，我也无力改变这一现实。抑郁症让我的注意力变差，记忆下降，我开始偏执、消极，不再追求上进，每天得过且过地混日子。父母不知道我精神上的压力，反而因为越来越不尽如人意的成绩对我百般施压，抑郁越来越重，演变成疾病。但我好像完全变成了另一个人，眼里再也没有任何色彩，有一点我没舍得变，我还深深地喜欢嘉桉。

可能一个人在他瞬间失去很多东西的时候，才会想把仅有的牢牢攥在手心吧。嘉桉每一天都在比昨天更帅气更优秀。凭着他过人的理科优势，他以普通班的身份杀进了物理奥赛队，开始到处竞赛，为校争光。他正努力地汲取全部的精力向上爬，我仿佛看到了他未来闪闪发光的样子。而此时被病痛和抑郁双重缠身的我，好像被什么手拖入了无底的深渊，无法重见天日，但我真心为他高兴。他一天天地离我更远，周围环绕的女孩也越来越多，资质越来越好。不仅普通班的女生视他为男神，就连我们班的学霸班花也破天荒和我交谈，打听嘉桉的情况。以前自信满满的我，在这高手如林、日新月异的市重点竟然籍籍无名，毫无光芒，没有成绩的光环，我竟然在这所市重点平庸得跟路人一样。我开始剧烈地害怕失去他。实际上我想错了，我正在一步一步地失去嘉桉。嘉桉在高中变化真的很大，这个小时候的青梅竹马，已经不再是那个腼腆内敛、不善言辞的孤僻孩子，反而越来越具有侵略性。他越来越自信，完全没有在意自己是普通班学生的事实，做每件事都有一种势在必得的霸主风范，无论是实力上还是外貌上。我逐渐清晰地承认了一个事实，他确实离我越来越远，我们正走在两条截然不同的道路上，他前途光明，我迷途未卜。或许那样才是嘉桉原本的样子，只是我从来没见过他的内心。

抑郁症的程度越来越重，有时候会开始幻听幻视，脑子里呜呜作响。我没意识到这是心理疾病，只想着可能是普通的药物副反应。那段时间，成绩下降很快，父母因炒股投资失败而亏了大笔的钱，在一个很平常的晚上，抚养我长大、最疼我的奶奶逝世了。父亲那段时间开始酗酒抽烟，偶尔会家暴母亲，而母亲则像是更年期提前，把这些的不幸都归因于我的不求上进，气急还会大声辱骂、拳打脚踢。嘉桉的家就在不远，我想他一定全听见了。在我心爱的人面前，我的亲人把我剥了个底朝天，成为别人的笑柄，似乎要告诉别人，我管教过这个孩子，她堕落了不是我没有教好。我的家就像负能量的炼狱，每天都在受刑，自杀的念头像藤蔓一样鞭笞着我最后的理性。到后来，他们索性心灰意懒，不再言语，老师们也对我不抱希望，同学们无暇顾及垫底是什么感受，有时甚至会生气我拉低了奥赛班的平均水平。

所以我在班里并没有什么朋友。

林灼言：式微式微，胡不归？

我渐渐再也没有机会和嘉桉放学一起回家，他根本不缺同行的人。而他也渐渐未再等过我，没有再听到过那句“没事，你一定可以回去”的话了。或许他也觉得我不求上进，没有救了。他和其他女生言笑晏晏、一路欢歌，我再坚持，就太不识相了。我没有立场提出反对，我也没有立场表露伤心，所以既然如此，那就算了吧。我曾经，那么感谢你的名字，现在却对它只字不提。

不过因为嘉桉的关系，我认识了一位新朋友，他叫胡森屿，遍布森林的岛屿。

他是嘉桉的高中同学，高一时是嘉桉班的千年老二。他们俩关系很铁，上课争着回答问题，下课也形影不离。以前我总是去找嘉桉的时候，胡森屿就在旁边，常常一起的还有和嘉桉同桌很久的一个女孩。我渐渐地和胡森屿混了个脸熟，有天他一脸坏笑地问嘉桉，“这个小美女跟你什么关系啊怎么老来找你？”我脸一红低下头，一时不知道怎么回答。反倒是嘉桉急着说："别胡说八道的，我初中同学而已。"说完扭头回了班里。

我心里一怔，像突然落了寒冰，至此我没太像以前一样去频繁地找他。久而久之，我跟嘉桉也已经变成不算生也不算熟的关系，他在新的班有了新的朋友，有崇拜他的美丽同桌，一切都和以前不同了。不过，胡森屿倒是时不时的拿一些没必要的琐事顺路来奥赛班找我，跟他越来越熟识，倒都是一些借奥赛班资料讲义的小事，我把我的那份全给他了，反正理科我也跟不上了。胡森屿那么爱学习，倒不如顺了举手之劳。胡森屿很争气，一个学期后，他成为普通班第二个选进校奥赛队的成员，和嘉桉前后脚。一时间，普通班这两兄弟的拼搏精神在全校传为佳话。他俩好像也丝毫没有骄傲，两个人取长补短，逐渐在奥赛队如鱼得水，成为了学校重点培养的夺金对象。两个人的排名在高二就稳定在了年级前十，胡森屿那家伙甚至在几次模考中让嘉桉成为了那个千年老二。

我们是市重点，临江而建，有几十年的建校历史。在他们闪闪发光的时候，我经历了最严重的抑郁症反应，自杀的念头每天在脑海里闪现无数次。我想我没有什么可失去的了，因为我什么也没有了：亲情爱情都失去了，我本来就没有友情。这样一想，我真是可悲，除了这个平庸的成绩与伤痕累累的身体和心理，还有那些与高考一点关系也没有的才华，我一无所有。我原以为嘉桉会守护我的，没承想他第一个离我而去。是我没明白年少的喜欢原本就是这样浮浅，还是我没有拥有深刻幸福的机会?

校园的后墙年久失修，有普通班的差生为了逃课而偷偷掰开了防盗网，人弯下身可以钻出去。后面是临江路，再后面就是长江。我想我可能是建校以来唯一一个钻这洞的奥赛班学生吧。这里我钻过两次，第一次我望着沿江路的路灯，昏昏暗暗地照着如乌贼般和夜色一样墨黑的江水面。我心里清楚，最多不过一分钟，这只巨大的乌贼就会把我吸进去，吃得干干净净，而背后那个窗明几净、灯盏明亮的教学楼和所有的一切，我都可以不用再见到了，我会出狱，我会解脱。那天我呆坐在江边很久，深深吸了一口气，决定准备好最后的事，第二天过来。

第二天晚上，犹豫了许久，我还是绕到了嘉桉的班，想再最后看他一眼。我透过玻璃窗，看见他正在很温柔地跟他的同桌女孩讲题。我突然明白，我也不过是他那么多同桌中的一个罢了，是我太拎不清。胡森屿的座位倒是空着，晚自习也不知道干吗去了。这最后一面没见成，真不是我不够朋友了。

我顺着路，跳出了学校来到了江边。有点阴森森的，但我感觉来到了归宿。我张开双臂，夜里的江风中掺杂着不远处泥土的花香和鱼类的淡淡腥味，远处沿江边的房子里，主人的厨房飘出浓烈的菜油香味。可能是很幸福的一家。“这个世界真温柔啊，可是我不想再待下去了。”我自言自语了一句，准备爬上台子。

“林灼言，你这大晚上的逃课不去网吧就是为了来这儿看风景啊，这多没趣啊！”

来人居然是胡森屿，这个事实把我吓得不轻。按他的说法，他远远见我在他们班门口鬼鬼祟祟，准备悄悄接近我吓我个半死。没承想还没接近我就转身离开，但方向既不是女卫生间也不是回班。于是他猜我是不是打算逃课，于是跟了我一路，不巧来到这江边。我不知道他的话能信几分，他在我眼里也就是个爱捉弄人的讨厌鬼。一开始他以为我心情闷，来吹吹江风，突然看见我往台子上爬了觉得不对劲了。

我当时心不在焉，听到他的声音肯定是惊吓大过一切，差点没站稳一个踉跄快从台子上摔下去。这一歪可让胡森屿吓了一跳，他赶紧三步并两步，冲上台子一把扯下我，颇生气地朝我吼道：

“林灼言你知道自己在干吗？你难道喝酒了吗？还有，这沿江路没有监控可咱们学校有，要是今晚你在江边有了什么闪失，尾随你来的我明天会被市里公安局整死的。”

“你那么聪明，应该知道我要干什么。我连遗书都写好了。我不想解释我为什么跳，今天晚上你就当什么都没发生，明天装作不清楚的样子，就算是帮我大忙了。我已经不想再活下去了，没意思了。”

他一个字没理会，牢牢攥着我的胳膊就往公路上拖，边拽还念念有词地说：

“你敢？我现在就喊人来，跟他们说你这人自己想不开就算了，还要拉我一起死。”

结果真有夜晚散步的路人被他喊了过来，是一位傍晚散步的大爷。我跟他被误以为是闹别扭想殉情的社会青年小情侣，大爷急了，一本正经地说教我轻生有多不好云云。胡森屿在一旁没有眼色地点头赞同，我不想理他，今晚的事估计要黄了。

这大爷懂什么呢？胡森屿又懂什么？我人生中重要的人都不要我了，留我一个人游荡了好久。引以为傲的成绩也没有了，这人生还有什么值得珍惜的地方？

回过神来，大爷已经走了，我被拉在远离江边的路上，被他紧紧看着，一步都迈不开。胡森屿站在路灯下，撇了撇嘴，装作无辜的样子，说，“走吧，今天这晚自习也没法上了。算我倒霉，今天我请客喝奶茶吧。”

我也是拿他这样的人毫无办法。我本来想安静地离开，可现在不仅没有成功，还被他知道了，我不知道明天他会不会和别人说今天的事。

沿着沿江路，我们很快来到离学校不远的一家咖啡店。这里的奶茶也很好喝，环境温馨，店主很有格调，装修采用了北欧神话风格。书架上摆着几本英文版原著，窗边都有绿色的肉肉的小型盆栽，棕熊宝宝在沙发上和橱窗里都有。我们随便选了一个双人位坐了下来。橘黄的小灯盏悬在头顶，有镂空的星星图案。沙发是海蓝色的，上面点缀着金黄的海星，窗外是沿江堤，夜风温柔。

胡森屿看见我点咖啡，冷不防插了一句，"生物学最近有研究证明，女生喝咖啡胸会小。"

"朋友，能考虑一下我的感受吗？我现在没有心情听你的俏皮话。"他撇了撇嘴。

咖啡很快就上来了。我点了这里最苦的咖啡，想醒醒脑子。一口下去，被苦蒙了。对面的人不知道从哪里掏出一张校奥数队的化学模拟卷，咬开笔头开始做。他真的是……反正我是对他没话说了。我又喝了几口咖啡，想到他正在奋笔疾书的那张试卷，我可能连第一题都下不了笔，我悲哀于我的，又愤恨于我的不争。我趴在桌子上，深深地埋下头。

"说实在的，我从没见过因为理科不好就去寻死的人哦！那你唱歌那么好听，像我这种苦练数十载照样五音不全的人岂不是也要气绝身亡？"他抿了一口茶，没有再说下去。可是我却突然有一股浓烈的哀愁冲进心窝。我想起了以前神采奕奕的样子，怎么就到了今天这样的地步？我趴在桌上，哭声越来越大。

忽然，耳朵里被轻轻塞进了什么东西。一支唱着歌的耳机。

一首英文歌，那时我虽然英语听力不好，只能听懂一个男声缓缓地反复"And she will be loved, she will be loved……"我还是听得懂这句的，"她会被爱的"。像站在寒冬里的人流中突然被送上一杯暖手心的热白开，那一刻，我很单纯地，感激胡森屿。我伏在桌上，任眼泪静静地流下来。咖啡店里有淡淡的让人心安的香气。再抬头的时候，胡森屿的卷子已经快被写完了。

林灼言：星星只有在最深的黑夜才最亮，人也是

那天晚上后，因为他的这首歌，我觉得这个朋友值得交。我终于有了除了嘉桉之外的第一个朋友。

他非要送我到家楼下才放心，离别时，他突然正色道："林灼言，说好要得诺贝尔经济学奖的，怎么这么容易就缴枪投降？以后有什么事，我来做你的垃圾桶，你说给我听就好了。"

"你是怎么知道诺贝尔奖？嘉桉是不会无聊告诉你这个的。你和我一个初中？"

“还算聪明。林灼言原来你果然不认识我。你们班的愿望墙就在我们旁边，有天我顺路看了你们班，发现居然有人写以后要得诺贝尔奖。我长这么大还第一次见人吹这么大牛皮的，后来看是我们全校赫赫有名的林灼言写的，倒也觉得没什么，没想到啊三十年河西。”

我对他的感激之情就要没了。

可他说的没有错，这突然点醒了我。我回到家，在阳台上和他招了招手，他便离开了。我望着路灯下胡森屿的背影，和嘉桉差不多的身高，终年干净的校服和纯白的回力球鞋，印象中他每天都是这样。胡森屿是住校生，所以他得走路回学校。

那段时间，嘉桉突然主动提出要和我一起放学回家。我不确定是不是胡森屿跟他说了什么，又说了多少，总之嘉桉没提，我也没问。可我觉得有什么东西好像已经不一样了。一路的尴尬让我很不适应。最后我只好对嘉桉说，“我没什么事，如果你有你的约定，放学后不必等我。”他迟疑了一下，神情复杂地凝视我。我没有再看向他偏褐色的眼睛，那双眼睛是放羊的小孩，会骗人。

后来他也真的没再等我，可是我心如死水，已经不太在乎了。

高三来临，大家都如临大敌。许嘉桉和胡森屿却因为奥赛的好名次和稳定的模考发挥，算是半只脚已踏进了清华北大。当初谁也没有料到，两个普通班的学生，最后居然能扛起市重点奥赛队的主力。

他们的奖状贴满了宣传窗，被普通班的同学称为传奇，称为逆袭的榜样，每每放学，都有些家长和孩子仰头驻足。

我有种时过境迁的感觉，曾经我的母校也以我为荣，而现在我泯然众人。看了学校的宣传我才知道，他家境原来并不好，双亲务农。他在家里排行老二，却从初中就考上了市里的好初中。他也算幸运，碰见了开明的父母。尽管是农民，他们也仍然毫不犹豫地支持他上学。胡森屿很争气，奖学金名单里总会有他的大名，校报里总有他的贺词。他总是外表干净整洁，行为举止得体有礼，实在让人感觉是小康家庭里的孩子。虽然老是觉得他爱捉弄人，可我也不得不承认这点：胡森屿有一股清流般的正气。而橱窗里的许嘉桉，家境殷实，外貌出色，能力优异，笑起来眉眼里似盛满了冬日雪山上活得招摇恣意的梅花。他完美得像女孩子心中的粉红色梦想。然而他已不会再是我怀念的那个同坐一张桌子、睫毛上跳跃阳光、只对着我笑耐心讲化学的人了。下课时看见他和那个女孩一起开心地逗笑，望着他我也再没有任何感觉。

高考前放假了，我抽空回了趟初中，看着满眼的物是人非明日黄花，唏嘘不已。宣传墙上我的照片早已换下，新的优胜者仍笑得张扬。如果说只有拼搏过的青春才叫圆满，我的青春好像在正盛放的时候突然就枯萎了。

我去以前的教室，满眼都是和嘉桉的点点滴滴。可风吹起窗帘的时候，座位上空无一人。在那一刻，我想告别，和那个我真心以待数年、第一个爱上的男孩，还有那个盲目悲观、消沉无望的我。

高考前一天，我去找胡森屿，我很认真地和他说，我想复读，重新认真地过一把高中。他思忖片刻，对我说，“无论最后结果如何，明后两天，什么都不要想，好好做完那四张卷子。没有好好开始，总要好好结束。以后的事以后再说。”

好。

高考如期来临，没有什么最后一个月幡然醒悟认真对待后考上重本的励志故事。那年高考被媒体评为数学和理综“史上最难”。我就刚过一本线二十几分，省里好点的普通一本都上不了。

三年的时间，药物渐渐控制了病情的复发率。遵循医嘱，我可以停掉一些致郁的药物。父母不太愿意让我再那么累了，让我好歹填个志愿。我选了一个志愿，北大，顺利掉档。父母知道我捣鬼了，一本补录非要陪在身边。我想了一夜，是不是该跟自己多备一条路。

好消息总是来得特别快：胡森屿全市第一全省第六，他理综数学都是强项，这次的难度让他占尽优势。许嘉桉也不赖，全市第五，还有清华的自招加分。清华亲自来人登门拜访嘉桉家，叔叔阿姨高兴得不得了，络绎不绝的道贺人快要踏破他家的门槛；胡森屿家也一派祥和，电视台为他做了专访，市政府派人给他家送去了丰富的奖励。他们两个普通班的，终究是没把奥赛班放在眼里，携手走上了人生巅峰。许嘉桉和胡森屿习惯了不按常理出牌，最后他俩都拒了清华：许嘉桉去了他梦寐以求的航天大学，胡森屿报了地质大学的资源勘探。

嘉桉的庆功宴没有请我，我父母去了回来才告诉我。我好像彻底心灰意懒，觉得这辈子和嘉桉也就这样了。我也很自豪自己的选择，一所偏远地区的211高校数学系录取了我。数学系是那所大学最好的专业。我决定去那里念大学，听说西藏那个地方，能够治愈人心。

父母对我的大学寄予了祝福，家里的情况也因为父母投资的成功有了转机。一切好像大病初愈，大难未死，后福姗姗来临。病情的稳定和抑郁的缓解，让我觉得我的大脑明显比以前灵活了很多。这次我想按照自己的想法活着，我要好好对待我的大学，毕竟过去的唯一美丽之处在于，它已经过去。

胡森屿倒请我去他的庆功宴，我的朋友很少，而且嘉桉去国外旅游了，于是我同意了。

第一次去他家，我没想到世上还存在着这样的房子。他的父母有着农村人的黝黑朴素和热情善良，家里为了迎接客人，已努力收拾得干净舒适。他大多数的朋友，仍然是以前普通班的同学。跟他们在一起我没有心理负担，当了三年奥赛班里的透明人，我不想再多跟那些高傲的白天鹅们一起相处。那天饭桌上，我第一次认识了这个女孩，嘉桉的美女同桌，叫宁迦苡，是胡森屿班常年的女生第一名。她美美地看着我，主动跑过来和我说话，帮我认识他们班的朋友们。

吃完饭大家步行去消食，不知怎么散步到初中，这时突然几个校友犹豫地认出，我是当年叱咤风云的林灼言。那面愿望墙还在，我们的便利贴还留着，明显纸张已经黄了。曾经我在这面墙上，信誓旦旦地以为自己可以成为一个经济学家，多么可笑。

突然我看见了旁边一张鹅黄色的便利贴上，赫然写着，“想成为当代的李四光——胡森屿”。我用目光找寻着他，发现正好他也看着我。眉眼上挑，嘴角右咧，一副奸计得逞的模样。宁迦苡的字条在胡森屿旁边，原来是初中同学。她兴奋地同胡森屿说，以后进了传媒大学，她的导演梦就更近了一步。

李四光？地质学家？多冷门的梦想。可是我佩服这样的人，清楚自己这辈子要做什么并用所有的岁月拼尽全身。他是，嘉桉是，宁迦苡也是。他们的脸上，全都是流光溢彩的灿烂。

我木然地望向那面墙，直直地看向我的理想，我觉得自己对不起它。

林灼言：你值得这世上最好的山川河海

我背上行囊，搭上飞机，人生第一次踏上了这片偏远土地。在这里所有你能歌颂出来的自然野性的修辞，都不及用来称赞它的美。

我选修了金融学的双学位。决定此生好好过的我，开始规律饮食、热爱运动、早起早睡。抑郁症逐渐痊愈，我的脑子越来越好使。我的琴棋书画，终于有了施展之处。我开始交朋友，开始走出来与人相处，进入志愿者协会和学生会，学着组织丰富的活动，自学充电，每一天过得既忙碌又有意义，我感受到久违的满足感和参与感。遇到什么麻烦事时，有时我会和胡森屿打电话彻夜长谈，吐槽学校陈腐的规章和学生会无趣的官僚，毕竟我也只有这一个朋友可以说这些事。我开始学着看英文版的经济学原著，书里我发现，那些前沿经济学的大师们大部分在美国的高校任教。家里的经济条件越来越好，父母的投资越来越顺风顺水。突然，我想去国外看看。

这里虽然偏远，可我是一旦下定决心，无论是地理上还是学术上我上刀山下火海、跋山涉水也都要去的人。琴棋书画比赛，数模模联，金融知识竞答，运动会，哪哪都有我的身影。暑假我不回家，不是留在学校学托福GMAT、金融理论，就是在荒无人烟的山区进行两个月支教，因为这个，我还学会了基本的藏语。我开始拼命积攒自己的实力，没有和任何人谈起过我的梦想，除了胡森屿。

我脚伤不到一个月就好得差不多了，这里的传统药方很神奇。但胡森屿却杳无音信。我每天都跟他留言，问他的情况，可是他的头像好像再也没有亮起过。那几个月，我无心其他却又不得不继续努力学习，这是胡森屿，我最好的、唯一的朋友交代过我的事，好好学习，我不敢忘。

终于，又过了近一个月，他的头像终于亮了。我知道他住了近两个月的院，有两根肋骨断裂。我用我全年的奖学金，买了我能买得起的最贵的补品给他，上写着“To my best friend”。期末了，他发了成绩单过来给我炫耀，上面照样门门优秀，丝毫看不出有被住院耽误的迹象。我想，这个世界上，或许真的存在一种叫作天赋的东西吧。他总是给我带来吓死人的好消息。下一个便是他已经被地大保送到斯坦福大学地球科学学院读研。他全国有名的名师亲自写推荐信，顺利得不能再顺利。

而我，没有那么好的条件，我只能靠自己。经过暴乱事件的刺激，我更加下定决心要凭着自己的努力考出这里，我想去哥大金融系。我跟疯了似的，比以前以更加百倍的努力度过每一天。到发申请信的时候，我把自己用满满三年经历和苦难书写的这份丰厚的自我介绍递交了出去。然后像往常的每一天一样，吃饭、睡觉、忙碌。

在一个风朗气清的早晨，在学校机房，我终于收到了来自哥伦比亚大学金融系的录取通知书邮件。我突然泪流满面。

我铆足了全身的劲儿，终于重新过了一把新的人生。胡森屿之前就说过，就算最后我被拒了，也早已完成了蜕变。那个林灼言，终于没有辜负我的期望，她回来了。

我向哥大提交了休学一年的申请，想在读研究生之前，留在偏远地区义务支教。哥大的批准很快下来了，他们赞扬了我的善良，没有什么别的要求。那两年，偏远地区的政治形式均有明显好转，我的父母于是也就同意了。加上我会少数民族语言，我能为这片治愈我、带给我新生的西北土地做出更大的贡献。支教的那一年，我深入了偏远山民的日常生活，了解了一些表面以下的温暖，也认识了很多可爱的小朋友。之前有人说，常年生活在高原上的孩子们，眼睛就和黑珍珠一样纯，我还不信。没想到有一天我会和拥有这种眼睛的孩子们朝夕相处一年。

胡森屿去了斯坦福，恶补完英语，还算是融入得很不错。我们时不时用邮件通信，他时不时会带来吓死人的新的好消息：

比如他和他室友的研究成果就要登上了 *Science*。

比如他的外国导师又要带他去哪个国家进行一项了不起的地质勘探。

比如他坐上了北极的渔船，看见了结冰的海，吃了北极的鱼，还见到了漫天的极光。

而我此时正在西藏的某个地方，为小朋友们晒衣服，或者准备第二天的游戏活动。山间的星空很干净。我想，或许人平静了，眼里所观才能如是。

山里信号不太好，所以和胡森屿回邮件，也变成特别心躁的事，后来索性不回了。

可信号好的时候，仍然会发现胡森屿的邮件比每个月来的亲戚还要准时。大部分都是一些他突破研究进展的好消息，或者他又去了哪里的山脉考察的好消息。他总是带来一些吓死人、令人羡慕的好消息。

一年很快过去，我一点没有即将去异国的恐慌，尽管纽约和旧金山，一个在东海岸一个在西海岸，但我这个世界上最好的朋友，就在那片土地上，这令我安心。很奇怪，可能是先入为主，认识时他就是嘉桉最好的兄弟，尽管我和嘉桉再无可能，胡森屿也不过是从嘉桉的朋友，变成我的朋友。从他拦住我跳江的时刻，我认可他的品格。这一路上，他又是我坚定不移的引路人。我想这就是一种单纯的潜移默化的心安吧。这样的人，我怎么可能有非分之想？我想嘉桉带给我的除了一身的心伤，最大的礼物也莫过于让我认识了胡森屿，为此他已经功过相抵。我的嘉桉，从此变成了再无交集的许镜洸。

这就是林灼言，来美国前的故事。

Gavin：原来远方的风比远方更远

我恍然，已经几个小时过去了。灼言一路喝了水，及时补充了体力。我们把行囊都检查了个遍。可能因为说出故事的原因，她脚步轻快了很多。我也加快了步伐，大约晚上十一点的时候，我们成为最后两个大本营报到的人。

晚上在睡袋里，我消化着这个复杂的故事。为什么灼言要这么事无巨细地跟我讲她的故事呢？是因为足够相信我吗？是想对我坦诚相待吗？灼言喜欢她这位朋友吗？他们仅仅只是朋友吗？还是说他是她的放下的前任或此生挚爱？为什么灼言说她第二遍听那首歌的时候，才决定成为一个登山家？那首歌究竟是不是 Maroon 5 的《She will be loved》？为什么是这首呢？

分明故事如此完整，脑子里反而全是疑惑了。我回味着胡森屿这个名字，渐渐觉得这个名字有些许眼熟。她的朋友就读于斯坦福，可能是地球科学学院的华裔，但我是学传媒的，圈子里理工科的实在太少，不同届认识机会更不多，可我怎么觉得这个名字好像似曾相识呢？

第二天，早晨天气还算不错，落基山脉的登山活动正式开始。队长让大家准备好防雨设备，因为晚上在半山腰的时候可能会下雨。大家在天色变化之前就扎好了营寨。队长事前根据风向选择了较为安全的一方。

天色渐晚，大家生了火围坐在一起，雨还没有落下，但有一种“山雨欲来风满楼，黑云压城城欲摧”的感觉，令人有些气闷。这时我提议，让大家来讲讲故事，顺便了解彼此。大家都拍手赞同，只有灼言默不作声，我想她可能是今天讲了太多的话了。我低低地朝她说，今天你就休息吧，在旁边听听就好。灼言应了一声，闪身往我身后躲了躲。

落基山脉靠近西部，登山队员有一部分是来自旧金山的华人，其中也有人在斯坦福毕业。不知是谁，提起了几年前发生在落基山脉，也是离我们不太远的一处发生的泥石流事故。

此时提这个，不知是不是为了加些调料给这趟旅行增添一些刺激有趣的因素。不知情的登山队员听说附近曾发生过泥石流，开始有些恐慌。灼言没有作声，但我感到了她轻微的颤抖，女孩子还是有些怕的吧，我拍了拍她的背。

“这里的山脉地质真的比较易发泥石流吗？那个事故听说还死了两个人，怎么办今天要下暴雨的样子？”有一个胆子较小的女登山队员开口道。

“半山腰遇泥石流往山上跑，这是小学生的常识你难道不懂吗？”许久没有发话的灼言，冷冷略带颤抖的声音从我背后传来。

场面有些尴尬，我不得不接过话茬儿，故意换了一种很轻松的语调，媒体人的条件反射，活跃气氛。

“说起那个事故你们真算是问对了人。当年那个爆炸性事故新闻报告就是我当年在传播系读研究生时写的。”

有人认出我，颇兴奋地说：“当年轰动一时的新闻就是前辈您做的？没想到今天在这里能见到母校风云人物，真是没想到！”

我笑了笑，准备继续向他们诉说当年之勇。

灼言突然起身，说自己身体抱恙，望大家包涵。想想也是，她今天这么累，也该休息了。

同大家讲完，暴雨随即就下来了，于是大家各自回了自己的帐篷，可惜的是灼言并没有听见。

那个事件，也算一个契机：事故起因在一个离圣诞节有些近的日子，落基山脉某处突发泥石流，两名斯坦福研究员不幸罹难。本来举国上下都在惋惜这个圣诞节前的悲剧，可一张寄给斯坦福传播系的匿名信改变了一切。我和同学们利用匿名信的内容，开始秘密调查，最后发现了这个掩盖在天灾外表下腐败的学术丑闻，私自利用国家资源为资本集团开发垄断稀有资源，试图攫取个体暴利，控制市场价格，这种事情怎么会不严重。权责牵涉到斯坦福一众领头的高级教授和那个硕果累累的科研团队，所以当斯坦福自己的传播系发出新闻稿揭露时，真相显得既痛心又残酷。

一瞬间舆论发生了翻天覆地的变化。一方面，人们高度赞扬了传媒学子坚守新闻底线，勇于暴露学校自身腐败的勇气，另一方面，出事的科研团队被喷成筛子，从带头的教授到出事的研究员无一幸免。大家纷纷同情斯坦福养了一窝老鼠，那些浪费纳税人的钱为自己谋私利的虚假学术人，给大学造成了不可磨灭的学术丑闻。甚至最后，没有人悼念牺牲的两位科学家，大家觉得他们咎由自取，或许是上帝都看不下去，所以在圣诞节前让他们下了地狱。

但当时的热闹其实也只持续了几天，两个星期后，大家被铺天盖地圣诞节的喜悦与幸福充盈，包括我在内，几乎没有人记起那个事故，更别说两位逝者的名字，这就是一个小插曲，对我的最大影响，也仅仅不过是让我更加顺利地在斯坦福升博。

夜里，山风呼啸，像女人在低低抽泣。一瞬间，我竟分不清到底是山风，还是女人在哭。

Gavin：第一个倒下的那张多米诺骨牌

第二天，灼言竟起得最晚，但她很快收拾好了东西，跟上了大家的节奏。山林间，暴风雨已经停了。晨光熹微，有鸟扑闪着翅膀在参差错落的树枝上起起落落，像不知名的离乱曲谱，摇晃下叶尖的露珠和昨夜的雨水，偶尔会滴在脸上。

路上仍有泥泞，我想搀着灼言走，可是被她悄声无息地拒绝了。我不知道自己为什么会突然被这样对待，可是我不能直接问。

我只好开始跟她交谈，“昨天我好像听见有人在哭，是你吗？”纯粹地自找话题。她却意料之外地承认了。

“为什么？难道是怕打雷吗？”我故意继续问。

“以前我在雷雨天睡得最香，听见窗外潺潺的雨滴敲击房檐的声音，就像小时候我奶奶在耳边絮絮叨叨地讲睡前故事，可是奶奶后来在我高中时过世了。于是我开始把每一个下雨的晚上，当成住在天上的奶奶跟我讲故事的晚上。我很小的时候，是奶奶一直带着我的。”

“既然如此，你为何又……”

灼言沉默了很久，久到我已经对答案本身不感兴趣了。我跟她说：“如果不想说没关系，以后要是怕，可以晚上和我说说话，或者是，找你那位最好的朋友。”

“我不能找他了。”

“他结婚了？”我承认，我有些暗喜。

“不，他从来就没有过女朋友。”

我想这个话题很难再继续下去，我抱歉地朝她笑了笑，准备转身离开。正在我要离开之际，灼言低沉却温柔的声线从后面传来，“到达山顶时，我会把全部的故事告诉你的。”

“我不是特别猎奇的人，全凭你愿意。”我朝她笑了笑。

整整两天的时间都在登山，山顶越来越近，离灼言最后的秘密也是。这两天，我们彼此都心照不宣地没有再提那件事，那个人。我想，当灼言愿意对我倾诉她心底的那个秘密，那就说明她信任我了。我等她。

到达山顶的下午，又是一个好天气。山顶的风总是烈，同日本清酒一般头疼。加上季节已进深秋，总觉得这山风如同一个有着锋利指甲的妖精，生生让人脸上划出口子。这样的情况，再好的天气也是枉然。

灼言胆子很大，她张开双臂，站在悬崖边缘，仰头闭眼。有几缕碎发没有被勾在耳朵后面，在风里散开，到处翻腾。她并不在意，也没有伸手去拢，像极了《情书》里最后雪地上的渡边博子。

山顶大本营的其他队员忙着拍照留念，四下分散活动了。忽然，她的声音如同秋日的黄花一样混在风里，软绵地吹进我的耳蜗。

“你知道吗，胡森屿居然说我只有散发碎在风中上下飘浮的样子，才略微像个女生。可能我以前真没怎么注意打扮，也是，抑郁症哪有心情打扮。”她偏头看向我。

我没说话，用眼神示意她继续说下去。

她转过头，继续望向悬崖下面。

“和你说过，我来旧金山，是为了看我的朋友，胡森屿。可是不是在斯坦福大学的草坪上，而是在这里。”

“你们约在这里见面？那他也来了？”

“不知道。不过我来了就好了，就没什么对不起他的了。今天，我一定要好好地跟他告别，毕竟上次一别，还是在拉萨的某个酒店大厅。”

出于新闻人的敏感，我意识到这个秘密将要揭晓。而不论它是什么，现在她就站在我的面前，故事讲完，我就可以伸手拥抱她的后半生。

林灼言：我该以怎样的表情，接受你戛然而止的结局

我是林灼言。

起初我被哥大金融系录取时，他参与了美国那边的项目，已提前去了美国，每天疲于适应美国环境和做项目准备。那天我连有时差都忘记了，激动地打了越洋电话。那时他正在补觉，为了不吵醒室友，他在寒风中迷糊地听完了我的语无伦次，连贺词都没有说，便挂了电话去睡觉。想必也是太累了。

后来我决定休学一年支教。这次我没有跟他打电话，而是发了E-mail。几天后，邮箱里静静躺着几个单词：I'm so so so proud of my best friend. 这真的是我最希望得到的祝福。在这条荆棘遍布、险阻无比的道路上，他是我的指路人，很巧的是也是我这辈子最好的朋友。这些年无论遇到什么麻烦，他总是在那个地方，只要我开口问，他就会回应，然后以他的头脑和见解，不厌其烦地为我拨云见雾、指点迷津。

支教一年很快过去，我做好了一切准备，出发去哥大金融系，而他要开始第二年的研究生生涯了。在美国的一切既新鲜又繁忙，每周我都会收到他抽空整理的"胡森屿师哥独家出品——留学生必备指南"的小贴士。

就这样，我迎来了来到美国的第一个圣诞节。我已经提前问过，他近期只有一个旧金山附近的研究计划，不会出远门。我想了一个点子：飞去旧金山，然后在机场打电话让他来接我，给他一个大大的圣诞节惊喜。可是那天很巧，飞机因旧金山的暴雨被迫降在休斯顿，我们在机场的休息室等起飞通知。

可没想到。我等来了一个吓死人的消息。同样来自胡森屿，但这次却成为了最坏最坏的消息。

娱乐节目里突然插播了一则紧急求助线索的新闻：斯坦福大学地质研究团队遭遇泥石流，落基山脉失踪两位斯坦福大学人员。左边是一张陌生的白人脸庞，右边赫然挂着的，是我不能再熟悉的面孔。"Jason Hu"，他的英文名字。

我手里的保温杯应声而落。

可能在休息室呆滞了几个小时，直到地勤催促我航班即将重新起飞时，我才回过神来。我无神地问地勤有没有直接回纽约的航班，她们查找了后跟我说了抱歉。我只好上了去旧金山的飞机，去那里我还能投靠胡森屿的室友，而滞留在举目无亲的休斯敦，我一个人更无从所依。

在飞机上，我满脑子的不相信，明明几天前都回过邮件的人，怎么说失踪就失踪了呢？他那么热爱山川，山川怎么舍得把他吃掉呢？他爱自然，尊重环境，痴迷地质。他喜欢平原、雪山、湖泊还有河流，他喜欢大夏天里观察银河系璀璨

斑斓的星河，他喜欢吃北极的鱼和记录那里光怪陆离的极光。他的足迹遍布五大洲，连南极也留在他的相框里。他是我因病重度抑郁、人生暗无天日时，在这世上唯一看见我的眼泪、和我做朋友的人。我千里迢迢，想跟这个人一起过异国的第一个新年。最重要的是，这个人，是我这辈子最好、最好的朋友。

到达旧金山，街上都在为即将到来的圣诞节预热。纸醉金迷的旧金山，车水马龙的繁华，我一个人站在街边，像失去主心骨。我没有去找他的室友，回了在旧金山预订的旅馆。如果不出意外，我可能此时正在这家旅馆享受热水浴，缓解舟车劳顿睡个好觉，或者会抱怨他们斯坦福毫无人性的科研安排，然后满心舒坦地计划如何把List上的目标一个个实现。

雨停了，空气里到处都是凉沁沁的，California ST顶的Grace Cathedral是旧金山最著名的天主教教堂，我去了那里，平生第一次想依赖上帝。但又十几个小时过去，胡森屿的状态仍是失踪。

雨已经停了很久，找不到他也已经很久很久。社交网络上已经有人不再祈祷而是点燃了蜡烛。大家都对搜救结果失去希望。我曾经那么想见的朋友，旧金山的电视机，Facebook打开就能看见他，可我不敢再看了。网络上多数人用刷屏的蜡烛，表达着他们对于这场靠近圣诞节悲剧的惋惜，可我却觉得如此失真。因为没有几个人真正了解，也没有几个人真正悲伤。

林灼言：吞一千根针都不够的人。

事情的反转在第五天发生。

那天，我订了回纽约的机票，正收拾行李，电视里传来女主播义愤填膺的声音。

有媒体指出，由于一封寄给斯坦福大学传播系的匿名举报信，让意外变成了丑闻。

据调查，这是一场非法的地质勘探活动，目的只是少数人的暴利，攫取珍稀资源。而这场斯坦福揭发斯坦福的运动，也显得这项调查多么地真实。

一时间网络舆论集体反水，人们为勇于揭发黑暗的传播系点赞，把怒火发泄在他所在的科研团队。他们连死者也不放过，白人科学家年轻的时候曾吸食大麻，父母有暴力倾向，用这些黑料诋毁已故的人，而胡森屿，来自中国，背景清白作风严正，研究生期间连一个女朋友都没有。于是有人发出他和他室友外出聚餐的合照，污蔑他是同性恋，甚至为此拿中国留学生的品质问题大做文章。这些，比让我接受他的死亡的事实还要让我撕心裂肺。

宁迦苡不久后联系了我，和我说起国内舆论的不容乐观。消息已经在中国的社交网络上沸腾，有国人最喜欢的反智运动，有阴阳怪气嘲讽同性恋的，更有一批地质大学学生要求母校开除胡森屿，以正学风。全校只有他德高望重的导师公开反对，并专门写了封长微博，记录胡森屿在做他的学生和助手的时候，是多么艰苦耐劳、一丝不苟。没有人信，大家都只会相信自己愿意相信的东西，美国的记者民主正义，他们报道的事情怎会有错？反倒是老教授连累被骂，骂他有眼无珠，年老昏头，带出了这样的学生还不知悔改。至此他注销了微博，没有再说一句话。还有人质疑胡森屿家境不好，一时被钱财冲昏头脑也不是没有可能；有人嘲笑当年高考状元也不过如此，高级知识分子对社会的危害更大，为自己平庸无用的人生开脱；一些国内公知开始以他借题发挥，直指国家高等教育选拔人才的漏洞。有人人肉出森屿的家人说要一起闹事，家乡和母校也为此出了恶名。

太多太多声音了。我脑子很杂，这么多的声音里，我再也听不到他的。

知道吗？我这位最好的朋友，他虽家境不好，可他有天赋，勤奋正直，热爱自然，尊重生命。几年前在昏暗的江边，他挽救我的性命，但没找我要过任何回报。活着的时候，他认真过好每一天，对得起他的专业，对得起他自己的良心。倘使他有半分贪恋钱财的心意，当初高考的时候，他就不会放弃清华这个金字招牌，拿着那么高的分数，却只为了初中写在墙上的破梦想，去中国地质大学读什么又累又苦的地质系。我家境比他好那么多，他也从来没有真正找我要过什么东西。你们从来都不曾了解过我的朋友，你们凭什么这么说。

我那个时候才突然发现，为什么我只身一人来到美国，一点也不心慌。因为有胡森屿这个靠谱的朋友在。无论是美国东海岸还是西海岸，抑或是他此刻因为科研正漂浮在地质研究船的某个大洋里，只要我很确定他在这颗星球上，我永远都无比心安。曾经我看见《怦然心动》的台词里：有些人浅薄，有些人金玉其外败絮其中。有天你会遇到一个彩虹般绚丽的人，当你遇到这个人后，会觉得其他人只是浮云而已。我想那曾是我在偏远地区的大学里，最辛苦、最艰难的时候，无数次感谢上帝、就算花光我所有的运气也值得的朋友。遇见胡森屿这样的人，是我林灼言这辈子的荣幸。

宁迦苡最后和我说，许镜洸有次聚会喝醉，说很想念你，你还会回来吗？我说，大概不会了。她欲言又止，最后只说了句，那未来祝你一切安好，再见。

我怎么好？这个世界上最珍视我的人，他已经不在了。

林灼言：但愿每座山都是朝向你的路

那年圣诞节，比往年寒冷很多。虽然我一个人，但比想象的要稍微好过一些。

在平安夜的那天下午，我收到胡森屿室友的寄来的明信片，上面寥寥手写几个单词，

“And she will be loved.”

他出事前已经写好了地址，还未投寄。室友整理遗物的时候，顺手投进了邮箱，他想，其他都得寄回在中国的父母，但这是属于我的。室友手写了一张字条一同顺了过来，“开心点吧，我想这是他希望的事。”

报道里说，白人科学家曾经因为一场小车祸手脚有些不便，没有及时逃到救生工具上。我想起了那年夏天在西藏，森屿为救我断掉的两根肋骨。那段时间，每到雷雨天的夜晚我就睡不着。我不知道他离开的那个雷雨天他走得痛不痛苦。我只能去心理医生那里拿了少剂量的安眠药和抗抑郁药，这样的夜晚，就拿它混着古典乐和热水一起下咽。我怎么听，都没法再把它当作是奶奶的耳语，而是夺魂的嘶吼。

直到开学后的某天，我在哥大校园里的一家咖啡馆，听到了久违的那首高中时期的歌，现在的实力，足够让我明白这首歌全部的心意。那个夜晚，橘黄色灯光下，伏案痛哭的少女和静静做试题的男孩。这是一首告白的歌，我怎会到现在才发觉。

I don't mind spending everyday...
Look for the girl with the broken smile...
Ask her if she wants to stay awhile...
And she will be loved...
...

嗯，“我会被爱的，我会被爱的”，我在心里无数次默念。

可是你已经不在了。

我决定登山，去他生前走过的每一座山脉。以前因为许嘉桉，我试图感受天空的浩瀚，但现在我才明白，我一直更喜欢大地，如同我第一次学油画时便选择了巍峨的山，如同插着玛尼堆，养活脸上有两团高原红的藏民们的山峦，如同一直敬佩着的如山坚毅的胡森屿。

哥大金融系研究生被我漂漂亮亮地拿了下来。我在华尔街附近，找到了一个薪水丰厚的闲职。我找宁迦苡要来森屿父母的联系方式，以森屿生前嘱托的名义，每月定期给他们汇钱过去。我去了很多地方，唯独不敢来森屿失事的落基山

脉。他的状态到现在仍是失踪，搜救队仍然没能找到他的尸体。来这里之前，我曾经一直希望永远也不要找到，我希望他就在这世界的某处，颠沛流离也好，改头换面也罢，只要他还活着，有一天我就一定能找到他。可是这不可能的对吗？我把以前回避回忆的东西，认认真真地梳理了干净，这个盘旋在我心里几年的影子，我终于可以直面它。然后在这里，和他认真道别。

我想还他一首歌。

她坐在悬崖边，脸上安宁且幸福。山风温柔，像恋人的絮语。满山的树叶远远看着像一幅色调和谐的静谧油画。

“我们去大草原的湖边 / 等候鸟飞回来 / 等我们都长大了 / 就生一个娃娃 / 他会自己长大远去 / 我们也各自远去 / 我给你写信 / 你不会回信 / 就这样吧……

就这样吧，只能这样了。《如果有来生》，林灼言送给胡森屿的歌。

Gavin：如果这一眼就是最后一眼

灼言终于停下，这一次她回头正视我。她知道，我现在已经一句话也说不出来。

“其实从一开始，我就处心靠近你。我有过很邪恶的念头，我恨你们，我恨那些不负责任的媒体，你们让我的朋友死了也无法安息。那天酒吧里，你的酒里有少量安眠药，我准备了结你的。可我最终没能下去手，我感觉森屿一定会看着我的。他一定会说不的，因为他如此珍惜每个人的生命。他那个晚上救了我，不是为了让我变成一个拿走别人生命的人，也不希望我怀着恨意不开心地过一辈子。”灼言眼眶湿润，却为她朋友自豪着。

她一如既往地聪明，此刻我已无法发出任何声音。

这个女人静静地看着悬崖下的山风，仿佛那些都是捧着头认真听故事的孩子们，都在为她的爱人站立。我注视着她的背影，觉得我可能一辈子都抓不住这个人了。我原以为她同我讲出她的故事，是为了伸出手拥抱我，原来她讲这个故事，是为了同我道别。

大本营的登山队员临时决定留宿一晚，那晚落基山脉的星空璀璨如洗，每一颗，都像一颗晶莹剔透的眼睛。我一夜未眠，作出了一个决定。

博士顺利毕业，我婉拒了各大媒体集团的邀约，选择留在了斯坦福做一名普通的讲师。这里自由民主、独立批判的精神，感染着我，救赎了我。因为同在传媒圈，我曾在一次交流会上，碰巧遇上了林灼言故事里的那位宁迦苡。她代表中国新生代导演发表了演讲，慷慨激昂，生机勃勃。她罕见的是以纪录片新秀导演受邀参加晚会的，主流媒体对她的作品给予了很高的评价，被认为是人文情怀和自然风情的艺术性交会。她外形靓丽，情商也高，选择的题材向来不是挖掘祖国静谧壮美的大好河山，就是一针见血地聚焦底层人民的水深火热。这两种截然不同的纪录片风格被她拿捏得恰到好处，娱乐圈对她的评论也全是赞美，鲜少有负面新闻，洁身自好，实属难得。

日子一天天过去，由冬到春，由春到夏。转眼间，一年都要过去。我在授课的同时，也每天不断地充电新的知识。有时我会参加一些社区的公益活动，偶尔会想到那个曾在藏区支教的林灼言。

那天我向往常一样，从邮箱中抽出学生的邮件准备批阅。一个未署名邮件跳进了我的视线。

“我辞去了华尔街的工作，秋季入学斯坦福。我敬重的大师刚好在你们的斯坦福大学的胡福研究所任教。这里是森屿的母校，所以我要来这里了。他走后的很长一段时间，我的抑郁症复发未愈、精神萎靡。但现在我想努力试试看，能不能成为第一个中国籍的诺贝尔经济学奖得主呢。”

没有署名，但我知道。我想你也是。

那个如彩虹般绚丽的人，感谢上帝，我终究也遇上了。胡森屿之于林灼言，林灼言之于我。

我以平生最快的速度回复了邮件。

那天旧金山阴雨初霁，气象节目上说，是个能看见彩虹的好天气。

篇外　宁迦苡：所有的深爱都是时光的秘密

（1）彼得潘

我没以为自己会喜欢上一个农民家的儿子。

我从小的愿望，除了成为一名导演，便是嫁给一个真正的王子，想着那样我说不定才会成为一位名副其实的公主。起初我以为世界都是格林童话里讲的那样，但随着时间的碾轧，我发现生活是一篇篇伊索寓言。

我的父亲在我小的时候，官位并不高，出身也不太好，所以一开始并没有贵人提携。但父亲很聪明，懂得识人眼色，见机行事，我从小就耳濡目染。父亲会带着年幼的我出入饭局，教我学着和那些权贵的孩子们打成一片。而我的母亲，除了麻将这种消遣，什么也不会。也是托他们的福，我有幸在年幼时便见识了社会各色人群。

我想以后一定要多认识父亲饭局上的那种人，离母亲麻将桌上的那些人远些。

为了考上那所全市最好的初中，多认识层次更高的人，我在母亲的牌局旁边也没忘学习。大家都说牌婆怎么生了个这么听话的丫头，真是好命。幸运的是，最后我还是考上了。

初一逢上校庆，每个班里要出节目。作为文艺委员，我提议大家来一场舞台剧。剧本当然是我来写，舞台布置和监督也是我来。那是我第一次认识同班的森屿。故事改编自彼得潘，需要一个矮小的男孩子来演。大家因为身高一致同意让森屿来做男主角。农村来的森屿营养不良，但他没有因身高自卑过，每次排练都兢兢业业。演出很成功，森屿演活了小彼得潘，大家都很高兴。只是，只是如果我们不是在林灼言后一个上场就更好了。

那天，我们在后台紧张地准备道具，因为下一个就是我们了。那时，琴声响起了，歌声随后加了进来，我第一次看到那个女孩璀璨夺目的在舞台上发光，琴声流转，姿态深情，大珠小珠落玉盘。大家的动作也停了下来，纷纷看向舞台上手指纷飞的演奏家。

节目结束，那个女孩向后台走来，她提着白裙的裙摆深呼出一口长气，样子十分可爱。突然她脚好像崴了一下，像要从台子上滚下去。我正准备惊呼，森屿一个健步把她抱住了。林灼言眼神恍惚，可能还在紧张之中，匆匆说了句谢谢便去后台换了衣服。主持人已经报幕了，森屿定了定神，走上了舞台。

那天的演出明明很成功，班主任表扬了我们，可是我却一直郁郁寡欢高兴不起来。很久以后我才知道，那是嫉妒。

森屿在初二的时候开始长高，小彼得潘要长大了。农村的基础教育还是不够完善，他虽然考了进来，但与城里的孩子还是有很大的差距，特别是英语。就连我这样的条件，很小的时候都被父母送去英语学习班。父亲总是说，人家都在学，你不去就落后了。森屿没有这样的条件，英语拖了他很大的后腿。我和森屿说，以后英语我来帮你补吧。森屿有些不好意思，我连忙说，我不是喜欢你，只是看你英语也太不像样子了，你再这样后面会越来越困难，是会拉低班里英语的平均水平的！森屿也觉得这件事很严重，于是每天放学后，我都抽半小时和他讲英语。农村孩子学习能力真是不错，慢慢地，他的英语上来了。初二的期末考试，他的英语考了历史最高分，全班第二比我还好。放学后他朝我笑，给我买了蛋糕，像春树上的绿光。

那一刻我不知道要作什么样的表情，因为我心里知道，那是感激，不是心动，不是他在舞台上一把抱住林灼言的那种心动。

还好森屿比较平凡，还好林灼言很耀眼，就算是隔壁班，他们也不可能有交集。

初三了，大家都在为高中苦恼。有天放学，森屿和我大扫除，我问森屿想去哪所高中，他说想去市重点。中考要考九门，森屿的文科不太好，我的理科不太行，市重点对我们俩都有些危险。“难道你是因为隔壁班的林灼言吗？”森屿突然红了脸，一言不发。“你要懂得为自己考虑啊，如果你没考上市重点，那时候你怎么办？和我一样选个稳妥点的高中不行吗？你每天下课无意去隔壁班看她她知道吗？你喜欢林灼言她知道吗？她认识你吗？”我有些生气。森屿涨红了脸，想说什么却说不出来，他扭头就走，留下了一地还未扫的垃圾。他这次真的生气了。可是我也很倔，我没有说错，森屿应该要认清事实。

过了段时间，学校宣传墙贴了张关于林灼言和其他几位同学的贺报，庆祝她通过了省重点的选拔考试。林灼言最近和年级里理科大神许嘉桉走得很近，他们还坐了同桌，放学也一起回家。女生的小道消息总是很多，听人说林灼言和许嘉桉的父母相识，两人是青梅竹马的关系，果然人以群分，公主的周围都是王子。在森屿第n次看见他的女神和理科大神一起放学回家后，我平静地说，“你看吧，这次你要为自己考虑了。”没想到森屿这次正色道，“我就是为了自己才会选市重点的，你别多心了。”他心意已决，我也相信了。毕竟林灼言不在市重点读高中，那我就要在了，我要为了再和森屿同窗三年而努力。

父亲的仕途因为他的八面玲珑变得越来越顺，他调离了原来的单位，换到了前程似锦的市政府，虽然只是个文员，但在政府工作，脸上就更有光。

（2）阿西莫多

可能是爱情的力量吧，我再次被幸运之神眷顾了，我擦边录了市重点。森屿也成功了，我们俩的名字并排放在初中的喜报上。父亲在教育局有熟人，我瞒着父亲找了教育局的熟人，打听到森屿被分到的班级，和父亲说这个班的师资传闻在普通班里挺不错的，父亲没有怀疑我，托人把我调到了这个班。

开学的时候，除了森屿，我也很诧异，因为初中的理科大神许嘉桉也分在这个班。后来我明白，奥赛班只收保送生，中考再好也进不去了。那天回家，我明白了父亲让我进这个班的真正意图：许嘉桉的父亲是市政府高官。

“和森屿的三年同窗是我拼了命换来的，我一定要好好努力，让他好好看到我有多厉害。”我暗自想。父亲却老是旁敲侧击让我同许嘉桉搞好关系，跟他做朋友，甚至他找到班主任，走了近路让我与许嘉桉成为同桌。这些，许嘉桉和森屿都不知情。对了，那个时候，他已经改名叫许镜洸了。普通班的学习氛围没有奥赛班的浓厚，爱学习的人最好的办法只能是抱团。一来二去，森屿、许镜洸和我成为了三人组。森屿甚至和许镜洸的关系更好，每天几乎形影不离。我不知道森屿在搞什么，他难道不嫉妒许镜洸吗？他已经彻底放下林灼言了？

可是令我震惊的是，开学一个月后，林灼言居然回来了！

“她生了大病，”在食堂的时候，许镜洸说，“本来她要住院半年，但为了学习她还是回来了。省重点已经学得很远她赶不上了，于是就回来上学了。”许镜洸的眼里满是欣喜，而森屿的眼里却全是担心。

林灼言扑街的成绩是一点不意外的，她要治疗又拖了一个月课，怎么可能有好结果？她居然一点儿也不着急，下课了还从奥赛班来找许镜洸，难道她在奥赛班就没有其他朋友吗？林灼言面色消瘦了好多，原来的精气神没有了，人都丑了一些。每次她来，森屿就在旁边认真地看她。我有些不爽，于是也走了出去，站在森屿旁边。可是林灼言的心里只有许镜洸，她瞧都没瞧过森屿一眼。许镜洸见我出来，没再跟林灼言交谈，倒是和我聊了起来。她明显有些失落和不悦。一时间我不知道这对我来说是应该高兴，还是替森屿不值。

不知这两人的命运是不是有什么牵连，许镜洸也出事了：他的父母离婚了。据说是因为父亲婚外情被母亲发现，虽然没有怀孕，精神出轨肯定是有的。背叛就是背叛，像许镜洸母亲那样的女强人，眼里怎么可能容得了沙子？两个人都是高级知识分子，不会撕破颜面闹得满城风雨，于是悄无声息地离了婚，没几个人知道。这件事是我父亲告诉我的，他是市政府为数不多知道这件事的人，他跟我说，趁这个机会和许镜洸走近一点，他的内心肯定非常脆弱，需要朋友陪伴。

许镜洸果然是做大事的人，家里发生这么大的事情，他仍然每天面不改色地学习、嬉闹。森屿除了每天下课和许镜洸待在一起，等着林灼言过来，上课的时候明显也更用功了。

不知从哪天起，林灼言再也没来过我们班，谢天谢地，她终于不来了。可是森屿居然去奥赛班找她！他拿回来了讲义和辅导资料，好吧，我就当森屿是去借资料的。模考三个人都很顺利，许镜洸第一次冲进了前五，森屿也稳在了十五左右，我第一次进了前八十。可能因为这次，他俩有机会破格进入校奥赛队了。许镜洸提议请客 KTV 唱歌庆祝，森屿一开始不想去，但拗不过许镜洸还是被拉着去了。班里好些女生都来了，但我想因为森屿的人可能只有我一个。或许我该庆幸许镜洸的光环，让她们无暇发现森屿的好。许镜洸唱了很多歌，大多很伤感，后来他就坐在角落里喝酒。他周围很多女生，但他似乎不怎么搭理，后来女生们就去唱歌了。森屿没有喝酒，也没有唱歌，他好像更喜欢安静。从KTV出来，许镜洸已经醉得站不稳，森屿让大家先回去，自己想带许镜洸去咖啡小店醒醒酒。我自告奋勇留下来，森屿也没有赶我走。

许镜洸坐在那，支支吾吾地说些话。森屿问我，他说什么呢你听得懂吗？我摇摇头。我准备起身给他去拿柠檬水，突然许镜洸怒了一句，“怎么偏偏就是你妈妈？这都是什么事？”

我怔住了，而森屿还一脸茫然。

那天我和森屿一起把许镜洸送回了家。叔叔人很好，也好像认识我，知道我是我父亲的女儿，他对我和森屿表示了感谢，已经很晚了，我们没有久留，便一起回来了。

路上，我终于憋不住，和森屿说了这件令人震惊的事。他果然瞪大眼睛，久久没有回神。

“狗血吧，这种事情居然会发生在我们周围。可怜林灼言还蒙在鼓里，这件事知道的人很少，我也是听我爸说的。可是我爸也不知道，他的上司，是和朋友的妻子出轨了。如果今天不是许镜洸说漏嘴，大概除了当事人，谁都不会知道。你说这以后该有多尴尬，听说林灼言家离许镜洸挺近的，不知道以后哪家会搬家。可惜了这么好的黄金地段，临潼市的新楼盘都在开发区了，以后来趟市区多不方便啊。”

森屿神色深沉，他喃喃自语道，“这件事，你可千万别说出去，和你爸也别说。”“那是当然，我干吗要说这种事？我有分寸的。”第二天许镜洸一贯如常，他可能不知道，自己醉酒的时候都发生了什么。许镜洸对我说，“我爸和你爸是同事，他让我没事就好好关照你，帮你提提成绩，以后你有什么不会的可以问我，咱俩好歹也是同桌。”我点了点头，多一个人指点学习没什么不好，上课的时候可以问他，但下课了我还是习惯去找森屿。课间活动时，许镜洸如果看见林灼言，就老是喜欢找我玩，然后看见林灼言黯然离开他就得意。这个游戏他乐此不疲，林灼言也是好耐性，虽然距离很远，但我知道她在看许镜洸。虽然内心知晓原委，但我乐意陪许镜洸玩这个游戏，我和许镜洸都笑得很开心。没错，她林灼言也该感受一下森屿的痛苦才是，初中那个骄傲的公主，远在天边遥不可及的人，现在居然会因为我痛苦不已，心中竟然有些痛快。

直到有一天，森屿居然因为逃晚自习被抓了。我只好冲出教室，在走廊上和巡视老师百般苦言，给他看森屿的模考成绩单排名，谎称森屿身体不适先回宿舍了。那天晚自习下，我在男生宿舍门口等了好久，森屿才姗姗来迟。他一脸疲惫，我突然不忍心发火了。我轻声问他是不是家里有什么急事。他有些恍惚，几乎就要听不见，“林灼言差点就出事了。”

他逃课居然就是为了林灼言？这几年来的愤怒委屈，突然像大坝缺了一角的洪水急着非要宣泄出来不可。“林灼言不喜欢你知道吗？她从始至终只喜欢许镜洸，她心里只有许镜洸。初中也是高中也是，就算现在知道你的名字了，她也不会看你的。你什么时候才能正视这件事？我现在不是比她成绩好了吗？不是比她更漂亮了吗？不是比她更受欢迎了吗？你怎么就始终看不见我？”

我等来的，只有森屿离开的背影。他一如既往，很生气的时候不会吵架，只会一走了之。

接下来几天，许镜洸突然像变了个人似的。他很焦虑，估计是为了林灼言吧。这两个人我也是无法看懂。他那几天一直都坚持和林灼言一起回家，如果老师拖堂或奥赛队有培训就谎称家里有急事也要打报告提前放学等她。然而只有几天便恢复了原样。我取笑他，“林大小姐拒绝与你同行？”许镜洸苦笑了一声，没再说话。两个人都太骄傲，可殊不知自尊与爱人不可兼得，真不知是太爱了还是不够爱。

在森屿面前，我没有自尊。所以我去找他，和他道了歉。大家都心照不宣没有再纠结对错，都当作明日黄花烟消云散。高考要来了，大家的重心都在学习上。森屿和许镜洸因为奥赛得奖的加分和稳定的基础，有条不紊地保持着应试水平。我也在为了能录取传媒大学而做着最后的冲刺。

森屿从来没有拿过第一，没想到居然是在高考拿了第一。我也成功被传媒大学录取，只是导演系掉档了。不过没关系，只要进了那个圈子就好。我可以蹭课，甚至看可不可以努力转专业。重要的是，传媒大学在北京，清华北大也在北京。林灼言果然考不去北京，可我没想到，她会选西藏那种地方。昔日骄傲的公主如今如此，不禁让人有些同情。

许镜洸的庆功宴没有看见林灼言的身影，但森屿请了林灼言。自从知道她要在西藏那种地方待上四年，我好像没有那么嫉妒她了。她对我一无所知，也从未知晓森屿对她的心意，于森屿和我之间也就是个局外人，有些事也实在没必要摊到台面上捅破，互相难堪。况且森屿庆功宴呢，肯定是一派祥和的好。我第一次，自信满满地向她介绍了我的名字。

（3）黄粱一梦

这两个人居然都拒绝了清华，一个学了航天，一个学了地质。

可以，日月星辰，山川河海，上天入地，挺为咱们班争光的。

好在都在北京。

父亲升官了，在这样的高龄，不知道托了多少许镜洸父亲的福，我手里的零用钱也越来越多。当初要嫁王子的想法现在还历历在目，没想到这么多年竟爱上这个一贫如洗的人，爱情真是会令人大相径庭。父母柴米油盐的感情，这么些年也一直吵吵闹闹但却从未分开。自己虽不是状元之流，求学之路也算是顺顺利利，人缘尚佳在高中也算大姐大。最重要的是，心上人就在眼前，虽然暂时不是我的，但时间会说明一切：这样想来，我比林灼言幸福很多。

在十八岁成人礼时，父母为我特地赶来北京，包下一间西餐厅为我开Party。这次，我真的像一个公主了。我宴请了在北京读书的高中同学和一些大学好友，森屿本来有学术活动婉拒了，我说了几十分钟的好话才同意请假参加。地质大学显然生活条件清苦，帝都的好友们又自带烧钱属性，森屿和生日宴的华丽有点格格不入。许镜洸也被邀请了，按照父亲的意思。父亲一直在和许镜洸交谈，他教养很好，一直笑着陪着父亲侃大山，没有流露出丝毫不耐烦。父母吃完饭便要走，他们也很聪明，小孩子的聚会有大人在玩不开。酒席后原本还有Party，森屿却突然和我说要回去了，理由居然是还可以听一个小时报告。

在无人的走廊上，我一把拉住他，不知道为什么我觉得现在不拉住他，就再也拉不住了。

我单刀直入，“胡森屿你交女朋友了吗？”

“没有。”

“那我做你女朋友。”没有语气词，这么多年，我不相信他对我没有感情。况且林灼言去西藏已经近一年了，北京灯红酒绿，好东西琳琅满目，没理由不动心。

“而且今天还是我的生日呢。”我软硬兼施。

许久，森屿凝视我的眼睛，认真地说道，“你可以找到更好的，迦苡。如果你需要帮助，我无条件帮你；如果你要爱情，我给不了你。”

我瞪大了眼睛，嘴微张，此时外人看来肯定像一条金鱼一样十分滑稽。

“不会……还是因为林灼言吧？”不，不可能，怎么可能？

“是。”

“你向她告白了？”

“没有。”

我有些恍惚，不愿承认这样尖锐的声音是我发出来的。“那你到底在坚持什么啊？林灼言在西藏啊，她现在在干什么我们都不知道，说不定她现在都交第几个男朋友了，你到底在坚持什么？”

“她不会，别说了。”语气很坚定。

“我还有报告要听，外面冷，你只穿了裙子，快进去吧。”森屿转身向外走。

我回过神来，朝那个越来越远的背影吼道，“你这个傻逼神经病偏执狂，有没有脑子啊良禽择木而栖这么多年书都白读了怎么就是不知道转弯……”他没有转头，没有回身。我知道，他再也不会回来了。

成人礼，原来这么残酷。

许镜洸出来接他女朋友的时候，捡到了在门口哭得妆花一脸的我。他没问为什么，想必也知道大概。他让他女朋友把我扶到卫生间去整理，那女孩很细致很会照顾，想必这不是第一次安慰人。我快速调整好自己，毕竟在第一次认识的女孩面前，过于狼狈不是明智之举。

Party 开始了。大家放得挺开，许镜洸被女朋友看着，只能喝些闷酒。我反而更投入在每一次的疯狂里。我总是故意输了游戏，然后像那些放浪形骸的失足少女一样灌酒。这没什么，不然你告诉我失恋的人还能怎样？一会儿，中场休息，许镜洸已经很醉了，恰巧他女朋友出去接电话，我去他旁边找他喝酒。

“这女的和林灼言的感觉一点都不一样哎，该恭喜你终于走出来了吗？是啊人生千百种选择，何必要在一棵树上要死不活的，干！”

许镜洸喝着闷酒，我也有些喝断片儿了。

突然，耳边传来他小声的叹息，“脑子里已经全是她了，如果连身边人也有她的影子，我这辈子就毁了。”

嗬，难兄难弟。

“给你说个秘密，其实我早就知道你父亲和她母亲的事，你那次 KTV 喝醉酒，自己说漏嘴了。感谢我吧，我父亲不知道，谁也不知道。”

除了森屿。

“我知道你的苦，除非你们私奔殉情或者去穿越到什么狗血小说里开挂，不然你们父母就是把你们远嫁边塞也不会同意。当然，这也不可能，你很孝顺，林灼言也有责任感，你们都做不出抛弃双亲的事。而且是她那样骄傲的人，你以为你高中所做的那些事，她还会回头吗？所以你们注定玩完。”

我抿了口酒。大家都很苦逼嘛，心情都好了许多。

许镜洸神情复杂，良久，他碰杯，“宁迦苡，谢谢你，替我保守秘密。虽然叔叔阿姨不会告诉她，但灼言那边，也请你一辈子都别提。”

许镜洸的女朋友进来了，我起身。走时突然觉得这女孩有些可怜，我朝她举了举杯，苦笑地闷了一口。

时间就像江河奔腾的水，一马平川，带着各自的秘密、深情和绝口不提坦坦荡荡地流逝。从此，珍视的东西沉入河底，河床日复一日地洗刷，把秘密打磨成晶莹的珍珠。那是神的礼物，还是撒旦不怀好意的折磨，我已无法分清。传媒大学的帅哥数不胜数，大家自由烂漫，很容易交到朋友，或者男朋友。

森屿不常更新社交动态，偶尔上传一些地质图存到相册里。我们也再没有交谈。想他的时候，我就在搜索引擎里输入他的名字，好在他的名字比较独特，信息几乎全都是他的情况。学术发表、地质研究、实验室成果、突破进展、保送推荐、去美国了……森屿不自拍，所以我手机里除了毕业册和我的偷拍，就是那些新闻稿上的配图，时间就这么一年一年过着。

和最后一任男友谈得挺好，双方家长也挺中意彼此的。男友虽然比许镜洸条件差些，但也算小康家庭正经人家。父亲也算看出来，这么些年女儿都没有和许镜洸擦出火花，怕是两个人之间没戏。我的年龄说大不大说小也不小了，父母的意思是可以安定下来了。我想，不然这次就结婚吧，我总不能一直活在不爱我之人的背影里。在那个下定决心的晚上，我把手机里关于森屿的所有照片都删除。

没想到第二天会在电视机里再看到他。我系着围裙，正小心翼翼地把刚学会的煲汤端出来。

咣的一声，熬了一上午的老母鸡，成了一地的油渍。

他失事了——

（4）大梦初醒

数不清这是锁在房里的第几天，日夜颠倒，星辰湮灭。等我再出来的时候，森屿爆发了丑闻。我打开手机，高中朋友圈都炸了，大家都知道森屿是什么样的人，可是面对主流媒体斩钉截铁的报道，都不知道说什么好。群里坚信其中有误会的只有许镜洸，算够朋友。微博上，号称森屿导师的一位老教授发文支持，评论区被问候家人的网友攻陷。一辈子教书育人、德高望重的老教授怎么承受得住这么多污言秽语，他注销了账号，退出了江湖，退出了硝烟弥漫的战场。我想林灼言此刻也知道了。我突然想知道她的反应，于是顺着同学录上的电话打了过去。

那个号码已经给林灼言父母用了，他们告诉了我林灼言现在在美国读书，并给了我美国的联系方式。我有些诧异，她和森屿一样也在美国？那想必她比我更早知道森屿的事，但我还是鬼使神差地拨了过去。

美国的舆论果然更糟糕。但话里话外，我竟听出了林灼言对森屿的情谊。

这么些年，他们发生了什么？

林灼言说她失去了她最好的朋友是什么意思？

森屿一直都没告诉她吗，他们没有在一起？为什么？

连曾经矮小都不低头的森屿难道在自卑吗？他在怕林灼言还喜欢许镜洸吗？

这个傻子！这个傻子。

最后，林灼言似乎要挂电话了，我叫住她，犹豫好久。

“许镜洸说他很想你，你还会回来吗？”话到嘴边就变了。

“大概不会了。”

“哦，那好，祝你未来一切安好，再见。”

原谅我，就让这成为时光的秘密吧。给我留下最后一丝空气：我的男孩，曾经多么多么深情地守护一块残缺的璞玉，让她重现光辉，可是这块璞玉永远不会知道。

宁迦苡永远不会告诉林灼言，胡森屿曾经那么深刻地爱着她，不是出于同情的友谊。而她也不用知道，在我眼里，她的朋友也是一块独一无二的璞玉，我不比他的爱薄一分。只是这块璞玉他不需要我来守护。

决定结婚安心相夫教子的宁迦苡退了婚约，成为了今天的这个纪录片导演。

我想把森屿眼中美好的地球用镜头纪录下来，我想让更多人看见，森屿这样阶层的贫寒子弟也有不为人知的温情与美丽。

我没有结婚，在正好的年龄，我跑遍大江南北，走访千家万户。

在这些人的眼里，我努力去发现像森屿一样干净的眼睛、情感和灵魂；在我的镜头下，我竭力去挖掘森屿热爱的地质有广袤的神秘和静美。

你没有来得及看完的风景，我替你看完；你没来得及体会到的幸福，我替你记录。

娱乐圈热情饱满的灵魂有很多，也不乏惊为天人的容颜，但我再也没能找到，像你一般的人。

我还能再爱上别人吗，遇见你之后。请你保佑我吧。

艺术之所以伟大，在于她的情感共通。好的作品可以流传百世，让每个世纪的人都能得到共鸣。森屿，下辈子，你会不会看到宁迦苡导演的作品呢？我是怀着这样的心，去拍摄每一部作品的。那时候，你一定要感受到幸福哦。

大梦十三年，该醒了。

胡森屿，再见了。

西三环北路故事

中国人民大学 / 张　亮

一

“阿纬啊，明天来厝内呷饭啊！”

听爷爷的声音，仿佛心情很好。周五晚上七点，爷爷一出院便打电话给他，告知无大碍，要他到家里吃饭。

“爷爷”不是他的亲爷爷，是他爷爷的表哥，按辈分应该称之“伯公”，可是据说北京人没有这样称呼的，所以干脆喊“爷爷”。四年前阿纬第一次见到这位“爷爷”，老人家七十八岁，须发皆白，鼻梁间架着方形细框眼镜，精神矍铄，平整的白衬衫外搭深灰色羊绒背心，下着黑色西裤，黑色牛津鞋，从头到脚一丝不苟，走路腰背笔直，不疾不徐，在饭桌上执掌菜单，颇有威严，进出门时一手撑门，一手往前一伸，微笑道“请，请，请”，是一位风度翩翩的老绅士。

五十五年前，爷爷从厦门大学毕业，被分配到北京工作。当时北京尚弥漫着四十年代诗人笔下的“古城”风沙，朴拙赤象，荒凉犹在。北方冬季白昼短而寒，往往是天色微明，爷爷便需拉着自行车去上班，一个多小时风刀霜剑，到单位已经手脚冻裂，且“七窍发黑”，因为彼时家家户户都靠烧煤取暖，穿街走巷总落得一身煤灰。爷爷说，难挨的是“文革”那几年的冬天，和同事蹲在工厂门口地上画大字报，墨水和糨糊都结了冰，只得一边拿热水掺和，一边呵气往下写；最要命的是吃饭，冬天顿顿大白菜，配以食之无味的窝头，对于海边长大的闽南人，最想念的便是哪怕一口清淡无味的大米，哪怕一块短小干瘪的巴浪鱼干呀！

爷爷回忆起自己刚来北京的光景，倒也颇有几分骄傲。他说当时一起参加工作的有老乡四人，刚开始待了一段时间，都没扛住，申请调回原籍，只有他一个人留了下来——并且现在看来，竟要埋在这了。到北京后没几年，爷爷就娶了一位北京姑娘，从此安家落户，下一代也就顺理成章地成了“北京人”，在老家人看来真是风光无限的。然而，他从此便也很少再回老家，不是不愿意回，而是不容易，那个年代出门在外，没有人回趟家是容易的，闽南尤其山高路远，以当时的交通条件，一趟火车需三天三夜；二则当时爷爷一穷二白，工作不敢轻易告假，而且成家以后责任就不同了，携家带口地回赶，时机总难得刚好。退休之后，时间似乎充裕了，条件也允许，但双亲早已故去，人事升沉，白云苍狗，到如今钟漏并歇，即便回到老家，也早就无家可归。

见到从老家来的阿纬，老人欢喜得不得了，第一句话就问：“你呷饱未？”尽管多年未讲闽南话，依旧地道如初，尘封了半世纪的乡音在老人心中豁然开启，如同回应一个古老而遥远的召唤。

自阿纬上大学以来，每周五晚上七点都会接到爷爷的电话，一定用闽南话叫他上“厝内”吃饭，尽管这个“厝”（闽南语：家）在他的前二十年，从来没有存在过，但这个陌生城市中的这个陌生的“厝”，却屡屡拥抱他的孤独，温暖他，却屡屡刺痛他，孤立他。

他明白，他的到来不是没有意义的，因为他是这座城市里唯一一个能跟爷爷用闽南话交流的人。

二

至于“爷爷”的老伴儿，他只得顺理成章地呼之“奶奶”。

还好不需要他喊“阿嬷”。其实就算是“奶奶”，他觉得对他而言，也是不该的，尽管“阿公”“阿嬷”和“爷爷”“奶奶”意义完全不同，而且这种不同是如此重要。

比起自己的阿公阿嬷，阿纬跟这两位北京老人毕竟隔了二十年，隔了2307公里啊。还有一个原因，他不愿说。他的阿嬷，也就是他自己的奶奶，在他高考前不久意外去世了。当时她自己搭公车帮亲戚送东西，后来不知道在什么地方突然血压一高，昏倒在地，据说地处偏僻，一夜过去竟无人发现。家人不眠不休地找了三天三夜，等找到的时候一切都太迟了。

这些简略的经过，是他从别的亲戚那里听来的。父母怕他伤心过度，影响考试，一直含糊其词；等他高考过了，他们也心照不宣地不再重提，仿佛已经淡忘。他不敢问，不知道整件事情的具体经过，不知道他们从什么时候开始找找了多久如何找到，不知道他们在寻找的那段时间里，为了瞒着他而装作若无其事该有多难熬，不知道他们心里怎样忍着巨大的痛苦和自责，不知道他们在确定死亡结果而告知他这个噩耗时怀着怎样小心翼翼的心情，他不知道奶奶在哪里倒下，不知道那个单薄的苍老的身体是如何由温热而渐渐冰凉，不知道奶奶有什么想做而未做的事，不知道奶奶中途有没有醒来，试图喊叫，不知道她看到黑夜会不会害怕，会不会冷，会不会想到她的老伴、她的孩子们，正在火急火燎地找苦苦寻找。他有千千万万个不知道，他不知道自己在备考期间周围发生了什么，对爸妈的小心隐瞒竟全然无知无觉。他不知道自己何以这么麻木。他不知道自己在奶奶的生命中缺席的这六年该如何填补。

都太迟了。

在宿舍不到一米宽的小床上，他经常梦到小时候住的房间，那个孤独的房间，一切如奶奶走的那天那样摆放着，他胡乱裹着落满灰尘的被子睡去，蒙眬中看到奶奶走进来对他说："阿纬囝仔，阿嬷置这。"（闽南话：阿纬啊，奶奶在这里。）是真的吗，奶奶看见他了吗。原来奶奶一直都在。可是就连梦里睡着的他都清楚地知道：不可能的，奶奶不在了，我是在做梦。

可是梦啊，明明给了他一个对自己说谎的机会。

他应该问个明白，毕竟他不知道的事情太多太多了——中学六年他飞速成长，篮球队的训练使他变成高大强壮的青年，他求知若渴，文学和哲学打开他的视野，他在新朋友的身上找到了不同的自己，他关心社会新闻，政治课上老师让他做每日时评，他参加演讲、辩论、话剧社，他人缘极好，同学常请教他学习的问题，每天他都感到无比充实；但他从未想过，留给家人的席地竟是很少很少的：那段时间他的父母遇上工作调动，必定有不少波折——这时他才回想起来，刚搬进新家的时候，电器家具都未安置好，但当时他未觉察空荡，有好几次晚饭后，奶奶躺在床上扇扇子，一边看着他写作业，也不出声，那些夜晚就是这么度过的。从来他只顾自己，很少主动关心父母的近况，他的成长也似乎从来不需要家人的参与：种种困难他们是怎么克服的？前不久妈妈无意中说到几年前累得身体出了毛病，但她当时没有告诉他和爸爸，却只跟奶奶说——他不知道的事情太多太多了，然而他没有问，他不愿为了他错过的真相去重揭家人的伤疤，他知道父母的痛苦从来不比他轻。

现在阿纬二十岁出头，是个大学生，在离家两千多公里的地方，也许还要待上个七年十年，也许就长时间地落脚了。不管在哪里，他还有许许多多想做的事情。他竟为这些想法感到羞愧。他觉得自己愚蠢至极。他会因自己的成长而再次错过父母的"成长"——不，这回，是千真万确的"衰老"。但这不是他的错。这是他的错吗？这也许正是他的错。他不知道。他不知道的事情太多太多了。

他一个都没有问，他将继续愚蠢下去，继续一无所知。

然而他唯一清清楚楚知道的是，他已经永远错过了奶奶衰老的时间，奶奶去世了，就在他高考前不久。死亡把“阿嬷”这个称呼永远带走了，“阿嬷”这两个音节将永远在他口中消失，因为能让他喊“阿嬷”的人，已经永远不在了。那个夏夜给他扇扇子，冬天给他暖被窝，给他做红烧猪蹄，带他去买花灯，帮他解数学题，教他下跳棋，训他吃饭不规矩，在他学习时不敢大声说话的阿嬷，已经永远不在了。哪怕是“奶奶”，都不可能再由他喊出了。

但是，他现在得管一个刚认识的老太太叫“奶奶”。

还好还好，不是“阿嬷”。

三

爷爷住院的这一个月里，没有人告知阿纬具体的情况，爷爷病好点儿了吗，爷爷住哪家医院，爷爷什么时候才能出院，也没有人接他的电话，确切地说，他打通过一次，奶奶接的，她一接起电话就说：“你爷爷住院了。你中午别过来吃饭了。”不等他回答，就挂断了电话。

两周未来电，早该知道爷爷出事儿了，他却后知后觉！爷爷病得严重吗？爷爷要多久才能出院？奶奶为什么一句解释也不给就挂断电话？就算只是表亲，他就不该被告知吗？他每周末上爷爷家去难道就是为了蹭一顿饭吗？

这一个月里，也再没有人每周像“打卡”一样地打电话要他“回家”吃饭。

这周五晚上七点，他终于接到久违的电话，一个骨子里还是闽南人的北京老人，像往常一样邀他“来厝里呷饭”。那一刻他突然明白，将会有那么一天，他将永远地、再也接不到这个风雨无阻的电话，那时，在这个陌生的大北京，他就成了一个彻头彻尾的孤独的异乡人。他突然发现，原来他和这个“家”里的“奶奶”、表姑、表叔都是没有关系的，一旦中间没有了“爷爷”。在花园桥天桥底下，他抓着手机放声大哭，西三环北路川流不息，没有人会留心马路一隅那个失魂落魄的年轻人。

第二天他见到爷爷，老人像一捆包裹着外套的骨头放在座椅上，左脚奇肿无比。像往常一样，一进门，爷爷敦促他先去洗手，再过来吃水果。他洗完手进到客厅，有点愣神。爷爷褶皱的脸颊明显凹陷，眼皮几乎盖住眼睛，嘴唇干裂，没有血色，稀疏的白发散乱地盘在头顶。爷爷有些佝偻了，安静坐着，不讲话时总盯着桌子的某个角落看。像一团揉皱的宣纸，搁在一旁，偶尔蹭笔一用，既不扔掉，就不声不响。他觉得这不是他认识的爷爷。他挨着爷爷坐下来，从盘子里拿了一颗草莓，咬了一口，他没有问爷爷吃不吃，他知道爷爷是不吃草莓的。北京的草莓总是很大很甜，不像老家的草莓，看着玲珑，咬下去满口野味酸腥，让人想到南方的山林和泥土。他吃得很慢，他不能一口吃光，否则爷爷会不断提醒他：多吃多吃，不要客气，草莓是为你买的。他知道草莓是为他买的。但他不是为了吃草莓来的。如果很快地吃完了草莓，这段早晨的光阴便会立马变得逼促。

他看着爷爷，爷爷并不看他。四年，爷爷被病痛折磨得这样老了，全身散发着行将就木的气味。他突然害怕爷爷挨不了多少年了。这场大病之后，爷爷的小脑开始萎缩，走路摇摇晃晃，平地也常摔跤，但他依然拒绝家人要给他配拐杖的要求，他觉得自己还没有老到这份上。安全起见，他几乎不再外出。爷爷耳朵聋得厉害，已经听不到别人说话，只能看着嘴形估摸着回答，有时候猜不出别人说什么，他便只能抱歉地苦笑说："老咯，我的耳朵听不大清楚啦。"但据奶奶说，在家里，他是不承认自己听不见的，看电视的时候常抱怨说是音响坏了。很长一段时间里，他每次去看望老人，总是静静陪坐着，不像以前一样主动说话，只有等爷爷开口问他，他才尽量用最简单的词语或者手势回答。不是无话可说，是他不想说话，不想叫爷爷尴尬。爷爷这样骄傲的人，知道自己听不见对方说的话，心里一定非常失落。

尽管如此，爷爷还是坚持每周亲自打电话给他，从不让奶奶代劳。电话里爷爷只能隐约听到"好"或者"不好"这样的声音，所以他们的通话内容一般只有一两个单项选择题，即周末有没有空来吃饭，多问几句"吃饭了没""身体怎么样"都十分费劲。

于是在很多个蜂蜜色的星期六早晨，在岭南路30号院老旧的平房里，在拥挤着书柜、电视、沙发和小阳台的小小客厅，爷儿俩静静地坐着，有一搭没一搭地对话，或者自说自话，不讲话时，他就静静地看会爷爷，看会报纸，吃些水果——那些特地为他准备的——冬春常常有橘子、葡萄、冬枣，夏秋就有草莓、橙子、西瓜。

四

奶奶——尽管心里有疙瘩，但他只能管眼前这位白发苍苍的老人家叫"奶奶"——有时在外面写书法，有时忙着做饭洗衣服，有时进来跟他们一块儿坐，聊会儿天，这时候爷爷多半是静静地坐在一边出神。奶奶是道地的北京人，过去属满族镶黄旗的一支，和普通"北京大妈"一样，她热肠子，爱计较，心直口快。

她说，你不要偷懒，不要贪图乐子，念书要多下苦功夫。

她说，你要多帮助别人，不图别的，自己长了经验才重要。

她说，你对别人好，别人也会对你好的。

她还说，我知道的可多着呢，我多教教你，你要记着我的话。

她生性敏感。阿纬有时将父母寄来的吃食带去送给老人，她多半要愧愧疚疚念叨半天，还几次想拿钱还他。有时别人送东西给她，她会仔细查看，如果包装稍逊，或者内容不佳，她便觉得别人对她不真心，不拿最好的东西送她。

阿纬初来北京时，为图方便，曾把毯子带去家里洗。奶奶的三妹（他喊“三奶奶”）说爷爷家的洗衣机坏了，可用她家的。但那之后送回来的不是阿纬的毯子，约莫是三奶奶认不得，错拿了别人家的。

这其实是很小的一件事，换回来就是了。不料奶奶搁不下面子，觉得自己的妹妹不该这么大意。她趁着去三奶奶家走动，悄悄“巡视”了一番，果然看到阿纬的毯子。但她什么也没说，就回来了。她对阿纬说，会买条新的赔给他，还说没想到自己的三妹是这样的人，一把年纪了还偷别人的东西！还自责不该多事，这下好了，把一件好毯子给洗丢了！说着说着竟呜呜地哭起来。

他哭笑不得，只能一直安慰道三奶奶必定不是这样的人，毯子不打紧的。此事盘旋几日才作罢。他从此以后再不敢多事，处处谨慎，怕老人再多心。

更早的时候，爷爷还因小病住过一次院。那回他上家里看望奶奶，陪她吃饭。中间不知怎么聊到他已故的阿嬷。老太太冷不防地说，你奶奶死得惨啊。他心里猛地被刺痛，没有回答，只是埋头吃饭。她就也不再说什么。

饭后散步，他搀着她。

她说，我是活够了，前些年得了脑血栓，早就该死了，结果没有死，恢复得好，医生都说我是年轻时喜欢运动，底子好，但是我活够了。

她说，你爷爷大男子主义，一辈子只会指使我干活，我做什么他都要管，都不满意，我不想再让他管了。

她说，你表叔表姑也都成家了，我管不着了。

她说，我羡慕你奶奶，死得早，死得早就不会活受罪。

他心里揪成一团，骨鲠在喉。他松开老人的衣襟，故作轻松地说，奶奶您又开玩笑了，您走了谁给我做饭吃呀。

她兀自往前走，一边说，我没有开玩笑，没有开玩笑，老了就是活受罪。

跟在后面走，他咬紧牙关，默不作声，一股气热腾腾地从眼角蹿出，糊白了镜片。这样的尖刻、自私、不近人情，她的儿女听到这种话该有多寒心，而且她又懂什么？对于他和他阿嬷二十年的感情，她一无所知。为什么此刻他陪伴的是这样一个老太太，而不是他的阿嬷？

此刻他恨自己的奶奶没能等他考上大学就撒手人寰。他想到自己的爷爷早已成了孤家寡人。尽所能陪伴爷爷似乎是他唯一能做的弥补，然而上大学期间一年回家两次，见到爷爷的次数竟比从前更少。可是爷爷没办法等他长大啊，爷爷没法喝住时间让它停一停，爷爷只能任由自己一年一年老去。现在他二十出头，爷爷年近耄耋——他不敢往下想了——但他却在这座北方的城市里，把时间统统给了这两位刚认识不久的老人，还要忍受老人说你奶奶早死很好这样的混账话。

他的表姑和表叔的确很少着家，两个孙子也和他们都不亲近，周末回来陪吃顿饭多半是例行公事的样子，几无交流。反倒是阿纬这个"外人"，这个突然出现的"表孙"，却显得不合理的勤快，每周必来，在老人身边跟前跟后。他想，要不是为了他爷爷——他记得阿公的叮嘱，看望阿公的表哥表嫂多少是他的责任，毕竟他们是阿公的亲人，也是他的亲人，毕竟他是全北京唯一一个能跟这位"叔公"讲闽南话的人。他不能否认这一点。

他想，要不是为了他爷爷，他真的不该忍受这些，几次单纯的看望送礼，尚不知会被敏感多心的奶奶想成如何的别有企图呢。哎，话说回来，这位奶奶，不管她心里怎么想，也的的确确给他做饭，为他准备水果，教他一些为人处世的道理，甚至能跟他聊聊《说文解字》，聊聊中国画和钢琴。这两位老人，的的确确将他这只异乡的流浪猫收留下来，好意豢养。阿纬的感激之情也是实实在在的。

那天晚上的散步持续了很长一段时间，到了路口，阿纬摆摆手说，奶奶您回去吧，外面风大，我自己走去地铁站就成。奶奶说，路上车多，我再送你一段，我愿意跟你走路，你很好，我可以从师大里面走小路回去。可阿纬知道她知道师大在施工，绕不进去的。但他没说。他知道奶奶是宽慰他。到了师大门口，他说，那么奶奶，您就从这儿回去吧。

他心里松了一口气，却难受得要命。

是的，她告诉他许多人生经验，许多功利的内向的他不以为意的经验，她目光狡黠，心里时常点着算盘。但很多时候，她的皱纹和白发又是多么温和。"但她爱我。"那一刻他忽然这么觉得。他看着她的背影，笨拙，缓慢，他仿佛听到老人沉重吁喘的呼吸。奶奶要送他，为他走这一段本不该多走的路，就像他一样，实际上他从来不坐那站地铁。然而西三环北路每天有无数的人在走无数的路，该走的，不该走的，西三环北路永不停息，西三环北路旁若无人，西三环北路收藏眼泪也收藏落日。她说可以走近路当然是宽慰他的话，路的尽头他看得清清楚楚，她笨拙，缓慢，呼吸渐重。那时候他忽然想到"你金发的玛格丽特你灰发的舒拉密兹"，原来暮色里都是，活着或死去的白发在暮色里都是。失去和弥补从来都不对等，爱和疼痛从来都不冲突，也从来都不消退。

棋

中国人民公安大学 / 王逸驰

陈小建的围棋业五升段赛又输了。

走出棋院的时候外面在下雨，他坐公交来的时候开始下的，那会还是毛毛雨，现在他只能够拿来时带着的一本棋谱遮在头顶，一路小跑着顶着雨往公交站去。

结果心思散乱，一不小心就踏到小水坑里，一下子袜子就湿到脚脖子，水顺着往下淌，鞋子就变得像是腌泡菜的罐子，脚也仿佛变得沉重了。

在公交车站等了十五分钟，却像是等了半个世纪，坐上公交车仿佛获得了某种奇异的解脱感，附赠解脱后的失落感和茫然感，一种三合一的精品促销包装。

陈小建坐在217路公交车上靠窗的位置抱着湿漉漉的棋谱静静地看着外面发呆，心里又暗暗提醒自己过六站要换车，不要到时候忘了下车。

这个时候他又顺便提醒自己：明天中午下班前要交一份报表，一份材料，今天晚上还得好好做一下，上周月总结的时候刚被领导点名说不规范；有空的话要去五金店买一个水龙头，租的房子里洗漱池的水龙头坏了，老是往外溢水；对了，下周周末要回家，肯定又免不了被提相亲的事……

公交车在雨中的陌生线路上一路驶过。

转了三路车，一共四十五分钟，最后到家。湿衣服脱下来扔在地上，不想收拾，洗了个澡，出来之后坐在正对阳台的椅子上发呆，光线昏暗。

之前那一步团要是改成断的话，也许结局就会不一样了。陈小建想，赛前他一直提醒自己，要稳，多下本手，没想到稳着稳着最后竟然就不知不觉地输了，等看局面看清的时候，他就知道，再努力下去，也不过是输多输少的问题了。

可是他也并不是没有拼过，那是第一次去挑战业五升段，在比赛之前，他研究了一周的大雪崩的一些型，去赌一个开局。然后还真就让他赌到了，下出大雪崩的那一刻他捏棋子的手在抖，但是落子很快，啪嗒一声按在棋盘上，心跳特别快。

那个开局他着实占尽了先机。可是怎么样呢？竟然在收官的时候，连续两次失误，一下子被扳了回去，最后还输了五目半。

从此之后陈小建似乎觉得：自己受到了一种失败的诅咒。在之后每一次走进棋院棋场前的那一刻，他都会有一种失败的预感。于是他的预感每到了每年的这个时候，就变得格外精准。

大风吹进来的时候，他听到背后有书页翻动的声音。他知道那是被他扔在地上的湿棋谱；那是短促而发涩的湿了的纸的声音。

他从椅子上一下子站起来，走了两步，一下子倒在床上，看着天花板，不久之后就在雨声中不知不觉睡去。

第二天早上陈小建昏昏沉沉的，觉得头微微有些疼。昨天晚上靠近九点才醒，下去冒着微寒去吃了一碗面，就回来做材料，断断续续低效率做到一两点，才算是勉强做完。躺在床上却睡不着，感觉脑子里空荡荡的，里面只有凉风在不断地吹。就这样大约一直熬到了三四点，天快开始亮的时候才结束。

早晨醒来陈小建眯着眼睛挪到洗漱间，拿起杯子一开水龙头到底，滋出来的水就溅了他一身。

他一个激灵，急忙关了水龙头，抹了两下衣服后，又变得迟缓而麻木。一抬头看到镜子里一个人无精打采地站着，正在呆滞地看着前方。

陈小建匆匆收拾好就出门了。

这一周是忙碌的一周，交的材料虽然有些问题，但是修修改改好几次终于还是过关了，新的任务下来一堆，光是加班就加了两天；周二晚上抽空去五金店买了水龙头，回去之后发现自己还搞不定，在邻居的协助下花九牛二虎之力换了个水龙头；周五晚上回家，周末被安排和相亲对象见面，去了，人长得还不错，也像个大家闺秀的样子，只是聊下来没什么感觉。

反正是不再有围棋的一周。

在一周前某个失落的瞬间，陈小建好像突然明白了，原来第一次失败的结局并不在于他最后的官子失误，那是对手在中盘就瞄好的伏着，只是他一直没有看透；本守和稳健也不是失利的原因，就算去拼其实也未必能赢——一切，只不过是棋力弱的借口而已。

他曾经认为自己在围棋上颇有天赋，在大一的时候初次学棋，几年之内竟然就晋级到了业余三段。那个时候也不是没有遇到过瓶颈，比如说入初段的时候，第一次交战输得一塌糊涂，中盘被人屠了大龙。那之后的一段时间他几乎整天泡在围棋里，那盘棋谱，他复盘了无数次，在前后几十个不同的落子节点上反复推演，数十个日日夜夜，是真玩命了。

第二次入段赛的最后胜势已定的时候，就和第一次五段赛下出大雪崩的那种感觉如此相似，每飞快落一子手都在颤抖，心跳像打鼓，时间漫长得像是在火里烧，一种胜利的预兆。现在想起来，仿佛还能微微感受入段成功那一刻的那种狂喜。那是一种……让人大笑到狂吼然后哭泣的感觉。

但是，已经第四个年头了。在五年前入段的那一刻，他曾经以为，没有什么能锤倒他，没有谁能真正打败他；然而直到大雪崩那盘的胜利预感却没有将他引导向胜利的那次滑铁卢的时刻，一直到如今，他逐渐察觉且终于发现了一个可悲的事实：原来他的才华，他引以为傲的东西，不过是茫茫人海中的无限平凡之一。

他下棋的才华，也许就到此为止了。

陈小建对自己说：陈小建，下棋有什么用呢？

是啊，下棋有什么用呢？他毕业不久，工作还刚起步，要独自应付很多事；生活上自己辛苦地照顾自己，而且单身，没有女朋友，过得孤单；离开了家乡在这个不远的城市里，旧朋友既渐渐远去，新朋友却也没有几个；各方面的开销多得不敢想，开始学会着小心翼翼地去靠围棋一般的精密计算去选择生活……已经足够让人无暇喘息了。

于是陈小建不再下棋了。无论是去棋院，还是下网棋，还是买棋谱看，这些事，都将不再有了。棋谱被他收到了放杂物的橱里的废书一堆当中，奕城和熊猫围棋的软件都被删了，粗木制棋盘和掉粉的劣质棋子被丢弃。

生活如同沉默的洪水无声地咆哮而过。

数年过去了，尽管段考的那天仍旧都是雨天。

最近终于意识到真正靠近了谈婚论嫁的年纪，虽然陈小建本人向来后知后觉，恍恍惚惚，但是父母一再提起，甚至女朋友都间接地提了一次，他也终于不能再不清醒了。女朋友就是当初那个相亲对象，那次见面之后后来就又约会了几次，之后慢慢交往得多了，觉得并不厌恶，就在一起了。

也着实不能不在意了，以前的哥们儿许多都结了婚，这两年里光是婚宴就跑了三四个城市，甚至孩子满月酒，也都有参加，看着旧时一起去网吧打游戏的那帮毛头小伙一个个变成丈夫、父亲了，陈小建才意识到时光飞逝。

遥想曾经在大学的时候，也就是学棋的那段时间，他也曾经跟隔壁大学的一个姑娘林晓岚打得火热，美女易见，聊得来的倒并不是很多，但那就是为数不多的一个。那个时候，短信、QQ 什么的，聊天记录从早到晚，整页整页刷。不过因为学棋，再加上一些别的事，虽然看起来火热，陈小建却没有太多的行动，到后来最后就分道扬镳了。

现在有时候还会想起她，某些晚上孤独的时候，觉得那时候，多可惜啊。情感上来了找她聊两句，却发现她已经进入了一个与自己无关的新世界了，两个人的关系大概也就仅此而已了。各人有各人的生活了，何况他现在有了女朋友了，而且也许就要准备结婚了。

某天，他和女朋友约会上街的时候，接到一个电话，是他大学里的哥们儿，跑到这里来开会兼旅游，知道陈小建在这座城市，就想见一面。

陈小建见到他的时候简直吃了一惊，以前还算是风流倜傥的一个俊青年，发福了，肚子看上起至少三个月，靠坐在桌子对面，嘿嘿笑着看着他，说陈小建，现在混得怎么样啊？

还能怎么样，勉强糊口呗，陈小建跟他扯起话题来。

知道陈小建还没结婚之后，他说林晓岚估计下个月就结婚了，大学的时候还以为你们会在一起呢。

陈小建摆了摆手，说不提了，不提了。

总会有点遗憾吧？毕竟那个时候那么好。他说。又说，对了，你围棋还在下吗？几段了？

陈小建闷了一会儿，说，不下了。

哥们儿说是吗，那个时候在大学里你还吹牛你是要成为围棋九段的男人呢。那时候老三不信，你们还打了个赌记得吗，你说要是你成不了要请我们几个吃饭的，好了，这下你小子别想赖，准备好组织一下请我们来一顿大餐，高档豪华人均998的那种。

一出咖啡厅整个城市都安静了下来，下雨了。陈小建开车往回，清冷的雨天路上没有什么人，他就慢慢地往回开。

雨水在玻璃上斑驳迷离，然后慢慢地向下淌，时而停留，时而滑落，轨迹不定；然后汇积成一摊水迹，从玻璃上渗透到他的身体里，就像那个秋天被滋了一身水的早晨，那摊水在某个找也找不到的深处幽冷地流淌着一些画面。

在小区门口他看到公交站台上独站着一个拿着伞等公交的青年，神情迷茫不确的样子，伞在往下滴水，他不往车来的方向看，只是低着头发呆。

当公交站台快要消失在视野中的时候，29路出现在路的尽头。

时光在恍惚。

29路从门口直达棋院，一路向北七站路，那是第一次去参加业五升段考试。

第二年的同一个雨天，当29路停在陈小建的面前的时候，他犹豫了，没有上车。29路开走了，陈小建沉默地站在公交站台，独自一人等候，最后坐上了其后而来的 76 路。76 路坐五站地，转车，再坐四站地，到棋院。

第三年的同一个雨天，他坐了向东的 153 路，再从城东靠开发区的地方倒车，去市中心靠北的棋院。

第四年，那个终于让他倒下的雨天，他转三趟车绕到城北郊，再坐 217 路向南走去棋院。

陈小建去棋院的路越来越远，本来也许会有一天要将这个城市的路都绕一遍，绕到再也没有一条陌生的路，或者说，再也没有一条全新的路可以让他到达棋院，让他总是一次又一次鼓起勇气，犹如第一次踏进棋院的门一样，带着忐忑和期待去面对他的对手。

曾经某天，他跟一群室友吹牛，说你们看好，以哥的实力，以后肯定是围棋九段，搞不好还能去打职业当国手的。也曾经有某天，他在棋馆挑战赛赢了一个高手后欣喜若狂，回家后跟父母自信满满地说，老爸老妈，再下两年，我再不济也能去棋馆当一个教棋的老师，到时候就靠这个给你们养老。

大一那年，刚学棋的时候，他为了买棋子和棋盘，曾经跑遍了东城区。棋院的棋太贵，他买不起；他跑到超市商场里去找，可早就过了围棋热潮的年代，他竟然怎么找也找不到。最后，他在大柳树的二手地摊上，在一个老头儿那儿用二十块钱买到了一套廉价的围棋，粗木棋盘，两个自己编的竹篓，里面装着劣质的掉粉的黑白棋子。

那个时候他欣喜若狂。

省下来生活费买的围棋书，一到手就不看完不罢休；上课无聊，抓了一把棋子放在书包里，在课堂上翻开一本格子本，偷偷拿棋子出来在上面摆定式。大学毕业的时候，他往家带的行李里面最多的，就是围棋的书。《如何成为围棋高手》《迈向围棋九段之路》《活学定式》《中盘战斗技巧心得》《官子谱》《关西棋院全谱》……很厚很厚的几摞，捆好，堆在大大的行李箱里，用衣服包在外面，都是珍贵的宝贝。

他曾以为谁也锤不倒他。

然而那一天，在走出棋院的那一刻，他终于被捶倒了，他自己把自己狠狠地捶倒在地，躺在地上爬不起来。

他为了生活而忙碌，为了加薪去努力工作，为了照顾自己而不厌琐事，去结交新的朋友，去谈恋爱，去想着终于也要结婚成家……忙碌了很久很久，也许还要更久，久到大概一辈子都停不下来。这也许是人们无法避免的，每个人都要去做的一项浩大的工程。

可是，围棋呢？说围棋是他的梦想，是他的最爱的，不是陈小建吗？

那个夏天的宿舍里，第一次把整个棋盘下满，思考得满头大汗，最后赢了的时候猛地站起来哈哈大笑的，不也是陈小建吗？

…………

一片黯淡的橱柜里，陈小建拿起那本曾经因为被雨水打湿而变得纸页褶皱的棋谱。上面已经积了一层薄薄的灰。

翻开封面，扉页上写着一行歪歪扭扭而张扬的字：

“未来的陈九段，加油！”

他拿着棋谱，沉默地站了很久。

二十年后。

当陈小建的上中学的儿子因为举世瞩目的围棋大赛而表现出对围棋浓厚的兴趣的时候，陈小建不免有些吃惊。

但他还是对儿子说：“你老爸我当年下棋也是很厉害的，还是业余三段呢。那时候在大学里也是叱咤一时。”

儿子问：“那老爸，你后来怎么不下了呢？”

陈小建沉默了一会儿，说：“做过一段时间的围棋梦，那个时候啊……”

“但是后来，梦就醒了。”

有没有不会醒来的梦呢？不知道，大概有，起码梦里会有。

副女二号

复旦大学 / 佳 枣

一

我们在船上航行，林佳掌着舵，她从七岁起就待在船上，比很多年纪大的船员更有经验。但是今天的天气太过于好了，所以一贯的谨慎也被林佳抛在脑后。她站在主船舱的平衡舵前面，左手握着一瓶酒。

其实我的神智也有一点不清楚，我不喝酒，因而认不出酒的牌子，只知道它是棕色瓶子的，瓶身比一般的红酒瓶要长一些也瘦一些。林佳用三根手指拈着瓶身，轻巧地往嘴里灌酒。

她倚靠着面前的操作台，眼神迷离地问我：“你上次和男人上床是什么时候？”

这个时候我有些惊讶，而且明显被问住了。下意识地我摸了摸自己脸上的皮肤，其实三分钟之前我就观望过自己的船舱玻璃上的倒影，简直就是翻版的梅根福克斯。但现在再去感触刚刚才见过的肉体，我却惊讶地发现，我的皮肤粗糙并且满是沟壑。

惊讶中我抬眼看了一眼玻璃。很奇怪，里面的人依旧是年轻貌美，胸大腰细。

“你在我身上做了什么？”

林佳抿嘴一笑，唇膏就粘在了外一圈的皮肤上，和绒毛腻在一块。她又灌了一口酒，那些唇膏印就全都不见了。她手已经完全脱离了舵把，向后退倒在一张旧沙发上，很有趣味地看着我。

“你知道你为什么没办法和男人睡觉吗？”还不等我回答，林佳又接着说，“因为你一点也不想付出，你最爱的只有你自己。”

一边想着反驳林佳的话，一边用右手掌握着舵的方向。现在外面又像是海，又像是江，我不知道我们行驶在什么地方。但是庆幸风平浪静，有奇怪的鸟叫声从海面上或是江两岸传过来。阳光突然透过窗户射进来，这很奇怪，刚刚还能倒映出我的脸的黑暗的玻璃，现在变得清晰透明，外面的景色一览无余。

我这个时候才知道，我们原来是在大海上。这艘看起来不大的船只破开碧蓝色的海水，笔直地朝前冲着。那种感觉就像是突然从黑夜来到了白天，一切都翻盘重塑了。

又突然出现了与我们并肩的一艘大轮船，甲板上的男人穿着海军服，我讶异地望过去，林佳却丝毫没有反应。我大叫了一声“周科颐”，林佳只是眼睛往旁边瞟了一眼，然后她微笑起来，用手指往后戳了戳。

站在林佳身边的人往客舱里面望过去，但是里面黑黑的，什么也看不清，所以她走得更近了些，凑着头往前探着。这人突然转过身来对林佳说“里面什么也没有啊”，林佳嘿嘿笑着看我们俩，我这才发现刚刚往里望的那个人长着和我一样的脸，或者说就是我自己。

如果是这样的话，那么我又是谁。

思考到这一层的时候，我就被冷汗浸醒了，我的身体还是很心疼我的，知道我承受不了太恐怖的东西，所以早早地就叫醒了我。但可能也是因为我的身体太心疼我了，知道我昨晚没有睡好，所以即使早上六点的闹钟隔十五分钟一叫地叫到了早上8点，它还是没有让我离开温柔的棉被。

我和闹钟上的指针相顾无言了十五秒左右，发出了一声凌厉的惨叫。今天有人结婚，我是伴娘，新娘是林佳，我操。

其实我根本就不奢望林佳会原谅我，她对这种“一生一次”看得特别重要，即使今天她原谅我了，很久之后她还是会提起。我将带着这个阴影活一辈子。想到这里，我奋力把前门帘儿处的刘海儿夹一扯，真想直接就一屁股坐地上哇哇哭一场。

可我还不能倒下，所以这个早晨就变成了我一边哭一边往脸上刷粉，其中一部分原因是我看到镜中的自己与梅根福克斯的差距竟然如此之大，当然最主要还是觉得林佳现在倒是幸福了，可我却如此凄惨。

但我也相信所有的倒霉不会一直跟随着你，就像幸福也不会一直跟随着你一样。即使是现在春风得意的林佳也不是一直这么幸福的，起码三年前不是这样。

二

“我今天本来准备八点起的，按了闹钟又睡了两个小时，那一会儿我做了一个梦，是春梦，梦到我和我小学的初恋上床了，可是当我醒来的时候又觉得那个人给我的感觉特别像是周科颐。”

“你这真的是白日做梦啊。”

三年前的一个周六，我开始了我的第不知多少次减肥，所以晚餐一律跳过，晚上实在饿得睡不着，就躺在床上神志涣散地听歌，一边和痛经作对，一边担忧着床单。总之就是身体和精神都不太好过，可就是不想动。另一方面，当时是凌晨四点，我也实在不敢动，害怕走廊尽头有什么东西等着我。

大概是快到五点才睡着的，上午十点过半醒来了，爬下来先看了手机。

其实不长的一句话，打在短信的小方框里显得特别长，我匆匆看过了也回了句无关痛痒的话，发出去不到两分钟，我补了一则，“我以后再也不看恐怖片了，昨天凌晨去厕所换卫生巾最后简直是从门里爬出来的，吓死我了。”

所以林佳就没回我了。

她是这样的人来着，不感兴趣的话题接都懒得接，这一点让我非常喜欢，我也不太爱和别人废话，但我估计她天天提到的周科颐不是这么想，所以才会和她分手。

我把这猜想和林佳分享了，她否决了我，“我和你在一起的相处模式和跟周科颐在一起时完全不一样。”

“怎么个不一样法。”

“我特别黏他，他说什么我都答应。”

“你觉得你做得对吗？”

“我觉得我做得不对。”林佳郑重其事地回答了我。

“那你还是有自知之明的，这也是一件好事，能够重新认识自己，迎接崭新的下一段。”

这个时候林佳又不说话了，她坐在我们学校的自习室里，坐在迎着阳光的窗子旁边，让夕阳打在自己脸上，她说这让她想起小学打扫卫生时的感觉，能够让她思路更加清晰地想事情，所以只要有选择座位的机会，她都会选择靠在窗户边上。

我说我不会想到我幼稚而无可奈何的童年，我仍然会选择坐在窗户边上，因为我追求自由。

林佳说追求你妈逼。

这是林佳第二点令我很喜欢的地方，她不会因为我可爱迷人而舍不得骂我。

“可是我也是很久之后才知道自己做错了，这就是一切事情最可悲的地方，时间点老是对不上。”

对于动不动就把一件芝麻小事拔高到人类层面的谈话我其实是很难接下去

的，而且我和林佳之间的对话，只要扯到了周科颐，那就基本上结束不了了，我也不清楚她哪里来的那么多关于周的感想。有的时候是做怨妇工作向我诉说上段感情里的苦，这件事我不必做，因为我基本见证了他们恋爱的全过程。有的时候是像少女一样做着和前男友破镜重圆的种种打算，这件事我还是不必做，因为这跟林佳当初和周科颐暧昧时我做的事一模一样，包括她收到周短信的表情，都如出一辙。

是的，即使是分手以后，周科颐还是会给林佳发短信。

短信的形式包括但不限于其自身，包括微信、微博等现代通信工具。其中运用得最多的还要数微博私信，一般发生在周给林佳的某条微博点赞之后，再就微博内容两人展开讨论。

我和林佳聊过，这种通信方式好像是最安全的。线上工作毕竟比线下工作容易处理，不太会遭到周科颐现女友的怀疑。至于为什么明明是周科颐劈腿了现女友还要回头找林佳撩骚这一点也不难理解，归结于一句俗语：狗改不了吃屎。

比起这个更难以解释的是林佳好像很乐意当这盘屎。

要说地下工作的开展有多保密我是同意的，但是不代表没有搞砸过。有一天林佳微博上线，看到消息框那里又同往常一样挂起了一个带数字的红色小方块，欣喜点开后看到的却是一句冷冰冰的话：

“林小姐，请离我男朋友远一点，不然不要怪我不客气。”

“你觉得有这个道理吗？当初她抢我男朋友的时候我没有去他们学校贴大字报说‘何小姐，请离我男朋友远一点’吧。”

“可是她抢你男朋友的时候你男朋友又不喜欢你，现在你抢她男朋友但她男朋友很喜欢她啊。”

我俩之间又陷入了沉默，我觉得我不是一个合格的朋友。

在这个周日中午，我还是接到了林佳的电话。她终究对那个梦的处理办法不太满意，觉得应该有更深的剖析，她还告诉我这两天她老做噩梦。

“和你初恋上床需要纳入噩梦的范围吗？”我打断她。

她没理我继续说前天晚上做的梦是在外婆家遇到了一条双头蛇，一直跟着她，但奇怪的是在梦里她一点也不害怕，就那么悠然走着。醒来之后她把这个梦转述给了她妈，她妈说一般做这种梦就代表有喜事又说是胎梦什么的。

“她最后一句是‘妈妈是相信你的’。”林佳忽然就笑了起来，大概是被她妈逗笑了吧。

对于我们来说，十几岁开这种玩笑，就真的是玩笑。二十岁开这种玩笑，会觉得怀孕这件事并不是离自己很远的事情。

林佳是怀过孕的，在二十一岁的时候，和周科颐刚刚分手，她就告诉我她怀孕了，发过来的手机短信最后一句话是“我该怎么办啊，我才二十一岁”。

其实我有很多可以吐槽的话，我们共同认识的人，高中打胎的不止一两个，她的“才”字用得很不妥帖。过去提起这些花边八卦，我们都不会因此看不起她们，也不会把这件事写成标签贴在她们脸上，因为我们往前挤的思想，这一切显得十分容易接受——前提是不发生在我们自己身上。

我回她的第一句是“孩子是谁的”。我无权过问朋友的交往圈，所以也无从知晓现在该从哪里下手，只有先按逻辑来。

“周科颐的，我没跟别人上过床。”

“郭益明呢？”

郭益明是林佳的发小，在林佳二十一岁生日之前是小时候共穿开裆裤的发小，在林佳二十一岁生日之后是共享创生乐趣的发小。这件事林佳没有瞒我，因为她自有解释，旁边那么热闹的时候人就显得特别寂寞，好像这种繁华都不属于自己，两个孤独的人借着酒精的力量彼此拥抱了。

我把要出口的“啐”咽进了肚子里。

“郭益明呢？”那边没有回答，我再一次提高声音问了一遍。

“应该不是吧，我们带套了啊。”

“你和周科颐没带套？”

“有那么一次，用完了外面又太冷，就没出去买。”

“他妈的怎么没冻死你们俩呢。”

那个时刻我觉得我有义务联系周科颐，尽管我也想到这一件事情或许不该我来做，朋友做着做着也不能太越矩。而且还有一个顾虑是，如果这个孩子是郭益明的，那么这种事情能少一个人知道就少一个人知道吧。

所以我想到了一个很不妥帖的办法。

“你希望这个孩子是谁的？”

那边显然抽了一口冷气，问我什么意思。

“我的意思有两层，一是这个孩子你不能要，你还在念书你还没有结婚，而且你没有做妈妈的能力，二是我们只能让一个人知道这件事情，因为知道的人越多对你越不好，你现在要选出一个人来负责。”

“既然孩子都不要了，还负什么责呢？”林佳那边的口气是疑问中带着更大的虚无，我想她是真的不知道。

所以我缓和下语气来，更加平稳地说：“我的意思是你需要钱，你也需要陪伴，你更需要在以后发生什么事情之后有个人出头担下来。”这句话说完我就咬了一下舌头，我觉得自己太不是东西了，这不是一个人的事情，但我现在希望帮着把所有责任都推到一个和我们年纪其实也差不多的男生身上，让他在自责和害怕中度过。我的反省还没结束，电话那头传来一个清晰的名字。

“郭益明。”

“嗯？”我希望确认一遍那边的话。

“我选郭益明。”其实林佳的声音都有一些发抖了，但她还是压抑着哭腔把剩下的话说完了，“孩子的爸爸，是郭益明。”

其实这么快得到林佳的回答我也有点不知所措，我右手心里全都是汗，死死握着听筒防止它滑落下来，半晌我才说出话来，

“那告诉郭益明，是我来还是你来？”

“我自己来吧，谢谢你。”

即使关系这么好也不忘用话语表达感激，这是我乐意交林佳这个朋友的第三点。

三

自从那次被何小姐警告之后，林佳也觉得应该收敛一点了，她对于挖别人墙脚这件事还是抱有愧疚之心，或者说从一开始她就没有打算把周科颐抢回来，她只是想小小地报复一下，弥补一下当初自己的伤心。

即使林佳已经不是第一次被分手了，但她还是每一次都很伤心。

和周科颐分手这一次最甚，周采取的是最恶劣的短信分手方式，以前林佳就看出一些苗头了，但是当分手两个熟悉的字变成字符出现在手机屏幕上面的时候，林佳还是有点飘着，电话打过去是关机，她一秒都没考虑把第二个电话打给了我。

“我又被甩了。”

“什么叫又？”当时我迫于生活压力在做一份毫无技术含量的兼职，要把两大沓传单分发到一栋共高六层的寝室楼。在这个时刻我接到了林佳的电话。然后经过半分钟的思考，我明白了这次事件的两个主人公，心一下子放了下来，因为这也不是林佳和周科颐第一次分手了。

“追回来呗。”

“这一次，可能追不回来了。”

“为嘛？”我把传单摔在了街边花坛上，索性坐了下来。

“你记得我上次跟你说的跟周科颐聊微信的女孩子吗？”

“哦，记得呀，怎么啦。”

“周科颐跟我摊牌，把她公开出来了。”

我知道事情进行到这一步的确就有点棘手了，毕竟所有事情只要破罐子破摔就没有过不去的坎，现在周科颐一副我就是渣男再骂也骂不出花来的架势让我非常的害怕，我没有办法在要爬六楼的情况下对林佳作出合适的安慰。

第二天傍晚我们在我学校的自习室见面了，她坐在窗户旁边感觉着暖烘烘的阳光，她说你知道吗，以前小学放学的时候，我的脸老是红扑扑的，因为我妈怕我冷，就给我穿很厚的毛衣，到了黄昏阳光照在身上，全身都刺刺的，特别不舒服。所以到了初中之后我早晨到学校的第一件事就是到卫生间把毛衣脱掉，回家前第一件事也是把毛衣穿上。

“那高中呢。”我路过全家顺手买了一盒百奇，巧克力沾碎扁桃仁的，我从以前就很喜欢吃巧克力，特别是黑巧克力，越是苦的越是喜欢，还有咖啡，也是绝对不加糖派。

“你根本不想听吧。”林佳眼睛瞟过来又像无所谓又像很愤怒地盯着我。

“不是啦，我是觉得别人回忆青春都是高中啊什么的，你一说就是小学，那也太遥远了吧大姐。”

“可是这一次到底怎么办呢。”林佳又恢复了情绪低迷的样子，叹了一口气，把眼神移回了窗外。

“我说句话你不要觉得不爱听哈，其实我一早就觉得你和周科颐不合适了，你不是不喜欢别人说废话吗？我觉得周科颐是那种特别以自我为中心的人，怎么能忍受得了你这样哦。”

“不是的。”林佳很快就回绝了我，“我和你在一起的相处模式和跟周科颐在一起时完全不一样。”她低下了头，我那时候其实就想到了，林佳这种人在特定关系里，就把自己搞得特别低，好像被虐待就是付出的一种。

那次和林佳分开后不久，我接到了周科颐的电话，因为真的一直很讨厌他，所以电话簿里也没有存他，那边“喂”一声过后我还回了句“你谁”。

“原来你没存我电话啊。”

我很想提醒周科颐搞清立场，为什么前女友好友没有存他号码要搞出这么一副哀怨的局面，对他的讨厌又增添了几分。

“话说回来……”

“我们的话题根本都还没有开始，从崇明岛回来吗。”

“话说回来。”他又重复了一遍，“能不能叫林佳以后不要来打扰我们俩了。”

这是你吗？因为林佳朋友没有存你号码而伤心难过的那个你去了哪儿。当时我没有意识到对方的话里包含着什么意思，所以尽量气势汹汹地说："你不要以为你不要脸了就可以为所欲为，是你对不起林佳，现在还在这里装什么被纠缠者，就这个情况，林佳每天半夜跑你家楼下吹唢呐都谈不上打扰，我也请你不要打扰我了我不管这事，挂了拜拜。"

那以后周科颐真的没给我打过电话了，只不过一年之后他跑我学校来找我了，从北京到上海，跑过来给我讲个故事，真有情怀。

他开口第一句话是能带我去林佳经常去的地方吗，我晕晕乎乎地把他领到了自习室里，指着靠窗的倒数第二张座位，"喏，林佳老坐那儿。"

"我知道的，她说那能让她想起……"

"小学打扫卫生时的感觉是吧。"我朝周科颐苦笑了一下。

这对伉俪的分手实在是太可惜了。

周科颐的故事是这样的。

四

二〇〇二年九月，初一新生周科颐第一次踏进樟林中学的大门。

当然周科颐给我说这个故事的时候不会用一个很稳妥的开头，他的开头是"我操"。

我操，我觉得你们女生变得实在是太快了。搁到十年以前，小佩一定不会这样威胁别人。我那天找林佳说话，她开头就来一句"以后不要再找我了"，我那个奇怪啊，咱们分手以后的好朋友不是做得好好的吗，说翻脸就翻脸。

退了微信上微博一看，私信框里说的是"林小姐，请离我男朋友远一点，不然不要怪我不客气"。你敢相信这是小佩说的话吗？

"抢人家男朋友的女人，说出这样的话你问我敢不敢相信，你要是诚心问我也诚心答：我信。"

你信？那是因为你不了解小佩。

"打住，我一点也不想了解她。"

我觉得你会想了解她的，因为那时候我们都想了解她。我们，包括我自己，和几乎我身边所有的兄弟。

第一次注意到她是学校舞蹈团招人，到我们班上的时候问谁跳过舞，她和另外几个女生一起站起来了。那气质，真的和别人不一样，背挺得直直的，眼睛目视前方特有神采，但是又怯生生的，我后来知道她一向很怕生。

她就那么站在门边上，等着老师走过来检查，眼睛一点不东张西望。所以我就鼓足了劲儿看她，世界上最漂亮的人也不过如此了吧，我那时候是这么想的。

那以后我就和班上三分之二的男同学走入了同一个阵营。

我发现小佩吧，什么都好，就是成绩不太好，不巧，她成绩不好我成绩很好。然后我就去找她说话了。

“何同学，数学老师说希望我来辅导你。”

“梅老师？”

“是的，你以后有什么数学方面的问题都可以来问我。”

“哎。”

是的，当时小佩哎了一下，就这么一下我就觉得大脑过了电一样。她声音有多温柔没有亲耳听到的人是想象不到的。我等着看她还有什么事，她依旧一副不敢说话的样子。那时候做事也不太走脑，我看她没什么事就走了。

所以那天小佩要讲的话我是一周以后才从别人嘴里听到，我刚才不是说了吗，小佩这样的女生，想了解的根本不止我一个。一次寝室卧谈，睡我下铺的哥们儿告诉我隔壁男校有个小霸王整天跟着小佩回家。什么事儿也不干，就是一路跟着。

你觉得这种情况我能忍？

“那不能忍，必须的必。”

你很有想法，我是没忍。可惜了我小学那帮兄弟聚不齐，话虽如此，一天时间我还是拉了一支队伍，有的听是为何佩雅打架，自己备着家伙就到班上来找我了，说早看那小霸王不顺眼了。大家因为共同的信念走到一起，就四个字：默契十足。我们搁天台上草拟出了包抄路线，一定要把那个跟踪狂连根铲除。

“所以成功了吗。”

该说成功吗，这么说吧，目的是达到了，但是手段有点出入。击退跟踪狂的不是我，是我同桌余怡，那天傍晚她突然说要和小佩一起回家，虽然余怡这姑娘没什么危险系数，但好歹人命一条，我怕到时候真打起来误伤到她，所以就一劝。

一劝还给我劝上火了，说偏要和何佩雅一起走。我还能说什么呢，反正我也没猜着后面的发展。

小霸王还是照例跟踪了小佩，但是不出多远余怡就拉着小佩停下来了，上去就是一脚。小霸王呢，看着挺厉害实际也是尿包一个，当时就有点虚，余怡就说你再这样我们就报警了。你是没看见余怡，个子不大气势那叫一足，眼睛瞪起来跟黑猫警长一样。虽然很不可思议，但是恐吓真的奏效了，再没听说小佩被人跟踪过。

自那以后啊，余怡就和小佩成了最好的朋友，千算万算输给一个女人，这也算我辉煌人生的一抹败笔了。

“你刚才为什么用听说啊，你跟你兄弟不是跟上去了吗？”

我们学校分寄宿和走读，我们还没出门就被保安给拦下来了。

我很奇怪，要论败笔，周科颐何以不把这件事给算进去。

五

林佳说她吃不进饭了。不和周科颐聊骚让她的内心平和了许多，但肉体先于精神发起了抗议，她说她一点食欲也没有。

“我觉得我在周科颐身上算是一个伤口。我一点也不气有人接我的手，但是我很害怕有人说出替他疗伤这样的话，我们的故事她又知道多少呢。”想了想她眼睛往上一翻，又开口了，“你上次不是说周科颐从北京来找你了吗？”

我知道这句话林佳早就想问了，一直梗在那里。我想她也十分介怀前男友飞这么远来找的不是她而是她朋友也就是我这件事，虽然这件事主动权不在我，但我也不自觉地感到一点愧疚感。

“你刚刚不是说你们的故事她知道多少吗？这句话应该换作何小姐来说。”

“你什么意思？”

“周科颐来找我交代的就是在你之前他的情史，他和何佩雅是初中就认识的了。而且那时候一直喜欢她，还是喜欢又没追到的那一种。世事变迁，沧海桑田，他终于在人海茫茫中得之所幸，但是不久之后，年少时的女神翩然而至投怀送抱，弃你而去不也是情理之中吗，经我一番解释，现在你可以原谅他了吗？”

“不可以。”林佳面无表情地看着我。

“我也不可以。”我向后仰到沙发上，摊开手很无奈地说，“所以在我听到他的长故事以后简直不知道拿什么表情面对啊。真不该说是情商低还是人品差。”

“昨天？”林佳另开了一个话头。

“嗯，昨天。”我重复应了一声。

“昨天郭益明来问我身体怎么样了。真难为他都快一年了还记着这件事。”

“是你没心没肺吧，打个孩子跟不是身上掉下来的一样，你现在也是害了郭益明这个可怜的小男孩以为自己错过了一个当爸爸的资格。”

“也不是完全‘以为’吧，说不定就是他的呢，这句话又不能说全……”林佳的声音越来越小，我看她已经能够自我抨击了，就不往上补一刀了。

除此之外，我还有一点顾虑的同情心存在，我一直在林佳身边，觉得她其实很可怜。她在感情这条路上从来没有顺遂过，其实孩子她爹郭益明是在小学的时候追过她的。那时候我还没有听过周科颐的故事，不然我一定会奇怪为何所有小学生都有如此丰富的情感经历。然后郭益明因为那时还没抽条，又矮又胖的，所以就被林佳给刷下来了。

等到郭益明青春期变得又高又帅以后，他也明确表示自己已经不再喜欢林佳这种类型了。高尚的林佳很高兴自己交到了一个心胸开阔的朋友，然后在夜深人静给我发短信：我真他妈的后悔啊。

我当然明白林佳的后悔不是说着玩玩，但也不是很走心，小学不喜欢的一个人剥掉外形，还剩的那点内里也不是那么吸引她，几年过去了，感觉还是那个感觉，所以就半推半就的当着朋友吧，中间还牵连到一个夭折的孩子。

如果这可以让林佳的后悔稍微少一点，我为那个孩子痛心的同时也感谢着它的付出。

六

周科颐的故事还没有说完。他在痛诉完自己输给了一个女同胞之后，转变了一下作战策略，他决定除了继续以学习之名骚扰女神之外，还要从侧面出发，攻下她的朋友，也就是自己败给的那个余怡。

余怡这个人呢，用周科颐的话来说，就是根本不知道该怎么接近的奇怪的人。她成绩非常好，和何佩雅一个天上一个地下的好，与此对应的是非常不喜欢学习，所有的正课时间都被她用来看漫画。要搞定这样一个姑娘在周科颐看来是比追何佩雅还要难的一件事。我还没来得及说那既然如此你为什么不直接去追何佩雅时周科颐接着说了：

“我也是回过头来想才觉得初中的那点知识水平确实需要这样一个设定才合理。她也就是智商平均线上高了一点点加一些运气吧。”

此人不仅情商极低还患有严重的直男癌和红眼病。周科颐根本不管我是不是在白他，只是一个劲地往下说。

她根本不肯听我说，我觉得她是有点青春期综合征。

“你在说谁。”我还是不禁插嘴问道。

余怡呀，她不肯帮我我都知道什么原因的。她因为强烈的自闭和自我意识过剩，在思维负担的情况下导致了体重的负担，可体胖了吧心还不宽，你说可怜不可怜，我决定拉这个迷途少女一把。

我当时说：“我告诉你一个减肥方法，你跟我换何佩雅的信息好不好。”

“什么玩意儿？”她明显有一点兴趣了。

“真的是一个特别见效的方法。这样，你每天早晨起来一定要吃一样你最喜欢的东西，不管量多大，也不管饱不饱，反正想吃多少就吃多少。”

我看着余怡慢慢从枕着的手臂里抬起来的头，就说得更加坚定了："然后你就一点东西都不吃地过一天。"

"我受不住。"

"那是你没有试过，你知道我，我以前一米七三，一百八十斤来的。早上试过这个方法之后，一天都不会饿了。你好好听着，关键的地方来了。然后到了晚上，你肯定会感到非常空虚，肚子里的和脑袋里的，这个时候，你就拼命给自己灌酒。"

"啊？"

"真的呀。当然第二天早上起来，你就会因宿醉而神志不清，不过没关系，借着这股劲头继续像前一天一样吃自己喜欢的东西吃到饱。到了晚上再给自己灌酒，这样持续一个月。"

"你就瘦了吗？"余怡的眼睛亮晶晶的。

"没有，我的身体就被搞坏了。"我一个人自顾自地大笑起来，看到余怡定格在那里的脸，也渐渐不敢笑了。

余怡说你干吗耍我很好玩吗?

我说也不是完全在耍你，喝酒那里是真的，睡前喝点酒促进新陈代谢的。

那你从哪里开始骗我的。

早上吃东西那里。

不应该吃到饱吗?

不，不应该吃自己喜欢的东西。

为什么。

因为会停不下来。

然后余怡就不理我了。

"她只是不理你吗，她怎么没打死你。"

余怡没打死我，但是她对我非常的不理解，她问我："周科颐同学，你为什么整天就为这些小情小爱伤神，你都没有什么其他的追求吗？"

我当下就觉得这姑娘太把自己当回事了，这世界上有什么大事是我们几个小人物做得了主的，倒是她成天想着怎么拯救世界才是中二过头了吧。

扯远了哈。别说这，继续说正题。我跟她这样一来二去还真的混熟了，她告诉了我何佩雅在哪家补习班补习物理。

我回家就求我妈给我报班了，我妈是愉快而惊讶的，我自然没有告诉她我的真实目的，但是我也可以相信，如果她知道儿子的高瞻远瞩，也一定会是惊讶而愉快的。

那个周末我去了物理老师家里，一进门就惊呆了。就是这么多年我都不知道怎么形容那天的小佩。平时她都是绑马尾的，那天她把头发放下来了，又黑又长的头发披在后面，一走路就像有风一样扑在上面，掀起细小的波浪，我的眼睛盯着她的头发挪也挪不开。如果说以前追她是作为挑战在做一件事，那一刻我真的认定就是这个人了，如果在我身边的不是她我不知道我的人生还有什么意义。

当天我展示了我人生中最丰富多彩的一面，往后也难以超越的那种。第二天一到学校我就飞快地跑去问余怡她和小佩一起从补习班回家时有没有聊起我。

余怡说有。

我就特别开心地继续问那小佩怎么说的我。

余怡说小佩的洗发水牌子是这个，要买的话只有香港有。

我知道余怡在跟我开玩笑，所以我配合着笑过了——那一段时间我一点都不敢惹她不开心——马上又问还有呢。

余怡跟吊我胃口一样慢吞吞地说她还说你人很有趣的样子，感觉……很会逗人开心。

这句话虽轻，但对我来说却是大突破。一个男人，能被女人形容为“有趣”，这是多么高的褒奖，我虽然年纪不大但是我的心眼非常的大，当下我就作出了理性的判断，这件事是有戏的。

我还记得那时候我一开心就把余怡的东方神起写真紧紧捏在了手里，她一看写真皱了，哗啦就哭了出来，当时笑死我了。

七

每个春季学年，我们学校都会组织春游。为了避嫌，都是女生一组，男生一组。但是这挡不住自由活动的号召，听学长说我们春游的地方有个特别昏暗的山洞，那里一向是表白圣地。其实在春游开始前，有一些浮躁的男生就已经把自己要表白的消息传开了，大家都心照不宣的。

我偏不这样做，我是真的要给小佩一个惊喜，我要在过山洞的时候紧紧握住她的手，在她正害怕的时候给她我温暖的怀抱，然后郑重地跟她表白。

“最后没成功？”

这个真的不是主观因素。那天一切都准备就绪的时候，突然外面一阵骚动，本来我和小佩还好好待着不为所动，但骚动声越来越大。我们俩实在忍不住就出去看了。

“你们看到什么了？”

不看不知道啊，余怡那姑娘，和我们班体育委员手拉手从山上下来了。我和小佩都很惊讶，各种意义上的。她立马奔她最好朋友那儿去了，留我一个人在那里，这么好的机会就这么不了了之了。你说余怡哈，不但没帮上我忙，还净给我添乱。

不过我也好奇她什么时候和体育委员勾搭上的，她几乎二十四小时都在我眼皮子底下。这些都不管啦，总之她就是坏了我的事。

第二天回学校我打算好好开一下余怡的玩笑，一坐到座位上我就问："和我们班体委进展如何啦"。余怡拿死鱼眼看着我，死气沉沉地说："什么怎么样"。

我当即就说你可别装傻啊，昨天全班都看到你们俩牵着手从山上走下来。

"他上了山劈头就给我一表白，我哪反应得过来呀。就迷迷糊糊跟着他下来了呗。"

她还真是在莫名其妙的地方云淡风轻啊，我接着说你这意思是你昨天想不明白的事儿今天一早就想明白了？

"是，我想明白了，我跟他不合适，满意了没。自个儿的事八字还没一撇呢，跑到这儿管我的闲事。"

我的事很有一撇。我这样说。

余怡眉毛一挑，嘴巴瘪着转过头来问我："怎么，表白成功了啊。"

就差一点儿，你知道差哪一点儿吗，就差在你这一点上。

余怡当时好像忽然慌了神，眼睛眨巴眨巴地就看着我，我也笑了说你慌什么啊，本来就是你和体委那事吸引了所有人的注意才导致我计划失败的啊。说真的啊余怡同志作为你亲哥我比谁还希望你能幸福，但你的幸福能别建立在践踏你哥的基础上吗？

"我觉得啊，你不是差在我这一点上，你是差在你这张嘴上，说什么都跟开玩笑似的。"

我话还没和余怡聊完，体育委员走过来了。他怒目看着我凑过去的脑袋，吓得我一激灵，只好默默地把自己和余怡的距离拉远再拉远。谁知道他一开口就是：

"余怡，你不答应我是不是因为周科颐？"

哈？我一脸震惊地看向余怡，余怡的表情也表示着她对自己追求者的想象能力非常敬佩。我和余怡？不消说我这条件和林志玲都有三成可能，但要跟余怡连一成都算不上吧。我正要回嘴，余怡先于我开口了。

"大哥咱们一码事归一码事，我不喜欢你只是因为你不适合我，别扯别人好吗。"

没看出来余怡三观还挺正。说话很在理嘛，看来成天看漫画也不是完全一无所得的。

"那你为什么每次和周科颐讲话都离这么近？"

"关你屁事。"

这句话深得我心。

"你不喜欢我也不可以伤害我呀。可不可以不要在我面前和别人这么亲密。"

这小伙子玩得一手好道德绑架啊。我跟看戏一样一会儿看一边，正开心的时候，余怡猛地站了起来。我们的课桌是分开的，她一下就搬起了自己的课桌挪到了讲台旁边，身上的肉还真不是白长的。然后在我们的目瞪口呆之下说了句"这样可以了吗"。当然不多久就被老师给挪回来了，也是，那是差等生专座，怎么也轮不到她。

总之日子就是这么顺风顺水地往下过了，我给小佩补习了三年数学，可她竟然一点长进都没有。其实我们的关系要说有多大的长进也没有，有的时候沿着一条自己不希望的路走下去，因为一点甜头就能自我安慰，只有走到了尽头才发现一开始就是错的。

其实我很好奇际遇这件事情是不是就那么奇妙，那一次春游结束之后，我觉得还有很多机会可以和小佩说出自己想说的话，但就是那样一个简单的机会，却一次都没有过了。老是因为种种的原因而没法实现，谁知道一耽搁就是六七年呢。

小佩高中就没在我们那儿读了，听人家说那时候她走的时候还在机场为我哭了呢。

终于倾诉完的周科颐目光辽远地看了一眼窗外，并狠命喝了一大口水。我看着他那副怅然的样子嘴角都要撇掉了。

"所以呢，这故事你说给我干吗，要拍那些年我也联系不到九把刀。"

"不是这个，我是想告诉你，我和小佩一路走来真的很不容易，我希望你无意中把这个故事转达到林佳那里，希望她真的不要再来打扰我们了。"

"周科颐你真的渣出了水平渣出了风格。"

八

"九月底的时候，我和朋友约了国庆长假中的演出，连开三天的那种，买了套票。在这之前，我还要一个人去一场 live show，这是没有人陪我的。

朋友说我应该打扮得好看一点，和我有共同品位的人会是我看得上的人，我深以为然，同时却决心不去打扮。我还没有做好充足的勇气去迎接下一段恋情。

你知道的，我和周科颐的来往已经基本上断绝了。我还是给他准备了生日礼物，一件冲锋衣，还没到他手里就因为拒收被退回来了。可是快递到的那段时间，他人并不在北京，他在找你，在找你听他说故事。

于是我明白了这件包裹经过了谁的手，它的盒子被用橘色的塑胶纸套着，上面是盖着大红叉的深蓝色快递单，我很不甘心地把盒子放在玄关的鞋架上，一进门就可以看到。我已经悲伤到近乎自虐了。

和往常的自虐十分类似，不吃不睡还有用紧张的回忆折磨自己。我每天都在回想和周科颐去过的所有地方，周科颐跟我说过的所有的话，如果说这些还只是意识形态上的缅怀的话，我做了一件足以杀死我的事情，我在每天回忆我对周科颐的付出。

这些付出有精神上的，也有物质上的。我把我们约会中我多出的每一笔钱写在记事本上，我买给周科颐的而没有得到同等价值回馈的所有礼物也一并写在上面。而精神上的付出更是难以下笔，我有时写着写着就因为右手颤抖而无法继续，只好停下来一会儿。

我断断续续地写满了三个再生纸便签本，我想把这些统统都交给周科颐。可是在走到门边的时候，我感觉自己太可悲了。我拆开了鞋架上的快递盒，拿出那件冲锋衣，披在自己身上，出门结结实实地吃了一碗拉面。"

我把林佳寄来的信折了三折，塞回了信封里。她是从新加坡寄来的这封信，我很久都联系不上她，我觉得她可能希望一个人待一会儿，我也知道她很快就能恢复过来。就像过去的每一次失恋一样。

那天我去了和林佳经常去的咖啡馆，想起了周科颐除了讲故事以外还说过的话。他说有一个秋天，他和林佳约好在这里见面，他坐在靠窗户的桌子旁边，一边滑手机一边等林佳来。他们约会的时间越来越没有默契，但这些他都还承受得住。

十分钟以后，他在咖啡馆门外的斑马线上看到一个人，穿着素色的T恤跟牛仔裤，不修边幅地走过来，头发乱糟糟的，粘着一两根发丝在脸颊上。是林佳，仔细看还看得出当初吸引人的影子，但是本来漂亮就是消耗着感情的形容词，周科颐说我觉得林佳不那么漂亮了，我意识到这一点的时候觉得我可能真的不喜欢她了。

就像女生形容男生"有趣"一样，只有会感觉到一个女生"漂亮"才算是男生对女生的真的喜欢。

这一点我想跳出来做证，林佳依然很漂亮，像过去一样。如果周科颐的女朋友字典里是不允许素色T恤和牛仔裤的话，才不要管他怎么评判，这是不合理的挑刺。不爱就是不爱了，理由倒是找得挺多。哪怕冠上一个文艺的借口，也只是一个文艺的人渣。

可是又一次想到他们俩的事我不应该多插手，所以我再一次选择闭嘴了。

九

当年十五岁的周科颐想尽办法和何佩雅套着近乎，要中考之前，学校有了一个半天的假期。周科颐一个人在寝室里收拾着箱子，他想着好好回家睡一觉，然后安心考明天的试，何佩雅的成绩还是那个样子，但周科颐不会做为了她去故意考差的事情。那样的人没有什么值得敬佩的，他年轻还相信来日方长。

可是心就像被浸满水的海绵堵着一样，周科颐收拾东西的动作越来越慢，有时候回过神来就不知道自己刚刚做了什么。他当时心里闪过一丝绝望，他知道这是最后一个夏天，在这个小城镇里可以和何佩雅平等对视的最后一个夏天。到时候天各一方，他总认为自己聪明，这时候也猜测不到未来的模样。

“周科颐！”他被一个刻意扯高的女声吸引到了阳台。

他看到的是余怡，穿一件白色娃娃领的连衣裙，质料很厚，她跑着来脸更加红扑扑的。做三年同桌，周科颐知道余怡有多么不爱说话，所以他也知道刚才那一嗓子耗费了她多大的能量。现在比起精确计算这些事情，周科颐的表情明显更加变幻莫测。

“干吗啊。我们寝室没人，上来坐坐？”

“没时间跟你开玩笑。”余怡的气还有点跟不上来，胸口随着呼吸声均匀上下。

“说了叫你减减肥，我初一见你是这样，初三毕业了你还是这样。”

“你下来。”余怡的呼吸平稳了，瞪着眼睛仰视着周科颐。

这时候余怡的眼睛亮晶晶的，像是汗水落在睫毛上面的反光，周科颐看得恍了神，有那么一瞬间一个念头从他心底里头冒出来，但瞬间和钻入泥土里的雨水一样消失不见了。周科颐想开一两句玩笑，但像出道了十年的歌手一样灵感全部枯竭了，他一个段子也编不出来。

“你现在不下来，可能就再也见不到何佩雅了。”

其实在周科颐的预想里，两人的谈话中并不会出现这样的一个名字，所以猛地听到，他还有点愣住，旋即恢复了嬉皮笑脸的表情：“你真是我的好盟友啊，一帮帮了我三年。”周科颐很有自知之明，自己当时的笑大概比哭还要难看。

余怡的表情倒是看不出什么变化，她还是一如既往地丧气着脸，用事不关己的口气静静地说：“何佩雅这次回去就不过来了，暑假结束直接飞美国，考试也不考了。”

“哦。”周科颐抹平了一下自己的衬衫下摆，那里皱巴巴的，坐着的时候被压在了屁股下面。

“你还哦什么哦，快下来去送送她啊。现在她爸还在和班主任说话，她人在教学楼前面，你这次不去真的不知道什么时候能碰到了。”

一道亮光闪进周科颐的脑子里，他期待的一点东西砸进水里沉得更深了。他甚至都觉得那不像是期待，而是“本该如此”。但周科颐马上调整了心态，冲着余怡笑出来：“好嘞，这就下来。你快回家吧，这次谢谢你了。不，是以前每次都谢谢你了。”

平时总是比谁都严肃的余怡也难得地笑了出来：“兄弟嘛，说这些干吗。”

“你先消停一下，我想请教你刚才的故事里诸如‘心里闪过一丝绝望’‘一道亮光闪进周科颐的脑子里’之类的话是周科颐自己说出来的吗？”

“这些是合理的文学扩充，周科颐讲给我听的时候，我感受到了他内心的情感，转述给你时当然允许我把这些情感也杂糅进去。”

“得啦哈。”林佳头一偏把刚刚放下去的杂志又拿回了手里，“我花了两年时间好不容易从那段恋情里走出来，现在国泰民安的你非把老掉牙的故事又捡回来说。”

“两年而已咱就不往外说了好吗，人家痛苦一辈子的也没跟你似的到处嚷嚷。”

“那我还真说实话了，我从不觉得有什么精神上的不快可以持续五年以上，要是有那就是自己不作为，把伤春悲秋当骄傲来着。”

“算了，周科颐昨天在婚礼上面讲这一段的时候我还非常感动来着，麻利儿回来跟你分享，没想到就收到这么个没心没肺的结果。”

“婚礼？”这下子林佳真的跟触了电一样哗地把上半身立了起来。

“不是他自己的，是我们共同朋友的。”虽然周科颐结婚不邀请林佳是我更想看到的狗血局面，但是刚刚林佳的反应我也已经很满意了。

“这还差不多，我还等着坐前女友席呢。”林佳又转了回去，可不到一秒，林佳的脑袋不嫌烦地又回来了，“你刚才说共同的朋友？我和周科颐都不会有的共同朋友，你怎么和他扯上关系了。”

“我没跟你说吗，去年我在北京遇到周科颐的事？”

十

是的，在周科颐和林佳分手后一年，周科颐到上海来找我并很有情怀地和我讲完一个故事之后，我也好死不死地因为集体实习被分配到了北京。

当然北京城这么大，我来了也不一定要和周科颐有什么联系。但又好死不死的我一下飞机就在航站楼里看到了周科颐和另一个女生，比起我，一眼就看过来的周科颐好像更加惊讶。他一秒也不耽搁地挽着女生走过来，眉头紧锁。

“你，你怎么跟过来了？我虽然和林佳分手了，但是现在也已经有女朋友了。我真的没办法给你什么的。”

“奥斯卡最佳编剧怎么就没给你呢，屈才了哈。”我白眼一翻，提着行李就要走。

周科颐也赶紧赶上来，“开个玩笑开个玩笑，跟你介绍一下，何佩雅，我女朋友。”说完他又翻了个面儿，冲着那边说，“这位是林佳的好朋友。”

我斜着眼睛看了一眼何佩雅，她娴静地笑着，眼睛还一闪一闪地不知道往哪儿放，一会儿看我一会儿看周科颐，和小孩子一样。也难怪周科颐说什么“你敢相信这是小佩说的话吗”，的确我要是先前认识她我也不能想象。

但话说到这儿还有什么可聊的呢，这没必要的介绍也完了，更没我什么事儿了，我又迈步要走。周科颐一只手伸出来猛地拉住我胳膊，“哎哎哎，来都来北京了，不请你吃顿饭怎么说得过去，我和小佩也还没吃呢，一起一起。我有车可以送你一程。”

本来我是觉得真没这个必要的，但是听到周科颐有车，而自己确实又累得不得了，反正也没什么损失。至于林佳的感受，我是不会考虑的。

何佩雅这个人呢，真的好像是一个从小被保护得很好的小公主，我是不讨厌这种跟我互补的性格，不然显得我心眼小。但是周科颐表达出的过分的溺爱也使我接受无能。大家在日料店里面坐好，随便点了些东西。何小姐特别开心地拿出一张会员卡说是可以打折。打折就打折吧，也不用饭都先不吃就去处理吧，周科颐也不拦她，跟一个慈祥的父亲一样看着可爱的女儿的背影。

和大多数人一样，感情这种是非观念不明确的事情，我选择站在我的好朋友这一边。但是对于周科颐情感上的理解我还是有的，知道何佩雅的存在之后，我已经比林佳看透了很多事情。

可是我还是有疑惑，第三方究竟是导火线还是救命稻草，这个先后我很希望周科颐能给我解释清楚。所以在这个千载难逢的机会下我把疑问抛给了周科颐。

他回答得非常爽快：

我的生日在10月19日，老是和学校的运动会撞上，2008年的生日，刚好有我参加的男子3000米项目。那是我初中可以参加的最后一次运动会了，一直没和小佩说的话我有预感这一年也说不出口了，所以我想要最后在她面前拿一次第一名。

站在靠近内环的第三道上，我眼睛一眨不眨地看着前方的发令枪。“砰”的一声响起之后，学校开始放起了五年前的流行歌曲，我在那一片嘈杂里忽略了身边的一切，只是不停地向前奔跑着。我看到流云近乎静止地浮在蓝天上，看到人造草皮被微风稍稍吹起的绿色塑料线。我眼里都是颜色，但背上全是汗水，喘气越来越困难的时候我反而不那么痛苦了，我什么都可以不用想，只有甩掉一个人，再甩掉一个人，甩掉所有和我一样仅仅是做着机械运动的平凡的对手们。

现在回头想想我才觉得那是我这一生里最辉煌的一刻。如果说人生是一条来回变化的曲线，那么我的人生在那一刻到了峰值，以后就开始不断地下滑。我所感知的美好是因为我优秀而无趣的成绩，因为我油嘴滑舌的个性，也因为代表班级拿下的那个3000米冠军。我在人群的簇拥里看到看台上第一次笑得那么开心的小佩，天真地以为以后一切会越来越好的。

这些故事我都跟林佳说过，当然有关小佩的部分被省去了。她告诉我你现在成熟了很多，性格也愈发稳重，学校工作处理得很好，讲师们都很喜欢你，你明明变得更好啦。

那时候我就知道我和林佳有本质上无法逾越的界限，她永远不懂我嘴里的辉煌究竟指的是什么，那是我究其一生的发自内心的喜悦。

“你说的我都听进去，林佳不理解你，林佳不和你惺惺相惜，何小姐就那么懂你的少年情怀？”我对男生找借口一事非常反感，如果还生搬硬套上热血之名的话，那就更加讨厌了。

“我说实话你能不笑话我吗？”

“你那点破事儿要是肯授权真人真事改编，基本上德云社都可以倒闭了。所以这一点你完全不用担心，份额太足够了。”

“小佩是真正见证过我辉煌的人，我觉得只要和她在一起，我就永远是当初那个我。她这么久都像没有长大，我也可以一起不用长大了。”

何佩雅跟卡着秒表一样，我一个“你怎么这么贱啊”还没说出口，她就突然推门走了进来：“我刚刚找了好久才找到经理，他说这个卡已经过期不能用了，好可惜啊。”

“是挺可惜的。”我喝了口白开水把白的部分全翻在眼皮里送给了周科颐。

十一

“你说哈，就周科颐和何佩雅这么你情我愿有来有往各取所需的，何佩雅还是嫁了别人。我昨天看到那新郎，又是个大男子主义的人，还真是什么马配什么鞍。”

“物化女性会被女权组织人肉出来的，你等着吧。”

“你还别说我就是看不惯那些偏激的女权主义者，一点儿事就戳中她们痛处，嫌烦不嫌烦呀。”

“成了，原来你和周科颐还有这么一出，都没告诉我你可真行。吃顿饭何小姐就成了你俩‘共同的朋友’这事我也不说了。不过周科颐婚礼上跟你讲的故事不是还没说完吗，后来呢，后来他真的去找何小姐了？”

去找了。余怡苦涩地说完“兄弟嘛”三个字之后黯然地离开了。

“停一下，都说了能不能不要加入自己对故事的形容，客观一点好吗。”

行吧，总之就是余怡传完信就走了。周科颐呢行李也没清理就跑下来了，之后直奔教学楼。楼前边停着一辆黑色的汽车，周科颐是跑着过来的，但是越接近教学楼，他脚步越慢了下来，他仔细斟酌着一个开场。

“何佩雅，我有话要对你说”，这样是不是显得太正式了一点，但反过来说最后关头还嬉皮笑脸是不是有些过分，也不是，最后关头显得幽默一点的话起码可以缓和下气氛啊。

周科颐的选择则是根本就没有去找何佩雅，他跨上自己的山地车追了一路终于在街角的公车站看到了提着大箱子的余怡。显然余怡对于周科颐的到来比周科颐想象得要更加惊讶一点。

“我看着小佩家的车什么话都说不出口，我是不是太没用了。”

“确实。”余怡陪着周科颐坐在公车站的椅子上，局促着不肯多说几个字。

“不聊这个了，你高中在哪里读？”

“一中。”

“能多说几个字吗，我要是没意外的话也会去一中，到时候即使不在一个班也还是校友，继续好好相处啊。”

“就是好好相处的机会太多了。”余怡丢出了句没头没尾的话，“车来了，你回学校吧。”

周科颐还奇怪呢，余怡已经提着箱子上了车，她坐在靠窗的座位上垂着眼睛看周科颐。周科颐说虽然当时不知道为什么，但是总觉得那眼神很忧伤的样子。

高中三年有没有再和余怡见面吗？是有的。但是周科颐也不知道为什么，一中明明也不是很大，但是他们见面的机会却那么少。有一次他在食堂门口见到了余怡，她在洗手，周科颐很开心地凑了过去。

“哎呀，你在这儿啊。分到哪个班。”

“36。”

“你读文啊，也应该的应该的。拯救世界还是需要点闲情雅致嘛。”

余怡照例没理周科颐，周科颐开玩笑也不知道怎么开口，他一直都觉得余怡太严肃了，搞得大家都不开心，但是每个人有每个人的追求嘛，周科颐笑笑地说了句“加油哈”。

转身走掉的时候余怡还在那洗手，差一点儿周科颐都要上去阻拦说手这么洗都要洗坏了啊。可是这么说了余怡也不会笑的，所以周科颐说给余怡的最后一句话成功地没有从“加油哈”变成“哈哈我开玩笑的”。

“这次给我说又是什么意思。”我在婚礼上这样问道，声音有点大，周围的人都看过来了。

说实话我这种看热闹不嫌事大的类型是很希望周科颐来一次求婚大作战的，但是他全程在回顾照片的流程中看都没看一眼，一直侧着头给我讲故事。一路捋下来我真的怀疑他当初和林佳在一起是不是为了接近我。

“我觉得我一直挺懦弱的，什么事情都只知道逃避。我很庆幸小佩没有嫁给我，真的。也很庆幸林佳和我分开了。”他头低了下去。

十二

终于林佳也和我站在同一阵营说着“周科颐真可怜”的话了。于是爱没有转化成恨，转化成了怜悯，林佳说我觉得一切都放下了，只有一件事让我非常的无法理解。

我说什么事啊。

林佳说我很奇怪周科颐那副德行为什么能缠住那么多女生。

我说这件事得问你自己，你自己是怎么被周科颐缠住的，别人也就大同小异吧。

林佳抿了一下嘴，眼珠往下一滚。很心虚地把咖啡端起来，喝之前嘴里吐出四个字“那倒也是”。

她倒是很会卖乖。

但是这点淡然来得非常不易，我知道她和周科颐彻底决裂之后的那段时间里，她基本上没怎么待在上海。很长一段时间都在东南亚转悠，她的看法是那里可以感受别的文化环境，但同时如果想回来也很方便。

怎么会有想回来的时候呢，她说如果周科颐要她回来的话她会回来的。她还说你不是我，这件事你可以开玩笑，我开不起。

是，我当然不是她。我也不是这里面的任何一个人，要是可以代替他们表明心迹这个差事我做不了，虽然我很乐意。

于是林佳就显得不是很乐意了，她觉得我多管闲事。我刚想反驳，她脸却沉得很厉害。

“我们在意的永远都只是自己的故事。我每次和你讲什么事情的时候你有一半的心思还放在自己的生活里吧。大家都觉得自己的故事是最重要的。

“我以前想我作为现任就要起到改变对方的作用，让他开始新生活，可是等我自己变成了前任，我就想我要做点事让他永远记得我。人一旦换了伴侣也就换了一个人生了，那不是人和人的差别，那是一个世界和一个世界的差别，过去我为什么就是不懂呢。

“我们都觉得自己一直在故事里，但是一个故事结束了，就是结束了。”

如果林佳说这话仅仅是为了批评我每次听她讲故事时都想东想西，那我也有话要说。我哪有那么多精力听她和她的情感纠缠者没日没夜地找我倾诉，动不动就来个伤感回忆，我也经受不住，我也有自己的生活。

“别搞出一副你不想听的样子，恨不得我们绞成一堆乱麻不就是你的想法吗？”

林佳一句话倒是堵得我哑口无言，的确在听故事这个层面我是抱有着谁也别饶过谁，谁也别就此说放弃，大家抱着头，扛着枪，只管一个劲儿往前走，反正没了命算自己的。所以林佳这真的一想开，不再把周科颐像以前一样放手心里供着之后我也有点失望。

林佳骂了我一句下作。

真是吃亏不讨好。

其实我也是一个贴心的人，现在的时候说些感人的话语与说恶毒的话是一个效果，不说话才是真正要做的。所以周科颐在婚礼上还说了的一点被我漏掉后来想起的话，我决定永远埋在肚子里。那是我为林佳抱不平的时候，我说“你倒好，豁然开朗自己心里放着谁，谁又念念不忘记挂着自己，合着从头到尾林佳就是个串场子的”，我当下就质问他既然这样你何必把林佳牵出来遛一道。

他当下也急了，谁说我就遛林佳了。我是真心喜欢她，后来不喜欢了也是真心的。

怎么个真心法。

我在二十岁那段时间里老是会做一个相同的梦，梦到我一个人站在满目疮痍的废墟之中，成群的僵尸涌在城外，马上要把我吞噬。我很害怕但是只有不停地往前跑，每每快要被僵尸追上的时候，就会满身冷汗地惊醒。如此往复，可是有一天，我又做了这个梦，又是被僵尸攻城的时候，我突然看到废墟里还站着一个人，她奔向我拉着我一起往前跑，我仔细看了好久才发现那个人是林佳。

那一天晚上我们还是被僵尸追上了，我依旧在冷汗中惊醒，我手抓着被子的边缘想了很多。从那天起，我再也没有做过那个梦。

我觉得这段感情让我觉得最好的地方就是和她在一起的时候，我没有羡慕过任何人。

不得不说，虽然这段林佳听不到了，但周科颐成功地感动了我。

十三

人的世界线是编年史，它分割成为一段一段的，每一段里都有人进来，有人出去。妄想活在另一个人的每一段里是不现实的，可是我们都在妄想着。我曾经想，周科颐遇见我之前，一定在为我们的缘分做准备，在一起的时候，他的世界里只有我，即使分手了，他也会在别人身上看到我的影子。

为了达到这个目的，我制造了好多的独特性。我逼着他和我去文身，吃特定口味的食物，就连某个颜色也神经质地告诉他，你以后看到这个颜色一定要想起我。

现在我才认识到自己有多傻，即使他记得我又怎么样呢，他的生活里早就换了主角了。

还有朋友，就是你也不会把我当作生活的全部，我再怎么跟你说我的这些情感状况，你的生活永远是你自己的，我也进入不了。这些都是别人故事里的背景，我才是我自己。只有我可以真正地感动我，而世界上最没用的事情就是自己感动自己。

林佳又一次把一件情感纠纷拔高到世界性层面了，我觉得她就是对我每次听她讲故事都岔开话题一事耿耿于怀，以至于这么指桑骂槐的我也只好打落牙吞下肚了，因为我的确每次都不是太上心。此刻我想找一个合适的反应来面对林佳，可是我表情严肃地绷着，不知道该怎么办。

林佳很豁达地看了我一眼，微微一笑，“你不要一副歉疚的表情啦，我没怪你。”

天地良心，我一点也不歉疚。

“我觉得你不要多想，遇见即是幸运，管那么多干吗。”我为自己在这样沉闷的环境下可以来一句振聋发聩的口号而感到自豪。

“嗯，也是嘛，在故事里谁都不知道自己是不是主角。甚至导演自己都会搞错，就像周科颐，如果那时候他能早点发现余怡就好了。”林佳又突然把眼皮垂下来，“是不是我在周科颐人生里所占的那段时光也只是别人的背景罢了呢，他心里会不会一直还记挂着何佩雅。”

“这个我可以向你打包票，绝对不是的。你在周科颐和你在一起的时候绝对是最重要的。”

“你怎么跟我打包票。”林佳不屑地看了我一眼。

“反正我就是知道。”我信誓旦旦地和林佳说着。

这件事处理得最好的地方就是周科颐和林佳可以抛开过去，坦诚相待了。他们决定为这个仪式正式见个面。这两个人也有够不要脸的。

仪式倒是进行得很顺利，据林佳的话讲那个度把握得非常好。既没有当场撕起来也没有过度地痛哭流涕，两个人都以成年人的姿态好好完结了这段感情。周科颐保持着以往的话痨天性，和林佳谈了谈最近的感受。他已经可以毫不避讳地说说过去的感情生活了。

"那天我被拉进我高中班级的微信群里，我起初很尴尬，因为真的没有什么话可以说了。其实他们也差不多，寥寥几句玩笑话题就结束了。但是我点开了他们的朋友圈，不是好友可以看十条。那时候那么意气风发的人，现在的生活内容全都是孩子旅游和年终奖金。我那时候觉得他们很悲哀，可是不到五秒钟，我发现我才是最悲哀的那个人，因为他们都在满意地生活着，我却一直在自以为是。

"我突然想起了余怡，她和我们真的不一样，她的眼睛看得更远。那一刻我真的有着特别强烈的欲望想要知道她在哪里，在做着什么，是不是变瘦了。我真的好想见她一面。"

"你呢你和以前的同学怎么样了？"抒发完了自己的真情实感后的周科颐如是问道。

后来林佳跟我说她因为被周科颐带入了情绪，一句"我和我小学同学上床了还怀了他的孩子"已然到达了嘴边，被理智生生压了回去，变为了一个鼓励的微笑。

我赞许地说了句"做得好"。

十四

今年十月，林佳已经准备结婚了，新郎谁也不是。现在她的那种淡然和一年前又完全不一样了，不一样在她不会强调忘记这件事，她是真的置之度外，无所畏惧了。

所以这件事也就这么过去了，我之所以又忽然想起了这个故事，是因为昨天晚上我在周科颐的社交好友里碰巧看到了一个昵称里带怡字的——而我会去逛好友前男友的主页仅仅缘于我是一个热爱生活的人——我一边暗暗想着没这么巧吧一边点了进去。让我失望的是里面一无所有，只有一个空空的账号。

但是这当然无法满足我的求知欲，所以我很费心机地辗转搜到了这个账号在其他平台的发言，并顺藤摸瓜找到了邮箱，通过注册邮箱终于查到了她的一个私人博客。我按捺住夸奖自己的冲动，理智地先看了博文。

内容很无聊，大多是艺术展信息和转载的书评，心灰意懒地拖到最底下却看到了一则"无标题"，我当时就知道，这一定是我想看的了。

里面是这样写的：

我想了很久要不要写这些话，后来一转念觉得反正已经毕业，以后能不能见着你都是后话。我好像从来没有考虑过以后还能不能见到你这个问题啊……因为觉得不管时间怎么过去，你都在我身边似的。包括漫长而痛苦的三年高中时光，我们没有说过几句话，可是遇到任何事第一个会想起的人还是你。

初中的时候，我们挨得可真近，有时候想那时候要是没有和你挨那么近，事情会不会不一样。其实也没有不一样吧，人真的要遇到另一个人，讲什么天时地利人和，你出现就好了。

我们做同桌的那段日子并不是什么好回忆，我记性不好，那时候的事忘得差不多，但高中讲起你，永远有一句话逃不掉："别的男孩子打女生都是做做样子，他是真打。"这句话很奏效，几乎每一个听到这种话的旁听者都会觉得震惊，继而转为愤怒。还好我从来不提你的名字，要不你早就声名狼藉了，哈哈。不过你也不能说我诬赖你呀，你什么时候和我打架不是来真的?

那时的我对你只有恨，无休无止的恨，这种恨一旦开始就没有尽头。我在回家的路上，不知对小佩说了你多少坏话。直到有一天小佩问我："你是不是喜欢周科颐啊，怎么天天提他名字。"我恨恨地回骂："我恨他到骨头里，喜欢谁也不会喜欢他！"却又在暗夜的遮盖下脸红到了脖子根。我那时不知道，要是老提一个人的名字，不管是骂他还是夸他，都是喜欢他。

你那么聪明，大概是看得出来的，但我也自认为掩盖得很好。因为那时候你把这想法并不只安插在我身上，你周围的女孩子，你觉得她们都喜欢你。所以我从不害怕，我这么理直气壮的样子，让你觉得大概自己是真的自恋程度过高，误会我了。

再后来的故事发展得挺平淡了，算不上你的好友，把酒言欢的故事都讲不出来，也没理由说是谁抢了谁，感同身受还得先能讲故事不是，而我连故事都没讲过。

你喜欢上了小佩，人美温柔性格好，还有甜蜜幸福的家庭，这样的家里出来的大家闺秀没我这种复杂家庭出来的小孩有那么多念想，本来人活一辈子，哪有那么多惊心动魄，我又干吗要求你为了我去做那些证明自己的冒险。

现在想起来，一个人，就是因为不够幸运拥有平淡过活的机会，于是才要制作出那么多的不平凡以掩饰自己的自卑，若是可以像普通人一样生活我也是愿意的，可知道事与愿违才是人之常态。

那时候你总是越过我去看小佩，我是怎样强忍住心中的波澜起伏回馈你一个戏谑的微笑。我们三个坐在同一排，小佩隔我两张课桌，我尽力把身子往后靠，还要摆出一副和大家一样起哄的脸，有那么一次我顺着你的视线望过去，我知道小佩注意得到你的目光，因为她低头写字的时候脸也笑笑的。我只有一个感觉，那就是那样的小佩真的很好看，你喜欢她我千百个服气，再就是能被你那样看着的小佩好幸福。

尽管有一次我试图换座位未遂，还是不得不在你身边坐了三年，但是回头想想觉得也很幸运了。那一点牵连，越多越好。

我把这故事写在脑子里，时时默诵，这些年来我都没有忘记你，总觉得很多年后即使我有了陪在身边的人，还是会想起你，这就好比高中我也和别人在一起过，但后来心境渐渐平静如水，觉得这些少年时期的恋情真是不知所云，唯有一想起你时还是像那个暗夜脸红到脖子根的少女一样悸动。

不瞒你说，每次见你我还是会紧张失措，我成长得再多，仍觉得能被你看穿一举一动，所以总是低着头不敢看你眼睛。

其实我也观察过你与别的男生没有什么不同，特别是我在初中毕业之后与你寥寥的几次接触之后，我就是太久没与你相处，心中就臆想出一个完美的与众不同的你的形象来，可是你说到底也只是一个男生而已。可是我有时候又觉得你跟别人是不一样的，不仅仅来源于我对你的特殊情感，有些东西是你本身就具有的，所以这才让我心心念念许多年。

刚刚看了高考榜单，知道你去了北京，我在广州，这才是真的天南海北，以前我从不知道分离的意义，直到这件事具体到了你身上。

我不知道离开这个小城镇我算什么，而你也要去到遥远而又陌生的地方追求其他的东西。我知道你一直没有怀揣着多大梦想，我们从一开始就不是一路人，我不能从你身上学到什么更加高深的东西，可我真的是因为你的存在，才有了过平淡正常的生活也很好的想法。

我比谁都清楚我们俩不可能会在一起，一方面我明白自己把你想得太好，另一方面我也知道我终归会走上那一条与你背道而驰的路，我还是要虚荣地去过自以为不平凡的人生，爱情分那么多种，这份对你的爱情历久弥新，即使他从来都没有出现过。

我到现在都无法想象你在北京生活的情景，不过你义气聪明人又单纯，一定混得很开，我想着那时候要不要表个白，可那时候我们俩可能话题都没有，也不知还有没有讲话机会，我们毕竟还没到可以开玩笑的程度。我与你没有所谓的暧昧期，也没有所谓的从朋友到爱情的蜕变，我们好像一直没什么交集，可是交集又好像时时刻刻都在缠绕你我。我还是不要跟你说好了，免得你初中时的自恋心理又作祟了。

这一别，我们就真的隔很远了，这个远，我已经没有办法用时间来衡量了，因为我好害怕这些年我爱的你，我爱的那份生活终究随着心境的变化灰飞烟灭了。

我读完的第一件事就是把高中以前的同学录都翻了出来，仔细查看留言里面有没有隐藏的信息，花一下午的工夫看完一无所获。其实我还是有点不甘心的。

十五

“所以我真的九点钟就爬上床了，就是回忆这些事情加上翻同学录，才睡太晚的，你不能把责任全赖我身上。”

“赖我吗那还。”林佳脸涂得煞白，白眼更加翻得飞起。

遇上了一个藤原拓海一般的司机使我顺利赶到了婚礼现场，和林佳当初构想的大同小异，全部都是白色的最正统的婚礼形式，她那时候说以后有什么惊喜留在生活里吧，一生一次的事情希望它是像正圆一样一丝不苟的。

回想起这句“一生一次”我的背上再次漫上了一层冷汗，颤颤巍巍地推开了化妆室的大门。

或许真的跟周科颐说的一样，你要是喜欢一个人就会觉得她漂亮。周科颐忽略的一点是，你喜欢她的时候她才是真正幸福的，她的漂亮不来自于你的喜欢，而来自于她自己的幸福。而我看到的现在的林佳，想必很快乐吧。

又像是以前和其他的男孩子相处一样，林佳在和她老公的这段恋情里依然事无巨细地和我分享了过程与点滴。我看出不同来了，真的，这个人和林佳实在是太衬了。

可是就在这么一派祥和的气氛里我突然想问一个问题，我说：“林佳啊，你现在可以归纳出为什么周科颐那么讨女孩子喜欢的原因了吗。”

林佳一愣，显然还是没有想好怎么回答。

因为他安定不下来，安定的女生们都喜欢从对方身上找自由。最后的归宿一定都不是他，但是那一段的自由很美好。想这样和林佳说的一些话我还是没说，我还是瞒了她不少东西的。

我跟随林佳在风浪里航行了好久，看到身边的船只上一个个男人跟她招手，她说这一站停停吧，我就跟着她在岛上住下来。

直到有一天，我说林佳啊你靠岸吧。她凌厉的眼神柔和了下来，一句话没说地转身踏上了甲板，我终于可以去冒险了。

看着林佳站在陆地上，不是，站在红毯上，为她高兴的同时我深切地体会到，此刻离我成为海贼王的梦想又接近了一步。

有些人是要上岸的，有些人不需要。

九三年的情书

北京师范大学 / 宋文静

齐大勇决心去找她。

他对这种操蛋的日子真是够了。老婆素娥还不到四十，就人老珠黄了，一脸的褶子，身材早跑了形，肚子上的肥肉叠了层，不穿内衣的胸脯子在衣服下面咿咿呀呀，像摊泛着波澜的臭水。人也邋遢，经常顶个大油头进进出出，一龇牙，韭菜花的末末粘在牙花子上，口气里融了地沟油。齐大勇早已对她失掉了所有兴趣，原本与她结婚就不是出于本心。尤其是素娥的刻薄与唠叨，说句话非要给对方心里戳个窝儿，动辄就大呼小叫，更是让他烦不胜烦。抽烟干啥？烟都把肺熏成酱腌的了，指望拿它出来卖钱呀。袜子上绣了花还是藏了钱了，十年八辈子不知道洗一洗，等着用那泥巴盖房子啊？从早到晚不知道挪窝，懒得跟个钉子似的，锲在那里一动不动，你以为你是不锈钢的啊？

他们结婚快二十年了，日子不好不赖地过着，免不了争吵和磕磕绊绊。但齐大勇是在最近，莫名地极度厌烦起妻子，看什么都不对头，越看越不顺眼。

尤其是在他收到那封信之后。

这天，齐大勇摸着口袋里温热的信，窝在沙发上抽着烟，烟头一明一灭，他的心也跟着闪烁起来。“啪”的一声，随后传来老婆素娥的声音，嫌咱家东西多是吧，非得点着了才满意啊？还想不想过日子啦？他一哆嗦，跳起来愣了一阵儿，淡淡地说，咱们离婚吧。

他把素娥歇斯底里的哭闹声抛之脑后，径自走了出去。不是走，确切地说，应该是跑。越跑越急，像逃亡，一口气奔到两公里之外，才气喘吁吁地停下来。摸摸口袋里的信，还在。当然在，他跑的时候明明是紧紧把它攥在手里。他一屁股坐在路边，小心翼翼地把信展开，再一次读，娟秀的字体像蝴蝶，在他眼前起舞：

我很想你。你在哪儿？

落款是云。时间是2015年5月。信皮上还有一个地址：石城向柳街绿尔胡同048号。其余全无。

其实，他不必翻出来看，收到信的这十几天里，他早已把所有信息都刻进脑海，种种联想、猜测编织着，连同记忆发酵，翻滚。

齐大勇曾有一段初恋，坦白来说，那应该是一场无疾而终的感情。九三年，他十七岁，是个木头般呆呼呼的愣头小子。在这一年，他遇见了这辈子唯一令他怦然心动的女人——素云。素云家在省城，她姑姑家在乡下，就是齐大勇生活的村子。九三年的时候，她在乡下住了大半年。齐大勇到现在都记得初遇素云的场景。素云穿着一件纱质白裙，露出纤细白嫩的小腿，长发随意绾在脑后，眼睛扑闪闪的，像星星。她正蹲身摘一朵小花儿，嘴角俏皮地挑着，眼神柔和得像冬日的暖阳。他看呆了，仿佛消融在一片温暖里，心在那一瞬间停滞，转瞬涌过千军万马。腾，腾，腾。

费了一番思想斗争，他决定追求她，却不知门道。而素云在知道他的接近后，并无排斥。他送她一个小物件，她说着谢谢欣然接受；他给她带来好吃的，她咯吱咯吱地嚼着，一脸满足；他领她去邻村看电影，她为电影里某些桥段感动得稀里哗啦，一抽一搭地抹眼泪，他则傻愣愣地在一旁不知所措。他总是与她隔着一定的距离，远远地出神地望着她，心疼，激动或欢喜。在他心目中，她太完美了，就像童话故事里的公主，他生怕自己一不小心就把她吓跑了。

在她面前，他从来不敢造次，尽量表现得像个谦谦君子，不说脏话，不动手动脚，不跟他以前那些流里流气的哥儿们凑一块儿。独自一人的时候，他一次次演习对她告白，台词都想好了，仿照电影里的词儿编的。研究怎样跟她表达比较好，是写信还是亲口说，还是找个中间人传传口信儿。他设想抱着她，或是拉着她的手，想象她的绵软与温度，心旌都摇晃起来。

没等他正式表白，她走了，回省城去了。临走之前，素云来找他。这是她第一次跑来找他。我就要走啦。她语调里不无伤感。齐大勇只感觉像是挨了当头一棒，顿时晕头转向。隔了好一会儿，他才木然地问，话都说不囫囵，啥，啥时候啊？今天下午。她回答，大勇，我会想你的。他们都忍不住了，眼圈儿一热，温热的液体咕嘟咕嘟往外冒。他把她拽进怀里，那是他第一次抱她，紧紧的，恨不得把她揉进身体里，揉进骨头缝儿里。你要去找我啊。她哭着说，你要给我写信，啊？他没回应，他都说不出话来了。

素云离开之后，他开始疯狂地给她写信，想念融进去，言语都苍白了。但他一次也没收到回复。后来，他模模糊糊地听说，她结婚了。又后来，听说她生了一个女儿。他怀着颓唐的心去相亲，最后挑中了那个叫素娥的女子。他与这个名字与素云相仿的乡下女子订了亲。结婚前一夜，他把还未给素云寄出的信一页页点着，在起伏的火苗里，一切都恍惚了。

其实，齐大勇的信，也可以称之为情书，反反复复写了那么多，来来回回只有一句话——我很想你，你在哪儿？只是落款的时间不同而已。如今，时隔二十年，他收到一封落款是云，而且与他以前自己写的那些信的内容一致的信，他内心怎能不激动？他几乎没有想过，在看到信的那一刻，坚信这就是出自素云之手。不是她，还能是谁？这不是一个问题，这就是答案。不过，他跟老婆闹离婚，跑出家门，倒是出乎自己的意料之外了。

事到如今，他决心去找她。一刻也不愿等。

按照信封上留的地址，很快，齐大勇踏上了去往石城的火车。一路上，他的脑海都在翻腾过去的种种。那年是1993年，1993年的风，1993年的云，1993年的树，飘飞的柳絮像绒毛一样落在素云头上。素云蹦跳着，像个孩子般笑。那年的齐大勇羞涩地站在一旁看着她，他想帮素云把落在头上的柳絮拿掉，手抬了几下，又被什么东西按了下来。面对她，他始终没有勇气。就像素云离开的时候，哭着让他去找她，他从来不敢。即便是寄出一封封信，收不到半点儿回复的时候，他都不敢去找她。或许心里动过这个念头，但很快被自己埋起来杀掉。此刻，他坐在奔驰而去的火车上，如果二十年前，他踏上追寻她的车，或许一切都改变了。他想。可能一切都晚了。也可能，什么都来得及。

很顺利地，他来到了石城，果然是大城市。摩天大楼，川流不息的人群穿着时髦的衣裳，鞋跟在地上嗒，嗒，嗒。他下意识地拉了拉自己半皱的衬衫，这是他最好的一身行头，在此却显得无比寒酸。摸摸口袋里的信，还在。又摸摸另一个口袋，存折也在。他在几天前就揣好了存折，自己好像刚刚意识到。他开始找向柳街绿尔胡同，步子稍稍有些沉重。

向柳街是条比较隐蔽、偏僻的小街。这一片儿，人流不大，房屋都比较陈旧简陋，几座四层小楼，也呈现出灰头土脸的样子。这应该算是城乡接合部的地方。齐大勇在绿尔胡同站定。不争气的心跳又加速了，像个小马达似的，砰砰的，在僻静的胡同里都能听见回声。他跑到旁边小卖部买了盒烟，想抽根烟平复一下情绪，他用蹩脚的普通话与小卖部的老太太对话，试探性地问道，你知道绿尔胡同048号吗？老太太抬头挑了他一眼，哦，你找她啊？就在你前面的路口走到头，左拐第三家就是。齐大勇低声说了句谢谢，转头就走。他还是听见了背后老太太的嘟囔，嘀，找她的人可真不少，又一个。声音不大，他听见了，无法装作没听见，他的心提了一下。

向柳街绿尔胡同048号。齐大勇出神地望着门牌，走上前去，试图敲门，手又触电般缩回来。真他娘的没出息！他暗骂自己，随即又发现“他娘的”是句脏话，又迅速改了过来，真没出息！如此犹豫着，048号的门“吱呀”一声开了，吓得齐大勇赶紧闪到一旁。里面出来一位妇人，普通中年女人的样子，齐耳短发，只是过于瘦了，在微风中飘飘忽忽的，她正吃力往外搬一个东西。齐大勇换了一个角度，他看见她正在挪一个轮椅，轮椅上坐着一个眉眼与其相似的十几岁的女孩。门槛有些高，抬起来费了不少力。小蛮，抬抬右脚，啊？他听见她对小女孩说，小女孩机械地动了一下，嘿嘿笑着，嘴里喊着妈。不是左脚，是右脚，旁边那只，听见妈妈的话了吗？小女孩依然嘿嘿笑着，齐大勇看见女孩直直的眼神，哈喇子滴到了她妈妈低着的头上。

天哪，开什么玩笑，怎么会是素云呢？这个女人不是呀。齐大勇听见自己说。人到中年了，怎么还如此天真荒唐？怎么能随便凭一封内容相似的信，落款是个“云”字，就认定是素云，还千里迢迢地跑来找她？也可能只是巧合，或者有某些人在做恶作剧，又或者是他找错了地址？很久以前他就听说，素云回城嫁给了一个有钱人，日子过得很滋润。她应该住在石城的摩天大楼里，至少也是豪华小区，家里有几个保姆伺候着，保养得像个小姑娘。反正这不是素云。他想。他想逃开，但脚好像在那里生了根。

小蛮，把脚缩回来，别碰着，听见没有，啊？……

嘿嘿……妈……

小蛮，你要听话哦，妈妈赚钱给你买好吃的……

嘿嘿……妈……

小蛮，想不想穿新衣服啊？等咱们有了富余的钱，妈妈给你买带“美羊羊”的衣服，好不好……

嘿嘿……妈……

齐大勇呆呆地望着，他不自觉地跟着她，走到拐角处，遇见一名西装革履的男人。男人递给女人个什么，女人掉转轮椅往回走。男人跟上来，揽过她的肩，铮亮的皮鞋在小胡同里发出啪啪的回响。女人僵着身子，一直沉默着，面无表情地往前走，进了门，咔嗒一声把门关紧了。大约过了一个小时，西装男人出来了，之前发胶定好型的头发有些散。傍晚的时候，西装男人又回来了，齐大勇认清这不是前一个西装男人，比那一个矮胖些。这个男人敲门进去，进门之前给女人看了看手上的东西。一个多小时后，屋子里传来断断续续的哭声，齐大勇辨认出是那个坐轮椅的女孩的。随后又传来几声杯碗破碎的声响，男人骂骂咧咧地边扣扣子边往外走，妈的，真他妈晦气！办个事儿还有个傻孩子在旁边瞪着！

齐大勇明白了什么。至少明白了大半。愤然、疼痛、疑惑等七形八状的感情横在胸口，堵得慌。他在绿尔胡同旁边的小旅馆住了下来。他又想起素云，不可遏制地想到她。那年，她在乡下生活了大半年，两人基本上每天都找个时间见一下，哪怕就是几分钟，哪怕见面也很少说话。当时有很多同龄的孩子传他们的流言，齐大勇跟那个城里来的素云好上啦！有人看见他们两个躲在麦秸垛后面亲嘴呢。可不是，两个人还抱在一块呢，别看齐大勇平时跟木头疙瘩似的，追女孩子还真有一套呢。没准儿啊，俩人都睡觉了！齐大勇听到这些流言简直火冒三丈，差点儿跟人打一架，同时也感觉委屈，他可是连素云的手都没碰一下呀。两个人坐在田埂上，悠悠的风抚慰着小草，他坐在离她一尺远的地方，两只手不停地磨着裤缝，她身上好闻的气味儿顺着风溜进他的鼻子。几只小虫爬上他的裤角，丝缕的痒，他不敢动。晚上回到家，他一遍遍回想与素云在一起的时候，每一秒钟都要在脑子里过一遍。第二天一早，他摸到屁股底下的床单湿乎乎的，把脸都羞红了。

齐大勇在小旅馆彻夜未眠，烟头子在地上堆起了小山。他决定去看看她，向柳街绿尔胡同048号的女人。

第二天，齐大勇买了一身行头，也是西装，皮鞋。去理发店修理了头发，喷上发胶，定型。整个过程他都木木的，思绪跑了偏。收拾停当后他看见一个男人正从048号的门里走出来，穿得很随意，不像有钱的样子，脸是陌生的。齐大勇摸摸口袋，敲响了048号的门。

女人打开门，抬头看了他一眼，一秒钟的空白，来啦，进来吧。

齐大勇像个熟人一样被让进了门，屋子里黑乎乎的，空间不大，有简单的桌椅和一张床，收拾得很整洁。屋顶垂下来一个个大大小小的千纸鹤，几乎充满了整个房间，每个上面都有模糊的字迹。他之前见过的那个被唤作“小蛮”的女孩坐在轮椅上，歪着头，好像睡着了。就在齐大勇四下打量的同时，女人已经开始窸窸窣窣地脱衣服了。他回过头，她已经脱得只剩下内衣，白色的胴体在黑暗中招摇，作祟。齐大勇停在那里，女人边解内衣后面的扣子边用眼神示意他，愣什么？来吧。他不动。女人剜了他一眼，用眼神拽着他，好像在说，来这里，不就是为了这个吗？他犹豫着，忽然发了疯一样扑上去，两个人很快融在一起，就像相识很多年，就像从未分开。迷醉上了眼梢、嘴角，摇摇晃晃犹如在船上，克制的呻吟声在喉咙里化作兽一般的低吼。

事毕，他搂着她，手在轻轻地游走。她没反抗，始终无声，眼睛倔强地转向别处。与别的男人也是这样子吗？他想，但他没问。他摸到她下腹的伤痕，微鼓的小腹上，一条游龙般的疤。他想起妻子素娥肚子上也有这样一道，素娥给他生了个九斤八两的胖小子，孩子太大，不做剖宫产不行。素娥曾为那道疤哭闹了好几天。当时孩子胎位不正，没发育好，就剖了。他听见身边这个女人幽幽地说。嗯。过得好吗？他没法儿把这话咽下去，流散在空气里。女人在黑暗中一怔，没言语。

他又想起九三年那场相遇，想起与素云在一起的时光，天是朗润的，素云银铃般的笑声，绵软的，温润的。他曾多少次期待素云的身体，哪怕拥抱一次。而1993年临分别时的那次拥抱，就像做梦一样不真实。素云是他的仙女，容不得任何亵渎与玷污。齐大勇想着，眼睛湿润起来了。等他模模糊糊睁开眼，看见女人正麻利地穿衣服。

给钱吧。女人淡淡地说。

我知道。齐大勇小声应答。

好，不像有些男人，提了裤子就不认账了。

齐大勇不知如何接话，女人撇下他去了隔壁小屋。他在小屋子里踱着步，看见窗台一摞厚厚的信。信皮上写着不同的收信地址，看收信人名字，应该都是男的。鬼使神差地，他开始拆信。

给钱吧。女人掉转身，语调依旧淡淡的。

齐大勇几乎是把身上的钱拽出来，厚厚的一摞，是他刚从存折里取出来的。

女人愣了一下，抓过钱，蘸着唾沫，一张张地数。

还记得九三年吗？他听见一个发颤的声音，这声音随着他的手一起颤抖起来。

女人摇头。

那，过得好吗？齐大勇盯着她。

女人，点头。

你呢？

嗯……

女人的电话响起来，齐大勇听出来，她要开始新的“工作”了。

我走了。

好。

齐大勇跌跌撞撞地往外走，步子没了节奏，沉重得像驮了几个世纪。

女人目送齐大勇离去，她背过身，一股一股热泪涌上来。

齐大勇坐在飞驰的列车上，在27℃的气温里瑟瑟发抖。他翻看手机上几十条未接和短信，哆哆嗦嗦地写了一个字“回”。收件人是老婆素娥。

他不愿承认，当他第一眼看清那女人的脸，臃肿的，松弛的，就是年少时素云的发酵版。他忘不掉，在女人家无意间拆开的信。他不愿相信。

只是，他没看清，屋子里的每个千纸鹤上的字迹。

它们的内容都是一样的：

我很想你。你在哪儿?

附录一：第七届“包商银行杯”全国高校文学作品征集、评奖、出版活动·获奖名单

一等奖（3名）

《寻人启事》（诗歌） 喻　武（首都师范大学）
《檐下客》（散文） 黄婉婷（华南师范大学）
《金刚》（小说） 崔　君（北京师范大学）

二等奖（9名）

《时间的秘密》（诗歌） 张　元（洛阳师范学院）
《来不及了》（诗歌） 易晓倩（北京第二外国语学院）
《缅因山》（诗歌） 陈钰鹏（中央民族大学）
《父亲的河流》（散文） 李析容（暨南大学）
《台湾笔记》（散文） 董　玥（江苏淮阴师范学院）
《雷腔》（散文） 黄　宇（中山大学）
《青鸟西去兮》（小说） 黄临池（吉林大学）
《无我》（小说） 王　文（北京师范大学）
《火山》（小说） 罗　淇（延安大学）

三等奖（15名）

《狭路相逢》（诗歌） 郑一建（福州大学）
《凉》（诗歌） 叶由疆（暨南大学）
《在一家咖啡馆的墙壁上看到的电影海报》（诗歌） 吴雨伦（北京师范大学）
《他们这一年》（诗歌） 左　手（重庆大学）
《十三岁》（诗歌） 黄燕花（华南师范大学）
《蚕》（散文） 刀　刀（山东省济宁学院）
《分不清的回路》（散文） 刘小笨（广东技术师范学院）
《象牙塔与精神病患者》（散文） 陶玉帅（河南省新乡医学院）
《爷爷，爷爷》（散文） 马晨薇（安徽省池州学院）

《虞山尚湖祭》（散文）
《佰伦斯之死》（小说）
《南方侦探》（小说）
《想飞》（小说）
《推轮椅的人》（小说）
《巫陵王》（小说）
曹瑞冬（温州大学）
耕　笔（海南大学）
索　耳（武汉大学）
鲁　静（西南大学）
聂　朦（河南大学）
程名科（云南大学）

优秀奖（90名）

诗歌（30名）

高　璨（湖南大学）
胡　游（湖南第一师范）
黄语蝶（江苏师范大学）
钟芝红（浙江师范大学）
乐　枫（江西省赣南师范大学）
阿　煜（甘肃林业技术学院）
刘思仁（广东省肇庆学院）
曾子芙（首都师范大学）
陈再雄（贵州民族大学）
刘自豪（北京电影学院）
廉　荆（上海大学）
祁连山（南京视觉艺术职业学院）
丁　鹏（北京大学）
秦原姑（西安外国语大学）
张　升（兰州城市学院）
西　克（甘肃农业大学）
李啸洋（北京师范大学）
覃东院（广西河池学院）
李国兴（山东理工大学）
倪广慧（西安外国语大学）
甜　河（同济大学）
陈浩文（中国社会科学院）
刘亚兰（重庆长江师范学院）
北　鸽（闽南师范大学）
李健辉（湖南科技大学）
陈　越（山西师范大学）
黄维盈（湖北大学）
梁茹雁（云南省楚雄师范学院）
贾假假（天津城建大学）
南　来（浙江传媒学院）

散文（30名）

徐　晓（山东师范大学）
朱　弦（湖南第一师范学院）
高宇飞（北京师范大学）
刘　鑫（湖南涉外经济学院）
慕　秋（北京师范大学）
毕　雪（中国海洋大学）
王云超（北京大学）
朱盛榕（广东省外语艺术职业学院）
高　璨（湖南大学）
年问问（中国科学技术大学）
伊　诺（黑龙江大学）
未　名（西安建筑科技大学）
聂　朦（河南大学）
柳下舟（南通大学）

陆娇晟（上海中医药大学）
王明宪（上海外国语大学）
王磊斌（中国矿业大学）
许应田（南通大学）
阿　亭（中国科学技术大学）
郑金波（广东工业大学）
王瑞源（中国药科大学）
刘秀林（北京师范大学）
赵晓迪（东北师范大学）
孟思佳（福建师范大学）
沈子渝（长安大学）
徐夕婷（华南农业大学）
程　帆（安徽省铜陵学院）
许仁浩（武汉大学）
苏　雅（西北政法大学）
缪君妍（苏州大学）

小说（30名）

张艳庭（同济大学）
苦　岩（贵州师范学院）
陈小手（北京师范大学）
石圣哲（东北师范大学）
夫　子（河南理工大学）
钟晓琦（浙江传媒学院）
明　久（德州学院）
郭渝峰（浙江大学）
李伟兴（湖北文理学院）
刘东草（重庆大学）
刘海若（沈阳理工大学）
鱼　骨（衡阳师范学院）
哑　马（贵州民族大学）
王卓雅（乐山师范学院）
戴建浩（韩山师范学院）
范密莎（西华师范大学）
廉　荆（上海大学）
话桑客（浙江传媒学院）
张宁馨（内蒙古工业大学）
郝　瀚（中国传媒大学）
辜玢玢（南京师范大学）
芳庆圆（吉林华侨外国语学院）
凌　恒（集宁师范学院）
陈　作（浙江传媒学院）
唐小林（北京大学）
秋刀鱼与安德烈（石河子大学）
张　亮（中国人民大学）
王逸驰（中国人民公安大学）
佳　枣（复旦大学）
宋文静（北京师范大学）

组织奖（20名）

北京大学：五四文学社
清华大学：清华文学社
中国人民大学：中文新世纪
中国传媒大学：青果文学社
北京师范大学：五四文学社
首都师范大学：鹿鸣演颂文学社
广东省肇庆学院：湖畔文学社
重庆长江师范学院：文学院
洛阳师范学院：文学院
闽南师范大学：文学院
广西师范大学：采薇文学社
西安外国语大学：文学院

中央民族大学：朱贝骨诗社

贵州民族大学：黔风文学社

中国医科大学：静轩文学社

山东师范大学：陀螺文学社

福建师范大学：文学院

湖南科技大学：人文学院

华南师范大学：文学院

浙江传媒学院：文学院

参加“包商银行杯”全国高校文学作品征文的同学请登录作家网（www.zuojiawang.com）查看详情。

附录二：第七届“包商银行杯”全国高校征文小说评委签名

王　山　《中国作家》主编

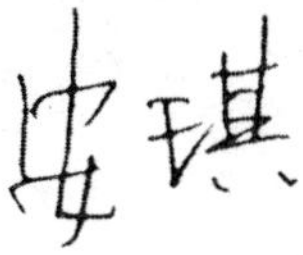

安　琪　作家网总编室主任

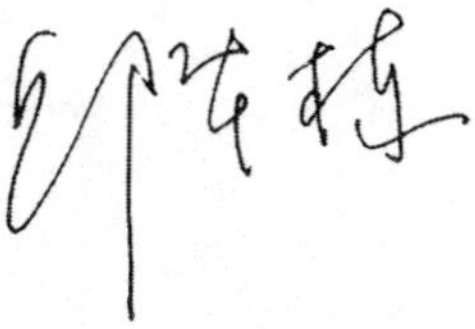

邱华栋　鲁迅文学院常务副院长

刘不伟　作家网媒体部主任

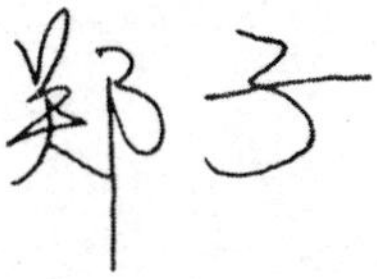

郑　子　中央新影集团微电影发展中心主任

付秀莹　《长篇小说》选刊主编

梁鸿鹰　《文艺报》总编辑